성혼成渾 시의
도학적 성향과 풍격미

숭실대학교 한국문학과예술연구소 학술총서 61

성혼成渾
시의 도학적 성향과
풍격미

양훈식梁勳植 지음

學古房

목차

CHAPTER **5**

조선전기 도학시와 성혼成渾 시의 문학사적 의의

CHAPTER **6**

결   론

머리말

　전에 없는 코로나V-19와 AI, 화상회의 및 강의 등 복잡다기한 일이
함께 펼쳐져 가는 현대사회에서 역사 속 과거의 인물을 추적하고 이를
탐구하는 과정은 우연과 필연이 반복되는 연속선 상의 일이다. 왜 도학
시는 그 가치를 달리 인식해야 하는가? 조선조 도학자 우계 성혼의
삶과 도학시란 무엇인가? 이에 대해 문제의식을 느끼고 접근하였다.
하지만 미궁에 빠져 헤어나오지 못한 적이 다반사였다. 더욱이 고전번
역교육원과 국사편찬위원회에서 훌륭한 선생님들께 배운 한시를 바탕
으로 시작하였지만 우둔한 데다 견고하지 못한 필자의 얕은 한문 실력
탓에 좌충우돌하기 일쑤였다. 그러다가 마침내 소처럼 한 걸음씩 내디
딘 우보천리牛步千里의 결과물을 내놓는다. 이 책은 조선 중기 성리학자
性理學者이며 경세가經世家 우계牛溪 성혼成渾(1535-1598) 시의 도학적
성향과 풍격미를 규명하는 것을 목적으로 한 학위논문을 다소 수정한
것이다. 도학시道學詩는 성리학적 사유를 바탕으로 하여 사람과 만물
사이에서 얻은 정취를 주제로 형상화한 것으로 조선조 도학자들은 시
를 통해 인사人事와 만물萬物을 문학적으로 형상화한 셈이다.
　이 책의 내용은 다음과 같이 구성하였다. 제1장에서는 도학시에 대한
개념과 범주의 문제점을 언급한 뒤 선행연구를 통해 우계 성혼 시의
연구 타당성과 연구방법에 대하여 서술하였다.
　제2장에서는 조선조 도학시의 의미범주와 전개 양상을 고찰하였다.
조선조 도학시는 이학理學보다 의미적 범주가 넓은 도학道學을 사상적

배경으로 하였다.

도학시의 범주는 설리시說理詩, 이취시理趣詩, 철리시哲理詩, 이학시理學詩 등으로 도학자의 일상생활을 읊은 것까지 포함한다.

도학시의 전개양상에서는 도-도학-도학시의 의미적 연변演變과 사상적 배경을 고찰함으로써 이 책이 구명究明하고자 하는 바탕을 마련하였다.

문헌에서 도학시인으로 자주 언급된 인물들은 대부분 동국십팔선정東國十八先正이다. 이들은 조선조 도학자의 계보를 이루었고 이학시理學詩의 요소에 실천적 덕목이 드러난 수기치인의 도학시를 썼다.

제3장에서는 성혼 시학의 콘텍스트와 정신적 바탕을 고찰하였다. 이를 위해 가학의 계승과 교유의 영향, 세계관과 삶, 사제 간의 교학 상장과 의리의 처세관의 세 부분으로 구분하였다.

성혼은 정암-휴암-묵암으로 이어지는 정신을 계승하였다. 그의 문도는 아버지 청송에서 연원한 인물들로 그중에는 의병이 다수 배출되었다. 조헌趙憲, 김덕령金德齡, 양산숙梁山璹, 김응회金應會 등이 그들이다. 또한 성수침成守琛-성혼成渾-성문준成文濬으로 전승되는 가학과 팔송 윤황尹煌으로 이어져 소론계로 계승되는 연장선상도 살필 수 있었다.

제4장에서는 성혼 시문학의 텍스트와 풍격風格의 아름다움을 고찰하였다. 여기서는 시적 대상에 따른 의경意境, 주제의식과 표현양상, 풍격과 미적 본질 순으로 검토하였다.

성혼 시 작품의 주제의식과 표현양상에서는 주제의식이 작품에 구현되는 양상을 세 가지로 나누어 구분하였다. 수기지향과 은일지락을 다룬 시, 다음으로는 치인지향과 용사행장의 시, 치군택민과 우환의식을 주제로 한 시가 그의 시 작품에 주제로 형상화되었다.

성혼 시의 풍격과 미적 본질에서는 네 영역으로 구분되었다. 여기에는 돈독敦篤·중후重厚의 풍격과 돈후미敦厚美, 주밀周密·근신謹愼의 풍격과 주신미周愼美, 평담平淡·진실眞實의 풍격과 평실미平實美, 응정凝定

·안정安靜의 풍격과 정정미定靜美가 나타났다. 이는 우계 시 속에 담긴 풍격이며 미적 본질이었다.

제5장에서는 조선전기 도학시와 성혼 시의 문학사적 의의를 살펴보았다. 조선중기 성혼은 도학을 계승한 인물이기 때문에 그의 도학적 사유와 관물태도, 학문과 덕행이 시로써 형상화되었다. 성혼 시가 갖는 문학사적 의의는 기호학파 유학의 본산인 파주에서 조선전기 도학사상의 오륜정신을 체득한 도학문학의 정수라는 것이다.

성혼은 정암 조광조-청송 성수침, 휴암 백인걸-묵암 성혼-창랑 성문준과 팔송 윤황-명재 윤증의 소론으로 전승되는 도학시 맥의 가교 역할을 담당하였다. 한편 조선후기에 나타난 연희시 전승계보의 특질에서도 판소리와 관련된 시를 쓴 소론계 인물들의 일단을 이해할 수 있는데 신위申緯, 송만재宋晩載, 윤달선尹達善, 이유원李裕元, 이건창李建昌 등이 그들이었다. 이들은 우계가 강조한 학문과 덕행에서 비롯된 자연스럽고 진솔한 감정을 묘파描破한 것이다.

필자는 우계 성혼이 일상생활에서 경험하고 느낀 것을 형상화한 도학시 분석을 통해 조선조 한시의 역사에서 성혼 시의 도학적 성향과 미의식을 규명하였고 이를 통해 그가 차지하는 문학사적 위상을 제고하였다.

이 책이 조선조 율곡, 구봉, 송강과 벗하며 살다가 파주 향양리에 안장된 도학자이자 효자인 우계 성혼 선생의 삶과 문학, 특히 도학적 성향의 시를 제대로 이해하고 그 미감을 새롭게 조명하는 바탕이 되었으면 하는 바람이다.

이 글이 나오기까지 많은 분의 도움이 있었다. 먼저 늘 솔선하여 학문의 길을 밝혀주시고 우둔한 제자를 격려 및 지도해주신 백규 조규익 교수님의 학은에 감사드릴 따름이다. 더불어 구사회, 이종묵, 임준철, 엄경희 교수님께서 곡진하게 가르쳐 주신 덕분에 연구자로서의 발걸음을 뗄 수 있게 되어 고개 숙여 감사드린다. 그리고 동학의 선후배 님들의 예리한 질문과 조언이 문제점을 바로 인식하는 데 큰 도움이 되어 이 또한 감사하다. 사진을 제공해 주신 우계문화재단 성유경 이사 님과 촬영에 협조해 주신 우계기념관 소장님께 감사드린다.

다음으로 책까지 보내주며 성원해 준 김재명, 김선호, 김영일, 류재하, 이창영, 박석창, 최인희, 임길구, 김동주, 정일수, 김태란, 강인숙 등 벗들의 수고와 고마움을 잊을 수 없다. 안타깝게도 아들의 성장을 보시지 못하고 가신 아버지, 어머니의 은혜에 감사드린다. 더불어 형님 들과 누님들께도 고마운 마음 전한다. 물심양면으로 내조한 아내 김미 라, 늘 아빠의 등만 보며 자란 이젠 어엿한 대학생이 된 정인과 민첨에 게도 고마운 마음뿐이다. 끝으로 이 책을 펴내게 해 주신 학고방 하운근 사장님, 부족한 글을 꼼꼼히 수정 및 편집해 주신 조연순 팀장님과 편집진들에게 감사드린다.

서론

1. 문제제기

도학자들은 스승과 제자, 그리고 지인과 벗끼리 주고받은 시와 간찰을 통해 학문적으로나 정신적으로 소통을 하였으며 정치사상적으로 교유를 하였다. 조선전기에는 정암 조광조, 점필재 김종직, 회재 이언적, 퇴계 이황, 일두 정여창이 도학을 강화하여 이후 제자들과 시문을 통한 교유가 확대된다. 그들은 유교적 이상사회건설과 도학정치의 구현, 서원의 건립, 성리학의 보급, 경제개혁 등을 목표로 중앙정계에 진출하였다.[1)

도학자들은 '성리학'을 실천철학인 도학의 형이상학적 이론 틀로 제시했다. 이들은 수신하는 덕목으로 시詩·서書·화畵를 하며 서간書簡이나 시로써 그들의 문학과 사상, 그리고 속마음을 주고받았다.[2) 그 중에

· · · · · · · · · ·

1) 이이·성혼·송익필 저, 허남진·엄연석 공역, 『국역 삼현수간』, 도서출판 열림원, 2001, p.10.

2) 일례로 이황李滉과 기대승奇大升이 8년간 사단칠정四端七情을 논한 서간書簡, 이이李珥와 성혼成渾이 인심도심人心道心을 논한 서간, 이이와 성혼 그리고 송익필宋翼弼이 주고받은 서간을 엮어 만든 『삼현수간三賢手簡』 등은 이러한 노

서도 특히 시詩는 그들의 학문, 사상과 감정을 자주 교유할 수 있는 소통수단이었다. 당시 도학자들은 도道는 근본이며 문文은 도道를 담아야 한다는, 문이재도文以載道의 정신을 지니고 있었다.3) 여기서 문은 재도지기載道之器4)라는 말이다. 그러나 이는 문을 홀대한 말이 결코 아니다. 왜냐하면 조선조 도학자들은 수기修己를 하는 사士로서 수양 공부와, 치인治人하는 대부大夫가 되기 위해 경학經學을 바탕으로 하였기 때문에 시문을 짓는 일은 그 여가에 하는 경우가 많았다.

이처럼 시를 짓는 입장에 대해 이황李滉(1501~1570)은 「음시吟詩」에서 "흥興과 정情이 알맞으면 시를 짓지 않을 수 없다興來情適己難禁"5)고 하여 작시作詩의 불가피성을 역설하였다. 따라서 조선조 도학자들은 시를 통해 인사人事와 만물萬物을 문학적으로 형상화 하였다고 볼 수 있다. 그렇다면 도학시6)는 어떻게 전개되며 그 미적 본질은 무엇인가?

• • • • • • • • • • •

　력의 산물이다.

3) 양광석, 「古文家와 道學家의 文學觀 : 文以貫道와 文以載道를 중심으로」, 『유교사상문화연구』 22, 한국유교학회, 2005, pp. 415~448.

4) 조동일, 『한국문학사사상시론』, 지식산업사, 2002, p.35.

5) "詩不誤人人自誤 興來情適己難禁 風雲動處有神助 葷血消時絶俗音 栗里賦成眞樂志 草堂改罷自長吟 緣他未著明明眼 不是吾緘耿耿心" (『退溪先生文集』, 卷之三 詩, 「和子中閒居二十詠」 중 「吟詩」).

6) 우계 성혼을 포함한 도학자들의 관련 시 작품들을 '도학시'란 하나의 범주로 싸잡아 처리할 수 있는가에 대하여 논란의 여지가 없지 않다. 즉 장르적 측면에서 '도학시'란 독립 범주를 설정할 수 있느냐의 문제가 제기될 수 있다는 것이다. 사실 하나의 시 작품에도 서정·서사·극적 성향들이 섞여 있을 수 있는데, 그 중 어느 하나의 성향을 장르 명칭으로 내세울 수 있는가의 문제에 대한 회의가 이미 슈타이거(E. Staiger)에 의해 제기된 바 있고[E. 슈타이거 저, 이유영·오현일 공역, 『시학詩學의 근본개념根本槪念』, 삼중당, 1978, pp. 277~310 참조.], 국내 학계에서도 '일원적 장르론의 배타성'에 대한 반성과 대안이 제기된 바 있다.[성기옥, 「국문학 연구의 과제와 전망-범위와 장르문제를 중심으로」, 『이화어문논집』 12, 이화여대 이화어문학회, 1992, p.526 참

▲ 서원터 사진

이것은 한시사 속에서 한시가 전래되고 수용된 과정을 통해 알 수 있다.

우리의 한시는 고려 말 충렬왕 때 안향과 백이정에 의해서 성리학性理學이 도입된 후 '문이관도'나 '문이재도'와 같은 문학 관념을 문자에 드러내는 데까지 이르지는 않았다. 조선조에는 시단詩壇의 터전이 서거정徐居正, 김종직金宗直, 김시습金時習에 이르러 굳어지고, 유가 부분에서 서경덕徐敬德, 조욱趙昱, 이언적李彦迪, 이황, 이이 등이 활약했다. 조

. . . .

조] 본 연구의 화두인 '도학성' 역시 그런 논리의 연장선에서 생각할 수 있다. 즉 하나의 시 작품에서 도학성이 내용이나 주제의 핵심이라 할지라도, 도학 외적 성향을 무시하기 어렵다는 말이다. 이런 문제점을 인정한다 해도, 도학성은 사실상 다른 요소들에 비해 강한 양상으로 노출 혹은 잠재되어 있어 대표적 성향이라 할만하다. 따라서 당분간 논란의 가능성을 인정하면서도 학계에서 의견의 일치를 볼 때까지 과도기적 명칭으로 '도학시'란 명칭을 쓰기로 한다. 말하자면 도학 외의 다른 성향이 있을 수 있음에도 논리 전개의 효율을 기하기 위해 '도학적 성향의 시들'을 범박하게 '도학시'로 명명하고자 한다는 것이다.

선 중기에는 해동강서시파海東江西詩派, 관각삼걸館閣三傑, 삼당시인三唐詩人, 권필과 최립, 한문사대가漢文四大家, 동악시단, 천류賤流 및 여류시인이 등장하여 목릉성세穆陵盛世를 이루었다.7) 조선 중기에 학문과 덕행의 실천궁행實踐躬行을 강조한 조광조趙光祖(1482~1520)는 지치주의至治主義를 내세우며 도의국가를 건설하려고 이른바 도학정치를 실시하고자 했다. 이러한 과정에서 자신의 사상과 감정을 담은 시가 빠질 수 없었던 것이다. 따라서 도학시란 도학자가 유학 사상을 설파할 목적 하에 이를 주제로 쓴 시이다. 여기서 도학자들은 경물시 뿐만 아니라 인사人事와 우주宇宙에 내재한 이치를 탐구하기 위해 격물치지格物致知 하면서 활연관통豁然貫通 후에 느끼는 감정을 시로 읊기도 했다. 이때 그들 시에 나타난 미학적 본질은 감각感覺, 표상表象, 연합聯合, 상상想像, 사고思考, 의지意志, 감정感情 등이 융합되어 드러나는데 이는 도학자의 미의식이 시로 형상화 된 것이다.

이 책에서는 학문과 덕행이 뛰어난 조선 중기의 우계牛溪 성혼成渾 (1535~1598)8)을 그 연구 대상으로 잡았다. 그는 정암 조광조에서 휴암

• • • • • • • • • •

7) 민병수, 『한국한문학개론』, 태학사, 1997, pp.308~320.

8) 이 책은 성혼 시의 도학적 성향과 풍격미를 고찰하는 것인데 목차에서는 성혼을 제시하였지만 서술의 편의상 본문에서는 그의 이름대신 '우계'라는 호號를 사용하기도 한다. 필요한 경우에 한하여 성혼, 우계 성혼을 쓰기도 하였다. 성혼은 자는 호원浩原이며, 호는 우계牛溪, 묵암黙庵이며 시호는 문간공文簡公이다. 그는 1535년 6월 25일 서울 삼청동의 창녕 성씨 청송 성수침과 파평 윤씨 사이에서 태어났다. 그가 10세 되던 해 부친이 정암 조광조 사후에 파산의 우계로 은거하였다. 그는 이곳에서 부친의 훈도를 받는다. 15세 때에 성혼은 여러 경전과 역사서에 통달하여 여러 사람의 탄복을 받았다. 그는 이이, 송익필과 교유하기 시작한 후에 이를 단초로 사단칠정四端七情, 인심도심설人心道心說 등에 관한 논변을 전개하면서 자신의 학문적 관점을 정리하였다. 그러나 우계는 큰 병을 앓은 후로 비장脾腸이 약해져서 고질병이 되었다. 이로 인해 이후 수많은 벼슬이 제수되었는데도 불구하고 관직을 사양할 수밖에

백인걸 그리고 자신으로 도학의 맥을 이은 조선중기 도학자이다. 그가
남긴 시 작품은 단순히 음풍농월의 소산이 아니라, 인간의 본질을 추구
하고 올바른 삶의 길을 추구하는 과정에서 산출된 것들이다. 따라서
그의 시들은 대체로 도학시 혹은 이취시理趣詩의 범주에서 논할만하다.
그러나 그간 성혼의 시문학에 관해서는 충분히 논의되지 않았기에 여
기서는 그의 도학적 사유와 관물태도, 학문과 덕행의 추구가 시에 어떻
게 나타났는지 살펴볼 필요가 있다. 기존의 연구 성과에서 제기되는
문제는 도학시를 좁은 의미의 철리시, 이취시에 국한하여 연구 검토하
였다는 점이다. 왜냐하면 도학시를 철리시, 이취시 등에 국한하여 연구
함으로써 상대적으로 실천적 의미가 담긴 도학시가 소략하게 다루어졌
기 때문이다. 이는 도학시의 특성이 드러나지 못하는 이유가 되었고,
그 범주가 제대로 규명되지 못하는 결과를 가져왔다. 이러한 경향이
지속될 때 도학시는 철리哲理라는 범주를 벗어나지 못하게 된다. 여기
서 도학시를 철리시, 이취시 등으로 부를 때, 이들을 같은 범주로 다룰
수 없는 지점이 있지만 도학시의 범주에서 하나로 묶을 수 있는 공통점
이 존재한다. 따라서 그 공통점에 따라 범주를 분류하고 이를 제시하기

· · · · · · · · · ·

없었다. 34세 때에 성혼은 참봉 제수 이래로 여러 관직이 제수되었다. 57세에
우참찬이 제수 될 때까지 병 또는 출처가 의리에 맞는가를 고려하여 모든
관직을 사임하였다. 성혼은 학문적으로 이이李珥와 중中과 지선至善의 동이同
異에 관한 논변을 주고받았다. 38세 이후 6년간에 걸쳐 이이와 '이발기발理發
氣發'과 '사단칠정四端七情'의 발출, '인심도심人心道心'에 관하여 논변을 주고
받았다. 그가 50세 되던 해에 이이가 생애를 마치면서 그는 실질적으로 서인
의 영수가 되었다. 이 때 동인이 득세하여 피소된 적이 있었는데 그는 왕에게
스스로를 해명하는 소를 올리기도 하였다. 이 시기를 전후하여 그는 정치적으
로 47세에 「신사봉사辛巳封事」와 56세에 「경인봉사庚寅封事」를 올려 고금의
치란의 원인을 거론하면서 인재 등용의 중요함을 역설하였다. 그리고 58세와
60세 때도 그는 「시무편의時務便宜」를 올려 임금으로 하여금 인정仁政을 행하
도록 하였다. 그러나 64세 되는 해 6월 6일에 파산서실에서 생애를 마쳤다.

로 한다. 이것은 성혼 시에 나타난 도학적 성향을 규명할 수 있는 바탕
이며 나아가 풍격미를 밝히는 길이기도 하다. 이 점이 이 책을 집필한
큰 이유인 것이다. 따라서 이 책은 조선조 성혼 시에 나타난 도학적
성향과 미의식을 규명하는 것을 목적으로 한다.

이규경李圭景(1788~1856)은 "시란 그 사람의 역사"9)라고『시가점등
詩家點燈』에서 언급하였다. 여기서 말하는 역사는 시를 통해서 그 시인
의 개인사를 고증하고 밝힌 것을 의미한다. 그런데 시인의 생애를 알지
못한다면 시를 읽어도 개인사를 정확히 밝히고 고증할 수 없다. 따라서
성혼의 생애를 살펴보는 일은 그의 시를 이해하는 길이며 문학사적
위상을 알 수 있는 토대가 되기 때문에 중요하다. 그는 동국십팔선정東
國十八先正10)에 속한 조선의 대표적인 성리학자性理學者이자 경세가經世
家로 일생을 보낸 선비이며 도학자로서의 삶을 일관하였다. 그는 중종
30년(1535)에 나서 선조 31년(1598)에 생을 마감하였다. 그의 자는 호원
浩原, 호는 우계牛溪 또는 묵암默庵이다. 우계라는 호는 주로 그가 살았
던 파산坡山 향양리向陽里의 '쇠내'에서 딴 것이다. 묵암은 아마도 사승
師承 관계에서 맞추어 쓴 것으로 보인다. 성혼의 아버지 청송聽松 성수

. . . .

9) "詩者其人之史也"(이규경 저, 한국학문헌연구소편,『詩家點燈』, 아세아문화
   사, 1981, p.702.)

10) 동국십팔선정東國十八先正은 문묘에 배향된 우리나라의 18현을 말하는데, 홍
   유후弘儒侯 설총薛聰(650년경~740년경), 문창후文昌侯 최치원崔致遠(857~?), 문
   성공文成公 안유安裕(1243~1306), 문충공文忠公 정몽주鄭夢周(1337~1392), 문경
   공文敬公 김굉필金宏弼(1454~1504), 문헌공文獻公 정여창鄭汝昌(1450~1504), 문
   정공文正公 조광조趙光祖(1482~1519), 문원공文元公 이언적李彦迪(1491~1553),
   문순공文純公 이황李滉(1501~1570), 문정공文正公 김인후金麟厚(1510~1560), 문
   간공文簡公 성혼成渾(1535~1598), 문성공文成公 이이李珥(1536~1584), 문원공文
   元公 김장생金長生(1548~1631), 문열공文烈公 조헌趙憲(1544~1592), 문경공文敬
   公 김집金集(1574~1656), 문정공文正公 송시열宋時烈(1607~1689), 문정공文正公
   송준길宋浚吉(1606~1672), 문순공文純公 박세채朴世采(1631~1695)가 그들이다.

침成守琛(1493~1564)은 정암 조광조의 제자로서 학덕이 높았다. 성혼은 원래 서울 순화방巡和坊,[11] 지금의 서울시 중구 순화동에서 출생하였다. 성혼이 열 살 무렵에 성수침은 기묘사화 이후 그의 아내 파평 윤씨의 고향인 경기도 파산(현 파주) 향양리 쇠내(우계)근처로 옮겨간 뒤 이곳에서 평생 거주하였다.

성혼은 1551년 그의 나이 16살에 생원·진사 초시에 모두 합격하였으나 병약하여 복시에 응하지 못하였다. 이후 독서와 덕성함양에 치중을 하면서 학문에만 전념하고 아버지와 동문수학한 휴암休庵 백인걸白仁傑(1497~1579)의 문하에서 『상서尙書』를 배웠다. 그의 나이 스물인 1554년에 평생지기인 도학자 율곡栗谷 이이李珥를 만나 도의지교를 맺는다. 이 도의지교는 율곡 사후까지 지속된다. 이 무렵 송강松江 정철鄭澈 (1536~1593), 구봉龜峯 송익필宋翼

▲ 문간공우계성혼선생상

弼(1534~1599)과도 교유하게 되는데 서로 평생지기로 도학적 교유를 지속한다. 이 네 사람의 교유는 남송南宋 시대의 회암晦菴 주희朱熹 (1130~1200)와 교유를 하였던 그의 벗 남헌南軒 장식張栻(1133~1180),

· · · · · · · · · ·

11) 순화방順和坊으로 표기된 곳도 많으나 순청동巡廳洞의 '순'자와 화천정和泉町의 '화'자를 따서 오늘날 순화동으로 부르고 있기 때문에 순화방巡和坊으로 보는 것이 옳다고 본다. (서울특별시사편찬위원회, 『서울지명사전』, 서울특별시사편찬위원회, 2009).

동래東萊 여조겸呂祖謙(1137~1181), 상산象山 육구연陸九淵(1139~1193)에 비견할 수 있는 사이다. 1561년에 성혼의 어머니 파평 윤씨가 세상을 떠나고 3년 후 1564년에 부친 성수침이 생을 마감한다. 당시 성혼이 보여준 효행은 부친이 아들의 몸이 상할까 염려하여 말릴 정도로 그 정성이 대단하였다. 그는 1568년에 퇴계 이황李滉을 만나고 나서 학문적 지향의 사표를 설정한다. 그가 이이와 나눈 인심도심人心道心에 관한

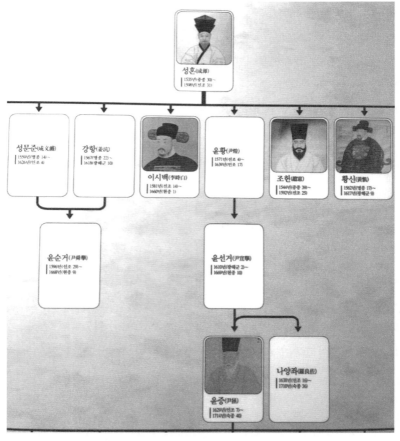

▲ 성혼(소론계 비조) 학맥의 흐름-우계기념관 제공

이기논변理氣論辨에 있어 이황의 설을 지지한 것도 바로 이런 데서 연유한 것이다.

성혼의 제자로는 신독재愼獨齋 김집金集, 청음淸陰 김상헌金尙憲(1570~1652), 중봉重峯 조헌趙憲, 충장공忠壯公 김덕령金德齡(1567~1596), 아들 창랑滄浪 성문준成文濬(1559~1626), 사위 팔송八松 윤황尹煌(1572~639), 추탄楸灘 오윤겸吳允謙(1559~1636), 추포秋浦 황신黃愼(1560~1617), 수은睡隱 강항姜沆(1567~1618), 조암釣巖 이시백李時白(1581~1660) 등이 있다.

이들은 성혼의 학문적 성장과 도학적 삶의 지평을 넓히는데 간과할 수 없는 역할을 한 인물들이다. 특히 성혼과 시를 주고받은 인물로는 정작鄭碏(1533~1603), 청강淸江 이제신李濟臣(1536~1583), 약포藥圃 이해수李海壽(1536~1599), 이희삼李希參, 석천石泉 안창安昶(1552~?), 총계당叢桂堂 정지승鄭之升(1550~1589), 전명석全命碩, 무명의 스님과 신광사 스님, 안천서安天瑞, 박수경朴守慶, 풍애楓崖 안민학安敏學(1542~1601), 윤기헌尹耆獻(1548~), 그리고 석담정사의 율곡의 제자들까지 포함된다.

성혼은 이들과 교유를 통하여 도학의 형상화에 해당하는 시를 주고받았다고 볼 수 있다. 그는 정암靜庵-휴암休庵-묵암黙庵으로 이어지는 도학의 사승 관계를 계승하여 자신의 학문을 아들 창랑 성문준과 사위 팔송 윤황에게 전하였다. 여기서 윤황은 그의 아들 윤선거, 손자 윤증으로 도학을 전승한 학문의 계승자라 할 수 있다. 성혼은 1633년 인조 대에 이르러 문

▲ 문간공 우계 성선생 신도비문

▲ 위학지방

간공文簡公이란 시호를 받았다. 시호에서 문文은 도덕에 대한 견문이 넓은 것을 의미하며 간簡은 한결같은 덕을 간직하고 게으르지 않다는 의미를 지닌다.

성혼이 남긴 저서로는 『우계집牛溪集』 6권 6책과 『주문지결朱門旨訣』 1권 1책, 『위학지방爲學之方』 1책이 있다. 기타 그의 작품을 전하는 서적은 『화원악보花源樂譜』, 『청구영언靑丘永言』, 『동가선東歌選』이 있는데 여기에 시조가 수록되어 있다.

영역본 『ANTHOLOGY OF KOREAN LITERATURE』에 영어로 전하는 성혼의 시조와 한시는 그 편수가 많지 않은데도 각각 1수씩 실려 있다.12) 이는 성혼의 문학적 성과가 문선文選을 선별하는 이의 주관적 관점에도 불구하고 국외에서도 가치 있는 작품으로 받아들여짐을 알 수 있어 주목할 만하다. 이 책에서 다룰

· · · · · · · · · ·

12) "The mountain is silent, The water without form. A clear breeze has no price, The bright moon no lover. Here, after their fashion, I will grow old in peace(Sijo, Ⅰ p.156) ; "BY CHANCE - Forty years I've lived in the green hills; Who will pick a fight with me? I sit alone in a hut with the spring breeze- How idle laughing flowers and dozing willows!"(Lee Peter H, *ANTHOLOGY OF KOREAN LITERATURE*, University of Hawaii, 1982. p.156)" 위 英譯 시조는 "말 업슨 靑山이요, 態 업슨 流水로다. 갑 업슨 淸風이요, 님 업슨 明月이라. 이 中에 病 업슨 이 몸이 分別 업시 늙으리라." (『花源樂譜』)로 해석된다. 영역된 한시는 『우계집』에 <溪上春日>이라는 제목으로 전한다. 그 내용은 "오십 년 동안 푸른 산 아래 누웠는데 / 어인 일로 시비가 인간에 이르는가 / 작은 집에 봄바람 무한히 불어오니 / 꽃은 피고 버들은 조는 듯 한가롭고 또 한가롭네(五十年來臥碧山 是非何事到人間 小堂無限春風地 花笑柳眠閑又閑)"라고 할 수 있다. 여기서 원시와 영역본은 '五十年'이 'Forty years'라고 되어 있어 英譯하는 과정에서 誤譯하였거나 異本을 따라서 했음을 알 수 있다.

대본은 『우계집』과 『청송우계집聽松牛溪集』이다.

성혼의 시편은〔표1〕에 제시한 바와 같이 도합 89수에 이른다. 이는 원집原集에 57제題 62수首, 속집續集에 18수를 포함하여 80수, 습유拾遺 8수와 송강, 율곡, 구봉, 우계가 함께 쓴 연구시聯句詩 1수를 포함하여 다룬 89수가 그것이다.

성혼의 시는 정암에서 청송, 휴암의 도학의 맥을 이은 도학시로 기호학파 유학의 본산인 파주에서 조선전기 도학사상의 오륜정신을 체득한 도학문학의 정수라 할 수 있다. 그는 도학의 사승관계를 이었으며 당대 도학자들과 학문과 사상의 교유뿐만 아니라 그의 삶으로부터 우러나온 시들을 벗과 제자와 주고받음으로써 자신의 시학을 완성하였다. 이 과정에서 그는 시 속에 도학적 성향을 담았으며 자신의 풍격을 바탕으로 한 미학을 이루어 나갔다고 볼 수 있다. 따라서 이를 분석하는 것은 조선조 도학시의 범주를 이해하는 길이며 도학자의 핍진逼眞한 삶을 엿볼 수 있는 계기가 되리라 본다. 이를 위하여 조선조 한시의 역사에서 성혼 시의 도학적 성향과 풍격미를 살펴봄으로써 그것들이 차지하는 정신사적 위상을 찾아보고자 한다.

2. 연구사 검토

우계 성혼의 도학시를 연구하기 위해서는 도학시의 개념과 범주설정이 필요하다. 이를 위해 먼저 도학시의 연구 성과를 살펴본 후 우계에 관한 연구사를 검토하고자 한다.

도학시의 범주에 대해서는 도학시에 대한 문학, 사학, 철학 방면의 문헌적 검토가 필요하며 이에 의거하여 그 개념을 규정하여야 한다. 여기서 도학시를 도학자들이 도학에 관한 내용을 다룬 시라고 본다면 도학시를 연구하기 위해서는 우선적으로 어떤 점에서 도학시를 도학시라 하는지 밝힐 필요가 있다. 이를 위해서 도학시의 범주를 제시한 후 이를 개념화하고 그 형성배경을 검토한다. 여기에서 도출된 도학시의 범주와 개념은 우계시의 소재와 주제에 형상화된 도학적 성향과 풍격미를 구명究明하는 바탕이 된다.

먼저 지금까지 도학분야에 관한 연구는 도학시13), 도학적인 시14),

· · · · · · · · · ·

13) 유호진, 「沖庵詩의 道學的 局面 : 沖庵의 經世的 道學詩를 중심으로」, 『韓國漢文學研究』 Vol.17 No.-, 1994. ; 홍우의, 「율곡의 도학시 연구」, 『한국고전연구』 6권0호, 한국고전연구학회, 2000, pp.93~120. ; 장도규, 「조선전기 도학파의 시인식 일고-조선오현을 중심으로-」, 『동악어문논집』 제36집, 동악어문학회, 2000, pp.371~393. ; 홍학희, 「한국 도학시 연구에 있어서의 몇 가지 문제」, 『한국고전연구』 10, 한국고전연구학회, 2004, pp.183~214. ; 유호진, 「율곡시의 이미지 연구」, 『고전문학연구』 31, 한국고전문학회, 2004, 357~388. ; 최석기, 「南冥詩에 나타난 道學的 性格」, 『남명학연구』 22권0호, 경상대학교 남명학연구소, 2006, pp.71~121. ; 김성진, 「河西 金麟厚의 生涯와 詩文學的 性向」, 『한문고전연구』 16권0호, 한국한문고전학회(구 성신한문학회), 2008, pp.85~110. ; 박정희, 「葛峯 金得研의 道學詩 연구」, 『한국사상과 문화』 70권 0호, 한국사상문화학회, 2013, pp.69~94. ; 유호진, 「퇴계시의 이미지 연구」, 『퇴계학논집』 116집, 퇴계학연구원, 2007, pp.185~230. ; 유호진, 「朝鮮中期 道學詩와 生態學的 想像力」, 『동양한문학연구』 25집, 東洋漢文學會, 2007, pp.251~283. ; 이영호, 「哲理詩의 범주와 미의식에 관한 시론」, 『동방한문학』 33권0호, 동방한문학회, 2007, pp.197~224.

14) 정동화, 「道學的 詩世界의 한 局面-朱子의 「觀書有感」과 그 韓國的 受容에 대하여」, 『민족문화』 22, 한국고전번역원, 1999, pp.162~189. ; 홍광훈, 「朱熹의 시론 -도학가와 시인 사이의 갈등-」, 『중어중문학』 26권0호, 한국중어중문학회, 2000, pp.409~431. ; 김시업, 「한훤당 김굉필의 도학적 시세계와 인간자세」, 『대동문화연구』 48권0호, 성균관대학교 대동문화연구원, 2004, pp.381~404. ; 정순희, 「조선후기 도학자 시에 나타난 일상성의 몇 국면-老論 山林 도학자를 중심으로」, 『한국문학이론과 비평』 제24집, 한국문학이론과 비평학회, 2004, pp.175~198. ; 尹載煥, 「玉洞 李漵의 文學觀 研究」, 『東方漢文學』 27, 東方漢文學會, 2004, pp.228~234. ; 尹載煥, 「玉洞 李漵의 시에 나타난 정신세계」, 『한국한시연구』 13, 韓國漢詩學會, 2005, pp.288~321. ; 권수용, 「16세기 호남 무등산권 원림 문화」, 『인문연구』 제55호, 영남대학교 인문과학연구

도학적인 문학·정치·사상15)과 관련하여 이루어졌다. 도학시란 용어

••••••••••

소, 2008, pp.357~398. ; 尹載煥, 「玉洞 李漵의 理·氣對立的 思惟樣式과 그 意味」, 東洋古典研究49, 東洋古典學會, 2012, pp.204~211. ; 윤재환, 「玉洞 李漵의 輓詩를 통해 본 朝鮮朝 輓詩의 一 樣相」, 『한민족어문학』 65, 민족어문학회, 2013, pp.343~383. ; 윤재환, 「玉洞 李漵 문학 속의 道學的 思惟世界와 그 意味-옥동 이서의 도학적 詩世界를 중심으로-」, 『韓國漢詩研究』 Vol.21 No.-, 한국한시학회, 2013, pp.253~289. ; 안영길, 「霞谷 鄭齊斗의 은거와 문학-漢詩를 중심으로」, 『외국문학연구』 제52호, 한국외국어대학교 외국문학연구소, 2013, pp.221~241. ; 장호중, 「海隱 姜必孝의 漢詩 研究 : 遊覽詩를 중심으로」, 『한국학논집』 53, 계명대학교 한국학연구원, 2013, pp.195~238. ; 임준성, 「牛溪 成渾의 詩世界 -遊山과 僧侶交遊를 중심으로」, 『한국고시가문화연구(구 고시가연구)』 33권0호, 한국고시가문화학회(구 한국고시가문학회), 2014, pp.293~317.

15) 도학적인 문학에 관한 연구는 심경호, 「16세기 도학가의 세계관과 미학」, 『국문학연구』 제7호, 국문학회, 2002, pp.29~86. ; 양광석, 「古文家와 道學家의 文學觀 : 文以貫道와 文以載道를 중심으로」, 『유교사상문화연구』 22, 한국유교학회, 2005. pp. 415~448. ; 한창훈, 「16세기 在地士林 江湖時調의 양상과 전개」, 『시조학논총』 22권0호, 한국시조학회, 2005, pp.173~194. ; 박수밀, 「18세기 양응수의 독서법에 나타난 독서 양상과 그 의미」, 『국제어문』 42, 국제어문학회, 2008, pp.131~162. ; 정우락, 「朝鮮中期 江岸地域의 文學活動과 그 性格- 낙동강 중류 지역을 중심으로 한 하나의 시론」, 『한국학논집』 제40집, 계명대학교 한국학연구원, 2010, pp.203~257. ; 이구의, 「조선 초 영남 사림파의 도학적 문학사상」, 『한국학논집』 45, 계명대학교 한국학연구소, 2011, pp.187~228. ; 이구의, 「한국사상문학 : 조선시대 시인과 시정신 -15,16세기 영남 사림파를 중심으로-」, 『한국사상과 문화』 59권0호, 한국사상문화학회, 2011, pp.7~44. ; 임완혁, 「屛谷 權榘의 散文研究-『闈幽錄』의 저술의식과 성격에 대하여」, 『한국학논집』 53, 계명대학교 한국학연구원, 2013, pp.27~61이 있다. 도학정치와 사상에 관한 연구는 다음과 같다. 심경호, 「강화학파의 假學 비판」, 『양명학』 13, 한국양명학회, 2005, pp.245~282. ; 김영민, 「理의 再定位와 心의 再定義-湛若水의 철학-」, 『哲學』 85, 한국철학회, 2005, pp.47~74. ; 김용흠, 「19세기 전반 勢道政治의 형성과 政治運營」, 『한국사연구』 132, 한국사연구회, 2006, pp.179~220. ; 김기현, 「사림파 도학자들의 실천정신과 그 굴절」, 『국학연구』 9, 한국국학진흥원, 2006, pp.19~50. ; 이상성, 「潘溪 兪好仁 思想의 道學的 考察」, 『유교사상문화연구』 30, 한국유교학회, 2007, pp.35~77.

는 내용상의 범위뿐만 아니라 주제의 범위까지 확대하여 사용할 수 있는 말이다. 여기서 우리는 도학시의 범주를 시화詩話와 시선집詩選集, 그리고 한시사漢詩史에 관한 문헌적인 자료16)를 검토한 후에 정해야

· · · · · · · · · ·

; 장병한, 「16세기 강우 남명 도학의 성격 규정 일고찰」, 『인문연구』 53권0호, 영남대학교 인문과학연구소, 2007, pp.381~414. ; 배영기, 「도학사상과 동학사상」, 『단군학연구』 16호, 고조선단군학회, 2007, pp.213~237. ; 이석주, 「도학과 환경윤리」, 『철학논총』 제50집, 새한철학회, 2007, pp.291~313. ; 김성우, 「15세기 중후반~16세기 道學運動의 展開와 松堂學派의 活動」, 『역사학보』 202권 0호, 역사학회, 2009, pp.1~47. ; 김연재, 「『九正易因』에서 본 李贄의 易學과 그 세계관 - 乾坤의 道를 중심으로 - 」, 『철학사상 』 39, 서울대학교 철학사상연구소, 2010, pp.181~210. ; 이정환, 「규범적 단일성을 위한 철학적 기초: 주희의 도학 개혁」, 第29回(2010년) 東洋史學會 冬季硏究討論會, 2010. 2, 89~90. ; 김용헌, 「도학의 형성, 점필재 김종직과 그의 문생들의 도학사상」, 『한국학논집』 45, 계명대학교 한국학연구원, 2011 pp.147~186. ; 김경호, 「고봉 기대승의 낙향과 삶으로서의 철학-비애의 정조를 넘어서-」, 「한국인물사연구』17, 한국인물사연구회, 2012, pp.155~185. ; 김종석, 「도통론에 가려진 조선중기의 유학자, 진일재 류숭조」, 『국학연구』 제19집, 한국국학진흥원, 2011, pp.81~108. ; 정도원, 「16-17세기 퇴계학파의 內聖學과 外王으로의 전개 - 직전제자들의 미발심체·지각 논쟁과 예학을 중심으로 -」, 『儒敎思想文化硏究』 第50輯, 한국유교학회, 2012, pp.5~41. ; 추제협, 「한려학파와 여헌학」, 『한국학논집』 52, 계명대학교 한국학연구원, 2013, pp.59~88.

16) 검토한 문헌은 허균의 『성수시화惺叟詩話』, 『학산초담鶴山樵談』, 『국조시산國朝詩刪』과 김종직의 『청구풍아靑丘風雅』, 남용익의 『기아箕雅』, 이수광의 『지봉유설芝峯類說』, 「동시東詩」, 이덕무의 「쇄아碎雅」, 이가원의 『한국한문학사韓國漢文學史』, 문선규의 『한국한문학韓國漢文學』, 이병주 등의 『한국한문학사韓國漢文學史』, 민병수의 『한국한문학개론韓國漢文學槪論』과 『한국한시사韓國漢詩史』, 이종은·정민의 『한국역대시화유편韓國歷代詩話類編』이다. 고려 말 이후 시 선집은 『동문선』, 『청구풍아』, 『속 동문선』, 『속 청구풍아』, 『시부선』, 『국조시산』, 『기아』, 『소대풍요』, 『풍요속선』, 『풍요삼선』, 『대동시선』 등이 있지만, 김종직의 『청구풍아』, 허균의 『국조시산』, 남용익의 『기아』가 대표적이라고 할 수 있다. 김종직의 『청구풍아』는 126가家 503수首의 당시唐詩를 선집의 기준으로 한 조선 초의 시 선집이다. 허균의 『국조시산』은 조선의 시인 146가家 877수의 시를 당풍 기준으로 선집하였다. 남용익의 『기아』는

한다. 그렇다면 도학시와 관련한 대표적인 선행연구는 어떤 특징을 가지고 있는지 살펴보기로 한다.

정요일은 문이재도론을 바탕으로 도덕道德과 예藝의 중요성을 강조하면서 본말本末의 관계를 밝혀야 한다고 보았다.[17]

이병혁은 정주학의 전래 이후에 "문학적인 면에서 사장파의 경향에서 성리학적인 경향"을 띤다고 보았으며 이 시기 염락파濂洛派의 성리학적인 작품을 백이정白頤正의 「한거閑居」, 정몽주鄭夢周의 「독역讀易」·「관어觀魚」·「동지冬至」·「호연浩然」, 원천석元天錫의 「차강절소선생춘교십영次康節邵先生春郊十咏」, 이숭인李崇仁의 「추야감회秋夜感懷」를 예로 들었다.[18]

송준호는 염락풍 시들이 수양이라는 목적이 매우 뚜렷하므로 주제적 의도가 비교적 명료한 작품들이라 평하였다.[19]

장도규는 조선조 오현五賢 즉 정여창鄭汝昌, 김굉필金宏弼, 조광조, 이언적李彦迪, 이황이 각각 역행力行, 의리義理, 경세經世, 자득自得, 달관達觀의 기풍을 유지하여 도학시를 완성한 것으로 보고 도학의 문학화라

. . . .

조선후기에 널리 읽혀진 497가家의 작품이 수록된 시선집이다. 이수광은 『지봉유설』, 「동시」조에서 약 100여 가家의 시인을 거론하였다. 이덕무는 「쇄아」에서 중국과 우리의 한시사를 일정한 기준이 없이 논하였다. 『동문선』은 방대한 자료수집의 유취類聚라 보아 제외하고, 『소대풍요』, 『풍요속선』, 『풍요삼선』 등 위항인들의 시 선집은 중인 계층의 시 선집이므로 제외하고, 『속 동문선』과 『속 청구풍아』는 정밀성이 낮아서 제외하고, 『대동시선』은 選이라기보다 문화유산을 정리하는 데 의미를 두어 제외해도 무방하다.(홍학희(2004), 「한국 도학시 연구에 있어서의 몇 가지 문제」, 『한국고전연구』 10, 한국고전연구학회, pp.199-208 참조.)

17) 정요일, 「문이재도론의 이해」, 『한국한문학연구』 6, 한국한문학회, 1982, p.24.

18) 이병혁, 「정주학 전래와 여말 한문학」, 『동방학지』 36-37, 연세대학교 국학연구원, 1983, pp.393~394.

19) 송준호, 「염락풍 시의 성격」, 『한중철학』 4, 한중철학회, 1998, p.478.

는 관점에서 평가하였다.[20]

홍우의는 도학시를 "성리학적 사유가 주도적으로 보이는 시편들"로 한정하고 범주를 "우주론·심성론·수양론"의 유교 철학의 입장에서 해석하였다.[21] 이는 도학시를 성리학적 사유라는 좁은 의미로 파악하였기 때문에 그들의 동정어묵에 관한 내용을 제외한 한계가 있다.

이동환은 송대 도학이 국내에 수용된 시기를 "고려조의 지식인들이 원의 국도國都에 왕래 또는 교우僑寓하는 경우가 많아지기 시작하던 13세기 말 14세기 초"라고 보았다.[22] 이와는 달리 한국의 독특한 의리 정신은 송대宋代의 도학이 수용되기 이전부터 있었다[23]는 견해도 있지만 두 가지 경우 모두 본격적인 도학으로 보기는 어렵다. 왜냐하면 당시 지식인들이 도학에 대한 개념을 갖고 있지 않았기 때문이다.

홍학희는 도학시가 용어用語, 풍격風格, 한시사漢詩史 면에서 문제점이 있다고 보아 이를 면밀히 분석하였다.[24] 그러나 용어상의 문제점을 도출하는 정도였고, 그 개념과 범주는 명확히 밝히지 않고 있어 여전히 도학의 개념과 범주에 대한 문제를 안고 있다.

유호진은 도학시의 주요 제재를 분석하였고, 경물景物에 나타난 이미지를 고찰하여 도학자의 인격 이상理想과 정신 지향志向을 새롭게 제시한 바 있다.[25] 그는 또한 "도학시에 나타난 자연물에 대한 묘사와 이를

· · · · · · · · · · ·

20) 장도규, 「조선 오현의 도학시 연구」, 단국대학교 박사학위논문. 1999.
21) 홍우의, 「율곡의 도학시 연구」,『한국고전연구』6권0호, 한국고전연구학회, 2000, pp.93~120.
22) 이동환, 「牧隱에게서의 道學思想의 文學的 闡發」,『한국문학연구』3, 고려대학교 민족문화연구원 한국문학연구소, 2002, p.1.
23) 오석원,『한국 도학파의 의리사상』, 유교문화연구소, 2005, p.48.
24) 홍학희, 「한국 도학시 연구에 있어서의 몇 가지 문제」,『한국고전연구』10, 한국고전연구학회, 2004, pp.183~214.
25) 유호진, 「퇴계시의 이미지 연구」,『퇴계학논집』116집, 퇴계학연구원, 2004,

배태한 사상, 그리고 인생태도를 분석하여, 본성의 체인體認이라는 내적 초월을 통하여 우주 만물과 합일할 수 있다는 점"을 제시하기도 하였다.[26] 이 논문은 도학시에 대한 개념을 확대하여 제시한 공이 크다.

이영호는 유가儒家 철리시哲理詩의 개념과 범주를 밝혔고, 미의식에 관한 시론을 제시하였다. 그는 철리시가 "철학적 내용을 문학적 형식을 통해" 나타낸 시라고 보았다. 그는 철리시의 범주를 설경시說經詩와 설리시說理詩로 나누고 또 설경시를 경의시經義詩와 주의시注義詩, 설리시를 성정시性情詩와 자연시自然詩로 나누어 고찰하였다.[27] 이는 도학시에서 도학자의 실천적 의미가 담긴 차운, 증답, 만시를 제외하여 철리시의 범주를 좁은 의미로 제시한 한계가 있다.

이구의는 조선 초기 사림파의 도학적 문학사상을 점필재 김종직과 그 제자들의 시문을 중심으로 고찰하고, 사적史的으로 검토한 결과를 제시하였다. 점필재와 그의 제자들은 도체문용道體文用의 도문겸전道文兼全을 이행하였다고 보았다. 또 그들은 성정性情과 풍교風敎를 추구했으며 충담沖澹·한아閒雅한 풍격의 작품을 남겨 송의 성리학자들과 풍격이 비슷하다고 하였다.[28] 하지만 도학을 영남 사림 지역 중심으로 한정하여 전체적인 입장에서 파악하지 못한 한계가 있다.

박정희는 김득연의 한시가 은거를 지향하나 성리학적 사유가 표출된다는 점을 들어 도학시라고 보았고, 성리학자로서의 구도求道 정신이

• • • • • • • • • •

    pp.185~230. ; 유호진, 「율곡시의 이미지 연구」, 『고전문학연구』 31, 한국고전문학회, 2007, pp.357~388.
26) 유호진, 「조선중기 도학시와 생태학적 상상력」, 『동양한문학연구』 25집, 동양한문학회, 2007, pp.251~283.
27) 이영호, 「哲理詩의 범주와 미의식에 관한 시론」, 『동방한문학』 33권0호, 동방한문학회, 2007, pp.197~224.
28) 이구의, 「조선 초 영남 사림파의 도학적 문학사상」, 『한국학논집』 45, 계명대학교 한국학연구소, 2011, pp.187~228.

시에 잘 드러난다고 밝혔다.[29] 그는 도학시가 성리학적 사유의 표출 여부에 있다고 본 것이다.

　지금까지 도학시에 대한 선행연구를 살펴본 결과 도학시에 대한 개념과 범주를 바탕으로 하여 이의 전개양상을 명확히 밝힌 논문은 미비하다. 여기서 도학시의 의미 범주에 대한 고찰이 필요함을 알 수 있다. 따라서 이 책에서는 선행연구들을 토대로 도학, 도학시, 도학적인 시를 문헌 검토 후 도학시의 의미범주를 제시하고자 한다. 이를 위해 조선 전기와 중기의 도학자의 시를 대상으로 고찰한다. 주로 김종직을 위시하여 정여창, 조광조, 서경덕, 이언적, 조식, 이황, 김인후, 송익필, 성혼, 이이의 시를 고찰할 것이다. 이들의 시를 도학시의 범주에 넣은 이유는 이들 시에 도학시의 특질이 잘 드러나며 이들이 당대를 대표하는 도학자라 할 수 있기 때문이다. 그러므로 이들의 시를 대상으로 도학시의 외연적 개념과 내포적 개념을 살펴본 후 그 개념을 바탕으로 하여 소재 및 주제에 따른 도학시의 범주를 고찰할 것이다. 이는 조선조 한시사에서 도학시의 위상을 정립하는 길이며 도학시 연구에 초석이 되는 작업이다. 여기서 밝혀진 도학시의 개념과 범주를 토대로 하여 성혼 시의 도학적 성향과 미의식을 규명한다.

　우계 성혼에 관한 연구는 철학사상, 학문과 교육사상[30], 문학, 문헌

● ● ● ● ● ● ● ● ● ●

29) 박정희, 「葛峯 金得硏의 道學詩 연구」, 『한국사상과 문화』 70권 0호, 한국사상문화학회, 2013, pp.69~94.

30) 아래에 제시한 우계 성혼 관련 자료는 2009년 이전까지는 우계문화재단에서 펴낸 「우계 성혼 연구자료목록」에 힘입은 바 크다. (『우계문화재단 단행본』, 우계문화재단, 2009, pp.559~567). 이 책에서는 그 자료에서 나타난 오기나 부정확한 정보를 수정 및 보완하였다.
학문과 교육사상은
김문준, 「牛溪 成渾의 『爲學之方』의 工夫法」, 『牛溪學報』 Vol.27 No.-, 우계문화재단, 2008.

학31), 생애와 교육사상32), 사우문도33), 현실인식 분야로 나뉜다. 그중에

. . . .

김오봉,「牛溪 成渾의 독서론에 관한 연구」,『서지학연구』Vol.14 No.-, 서지학회, 1997.

박균섭,「牛溪 成渾의 敎育思想 硏究」, 成均館大學校 박사학위논문, 1998.

성교진·장재천,「한국사상과 인성교육 : 牛溪 成渾의 書室儀와 교육정신 한국사상과 인성교육」,『韓國의 靑少年文化』Vol.10 No.-, 2007.

孫仁銖,「牛溪 成渾의 敎育思想」,『우계문화재단 단행본』Vol.1991 No.1, 우계문화재단, 1991.

손인수,『寒暄堂·栗谷·牛溪의 敎育思想』, 배영사, 1991.

정경아,「牛溪 成渾의 學文과 敎育活動」, 전남대학교 석사학위논문, 2002.

황의동,「牛溪 교육사상의 특성」,『哲學論叢』Vol.26 No.-, 새한철학회, 2001.

황의동,「牛溪 成渾의 敎育思想」,『牛溪學報』Vol.20 No.-, 우계문화재단, 2001.

31) 문헌학 연구 분야는

李章熙,「牛溪 成渾에 關한 史的考察」,『論文集』11, 1988.

성효정,「우계 성혼의 생애와 문집의 편찬간행 및 내용분석」, 성균관대학교 석사학위논문, 2009.

32) 생애와 사상적인 면에서는

원용문,「우계 성혼론」,『漢文學論集』12, 근역한문학회, 1994.

윤성진,「牛溪 成渾의 生涯와 思想」, 釜山大學校 석사학위논문, 1997.

장윤수,「우계 성혼의 사상적 연원과 현실·실천 지향적 삶」,『牛溪學報』23, 우계문화재단, 2004.

박균섭,「우계 성혼의 이상적 인간상에 관한 견해 고찰」,『牛溪學報』24, 우계문화재단, 2005.

이종성,「우계 성혼의 도학적 삶과 학문연원」,『牛溪學報』28, 우계문화재단, 2009.

장윤수,「우계 성혼의 사상적 연원과 현실·실천 지향적 삶」,『우계문화재단 단행본』No.1, 우계문화재단, 2009.

33) 사우문도에 관한 연구는

우계문화재단,「文簡公 牛溪 成渾 先生 祠堂竣工」,『우계문화재단 학술대회』Vol. No.1, 우계문화재단, 1987.

박균섭,「牛溪門徒와 倭亂.胡亂」,『한국교육사학』Vol.23 No.1, 2001.

황의동,「牛溪學의 傳承과 그 學風」,『汎韓哲學』28, 범한철학회, 2003, pp.31~58.

서도 철학사상과 현실인식34)에 관한 연구가 주를 이룬 가운데, 학문과

• • • • • • • • •

최영성, 「韓國儒學史에서 成渾의 位相과 牛溪學派의 影響」, 『牛溪學報』 Vol.27, 우계문화재단, 2008.
이형성, 「牛溪學派의 학맥과 학풍」, 『儒學硏究』 Vol.25, 충남대학교 유학연구소, 2011.

34) 철학사상에 관한 연구는
김낙진, 「牛溪 成渾의 義理思想」, 『牛溪學報』 19, 우계문화재단, 2000.
김낙진, 「우계 성혼의 의리사상」, 『우계문화재단 단행본』 Vol.2009 No.1, 우계문화재단, 2009.
김우형, 「우계 성혼의 퇴율절충론의 철학적 함의 : 리기일발설理氣一發說의 존재론적 해석」, 『유학연구』 31, 충남대학교 유학연구소, 2014.
金祐瑩, 「牛溪 成渾의 退栗折衷論의 철학적 함의 : 理氣一發說의 존재론적 해석」, 『우계학보』 33, 우계문화재단, 2015.
서수용, 「牛溪 退溪 兩 先生 關係 一考」, 『牛溪學報』 23, 우계문화재단, 2004.
徐惠珍, 「牛溪 成渾의 理氣說 硏究 : 主理와 主氣設 折衷論의 開祖로서」, 圓光大學校 大學院 석사학위논문, 1994.
徐惠珍, 「牛溪 成渾의 理氣說 硏究」, 『牛溪學報』 11, 우계문화재단, 1994.
설석규, 「우율학과 기호사림의 동향」, 『국학연구』 Vol.7 No.-, 2005.
成校珍, 「牛溪 成渾의 理氣人道論」, 『현대사상연구』 Vol.6 No.-, 1995.
성교진, 「牛溪 成渾의 主理主氣纔發一途或主說에 關한 硏究」, 『牛溪學報』 29, 우계문화재단, 2011.
안은수, 「成渾과 李珥의 理氣論」, 『우계문화재단 단행본』 Vol.2009 No.1, 우계문화재단, 2009.
安銀洙, 「成渾의 理氣一發說」, 『우계문화재단 학술대회』 Vol.1998 No.1, 우계문화재단, 1998.
안은수, 成渾의 理氣一發說」, 『牛溪學報』 18, 우계문화재단, 1999.
劉明鍾, 「牛溪 成渾의 「朱門旨訣」」, 『牛溪學報』 1, 우계문화재단, 1990.
劉明鍾, 「折衷派의 鼻祖 牛溪의 成渾의 理氣哲學과 그 展開」, 『牛溪學報』 4, 우계문화재단, 1991.
유연석, 「牛溪 후학의 栗谷 性理學 이해와 비판 -朴世采, 趙聖期, 林泳을 중심으로-」, 『율곡사상연구』 23, (사)율곡연구원(구 사단법인 율곡학회), 2011.
이동희, 「牛溪 成渾의 性理說과 조선 후기 '折衷波'」, 『牛溪學報』 Vol.22 No.-, 우계문화재단, 2003.
이동희, 「牛溪 成渾의 性理說과 조선 후기 '折衷派'」, 『東洋哲學硏究』 Vol.36

교육사상, 생애와 사상, 사우문도에 관한 연구가 뒤를 이었고, 문학에
대한 연구35)는 부족한 실정이다. 우선 우계에 관한 문학적 측면의 연구
· · · · · · · · · ·

No.-, 동양철학연구회, 2004.

이동희, 「우계 성혼의 성리설과 조선후기 '절충파'」, 『우계문화재단 단행본』
Vol.2009 No.1, 우계문화재단, 2009.

이영택, 「牛溪 成渾의 倫理思想 硏究」, 강원대학교 석사학위논문, 1999.

李炯性, 「牛溪 成渾의 理重視的 性理說 一攷」, 『포은학연구』 Vol.5 No.-, 포은
학회, 2010.

이형성, 「우계 성혼의 本源涵養的 유학사상 일 고찰」, 『우계문화재단 단행본』
Vol.2009 No.1, 우계문화재단, 2009.

이형성, 「牛溪 成渾의 本院涵養的 儒學思想 一攷察」, 『牛溪學報』 Vol.22
No.-, 우계문화재단, 2003.

이형성, 「牛溪 成渾의 理重視的 性理說 一攷」, 『牛溪學報』 Vol.29 No.-, 우계
문화재단, 2011.

이형성, 「한국철학 : 우계 성혼의 이중시적 실천유학 사상에 관한 고찰」, 『韓
國思想과 文化』 Vol.25 No.-, 2004.

최영진·안유경, 「牛溪 成渾 性理說의 構造的 理解」, 『牛溪學報』 Vol.27 No.-,
우계문화재단, 2008.

허권실, 「牛溪와 栗谷의 四端·七情과 人心·道心에 관한 硏究」, 군산대학교
박사학위논문, 2012.

현실인식에 관한 연구는

설석규, 「16세기 士林의 世界觀 分化와 成渾의 現實 對應 자세」, 『牛溪學報』
Vol.24 No.-, 우계문화재단, 2005.

설석규, 「16세기 사림의 세계관 분화와 成渾의 현실대응」, 『우계문화재단 단
행본』 Vol.2009 No.1, 우계문화재단, 2009.

35) 성혼에 관한 문학 연구는

최신호, 「聽松·牛溪의 生涯와 詩世界-隱顯觀의 側面에서」, 『성심어문논집』
9, 성심여대, 1986, pp.19~59.

성기조, 「牛溪詩 評說」, 『성우계사상연구논총』, 우계문화재단, 1988, pp.
182~212.

朴鎭煥, 「牛溪 成渾의 詩世界」, 『牛溪學報』 2, 우계문화재단, 1990, pp.15~24.

설성경, 「우계 성혼의 시가 연구」, 『牛溪學報』 3, 우계문화재단, 1991, pp.7
~18.

백태명, 「우계 성혼 문학의 배경」, 『牛溪學報』 4, 우계문화재단, 1991, pp.30~

는 1986년부터 이루어졌다. 1990년대에는 연구 성과가 몇 편 있었고 2000년대에 이르러 잠시 주춤하였다가 2010년대에 다시 문학에 대한

· · · · · · · · · ·

44.

양대연, 「우계선생의 시에 대한 고찰」, 『성우계사상연구논총』, 우계문화재단, 1991, pp.282~307.

원용문, 「우계성혼론」, 『한문학논집』 12, 근역한문학회, 1994, pp.309~334.

정상균, 「牛溪 先生의 詩 世界 硏究」, 『牛溪文化財團學術大會발표자료』 No.1, 1998, 우계문화재단, pp.71~91

정상균, 「牛溪 先生의 詩 世界 硏究」, 『牛溪學報』 18, 우계문화재단, 1999, pp.145~171.

정상균, 「우계 성혼 한시 국역(全)」, 『牛溪學報』 19, 우계문화재단, 2000, pp.159~176.

한의숭, 「성혼과 송익필의 「銀娥傳」서술 양상과 그 의미」, 『민족문학사연구』 25, 민족문학사학회·민족문학사연구소, 2004, pp.164~187.

박재홍, 「의리와 무소유의 탐구-우계 성혼의 시 세계」, 『牛溪學報』 24, 우계문화재단, 2005, pp.389~394.

정상균, 「우계의 시 세계 연구」, 『우계문화재단 단행본』 No.1, 우계문화재단, 2009, pp.503~526.

임준성, 「牛溪 成渾의 交遊詩 硏究」, 『牛溪學報』 29, 우계문화재단, 2011, pp.85~118.

임준성, 「우계 성혼의 '상우'지향」, 『인문학연구』 42, 조선대학교 인문학연구소, 2011, pp.297~331.

임준성, 「우계 성혼의 시세계 -遊山과 僧侶交遊를 중심으로」, 『한국고시가문화연구(구 고시가연구)』 33권0호, 한국고시가문화학회(구 한국고시가문학회), 2014, pp.293~317.

양훈식, 「牛溪 成渾의 交遊詩 硏究-龜峰, 栗谷, 松江을 중심으로」, 『어문연구』 제161호, 한국어문교육연구회, 2014, pp.341~372.

양훈식, 「파주삼현의 편지에 나타난 도학담론」, 『어문논집』 62집, 중앙어문학회, 2015, pp.267~299.

양훈식, 「우계 증답시에 나타난 도학적 성향 연구」, 『온지논총』 44집, 온지학회, 2015, pp.9~42.

양훈식, 「조선조 도학시의 전개양상 연구」, 『문화와 융합』 37권1호, 한국문화융합학회, 2015, pp.65~95.

연구가 이뤄지고 있다. 이러한 연구 공백이 생긴 이유는 『우계집』에 대한 번역이 이뤄지기 전이라서 심도 있는 분석이 어려웠기 때문이다. 또한 이는 우계가 지은 시문의 양이 적기 때문이기도 하다. 게다가 도학적 성향이 주를 이룬 시문학을 이해하기 위해서는 도학시에 사용한 전고와 용사를 알아야 한다. 그런데 이는 도학에 대한 지식이 바탕이 된 상태라야 가능하기 때문에 연구가 미비하였던 것이다. 이를 고려해보면 도학을 바탕으로 경물을 형상화한 우계 시에 대한 분석이 어렵다는 사실을 알 수 있다. 따라서 본 연구에서는 이러한 점에 착안하여 도학시에 대한 선행 연구 검토 후 그 개념과 범주를 밝힌다. 이후 이를 토대로 우계 시를 고찰하고자 한다. 이를 위해 우계의 문학연구 성과 전반에 대한 검토가 우선적으로 이뤄져야 한다. 시대 순으로 선행연구를 살펴보겠다.

최신호(1986)는 청송과 우계의 시세계를 은현관隱顯觀의 측면에서 다루었다. 그는 청송과 우계를 안빈낙도를 실현한 진은인眞隱人으로 보았고, 사림으로서의 학문과 시세계를 구축한 인물로 평가하였다. 이 논문은 16세기 사림파의 문학을 은현隱現이라는 구조 속에 한정하여 도학시를 분석한 것이다.

성기조(1988)는 우계의 시를 평설하면서 일생을 세 시기로 나누어 살펴보았다. 그러나 그가 세 시기로 나눈 기준은 애매하고 또한 이해하기 어려운 지점도 있다.[36] 그는 "첫째, 파산에 살면서 벼슬살이를 떠날

· · · · · · · · · ·

36) 이 논문에서 성기조는 우계와 청송을 혼동하였다. 다음은 그 논문의 내용 중 원문 일부이다. "그는 27세에 어머니를 여의고 30세에 아버지인 청송의 상을 당했다. 두 분을 저 세상으로 보내고 애통해 하였고 특히 효심이 뛰어난 선생은 장례를 치룬 이후에도 3년 동안 시묘살이를 했다. 시묘살이를 할 때 죽을 마시면서 하루 세 번씩 상식上食을 올리고 슬프게 곡을 했다고 한다. 그는 상식에 쓰는 그릇을 하인들에게 맡기지 않았고 새벽에 일어나 묘역을 깨끗이 쓸고 향을 피우고 절을 하였다고 한다. 동생인 수종守琮과 함께 법도에

때까지(32세) 율곡과의 만남과 부모의 상을 당한 기간이고, 둘째, 서울에서 벼슬살이 하던 일과 임금을 따라 난중에 평안도·황해도 지방에서 공사를 보던 시기이며, 셋째, 벼슬을 버리고 다시 고향인 파산에 돌아와 세상을 버릴 때까지"로 분류하였다. 그러나 그의 생애를 세 시기로 도식화하기 어렵다. 왜냐하면 시의 형식과 내용으로 볼 때 은거-벼슬-환산과정이 명확히 드러나지 않기 때문이다. 한편 시의 내용에 따라 자연, 인사, 수기와 의리에 관한 것 등 세 갈래로 나누어 시상詩想과 작시作詩의 상황을 포착해 내어 우계의 인품을 드러냈는데 이는 도학시의 범주를 제시한 의미 있는 연구 성과이다.

양대연(1988)은 우계시를 '97수'37)로 보고, 우계 시의 시격詩格과 시

· · · · · · · · · · ·

어긋나지 않게 시묘살이 하는 것을 보고 그 형제의 효심에 감격하여 다음과 같은 시詩를 남기고 간 사람이 있었다고 한다."(pp.189-190) 라고 하였다. 이후 이어지는 시 내용 속에 성문유이자成門有二子가 등장하는데 여기서 두 아들은 성수침과 성수종 형제를 말한다. 따라서 이 대목은 우계의 효행 부분을 서술하면서 아버지 청송의 이야기를 덧붙이면서 발생한 문제다. 그리고 성수종은 우계의 숙부에 해당하므로 함께 시묘侍墓살이를 한다는 자체가 이상하다. 그러므로 성기조는 "동생인 수종과 함께"라는 대목에서 청송의 시묘살이를 말한다는 것을 알 수 있으며 여기서 문장 주어가 바뀌었는데 이를 간과하고 함께 써서 혼동을 불러일으키게 한 것이다.

37) 양대연은 그의 논문에서 "오언고시五言古詩·오언절구五言絶句를 합하여 15수首, 칠언고시七言古詩·칠언절구七言絶句가 61수首, 오언율시五言律詩·오언배율五言排律이 9수首, 칠언율시七言律詩는 본본本·속집續集을 합하여 4수首이며, 기타其他 장단구長短句로서 6구시句詩와 18구시句詩가 각各 1편篇, 10구시句詩가 2편篇으로 도합都合 97수首"(양대연, 「우계선생의 시에 대한 고찰」, 『성우계사상연구논총』, 우계문화재단, 1991, p.283.)라고 보았다. 최신호는 "서독書牘이 160여 편, 장소章疏가 78편, 잡기雜記가 18편, 제문祭文, 축문祝文이 7편, 시詩가 88편, 기타 3편"(최신호, 「聽松·牛溪의 生涯와 詩世界-隱顯觀의 側面에서」, 『성심어문논집』 9, 성심여대, 1986, pp.424~425.)이라고 보았다. 두 연구자가 제시한 편수는 구체적인 목록을 제시하고 있지 않아 이를 검증할 길이 없다. 그러나 필자는 이 책에서 아래와 부록에 제시한 바와 같이 89수를 다룬다.

풍詩風을 다루면서 우계의 시가 두보杜甫와 「염락풍아濂洛風雅」[38])의 영향을 받았다고 밝혔다.[39]) 특히 가학과 사우의 영향 관계를 통해 그의 시품과 시격이 형성되었다고 본 점은 타당하다. 그러나 형식적 측면에서 우계시를 다루고 있어 내용적으로 사우간의 영향관계를 면밀히 검토하지 못한 흠이 있다.

박진환(1990)은 우계 성혼의 시세계를 네 평가역으로 설정한 후 평가치를 제시하였다. 그는 "우계의 시는 첫째, 자연교감을 통한 유로적流露的 서정시抒情詩, 둘째, 탈속脫俗 지향을 통한 고향애故鄕愛의 사향시思鄕詩, 셋째, 본향本鄕에의 은거隱居와 자아달의自我達義의 시, 그리고 끝으로 연군사戀君詞・도의지교道義之交의 시"라고 분류하였다. 그런데 이러한 분류는 서정시를 우위에 두고 도의시를 하위 범주로 설정한 것이다. 따라서 성혼 시의 도학적인 성향과 미의식이 제대로 반영되지 못한 한계가 있다.

· · · · · · · · · ·

이는 서론에서도 언급하였지만 『청송우계집聽松牛溪集부창랑집(附滄浪集)』(1980)과 『국역 우계집』(2000)을 토대로 원집原集에 57제題 62수首, 속집續集에 18수首를 포함하여 80수, 습유拾遺 8수, 정철・이이・송익필・성혼이 함께 쓴 연구시聯句詩 1수를 포함한 것이다.

	五言絶句	七言絶句	五言律詩	七言律詩	五言排律	其他
原集(62수)	12	39	5	2	3(19,18,6구)	1(5언4구)
續集(18수)	2	9	2	3	2(10구)	
拾遺(8수)	1	5		2		
其他(1수)			1(聯句詩)			
計 (89수)	15	53	8	7	5	1

38) 중국 원나라 때에 김이상金履祥(1232~1303)이 1296년에, 송대宋代 성리학자들의 시를 채집하여 편찬한 시 선집으로 「모시풍아毛詩風雅」를 본떠서 염계濂溪 사람 주돈이周惇頤, 낙양洛陽 사람 정호程顥와 정이程頤를 비롯하여 송나라 성리학자 48명의 시를 모아 6권으로 만든 책이다.

39) 양대연, 「우계선생의 시에 대한 고찰」, 『성우계사상연구논총』, 우계문화재단, 1991, pp.282~307. 이는 앞의 양대연(1988)과 동일한 논문이다.

설성경(1991)은 우계 성혼의 시가를 살펴보았다. 그는 우계의 시조 작품 세 수를 구조론적 방법으로 분석하여, "성리학자로서의 현실 정치에 대한 이념적 견해를 독자적 문학 세계로 형상시킨 점"을 높이 평가하였다. 그러나 세 작품의 시조만으로 우계의 문학사적 위상을 고려하기는 다소 무리가 있다.

백태명(1991)은 우계 성혼의 문학 사상이 이전 시기의 도학자들과 다른 점을 고찰하였다. 이는 우계의 성장 배경과 문학의 사상적 배경이 성씨 가문의 전통형성, 16세기 사림문학에 기반한다고 본 것이다. 여기서 화담과 퇴계 그리고 율곡의 문학사상과 그 맥을 달리한다고 하였다. 또 벗과 문생 중심으로 교유시를 살펴보았다. 그러나 문집 번역이 이뤄지기 전의 초기 단계라서 단순한 인물 소개와 시 소개에 그치고 있다.

원용문(1994)은 우계론을 시대배경, 생애, 사상적 배경, 사우관계를 중심으로 한 작가론적 측면에서 살펴보았고, 자연교감과 합일지향, 안빈낙도安貧樂道와 귀향의식歸鄕意識, 연군지사戀君之詞와 교우지정交友之情 등을 중심으로 한 작품론적 측면에서 우계시를 분석한 장점이 있다. 그러나 우계의 한시 작품수를 한정하지 못한 아쉬움이 있다.

정상균(1998)은 우계의 시 세계를 시 쓰는 방법과 직분을 수행하는 것으로 나누어 고찰하였다. 그는 성혼 시의 특징을 가난해도 즐거울 수 있는 빈이락貧而樂의 신조를 덕행德行의 과정에서 부수附隨한 것이라고 보았다.[40]

....

40) 이 자료는 저자가 마치 세 사람인 듯이 표기되어 "정상균·鄭雲采·尹用男, 「牛溪 先生의 詩 世界 硏究」,『우계문화재단 학술대회』No.1, 우계문화재단, 1998, pp.71~91."라고 탑재되어 있다. 그러나 이는 잘못이다. 여기서 발표자는 정상균 한 사람이고, 그 토론자가 정운채이다. 그리고 윤용남은 다른 발표자의 논문(林泰勝, 「牛溪의 "敬"觀에 나타난 윤리적 의미」)에 대한 논평을 하였다. 따라서 필자는 이를 바로잡아 저자를 '정상균' 한 사람으로 표기하였다. 정상균(1999)은 우계학보에 이것을 등재하였다. 2000년에는 우계 한시를 완역

한의숭(2004)은 「은아전」에 나타난 우계와 구봉의 작품에 대한 서술 양상을 비교하였다. 「은아전」은 원래 우계가 지은 초안을 구봉에게 개작하도록 요청한 것이다. 그러나 그는 우계와 구봉이 지은 「은아전」을 각기 다른 작품으로 보고, 개작에 '구전'적 측면이 중요한 요소로 작용했다고 보았다. 이는 우계의 초안보다 구봉의 개작에 초점을 둔 연구이다.

박재홍(2005)은 우계의 한시에 나타난 의리사상을 살펴보았다. 여기에서 성혼이 제시한 의리는 "물物에 있는 것은 리理가 되고, 일[事]을 처리함에서는 의義가 된다."라고 밝히고 있다. 이러한 의리사상이 잘 드러난 시로, 「월야독음月夜獨吟」, 「남주만보南州晚步」, 「산거즉사山居卽事」, 「계상춘일溪上春日」, 「동은래문질이시위결峒隱來問疾以詩爲訣」의 네 수를 들고 있다. 그러나 이 논문의 내용을 통해 볼 때 의리사상보다는 자연 경물에 가깝다. 따라서 의리사상으로 묶기에는 무리한 측면이 있다.

임준성(2011, 2011, 2013)의 우계에 관한 논문은 세 편인데, 첫 번째 논문과 두 번째 논문의 내용이 동일하다. 그 내용은 우계의 교유시가 도학道學과 상우尙友의 정신을 담고 있다고 본 것이다. 성혼 교유시 연구에서 구봉 송익필을 제외하고 율곡과 송강에 국한하여 고찰한 점은 우계를 이해하는데 한계가 있다. 왜냐하면 우계와 구봉 송익필은 마지막까지 도학적 교유를 한 인물이기 때문이다. 세 번째 논문에서는 우계

....

하여 우계학보에 등재하였는데 이는 우계시 연구의 지평을 넓혀주고, 이 초역을 토대로 보다 나은 연구 성과를 축적할 수 있는 바탕을 마련하였다. 이후 정상균(2009)은 앞의 발표자료(1998)와 논문(1999)에서 '선생'을 뺀 제목으로 동일한 내용의 논문을 우계문화재단 단행본에 실었다. 따라서 논문은 세 번에 걸쳐 게재 및 탑재하였지만 내용은 동일하게 나타나므로 사실은 한 편에 해당한다고 볼 수 있다.

시를 유산시遊山詩와 승려교유시僧侶交遊詩를 중심으로 살펴보았다. 여기에서 그는 우계가 자연을 대할 때 갈등과 동요하지 않는 특성을 제시하였고, 승려를 대할 때 사찰공간에 개의치 않는 자세를 들었다. 사찰공간을 유불의 분별의 장이 아니라 회통의 공간으로 본 셈이다. 이는 우계가 도학을 통한 인간완성에 뜻을 두었기 때문에 가능한 것이라고 보았다. 임준성은 그의 세 편의 논문에서 교유시의 양상에 초점을 맞추었다. 이는 성혼이 도학자로서 수기치인을 시로써 형상화한 지점을 구체적으로 드러내지 못한 한계가 있다.

필자(2014)는 우계와 그의 절친한 벗 율곡, 구봉, 송강과의 교유시를 중심으로 우계 시학의 학문적 배경과 교유의 양상을 고찰하였다. 네 사람의 교유가 진덕수업進德修業의 일환이라는 점을 밝혔으나, 다른 벗들과 교유 영향관계까지를 살피지 못하였다. 또 필자(2015)의 '우계의 증답시에 나타난 도학적 성향 연구'에서는 도학자의 삶이 일상생활 속에서 상현尙賢 정신을 구현하고자 한 것으로 보았다. 이는 유학, 불학, 선학의 세 측면에서 고찰한 것이다. 유학 면에서는 진덕수업進德修業의 덕교德交가 나타났고, 불학佛學에서는 화광동진和光同塵의 고아高雅한 삶이 드러났으며, 선학仙學에서는 은일자적隱逸自適의 초매超邁가 증답시에 나타났다. 이것은 성혼이 유불선 교섭의 정신을 바탕으로 벗, 문도, 승려, 벗의 제자에 이르기까지 시로써 교유한 도학자의 기거동정起居動靜임을 밝혔다.

이상 성혼 시문학의 바탕이 되는 도학시에 대한 개념과 범주에 대한 선행연구의 장단점을 제시하였다. 그리고 성혼의 문학에 대한 연구사는 시대 순으로 검토하여 그 연구의 타당성을 제기하였다. 다음 장부터 이상의 선행연구를 토대로 성혼시의 도학적 성향과 풍격미에 대한 연구를 진행하고자 한다. 이를 위해 어떤 문헌과 연구방법으로 진행하는지 고찰할 것이다.

3. 연구방법

이번 절에서 다룰 연구방법은 공시적 관점에서 문헌학적·분석비평적 방법론을 적용하여 『우계집』 6권 6책에 실려 있는 그의 한시 작품들을 철저히 살펴보고, 통시적 관점에서 도학시 혹은 이취시의 맥락을 바탕으로 그의 작품들이 갖는 위상을 살펴봄으로써 방법론상의 객관타당성을 최대한 기하고자 한다. 따라서 연구범위는 성혼의 작품뿐만 아니라 학문적 정치적 동반자였던 벗의 문집까지 검토 대상으로 삼았다. 이러한 문집으로는 『구봉집龜峰集』, 『송강집松江集』, 『율곡전서栗谷全書』가 있는데 이들에 수록되어 있는 교유시까지 포함하여 다룬다. 이상은 우계 시학의 학문적 배경과 교유의 양상이 잘 드러난 문헌이라 할 수 있다.[41] 이 연구는 교유시를 통해서 도학자로서의 우계의 삶을 핍진逼眞하게 제시하는 길이 될 것이다. 또한 『삼현수간』[42]에 대한 검

· · · · · · · · · ·

41) 한국고전번역원(http://www.itkc.or.kr)에서 제공하는 문집의 성백효 번역을 참조하였고 필요하다고 생각되는 경우 필자의 역을 가미하였음을 밝혀 둔다.

42) 『삼현수간』에서는 파주삼현의 편지담론 속에 도학적 사유의 배경과 진덕수업의 지평이 확충되어 가는 과정이 드러난다. 일반적으로 '파주삼현'이라고 하면 고려의 윤관장군, 조선의 황희정승과 율곡 이이를 가리킨다. 그런데 이 용어는 파주지역에서 그 지역의 특색 있는 인물을 선정하면서 붙인 이름이다. 이 책에서는 『삼현수간三賢手簡』에 등장하는 삼현을 '파주삼현'이라 본다. 이들은 조선 전기에 도학자로서 수기치인의 삶을 실생활에 구현한 인물들로 송익필, 성혼, 이이가 여기에 해당한다. 당시의 문인들은 편지를 "마음속 정회情懷를 털어놓아 만남을 대신하는" 것이라고 생각했다. 그래서 편지를 쓸 때 두 벌을 써서, 한통은 자신이 잘 간직하고 다른 한통은 상대방에게 보냈다. 받은 편지와 보관한 편지는 뒷날에 함께 묶어 하나의 편지첩을 완성한 경우가 있는데, 송익필이 남겨 전한 것이 『삼현수간』이다. 『삼현수간』은 송익필, 성혼, 이이가 1560년부터 시작하여 1593년까지 개인사個人事에서는 질병, 상장례, 이사, 식재료, 약재 처방 등을 다루고 학문學問에서는 예설, 이기론, 심성론을 다루고 있다. 또한 인사人事에서는 송한필, 어언휴, 이경진, 정구, 최영경, 김장생, 안민학, 허우, 신박, 조헌, 정지연, 이이상, 안경열, 윤면천, 김수, 이제

신, 정희현, 최가운, 윤사초, 김선중, 이산보, 백인걸, 이황, 이의전, 정철, 이발, 이희삼, 정조보, 박순, 김집 등에 관한 내용을 다루었다. 이상은 이들이 서로 주고받은 편지로써 송익필의 아들 송취대宋就大가 모아서 엮은 셈이다. 원본 크기는 37.5×27.0cm이며, 98통의 초서로 된 편지이고, 『주역』 원형이정에서 이름을 따서 원첩元帖 23통, 형첩亨帖 26통, 이첩利帖 26통, 정첩貞帖 23통으로 이루어져 있다. 서문 내용으로 볼 때 임진왜란이 끝나고 기해년(1599년)에 완성한 것을 알 수 있다. 이는 『현승편』이라고도 하며, 삼현수간이란 명칭은 후대에 붙여진 것으로 보인다. 『삼현수간』은 2004년 8월에 보물 제1415호로 지정되었으며, 현재 호암미술관에 소장되어 있다. 임창순任昌淳(1914~1999)은 삼현의 글씨에 대해 "송익필의 초서草書는 기운이 넘쳐흐르고, 이이는 재기발랄하며, 성혼은 아버지 청송聽松 성수침成守琛(1494~1564)의 글씨를 이어받아 온화하면서 힘이 있다."라고 평하였다. 이는 '글씨는 곧 그 사람이다書如其人'라는 말처럼 그들의 글씨가 인품과 무관하지 않음을 지적한 표현이다. 『삼현수간』에는 파주삼현의 생생한 초서의 필적이 그대로 남아 있어 그들의 고결한 인품과 정신, 그리고 선비로서의 핍진한 삶을 살펴볼 수 있는 귀중한 문화유산이며 글쓰기 자료라 할 수 있다.

『삼현수간』에 관한 선행연구는 다음과 같다. 홍학희는 『삼현수간』을 통해 이이와 성혼의 교유를 고찰하였는데, 주로 두 사람의 출처관, 예에 대한 소신, 대조적인 성격차를 구봉을 경유하여 드러내고 있다고 보았다. 이는 두 사람의 상황과 저돌적인 이이와 다정다감한 성혼의 성격 차에서 기인한다며 평범한 인간적 면모를 그들에게서도 읽을 수 있다고 하였다. 심지어 두 사람이 내외하는 성향이 있어 구봉을 통해 주로 대화를 전개한다고까지 하였다. 그러나 이는 두 사람의 신뢰가 바탕이 되어야 가능한 이기논변의 왕복서한을 간과한 면이 없지 않다. 김창경은 삼현의 교유 특징을 잘 살폈는데, 직선적이면서 준엄했던 구봉은 직直을, 자득과 변통이 많은 율곡은 성誠을, 그리고 의양과 규범적인 우계는 경敬을 중시하였다고 보았다. 또 이들 삼현의 도학적 교유양상은 기질과 품성에 따라 도학적 교유를 통해 교학상장하고 있다고 보았다. 이건희는 사료와 함께하는 역사적 탐방지로 『삼현수간』의 세 인물이 교유하던 장소인 파주를 선정하여 체험학습효과를 살펴보았다. 파주는 조선시대 학자의 교학상장 하는 학문태도와 관직, 예에 대한 생각을 체험할 수 있는 유용한 역사화콘텐츠 지역이라 할 만하다. 그러나 이러한 연구 성과들은 『삼현수간』 텍스트에 대한 종합적인 검토라기보다는 삼현이 주고받은 이기담론, 예학담론과 그 장소와 문화공간에 초점을 맞추어 논의한 것으로 도학자인 삼현의 일상사적인 측면에 대한 연구가 미흡하다. 이에 이 책에서는 삼현의 일상토도 이뤄져야 한다. 이 간찰첩은 송익필, 성혼, 이이 세 사람의 편지로써 그들의 도학적 사유의 배경과 학문에 대한 입장, 그리고 내밀한 감정까지 세세하게 기록되어 있기 때문이다. 이처럼 성혼에 대한 철학 분야, 문학 분야, 역사학 분야 등의 기존 연구업적들을 면밀히 검토·비판하고 작품번역의 정확성에 대한 검증은 그의 도학적 성향과 미의식을 규명하는 일이 될 것이다.

이 책에서 검토 대상인 『우계집』의 서지사항은 다음과 같다. 『우계집(한국문집총간 제43집)』은 원집과 속집, 연보와 연보부록으로 구성되었다. 『우계집』의 원집, 속집은 그 완성시기에 차이가 있다.

원집은 성혼의 아들 성문준成文濬과 우계의 문도였던 김집金集, 안방준安邦俊 등이 1621년에 임실任實에서 목판으로 간행하였다. 이는 시문을 편집한 것으로 가장초고家藏草稿 중 시휘詩諱에 관계되는 부분을 제외한 것이다. 영인 저본의 원집은 서울대학교 규장각장본도서번호 : 奎5294이다. 반엽半葉은 11행 21자, 반곽半郭의 크기는 22×16.4(㎝)이다. 원집 권2의 23판과 권3의 23판이 착간錯簡되었다.

속집은 원집이 간행된 지 60여년 지나서 외증손 윤증尹拯이 고손高孫 지선至善 등과 함께 1682년경 공주公州 감영에서 목판으로 간행하였다. 속집은 연세대학교 중앙도서관장본(도서번호 : 811.97-성혼-우-판-가)으로서 반엽은 11행 21자이고 반곽의 크기는 21.5×17.5(㎝)이다. 속집

••••••••••

사일常事 중에서 독서인讀書人과 유의儒醫로서의 삶에 초점을 맞추어 그들의 도학적인 삶을 고찰하고자 한다. 도학자는 독서를 통해 학문을 연마하여 고매한 정신을 기르고, 몸가짐에 힘써 덕행을 실천하는 독서인과 유의로서의 삶을 겸하였다. 여기에서 파주삼현의 독서인, 유의로서의 삶과 일상사를 통해 도학자의 삶을 조망하는 일은 당대의 소통방식을 이해하는 길일뿐만 아니라 지식인으로서의 삶이 어떠한지 그 핍진함을 이해하는 도학담론의 단초다. (양훈식, 「파주삼현의 편지에 나타난 도학담론」, 『어문논집』 62집, 중앙어문학회, 2015. 재인용).

▲『우계집(牛溪集)』

권3의 35판이 낙장落張이다. 이는 서울대학교 규장각장본(도서번호 : 규4463)에서 대체하였다.

연보와 연보부록은 외손 윤선거尹善擧(1610~1669)가 1664년 강릉江陵에서 율곡연보栗谷年譜와 함께 간행하였다.

연보는 동관장본同館藏本(도서번호 : 920-성혼-우)으로서 반엽은 8행 18자이고 반곽의 크기는 22×17(㎝)이다. 그리고 연보부록은 임창재소장본任昌宰所藏本으로서 반엽은 9행 21자이고 반곽의 크기는 22×17(㎝)이다. 연보 세계도世系圖의 1·2판은 완결刓缺이 심하므로 동일본同一本인 임창재씨장본任昌宰氏藏本에서 대체하였다.

이로써 목판본 우계집의 분량은 모두 원집 6권, 속집 6권, 연보 1권, 연보부록 합 8책(591판)이다.

따라서 본 연구에서는 이상의 연구 성과와 자료를 바탕으로 성혼 시를 도학시의 의미 범주와 전개양상, 시학의 콘텍스트와 정신적 바탕,

시문학의 텍스트와 풍격의 아름다움으로 나누어 다음과 같은 순서로 연구를 진행하고자 한다.[43]

제2장에서는 조선조 도학시의 의미범주와 전개 양상을 살펴보았는데 도학시의 의미범주, 갈래, 전개양상의 세 부분으로 나누었다.

첫째, 도학시의 의미범주에서는 도학시의 외연外延과 내포內包, 도학시 바탕으로서의 교훈성과 예술성의 조화라는 두 측면에서 도학시의 개념을 밝힌다. 이 가운데 외연적 측면에서는 도학시 자체의 직접적인 의미를 살펴보고 내포적 측면에서는 도학시의 함축적 의미를 살펴보고자 한다.

둘째, 도학시의 갈래에서는 두 가지 갈래로 나누어 살펴본다. 먼저 소재素材와 시작詩作 상황에 바탕을 둔 도학시의 갈래를 살펴보고 다음으로 심성수양에 바탕을 둔 도학시의 갈래를 고찰한다. 소재 출처에 따라서 볼 때 일상생활에 바탕을 둔 증답贈答·차운次韻·만시輓詩의 유형이 어떤 면에서 도학시의 갈래에 속하는지 밝힌다. 또 전고典故와 용사用事에 기반한 즉물卽物·자연自然·교유시交遊詩를 살펴본 후 도학시와 어떤 관련이 있는지 규명한다. 주제에 따라서 볼 때는 심성수양에

• • • • • • • • • • •

43) 미국의 신비평가들은 텍스트(text)를 "능력 있고 감수성 있는 독자면 누구나 페이지를 훑으면서 접근할 수 있는, 공적인 의미를 부여받은 자율적 언어대상"〔M. H. Abrams 저, 최동호·권택영 편역, 『문학비평용어사전』, 새문사, 1985, pp.242~243 참조.〕이라고 보았다. 콘텍스트(context)는 문맥, 맥락, 연관관계의 의미를 말한다. 작품에 작가의 세계관이 반영된다고 볼 때 텍스트란 롤랑 바르트가 말한 "읽을 수 없는" 다양한 언어 층위까지도 볼 수 있는 지점을 의미한다. 따라서 본 논문에서 텍스트란 한시를 분석하는데 필요한 원 자료 이외에 그의 세계관이 반영된 지점까지를 지칭한다. 또한 콘텍스트는 텍스트와 텍스트의 상호과정에서 일어나는 것까지를 포함하여 텍스트와 연관된 주변 상황까지를 의미한다. 텍스트에 담겨진 다른 맥락적 의미까지를 모두 포함한다는 뜻이다. 따라서 본문에서 텍스트나 콘텍스트라는 구체적인 용어의 언급이 없더라도 목차에 제시한 내용이 이러한 의미로 사용되고 있음을 밝혀둔다.

바탕을 둔 도학시를 존덕성尊德性 도문학道問學의 진덕수업進德修業의 전개양상과 겸선천하兼善天下 독선기신獨善其身의 용사행장用舍行藏으로 구현되는 양상을 알아본다.

셋째, 도학시의 전개양상에서는 도-도학-도학시의 의미적 연변과 사상적 배경을 고찰하고 이를 통해 조선조 도학시의 계보와 도학시의 전개양상을 검토하여 이 책이 구명하고자 하는 바탕을 마련한다.

제3장에서는 성혼 시학의 콘텍스트와 정신적 바탕을 가학의 계승과 교유의 영향, 세계관과 삶, 사제 간의 교학상장과 의리의 처세관의 세 부분으로 나누어 살펴보고자 한다.

첫째, 가학의 계승과 교유의 영향에서는 성문成門의 가학과 부친의 수양관을 살펴보고 교우관계와 생활철학을 통해 우계의 시학이 어떻게 형성되었는지를 검토한다. 교우관계 중 이이에게서는 도학적인 면을 검토하고, 송익필에게서는 예의에 관한 부분을, 정철에게서는 시문에 관한 지점을 집중하여 검토하고자 한다.

둘째, 세계관과 삶에서는 강학과 수양의 자세, 독서인으로서의 삶, 유의로서의 삶을 파악한다.

셋째, 사제 간의 교학상장敎學相長과 의리의 처세관에서는 우계의 학문 성장에 휴암 백인걸의 의리정신이 어떻게 계승되는지를 살펴보고, 우계의 제자 중에 이러한 의리정신을 전수받은 조헌과 김덕령 등의 시문을 통해 이들 사제의 영향관계를 알아본다.

제4장에서는 성혼 시문학의 텍스트와 풍격의 아름다움을 살펴본다. 여기서는 시적 대상에 따른 의경, 주제의식과 표현양상, 풍격과 미적 본질 순으로 검토한다.

첫째, 시적 대상에 따른 의경에서는 인물에 형상화된 의경과 자연에 형상화된 의경으로 나누어 고찰한다. 이를 위해 권학勸學·은일隱逸·별리別離·교유交遊를 소재로 한 경우로 나누어 이들 시에 형상화된 의경을 알아볼 것이다.

둘째, 주제의식과 표현양상에서는 세 가지 주제의식으로 나누어 고찰한다. 이는 수기지향과 은일지락, 치인지향과 용사행장, 치군택민과 우환의식이 그것으로 이들 시에 구현되는 구체적인 양상을 밝히고자 한다.

셋째, 풍격과 미적 본질에서는 돈독敦篤·중후重厚의 풍격과 돈후미敦厚美, 주밀周密·근신謹愼의 풍격과 주신미周愼美, 평담平淡·진실眞實의 풍격과 평실미平實美, 응정凝定·안정安靜의 풍격과 정정미定靜美를 고찰한다. 이는 우계 시 속에 나타난 미학적 본질이 어떻게 구현되는지 규명하는 길이 될 것이다.

▼ 우계천

제5장에서는 조선 전기 도학시와 성혼 시의 문학사적 의의를 밝힌다. 한시사에서 성혼 시에 대한 평가가 미흡하다. 따라서 본 장에서는 성혼이 도학의 정맥을 수용하고 독서인讀書人과 유의儒醫로서 사유하고 관조한 도학시를 바탕으로 그 시의 한시사적 위상을 究明하고자 한다.

이 연구를 통해 16세기 도학시의 범주뿐만 아니라 소론계 비조로서의 성혼의 한시에 나타난 도학적 성향과 풍격미가 새롭게 밝혀질 수 있을 거라 본다. 또한 조선조 도학시의 범주와 도학자들에 대한 개념이 보완되어 16세기 이후의 소론계 도학시의 지평이 넓어질 것으로 기대한다.

이 장에서는 조선조 도학시의 의미범주와 전개양상을 살펴본다. 도학시의 의미범주는 기존 연구에서 나름대로 성과가 있었지만 이 책에서는 더욱 세분화하여 그 의미범주를 고찰한다. 이를 바탕으로 도학시의 전개가 어떤 양상으로 나타나는지 살펴본다. 이는 도학시에 대한 개념을 규명하는 일이 된다.

도학시는 도학시와 도학적인 시가 있다. 외연적 의미로는 도학시는 도학의 내용을 직접적으로 다룬 것이고 내포적 의미로는 도학에 관한 내용을 간접적으로 다루고 있는 도학적인 시를 말한다. 따라서 도학시는 외연적 의미와 내포적 의미를 함께 포함한 것이라 하겠다. 여기서 문제는 바로 도학의 개념과 도학시와 도학적인 시의 변별이다. 그 변별을 위해서 먼저 앞서 연구사에서 도학의 개념에 대한 문헌검토가 이뤄졌다.

이제 도학시와 도학적인 시는 어떻게 구별되는지 살펴보아야 한다. 그런데 이런 논의 과정에서 도학시의 작자가 누구냐에 따라 도학시가 되는지, 아니면 도학시의 내용에 따라 도학시라 볼 수 있는지 의문이 제기될 수 있다. 특히 이러한 경향은 이번 장에서 다룰 도학시 중에서 즉물시에 나타나는 문제이기도하다. 이번 장은 도학시의 범주 연구에서 기존의 도학시를 설리시說理詩, 이취시理趣詩, 철리시哲理詩로 다룬 데에서 한걸음 나아가 도학시의 개념을 확대하여 검토하고자 한다. 도학시는 일반적으로 볼 때 이理가 승한 작품으로 거론하는데 이는 이理를 다룬 작가의 작품이지만 그 이면에는 작자의 감정이 담겨있을 수 있음을 간과해서는 안된다는 취지로 다룰 것이다. 도학시의 판단 기준을 단순히 작자 위주로만 본다면 편리하고 안일한 접근 방법이 될 것이고 작품에 둘 경우에는 비교적 객관적이지만 근원적인 면에서 작자의 의도를 오독할 가능성을 배제할 수 없다. 따라서 양자의 관계를 고려하여 검토하지 않을 수 없다는 점을 밝혀둔다. 이는 기존의 도학시 범주에 대한 반성과 검토를 통한 문제 제기이며 무비판적인 답습을 벗어나고자 한 것이다. 이것은 결국 도학시를 다루지만 그 이면裏面에는 작자의 감정이 내재되어 흐를 수 있으므로 작품을 객관화하여 해석하는 셈이 된다.

조선조 도학자들은 수기치인修己治人의 자세를 가지고 학문學問과 덕행德行에 힘썼으며 시를 지어 뜻을 전하고 감정을 교유하였다. 이때 그들은 한시를 통하여 "자득한 이치나 학문적 신념을 표명"[1]한 것이다. 따라서 도학시 연구는 지식의 온축蘊蓄을 통해 작가의 정신에 근접하는 자세가 필요하다. 그래야 온전하게 시를 이해할 수 있다. 이러한 점 때문에 연구자들은 도학시를 역대 시화詩話나 시선집詩選集, 그리고 한시사漢詩史에서 비중 있게 다루지 못하고 있는 실정이다. 이는 결국 조선조 도학시의 의미 범주를 제대로 설정하지 못한 데서 기인한 것으로 보아야 한다. 도학시가 문학적인 기준으로 볼 때 완성도 면에서 작품성이 낮다는 견해도 있지만 도학시는 예술성藝術性과 교훈성教訓性을 함께 가지고 있다. 왜냐하면 도학시는 그들 삶 속에서 다양한 소재를

----

1) 조규익, 『고전시가의 변이와 지속』, 학고방, 2008, p.149.

통해 이를 문학적으로 형상화하고 있으며 감정을 다루는 측면에서도 진일보 하였다고 보기 때문이다.

1. 도학시道學詩의 의미범주意味範疇

1) 도학시의 외연外延과 내포內包

도학시는 그 개념에 있어서 외연적 의미와 내포적 의미를 담고 있다. 외연적 의미란 사전에 정의된 대로 말의 일반적인 의미를 지칭하며, 내포적 의미란 그 사전적인 의미와는 달리, 어떤 말에 덧붙여진 감정적 연상들을 말한다.2) 이를 통해 볼 때 도학시의 외연은 도학자가 유학 사상을 설파할 목적 하에 도학사상을 주제의식으로 쓴 시라 말할 수 있다. 반면에 내포적 의미의 도학시는 직접적으로 이학을 읊은 것에서 도학적인 내용까지 언급한 시를 말한다고 할 수 있다.

그렇다면 도학시의 의미는 어떻게 개념화할 수 있으며, 도학적인 내용의 범주는 어디까지인가? 이는 그 의미적 연변演變을 찾는 과정에서 도출되리라 본다. 연변은 역사적인 긴 시간 속에서 진전進展 변화變化하는 양상이다. 하나의 용어가 오랜 기간 사용되면 그 의미는 진전하여 변화가 일어나기 마련이다. 이는 유학儒學, 선학禪學, 노장학老莊學에서 "도道"라는 용어를 쓰지만 그 의미가 각각 다르게 사용되는 것과 마찬가지다.

'도학'은 유학자들이 사용한 어휘이기 때문에 '도'에 대한 의미가 선학과 노장학에서 사용하는 의미와는 달리 나타난다. 우선 종교적 의미가 가미된 불교, 도교, 유교보다 학적 용어에 가까운 선학, 노장학, 유학으로 나누어 검토하고자 한다. 여기서는 특히 유학에 초점을 맞추

....

2) 한국문학평론가협회, 『문학비평용어사전』, 국학자료원, 2006.

어 살펴본다.

먼저 선학에서는 도를 진리眞理 자체라고 보고 있다. 특히, 사성제四聖諦·팔정도八正道 등에서 설명하는 도는 '올바름'과 '당위當爲' 등의 의미를 포함한다. 한편 노장학에서는 우주만유의 본체이면서 형이상학적形而上學的인 실재實在로서의 도를 주장하는데 인생의 모든 행위와 더불어 자연계自然界의 섭리攝理는 모두 도라는 것이다.

그러나 유학에서는 선학과 노장학에서 부르는 도와 달리 이를 일종의 생활규범生活規範, 인간의 가치기준 등의 규범으로 이해하고 있다. 『중용中庸』에는 이러한 사실이 잘 드러나는데, "하늘이 명한 것을 성性이라 하고, 성에 따르는 것을 도道라 하고 도를 닦는 것을 교敎라 한다.3)"라는 문장이 이를 확실히 하고 있다. 또 "도는 잠시라도 떠날 수 없으니 떠난다면 도가 아니다. 그러므로 군자君子는 보이지 않는 곳에서도 경계하고 삼가며 그 들리지 않는 곳에서도 두려워한다."4)라고 하여 인간의 가치기준 등의 규범을 제시하였다. 이어서 남송南宋의 주희朱熹(1130~1200)는 『중용장구집주中庸章句集註』에서 다음과 같이 도를 설명한다.

> 도란 것은 날마다 쓰는 사물에 마땅히 행해야 할 이치이니, 이는 모두 본성의 덕으로서 마음에 갖추어져 있어, 만물이 가지지 않음이 없고 어느 때이든지 그렇지 않은바 없다. 이 때문에 도란 잠시도 떠날 수 없다. 만약 도에서 떠난다면 어떻게 이를 본성대로 따르는 것이라 말할 수 있겠는가. 그러므로 군자의 마음에 항상 외경하는 바가 있어 비록 보고 듣지 못하는 곳에서도 감히 소홀히 하지 않는 것은, 천리의 본연을 보존하여 잠깐의 사이일지라도 도에서 떠나지 않게 하려는 것이다. 5)

· · · · · · · · · ·

3) "天命之謂性 率性之謂道 修道之謂敎"(『中庸』1章).

4) "道也者 不可須臾離也 可離非道也 是故 君子 戒愼乎 其所不睹 恐懼乎 其所不聞"(『中庸』1章).

여기서 '도'는 주희가 해석할 때 "날마다 쓰는 사물에 마땅히 행해야
할 이치"로 보았다. 곧 유학에서 말하는 '도'는, 『중용혹문中庸或問』에서
도 밝혔듯이 "크게는 군신, 작게는 동정과 음식, 호흡에 이르기까지
인간의 작위를 요하지 않고서도 제각기 바뀔 수 없는 당연한 이치"[6]를
말하는 것이다. 따라서 유학에서 말하는 도는 결국 일상생활 속에 존재
하는 것으로 형이하학적形而下學的인 부분까지 포함하는 개념이다. 조
선조는 유학을 선비들의 학문 수양과제로 여긴 사회이다. 이처럼 당시
학자들은 그들이 도달해야할 궁극의 경지로써 학문과 덕행을 겸비하여
안으로는 성인을 지향하고 밖으로 왕이 되는 내성외왕內聖外王의 자세
를 갖는 데에 목표를 두었다.

그렇다면 유학에서 말한 '도학'의 의미적 연변은 어떻게 나타날까?
우선 도학에 대한 중국 측 자료를 보면, 『송사宋史』 「도학전道學傳」에
도학의 명칭이 등장한다. 여기에서 "도학이란 명칭이 옛날에는 없었
다."[7]라고 한 점으로 보아 도학이 대두擡頭된 시기를 짐작할 수 있다.
도학은 원래 송대의 이학理學을 의미하는데, 송대의 이학은 다양한 명
칭으로 불렸다. 즉 '신유학新儒學', '정주학程朱學', '염락관민지학濂洛關
閩之學', '주자학朱子學', '성리학性理學', '이학理學', '도학道學' 등으로 불
린 것이다. 따라서 성리학을 이학이라고 부를 때는 본체론本體論과 인성
론人性論을 탐구하는 경향이 우세하고 도학이라 부를 때에는 수양론修
養論적인 측면도 포함되어 말한다는 점을 이해해야 한다. 이는 뜻도

. . . .

5) "道者 日用事物當行之理 皆性之德而具於心 無物不有 無時不然 所以不可須
   臾離也 若其可離 則豈率性之謂哉 是以 君子之心 常存敬畏 雖不見聞 亦不敢
   忽 所以存天理之本然 而不使離於須臾之頃也"(『中庸章句集注』).
6) "故道無不在 大而父子君臣 小而動靜食息 不假人力之爲 而莫不各有當然不
   易之理 所謂道也"(『中庸或問』).
7) "道學之名 古無是也"『宋史』, 「列傳 卷186 道學」1.

단순히 이학뿐만 아니라, 지知와 행行 중에서 행을 전제로 하여 지를 닦는 것까지 의미한다.8) 그래서 이학이라 하면 수기修己에 방점을 두어 말한 것이고, 도학道學이라 하면 수기치인지학修己治人之學을 아울러 언급한 셈이다. 따라서 "도학의 본령은 수기치인"9)이기 때문에 단순히 학문연마에만 그치는 것이 아니라 덕행을 바탕으로 정치일선에 나가 "내성외왕內聖外王, 수기치인修己治人, 성기성물成己成物, 정기물정正己物正의 유교적 근본이념과 행도수교行道垂敎"10)를 실천해야 비로소 도학이라 부를 수 있는 것이다. 이는 도학이 자신을 수양하는 학문과 동시에 남을 다스리는 학문을 함께 하는 것으로 현실 정치에 나아가 실천하는 것을 중시했음을 알 수 있게 해준다. 결국 이 책에서 다루는 도학은 이학보다 더 넓은 개념인 것이다. 이처럼 수기치인지학을 하는 도학자가 그들의 삶의 주위에서 얻을 수 있는 제재를 바탕으로 자신의 학문적 지향과 태도, 그들의 교유 상황을 다른 시를 바로 도학시라 할 수 있다.

이상 도학시의 외연적 의미와 내포적 의미를 고찰한 결과 외연적 측면에서는 도학자가 쓴 도학시임을 알 수 있다. 그러나 내포적 측면에서 살펴보면 그 결이 다양하게 도출됨을 알 수 있다. 도학의 의미적 연변을 살펴보면 도학은 고려 말 성리학이 전래된 이후 나타나기 시작하였고11) 도학시는 조선조까지 한시사에서 중요한 흐름을 차지하고 있음을 알 수 있다. 다음에서 도학시 바탕으로서의 교훈성과 예술성의

* * * * * * * * * *

8) 이병혁, 「정주학 전래와 여말 한문학」, 『동방학지』 36-37, 연세대학교 국학연구원, 1983, p.377.

9) 이영경, 「栗谷의 『醇言』에 나타난 儒家 · 道家的 倫理觀의 갈등과 포섭 문제」, 『철학논총』 36, 새한철학회, 2004, pp. 95~120.

10) 강구율, 「趙靜庵 漢詩 研究」, 『동방한문학』 8권, 동방한문학회, 1992, p.46.

11) 설석규, 「조선시대 유교목판 제작 배경과 그 의미」, 『국학연구』 6, 한국국학진흥원, 2005, p.98.

조화가 어떻게 나타나는지 살펴본다.

2) 도학시 바탕으로서의 교훈성教訓性과 예술성藝術性의 조화調和

우리 문학사에서 한시사는 당풍과 송풍이 선후를 번갈아 가며 전개
展開되었다. 여기서 말하는 당풍이나 송풍은 시의 창작創作과 관련한
두 가지의 근원적 방법론方法論12)에 해당한다. 일반적으로 당풍은 예술
성, 송풍은 교훈성이 더 잘 드러난다고 본다. 이와 같은 경향은 중국
측 자료를 통해 알 수 있다.

> "당시는 운韻으로 빼어나서 혼아渾雅(질박하고 고아高雅함)하며 온자
> 醞藉(포용력이 있고 함축적임)와 공령空靈(민활敏活하여 변화가 많음)
> 을 귀히 여기고, 송시는 의意로 빼어나서 정능精能(정통하고 숙련됨)
> 하며 심절深折(심오하고 곡절함)과 투벽透闢(투철하고 정벽精闢함)을
> 귀히 여긴다. 당시의 아름다움은 정사情辭에 있어서 풍유豊腴(넉넉하
> 고 기름짐)하고, 송시의 아름다움은 풍골風骨에 있어서 수경瘦勁(가
> 늘면서 힘이 있음)하다13)

중국의 무월繆越(1904~1995)은 시적 특질을 밝혀서 당시와 송시의
차이를 비교하였다. 당시는 운이 특징적이고 송시는 의가 뛰어난 점을
들었고, 그 특징으로 당시는 질박 고아하며, 포용력과 함축성을 지닌
반면 송시는 정통하고 숙련되며, 심오하고 곡절하다. 또 민활하여 변화
가 많은 당시에 비해 송시는 투철하고 정밀하다. 미적 특질에 있어서도
당시는 넉넉하고 여유로운 반면 송시는 가늘면서 힘이 있다고 보았다.

. . . .

12) 이종묵, 「조선 전기 한시의 당풍에 대하여」, 『한국한문학연구』 18, 한국한문
학회, 1995, p.208.
13) 송영정 편저, 『송시 근체시 백수』, 신아사, 2015, p.333.

이런 점은 송시가 당시에 비해 도학적 의미에 접근한 점이 있음을 짐작케 한다.

나말여초羅末麗初에는 섬세纖細함과 화려華麗한 기교를 위주로 한 형식의 만당풍晩唐風이 성행하였다. 반면에 고려 중기 이후에는 의론적인 면이 강한 송풍이 문단을 주도主導하게 된다. 중국 강서시파江西詩派의 영향을 받은 송풍은 문文으로써 시를 짓는다. 그 특징은 시에 용사用事가 많고 전고典故의 사용이 빈번頻繁하다. 또 난삽難澁한 어휘와 신기新奇를 추구하는 경향이 많다. 정감을 직설적直說的이거나 사변적思辨的으로 표출하고 발산해 낸다. 더욱이 지나친 시적 기교 및 수식을 숭상하여 시가 어렵다는 평을 듣기도 한다. 그렇지만 송풍의 시는 이성적 논리가 강화되어 다양한 제재를 심도 있게 다룰 수 있다. 따라서 일상적 생활과 가까운 면을 드러낼 수 있고, 설리設理적인 요소가 많아 교훈성敎訓性이 강하다. 또 시적 자아가 대상과의 일정한 거리를 유지하면서 대상을 객체화할 수 있다. 이렇기 때문에 송풍을 바로 도학시라 보기도 한다. 이것은 어디까지나 좁은 의미의 도학시를 말하는 것이다.

조선 전기의 시풍은 대체로 송시宋詩의 경향이 나타난다. 이는 조선 전기에 도학시가 유행하게 된 이유이기도 하다. 반면에 조선 중기에는 학당學唐의 시풍으로 새로운 시를 지었다. 이러한 문단의 흐름을 뒤바꾼 최경창崔慶昌, 백광훈白光勳, 이달李達과 같은 이들은 삼당시인三唐詩人이라 불렸다. 그렇다면 도학시 바탕으로서의 교훈성과 예술성이 조화되어 나타난 작품은 무엇이 있을까?

먼저 도학자의 통찰洞察과 자락自樂이 드러난 율곡의 시이다.

嗟余生苦晩　　아! 내가 너무 늦게 나와
少小趨埃塵　　어려서 속된 일을 좇았네.
眼閱古缺書　　눈으론 옛 성현의 글을 보았고

志慕義皇人	뜻은 복희씨를 사모했네.
世累紛萬緒	세상일에 만 갈래로 엉키어
無處怡精神	정신 편안히 할 곳 없네.
飜然出國門	불현듯 도성 문을 나와
足迹窮海濱	발길 따라 바닷가에 닿았네.
風月養我情	바람과 달로 내 마음 기르고
煙霞盈我身	안개와 노을로 내 몸을 채웠네.
子長吾所慕	사마천은 내가 사모하는 이요
悅卿吾所親	김시습은 내가 친애하는 이라네.
非探山水興	산수의 흥을 찾아서가 아니라
聊以全吾眞	나름대로 내 천진을 보전할 터
物我合一體	자연과 내가 한 몸을 이루니
誰主誰爲賓	누가 주인이고 누가 객인가
湛湛若澄潭	담담하기가 맑은 연못 같고
肅肅如秋旻	고요하기가 가을 하늘 같아
無憂亦無喜	근심도 없고 기쁨도 없는
此境人難臻	이런 경지 남들은 이르기 어렵네
妙理不可測	묘한 이치는 헤아리기 어려우니
百歲無緇磷	평생토록 검어지거나 닳지 않네.
擾擾路中子	어수선한 세상 사람들
指我爲愚民	날더러 어리석다 손가락질하네.
四顧孰知音	사방을 돌아본들 지음이 누구인가
明月爲雷陳	밝은 달을 벗으로 삼는다네
浩歌一長嘯	목놓아 노래하고 길게 휘파람부니
悠悠天地春	유유히 천지는 봄이로세.

<우음우음吟>14)

이 시는 세상에 너무 늦게 나와 세속의 잗다란 일에 얽매여 정신을

- - - - - - - - - -

14) 『栗谷全書』, 拾遺 卷1.

가누지 못한 화자의 곤궁함이 묘사描寫되고 있다. 정신적인 피로疲勞를 떨쳐내고자 발길 따라 걷다보니 어느새 먼 바닷가에 다다랐다. 자연과 물아일체의 경지에서 근심 걱정 없는 단계로 진행되어 간다. 화자의 염원이 시에 드러난다. 백아伯牙와 종자기鍾子期 사이 같은 지음知音을 바랐다가 밝은 달을 벗으로 삼는다고 했다. 여기서 뇌진雷陳은 한 마을에 살던 정다운 벗을 의미하는데 후한後漢의 뇌의雷義와 진陳의 진중陳重을 말한다.15) 밝은 달과 지음은 경물景物로서 대상을 인식하고 있다. 즉 밝은 달처럼 자신을 환하게 알아주는 벗이 필요함을 나타내었는데 여기서 물성物性인 달과 인성人性인 화자가 하나 되어 통하고 있음을 보여준다. 마지막 구절은 『논어論語』에 나오는 증점曾點의 "기수에 목욕하고, 무우에서 바람 쐬며, 시를 읊으며 돌아온다.(浴乎沂, 風乎舞雩, 詠而歸)"의 모습으로 자락自樂의 묘를 잘 나타낸 절창이다. 여기서 현실 초월의 경지에서 다시 참여의 현실로 돌아오는 유가 미학이 드러난다. 따라서 이 작품은 자장子長 사마천司馬遷과 열경悅卿 김시습金時習의 전고를 담지擔持하고 있지만 물아일체의 경지가 잘 묘사되어 나타난 시이다.

> 당나라 사람은 시를 지을 때 오로지 의흥을 위주로 했기에 용사가 많지 않다. 송나라 사람은 오로지 용사를 숭상했기에 의흥意興이 적다. 소동파와 황정견에 이르러서는 또 불가 용어를 많이 사용하여 새롭고 기이한데 힘썼는데, 시격에 어떨지는 모르겠다. 근세에는 이러한 폐단이 더욱 심해져서 한편 가운데 용사가 반이 넘으니 옛사람의 시구를 표절剽竊한 것과 서로 거리가 거의 없을 것이다. 16)

. . . .

15) "膠漆自爲堅 不如雷義陳重"(『後漢書』,「雷義傳」).

16) "唐人作詩 專主意興 故用事不多 宋人作詩 專尙用事 而意興則少 至於蘇黃 又多用佛語 務爲新奇 未知於詩格如何 近世此弊益甚 一篇之中 用事過半 與 剽竊古人句語者 相去無幾矣"(『芝峯類說』,「卷九」, 文章部二).

이수광은 송시의 폐단弊端을 지적하면서 당시唐詩가 의흥意興이 있다고 보았다. 즉 의흥은 시인의 뜻이 경물景物과 감촉感觸하여 일어난 정서情緒를 표현한 것이다. 이때의 흥은 흥취興趣이다. 안병학은 "조선 중기에 이수광李晬光(1563~1628), 신흠申欽(1566~1627), 허균許筠(1569~1618) 등 16세기 말 이후의 주요한 시론가詩論家들은 당시唐詩 특히 성당시盛唐詩가 성취한 고도의 예술성을 자신들의 입론의 출발점으로 삼았다"[17]고 보았다. 이는 당풍唐風의 예술성을 인정한 말이다.

당풍의 한시는 정제整齊된 운율미韻律美와 수묵화 같은 회화미를 지녀 시중유화時中有畵라는 평을 받는다. 그러나 조선조 당풍은 원작과 흡사한 분위기와 복고적인 성향을 자주 보여준다는 점에서 한계가 드러난다. 또 의경意境 자체의 변화가 크지 않고 규모規模도 작으며, 제재題材의 폭이 좁다. 그래서 17세기 이후 변화는 당풍의 한계에 대한 자각과 극복克服하려는 노력이 전개展開된 것이다.

하지만 조선중기의 학당풍學唐風의 영향에도 불구하고 다음과 같은 시도 계속 보인다.

舊聞志士有三希	지사는 세 가지 바람이 있었다는데
白首茫然依野扉	백수로 멍하니 사립문에 기대어 있네
學力未培愁實得	학문의 힘 배양못해 실득이 걱정되는데
虛名驚世足危機	허명이 세상을 놀라게 해 참으로 위기라오
山含霽色添新翠	비 갠 뒤에 산 빛은 더욱 청신하고 푸르니
月映秋空揚素輝	맑은 가을 하늘 달빛은 환한 빛 드러내네
此夜吟君詩在手	오늘밤 그대의 시 손에 놓고 읊으니
寤言弗告有誰知	잠 깨어 말하지 않으면 그 누가 이것을 알까

<차안생소운次安生邵韻>[18]

17) 안병학, 「조선 중기 당시풍과 시론의 전개 양상」, 『한국한문학연구』 1, 고려대학교 민족문화연구원 학국문학연구소, 2000, p.121.

이 시는 성혼이 안소安邵의 시에 차운하여 쓴 것으로 전고典故와 용사
用事가 나타난다. 도학자의 학문덕행의 자세를 읊고 있다. 지사志士는
세 가지를 희망한다. 이는 주돈이周敦頤가 『통서通書』에서 말한 "성인聖
人은 천도天道 본받기를 희망하고, 현인賢人은 성인이 되기를 바라고,
사士는 현인이 되기를 바란다."[19]는 것이다. 그래서 선비는 배움이 넉
넉해져야 벼슬길에 나간다. 그런데 성혼은 자신의 배움이 넉넉지도
않은데 허명虛名이 전해지는 것을 위기危機라 여긴다. 이러한 사실은
『맹자孟子』「이루離婁」에서 명성名聲이 실제보다 지나친 것을 군자는
부끄러워한다는 성문과정聲聞過情에서 알 수 있다.[20] 마지막 구절은 『시
경詩經』「위풍衛風」에 "고반이 시냇가에 있으니, 석인의 마음이 넉넉하
도다. 홀로 자고 깨어 말하며, 이것을 잊지 않을 것을 길이 맹세한다."[21]
라고 하였다. 이어서 "그릇 두드리며 언덕에서 노래하니 대인이 은거하
여 사는 곳이로다. 혼자 잠들고 일어나는 생활이지만 길이 맹세코 남에
게 알리지 않으리라"[22]고 하여 도량度量이 큰 현자賢者가 은거隱居하며
송시誦詩하는 즐거움을 보여준다. 또 미련에서는 남에게 말하지 아니하
여도 즐거운 자락自樂의 경지를 드러내고 있다. 이는 도학자의 용행사
장用行舍藏[23]하는 삶의 자세가 잘 드러난 교훈적敎訓的인 시이다.

· · · · · · · · · · ·

18) 『牛溪先生集』, 「卷之一 詩」.

19) "聖希天 賢希聖 士希賢" (『通書』).

20) "徐子曰仲尼亟稱於水曰水哉水哉 何取於水也 孟子曰原泉 混混 不舍晝夜 盈
科而後進 放乎四海 有本者如是 是之取爾 苟爲無本 七八月之間 雨集 溝澮皆
盈 其涸也 可立而待也 故 聲聞過情 君子耶之" (『孟子』, 「離婁」).

21) "考槃在澗 碩人之寬 獨寐寤言 永矢弗諼"(『詩經』, 「衛風」 考槃).

22) "考槃在陸 碩人之軸 獨寐寤宿 永矢弗告"(『詩經』, 「衛風」 考槃).

23) "用之則行 舍之則藏"(『論語』, 「述而」)에서 유래한 용행사장用行舍藏은 자신
의 도를 펼 수 있으면 조정에 나아가고, 펼칠 수 없는 세상이면 물러나 은거하
며 수기修己하는 것을 말한다. 이는 도학자의 출처관出處觀을 보여준 말이다.

이러한 경향은 우계의 다음 시에서도 살펴볼 수 있다.

窮秋山雨捲滄浪　　깊은 산중에 가을비 창랑에 걷히니
落葉寒籬掩夕陽　　찬 울타리에 지는 잎 석양을 가리누나
何處白衣人送酒　　어느 곳에서 백의의 사람 술을 보내와
黃花來泛一盃香　　국화를 띄우니 한잔 술 참으로 향기롭고야
<촌인송주율곡村人送酒栗谷>[24]

이 시는 마을 사람이 이이李珥에게 보내준 술을 보고 성혼이 '양陽'운
으로 중년 즈음에 쓴 것으로 보인다. 여기에는 전고典故가 나타난다.
당시 은자들의 친구는 북창삼우北窓三友라 일컬었다. 즉 거문고, 술, 시
가 은자들의 삶과 함께하는 벗이다. 은자들은 진나라 때 도연명처럼
안분지족의 삶을 지향하였다. 자연의 삶속에서 은일지락을 누리는 것
이야말로 벼슬한 삶만큼의 만족감을 얻는 길이었다. 성혼은 그가 벼슬
하지 않은 이유가 지병 때문이라 한다. 그러나 그는 부친을 통해 은자의
삶속에서도 도학자의 실천의지를 보았다.

이 시에서 성혼은 '백의'를 입고 온 사람이 율곡을 위해 술을 보내자
황화를 띄운다. 여기서 '白衣人'은 하인을 가리킨다. 이는 진晉나라 때
도연명陶淵明과 친구였던 강주자사江州刺史 왕홍王弘이 흰옷 입은 하인
을 통해 술을 보내온 데서 유래한 것이다. 중국에서 중양절重陽節은
중양절은 음력 9월 9일이므로 높은 곳에 올라가 국화주를 마시는 풍습
이 있었다. 국화가 만개한 때 국화주를 마시면 양생에 도움이 된다고
믿었던 당시 사람들의 풍습에서 기인한 셈이다. 이때 마신 술을 국주菊
酒, 낙영주落英酒, 동리주東籬酒, 황화주黃花酒라 한다. 때문에 제4구의
황화는 여기서 국화를 의미하는데 「애련설愛蓮說」에 잠깐 언급한 바

24) 『牛溪集』, 「卷之一 詩」.

있듯이 은자隱者를 상징하기도 한다. 한편 황화는 나물로도 먹었던 식품인 것으로 보인다. 이는 허균의 『도문대작屠門大嚼』의 황화채를 통해 알 수 있다.[25]

한편 도연명은 중양절임에도 불구하고 국화주가 없어 무료하던 차였다. 친구 왕홍이 흰 옷 입은 하인을 통해 술을 보내오자 도연명은 친구를 대하듯 크게 반겼다. 이후 백의송주白衣送酒 또는 백의사자白衣使者라는 성어가 전한다. 이와 마찬가지로 성혼도 어느 곳에선가 하인이 율곡에게 술을 보내오자 그 기쁨을 도연명과 왕홍의 고사를 인용하여 묘사한 것이다. 이 시는 도학자들의 교유 상황을 담담한 필치로 그려내고 있다. 여기에는 벗의 마음을 헤아리는 친구의 마음을 관조하는 입장이 드러난다. 여기서 세 사람의 우정을 저류에 담은 술을 통해 나타나는 도학자의 교유의 지평을 알 수 있다. 왜냐하면 이이와 정철은 환로에 있으나 성혼은 은자의 길을 걷고 있었기 때문이다. 그러나 이들의 교유는 이러한 것을 모두 극복하는 삶을 실현하고 있음을 보여준다. 결국 이 시는 은일지락을 알며 『맹자』에서 말한 각자의 자리에서 용행사장하며 곤궁할 때에 독선기신獨善其身하는 자세를 엿볼 수 있는 도학시라할 수 있다.

여기서 도학시를 당풍이니 송풍이니 하는 작시 방법론에 국한하여 볼 필요는 없다고 본다. 왜냐하면 이들 시풍은 서로 혼재되어 나타나기 때문이다. 송익필의 <우후등산雨後登山>[26]시는 도학의 이치理致와 당풍

．．．．．．．．．．

25) 허균許筠, 『성소부부고惺所覆瓿藁』 제26권 설부說部5 도문대작屠門大嚼에서 "황화채黃花菜는 원추리[萱草]이다. 의주義州 사람들이 중국 사람에게 배워 요리를 잘 하는데 매우 맛있다."라고 하였다.

26) "天近日月明 騰身積霧中 連峯碧無盡 幽壑深不窮 林虛籟歸寂 水定淵涵空 朗吟倚層壁 長袖拂彩虹 曠望極人目 地遠來淸風 天門勢漸逼 九扇何處通 回看舊時伴 鸞鳩藏蒿蓬"(『龜峯集』, 「卷之一 五言古詩」, <雨後登山>).

의 소리를 겸비했다는 평가를 듣는다. 김봉희는 송익필의 시문학에 대해서 "송익필의 시문학은 별개別個의 시풍으로 존재하는 이理를 중심으로 하는 송시풍과 정情을 중심으로 하는 당시풍을 두루 수용하고 있다."27)고 평가하였다. 이는 도학자의 시에서도 송풍과 당풍이 혼재되어 나타난 사례를 말한 것이다.

다음의 작품도 송풍과 당풍이 혼재되어 나타나는 경향을 띤다.

看盡千山掩竹扉	천산을 다 본 후 대 사립문 닫으니
靜中眞得老何疑	고요 속에 깨달으니 늙음 어찌 의심하리.
只爲分內當爲事	다만 분수 안에 마땅히 할 일 할 뿐이니
莫問人知與不知	남이 알아주고 알아주지 않음은 묻지 말라.
天理洞觀無厚薄	천리를 통찰해 보면 후하고 박함이 없으니
世情休問有公私	세상 인정 공과 사를 묻지 말라.
白鷗與我相忘久	물새와 나 서로 잊은지 오래되어
兩兩連羣立釣磯	둘둘씩 무리지어 낚시터에 서있네.

<정중靜中>28)

이 시는 물새와 내가 하나 되는 물아일체의 정경을 보여준다. 수련首聯의 화자는 고요한 가운데 우주 만물의 이치를 진실로 깨달았다. 이는 주정主靜을 위주로 하여 격물치지格物致知하는 도학자의 모습을 형상화한 것이다. 함련頷聯에서 남이 알아주고 알아주지 않는지는 묻지 말라한 것29)은 화자가 자득自得한 뒤에 안분지족安分知足하는 경지를 함축적으로 드러낸 말이다. 경련頸聯에서는 천리天理와 세정世情을 대우對偶로 놓았다. 『율곡전서栗谷全書』「성학집요聖學輯要」의 위정爲政에 대해 논

• • • • • • • • • •

27) 김봉희, 「구봉 송익필 시의 연구」, 『한문학논집』 18집, 2000, p.114.
28) 『龜峯集』, 「卷之二 七言律詩」, <靜中>.
29) "子曰 不患人之不己知 患不知人也"(『論語』, 「學而」).

하는 글에서 송대宋代 장식張栻(1133~1180)은 "배우는 사람은 의義와 이利를 분변分辨하는 것보다 먼저 할 것이 없으니 의라는 것은 일부러 하지 않아도 되는 것이다. 대개 일부러 해서 되는 것은 인욕人慾의 사사로운 것이요, 천리天理의 공公이 아니니 이것이 의와 이의 구분이다."[30]라고 학자의 자세를 밝혔다. 이로 볼 때 화자 자신은 인욕의 사사로움에 얽매이지 않고 천리의 공을 알았으니 구애될 게 없다는 달인達人의 마음임을 알 수 있다. 이는 자부自負가 강하게 드러난 것이다. 미련尾聯에서는 물새는 물새대로 나는 나대로 자연의 일부가 되어 자성自性대로 조화롭게 살아가는 모습이 정경의 일치를 통해 표현되었다. 기회를 보아 움직이려는 마음인 기심機心을 잊은 물아일체物我一體의 경지다. 따라서 이 시에서는 학문을 좋아하고 사색思索을 깊이 하여 마음이 평정된 내면세계를 추구하고 있는 도학자적 면모가 잘 드러난다.[31] 원래 이 시의 저자인 송익필은 『호곡시화壺谷詩話』에서 "성당盛唐의 풍도風度와 운치韻致를 겸하였으니 참으로 당할 수 없다"[32]는 평과 황현黃玹에게서 "동방에서 손꼽을 이는 이 노옹[송익필]이 있다."[33]라는 평가를 받았다. 특히 "모두 말하기를 성당의 맑은 정조는 요부堯夫 소강절邵康節의 자득自得의 경지를 겸했다."[34]는 염락풍의 찬사를 얻었다. 또 "제재를 성당에서 취했기 때문에 그 소리가 맑고, 의리를 격양에서 취했기 때문에 그 말에 이치가 있다."[35]고 염락풍과 설리시에 능하다는

- - - - - - - - - -

30) "南軒張氏曰 學者莫先於義利之辨 義者 無所爲而然也 凡有所爲而然 皆人欲之私 而非天理之公 此義利之分也"(『栗谷全書』, 「聖學輯要 六 爲政第四上」).

31) 이상미, 『학이 되어 다시 오리』, 박이정, 2006, p.40.

32) "兼盛唐之風韵 誠不可當 『壺谷詩話』"(『韓國歷代詩話類編』, p.76).

33) "白首欽奇黨籍中 十年關塞感萍蓬 宋儒理窟唐詩調 屈指東方有此翁"(『梅泉集』, 「卷四」, 「讀國朝諸家詩」, 丁未稿).

34) "世之論詩者 尊古而卑今 雖名家大手 無不求疵 至於先生 則吃吃嘖嘖 咸曰盛唐之淸調 堯夫之自得兼焉"(『龜峯集』, 「卷十」, <鄭曄, 詩集後序>).

찬사도 받았다. 결국 송익필의 시는 당풍의 예술성과 송풍의 교훈성이 함께 잘 조화된 작품이라 할 수 있겠다.

이상을 통해서 볼 때 도학시는 고려조高麗朝에서 염락풍이 유행하다가 조선 초에 이르러서는 염락풍과 설리시적인 경향의 시로 전개되었다. 이후 조선 중기에 이르면서 당풍과 송풍의 시적 경향이 함께 나타나기도 하였다. 또 설리적인 주제와 소재뿐만 아니라 일상생활과 감정에 관련된 도학의 내용도 도학시에 포함시킬 수 있게 되었다. 그래서 도학시는 풍격에 관계없이 교훈성과 예술성이 잘 조화될 때 이루어짐을 알 수 있다.

2. 도학시道學詩의 갈래

이번 장에서는 도학시의 갈래를 살펴본다. 여기서는 둘로 나누어 검토하는데 먼저 소재와 창작 상황에 바탕을 둔 도학시를 살펴본 후 심성수양에 바탕을 둔 도학시를 고찰한다.

조규익은 도학시에 대해 "시인의 의식은 그가 선택한 다양한 소재들을 통하여 주제로 구현된다.[36]"라고 하였다. 이는 도학시가 다양한 소재와 주제로부터 형상화되었다는 점을 말한다. 이러한 점을 고려해보면 도학시의 소재와 주제가 광범위하다는 것을 알 수 있다. 따라서 도학시의 범주는 시화, 선집, 한시사의 작자들이 그 개인적 취향과 기준에 따라 달리 선정할 수도 있다. 그러나 그 기준이 자의적일 가능성이 있기 때문에 이렇게 선정한 작품 모두를 도학시라 말할 수는 없다.

- - - - - - - - - -

35) "竹西云 材取盛唐 故其響淸 義取擊壤 故其辭理".(『龜峯集』, 「卷十」, <申欽 詩集後序>)

36) 조규익, 「昌南詩社·同泛契 硏究」, 『열상고전연구』 6, 열상고전연구회, 1993, p.110.

문헌적 자료에 따르면 도학시의 계보는 김종직을 위시하여 정여창, 조광조, 서경덕, 이언적, 조식, 이황, 김인후, 송익필, 성혼, 이이로 전개됨을 알 수 있다. 그러나 여기서 문제는 조선조 도학의 시작을 정암 조광조로 보기도 하지만 그가 남긴 시[37]는 20여 수가 되지 않아 그의 시들을 도학시의 시작으로 보기까지는 무리가 따른다. 따라서 장에서는 조광조보다 앞선 김종직의 시부터 그 연원으로 다루고자 한다.

1) 소재素材와 창작상황創作狀況에 바탕을 둔 도학시 갈래

앞에서 언급한 조선조 도학시의 계보에 따라『한국역대시화유편韓國歷代詩話類編』[38]에 수록된 그들의 작품 혹은 인물에 대한 평을 고찰하면 도학시의 다양한 소재와 주제의 유사성을 알 수 있다. 이는 도학자들이 제시한 도학시의 갈래를 살피는 데 유용한 것으로써 앞서 언급한 인물의 시와 그에 대한 시평 순으로 살펴보자.

김종직의 <설후발고부향흥덕雪後發古阜向興德>에 대해 장유는『계곡만필谿谷漫筆』에서 '차즉경여화此卽景如畵',[39] <장현촌가시長峴村家詩>가 '시중유화詩中有畵'[40]라고 하였으며, 조선조의 문文이 고려조만 못하

· · · · · · · · · · ·
37) 조광조의 시는 17題 28首가『靜菴集』에 전한다. <奉和恥齋>, <送順之南行>, <送叔父赴慶源鎭>, <題姜淸老 蘭竹屛>, <送韓恕卿 赴忠淸水營> 이상 5수는 『靜菴先生文集』,「卷之一」詩에 수록되어 있고 <贈松齋>, <次松齋早梅詩>, <過避世亭有感>, <松齋夫人義城金氏輓>, <過楊根迷源>, <贈朴提督>, <贈鄭秋波>, <江湖亭會遊韻>, <曺梅溪 輓>, <贈張孟羽>, <秋夜. 舟中. 奉別金子田之任榮川>, <綾城累囚中>이상 12수는『靜菴先生續集』,「卷之一」拾遺에 수록되어 있다.
38) 이종은·정민 編,『韓國歷代詩話類編』, 아세아문화사, 1988.
39) "一夜湖山銀界遙 瀛州郭外馬蕭蕭 村家竹盡頭搶地 野樹禽多翅綴條 沙浦烟痕蒼海岸 笠岩霞氣赤城標 臘前已是饒三白 想聽明年擊壤謠『諛聞鎖錄』<雪後發古阜向興德>"(『韓國歷代詩話類編』, p.38)
40) 『小華詩評』<長峴村家詩>(『韓國歷代詩話類編』, p.38).

다[41])는 평을 하고 있다. 이는 장유가 도학의 구속에서 벗어나고자 하는 입장에서 기술했기 때문인 것으로 볼 수 있다. 서경덕의 <술회述懷>는 그 뜻이 보존되어 아껴 볼만하다는 평을 얻었다.[42]) 이 시평은 독서에 뜻을 둔 도학자의 한 갈래인 서경덕을 살펴볼 수 있어 "아껴 볼 만하다" 고 하였음을 알 수 있다. 이언적의 <경주현동헌慶州縣東軒>은 저절로 성정性情에서 나와 기품과 자질이 고명하니 애쓰지 않아도 된다고 극찬을 받았다.[43]) 조식의 <제덕산계정주題德山溪亭柱>는 그 시운詩韻이 호기롭고 씩씩할 뿐 아니라 자부함도 얕지 않다는 평을 받았다.[44]) 이황의 <제임사수관서행록후題林士遂關西行錄後>는 다만 이학뿐 아니라 문장 또한 탁월하며 시를 통해서 그 기상을 볼 수 있다는 평이었다.[45]) 김인후의 <등취대登吹臺>에 대해서 고광高曠하고 이수夷粹한데 시 역시 그 인품과 같다고 했다. 이어 양응정梁應鼎은 <등취대>를 극찬하여 고적高適 (702-765), 잠삼岑參(715-770)의 높은 운이라 했고 허균도 이 시를 매우 높게 평가하였는데 침착하고 높고 위대하여 참으로 귀중히 여길 만하다고 평하였다.[46]) 송익필의 <독좌獨坐>는 도량度量이 남보다 뛰어나 청초淸楚한 꽃을 완상玩賞하는 것 같을 뿐만 아니라 이학에도 이르렀다는

. . . .

41) "我朝之文 大不如前麗 『谿谷漫筆』" (『韓國歷代詩話類編』, p.284).

42) "讀書當日志經綸 晩歲還甘顏氏貧 富貴有爭難下手 林泉無禁可安身 採山釣水堪充腹 詠月吟風足暢神 學到不疑知快活 免敎虛作百年人 『淸窓軟談』"(『韓國歷代詩話類編』, p.67).

43) "鳴鳩枝上七 飛燕雨中雙 『松溪漫錄』"(『韓國歷代詩話類編』, p.139).

44) "請看千石鍾 非大扣無聲 爭似頭流山 天鳴猶不鳴『晴窓軟談』"(『韓國歷代詩話類編』, p.196).

45) "絶域病攻天拂亂 荒城雷鬪鬼驚忙 於此可見氣像『小華詩評』" (『韓國歷代詩話類編』, p.158).

46) "梁王歌舞地 此日客登臨 慷慨凌雲趣 凄凉弔古心 長風生遠野 白日隱層岑 當代繁華事 茫茫何處尋「성수시화」<登吹臺>"(『韓國歷代詩話類編』, p.34).

찬사를 받았다.[47] 성혼成渾의 <만청양군挽靑陽君>은 "길게 읊조린 슬픔이 소리 높여 슬피 우는 것보다 심하다"[48]라는 고평을 얻었다. 여기서 허균은 성혼이 청양군 박순朴淳에 대하여 쓴 만시가 절제미가 돋보여 슬프게 우는 내용의 만시보다 오히려 낫다고 본 것이다. 또한 이이李珥의 시에 대해서는 "철석鐵石같은 마음으로 이런 청신淸新하고 완려婉麗한 시를 지었다"[49]라고 평하였다.

이상에서 시평詩評은 그 소재와 주제에 따라 다양하게 언급된다. 이는 김종직의 <설후발고부향흥덕雪後發古阜向興德>, <장현촌가시長峴村家詩>, 서경덕의 <술회述懷>, 이언적의 <경주현동헌慶州縣東軒>, 조식의 <제덕산계정주題德山溪亭柱>, 이황의 <제임사수관서행록후題林士遂關西行錄後>, 김인후의 <등취대登吹臺>, 송익필의 <독좌獨坐>, 성혼의 <만청양군挽靑陽君>, 이이의 시들에 담긴 내용이 그 인물의 평만큼 다양한 소재와 주제를 다룬 데서 알 수 있다. 여기서 이들의 일상생활과 학문하는 방법, 덕행에 관한 삶을 형상화한 시는 광의의 도학시로 이해되어야 한다. 따라서 염락풍, 설리시와 더불어 도학자가 일상생활에서 지인과 교유한 내용을 형상화한 시까지도 도학시의 갈래에 포괄할 수 있다.

. . . .

47) "柳深煙欲滴 池靜鷺忘飛之句 度越諸人 非徒淸葩可賞 理亦自到『晴窓軟談』" (『韓國歷代詩話類編』, p.76).

48) "成渾浩源先生 挽靑陽君詩曰 宦遊浮世定誰眞 逆旅相逢卽故人 今日祖筵歌一曲 送君歸臥舊山春 所謂長歌之哀 甚於慟哭者耶『鶴山樵談』" (『韓國歷代詩話類編』, p.72).

49) "旅館誰憐客枕寒 枉敎雲雨下巫山 今宵虛負陽臺夢 只恐明朝作別難 以鐵石心肝 爲此淸新婉麗之語"(홍만종 저, 안대회 역, 『小華詩評』, 국학자료원, 1995, p.495.) 그러나 여기서 한 가지 주의할 점은 이종은·정민 편(1988), 『韓國歷代詩話類編』에서는 내용 중에 '李珥', '高敬命' 조목이 缺落되어 있다. 이 『小華詩評』에서 언급한 대목을 그 책 498쪽에 이를 보충할 필요가 있다.

(1) 일상생활에 바탕을 둔 증답贈答·차운次韻·만시挽詩

이번 항목에서는 소재의 출처 및 시작 대상과 상황에 바탕을 둔 도학시의 갈래를 살펴본다. 먼저 소재에 있어 일상생활에 바탕을 둔 도학시의 갈래로 증답贈答·차운次韻·만시挽詩 및 교유시를 살펴보고, 이후 전거典據와 용사用事에 기반한 즉물卽物·자연시自然詩로 나누어 고찰한다. 왜냐하면 도학시의 범주에서 이들은 모두 도학자의 일상적인 삶과 밀접한 관련이 있는 것으로 직접적인 교유의 측면과 간접적인 교유의 양상으로 나누어 볼 수 있기 때문이다. 먼저 도학자들이 일상생활에 바탕을 둔 도학시 중에서 도학자순으로 증답·차운·만시에 나타난 직접적인 교유의 특징적인 면을 고찰한다. 이후 일반적인 교유시를 살펴보는데 이는 간접적인 교유관계이다.

첫째, 증답시에 대해 살펴보자. 증답시는 그 개념이 명확하지 않지만, 증시와 답시를 아울러 이르는 말이다. 증답시에서 증시는 시제에 증贈, 증별贈別이 붙고, 답시는 '답答, 수酬, 기寄'자가 들어있다. 이처럼 시를 주고받음이 나타나는 경우까지 모두 포함하여 증답시라 일컫는다. 이러한 경우에 그 대상이 특정되기 때문에 당사자와 교유가 이뤄지고 있다는 사실이 증답시의 주요한 특징이 된다.

김종직의 경우 <증이정의섬贈李旌義暹>[50]), 정여창의 <강두시증우인권江頭詩贈友人權>[51]), 조광조의 <증박제독언계贈朴提督彦桂>[52]), 서경덕의

<hr />

50) "平生壯志托蓬臙 龍伯天吳罷擊撞 忠信自能輕萬死 風儀嬴得照三江 中原樂土稱楊一 東海奇男少子雙 帝許旋歸王擢用 愧余史筆不如杠"(『佔畢齋集』,「卷之十八 詩」).

51) "駐馬江頭發浩歌 歌中感意自然多 聊將一曲移絃上 遙託清音有伯牙"(『一蠹先生續集』,「卷之一 詩」).

52) "斗北高名嶺以南 清詩吟罷壓陳三 一樽何日論文細 雲樹情懷更不堪"(『靜菴先生續集』,「卷之一」拾遺).

<증김도사홍贈金都事洪>53) 이언적의 <증사제贈舍弟>54), 조식의 <증판서유길贈判書惟吉>55), 이황의 <증김언우贈金彦遇>56), 김인후의 <증효선贈孝先>57), 송익필의 <증구씨첩贈舅氏妾>58), 성혼의 <증전명석贈全命碩>59), 이이의 <증별조여식贈別趙汝式, 이달부배달李達夫培達, 신군망삼군자辛君望三君子>60)가 있다.

다음 시는 정여창이 벗에게 준 것이다.

駐馬江頭發浩歌　　강 머리에 말 세우고 큰소리로 노래하니
歌中感意自然多　　노래 속에 감개한 뜻 저절로 많도다
聊將一曲移絃上　　애오라지 한 곡조를 거문고에 올리니

. . . .

53) "一 三載憂勤茬小官 割鷄能手亦堪觀 他年當貴知難免 此日溪山剩講歡 二 政淸刑簡吏民安 怪底雲林不一攀 有寺靈通堪玩景 溪山雪月詠歸鞍"(『花潭集』, 「卷之一 詩」).

54) "蕭蕭華髮映靑山 故國猶榮建節還 遊官幾年勞遠夢 觀風是日慰衰顔 秋晚高堂鶴髮明 臨分不忍兩傷情 自慙麼世長離側 喜汝投簪一羽輕"(『晦齋先生集』, 「卷之三」 律詩○絕句).

55) "君能還冀北 山鷓鴣吾南 名亭曰山海 海鶴來庭參"(『南冥先生集』, 「卷之一 五言絕句」).

56) "後凋主人堅素節 除書到門心不悅 坐待梅花氷雪香 目擊道存吟不輟"(『退溪集』, 「卷之五續內集 詩」).

57) "孔弟三千曾得宗 工夫體用十章中 省三平日存心熟 貫一當年觸理融 守約卒傳思孟學 歸全終致戰兢功 人生父母天倫切 百行元從孝上通"(『河西先生全集』, 「卷之十 七言律詩」).

58) "日日江頭望遠人 今年楊柳去年春 分明記得前宵夢 試上粧樓拂鏡塵"(『龜峯先生集』, 「卷之一 七言絕句」 一百二十三首).

59) "殘年人事冷於灰 嘆息思君日幾回 午睡初醒童子語 西隣送酒雨中來 紛紛世事林梢雨 薄薄人情柳架風 高臥林泉看兒戱 隔溪何處笑衰翁"(『牛溪先生續集』, 「卷之一 詩」).

60) "衰白離羣久 驚君扣石關 淸歡曾幾日 別恨繞千山 觀物煙霞外 論心洞壑閒 明朝已陳迹 愁坐對巖灣"(『栗谷先生全書』, 「卷之二 詩 下」).

遙託淸音有伯牙　　　멀리 의탁한 청음에는 백아의 선율이 흐르네
　　　　　　　　　<강두시증우인권江頭詩贈友人權>[61]

　이 시는 일두 정여창이 그의 벗인 권 아무개에게 강 머리에서 준
것이다. 두 사람이 강가에서 큰 소리로 노래를 부르는 것으로 볼 때
서로 흉금을 터놓을 수 있는 벗임을 알 수 있다. 더해서, 노래 속에
담긴 뜻이 많다고 하였으니 두 사람은 노래를 서로 수창한 사이임이
분명하다. 전구에서 거문고에 맞추어 곡조를 연주하는 선비의 풍모가
드러난다. 선비는 거문고를 켜고, 여인은 가야금을 탄 데서 알 수 있다.
결구에서 백아의 선율이 청아하게 울리는 것에서 볼 때 두 사람은 지음
知音으로 서로의 마음을 알아주는 벗이다. 그렇다면 정여창은 그에게
종자기鍾子期와 같은 존재다. 따라서 이 증시는 전고典故로써 벗에게
이별의 아쉬움을 전한 것임을 알 수 있다.

孔弟三千曾得宗　　　공자 제자 삼천 명에 증자 홀로 종통을 얻어
工夫體用十章中　　　대학이라 열장 속에 체용 공부 다 들었네
省三平日存心熱　　　삼성하는 평일에 마음 보존 익숙했고
貫一當年觸理融　　　관일의 당년에는 이理에 닿으면 투철했네
守約卒傳思孟學　　　약을 지켜 마침내 맹자에게 학문을 전하고
歸全終致戰兢功　　　온전히 몸을 지녀 전긍의 공 이뤘다오
人生父母天倫切　　　부모는 천륜이라 이밖에 또 있으리
百行元從孝上通　　　온갖 행실 효로부터 근원이 되느니라
　　　　　　　　　　　　　　　　<증효선贈孝先>

　이 시는 김인후가 효선에게 준 것이다. 시제에서 드러나듯이 효선이
란 이름에서 효를 취한 증자의 일을 전고로 사용한 칠언율시다. 증자는

61) 번역은 한국고전번역원 김낙철 역(2004)을 따랐다.

공자 만년에 그 문하에 들어갔지만 깨달음을 이뤄 뒷날 종성공宗聖公이
된 인물이다. 증자는『논어』에서 "나는 하루에 세 가지로 반성하니
남을 위하여 도모함에 진실하지 않았는가? 붕우와 더불어 사귐에 미덥
지 않았는가? 전한 것을 익히지 않았는가?"[62])라고 하였다. 이는 '일일
삼성一日三省' 즉 하루에 세 가지로 반성하는 자기 성찰의 방법이다.
함련頷聯의 "관일의 당년"이란 표현은『논어』에서 공자가 제자들에게
"오도는 일이관지"라고 할 때 증자 홀로 깨달음이 있었다. 이때 증자는
"충서"라고 답하여 주위 문하생들에게 일러준다. 비록 증자가 배움의
과정은 늦었으나 그 깨달음이 다른 벗들과는 다른 면이 있었다. 경련에
서는 그가 효를 실천하는 인물임을 나타내고 있다. 여기서 증자는 죽기
전까지 자기 몸을 온전히 하다가 죽고 나서야 전전긍긍 몸을 돌보던
효자의 자세에서 벗어날 수 있었던 것이다. 이는 "공자께서 증자에게
일러 말씀하셨다. 몸이며 머리털이며 살은 부모께 받은 것이니 감히
헐어 상하지 않게 하는 것이 효의 시작이다. 몸을 세우고 도를 행하여
후세에 이름을 날리고 부모를 드러내는 것이 효도의 마침이다. 무릇
효의 시작은 어버이를 섬기는데서, 중은 임금을 섬기는 데서, 마지막은
몸을 세우는 것이다."[63])라고 한 가르침을 잘 받든 것이다. 이는 증자의
삶을 통해 효심을 일깨워 효자로서의 정신자세와 실천을 강조한 대목
이다. 따라서 이 시는 "본체를 드러내어 도의道義를 회복하고, 인륜人倫
을 내세워 만물萬物이 화합和合"[64])하는 경지를 드러낸 것이자 실천적

· · · · · · · · · · ·

62) "曾子曰 吾日三省吾身 爲人謀 而不忠乎 與朋友交 而不信乎 傳 不習乎"(『論
語』,「學而」).

63) "孔子謂曾子曰 身體髮膚 受之父母 不敢毀傷 孝之始也 立身行道 揚名於後世
以顯父母 孝之終也 夫孝始於事親 中於事君 終於立身"(『孝經』).

64) 具仕會,「河西 金麟厚의 文學思想」,『한국문학연구』제12권, 동국대학교 한
국문학연구소, 1989, p.327.

삶의 덕목인 효행을 갈망하는 마음을 담은 도학시라 할 수 있다.

증답시의 경우에는 그 시의 증답 대상이 구체적이고 특정되어 있다. 또한 예시 자료들을 통해 볼 때 증답시는 그 대상이 구체적이고 범주가 넓은 것이 특징이다. 왜냐하면 앞에서 제시한 증답시의 제재로 쓰인 인물들은 각각 정의旌義 현감, 우인友人, 도사都事, 사제舍弟, 판서判書, 특정인물, 효선孝先, 장인의 첩舅氏妾, 특정의 다수에게 보내는 경우 등 그 종류가 다양하기 때문이다.

둘째, 이번에 살펴볼 것은 차운시次韻詩다. 차운시란 다른 사람이 지은 시에 운자韻字를 맞추어 지은 것을 말한다. 이는 시제詩題가 '차次○', '차운次韻○', '근차謹次○', '차次○운韻', '화和○' 등으로 나타난다.[65] 따라서 이미 제목을 통해 차운한 시임을 알 수 있다. 차운시는 두 사람의 직접적인 교유나 타인을 통해 전하는 형태로 나누어 쓰는 경우가 많다. 다음에서 도학시의 계보 순서대로 차운시의 예를 검토한 후 그 중에서 한두 편을 선택하여 그 특징적인 면을 살펴본다.

김종직의 <차허학장次許學長>[66], 정여창의 <근차율정이선생관의운謹次栗亭李先生寬義韻>[67], 조광조의 <차송재조매시次松齋早梅詩>[68], 서경덕

----

65) 서사증의 『文體明辯』에는 화운을 用韻 방식에 따라 다시 依韻, 次韻, 用韻 등으로 나누어 보고 있다. 동일 운목에 속하는 글자를 쓰되 반드시 운자를 쓰지 않아도 되는 것을 의운, 반드시 원래 운자를 사용하고 차례도 같아야 하는 차운, 동일한 운을 사용하되 반드시 차례를 따르지 않는 것을 용운이라 한다.

66) "男兒憂道不憂貧 休把酸辛費受辛 樂道方成快活士 安貧始作自由身 林間伏臘 唯耽酒 紙上功名却付人 谷口子眞三徑詡 芳規嬴得後來伸"(『佔畢齋集』, 「卷之十一 詩」).

67) "學究天人冠一時 而居陋巷不求知 聖君特召問治道 因許山林意所之"(『一蠹先生續集』, 「卷之一 詩」).

68) "一陣淸芬淨 千秋老影奇 中宵氷礵側 惟有素娥知"(『靜菴先生續集』, 「卷之一」 拾遺).

의 <차운답류수이상국구령次韻答留守李相國龜齡>69), 이언적의 <차남사혼운次南士渾韻>70), 조식의 <차우인운次友人韻>71), 이황의 <차운답이청송공간次韻答李靑松公幹 이수二首>72), 김인후의 <차천사알성묘운次天使謁聖廟韻>73), 송익필의 <차율곡운次栗谷韻>74), 성혼의 <차안생소운次安生邵韻>75), 이이의 <차임석천억령운次林石川億齡韻>76) 등이 있다. 그 구체적인 내용을 살펴보자.

먼저 점필재 김종직의 차운시에서 도학적인 측면을 살펴본다.

69) "牛畝宮中樂莫涯 頤神終日澹無何 品題花卉知誰任 管領溪山屬我家 每會景佳能獨詠 時因興劇共人歌 泠然一覺遊仙夢 不記林間春已過"(『花潭集』,「卷之一 詩」).

70) "洞天幽遠鎖煙霞 相訪知君故意多 却將十載塵寰事 話到西巖月半斜 已將身世落雲煙 乘興逍遙塵外天 敢擬藏巖蘇旱雨 一溪風月最堪憐"(『晦齋先生集』,「卷之二」律詩○絶句).

71) "泛泛楊舟檣木蘭 美人何處隔雲間 蓴鱸裏面猶多意 只會江東一帆看"(『南冥先生集』,「卷之一 七言絶句」).

72) "壽樂園亭傍渚磯 銅章時到弄斑衣 我今獨抱無涯恨 寸草三春失報暉 人曰山中不可居 甌生塵土釜生魚 起來謝客無言說 但覺窮愁昔已除"(『退溪集』,「卷之二 詩」).

73) "經幄從容補袞餘 箕封文獻眷蹕躇 心傳聖學淵源遠 口播皇家惠澤舒 道德無窮存廟享 藏修有所見齋居 民彝物則通遐邇 風土殊方語恐虛"(『河西先生全集』,「卷之十 七言律詩」).

74) "微霜一夜早涼生 千樹隨風落葉輕 窗外孤松籬下菊 無情還似有深情"(『龜峯先生集』,「卷之一 七言絶句」一百二十三首).

75) "舊聞志士有三希 白首茫然依野扉 學力未培愁實得 虛名驚世足危機 山含霽色添新翠 月映秋空揚素輝 此夜吟君詩在手 寤言弗告有誰知"(『牛溪先生集』,「卷之一 詩」).

76) "石川古遺士 風雨生揮筆 俊逸與淸新 公今合爲一 興來百紙盡 條忽成卷帙 小子才可愧 不能窺堂室 一席得親炙 何幸同時出 生平不屈膝 今日爲公屈"(『栗谷先生全書』,「卷之一 詩 上」).

男兒憂道不憂貧	남아는 도를 걱정하고 가난을 걱정 않나니
休把酸辛費受辛	고생때문에 수신受辛을 허비하지 말게나
樂道方成快活士	도를 즐기매 바야흐로 쾌활한 선비가 되고
安貧始作自由身	가난을 견디니 비로소 자유로운 몸이 되었네
林間伏臘唯耽酒	산수 속의 세시복랍엔 술이나 즐길 뿐이요
紙上功名却付人	종이 위의 공명일랑 남에게 부치었으니
谷口子眞三徑詡	곡구의 자진子眞이요 삼경의 후詡라
芳規贏得後來伸	전인의 훌륭한 모범을 후래에 넉넉히 펴도다

<차허학장次許學長>[77]

　이 시는 점필재 김종직이 허 학장에게 차운하여 쓴 7언 율시다. 이 시에서는 수련부터 용사가 나타난다. 수련에 나타난 '수신受辛'은 한자 한 글자를 파자破字하여 나타낸 시어이다. 이 두 글자를 합치면 말씀 사辭를 의미하는데 이는 수受와 신辛의 합자로 사辭의 고자古字이기 때문이다.[78] 이는 『세설신어世說新語』 「첩오捷悟」[79]에 수록되어 있고, 『삼국지연의』에도 소개된 조조曹操(155~220)와 양수楊脩(175~219)의 대화 내용에서 알 수 있다. 여기서 아랫사람이 윗사람보다 깨달음이 너무나 명민하여 처형을 당한 양수의 예화를 들어 말을 삼가라는 교훈을 담았다. 미련尾聯에 등장하는 '곡구谷口'와 '삼경三徑'은 정자진鄭子眞과 장후蔣詡에 관한 고사에서 유래한다. 한漢나라 때의 은사隱士 정자진은 곡구

----

77) 『佔畢齋集』, 「卷之十一 詩」. 시 번역은 한국고전번역원 임정기 譯(1996)을 따랐다.

78) 유의경, 김장환 譯, 『世說新語(中)』, 살림출판사, 1997, p.440.

79) "魏武嘗過曹娥碑下, 楊脩從, 碑背上題作[黃絹・幼婦・外孫・齏曰八字. 魏武 謂脩, 曰 卿不解 答曰 解 魏武曰 卿未可言 待我思之 行三十里 魏武乃曰 吾已 得 令脩別記所知 脩曰 黃絹 色絲也 於字爲絶 幼婦 少女也 於字爲妙 外孫 女子也 於字爲好 齏曰 受辛也 於字爲辭 所謂 絶妙好辭也 魏武亦記之 與脩同 乃歎曰 我才不及卿 乃覺三十里"(『世說新語』, 「捷悟」)

에 살면서 수도에 전심하여, 일찍이 대장군 왕봉王鳳이 예로써 초빙하였
는데 이에 응하지 않았다. 이는 은일지사로서의 삶이 이름난 벼슬보다
더 즐거워서이다. 또한 한나라 때의 은사 장후는 향리에 은둔하여 지냈
다. 이때 집 마당에 낸 세 개의 길[삼경三徑]은 친구 구중求仲과 양중羊仲
이 함께 종유從遊하던 곳이다.[80] 이 시는 은일隱逸의 즐거움을 알았던
두 사람의 고사를 용사하여 허학장도 은일지락隱逸之樂함을 인정하며
자신도 함께하고 싶은 심정을 은근히 드러낸 도학적인 차운시다.

　　다음 시는 이이가 석천 임억령의 시에 차운하였다.

石川古遺士	석천은 옛 유사로
風雨生揮筆	풍우가 붓 끝에 일어나네.
俊逸與淸新	준일하고 청신함을
公今合爲一	지금 공이 다 겸하여
興來百紙盡	흥 나면, 백여 장 종이에 시를 써서
倏忽成卷帙	잠깐 사이 권질을 이루곤 하네.
小子才可愧	소자의 재주론 부끄러워
不能窺堂室	공의 당과 실을 엿볼 수 없네.
一席得親炙	한 자리에 직접 가르침을 받으니
何幸同時出	같은 시대의 출생, 얼마나 다행인지
生平不屈膝	평생에 무릎을 꿇지 않았다가
今日爲公屈	오늘날 공 앞에서 꿇는다오.

<차임석천억령운次林石川億齡韻>[81]

　　이 시는 임억령林億齡(1496~1568)과 함께 교유하던 당시에 지은 시이
다. 임억령은 1524년 식년문과에 급제하였다. 을사사화 때 동생이 소윤

． ． ． ． ． ． ． ．
80) 『漢書』, 「卷七十二」.
81) 이 시의 번역은 이진영, 김학주 역을 따랐다.(한국학중앙연구원 편, 『율곡학연
　　구총서 자료편1』, 사단법인 율곡학회, 2007, pp.84~85.)

일파에 가담하여 대윤의 선비들을 물리치자, 벼슬을 버리고 해남으로 낙향한 인물이다. 이후 관찰사, 담양부사 등을 역임하였다. 2구에 등장하는 '풍우風雨'는 두보의 시에서 용사하였다. 두보가 이백에게 부친 <기이백시寄李白詩>에 "붓 떨어지자 풍우가 놀라고, 시 이뤄지자 귀신이 운다"[82]라고 한 대목에서 취한 것이다. 또 '준일俊逸'과 '청신淸新'은 두보의 <억이백시憶李白詩>에서 인용하였다. "청신함은 유개부庾開府 같고 준일함은 포참군鮑參軍 같네"[83]라고 한 데서 유래하였는데, 이는 북주의 유신庾神(513~581)을 유개부에, 남송의 포조鮑照(414~466)를 포참군으로 나타낸 것이다. 두 구절 모두 두보가 이백을 상찬賞讚한 시에서 인용한 것으로 볼 때 이이는 임억령을 이백에 비유하였고, 자신을 두보에 가탁한 것으로 볼 수 있다. 이이는 "도학이라는 것은 격물치지하여 선을 밝히고, 성의 정심하여 그 몸을 닦아 자신에게 쌓으면 천덕이 되고 이를 정사에 시행하면 왕도가 된다."[84]라고 도학의 개념을 밝혔다. 이는 이 시에서도 잘 드러나는데, '불능규당실不能窺堂室'에서는 "제자들이 자로를 공경하지 않자 공자께서 자유子由는 당堂에 오른 사람이지. 아직 실室에는 들어오지 않았다."[85]라는 『논어』「선진先進」편의 일화를 통해 학문의 단계를 말하고 있다. 따라서 이 시는 '스스로 시에 자부함이 있었던 이이는 비로소 임억령의 시가 자신의 무릎을 꿇릴 정도로 뛰어난 것을 깨닫고 시 스승으로 그를 모시게 된다.'는 내용임이 드러난다. 이이는 "찬술에만 공들이고 도의를 외면한 글, 말만 번잡하고 이치가 막힌 글, 말은 그럴 듯하나, 뜻이 분명치 못한 글"을 쓰는

· · · · · · · · · · ·

82) "筆落驚風雨 詩成泣鬼神"(杜甫,「寄李白詩」).

83) "淸新庾開府 俊逸鮑參軍"(杜甫,「憶李白詩」).

84) "夫道學者 格致以明乎善 誠正以修其身 蘊諸躬則爲天德 施之政則爲王道" (『栗谷先生全書』,「卷之十五」, 雜著).

85) "門人 不敬子路 子曰 由也 升堂矣 未入於室也"(『論語』,「先進」).

이를 속유俗儒라 했다.86) 그런 그가 자신의 입장을 시로써 형상화하여 결국 자신과 시 스승인 임억령을 함께 상찬한 것이다. 앞에서 밝힌 도학은 "송대 도학의 개념이 조선의 정암, 퇴계에 이르는 핵심을 계승한 것"87)이다. 따라서 이 시는 율곡이 그 시 스승을 높이고 도학의 개념을 형상화 한 것이라 할 수 있다.

여기서 우리는 차운시의 소재가 다양함을 알 수 있다. 왜냐하면 예로 든 대상이 학장, 선생, 유수留守, 우인友人, 지인知人, 천사天使, 벗, 제자弟子, 선배 등으로 나타나기 때문이다. 이를 통해 볼 때 도학시의 한 갈래로써 차운시는 그 시적 교유의 대상이 인간 삶의 동정어묵動靜語默에 바탕을 두고 있음을 알 수 있다.

셋째, 다음은 소재에 따른 갈래 중 만시를 살펴보자. 만시挽詩는 죽은 사람을 애도하는 시로 '만시輓詩'라 부르기도 한다. 따라서 주인공의 생애를 찬양하는 내용을 담기 때문에 상투적이고 의례적인 경향이 강하다.

이러한 만시로는 김종직의 경우에는 <만조별제이부모이장挽趙別提離父母移葬>88)이 있고 정여창의 경우에는 지은 시가 많지 않아 만시는 밝혀진 것이 없다. 한편 조광조의 <송재부인의성김씨만松齋夫人義城金氏輓>89), 서경덕의 <만인挽人>90), 이언적의 <만조부윤한필挽曺府尹漢

· · · · · · · · · · ·
86) 김갑기, 『한시로 읽는 우리 문학사』, 새문사, 2007, p.247.
87) 김영숙, 「퇴계시에 나타난 도학적 성격과 형상」, 『퇴계학논집』 5호, 영남퇴계학연구원, 2009, p.16.
88) "劈開長夜移蒿里 華柩容衣更儼然 好向新阡妥精魄 周遭不異舊山川"(『佔畢齋集』, 「卷之五 詩」).
89) "闔戶承顔日 深知梱範純 華門稱配德 風什詠宜人 恰佇春暉永 俄驚矞曜淪 林鶯啼有血 庭鶴弔爲賓 孤姪偏傾淚 慈闈最愴神 共堂情愛密 分饋記存頻 湖海猶傷別 幽明遽隔塵"(『靜菴先生續集』, 「卷之一」 拾遺).
90) "一 物自何來亦何去 陰陽合散理機玄 有無悟了雲生滅 消息看來月望弦 原始

弱>91), 조식의 <만진극인挽陳克仁>92), 이황의 <만권동지응창挽權同知應昌>93), 김인후의 <만종제상자挽從弟殤子>94), 송익필의 <만청송선생挽聽松先生>95), 성혼의 <만사암박상공순挽思菴朴相公淳>96), 이이의 <만백수挽伯嫂>97) 등이 있다.

다음 시는 이이가 그의 큰 형수를 위해 쓴 장편의 만사다.

．．．．．．．．．．

反終知鼓缶 釋形離魄等忘筌 堪嗟弱喪人多少 爲指還家是先天 二 萬物皆如寄 浮沈一氣中 雲生看有迹 氷解覓無蹤 晝夜明還暗 元貞始復終 苟明於此理 鼓缶●吾公"(『花潭集』,「卷之一 詩」).

91) "始聞初政憫窮民 豈料沈痾未去身 藥裹許分蘇病老 手書珍重慰閑人 憂分北闕心猶在 夢斷南柯迹已陳 直節英風無復見 爲民爲國一沾巾"(『晦齋先生集』,「卷之四 七言律詩」).

92) "天嶺迷迷首露墟 不曾生識有神魚 浮雲無繫蒼蒼面 誰道君今還不如"(『南冥先生集』,「卷之一 七言絶句」).

93) "才傑當年第一流 端如東序薦天球 玉堂金馬蜚英早 霖雨丹靑屬望優 偶感杯蛇巡隩日 忽驚雞夢臥漳秋 鴒原契分如膠漆 慟到三喪白盡頭"(『退溪集』,「卷之五續內集 詩」).

94) "天意茫茫愛惡乖 蘭芽初茁雪霜摧 琅琅讀字猶留耳 婉婉承顔未免懷 畢竟仔看門戶慶 斯須忽遇鬼彭殤 彭殤到底俱寥寂 萬古同歸地下埋"(『河西先生全集』,「卷之十 七言律詩」).

95) "坡山深處掩雲扃 化止于家歎獨成 霜菊一籬靖節趣 石田三頃有莘耕 濂溪人去空春草 安樂窩存自月明 仁則榮爲傳子業 德公徒擅不危名"(『龜峯先生集』,「卷之二 七言律詩」一百首).

96) "世外雲山深復深 溪邊草屋已難尋 拜鵑窩上三更月 應照先生一片心"(『牛溪先生集』,「卷之一 詩」).

97) "我生胡不辰 早纏風樹悲 淸門舊業薄 雁行亦分離 同居計未圓 伯氏奄我違 中年宦興闌 世路多陰巇 誅榛卜一丘 渺渺西海涯 我嫂就余居 自南携孤兒 三架奉先主 一簞同忍飢 洞壑靜而幽 擬作窮年期 天書召不止 束帶還羽儀 戀恩不能歸 盡眷移京師 南北不辭勞 恩義兩無虧 一朝困沈痾 痛矣無良醫 乘化奄歸盡 骨肉棄如遺 哀哀桂與蘭 籲天天無知 祖載發中堂 撫柩神如癡 蕭辰霜露零 慘悽晨飆吹 送別後有期 此去歸何時"(『栗谷先生全書』,「卷之二 詩 下」).

我生胡不辰	나의 운명이 어찌 이리 불행하여
早纏風樹悲	일찍 어버이 여읜 슬픔 당하였나
淸門舊業薄	청빈한 가문이라 옛 세업이 적고
雁行亦分離	형제도 역시 뿔뿔이 흩어졌네
同居計未圓	동거할 계획이 원만하게 못된 데다
伯氏奄我違	큰 형마저 갑자기 날 버리셨네
中年宜興闌	중년 들어 벼슬에 흥미 적으니
世路多險巇	세상길 너무도 험난해서라
誅榛卜一丘	가시나무 베고 한 터전 잡은 것이
渺渺西海涯	아득한 서해의 물가였네
我嫂就余居	우리 형수님이 내게 오셔 살았는데
自南携孤兒	남쪽에서 애들도 데리고 오셨네
三架奉先主	삼 간 집 지어서 선대 신주 모시고
一簞同忍飢	도시락밥 하나로 함께 굶주림 참았네
洞壑靜而幽	산골이 고요하고 그윽하여서
擬作窮年期	한 평생 그대로 살아가려 하는데
天書召不止	천서의 부르심 끊이지 않아
束帶還羽儀	띠를 두르고 관직에 다시 나아가
戀恩不能歸	은총에 연연하여 돌아오지 못하고
盡眷移京師	온 권속들을 서울로 옮기었네
南北不辭勞	남으로 북으로 괴로움을 마다 않고
恩義兩無虧	은혜와 의리 둘 다 모자람이 없으셨네
一朝困沈痾	하루아침에 짙은 병으로 고생하시니
痛矣無良醫	양의가 없음이 원통하였다
乘化奄歸盡	운화運化따라 갑자기 아주 가시어
骨肉棄如遺	골육마저 잊은 듯 내버리시니
哀哀桂與蘭	가엾어라 어린 남매들
籲天天無知	하늘에 부르짖으나 하늘도 모르신다
祖載發中堂	떠나는 상여 중당을 나서는데
撫柩神如癡	널을 어루만져도 신은 모르나봐
蕭辰霜露零	쓸쓸한 때라 서리와 이슬 내리고

慘憺晨飆吹	참담하게도 새벽바람 불어댄다
送別有後期	송별이라면 뒷기약이라도 있으련만
此去歸何時	이제 가시면 언제나 오시렵니까?

<만백수挽伯嫂>

이 시는 이이가 그의 큰 형수에 대하여 쓴 만시이다. '지支'자 운을 썼다. 그의 형제는 7남매인데 큰형이 이선李璿(1524~1570), 둘째형이 이번李璠(1540~?)이고, 아우는 옥산玉山 이우李瑀(1542~1609)다. 아래로 여동생이 셋 있는데 조대용趙大男의 처 이매창李梅窓(1539~?), 윤섭尹涉의 처, 홍천우洪天祐의 처가 그들이다. 여기서 큰형은 참봉參奉을 지냈고 젊은 나이에 죽는다. 큰 형수는 곽연성郭連城의 딸이다. 이 시는 34구의 장편으로 구성되어 있는데 크게 다섯 부분으로 나눌 수 있다. 첫 구부터 10구까지는 빈한한 가세와 부친을 일찍 여의고 형마저 죽은 가족상황, 그리고 자신이 벼슬하여 세간 살림을 물가에 마련하여 거처하게 된 시공간적 배경을 배치하였다. 11구부터 20구까지는 큰형수를 집으로 모셔와 살게 된 배경과 집안을 먹여 살리기 위해 임금의 부름을 받고 벼슬살이하는 입장을 제시하였다. 21구부터 28구까지는 형수가 의리도 있으나 병으로 돌아가게 된 안타까운 상황과 어린 남매를 두고 떠난 배경을 드러내고 있다. 그리고 29구부터 32구까지는 운구하는 과정의 참담한 심정과 서리와 이슬이 내리는 쓸쓸한 분위기를 덧대어 그 슬픔을 극대화하고 있다. 마지막 두 구절은 망자와 생자의 이별이 아니라 현실을 부정하는 듯이 느낀다. 이러한 화자의 심정이 이별을 인정하지 않고자 하는 비통함과 결부되어 절절하게 배어난다. 따라서 이 시는 짧은 기간 동안 보면서 살아온 사물을 보고 느낀 감정이 아니라 오랜 세월동안 희로애락을 함께 한 형수와의 사별을 애도하면서 그 슬픔을 초극하고자 하는 도학자의 의지를 담아낸 시라 할 수 있다.

만시의 대상은 별제別提의 부모 이장移葬, 부윤府尹, 동지同知, 종제從弟의 아들, 친구의 아버지, 정승, 큰 형수에 이르기까지 지위고하와 연령의 다과, 내용에 상관없는 것으로 망자와의 이별을 애도한 것들이다. 이처럼 만시도 차운시, 증답시와 마찬가지로 다양한 소재를 쓰고 있다. 따라서 만시는 그 범주가 넓고 내용과 의미가 깊으며 단순히 망자의 덕을 기리는 내용만 있는 것이 아니라 자신의 체험과 그 삶속에서 얻어진 감흥이 어우러져 이뤄진 시라고 볼 수 있다. 따라서 만시도 도학시의 한 갈래로 보아야 한다.

넷째, 다음에서는 증답, 차운, 만시보다 범주를 더 넓혀 살펴보자. 교유시交遊詩는 문인들이 기거동정起居動靜을 바탕으로 그들과 사제, 문우, 친지들 간 주고받은 시를 일컫는다. 그런데 교유시는 그 시적 소재가 다양하나 주제에 있어서는 우정이 바탕에 자리하고 있다. 각각의 경우에 있어 어떤 교유시의 양상이 나타나는지 살펴보자.

김종직의 <정필선효상 유홍제원 복무노마불부 작시이기鄭弼善孝常遊洪濟院 僕無奴馬不赴 作詩以寄>98), 정여창의 <제족제여해해망유거題族弟汝諧海望幽居>99), 조광조의 <송숙부부경원진送叔父赴慶源鎭>100), 서경

• • • • • • • • • •
98) 『佔畢齋集』「卷之一 詩」. 번역은 한국고전번역원 임정기 역(1996)을 따랐다.
99) "高士幽居儉不奢 洞門寂寂鎖煙霞 蘁鹽淡泊人間味 雨後何妨採蕨芽"(『一蠹先生續集』, 「卷之一 詩」).
100) "朝廷薦叔父鎭慶源 以有學也 學之名 非徒章句文辭而已 學知事物之理 處得其宜之謂 故在朝而格君 處藩而宣化 無往而不以學 源 國之北門 捍敵之謀 農桑之課 政化之修 皆出鎭帥 苟非學者 何以當之 況關北 如源者六 不可輕內重外 而盡任以君子 可以才德表於六者 擇一人任之 以爲觀化 其爲責 重矣然責重者 難副 苟一事之小乖于理 人皆驚怪 莫不缺望 六亦必不矜服 將有譏侮 居是責者 豈不畏哉 叔父有古人之學 事事以義 姪決知其不然 然非上智之資 未必事皆合理 常常徹畏 亦君子之道 其不致意歟 叔父之志 朝夕於帷幄坐使朝廷有道 四方以富 邊鄙乃安 不必親行藩鎭而後可也 然古之人 或由帷而以出 自鎭以入 一出一入 丈夫之事 而況是命 出於表率之意 其視尋常帷幄"

덕의 <사김상국혜선謝金相國惠扇 이수二首>[101]), 이언적의 <송권경우이
천추사부연경送權景遇以千秋使赴燕京>[102]), 조식의 <기자수질寄子修姪>[103]),
이황의 <여여주목이공순훈도이여유신륵사與驪州牧李公純訓導李翁遊神勒
寺 을미乙未>[104]), 김인후의 <기백승형제寄伯承兄弟>[105]), 송익필의 <김희
원유서해서원적초안내동피란운金希元有書海西遠賊稍安來同避亂云>[106]),

者 何如 且戎狄難化 而必以德 德非一朝之成 所爲盡出於誠 無一毫假僞 可
以感動其心矣 然則學必處物而後益明 還而入幄 以益明之學 行平昔之志 豈
不易哉；世人不究理 文武爲兩事 文旣非章句 武豈善射騎 武侯在草廬 所事
明心地 朝廷重北門 叔也充其帥 野人雖難化 秉性非有二 聞道服廉潔 是事猶
可類 德來必來服 但念治不治 鎭將闊且悍 威武且貪肆 遂使昔來格 反致城下
伺 固知禦戎道 不在威與備"(『靜菴先生文集』,「卷之一 詩」).

101) "問 扇揮則風生 風從何出 若道出於扇 扇裏何嘗有風在 若道不出於扇 畢竟
風從何出 謂出於扇 旣道不得 謂不出於扇 且道不得 若道出於虛 却離那扇
且虛安得自生風 愚以爲不消如此說 扇所以能鼓風 而非扇能生風也 當風息
太虛靜泠泠地 不見野馬塵埃之起 然扇纔揮風便鼓 風者氣也 氣之撲塞兩間
如水彌漫谿谷 無有空闕 到那風靜澹然之頃 特未見其聚散之形爾 氣何嘗離
空得 老子所謂虛而不屈 動而愈出者此也 纔被他扇之揮動 驅軋將去 則氣便
盪湧爲風 故詩曰 形軋氣來能鼓吹；一尺淸飆寄草堂 據梧揮處味偏長 誰知一
本當頭貫 便見千枝自幹張 形軋氣來能鼓吹 有藏虛底忽通涼 不須拂洒塵埃
撲 竹杖相將雲水鄕 二 不擇茅齋與廟堂 淸風隨處解吹長 德和濟物兼玄白 道
大從人聽翕張 顧我無能驅暑濕 賴渠還得引秋涼 丈夫要濯群生熱 當把冷飆
播帝鄕"(『花潭先生文集』,「卷之一 詩」).

102) 『회재집』,「제3권」律詩 絶句. 한국고전번역원 조순희 역(2013)을 따랐다.

103) "飢寒母弟在 求仕定非他 却立楊朱路 遲回奈爾何"(『南冥先生集』,「卷之一
五言絶句」).

104) "京洛風塵一夢悠 從公聊作靜中遊 江山曉作雙眸晝 樓閣晴生六月秋 問數可
能探理窟 談仙直欲謝時流 歸來穩放輕舟下 自喜猶能近白鷗 公嘗註皇極內
篇 積功二十餘年而始就 是日 論內篇及參同契修鍊之法"(『退溪先生文集』,「卷
之一 詩」).

105) "兩君行色定何如 適値龍鍾氣不舒 息偃未生新意思 更煩相就證齋居 其二 竹
外有詩人獨立 梅邊無酒月空明 南枝已覺精神露 繞樹聞香骨欲淸"(『河西先
生全集』,「卷之六 七言絶句」).

성혼의 <서시오윤겸황신양생書示吳允謙黃愼兩生 이수二首>107), 이이의
<연경도중기사제燕京途中寄舍弟>108)가 있다.

이 중에서 먼저 김종직이 정효상에게 부친 시를 살펴보자.

英英宮坊彦	시강원의 뛰어난 학사님이여
風望儀前修	풍채 인망이 전현을 모방했는데
暫停露門講	잠시 대궐에서 하던 강講을 멈추고
畫此川上遊	이 냇가의 놀이를 계획하였네
暖日泛草木	다순 햇볕은 초목에 널리 퍼지고
滿眼來年秋	눈에 가득한 건 보리 가을이로세
華構挹遐矚	화려한 문장은 먼 경치 끌어들여

- - - - - - - - - -

106) "桃花流水混眞源 天外矯頭只斷魂 醉睡不知山過雨 醒來猶記海生雲 紅葉乍
妍悲晚節 夕陽雖好近黃昏 曳兵遲邅皆同走 定脚何人守此門" (『龜峯先生集』,
「卷之二 七言律詩」, 一百首).

107) "幷序 丁亥八月 十年前栗谷訪余 同宿溪廬 時當中秋 窓外蛩聲喞喞 十百爲
羣 爭鳴而競吟 無暫時停息 及到曉鍾 其聲益盛 有自樂其樂而不知其勤苦者
余嘆曰 微物尙能盡其職分至於此哉 栗谷又嘆曰 知覺多者 深於利害 擇利而
就安 怠惰而日偸 所以人不能盡性 而天機自動 不假修爲 盡其天職 乃出於微
物也 余喜其超詣之見 未嘗忘也 今夜侵晨 感懷無寐 虫吟四起 宛然昔年之秋
自念殘生未死 而栗谷已爲古人 余之貿貿 此志未就 日益昧陋 則其有愧於微
物深矣 昔朱夫子宿眞觜簹鋪 見壁上詩煌煌靈芝 一年三秀 子獨何爲 有志未就
深自感嘆 題詩而去 詩云 鼎鼎百年能幾時 靈芝三秀欲何爲 金耳歲晚無消息
空嘆眞觜壁上詩 嗚呼 余於今日其有感於古人 而有愧於虫聲 可勝言耶 因書
拙句 奉似兩賢求和 一以譜言志之方 一以希相發之意焉 此雖閑說 善學者觀
物而察己 近取而自養 則未必無助於感厲之功也 ; 草根風露冷侵身 勤苦聲聲
夜向晨 感爾微虫能盡性 白頭重愧最靈人 ; 萬事空餘百病身 候虫聲裏坐侵晨
秋風情境依然在 落月無端照舊人" (『牛溪先生集』,「卷之一 詩」).

108) "去路三千四百里 歸路三千四百里 行行六千八百里 月魄看看六回死 我弟村
莊更千里 況是別日前乎此 故國人來不見書 搔首看雲遼海涘 孤城木鐸不成
眠 單于獵火連郊紫 漢陽風雪子來否 對牀話此眞夢耳 只願相逢有新得 論詩
論學令人起" (『栗谷先生全書』,「卷之一 詩 上」).

可以舒幽憂	깊은 근심을 펼 수도 있거니와
同官摠材儁	동관들 모두 뛰어난 재주 있어
有似壎篪酬	훈지처럼 서로 주고받고 하는데
畸人不見鄙	못난 나까지 비루하게 보지 않고
邀共觀游儵	함께 피라미 구경코자 초대하였네
我今謝纆鎖	그런데 난 지금 얽매임을 떠나서
啓處得自由	자유롭게 편히 지내긴 하지만
但恨旅食來	한스러운 건 객지 생활이 어려워
鬼笑什一謀	십일의 계책 귀신이 비웃는 거라오
雖云倂日炊	날을 아울러 밥은 짓는다지만
樵僕無時休	나무하는 종은 때도 없이 놀아서
馬閑少莝秣	마구간엔 말 먹일 꼴도 모자라
尫隤不任騶	말이 야위어 추종도 감당 못하네
徒行豈非好	걸어서 가면 어찌 좋지 않으랴만
却怕經陵丘	높은 구릉 지나기가 두려웠었지
㤁婣負勝賞	혼자 외로이 좋은 구경 못하니
何異樊籠囚	우리에 갇힌 거나 뭐가 다르랴
落日獨隱几	석양까지 홀로 안석 기대 있다가
出門無朋儔	문을 나갔지만 친구도 없어
北郭繚仁王	인왕산 두른 북녘 들을 바라보며
望望空轉頭	실망하여 공연히 머리 돌리네
晴光澹如酒	개인 경치가 술처럼 맑으니
興馳藥玉舟	흥취가 약옥주로 달려가누나
平生懊惱處	평생에 길이 번민하던 곳이
應在洪濟樓	응당 홍제원에 있으리라

<정필선효상유홍제원복무노마불부작시이기
鄭弼善孝常遊洪濟院僕無奴馬不赴作詩以寄>

정효상은 벗들과 함께 홍제원洪濟院에서 완상玩賞하는 중이었다. 이
때 김종직은 친구에게 가지 못하는 이유를 든다. 이는 종도 말도 없어서
가지 못한다는 변명이다. 그런데 이렇게 말하는 자신이 미안하기에

시를 지어 부치고 있다. 이 시는 곳곳에 전고와 용사를 배치하여 격물과 완상의 멋을 한껏 드러내었다. 홍제원은 조선 시대에 중국 사신使臣이 도성都城에 들어오기 전 묵던 공관公館이다. 훈지燻篪는 원래 화목한 형제를 말한다. 훈지처럼 주고받는다는 말은 형은 질나팔을 불고 아우는 이에 화답하여 피리를 분다는 뜻에서 유래한 것인데, 여기서는 동료 간에 서로 잘 어울림을 비유한 것이다. '십일모什一謀'란 남송南宋 때에 유백룡劉伯龍의 고사에서 유래한다. 그는 워낙 가난하고 궁하였으므로, 한번은 식구들을 불러놓고 장차 장사를 해볼 계책을 꾀하였다. 이때 한 귀신이 곁에서 손뼉을 치며 껄껄 웃자 유백룡이 탄식하며 말하였다. "빈궁한 것도 본디 운명인 것인데, 공연히 귀신에게 비웃음만 받았구나."라고 하면서 그 계책을 그만두었다는 데서 온 말이다. 여기서 '십일모'는 상인商人이 판매가의 십분의 일에 해당하는 이익을 추구하는 것을 말하게 되었다. '병일취倂日炊'는 날을 아울러 밥을 짓는다는 말이니 이틀이나 사흘에 한 번씩 먹는 삼순구식三旬九食을 의미한다. 즉 양식이 없어 거르는 일이 많다는 뜻이다. '약옥藥玉'은 술잔의 일종으로 본다. 그러니 약옥주는 술 실은 배란 의미이다. 양만리楊萬里(1127~1206)의 시에 "약옥선 가운데는 술이 텅 빈 듯하고 수침연 가에는 눈이 죄다 녹았구나"[109]라고 한데서 용사하였다.

다음은 이언적이 천추사로 연경에 가는 권경우를 전송하며 쓴 시다.

同朝何幸又同襟	벼슬살이 함께하고 마음 또한 같았는데
送別樽前萬里心	만 리 길을 가는 그댈 전별하는 이내 심사
秋晚關河添客興	늦가을 관하에선 객지 흥취 더해지고
夕陽臺觀費幽吟	석양 무렵 누대에선 그윽하게 시 읊으리
五雲閶闔燕天杳	오운에 싸인 궁궐 연경 하늘 아득하고

. . . .

109) "藥玉船中酒似空 水沈煙上雪都融".

百代衣冠舜化深　　장구하게 관료들은 순의 교화 깊으리라
多羨遠遊收拾富　　그대 많은 여행 시를 지을 것이 부러운데
自慙匏繫雪盈簪　　박처럼 매달린 채 늙는 내가 부끄럽네

風度推君瑞世英　　그대 풍도 상서로운 세상에서 으뜸인데
青春銜命再朝京　　청춘에 명 받들고 두 번째로 연경 행차
遙知彩鳳初庭峙　　봉황 같은 그 자태 조정 뜰에 우뚝 서면
應使華人共目傾　　중국인들 눈이 모두 그대에게 쏠리리라
地迥剩探千古勝　　먼 땅에서 천고의 승경 실컷 보겠지만
月明兼照兩鄕情　　밝은 달은 두 곳에서 그리는 정 비춰 주리
憑君莫怪求眞訣　　내가 진결 구하는 걸 괴이하게 생각 마라
投綬他年學養生　　훗날 벼슬 그만두고 양생술을 배울지니
<송권경우이천추사부연경送權景遇以千秋使赴燕京>

　　권응창權應昌(1500~1568)이 천추사로 갈 때 이언적이 7언 율시 두
수를 써서 전송하였다. 경우景遇는 권응창의 자이고 본관이 안동安東이
며 호가 지족당知足堂이다. 그는 1528년(중종23) 식년 문과 급제 후 홍문
관 교리, 사헌부 장령 등을 거쳐 10년이 지나자 사인舍人 벼슬을 한다.
그해에 절영도絶影島에 침범한 왜구의 진상을 조사하러 경차관敬差官으
로 파견되었고, 이후 천추사로 중국을 다녀오게 된 것이다. 이 천추사는
중국 황후皇后나 황태자皇太子의 탄신을 축하하기 위하여 보내던 사신
이다. 그런데 권응창이 천추사로 파견된 것이『중종실록』에 임인년
(1542) 7월의 일이다.110) 그는 이후 파란만장한 삶을 산다. 마흔 일곱

----

110)『회재집』의 역자 조순희(2013)의 견해에 따르면『회재집』에는 신축년(1541)
　　에 이 시를 지은 것으로 되어 있어 1년의 차이를 보인다. 또한 한시의 내용
　　중에서도 첫 번 째 시 3구에서 '추만秋晩'은 국립중앙도서관 소장본에는 '추
　　만秋滿'으로 되어 있다고 밝히고 있어 주목된다. 그러나 해석상에는 큰 차이
　　가 없다.

이조 참판에 이르렀을 때 1547년 양재역벽서사건良才驛壁書事件에 연루
된다. 이 때문에 귀양을 갔다가 해배解配 후에 남양부사南陽府使를 지내
고 동지중추부사에 이른다.

이 시는 전고가 배치되어 있다. 첫째 수의 미련에서 "박처럼 매달린
채"는 넓은 세상을 보지 못한 채 궁벽한 곳에 사는 자신의 처지를 한탄
하는 것이다. 이는 『논어』「양화陽貨」에서 공자가 자로에게 "내가 어찌
뒤웅박이겠는가? 어찌 매달려 먹지 않고 지내겠는가."[111]라고 한 데
서 용사한 셈이다. 원래 『논어』에서는 공자가 등용되기를 희망하는
마음에서 자신을 위로하는 표현이었으나 여기서는 회재 이언적 자신은
나라를 위해 어떤 역할을 못하는 처지라서 권응창이 천추사로 장도長途
에 오르는 것을 부러워하는 심사가 드러난다. 그것도 풍도가 좋은 데다
두 번씩이나 가니 더욱 부러운 마음이 크다. 그러나 이내 이것도 체념하
고 진결을 구하는 것을 나무라지 말라며 자책한다. 아예 양생술이나
배우겠다며 한 발짝 더 물러난 것이다. 이는 함께하지 못하는 심사가
일어 부러웠지만 이내 심화心火를 달래며 인욕人慾을 막고 천리天理를
보존하겠다는 도학자의 자세를 보여준다.

이제껏 살펴본 교유시는 시제詩題에서 보는 바와 같이 다양한 인물군
과 간접적인 교유를 하고 있다. 도학자의 일상생활과 밀접한 관련이
있기 때문에 교유시 또한 도학시의 범주에 넣을 수 있는 것이다.

이상의 내용을 종합해 보면 차운시, 증답시, 만시는 그 교유 대상이
가깝고 직접적인 만남과 이별이 이뤄진 사이가 대부분이다. 그 대상의
범위는 벗의 부모나 친구의 벗처럼 보다 교유가 덜하지만 아는 정도까
지 광범위하게 나타난다. 여기서 차운시, 증답시, 만시는 그 교유의
직접성과 친소의 관계에 따라 이뤄졌다. 이처럼 도학자들의 삶의 양상

· · · · · · · · · ·
111) "吾豈匏瓜也哉 焉能繫而不食"(『論語』,「陽貨」).

은 대상과 직접적인 교유를 통해 이뤄진 감흥이 시로 형상화되어 나타
난다. 이렇게 볼 때 차운시, 증답시, 만시는 도학적인 시의 갈래가 된다
고 할 수 있다. 그리고 교유시에서도 직접적인 만남과 이별보다 멀리서
전하고 주고받은 시로써 도학자의 일상생활을 다룬 것이면 이것 또한
도학적인 시의 범주에 포함하여야 한다. 따라서 도학시는 설리시와
철리시 자체를 도학시 만으로 보는 견해에서 벗어나 도학적인 시까지
의미를 확장하여 볼 필요가 있다.

(2) 전고典故와 용사用事에 기반한 즉물卽物·자연시自然詩
　　이번 장에서는 전고와 용사에 기반한 즉물·자연시를 다루고자 한다.
여기서 전고란 전례典例와 고사故事의 조어인데 시나 산문을 지을 때
고대의 역사적 사실이나 어떤 유래가 있는 어휘를 인용하는 것을 가리
킨다. 이때 전고를 사용하는 경우를 '용전用典'이라고도 한다. 용사用事
란 한시를 지을 때 옛 글 중에서 뛰어난 표현을 끌어 쓰는 일이다.
도학시에는 전고와 용사가 자주 등장한다. 도학시란 도학자들이 격물
치지의 자세로 우주의 본체本體를 대하는 자세와 사물을 어떻게 인식認
識하는지와 또 이를 바탕으로 심성心性을 수양하는 데에 미쳐 시로써
형상화한 것을 말하였다. 따라서 즉물시·자연시에 이처럼 전고와 용사
가 배치되어야 비로소 도학적인 시라 할 수 있는 것이다.
　　우리 문학사에서 한시는 당시의 시학詩學 풍조風潮의 수용양상에 따
라 당풍이나 송풍이 번갈아 가며 전개展開되었다. 여기서 말하는 시학
풍조는 시의 창작創作과 관련한 두 가지의 근원적 방법론[112]이다. 일반
적으로 당풍은 예술성, 송풍은 교훈성이 더 잘 드러난다고 본다. 그러면

- - - - - - - - - -
112) 이종묵, 「조선 전기 한시의 당풍에 대하여」, 『한국한문학연구』 18, 한국한문
　　학회, 1995, p.208.

도학시와 시학 풍조와는 어떤 관련성이 있는지 살펴보자.

먼저 당풍은 기본적으로 시인의 흥취를 중요시하는데, 시의 대상과 합일을 추구하거나 감정이입을 통해서 감정을 드러낸다. 시로써 뜻을 말하기 때문에 시인의 성정에서 우러나오는 것이다. 당풍은 그래서 시인의 마음속에서 발양發揚된 흥취를 위주로 작시를 한다. 이때 주로 오언시五言詩로 나타낸다. 그러나 정감의 표출과 경물의 묘사가 대등하지 못할 때는 당풍으로 보기 어렵다. 또 당풍은 말 속에 깊은 의미를 담아서 긴 여운을 주는 것이 특징이다. 그래서 고품격의 당풍의 한시는 정경情景의 융합을 추구하며 경물景物의 묘사描寫를 통해 시인의 정감을 투영시키고 이를 통해 독자의 마음을 흥기興起시킨다. 또한 당풍의 시는 율조律調가 부드러워 성독聲讀하기 좋다. 따라서 당풍의 한시는 정제整齊된 운율미韻律美와 수묵화 같은 회화미繪畵美를 지녀 시중유화詩中有畵라는 평을 받기도 한다. 이 때문에 당시가 송시보다 예술성이 높다고 본다. 그러나 조선조 당풍은 한계점이 있는데 이는 원작과 유사한 분위기를 띠고 더불어 복고적인 성향을 자주 보여주기 때문이다. 또 의경意境 자체의 변화가 크지 않고 규모도 작으며, 제재題材의 폭이 한정되어 좁다고 할 수 있다.

송풍은 강서시파江西詩派의 영향을 받아 문文으로써 시를 짓는다. 이렇기 때문에 시에 용사用事가 많고 전고典故의 사용이 빈번頻繁하다. 또한 난삽難澁한 어휘와 신기新奇를 추구하는 경향이 있다. 여기서 전고와 용사를 쓰기 때문에 정감이 직설적直說的이고 사변적思辨的으로 표출되어 발산된다. 이는 주로 칠언시七言詩로 나타내며 특히 율시에 그러한 경향이 강하다. 더욱이 지나친 시의 기교 및 수식이 많아 시가 어렵다는 평이 있다. 그렇지만 송풍의 시는 이성적 논리가 강하여 다양한 제재가 심도 있게 다뤄진다.113) 그래서 일상적 생활과 가까운 면을 드러낼 수 있다. 이처럼 송풍은 설리적인 요소가 많아 교훈성敎訓性이 강한데다 시적 자아가 대상과의 일정한 거리를 유지하므로 대상을 객관화할 수 있다.

> 당나라 사람은 시를 지을 때 오로지 의흥意興을 위주로 했기에 용사가
> 많지 않다. 송나라 사람은 오로지 용사를 숭상했기에 의흥이 적다.
> 소동파와 황정견에 이르러서는 또 불가佛家 용어를 많이 사용하여
> 새롭고 기이한데 힘썼는데, 시격에 어떨지는 모르겠다. 근세에는 이
> 러한 폐단이 더욱 심해져서 한편 가운데 용사가 반이 넘으니 옛사람
> 의 시구를 표절剽竊한 것과 서로 거리가 거의 없을 것이다. 114)

이는 당시보다 송시에 폐단이 많다고 본 이수광의 견해이다. 그는 송시의 폐단을 지적하면서 당시가 의흥意興이 있다고 보았다. 이것은 당풍唐風의 예술성이 인정된 부분이다. 이처럼 당시가 예술성이 뛰어남에도 불구하고 고려 중기 이후에는 의론적인 면이 강한 송풍이 문단을 주도主導하게 된다.

이러한 송풍은 도학시의 범주에 속한다. 그러나 이것은 어디까지나 좁은 의미의 도학시다. 이는 도학시를 작시作詩 방법론적 측면에 국한하여 보는 입장이기 때문이다. 왜냐하면 도학자의 시에 송풍과 당풍이 혼재되어 나타난 사례事例들이 있기 때문이다. 김봉희는 "송익필의 시 문학은 별개別個의 시풍으로 존재하는 이理를 중심으로 하는 송시풍과 정情을 중심으로 하는 당시풍을 두루 수용하고 있다."115)라고 평하여

· · · · · · · · · ·

113) "소재의 측면에서 보더라도 조선의 풍물과 세태를 구체적으로 담아낸 것은 대부분 송풍으로 제작된 한시였다."(이종묵, 『우리 한시를 읽다』, 돌베개, 2009, p.356).

114) "唐人作詩 專主意興 故用事不多 宋人作詩 專尚用事 而意興則少 至於蘇黃 又多用佛語 務爲新奇 未知於詩格如何 近世此弊益甚 一篇之中 用事過半 與 剽竊古人句語者 相去無幾矣"(『芝峯類說』,「卷九 文章部二」).

이러한 견해를 뒷받침하고 있다.

조선조 도학시는 당시와 송시의 영향이 혼재되어 나타나기도 한다. 또한 전고와 용사에 기반한 즉물·자연시도 그 한 갈래를 차지하고 있다. 다음에서 이들 시가 도학시의 범주에 포함되는지의 여부를 살펴보자.

먼저 도학자의 즉물시를 살펴보자. 즉물시는 다음과 같은 양상을 띠고 나타난다. 도학자가 도학적 즉물시를 쓴 경우, 도학자가 비도학적 즉물시를 쓴 경우, 비도학자가 도학적인 즉물시를 쓴 경우, 비도학자가 비도학적인 시를 쓴 경우이다. 여기서 도학자가 도학적인 즉물시를 쓴 경우와 의미상 가장 혼동되는 범주에 속한 비도학자가 도학적인 시를 쓴 경우를 비교 검토해야한다. 왜냐하면 이 부분이 도학시의 범주를 결정짓는 중요한 지점이기 때문이다.

첫째, 즉물시의 개념을 살펴보건대 즉물시란 대상의 모습에 초점을 맞춘 시로 이성적 사유를 바탕으로 하여 시적 대상의 외관에 초점을 맞추어 쓴 경우를 말한다. 이러한 사실은 도학시에 나타난 시제詩題에서 엿볼 수 있다. 즉물시는 시제에 '즉사卽事○○', '○○즉사卽事', '제題○'라는 표현이 붙는 경우가 많은데 이는 사물을 보고 그 자리에서 바로 느낌이 일어 쓴 것이기 때문이다. 이처럼 시인은 그 일 또는 사건과 자신의 감성과 지성이 조화를 이루어 시로써 형상화한다.

사물의 외관에 초점을 맞추어 쓴 즉물시의 경우는 김종직의 경우<즉사정자고卽事呈子固>116), 정여창의 <제벽송정題碧松亭>117), 조광조의 <제

<hr />

115) 김봉희, 「구봉 송익필 시의 연구」, 『한문학논집』 18집, 2000, p.114.
116) "東都日日飲無何 往事微茫付逝波 三箇樓頭驚疾鵠 一張焦尾譜新歌 芋袍如雪便欹枕 紗帽含風好喫茶 塵世幾多蝸角戰 玉京聞放拔英科"(『佔畢齋集』, 「卷之二 詩」).
117) "松亭琴濕野雲宿 荷沼魚驚山雨來 缺"(『一蠹先生續集』, 「卷之一 詩」).

강청로은난죽병題姜淸老隱蘭竹屛 팔수八首>[118]), 서경덕의 <무제無題>[119]),
이언적의 <임거즉사林居卽事>[120]), 조식의 <산중즉사山中卽事>[121]), 이황
의 <하일임거즉사夏日林居卽事 이절二絶>[122]), 김인후의 <도중즉사道中卽
事>[123]), 송익필의 <우제偶題>[124]), 성혼의 <산거즉사山居卽事>[125]), 이이의
<제산수장題山水障>[126]) 등이 이러한 예에 해당한다.

118) "人生本自靜 淸整乃其眞 穠毓馨香德 何殊草與人；崖懸蘭亦倒 石阻竹從疏
苦節同夷險 危香郁自如；筍生俄茁葉 稚長却成竹 觀物傚工夫 如斯期進學；
嫩質托巖隈 孤根依雲壑 倩描寓逸懷 擬取幽潛德；南巡飄不返 哭帝喪英皇
血染成斑竹 淚沾漾碧湘；數竿蒙蕾雨 葉葉下垂垂 天意雖同潤 幽貞恐卒萎；
幽芳誰共賞 高節衆同猜 所以隱君子 孤懷倚此開"(『靜菴先生文集』,「卷之一
詩」).

119) "眼垂簾箔耳關門 松籟溪聲亦做喧 到得忘吾能物物 靈臺隨處自淸溫 二 疏慵
端合臥衡門 不是逃空謝世喧 自是雲塵相逈隔 無人來問話涼溫"(『花潭集』,「卷
之一 詩」).

120) "一臥雲林歲月流 晩來乘興步林丘 石田種豆蒿萊茂 碧樹蟬聲已帶秋"(『晦齋
先生集』,「卷之二」, 律詩○絶句).

121) "從前六十天曾假 此後雲山地借之 猶是窮途還有路 却尋幽逕採薇歸 又 日暮
山童荷鋪長 耘時不問種時忘 五更鶴唳驚殘夢 始覺身兼蟻國王"(『南冥先生
集』,「卷之一 七言絶句」).

122) "窄窄柴門短短籬 草庭苔砌雨新滋 幽居一味無人共 端坐翛然只自怡；薄雲
濃日晩悠悠 開遍川葵與海榴 始覺遠山添夜雨 前溪石瀨響淙流"(『退溪集』,「卷
之三 詩」).

123) "誰斫一株松 揷此滄江上 岸風忽來吹 枝際濤猶壯"(『河西先生全集』,「卷之
五 五言絶句」).

124) "甲第春無十日紅 朝能斷腸暮隨風 綠珠樓下香難返 黃犬門東恨不窮 崔慶互
爭移厚薄 蕭朱交奪換雌雄 誰知飮水蓬簷下 一樂相傳萬古同"(『龜峯先生集』,
「卷之二 七言律詩」, 一百首).

125) "三月寒巖初見花 繁英寂寞照山阿 天然春色自開落 不管朱門歌舞多"(『牛溪
先生集』,「卷之一 詩」).

126) "瀑布寒巖下 苔磯柳影中 客來人已醉 殘月隱孤峯"(『栗谷先生全書』,「卷之
二 詩 下」).

이번에 살펴볼 시는 이언적이 쓴 <임거즉사林居卽事>다.

一臥雲林歲月流   운림에 누운 뒤로 세월은 흐르는데
晚來乘興步林丘   저물녘에 흥이 나서 숲 언덕을 거니노라
石田種豆蒿萊茂   돌밭에 심은 콩은 쑥대만 무성하고
碧樹蟬聲已帶秋   나무 사이 매미 소리 가을 기운 띠었구나
<임거즉사林居卽事>

이언적은 천도天道와 인심人心에 순응하며, 마음을 다스리고자 은거
자수하며 생활하였다. 이때 그가 경계로 삼은 것이 다섯 가지 있다.
이는 그가 지은 「원조오잠元朝五箴」에 잘 드러난다. 여기서 다섯 가지
경계로 삼는 것은 "하늘을 두려워함畏天, 심성을 닦음養心, 공경하는
마음敬心, 허물을 고침改過, 뜻을 돈독하게 함篤志"[127])을 의미한다. 이는
그의 수양관에서 중요시하는 덕목과 경계지점을 알 수 있는 대목이다.
오직 군자는 도학의 수양을 통해서 경세經世의 근본으로 삼아야 한다는
것이다. 그가 이처럼 도학의 수양을 위해 택한 곳이 바로 운림雲林이었
다. 따라서 그가 인식한 숲속 공간의 의미는 단순히 선비로서 자연의
풍광을 즐기는 곳이 아니라 심성수양의 사유처思惟處인 셈이다. 이렇게
볼 때 이 시는 적막한 공간과 무한한 시간 속에서 어김없는 대자연의
동정動靜의 질서를 인식한 도학시가 된다.
    다음은 조식이 산중에서 감회를 쓴 시다.

從前六十天曾假   종전의 육십 년은 하늘이 빌려 주었고
此後雲山地借之   차후의 구름 낀 산은 땅이 빌려 주었네
猶是窮途還有路   막다른 길이라도 도로 길이 있으니

. . . .
127) 『晦齋先生集』, 「卷之六」 箴.

却尋幽逕採薇歸	그윽한 오솔길 찾아 고사리 캐어 돌아오네

又

日暮山童荷鍤長	석양에 산골 아이 가래 매고 오래도록
耘時不問種時忘	김맬 때를 묻지 않고 심은 때도 잊었네
五更鶴唳驚殘夢	깊은 밤 학이 울 때 새벽꿈을 깨니
始覺身兼蟻國王	개미나라 왕을 겸한 내 몸을 알았네

<산중즉사山中卽事>

조식은 하늘과 땅이 빌려준 자연에서 감흥을 얻어 우리 인생사에서 소중한 의미가 어디에 있는지 의문을 제기하는 시를 쓰고 있다. 이 시는 자연 속에 묻혀 사는 미미한 존재인 인간에 대한 허상을 형상화한 것이다. 이 시를 통해 남명은 대자연의 경지를 깨달아 이에 동화되고 싶은 마음을 설파하였다.

이처럼 비도학적 즉물시의 경우라도 조선조 도학시의 범주에 넣어 다루어야 한다. 왜냐하면 도학자의 사유가 대자연의 감촉을 통해서 그 뜻으로 나타나기 때문이다. 따라서 위 시의 경우에도 조선조 도학자들의 사물 감촉의 뜻이 형상화 된 시라 할 수 있다.

둘째, 자연시는 일반적으로 좁은 의미의 산수시를 말하여 산수 자연의 경치를 묘사하여 읊은 것이다. 이처럼 한시에서는 시인이 자연의 아름다움에 도취되어 이에 대한 깨달음과 감성을 묘사한다. 그러나 여기서 문제가 되는 것은 모든 자연시를 도학시에 포함시킬 수는 없다는 점이다. 도학적인 시가 되는 경우는 자연시에서 전고와 용사를 포함한 경우로 한정하고 그 과정에서 철리哲理를 읊은 것이 있어야 한다.

김종직의 경우<도상암탄척리타수측연부차탄재연기渡桑巖灘隻履墮水惻然賦此灘在燕岐>[128], 정여창 <두견杜鵑>[129], 조광조의 <과양근미원過

....

128) "日暮桑巖深 波浪滔滔去 行人水迸驊 隻履在何許 應知落春漲 漂胃蘭杜渚

楊根迷源>130), 서경덕의 <산거山居>131), 이언적의 <등전봉관망登前峯觀望>132), 조식의 <황계폭포黃溪瀑布>133)가 있다. 이황의 <도산잡영중쟁우당陶山雜詠中淨友塘>134), 김인후의 <청임대적聽林臺笛>135), 송익필의 <백마강白馬江>136), 성혼의 <환산還山>137), 이이의 <주중회망남산창연유작舟中回望南山悵然有作>138)가 있다.

먼저 살펴볼 시는 화담 서경덕의 <산거山居>이다.

∙∙∙∙∙∙∙∙∙∙

　　　俱出不俱返 離思誰與語 蒼茫烟靄間 回首空延竚"(『佔畢齋集』,「卷之一 詩」).

129) "何事淚山花 遺恨分明託古查 淸怨丹衷胡獨爾 忠臣志士矢靡他"(『一蠹先生續集』,「卷之一 詩」).

130) "惟彼楊根郡 深藏桃李源 誰能從我者 相與鍊乾坤"(『靜菴先生續集』,「卷之一」拾遺).

131) 『花潭集』,「卷之一 詩」.

132) "雲收天際山如洗 雨歇江頭草似茵 景致千般誰獨管 蒼山高處倚閑人 一抹淸煙綠樹村 千層濃霧碧山根 望中奇勝添眞興 物外江山亦主恩"(『晦齋先生集』,「卷之二」, 律詩○絶句).

133) "投璧還爲𡐛所羞 石傳糜玉不曾留 溪神謾事龍王欲 朝作明珠許盡輸 又 懸河一束瀉牛津 走石飜成萬斛珉 物議明朝無已迫 貪於水石又於人"(『南冥先生集』,「卷之一 七言絶句」).

134) 『退溪集』,「卷之三 詩」.

135) "初日城南草笛聲 林臺夙昔未聞名 依然坐我淸虛府 宛轉瓊樓彩鳳鳴"(『河西先生全集』,「卷之七 七言絶句」).

136) "百年文物總成丘 歌舞煙沈杜宇愁 投馬有臺雲寂寂 落花無跡水悠悠 孤舟白髮傷時淚 一靑山故國秋 欲弔忠魂何處是 令人長憶五湖遊" (『龜峯先生集』,「卷之二 七言律詩」, 一百首).

137) "天墀初拜草萊臣 纔出脩門卽野人 自愧獻芹無寸效 也知啖薺有餘春 遙憐嶽面秋容老 猶喜柴門月色新 童子牽衣前致語 隔溪高士笑還嚬"(『牛溪先生集』,「卷之一 詩」).

138) "屑屑之譏我所甘 素心非欲老雲巖 舟行不忍南山遠 爲報篙師莫擧帆" (『栗谷先生全書』,「卷之二 詩 下」).

雲巖我卜居	구름 낀 바위 옆에 사는 것은
端爲性傭疏	그저 성품이 용렬하고 엉성해서라네.
林坐朋幽鳥	숲에 앉으면 산새를 벗하고
溪行伴戲魚	시냇가에서 노니는 물고기와 짝하네.
閒揮花塢帚	한가하면 화단에 비질을 하고
時荷藥畦鋤	때때로 호미 들고 약초밭을 맨다네.
自外渾無事	그밖에 도무지 일이 없으니
茶餘閱古書	차 마시고 옛 책을 볼 뿐이라네.

<산거山居>[139]

이 시는 서경덕이 자연을 대하는 태도를 알 수 있는 오언율시이다. 서경덕은 독서를 할 때 "공부하면서 먼저 사물을 궁리하고 사색하지 않는다면, 독서를 한다 하더라도 무슨 소용이 있겠는가."라고 하면서 격물치지 공부법을 실천하였다. 그는 한 편의 시에 자연물을 먼저 배치하고 나중에 독서를 하는 것으로 끝맺는다. 여기서 사물은 구름, 바위, 숲, 산새, 시냇가, 물고기, 화단, 빗자루, 호미, 약초밭, 차, 책등이다. 이 모든 것은 격물공부 자료이자 독서법, 즉 공부하는 사사물물인 셈이다. 여기서 사물에 대한 통찰과 사물의 쓰임[各得其所]을 체득하는 것은 도학자의 무심한 공부법이라 할 수 있다. 따라서 자연을 읊은 것으로 보이는 이러한 시도 도학자의 격물궁리格物窮理의 과정을 담은 도학적인 시라 할 수 있다.

자연시는 정경교융情景交融을 근본으로 하였다. 이는 동양의 시학에서 경물을 통해 시인의 정서가 조화롭게 융화되어 나타난다. 이때 자아와 대상이 분리되지 않는 경지가 된다. 따라서 자연시의 개념은 전통적인 산수시山水詩에 영물시詠物詩까지 포함될 수 있어야 한다.

• • • • • • • • • •

139) 『花潭集』, 「卷之一 詩」.

이상의 내용을 종합해보면 다음과 같다. 즉물시는 도학자들이 일상생활 속의 사물과 만나 그 자리에서 읊은 것이며 도학자들의 사유체계 속에서 감흥이 일 때 쓴 것이므로 도학시의 범주에 해당한다. 도학자가 자연을 대하며 느낀 깨달음을 시적 언어로 형상화한 자연시의 경우 또한 도학시의 범주에 해당한다고 볼 수 있는데, 이때의 자연시는 산수시를 포함하여야 한다. 교유시는 그 시제만큼 다양한 인물과 직·간접의 교유가 이뤄져 도학자의 삶과 직결되어 나타나는 것으로 당연히 도학시에 포함될 수 있다. 따라서 전고와 용사를 기반으로 즉물, 자연, 교유시를 쓸 경우에 도학시의 범주로 편입할 수 있다. 이것이 즉물卽物·자연自然·교유시交遊詩가 문인들이 자주 쓰는 도학시의 갈래에 포함되어야 하는 이유이다.

다음은 주제에 따른 도학시의 갈래 중 심성수양에 바탕을 둔 경우를 살펴보자.

2) 심성수양心性修養에 바탕을 둔 도학시道學詩 갈래

도학시는 원래 주제主題에 따라 그 용어가 다양하게 쓰여 지고 있다. 즉 염락풍濂洛風, 염락시濂洛詩, 설리시說理詩, 이학시理學詩, 철리시哲理詩, 이취시理趣詩, 도학시道學詩가 그것이다. 이들의 용어는 동일한 의미로 쓰이는 것 같지만 각각 미묘한 의미의 차이를 보인다. 구체적으로 살펴보면 다음과 같다.

염락풍濂洛風 또는 염락시라는 용어는 송대에 성리학을 주창한 '염계濂溪'의 주돈이周敦頤와 '낙양洛陽'의 정호程顥, 정이程頤 형제, '관중關中'의 장재張載, '민중閩中'의 주희朱熹에서 각각 고향의 두문자頭文字를 따서 '염락관민濂洛關閩'을 취했다.140) 우리의 경우를 보면 염락풍은 도입

. . . .

140) 『염락풍아濂洛風雅』는 송말 원초 김이상金履祥(1232~1303)이 성리학자 48인

導入이후 조선후기朝鮮後期까지도 사용되고 있다. 조선에서 염락풍이 일찍 도입되었다고 본 견해도 있으나,[141] 본격적으로 전개된 것은 송대宋代 성리학자들의 시를 채집하여 편찬한 시선집『염락풍아濂洛風雅』가 16세기 후반에 조선에 전래된 이후이다. 이를 17세기 중엽이후 박세채朴世采가 증산增刪을 시도함으로써 그 독서讀書와 수용受容이 매우 주체적主體的으로 이루어졌다.[142] 이후에도 이덕무李德懋는 시 제목에 염락체를 사용하여 <화증약방염락체이보和曾若倣濂洛體以報>[143]라는 작품을 남겼고, 안정복安鼎福은 "송인宋人의 시는 논하는 자들이 의론議論에 가깝다고 기록하지만, 유명하고 뛰어난 작품들은 자연히 감출 수 없는 점이 있어" '염락제현지시濂洛諸賢之詩'를 덧붙인다고 하였다.[144]

· · · · · · · · · · ·

의 시詩와 문文 즉 잠箴, 명銘, 계誡, 제문祭文, 찬贊 등을 모아 1296년 편찬한 시선집이다. 조창규는 "『염락풍아』에는 4언은 물론이고, 5언과 7언의 절율絶律과 고시古詩까지 다양한 시 형식이 포함되어 있다. 이는 도학자들이 시의 외적 형식에 크게 얽매이지 않았음을 보여 주는 것이다."라며 그 가치를 제시하였다. (조창규, 「조선전기의 염락시풍 한시 연구」, 경성대학교 박사학위논문, 2011, p.133).

141) 홍학희는 고려 후기 정몽주, 이색, 원천석 등의 작품에서 송대 염락파 시인들이 사물의 철리적인 면을 탐색하던 것과 같은 시의 경향이 출현하였다는 점과 조선 명종 20년(1565)에 「증산염락풍아增刪濂洛風雅」가 개간開刊된 예를 들었다.(홍학희, 「한국 도학시 연구에 있어서의 몇 가지 문제」, 『한국고전연구』 10, 한국고전연구학회, 2004, p.187.)

142) 최은주, 「朝鮮後期『濂洛風雅』의 수용양상과 그 의미」, 『大東漢文學』 26, 대동한문학회, 2007, p.251.

143) "耿介空林一少年 前脩欲學志渾然 乾坤要作奇男子 須讀嘉言善行篇 數帙殘經慰索居 笑君襟袍太迂踈 縱然莫學浮華習 讀了人間非聖書 如梭日月不停機 終古人嗟易失時 若使丁年無所得 居然瓠落老翁爲 湛然心月絶纖塵 長得虛明面面眞 利欲那堪侵蝕旣 時時提揆玉精神 吾家西郭子南城 西郭南城共月明 見月良宵無伴侶 子情應復若吾情 閑愁不許到心頭 活潑天機靜處求 好是長空新月展 凄風冷雨一時收"(『靑莊館全書』, 「第二卷」, <嬰處詩稿> 二.).

144) "宋人之詩 論者譏其涉于議論 然而名章傑作 自有難揜者矣 今取諸名家若干

현대에도 염락풍에 대한 의미 있는 연구145)가 이뤄지고 있으나 염락풍은 연원이 확실한 반면 시대와 장소 및 내용에 국한되어 있어 도학시를 포괄하기는 부적합하다.

설리시, 이학시, 철리시, 이취시는 자신의 정서情緖를 경전의 철리적인 면을 용사用事하여 나타낸다. 북송시대의 소옹邵雍(1011~077)은 <청야음淸夜吟>146)에서 도의 전체와 중화中和의 오묘한 작용 즉, 우주의 본체에 관한 체용론을 터득한 자득의 즐거움을 읊었다. 이후 '소강절체邵康節體'가 유행했는데 이러한 경향의 시도 설리시에 해당한다. 또 주자의 격물치지格物致知하여 활연관통豁然貫通한다는 내용을 담은 정초庭草와 연비어약鳶飛魚躍과 같은 어구가 자주 등장하는 특징이 있다. 한편 민병수는 '설리시'라는 용어를 이학가理學家, 이학자理學者, 이학파理學派를 동반하여 설명하곤 한다.147)

격물치지의 시적 형상화는 격물치지하는 자세를 묘사하는 데서 그치

. . . .

篇 謂之續篇 元明以下 亦略取之 而附濂洛諸賢之詩 亦本于楚辭後語 特著鞠歌擬招之遺意 盖欲使學者知詩不獨爲嘲風弄月 矜巧衒奇之資而已"(『順菴先生文集』, 「第十八卷」, <百選詩序>).

145) 유탁일, 『한국문헌학연구』, 아세아문화사, 1990, pp.194-196; 변종현, 『고려조 한시 연구』, 태학사, 1994; 김기림, 「박세채의 <증산염락풍아>에 대한 고찰」, 『동양고전연구』, 동양고전학회, 1996; 송준호, 「신독재 시의 특질 고구」, 『사계 신독재 사상 학술발표논집』, 1996; 송준호, 「염락풍 시의 한 전형성-거울로서의 한강 정구의 시」, 『연세교육과학』 45집, 1997; 송준호, 「염락풍 시의 성격-거울로서의 본질과 기능」, 『한중철학』 4, 한중철학회, 1998, p.473. ; 이병혁, 『고려말 성리학의 수용과 한시』, 태학사, 2003; 최은주, 「朝鮮後期 『濂洛風雅』의 수용양상과 그 의미」, 『大東漢文學』 26, 대동한문학회, 2007, p.251; 조창규, 「조선전기의 염락시풍 한시 연구」, 경성대학교 박사학위논문, 2011.
146) "月到天心處 風來水面時 一般淸意味 料得少人知"(『古文眞寶』).
147) 민병수, 『한국한문학개론』, 태학사, 1996, pp.188~190 참조.

지 않는다. 격물치지의 결과를 산문적으로 기술하면 위에서 본 설리
성說理性이 강한 시가 되지만, 사물을 관찰하여 터득한 이理를 다시
자연물에 의탁하여 표출하는 방식도 있다. 자연을 즐기는 이러한 시
를 시인의 철학적 태도와 결부시켜 해석하는 것이 반드시 정확한
것만은 아니다. 그러나 주희朱熹의 『무이도가武夷櫂歌』등의 시를 둘
러싸고 야기되었던 일련의 논쟁으로 볼 때 조선의 이학파理學派 시인
들은 자연물을 읊조리는 가운데 자신의 철학적 견해나 이미 확립된
철학적 이치를 시작에 담기를 즐겨 했음은 충분히 짐작할 수 있
다. [148]

　인용한 것처럼 설리시는 단순히 격물치지의 결과만을 담고 있는 것
뿐만 아니라 자연물에서 얻은 철리를 형상화하기도 한다. 다만 이를
통해 자신의 성정을 음영吟詠한 작품까지도 설리시로 담을 수 있는지는
의문이다. 이는 다소 부정적이라고 볼 수밖에 없는데 '설리시'라는 용어
의 한정성 때문이다. 따라서 설리시는 도학자가 성리학의 의리를 직설
적으로 언급한 염락시보다 더 좁은 의미의 협의의 도학시라고 해야
할 것이다.
　다음으로 이황의 <도산잡영중정우당陶山雜詠中淨友塘>을 고찰한다.

物物皆含妙一天　　사물마다 한 하늘의 묘한 이치 품었거늘
濂溪何事獨君憐　　염계는 어인 일로 그대만을 사랑했나
細思馨德眞難友　　멋진 덕 생각하니 정말 벗하기 어려운데
一淨稱呼恐亦偏　　정淨 하나로 일컫는 것 치우칠까 두려워라
　　　　　　　　　　　　<도산잡영중정우당陶山雜詠中淨友塘>[149]

　이 시는 칠언절구이다. 도산잡영은 퇴계가 도산서당을 짓고 난 다음

• • • • • • • • • •
148) 민병수, 『한국한문학개론』, 태학사, 1996, p.194.
149) 『退溪集』, 「卷之三 詩」.

해 1561년 11월에 서당 주위의 모습을 형상화하여 쓴 40제題 92수首로
된 시다. 정우당은 그 도산잡영 중에 한 수인 것이다. 물물物物마다
한 하늘의 이치를 품었다는 것은 사물들의 고유한 이치를 일컫는다.
염계濂溪 주돈이周敦頤(1017~1073)는 북송오자北宋五子150) 가운데 신유
학, 즉 성리학의 비조로 일컫는 인물이다. 위 시에서 퇴계가 염계를
지향하고 있음을 그의 자호에서도 짐작 가능하다. 이처럼 퇴계는 조선
성리학의 근원이 되고자 하는 마음을 시에 담았다고 볼 수 있다. 첫
구에서 말한 사물지리는 주돈이가 「태극도설太極圖說」에 "만물萬物이
각각 한 태극太極을 갖추었다."라고 한데서 온 말이다. 그리고 염계가
사랑하는 시 속의 "그대"는 바로 연꽃, 즉 군자를 의미하는 상징적
표현이라 할 수 있다.

> 물과 땅에 사는 초목의 꽃 중에 사랑스러운 것이 매우 많다. 진나라
> 때 도연명은 유난히 국화를 좋아하였고, 이씨 당나라로부터 세상 사
> 람들은 모란을 무척 사랑하였으며, 나는 오로지 진흙에서 나고도 때
> 묻지 않은 연꽃을 매우 사랑하는데 맑은 물로 씻어냈으면서도 요염하
> 지 않고 몸통은 뚫려있고 겉모습은 반듯하며, 덩굴이나 가지도 뻗지
> 않고, 향기는 멀어질수록 더욱 맑아지고, 반듯하고 깨끗하게 서있어
> 서 멀리서 바라볼 수는 있어도 가까이 함부로 수 없다. 나는 말하노
> 라. 국화는 꽃 중에 은일자요 모란은 꽃 중에 부귀한 자요 연꽃은
> 꽃 중에 군자로다. 아! 국화를 사랑하는 이는 도연명 이후 들리는
> 바가 드물고 나처럼 연꽃을 사랑하는 이는 누구인지 모르는데 모란을

· · · · · · · · · ·

150) 북송오자北宋五子란 북송시대에 사물의 본성과 이치를 탐구하는 성리학을
    연구한 이들로 염계濂溪 주돈이周敦頤(1017~1073), 강절康節 소옹邵雍(1011~
    1077), 횡거橫渠 장재張載(1020~1077), 명도明道 정호程顥(1032~1085), 이천伊
    川 정이程頤(1033~1107)를 말한다. 한편 여기서 이들의 사상을 집대성한 회암
    晦庵 주희朱熹(1130~1200)는 남송시대의 인물이기 때문에 북송오자에는 포
    함되지 않는다.

사랑하는 이 마땅히 많을 것이다. [151]

이는 주돈이가 쓴 「애련설愛蓮說」로 그가 유독 연꽃을 사랑하는 이유
가 잘 나타나 있다. 여기서 시제의 '정우당淨友塘'은 연꽃이 핀 연못을
의미하는데 이는 군자의 지향이 드러난 지점이다. 이러한 이유 때문에
퇴계가 정우당이라 이름 지은 셈이다. 이러한 지향을 통해 퇴계는 "온
유돈후의 시교詩敎를 통하여 도학자적 삶에서 강조되던 겸허·염퇴의
미덕을 구현할 수 있다"[152]고 본 것이다. 또한 퇴계의 시에는 "도학적
요소를 형상할 목적이 아니더라도, 영물술회, 창작 등의 작품을 통해
자연스레 도학적 사유의 모습이 부분적으로 투영"[153]된다. 이 때문에
퇴계의 위 시는 도학적 사유가 잘 드러난 것이라 할 수 있다.

이처럼 도학시의 주제는 주로 심성수양에 바탕을 두고 있어 존덕성
尊德性 도문학道問學의 진덕수업進德修業에 관한 내용과 겸선천하兼善天
下 독선기신獨善其身의 용사행장用舍行藏에 관한 시로 갈래를 나눌 수
있다.

진덕수업에 관한 내용은 도학시의 핵심적인 주제로 직접 도학을 언
급한 경우이고 용사행장에 관한 주제는 은거자수隱居自守하는 도학적
인 경향의 시를 말한다.

다음은 존덕성 도문학의 진덕수업을 주제로 한 경우인데 그 구체적
사례를 살펴보자.

· · · · · · · · · ·

151) "水陸草木之花 可愛者甚蕃 晉陶淵明獨愛菊 自李唐來 世人盛愛牧丹 予獨愛
蓮之出淤泥而不染 濯淸漣而不妖 中通外直 不蔓不枝 香遠益淸 亭亭淨植 可
遠觀而不可褻玩焉 予謂 菊 花之隱逸者也 牧丹 花之富貴者也 蓮 花之君子
者也 噫 菊之愛 陶後鮮有聞 蓮之愛 同予者何人 牧丹之愛 宜乎衆矣".

152) 조규익, 『고전시가의 변이와 지속』, 학고방, 2008, p.184.

153) 김영숙, 「퇴계시에 나타난 도학적 성격과 형상」, 『퇴계학논집』 5호, 영남퇴
계학연구원, 2009, p.35.

(1) 존덕성尊德性 도문학道問學의 진덕수업進德修業

성리학은 실천적 의미가 약한 이학理學 자체를 의미하는 경향이 강하여 지知에 중점을 둔 데 반하여 도학道學은 지행知行에 역점을 둔 측면이 강하다. 조선조 도학시는 그 시기별 특징이 나타나는데 우선 여말 선초에는 도문학道問學을 강조하는 염락풍아의 경향에서 출발한다. 조선 중기에는 도학자가 그 학문수양과 실천덕목이 담긴 설리시적인 측면을 담는다. 이후 임병양란을 지내면서 수기치인의 방법에서 더 나아가 지행합일지점까지 아우르는 시가 등장한다. 이는 실천적 덕목을 강조하는 입장에서 볼 때 내용과 주제 면에서 도문학과 존덕성을 겸한 요청이 도학자들 사이에서도 확대되는 경향이 나타난 것으로 볼 수 있기 때문이다.

다음은 『주역』에서 제시한 진덕수업의 내용이다.

> 공자께서 말씀하셨다. "군자는 덕에 나아가며 업을 닦으니 충성되고 미덥게 함이 덕에 나아가는 것이요, 말을 닦고 그 정성을 세움이 업에 거하는 것이다. 이를 줄을 알고 이르니 더불어 기미할 수 있으며, 마칠 줄을 알고 마치니 더불어 의리를 보존할 수 있다. 이런 까닭에 높은 자리에 있어도 교만하지 아니하고 낮은 자리에 있어도 근심하지 않는다. 그러므로 굳세고 굳세게 하여 그 때에 따라 두려워하면 비록 위태하나 허물이 없을 것이다."154)

이는 『주역』에서 제시한 진덕수업이다. 군자는 덕에 나아가며 학문을 닦는다. 여기서 덕에 나아가는 방법은 '충신忠信' 즉 충성되고 미덥게 하는 것이고 업業은 공부를 말하는데 이를 실천하는 방법은 말을 닦고

....

154) "子曰 君子進德修業 忠信所以進德也 修辭立其誠 所以居業也. 知至至之 可與幾也 知終終之 可與存義也 是故 居上位而不驕 在下位而不憂 故 乾乾 因其時而惕 雖危无咎矣."(『周易』, 「乾文言傳」).

그 정성을 세움에 있다. 따라서 군자는 학문과 덕성을 연마하여 이를
실천한 인물인 셈이다. 때문에 성혼과 그의 벗들도 이러한 군자의 경우
에 해당한다.

다음은 이러한 경향이 잘 드러난 이이가 호당湖堂에서 읊은 시다.

湖堂久不寐	호당에서 오래도록 잠 못 이루니
夜氣著人淸	밤기운 품에 산산하게 스며드네
葉盡知秋老	나뭇잎 다 지니 늦가을인줄 알겠고
江明見月生	강물이 밝으니 달뜨는 것을 보겠네
疎松搖榻影	듬성한 솔 탑상에 흔들리는 그림자요
塞鴈落沙聲	변방 기러기 모래밭에 내리는 소리로다
自愧紅塵客	부끄럽구나 속세의 나그네는
臨流未濯纓	물가에 와서도 갓끈을 못 씻누나

<호당야좌湖堂夜坐>[155]

이 시는 이이가 독서당에 앉아 읊은 것으로 호연지기를 기르는 과정
에서 자락하는 즐거움이 드러난다. 독서당은 조선 시대에 젊은 문관
가운데 뛰어난 사람을 뽑아 휴가를 주어 오로지 독서하며 학업을 닦게
하던 곳이다. 그가 1568년 명나라에 천추사千秋使 서장관書狀官으로 사
행使行을 다녀왔다가 이듬해 호당에 들어갔으니 기사년(1569, 선조2)에
해당한다. 위 시는 원경에서 근경으로 시점이 이동하며 시간의 흐름에
따라 작자의 심경이 드러난다. 소나무는 대나무, 매화와 더불어 학자의
굳은 기상과 절개의 상징이다. 그러나 여기서는 무성한 소나무가 아닌
듬성한 솔을 등장시켜 학문에 대한 기상과 의지가 다소 부족한 자신을
나타냈다. 또 그 소리가 마치 기러기가 모래밭에 내리는 소리 같다고
하여 쓸쓸한 분위기를 고조시킨다. 이는 적막한 가을밤이라는 뜻이며

· · · · · · · · · ·

155) 『栗谷先生全書』, 「卷之二 詩 下」.

독서에 집중하지 못하는 심정을 일렁이는 그림자에 비유하여 드러낸
것이다. 미련尾聯의 '탁영'은 굴원屈原이 〈어부사漁父辭〉에서 "창랑의 물
이 맑으면 내 갓끈을 씻고, 창랑의 물이 흐리면 내 발을 씻는다."[156]는
표현에서 용사하였다. 여기서 홀로 깨끗함을 추구하여 세상 변화에
맞추어 살지 못한 굴원의 입장을 보여준다. 그러나 화자는 그 자신이
벼슬 길에서 임하여 굴원처럼 살지 못한 것이 자신의 의지에 의한 것임
을 은연중에 드러낸다. 굴원처럼 현실도피적인 삶이 아니라 화자는
야기夜氣를 모아 덕성을 보존하고자 하는 초극의 의지를 담는다. 또
물과 달의 이미지로써 영원불변의 도를 지속하겠다는 뜻을 밝힌다.
이것은 화자의 통찰洞察과 자락自樂을 잘 형상화한 시라고 할 수 있다.
　다음은 송익필의 시이다.

物理同源無厚薄	물리는 근원이 같아 두텁고 박함이 없는데
世情多徑有猜疑	세상인심은 갈래가 많아 시기와 의심하네.
携琴遠望雲歸處	거문고 안고 멀리 구름 진 곳 바라보며
枕石孤吟月出時	목침을 베고 달 뜰 때까지 홀로 읊조리네.
邪說豈留君子耳	삿된 말이 어이 군자 귀에 머무르랴
閑愁難近達人眉	괜한 걱정 달인 눈썹에 닿기 어렵거늘
身安更覺茅齋大	몸이 편안하니 문득 초옥이 큼을 깨닫겠고
不獨仙宮刻漏遲	외롭지 않네 선궁의 물시계 더디게 가도.

<객거후독좌서회客去後獨坐書懷>[157]

　이 시는 객이 떠난 뒤 홀로 앉아 글을 읽은 감회를 밝혔다. 송익필의
도학적 관물태도가 잘 나타난다. 사물의 이치는 근원이 같다는 표현에
서 이를 짐작할 수 있다. 당시 학자들의 학문적 태도는 『대학』의 격물

· · · · · · · · · ·

156) "滄浪之水淸兮 可以濯吾纓 滄浪之水濁兮 可以濯吾足"(屈原, 〈漁父辭〉).
157) 『龜峯先生集』, 「卷之二 七言律詩 一百首」.

치지에서 그 기원이 드러난다. 주희는 격물치지에서 격물格物을 사물에 이른다고 보아 인사만물人事萬物은 소이연지고所以然之故와 소당연지칙 所當然之則의 질서가 있다고 해석한다. 송익필은 주희의 견해를 토대로 기구起句에서 이를 통해 흥기시킨 셈이다. 이어 세상의 인심은 갈래가 많다고 하여 진리에 다다르기 어려움을 은근히 드러낸다. 그러나 이러 한 근심도 잠시 학자의 상징인 거문고를 타며 구름 지는 곳을 바라보다 이내 누워 시음을 읊조리는 데까지 나아간다. 이는 오래 무한한 사물을 관조하며 유한한 자신을 이해한 달관의 자세. 전구의 '사설邪說'은 군자가 개의할 바가 아니라는 자세다. 괜한 걱정조차 범접하기 어려운 이라야 군자라고 자부한 것이다. 결구에 이르러 안분지족의 덕성을 깨달으니 초려삼간조차 크게 느껴진다. 그러니 어찌 신선 사는 궁에서 더디 가는 시간이 부럽겠는가. 이는 세상을 달관達觀한 채 덕을 닦으며 수행하는 도학자의 경지가 드러난 시라 할 수 있다.

(2) 겸선천하兼善天下 독선기신獨善其身의 용사행장用舍行藏

이번에 살펴 볼 '겸선천하 독선기신'은 『맹자孟子』「진심상盡心上」에 나오는 표현이다. "옛 사람들은 뜻을 얻으면 은택이 백성에게 베풀어지 고 뜻을 이루지 못하면 자신을 닦아서 세상에 이름을 드러내었다. 궁핍 한 때에는 홀로 선을 행하고 영달해서는 천하 사람들을 선하게 했던 것이다"158)라고 한 대목에서 이를 취하였다. 이는 출처관이 잘 드러나 는 말이다. 두보杜甫의 시 「영회이수詠懷二首」에서 "영달하지 못하면 내 한 몸을 선하게 하고, 뜻을 얻었으면 해야 할 바 겸선천하를 행할지 니라."159)라고 한 데에서도 잘 드러난다. 용사행장用舍行藏은 용행사장

• • • • • • • • • •
158) "古之人 得志澤加於民 不得志修身見於世 窮則獨善其身 達則兼善天下 "(『孟子』,「盡心上」).

用行舍藏이라고도 하는데 이는 『논어』 「술이」에 등장한다. "쓰임을 받으면 행하고 놓임을 받으면 숨어 버리는 것은, 오직 나와 너만 할 수 있을 것이다."[160]라고 한 데서 유래하였다. 따라서 군자는 그 출처出處와 진퇴進退가 때와 장소에 맞게 처신을 해야 한다. 이러한 경우라야 도학자라 할 수 있는 것이다.

언행을 삼가고 조심하여 독선기신을 실천한 하서河西 김인후金麟厚의 시를 살펴보자. 오언절구五言絶句 두 수이다.

不得有諸己	자기에게서 돌이켜 얻지 못하면
將何以喩君	장차 어찌 군자에 비유하겠는가
伐柯則不遠	도끼자루 만드는 법칙은 멀리 있지 않고
率性尊所聞	본성을 따르면 명성이 높아진다네
言行乃樞機	말과 행실이 바로 군자의 중추이니
立誠其在斯	정성을 세우는 일이 여기에 있다네
伊川箴四勿	정이천은 사물잠四勿箴을 지었고
張子戒謀思	장횡거는 모사謀思를 경계로 삼았네

<윤생중열기청계기시尹生仲說箕 請戒己詩 >[161]

김인후는 윤기尹祁[162]가 경계로 삼을 만한 시를 바라자 이 시를 써서 주었다. 원래 윤기尹箕였으나 휘諱하여 윤기로 바꾼 그는 1576년 식년문

· · · · · · · · · · ·

159) "未達善一身 得志行所爲"(杜甫, 「詠懷二首」).

160) "用之則行 舍之則藏 唯我與爾 有是夫"(『論語』, 「述而」).

161) 『河西先生全集』, 「卷之五」, 五言絶句.

162) 윤기尹箕(1535~1606): 조선 중기의 문신으로 본관은 남원南原이다. 초명은 기箕, 자는 백열伯說, 호는 간보艮輔이다. 윤사심尹思深의 증손으로, 할아버지는 윤정尹霆이고, 아버지는 승문원판교 윤강원尹剛元이며, 어머니는 이시영李時榮의 딸이다.

과에 장원할 정도로 인물됨이 뛰어났다. 이에 관한 내용이 김상헌金尚憲이 쓴 윤기의 묘갈명에 자세히 나타난다.163) 이로 볼 때 그의 강직함은 주위의 인사들에게 이미 알려져 있었던 것 같다. 당시 등과를 축하하면서 이러한 강직한 태도에 덧붙여 조정에 나아가 어떻게 처신해야 할지 그 행실에 대해 조언하는 시를 써서 준 것으로 보인다. 이 시는 전고와 용사가 등장한다. 첫 수에서 기구는 『맹자孟子』「이루상離婁上」에 등장하는 내용을 인용하여 시를 흥기하였다.164) 전구에서는 진리를 발견하는 법칙이 멀리 있지 않고 바로 자신이 실천하는데서 말미암는다는 비유를 하였다. 이는 『시경』「빈풍」과 『중용』에 등장하는 "도는 사람

● ● ● ● ● ● ● ● ● ●

163) "우리 이중里中에서 성대하게 현명한 공경公卿과 장자長者를 추중推重하는데 금정金精과 옥수玉粹 같은 자질은 사암思菴 박 정승 박상朴相 박순朴淳을 추중하고, 도덕과 학문은 우계牛溪 성선생成先生 성혼成渾을 추중하며, 효우孝友와 청직淸直은 송강松江 정 정승 정상鄭相, 정철鄭澈을 추중하고, 풍류와 개제愷悌는 경림慶林 김 정승 김상金相 김명원金命元을 추중하며, 척당倜儻(뜻이 크고 기개가 있음)과 기위奇偉는 삼재三宰(의정부 좌참찬) 이공李公을 추중하고, 염직廉直과 무사無私는 판서判書 안공安公을 추중하며, 홍심洪深(넓고 심오함)과 숙괄肅括(공경하고 법도가 있음)은 백록白麓 신공辛公 신응시辛應時를 추중하고, 청담恬澹(청정하고 담박함)과 청고淸高는 동은峒隱 이선생李先生 이의건李義健을 추중한다. 그런데 기절氣節이 경정勁挺(굳세고 힘참)하고 의론議論이 강개慷慨하여 세상의 일이 백 번 변하더라도 어려서부터 늙을 때까지 한결같이 확실하게 절개를 굳게 지키는 데 이르러서는 그 간보艮輔 윤공尹公뿐이다."(세종대왕기념사업회 편, 『국역 국조인물고』16, 사단법인 세종대왕기념사업회, 2003, p.187).

164) "맹자가 말하기를 사람을 사랑함에 친하지 않으면 그 인仁을 돌이켜라 사람을 다스림에 다스려지지 않으면 그 지혜를 돌이켜라. 사람에게 예를 갖추었는데 답이 없으면 그 공경함을 돌이켜라 행함에 얻지 못하는 것이 있으면 모두 돌이켜 자기에게서 구하라 그 몸을 바르게 하면 천하가 그에게 돌아온다. 시경에 말하기를 길이 천명에 짝하도록 말해 스스로 많은 복을 구하라." (孟子曰 愛人不親 反其仁 治人不治 反其智 禮人不答 反其敬 行有不得者 皆反求諸己 其身正 而天下歸之 詩云 永言配命 自求多福).

에게서 멀리 있는 것이 아닌데도, 사람이 도를 행할 때는 그것이 멀리 있는 것처럼 한다. 그렇게 하여서는 도를 실천할 수 없다. 시경에 이르기를 '도끼자루를 벰이여, 도끼자루를 벰이여, 그 법칙이 멀리 있지 않구나.'"라고 한 데서 유래한 구절이다. 즉 윤기의 강직한 성품이 때로 삶속에서 마찰을 일으킬 수 있는데 이유를 자신에게서 찾아야 함을 경계한 것이다. 결구에서 "본성을 따른다면" 높이 오르게 됨을 역설하여 대미를 종결하였다.

둘째 수는 언행이 군자가 중요시 여겨야 할 지도리라고 하였다. 이는 『주역』「계사전」에서 그 전고가 나타나는데 "언행은 군자의 추기이니 추기의 발현이 영욕의 주이다. 언행은 군자가 천지를 움직이는 방법이니 삼가지 않을 수 있겠는가"[165]라고 하였다. 이는 군자가 되는 제일 덕목이 언행을 삼가는 데서부터 시작됨을 의미하고 있다. 군자는 언행을 발할 때 조심해야한다는 것이다. 따라서 앞 수에서도 강조하였지만 윤기의 덕성을 잘 아는 김인후가 언행을 삼가라며 거듭 당부한 것으로 볼 수 있다. 이어 전구와 결구에서 이천伊川 정이程頤와 횡거橫渠 장재張載의 예를 들어 "스스로 경계하고 성찰하는 생활자세가 절실"[166]함을 드러내었다. 정이천과 장횡거는 도학자로서 명성이 높은 인물들이라 그 이유를 알 만하다. 그들은 사물잠四勿箴과 모사謀思를 경계한데서 자신을 단속한다는 것이다. 김인후는 윤기에게 이런 점을 용사하여 그의 삶속에서 실천하도록 곡진하게 시로써 형상화하였다. 따라서 이 두 수의 시는 도학자의 독선기신의 자세가 극명하게 드러난 도학시라 할 만하다.

지금까지 도학시의 범주 연구에서 기존의 도학시를 설리시, 이취시만으로 한정하여 다룬 점에서 더 나아가 도학시의 개념을 확장하고

• • • • • • • • • •
165) 『주역』, 「계사」.
166) 조기영, 『하서 김인후의 시문학 연구』, 아세아문화사, 1994, p.134.

이를 검토하였다. 일반적으로 볼 때 도학시는 이理가 강조된 작품만을 거론하기보다는 이理를 다룬 작가의 작품이다. 하지만 그 이면에 작자의 감성이 융화됨을 간과해서는 안된다는 취지로 다루고자 하였다. 도학시의 판단 기준을 단순히 작자위주로만 본다면 편리하고 안일한 접근 방법이 된다. 반면 작품에 둘 경우에는 비교적 객관적이지만 근원적인 면에서 작자의 의도를 오독할 가능성을 배제하기 어렵다.

도학시는 고려조高麗朝에서 염락풍이 유행하다가 조선 초에 이르러서는 염락풍과 설리시적인 경향의 시로 전개되었다. 이후 조선 중기에 이르면서 당풍과 송풍의 시적경향이 함께 나타나기도 한다. 또 설리적인 주제와 소재뿐만 아니라 일상생활과 감정에 관련된 내용도 도학시道學詩에 포함시킬 수 있고 교훈성과 예술성이 조화되어 나타난 것으로 볼 수 있다.

조선조 도학자들은 다양한 제재題材를 소재로 하여 문학적으로 지행知行의 실천實踐을 주제로 형상화했다. 이학理學보다 의미적 범주가 넓은 도학道學을 사상적 배경으로 하는 조선조 도학시는 예술성과 교훈성이 조화調和되어 전개되는 양상을 보였다. 이러한 도학시의 계보는 주로 도학자들의 계보라고 볼 수 있다.

따라서 도학시道學詩 갈래는 소재와 창작상황에 바탕을 둔 것과 심성수양에 바탕을 둔 것으로 구분되었으며 이들은 다음과 같았다. 첫째, 소재 면에서 일상생활에 바탕을 둔 증답·차운·만시와 간접적인 교유시, 전고典故와 용사用事에 기반한 즉물·자연시까지 확대되었다. 둘째, 주제 면에서 심성수양에 바탕을 둔 도학시는 진덕수업에 중점을 둔 것과 용사행장에 바탕을 둔 것으로 나타남을 알 수 있다.

3. 도학시道學詩의 전개양상展開樣相

이번에는 도학시의 전개양상을 살펴보고자 한다. 이를 위해 도학시의 의미적 연변演變을 밝히고 사상적 배경을 살펴본 후 도학시 바탕으로서의 당풍의 예술성과 송풍의 교훈성이 어떻게 전개되는지 살펴본다. 또 성혼 시가 도학시사에서 갖는 문학사적 위상은 어떠한지 개괄적으로 살펴본다. 이는 조선조 한시사에서 도학시의 진면목眞面目을 구체적으로 규명하는 길이 되리라 본다.

1) '도道-도학道學-도학시道學詩'의 의미적 연변演變과 사상적 배경背景

여기서는 '도-도학-도학시'의 의미적 연변과 사상적 배경을 살펴보는데 '연변演變'이란 역사적인 긴 시간 속에서 진전進展되고 변화變化하는 양상을 말한다.

조선조는 유교가 통치이념의 근간을 이룬 사회이다. 이러한 문화 속에서 당시 학자들이 도달해야할 궁극의 경지는 학문과 덕행을 겸하여 내성외왕內聖外王의 자세를 견지하는 데에 목표를 두었다.

"도"라는 말은 선학禪學, 노장학老莊學, 유학儒學에서 공통적으로 사용하고 있지만 그 의미는 다르게 전개되고 있다. 우선 선학에서는 도를 진리眞理 자체라고 본다. 특히, 사성제四聖諦·팔정도八正道 등에서 설명하는 도道는 '올바름'과 '당위當爲' 등의 의미를 포함하고 있다. 한편 노장학에서는 우주만유의 본체이면서 형이상학적形而上學的인 실재實在로서의 도를 주창하였다. 인생의 모든 행위와 자연계의 섭리攝理는 모두 도라는 입장이다. 그러나 유학에서는 도를 일종의 생활규범, 인간의 가치기준 등의 규범으로 이해한다. 이를 잘 밝히고 있는 『중용中庸』에서 도에 관하여 설명하기를 "하늘이 명한 것을 성性이라 하고 성에 따르는 것을 도道라 하고 도를 닦는 것을 교敎라 한다.167)"라고 하였다.

또 "도道는 잠시도 떠날 수 없는 것이니 떠날 수 있다면 도가 아니다. 그러므로 군자君子는 보지 않는 곳에서도 경계하고 삼가며 그 듣지 않는 곳에서도 두려워하는 것이다"168)라고 하여 인간의 생활 및 가치 기준 즉, 윤리 실천의 규범을 제시하였다. 이어서 집주集註에서 다음과 같이 도를 설명한다.

> 도란 것은 날마다 쓰는 사물에 마땅히 행해야 할 이치이니, 이는 모두 본성의 덕으로서 마음에 갖추어져 있어, 만물이 가지지 않음이 없고 어느 때이든지 그렇지 않은바 없다. 이 때문에 도란 잠시도 떠날 수 없다. 만일 도에서 떠난다면 어떻게 이를 본성대로 따르는 것이라 말할 수 있겠는가. 그러므로 군자의 마음에 항상 외경하는 바가 있어 비록 보고 듣지 못하는 곳에서도 감히 소홀히 하지 않는 것은, 천리의 본연을 보존하여 잠깐의 사이일지라도 도에서 떠나지 않게 하려는 것이다. 169)

주자朱子는 '도道'를 "날마다 쓰는 사물에 마땅히 행해야 할 이치"로 해석했다. 『중용혹문中庸或問』에서도 곧 유학에서 말하는 '도'라는 것은 "크게는 군신, 작게는 동정과 음식, 호흡에 이르기까지 인간의 작위를 요하지 않고서도 제각기 바뀔 수 없는 당연한 이치"170)라고 밝혔다. 따라서 유학에서 말하는 도는 일상생활日常生活 속에 존재存在하는 것

. . . .

167) "天命之謂性 率性之謂道 修道之謂敎"(『中庸』, 1章).

168) "道也者 不可須臾離也 可離非道也 是故 君子 戒愼乎 其所不睹 恐懼乎 其所不聞"(『中庸』, 1章)

169) "道者 日用事物當行之理 皆性之德而具於心 無物不有 無時不然 所以不可須臾離也 若其可離 則豈率性之謂哉 是以 君子之心 常存敬畏 雖不見聞 亦不敢忽 所以存天理之本然 而不使離於須臾之頃也"(『中庸章句集注』).

170) "故道無不在 大而父子君臣 小而動靜食息 不假人力之爲 而莫不各有當然不易之理 所謂道也"(『中庸或問』).

으로 형이하학적形而下學的인 부분까지 포함된다고 볼 수 있다.

그렇다면 도학道學이란 용어는 언제 어디서 대두擡頭 되었을까. 중국 문헌에는 『송사宋史』 「도학전道學傳」에서 비로소 도학이라는 용어가 등장한다. 여기서 "도학이란 명칭이 옛날에는 없었다."[171]라고 하였다. 설석규는 학문적 개념의 도학의 대두시기를 "고려 말 신진사대부 세력이 원元을 통해 수용한 성리학의 별칭으로 사용하면서"[172]라고 밝히고 있다. 도학은 원래 송대의 이학理學을 내포하는데, 송대의 신유학은 다양한 명칭 즉 신유학新儒學, 정주학程朱學, 염락관민지학濂洛關閩之學, 주자학朱子學, 성리학性理學, 도학道學 등으로 불린다. 성리학을 이학理學이라 부를 때는 본체론本體論과 인성론人性論의 측면에서 부른다. 그런데 도학이란 용어는 본체론과 인성론에 수양론修養論의 측면도 포함된다. 이는 뜻도 단순히 이학理學뿐만 아니라, 지知와 행行 중에서 행行을 전제로 하고 지知를 닦는 것까지 의미한다.[173] 그래서 이학理學은 수기修己에 방점을 두어 말한 것이고, 도학道學이라 하면 수기치인지학修己治人之學을 아울러 칭한 셈이다. 따라서 "도학의 본령은 수기치인"[174]이기 때문에 단순히 학문연마에만 그치는 것이 아니라 덕행을 바탕으로 내성외왕內聖外王해야 비로소 도학이라 부를 수 있게 된다. 이는 안으로는 자신을 수양하고 밖으로는 남을 다스리는 학문을 닦아서 현실 정치에 나아가 실천하여야 함을 중시한 것이다. 따라서 도학은 이학보다 더

• • • • • • • • • •

171) "道學之名 古無是也"(『宋史』, 「列傳 卷186」, 「道學」1).

172) 설석규, 「조선시대 유교목판 제작 배경과 그 의미」, 『국학연구』 6, 한국국학진흥원, 2005, p. 98.

173) 이병혁, 「정주학 전래와 여말 한문학」, 『동방학지』 36~37, 연세대학교 국학연구원, 1983, p.377.

174) 이영경, 「栗谷의 『醇言』에 나타난 儒家·道家的 倫理觀의 갈등과 포섭 문제」, 『철학논총』 36, 새한철학회, 2004, pp. 95~120.

넓은 의미로 해석되어야 하고 이러한 도학을 바탕으로 학문덕행에 힘쓴 이를 도학자道學者라 부를 수 있다.

우리 한시사에 있어서 도학시는 관점觀點에 따라 범주를 달리한다. 도학자는 격물치지의 자세로 우주의 본체本體를 대하는 자세와 사물을 어떻게 인식認識하는지와 또 이를 바탕으로 심성心性을 수양하는 데에 미쳐 시로서 뜻을 말하였다. 이로 볼 때 도학시 자체를 좁은 의미로 볼 필요는 없을 것이다. 도학시는 위에서 살펴 본 염락풍의 내용상의 한계와 설리시의 주제적 한계를 넘어 사용할 수 있는 말이다.

한편 허균은 당풍을 기준으로 하여 시화를 썼다. 이때 시마다 각기 다른 해석을 하였다. 김종직의 시 중 "鶴鳴淸露下 月出大魚跳"는 "어찌 성당보다 못하겠는가"라고 하였고, "細雨僧縫衲。寒江客棹舟"는 "매우 한가롭고 담백한 맛이 있다."라고 하였다.175) 김인후에 대해서는 "침착하고도 큼직해서 자잘한 것들을 한 차례 씻어 버렸다"176)고 평하고, 성혼이 박순을 위해 지은 만가挽歌를 "한없이 슬픈 마음을 말로 드러내지 않았으나"177)라고 평하여 절제된 슬픔을 강조하였다. 이를 통해 허균이 바라본 도학자들의 시에 대한 평가는 당풍의 성격이 나타난 점을 알 수 있다. 그런데 문제는 그가 당풍을 기준으로 하였지만 이는 도학자들의 시라는 것이다. 따라서 앞 장에서 언급한 것처럼 도학시의 범주에서 접근할 필요가 있다. 시의 범주를 넓혀서 시평을 볼

----

175) "仲兄嘗言 鶴鳴淸露下 月出大魚跳 何減盛唐乎 如細雨僧縫衲 寒江客棹舟 甚閑澹有味 斯言盖得之."(『惺叟詩話』)

176) "金河西麟厚高曠夷粹 詩亦如之 梁松川極贊其登吹臺詩 以爲高岑高韻云 其詩曰 梁王歌舞地 此日客登臨 慷慨凌雲趣 凄涼弔古心 長風生遠野 白日隱層岑 當代繁華事 茫茫何處尋 沈着俊偉 一洗纖靡 寔可貴重也"

177) "思庵相捐舍 輓歌殆數百篇 獨成牛溪一絶爲絶倡 其詩曰 世外雲山深復深 溪邊草屋已難尋 拜鵑窩上三更月 應照先生一片心 無限感傷之意 不露言表 非相知之深 則焉有是作乎 『惺叟詩話』"(『韓國歷代詩話類編』, p.54).

수도 있는 것이다. 이때 도학시는 염락풍의 내용과 설리시의 주제에 더하여 일상생활의 도까지 읊은 도학자의 시를 포함하여야 한다. 그래서 도학시는 염락과 설리를 포함하여 탐리적이고 성찰적이며 달관의 분위기를 풍기기 때문에 염락풍, 설리시와 달리 불러야 한다.

도-도학-도학시의 의미적 연변을 살펴보면서 도학은 고려 말 성리학이 전래된 이래 조선조까지 당시 한시사에 영향을 끼쳤음을 알았다. 이학理學과 도학道學은 성리학을 의미한다고 볼 수 있지만 이학은 지知에 중점을 두고, 도학道學은 지행知行에 역점을 둔 것이었다. 도학시는 처음에는 여말 선초에는 도문학道問學의 염락풍으로 출발해서 조선중기에 설리시적인 측면, 이후 점차 내용과 주제면에서 다양한 도문학과 존덕성尊德性을 갖춘 도학시로 확대되는 경향이 나타났다고 할 수 있다.

2) 조선조 도학자의 계보系譜와 도학시의 전개양상展開樣相

우리의 한시사를 일별一瞥해 보면 고려 말에 성리학性理學이 처음 도입 및 소개되었으나 '문이관도'나 '문이재도'와 같은 문학 관념을 문자에 드러내는 데까지 이르지 않았다. 조선조 시단의 터전이 서거정徐居正, 김종직金宗直, 김시습金時習에 이르러 굳혀지고, 서경덕徐敬德, 조욱趙昱, 이언적李彦迪, 이황李滉, 이이李珥 등이 도학시를 쓴 인물들로 자리매김했다. 이후 해동강서시파海東江西詩派, 관각삼걸館閣三傑, 삼당시인三唐詩人, 권필과 최립, 한문사대가漢文四大家, 동악시단, 천류賤流 및 여류시인이 등장하여 목릉성세穆陵盛世를 이루었다. 조선 후기에는 진시眞詩 운동, 후사가後四家, 신위申緯, 정약용丁若鏞과 김정희金正喜, 그리고 위항委巷시인들이 등장하였다.[178]

그렇다면 조선조 도학의 계보는 어떻게 전개되었는가? 우리나라의

- - - - - - - - - - -

178) 민병수, 『한국한문학개론』, 태학사, 1997.

도학파는 정몽주를 '이학지조종理學之祖宗'으로 보았다. 그에 대한 자세한 내용은 『동유학안東儒學案』을 통하여 밝힌 최일범의 조선초기朝鮮初期 도학의 계보와[179], 진상원이 제시한 조선중기朝鮮中期까지의 도학의 계보가 있다.

> 고려 말의 정몽주鄭夢周(1337~1392)로부터 시작되는 도학의 정통 계보는 길재吉再(1543~1419)→김숙자金叔滋(1389~1456)→김종직金宗直(1431~1492)을 거쳐 김굉필金宏弼(1454~1504)과 정여창鄭汝昌(1450~1504)에게로 이어지고 또 이것이 조광조趙光祖(1482~1519)를 통해 이언적李彦迪(1491~1553)→이황李滉(1501~1570)에게로 이어졌다고 한다. [180]

이는 주로 도학의 계보가 주로 문묘종사文廟從祀를 기준으로 하였음을 보여준다. 조선조는 유교를 통치 이념으로 했기 때문에 성리학을 근간으로 한 도학의 정통을 따지는 일은 단순히 학문의 사승師承관계 뿐만 아니라 정치적 영향력에 따라 향배向背가 결정된다. 여기서 도학의 정통계보를 논할 때 문묘배향 여부는 정치세력간의 대결구도에서 승자에게 주어지는 것이라고 해석될 수 있다. 이러한 경향은 중국에서

• • • • • • • • • •

179) 최일범은 "이학연원에서 이학이란 곧 의리학 또는 도학 또는 성리학을 가리킨다. 즉 『동유학안』에서는 한국 유학의 적전을 이학理學(의리학義理學=성리학性理學=주자학朱子學=도학道學으로 보고, 중국의 성리학이 고려 말에 전래된 이후, 포은 정몽주로부터 야은冶隱 길재吉再(1353~1419), 점필재 김종직으로 이어지고, 김종직으로부터 한훤당 김굉필과 일두 정여창이 배출되고, 한훤당에게서 모재 김안국과 정암 조광조등 조선 초기의 도학자가 나왔다"라고 하여 『동유학안東儒學案』은 주자학朱子學을 정통으로 인식하는 유학관에 기초하고 있다고 해석하였다. (최일범, 「『東儒學案』의 學派 分類에 관한 考察」, 『유교사상문화연구』 21, 한국유교학회, 2004, p.129).

180) 진상원, 「朝鮮中期 道學의 正統系譜 成立과 文廟從祀」, 『한국사연구』 128, 한국사연구회, 2005, p.147.

도 마찬가지다. 공자를 위시하여 안자顔子, 증자曾子, 자사子思, 맹자孟子
와 공문십철孔門十哲, 송조육현宋朝六賢을 배치하여 문묘종사에 따라 도
학의 정통이 결정된다. 『논어』의 「선진편先進篇」에서 "덕행에는 안연,
민자건, 염백우, 중궁이고 언어에는 재아와 자공이며 정사에는 염유와
계로 문학에는 자유와 자하이다."[181]라고 하였다. 여기서 공문사과孔門
四科를 알 수 있는데 이는 공문에서 강조한 덕목으로 도학자의 일단을
보여주는 것이다. 이를 본받아 우리의 동국십팔선정東國十八先正도 학덕
이 높은 18명을 귀감으로 삼은 셈이다. 즉 도학자라면 덕행德行과 언어
言語, 정사政事와 문학文學의 능력을 갖추어야 한다고 볼 수 있다.

도학자들이 한시를 통하여 자득自得한 이치理致나 학문적學問的 신념
信念을 표명表明하는 일은 흔한 일이었다.[182] 그런데 조선조 도학시를
본격적으로 다룬 시화詩話나 시선詩選은 찾기가 어렵다. 이처럼 우리나
라 한시사에서 도학시인과 도학시 연구가 미약微弱한 이유를 홍학희는
다음과 같이 제시하였다. 첫째로는 이제까지의 시사詩史가 지나치게
시인의 시 위주로 서술敍述되어 왔기 때문이며, 둘째는 우리 한시비평
사漢詩批評史가 지나치게 특정 시각에 치우쳐 있었기 때문이고, 셋째는
과거 선인들의 시각을 지금도 여전히 반복反復하고 있으며, 넷째는 중
국문학계中國文學界에서의 연구가 우리에게 끼친 영향 때문이라고 보았
다.[183]

따라서 본격적으로 도학시를 다루기 위해서는 이러한 문제를 인식하

. . . .

181) "德行 顔淵 閔子騫 冉伯牛 仲弓 言語 宰我 子貢 政事 冉有 季路 文學 子游
    子夏"(『論語』, 「先進」).
182) 조규익, 「조선조 道義歌脈의 일단(一)」, 『東方學』 3, 한서대학교 동양고전연
    구소, 1997, p.1.
183) 홍학희, 「한국 도학시 연구에 있어서의 몇 가지 문제」, 『한국고전연구』 10,
    한국고전연구학회, 2004, pp.208~209.

고 이를 극복할 수 있는 그 도학시를 쓴 도학자의 계보 파악이 우선적으로 이뤄져야 한다. 이에 이 책에서는 과거의 여러 시화詩話와 시선집詩選集뿐만 아니라 그리고 현대 연구자들의 한시사漢詩史 및 개론서에서 도학자로 언급된 인물이 등장하는 문헌을 바탕으로 검토하였다. 그 결과 문헌에 제시된 도학시인은 중복되어 나타나는 경향이 있기는 하지만 다음과 같이 망라網羅됨을 알 수 있다.

이제현, 이색, 정몽주, 김종직, 김인후, 성혼(허균, 『성수시화惺叟詩話』), 성혼, 송익필, 김인후(허균, 『학산초담鶴山樵談』), 이제현, 이곡, 이색, 정몽주, 이숭인, 김종직, 김굉필, 김일손, 김안국, 조광조, 김정, 서경덕, 이언적, 성운, 이황, 조식, 이이, 송시열(이종은·정민, 『한국역대시화류편韓國歷代詩話類編』), 이제현, 이곡, 이색, 정몽주, 이숭인(김종직, 『청구풍아青丘風雅』), 김굉필, 정여창, 이언적, 서경덕, 이황, 김인후, 성혼, 송익필, 송한필(허균, 『국조시산國朝詩刪』), 이제현, 이곡, 백문보, 이색, 정몽주, 이숭인, 길재, 김종직, 김굉필, 정여창, 유호인, 조위, 김일손, 김안국, 조광조, 김정, 기준, 서경덕, 이언적, 조식, 성운, 성수침, 성수종, 이황, 김인후, 이이, 성혼, 송익필, 송한필, 유성룡, 송준길(남용익, 『기아箕雅』), 이제현, 이색, 이숭인, 정몽주, 김종직, 김안국, 이언적, 정여창, 서경덕, 이황, 조식, 김인후, 이이, 송익필(이수광, 『지봉유설芝峯類說』), 정두경, 노수신, 김극검, 최립, 박은, 김창흡, 최혜길, 이달, 송익필, 이식, 조윤, 김득신, 김구, 허목, 이정구(이덕무, 『쇄아瑣雅』), 정여창, 서경덕, 이언적, 이황, 조식, 이이(이가원), 『한국한문학사韓國漢文學史』), 이장용, 김지대, 이제현, 최해, 이색, 정몽주, 이숭인, 송익필(문선규, 『한국한문학韓國漢文學』), 최해, 이제현, 안축, 한종유, 백문보, 이곡, 정포, 이인복, 전녹생, 이달충, 한유, 이색, 정몽주, 김구용, 이숭인, 김종직, 이주, 남효온, 정여창, 김굉필, 조광조, 김식, 김정과 서경덕, 이언적, 이황, 조식, 이이, 정여창, 서경덕, 이언적, 이황, 이이(이병주 등, 『한국한문학사韓國漢文學史』), 정몽주, 서경덕, 조욱, 이언적, 이황, 이이, 임성주, 서거정, 김종직, 김시습, 권필, 최립, 신위, 정약용, 김정희(민병수, 『한국한문학개론韓國漢文學概論』), 서경덕, 이언적, 이황, 조식, 이이, 성혼, 송익필, 정구(민병수, 『한국한시사韓國漢詩史』) 등으로 나타난다.[184]

문헌에서 대표적인 도학시인으로 중복되어 언급된 인물을 살펴보면 이제현李齊賢, 이숭인李崇仁, 이색李穡, 정몽주鄭夢周, 김종직金宗直, 정여창鄭汝昌, 서경덕徐敬德, 이언적李彦迪, 조식曺植, 이황李滉, 김인후金麟厚, 송익필宋翼弼, 성혼成渾, 이이李珥가 그들이다.

그런데 여기에 선택된 도학자라 하더라도 이들이 쓴 시가 모두 도학시라는 것은 아니다. 허균이 당풍을 숭상하는 문학관에 의거하여 『성수시화』를 기술하였듯이 시화, 선집, 한시사의 작자들도 개인적인 취향과 기준에 따라 이를 달리 평가하기 때문이다. 그럼에도 불구하고 다수의 문헌에서 도학시인이라 언급한 인물을 선정할 필요가 있다. 그렇게

· · · · · · · · · ·

184) 참고로 여기에 제시한 문헌에 도학시인으로 거론된 횟수를 가나다순으로 나타내면 다음과 같다. 한 번 거론된 인물은 기준奇遵, 길재吉再, 김구金坵, 김구용金九容, 김극검金克儉, 김득신金得臣, 김시습金時習, 김식金湜, 김정희金正喜, 김지대金之岱, 김창흡金昌翕, 남효온南孝溫, 노수신盧守愼, 박은朴誾, 성수종成守琮, 성수침成守琛, 송시열宋時烈, 송준길宋浚吉, 신위申緯, 안축安軸, 유성룡柳成龍, 유호인兪好仁, 이달李達, 이달충李達衷, 이식李植, 이인복李仁復, 이장용李藏用, 이정구李廷龜, 이주李胄, 임성주任聖周, 전녹생田祿生, 정구鄭逑, 정두경鄭斗卿, 정약용丁若鏞, 정포鄭誧, 조욱趙昱, 조위曺偉, 조윤趙贇, 최혜길崔惠吉, 한유韓愈, 한종유韓宗愈, 허목許穆 등이다. 두 번 거론된 인물은 김일손金馹孫, 백문보白文寶, 성운成運, 송한필宋翰弼, 최립崔岦, 최해崔瀣 등이고 세 번 거론된 인물은 김안국金安國, 김정金淨, 조광조趙光祖 등이다. 네 번 거론된 인물은 이곡李穀, 김굉필金宏弼이고, 김인후金麟厚와 성혼成渾은 다섯 번 거론되었다. 이숭인李崇仁, 김종직金宗直, 정여창鄭汝昌, 조식曺植은 여섯 번 씩 거론되었고, 이색李穡, 이제현李齊賢, 송익필宋翼弼은 일곱 번, 정몽주鄭夢周, 이이李珥는 여덟 번 거론되었다. 이언적李彦迪, 이황李滉, 서경덕徐敬德은 가장 많은 아홉 번 씩 거론되었다.

본다면 이제현李齊賢, 이숭인李崇仁, 이색李穡, 서경덕徐敬德, 조식曺植, 송익필宋翼弼 등은 이들이 동국십팔선정이 아님에도 도학시인으로 포함할 수 있는 것이다.

여기서 조선조의 도학자들은 주로 도학시를 썼으며 이들은 계보를 지닌 것으로 짐작할 수 있다. 따라서 도학자의 계보는 곧 도학시의 계보와 비슷한 것으로 보아 이러한 도학시의 계보는 김종직을 위시하여 정여창, 서경덕, 이언적, 조식, 이황, 김인후, 송익필, 성혼, 이이 등이 쓴 시로 전개된다고 본다. 이들 중 몇 사람에 대한 시의 풍격은 남용익의 『호곡시화』에 잘 나타나는데 그는 시평에서 김종직은 '경결勁傑', 이황은 '순정純靜', 송익필은 '진활眞活', 성혼은 '아정雅正', 이이는 '통명通明'하다고 평가하였다. 그러나 이에 대해 그 평가의 기준과 자세한 해석 및 설명이 없어 시평의 한계가 있음을 알 수 있다.

앞에서 언급한 조선조 도학시인의 계보에 따라 한국 역대 시화·비평 자료 중에서 도학자들의 도학시를 살펴본다. 그중 장유의 『계곡만필谿谷漫筆』에 수록된 그들의 작품 혹은 인물에 대한 평은 다음과 같다. 김종직에 대해서는 <설후발고부향흥덕雪後發古阜向興德>은 '차즉경여화此卽景如畵',[185] <장현촌가시長峴村家詩>는 '시중유화詩中有畵'[186]란 평을 했지만 문文이 고려조만 못하다.[187]고 하였다. 김인후의 <등취대登吹臺>에 대해서 고광高曠하고 이수夷粹한데 시 역시 그 인품과 같다고 했다. 이어 양응정梁應鼎도 <등취대登吹臺>를 극찬하여 고적高適·잠삼岑參과 같은 높은 운이라 했고, 허균도 이 시를 침착하고 높고 위대하여 가늘고 약한 태를

- - - - - - - - - - -
185) "一夜湖山銀界遙 瀛州郭外馬蕭蕭 村家竹盡頭搶地 野樹禽多翅綴條 沙浦烟痕蒼海岸 笠岩霞氣赤城標 臘前已是饒三白 想聽明年擊壤謠 『謏聞鎖錄』 <雪後發古阜向興德>"(『韓國歷代詩話類編』, p.38)
186) 『小華詩評』<長峴村家詩>(『韓國歷代詩話類編』, p.38).
187) "我朝之文 大不如前麗 『谿谷漫筆』"(『韓國歷代詩話類編』, p.284).

일시에 씻어버렸으니 참으로 귀중히 여길 만하다고 매우 높게 평가하였다.[188] 서경덕의 <술회述懷>는 그 뜻이 보존되어 아껴 볼만하다고 평했다.[189] 이언적의 <경주현동헌慶州縣東軒>에 대해서는 시가 저절로 성정性情에서 나와 기품과 자질이 고명하니 애쓰지 않아도 되었다고 극찬하였다.[190] 이황에 대해서는 다만 이학理學뿐 아니라 문장 또한 탁월하며 시를 통해서 그 기상을 볼 수 있다고 평했다.[191] 한편 조식에 대한 평은 그 시운詩韻이 호기롭고 씩씩할 뿐 아니라 자부함도 얕지 않다고 하였다.[192] 송익필에 대해서는 <독좌獨坐>의 일부를 소개하면서 도량度量이 남보다 뛰어나 청초淸楚한 꽃을 완상玩賞하는 것 같을 뿐만 아니라 이학理學에도 이르렀다고 하여 찬사를 하였다.[193] 성혼의 시에 대해서는 "길게 읊조린 슬픔이 소리 높여 슬피 우는 것보다 심하다"[194]고 했다. 이이의 시에 대해서는 "철석鐵石같은 마음으로 이런 청신淸新하고 완려婉麗한 시를 지었다"[195]고 평하였다. 여기에서 언급한 시는 주제와 소재

. . . .

188) "梁王歌舞地 此日客登臨 慷慨凌雲趣 凄凉弔古心 長風生遠野 白日隱層岑 當代繁華事 茫茫何處尋「惺叟詩話」<登吹臺>"(『韓國歷代詩話類編』, p.34).

189) "讀書當日志經綸 晩歲還甘顏氏貧 富貴有爭難下手 林泉無禁可安身 採山釣水堪充腹 詠月吟風足暢神 學到不疑知快活 免敎虛作百年人『淸窓軟談』"(『韓國歷代詩話類編』, p.67).

190) "鳴鳩枝上七 飛燕雨中雙『松溪漫錄』"(『韓國歷代詩話類編』, p.139).

191) "絶域病攻天拂亂 荒城雷鬪鬼驚忙 於此可見氣像『小華詩評』"(『韓國歷代詩話類編』, p.158).

192) "請看千石鍾 非大扣無聲 爭似頭流山 天鳴猶不鳴『晴窓軟談』"(『韓國歷代詩話類編』, p.196).

193) "柳深煙欲滴 池靜鷺忘飛之句 度越諸人 非徒淸葩可賞 理亦自到『晴窓軟談』"(『韓國歷代詩話類編』, p.76).

194) "成渾浩源先生 挽靑陽君詩曰 宦遊浮世定誰眞 逆旅相逢卽故人 今日祖筵歌一曲 送君歸臥舊山春 所謂長歌之哀 甚於慟哭者耶『鶴山樵談』"(『韓國歷代詩話類編』, p.72).

195) "旅館誰憐客枕寒 枉敎雲雨下巫山 今宵虛負陽臺夢 只恐明朝作別難 以鐵石

가 다양하다. 따라서 그들의 일상생활과 학문 덕행에 관한 모든 시는 광의의 도학시로 이해하여야 한다. 따라서 도학시가 염락풍, 설리시와 일상의 당연한 일을 읊은 내용까지도 포괄함을 알 수 있다.

지금까지 제2장 조선조 도학시의 의미범주와 전개양상을 도학시의 의미범주, 소재와 창작 상황에 바탕을 둔 도학시와 심성수양에 바탕을 둔 도학시 갈래, 도학시의 전개양상으로 나누어 살펴보았다. 이를 정리하면 다음과 같다.

첫째, 도학시의 의미범주에서는 유학에서 말하는 도道는 결국 일상생활 속에 존재存在하는 것으로 형이하학적인 부분까지 포함하는 개념이었다. 도학은 원래 송대의 이학理學을 의미하는데, '신유학新儒學', '정주학程朱學', '염락관민지학濂洛關閩之學', '주자학朱子學', '성리학性理學', '이학理學', '도학道學' 등의 다양한 명칭으로 불렸다. 성리학을 이학理學이라고 부를 때는 본체론本體論과 인성론人性論을 탐구하는 경향이 우세하고 도학道學이라 부를 때에는 수양론修養論적인 측면까지 포함하여 말한다. 따라서 도학이란 덕행을 바탕으로 내성외왕內聖外王과 수기치인修己治人, 그리고 성기성물成己成物과 정기물정正己物正의 유교적 근본이념과 행도수교行道垂教를 실천하는 학문임을 알 수 있다. 이처럼 수기치인지학을 하는 도학자가 그들의 삶의 주위에서 얻을 수 있는 소재로 심성수양을 형상화한 시가 바로 도학시인 것이다.

도학시 바탕으로서의 교훈성과 예술성의 조화 부분에서는 조선조 도학자들은 수기치인의 자세를 가지고 학문學問과 덕행德行에 힘썼으며 시를 짓고 시로서 뜻을 전하고 감정을 교유하였다. 우계는 조선중기 삼당시인의 영향에도 불구하고 수기修己와 치인治人의 덕성을 함양하

. . . .

心肝 爲此淸新婉麗之語"(홍만종, 안대회 역, 『小華詩評』, 국학자료원, 1995, p.495.)

는 일상생활을 도학시의 소재로 삼았다. 여기서 자연경물과 벗과의 교유에서 나타난 시적 감흥을 형상화한 도학시를 쓴 것이다.

둘째, 도학시의 갈래를 살펴보았다. 먼저 소재와 창작 상황에 바탕을 둔 측면에서는 차운시, 증답시, 만시가 대부분이었다. 그 대상의 범위는 벗의 부모나 친구의 벗처럼 보다 교유가 덜한 지인까지 광범위하게 나타났다. 차운시, 증답시, 만시는 그 교유의 직접성과 친소의 관계에 따라 이뤄지는 시로 볼 수 있다. 따라서 도학시는 차운시, 증답시, 만시와 전고와 용사에 기반한 즉물·자연·교유시를 포함하여 갈래가 넓음을 이해하였다.

다음으로 심성수양에 바탕을 둔 도학시의 갈래에서는 존덕성尊德性 도문학道問學의 진덕수업進德修業에 관한 내용과 겸선천하兼善天下 독선기신獨善其身의 용사행장用舍行藏에 관한 시로 나눌 수 있었다. 진덕수업에 관한 내용은 도학시의 핵심적인 주제로 직접 도학을 언급한 경우이고 용사행장에 관한 주제는 은거자수隱居自守하는 도학적인 경향의 시를 말하였다. 따라서 도학자들은 시를 자신의 성정性情을 도야陶冶하고 본성本性을 바르게 가꾸어 나가는 존덕성尊德性 도문학道問學의 지표로 삼은 것이다.

셋째, 도학시의 전개양상에서는 '도-도학-도학시'의 의미적意味的 연변과 사상적 배경, 조선조 도학자의 계보와 도학시의 전개 양상을 고찰하였다. 여기서 제시한 도의 개념은 유불선의 입장에 따라 달리 해석되었다. 유학儒學에서 말하는 도는 일상생활과 관련한 당연한 도까지를 포함하였으며 도학道學은 지행知行을 아울러 이르는 말이었다.

이상의 이론적 토대를 바탕으로 탐색한 대표적인 도학자의 계보는 김종직을 위시하여 정여창, 서경덕, 이언적, 조식, 이황, 김인후, 송익필, 성혼, 이이 등으로 전개됨을 알 수 있었다. 이를 통해 도학시의 계보는 조선조에서 지행知行을 겸하는 도학자들의 계보였으며 이들이 다양한 소재素材를 바탕으로 심성수양에 바탕을 둔 주제主題로써 시를 형상화한 것임을 알았다. 따라서 조선조 도학자의 계보는 곧 도학시를 쓴 인물들의 계보가 됨을 알 수 있다.

이번 장에서 다룰 내용은 성혼 시학의 콘텍스트와 정신적 바탕이다. 우계 시학의 콘텍스트는 작품과 연관되는 부분을 고찰해야 알 수 있다. 이를 위해 가학의 계승과 교유의 영향, 세계관과 삶, 그리고 사제 간의 교학상장과 의리의 처세관을 검토하고자 한다.

첫째, 가학家學의 계승과 교유交遊의 영향을 살펴본다. 가학의 계승에서 부친[성수침成守琛]의 훈도薰陶와 신독愼獨·염퇴恬退의 수양관을 통해 가학의 형성과 전개 과정을 고찰한다. 이는 부친의 가학을 전수받은 성혼으로서는 부친의 수양관이 나타날 것이기 때문이다. 따라서 성수침과 성혼의 가학의 계승과 그 영향관계를 살펴보면 신독·염퇴의 수양 태도가 어떻게 전수되었는지 이해할 수 있다. 이를 바탕으로 하여 교유의 영향을 고찰하고자 한다. 특히 교우관계[이이李珥-송익필宋翼弼-정철鄭澈]와 박문약례博文約禮의 생활철학, 즉 그의 삶에 지대한 영향을 미친 인물들을 중심으로 살펴본다.

둘째, 세계관과 삶을 고찰한다. 세계관은 인생과 세계를 해석하고 인식하는 틀이다.[1] 성혼이 활동한 16세기 조선조는 고려 말엽에 전래

. . . .

1) 남상호, 『How로 본 중국철학사』, 서광사, 2015, p.201.

한 성리학이 당시 지식인의 세계관으로 자리를 잡고 있던 시기이다. 따라서 그의 성리학적 태도를 살펴보는 것은 바로 당시의 세계관을 이해하고 그의 삶을 엿볼 수 있는 길이 된다. 여기서 성혼의 출처관도 고찰하는데 이는 당시 선조의 부름을 받았으나 병으로 인하여 직접 정치일선에 나가지 못한 심정과 충정이 드러날 것이기 때문이다. 이러한 출처관을 바탕으로 여러 차례의 장소章疏를 올려 임금의 정치에 대해 곡진한 비판을 하는 선비정신의 자세를 살펴본다.

셋째, 사제師弟 간의 교학상장敎學相長과 의리의 처세관을 살펴본다. 이는 그의 시학의 바탕이 어떤 연원에서 출발하고 있는지 이해할 수 있는 길이다.

먼저 성혼의 가학의 계승과 교유의 영향을 살펴보자.

1. 가학家學의 계승과 교유交遊의 영향

1) 부친[성수침成守琛]의 훈도薰陶와 신독愼獨・염퇴恬退의 수양관

여기서는 성수침의 생애와 은거시, 그리고 학문 자세를 통해 그의 훈도와 신독・염퇴의 수양관을 살펴본다. 먼저 훈도는 덕德으로써 사람을 감화시켜 학문과 덕성을 가르치고 길러 선善으로 나아가게 하는 것이다. 신독은 홀로 있을 때에도 몸가짐을 삼가는 것으로 군자의 행실을 일컫는다. 그리고 염퇴는 명예나 이익을 탐하지 않고 은거하여 사는 경우를 말한다. 이러한 훈도와 신독 그리고 염퇴는 모두 도학자가 수양修養의 덕목으로 삼는 것이라 할 수 있다.

성문成門의 가학家學2)은 대대로 전승되고 있었다. 그 중 성수침은

· · · · · · · · · ·
2) "선생先生의 가학家學은 무시無視할 수 없는 것으로 그의 7대조代祖 한자韓字 여완공汝完公은 초명初名의 한광漢匡으로 자호自號를 '이헌怡軒'이라 하였는데,

도학의 정맥을 이은 은거자수하는 도학자라 할 수 있다. 성수침의 자字는 중옥仲玉, 호는 청송聽松, 죽우당竹雨堂, 파산청은坡山清隱, 우계한민牛溪閒民이다. 그는 동생 수종守琮과 함께 조광조趙光祖의 문인으로서 1519년에 현량과賢良科에 수종과 함께 천거되었다가 기묘사화 발생 후 조광조와 제자들이 함께 처형 또는 유배당하자 벼슬을 단념하고 은거하였다. 이때 그의 당에 청송이라는 편액을 내걸고 두문불출하였기 때문에 다들 청송이라 부른 것이다. 이후 경기도 파산, 지금의 파주로 은거지를 옮기는 데 이곳은 그의 처가의 세거지 즉 파평윤씨 문중이 자리하던 곳이다.

성수침은 1541년 유일遺逸로서 후릉厚陵 참봉參奉에 임명된 적이 있으나 이를 사양하고 어머니를 모시고 처가가 있는 파산의 우계牛溪 근처에 은거하였다. 이 후 여러 차례 관직을 제수하였으나 사양하고 은거자수를 실천하였다. 그의 문하에서 아들 혼渾을 비롯한 많은 석학들이 배출되었다. 그는 좌의정에 추증되었으며, 파주의 파산서원坡山書院과 창녕의 물계서원勿溪書院, 즉 세덕사世德祠에 제향 되었다. 저서로는 『청송집聽松集』이 있으며, 글씨를 잘 썼는데 「방참판유령묘갈方參判

· · · · · · · · · · ·

고려 충숙왕忠肅王 5년 병자丙子(1336)에 문과文科에 급제及第하여 벼슬이 창녕부원군昌寧府院君에 이르렀고, 시호諡號를 문정文靖이라 하사下賜받았다. 6세조世祖는 석연공石珚公으로 자字는 자유子由이며 호號를 상곡桑谷이라 하였다. 벼슬이 예禮·호戶·형조판서刑曹判書 및 대제학大提學·우정승右政丞 등에 이르렀고 시호諡號를 정평靖平이라 내렸다. 5대조代祖 억공抑公도 글을 잘하여 벼슬이 좌찬성左贊成에 이르렀고, 고조高祖 득식공得識公은 좌윤左尹으로 벼슬을 끝내고, 증조曾祖 충달공忠達公은 김포현령金浦縣令에서 판서判書에 이르고, 조부祖父 세순공世純公은 벼슬이 대사헌大司憲에 시호諡號를 사용思庸이라 내렸고, 부父는 수침공守琛公으로 호號를 청송聽松이라 하는데 유일遺逸로 천거薦擧되어 적성현감積城縣監에 임명任命되었으나 받지 아니하였다. 사후死後에 사헌부司憲府 집의執義에 증贈하였다가 또 증판서贈判書가 내려졌다."(양대연, 「우계선생의 시에 대한 고찰」, 『성우계사상연구논총』, 우계문화재단, 1991, p.304.)

有寧墓碣」 등이 있다. 시호는 문정文貞이다.3)

▲ 파산서원

다음은 성수침의 「산거잡영山居雜詠」이다.

我亦從來與世違	나도 종래의 세상과 어그러지자
欣然一笑擲塵機	흔연히 웃고 세상 경영 뜻 던져버렸네
此心若識能通辨	이렇게 될지 알았더라면 잘 분별하여
老死山林未必非	늙어 산림에 죽어도 꼭 그릇됨은 아니리

「산거잡영山居雜詠」4)

　성수침成守琛은 「산거잡영山居雜詠」에서 은일지향隱逸志向에 대한 자세를 드러낸다. 그는 세상을 경영經營할 뜻을 버리고 은거隱居하게 된

3) 이응백 · 김원경 · 김선풍 감수,『국어국문학자료사전』, 한국사전연구사, 1998.
4) 『聽松先生集』,「卷一 詩」,「山居雜詠-29」.

이유를 산림에 늙어 죽는 것도 그릇된 것은 아니라고 하며 은일에 대한 뜻을 밝히고 있다. 이런 마음을 먹게 된 까닭은 그의 스승 조광조가 기묘사화己卯士禍로 유배流配가서 죽자 문인들이 흩어지고 유명을 달리하고 부터다. 위 작품은 도학의 실종失踪에 대한 안타까움을 토로한 반면에 은일자로서의 지향을 드러내 도학을 계승하고자 하는 의지를 담담한 필치로 형상화한 시다.

이러한 지향은 성수침의 아들 성혼에게서도 엿보인다.

滿山松月入窓深	온 산 송라松蘿의 달 창문 깊이 들어오니
淸夜欣然會此心	시원한 밤 상쾌하여 이 마음 알아주는 듯.
更有飛泉鳴遠壑	다시 폭포 소리 먼 골짝에서 울려오니
杳如風雨在深林	마치 깊은 숲 속에서 비바람 몰아치는 듯.

<월야독음月夜獨吟>[5]

위의 시에 등장하는 시어 '송라松蘿'는 여라女蘿덩굴인데 소나무에 기생한다. 여기서 전전轉하여 '은자隱者가 머무는 산림山林'을 의미할 때 쓴다. 따라서 첫 구는 은자가 머무는 공간에 환한 달빛이 들어온다는 뜻이다. 이어 둘 째 구에는 소강절邵康節의 <청야음淸夜吟>에서 도를 깨달은 이의 청신함이 느껴진다. 여기서 달과 자신은 서로를 알아주는 지음이 되고 있는 것이다. 이내 폭포 소리가 들리는데 그 소리가 웅장하다. 이는 자신의 깨달음에 자연이 화답하며 조응하고 있다는 것으로 자연 속에서 도학자가 깨닫는 경지가 잘 드러난 시다.

성수침과 성혼의 시는 그 지향과 의지가 은일지락의 자부심自負心으로 승화되어 자연 속에서 살겠다는 정신이 발현된다. 특히 두 시에서 나타난 특징은 부자간의 시에 동일한 시어, 즉 '흔연欣然'을 주목할 만하

---

5) 『牛溪先生集』, 「卷之一 詩」.

다. 이는 적극적 은일에 대한 자각에서 비롯한 자부심의 발로發露다. 여기서 우리는 부자간의 시 속에 은일자의 시학정신이 배태되고 전승되어 연면連綿히 내려온 것을 이해할 수 있다.

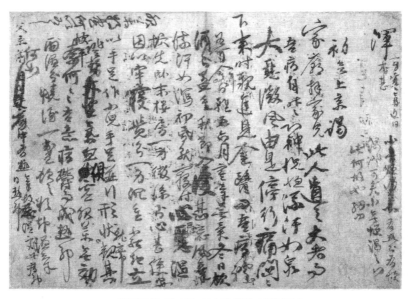

▲ 아버지인 청송당 성수침에게 보낸 편지

성수침이 효자이듯 성혼 또한 효자다. 부자자효父慈子孝라는 말처럼 성혼은 아버지의 사랑에 힘입어 그도 자식을 사랑하는 마음을 갖는다. 다음은 그러한 마음이 잘 드러난 시이다.

汝年十二歲	너의 나이 이제 열두 살에
能好新詩句	새로운 시구 잘 지으니
猶勝陶家兒	오히려 도씨 집안의 아이들이
梨栗長在口	배와 밤 입에 물고 있는 것보다 낫구나.

<제아자소초시권題兒子所抄詩卷>6)

성혼이 경오년(1570)에 쓴 시다. 그는 두 아들을 낳았는데, 첫째 아들 문영文泳은 어려서 일찍 죽고 둘째 아들 성문준成文濬이 있었다. 경오년은 그의 나이 서른여섯이며 문준이 열두 살 될 무렵이다. 기미년에 성문준은 열두 살 무렵에 글 뜻을 통달하고 시詩를 지을 줄 알았다. 이는 성문준의 『창랑집滄浪集』 해제에서 어린 성문준이 「소포동고小圃冬苽」를 지어 박순朴淳과 이이李珥의 칭찬을 들었다고 한 부분을 보면 알 수 있다. 그 시는 오언시로 "작은 채소밭에 박이 익어가니 푸른 덩굴 지붕처마로 오르네. 따와서 국속에 넣으니 그 맛이 일품이네."7)라고 하였다. 따라서 이 시속의 "아이가 초抄한 시권에 제題하다."에서 아이는 바로 그의 둘째 아들 문준을 말하는 것이다. 위 시에는 따뜻한 시선으로 자식을 바라보는 부정父情이 잘 드러난다. "새로운 시구를 잘 짓는"다며 칭찬도 덧붙인다. 성문준은 어린 나이에도 불구하고 시재詩才가 넘쳐흐른다. 그러니 당대의 학자들이 벗의 아들의 시문에 대해 칭찬을 한 셈이다. 이때 성혼은 아들이 가구佳句를 완성하였고, 이 자리에는 벗들이 함께하여 이를 기뻐하니 자신도 찬시讚詩가 있어야 마땅하다 여겨 쓴 것이다. "3구에서 '도가陶家'8)는 도연명의 집안을 가리킨다.

· · · · · · · · · ·

6) 『牛溪先生集』,「卷之一 詩」.

7) 이와 관련해서 한 가지 유의할 점이 있다. 이는 『창랑집滄浪集』에 수록된 시 제목은 「영동과詠東瓜」가 있고 구세작九歲作으로 되어 있어 성혼이 언급한 시 내용의 12살과는 차이가 있다. 그런데 그 시는 해제에서 설명한 내용과 동일한 내용으로 시작하고 있어 어느 것이 옳은지 알기 어렵다. 하지만 아버지 입장에서 볼 때 아들이 9살에 지은 시를 몇 년 뒤에 벗들에게 보여주면서 찬한 것으로 볼 수 있을 듯하다. "小圃東瓜熟 靑蔓上屋簷 摘來充鼎實 大味勝陶潛"(『滄浪先生詩集』,「卷之一」).

8) 진晉나라 도연명陶淵明은 5명의 아들을 두었으나 모두 학문을 좋아하지 않았다. 이에 연명이 그의 아들들을 책망하는 <책자시責子詩>를 지었다. 그 시에 이르기를 "비록 5명의 아들이 있으나 모두 종이와 붓을 좋아하지 않네. 아서阿舒는 나이가 이미 16세나 게으르기 비할 데 없고, 아선阿宣은 15세가 되었으나

성혼은 어린 나이에 시를 지은 자신의 아들이 도연명의 아들들보다
낫다고 자부한다. 도연명과 자식을 비유한 대목은 조선조 문인들의
사례에서도 나타나는데 다음의 다산 정약용의 시도 마찬가지다.

頗勝淵明子	꽤 도연명 자식보다 낫구나
能將栗寄翁	아비에게 밤을 부친 걸 보니
一囊分瑣細	한 주머니 나누기도 작지만
千里慰飢窮	천리 밖에서 배고픔을 위로하다니
眷係憐心曲	아비 생각하는 그 마음 예쁘고
封緘憶手功	봉할 때의 손놀림이 아른거린다
欲嘗還不樂	먹으려 하니 도로 마음에 걸려
惆悵視長空	물끄러미 먼 하늘만 바라보네

<치자기율지穉子寄栗至>⁹⁾

다산이 유배지에서 어린 두 아들 학연과 학유가 밤을 부쳐오자 이에
답장으로 보낸 시다. 도연명은 자신의 다섯 아들들이 학문을 좋아하지
않고 입에 먹을 것을 달고 사는 것을 나무라는 시를 보냈다. 이러한
사실을 잘 알고 있는 다산도 폐족이 되는 상황에서도 아버지를 위해
작은 정성과 마음을 담아 보낸 자신의 아들들에게 살가운 마음을 표현
한 것이다. 이를 통해 볼 때 한시 속에서 아들과 아버지의 정을 도연명
과 자식의 비유를 들어 쓰는 모습이 한 편의 사례에 그치는 것이 아님을

· · · · · · · · · ·

학문을 좋아하지 않고, 옹雍과 단端은 13세가 되었으나 여섯인지 일곱인지를
모르고, 통通은 9세가 되었지만 오직 배와 밤만 찾는구나.[雖有五男兒 總不好
紙筆 阿舒已二八 懶惰故無匹 阿宣行志學 而不愛文術 雍端年十三 不識六與
七 通子垂九齡 但覓梨與栗]"라고 하였다. 성혼은 이 시에 나오는 도연명의
아들들과 자신의 아들을 비교할 때 자신의 아들 성문준이 그들보다 더 낫다고
상찬賞讚한 것이다.
9) 양홍렬 역, 『다산시문집』, 「제4권」, 한국고전번역원, 1994.

알 수 있고 가학의 영향을 짐작할 수 있다.

　이번에는 성혼과 그의 벗들의 교유영향을 살펴볼 차례다. 우계는 율곡과 도의지교를 맺었는데, 율곡은 그의 벗 우계의 아버지를 위해 헌시를 지어 올렸다. 그 내용은 다음과 같다.

靜裏生涯足	고요한 속에 생애가 만족해
人間事不聞	세간의 일, 아랑곳하지 않네.
草封趨俗路	풀은 세속으로 통하는 길 봉해버렸고
簷宿下山雲	처마엔 산에서 내리는 구름 묵고 있으며
動靜朝看易	정하든 동하든, 아침에는 역경易經을 열람하고
行藏晝掩門	나가든 머물든, 대낮에도 문을 닫았지요.
客來欣所得	손이 오면, 마치 무엇을 얻은 것처럼 기뻐하여
淸話破吾昏	청고한 담화가 나의 혼미昏迷를 깨뜨려 주네.

<파산봉정청송선생수침坡山奉呈聽松成先生守琛>10)

　이 시에서 율곡은 이미 단순히 친구의 아버지라는 관계를 떠나 청송에 대해 흠모하는 마음을 은연중 드러낸다. 율곡은 성수침의 동정어묵動靜語默을 순서대로 나열한다. 이는 그가 바란 도학자로서의 청송선생 모습인 것이다. 여기서 율곡은 움직이거나 고요할 때에도 아침에『역경易經』을 보는 성수침의 자세를 통해 변함없는 자연의 질서처럼 우뚝한 인물을 느낀다. 그러나 결구에서는 독서의 기쁨보다 더 큰 기쁨이 있음을 제시한다. 그것은 바로 손님을 반길 때라고 하였다. 이는『논어』「학이學而」편 첫 구절에 "어떤 벗이 먼 지방으로부터 오면 또한 즐겁지 아니한가有朋自遠方來 不亦樂乎"와 어울리는 모습이라 본 것이다. 그런데

----

10)『栗谷先生全書』,「卷之一 詩 上」, 이 시의 번역은 이진영, 김학주 역을 따랐다. (한국학중앙연구원 편,『율곡학연구총서』,「자료편1」, 사단법인 율곡학회, 2007, p.94.)

여기서 말하는 손님은 바로 작자 자신이다. 이는 친구의 아버지에게서 환대를 받은 심정을 넌지시 보여준다. 이어 당대의 도학자와 청고한 대화를 통해 자신의 부족한 점과 혼미한 상태를 인식하고 여기서 큰 깨달음을 얻는다. 이처럼 율곡은 성수침의 일상을 도학자의 삶으로 형상화하였고 그와 대화를 나누면서 자신을 질정質正하여 혼미함을 깨닫고 문심혜두文心慧竇를 열어간 것이다. 따라서 이 시는 도학자의 삶을 동경하고 이를 본받고자 하는 마음을 담은 시라 할 수 있다.

다음은 이이가 성수침을 애도한 시다.

嶽精偏毓碩人頎	산악의 정기 치우쳐 석인의 풍채 훤칠하여
坐使儒林仰羽儀	앉아서 유림들이 우의를 쳐다보게 하였다.
雲翼未瞻搏北極	구름 날개론 북극까지 날아오르지 못하고
霜英還惜老東籬	서리 국화 동쪽 울에서 애석히 늙어갔다.
淸和風月流聲影	청화한 풍월 음성과 그림자에서 흘러나오고
上下溪山入燕貽	아래 위 시내와 산은 수양하기를 도와주었다.
滴盡平生壯夫淚	장부 평생에 있는 눈물 여기서 다 뿌렸으니
非斯爲慟爲伊誰	이 분을 위하여 울지 누굴 위해 통곡할거나

<곡청송선생갑자哭聽松先生甲子>[11]

이 시는 이이가 성수침을 위하여 쓴 7언 율시의 만시에 해당한다. 시에는 용사用事가 자주 나타난다. '우의羽儀'는 『주역周易』 점괘漸卦 상구上九 효사爻辭에 "기러기가 하늘 높이 날아가나니, 그 터럭을 의식에 써도 좋으리라鴻漸于陸 其羽 可用爲儀 吉"에서 나온다. 이는 지위가 높고 재덕이 있어 남의 존중을 받고 모범이 되는 것을 비유한 표현이다. 함련頷聯에 등장하는 "구름 날개는 북극에 오르는 것을 보지 못하였고"

11) 『栗谷先生全書』, 「卷之一 詩 上」, 권오돈·권태익·김용국·김익현·남만성·성낙훈·안병주·이동환·이식·이재호·이지형·하성재(공역), 1968.

는 『장자莊子』「소요유逍遙遊」에 "북쪽 바다에 고기가 있는데 이름은 곤鯤이다. 변화해서 새가 되었는데 이름은 붕鵬이다. 붕새의 등은 몇 천 리 인지 알 수 없으며, 날면 날개가 하늘을 덮는 구름과 같다."[12]라고 하듯 원대한 포부를 펴지 못한 것을 비유한 말이다. 같은 함련 "霜英還 惜老東籬"는 도잠陶潛의 「음주飮酒」"동쪽 울타리 밑에서 국화를 따다 가, 유연히 남산을 바라보노라採菊東籬下, 悠然見南山"에서 용사하였다. 이것은 조정에 등용되지 못한 은자를 비유한 표현이다.[13] 따라서 이이 는 성수침이 죽자 벗의 아버지로서 예우하기 보다는 도학자 자체에 대한 존경의 의미로 이 시를 지어 바친 것이다. 당시 성수침은 은일지사 로서 선비들의 추앙을 한 몸에 받고 있었다. 때문에 이이는 그를 위해 평생의 눈물을 다 흘렸고 이런 분을 위해서라야만 통곡할 수 있다고 하였다. 이는 『논어論語』「선진先進」편에서 공자가 안연을 위해 울 수 있다고 한 대목[14]과 의미가 상통하는 지점이다. 이처럼 이이는 만시를 통해 성수침에 대한 그의 마음을 용사를 통해 시로 형상화하여 사문斯 文이 사라져 감을 비통해 한 도학자의 심정을 잘 보여주었다.

다음 시는 성혼이 쓴 것이다.

故宅僧來訪　　옛집에 승려가 찾아왔으나
山人已昔時　　산인은 이미 예전에 돌아가셨다오.
慇懃慰孤露　　은근히 외로운 마음 위로하며
出示舊題詩　　옛날 쓰신 시 보여 주네.
　　　　　　　<서선고제승축시후書先考題僧軸詩後>[15]

. . . .

12) "北冥 有魚 其名爲鯤 鯤之大 不知其幾千里也 化而爲鳥 其名爲鵬 鵬之背 不 知其幾千里也 怒而飛 其翼若垂天之雲" (『莊子』,「逍遙遊」).
13) http://www.itkc.or.kr 성백효 역주를 참조하였다.
14) "顏淵死, 子哭之慟, 從者曰 子慟矣 曰 有慟乎 非夫人之爲慟而誰爲" (『논어』, 「先進」).

성혼은 승려가 소지한 시축詩軸에 아버지 성수침이 제한 시를 발견하고 승려의 시축 뒤에 쓰고 있다. 산인은 산중에 은거한 사람으로, 그의 부친을 가리킨다.

성수침과 승려의 교유관계를 짐작할 수 있는 시로써 산인의 시문을 보여주어 성혼을 위로한 것이다. 이로써 부자父子가 모두 승려와 교유를 지속하고 있음을 이해할 수 있다.

이상을 통해 성수침의 훈도와 신독·염퇴의 수양관을 살펴보았다. 성혼의 할아버지는 조선 전기 대사헌 성세순成世純이고 아버지는 청송 성수침이다. 이러한 집안에서 자란 그는 성문成門의 가학家學과 부친의 훈도를 받으며 은일처사隱逸處士의 삶을 자연스럽게 체득體得하였다. 또한 성문 대대로 내려온 은거자수隱居自守를 토대로 가학을 전수받았음을 알 수 있다. 이는 부친의 신독의 자세와 염퇴의 정신이 담긴 삶에서 비롯한 것이다. 성수침이 남긴 시에는 은거지사의 은일지락이 담겨 있었다. 성혼의 시에서도 마찬가지로 그러한 지향을 드러내기도 하였다. 성수침은 어쩔 수 없는 소극적 의미의 은거를 했지만 성혼은 자신이 직접 선택한 적극적 의미의 용사행장을 한 셈이다. 이는 가학을 전수받으면서도 새로운 탈출구를 제시하고자 한 그의 지향이 담긴 것으로 볼 수 있다. 또한 성혼은 이를 아들 성문준에게 부자자효父慈子孝로써 전수한 셈이다. 그는 이를 통해 학문과 덕성을 겸비하기를 바라는 도학자이자 아버지의 자식사랑을 실천한 것이다. 따라서 성혼 시학의 배경 중에 성문의 가학과 아버지 청송 성수침의 훈도와 신독·염퇴의 수양관은 성혼의 정신적 바탕이 되었음을 알 수 있다. 이러한 정신은 다음에서 살펴 볼 교우관계와 생활철학에서도 그대로 드러난다.

· · · · · · · · · · ·
15) 『牛溪先生集』, 「卷之一 詩」.

2) 교우관계[李珥-宋翼弼-鄭澈]와 박문약례博文約禮의 생활철학

이 항에서는 성혼의 교우관계와 박문약례의 생활철학을 살펴본다. 이를 위해 세 가지 경우로 나누어 살펴보는데 대표적인 벗으로 이이, 송익필, 정철을 들 수 있다. 성혼과 송익필 그리고 이이는 학문적 교유를 하면서 서로를 대하는 자세를 '박문약례博文約禮'의 예로써 소통하였다. 이는 『논어論語』의 「옹야雍也」편에서 "군자가 글을 널리 배우고 예로써 그것을 요약한다면 도에 어긋나지 않는다."[16]라고 한 것과 마찬가지다. 따라서 군자는 '박문약례'의 생활철학을 신조로 하여 교유의 바탕을 삼은 것이라 할 수 있다.

성혼이 송익필, 이이, 정철과 교유를 하였다는 것은 주지의 사실이다. 우암尤庵 송시열宋時烈(1607~1689)은 '묘갈문墓碣文'을 찬찬撰하면서 "율곡의 말은 진솔하며 평탄하고, 우계의 말은 온공溫恭하여 정성이 이르렀으며, 구봉은 의상意象이 높고 깨끗하여 스스로 대접하기를 매우 중하게 하여 그 말이 조리가 있고 그 학문이 넓다."[17]라는 계곡谿谷 장유張維(1587~1638)의 평을 인용하였다. 이는 세 사람의 됨됨이를 장유가 간명하고 일목요연하게 제시한 것이다. 따라서 이를 그대로 인용한 송시열도 그 평가에 전적으로 공감한 셈이다. 이는 그들의 서로 교유할 수 있는 배경을 이해할 수 있는 말이다. 서로 부족한 부분을 보충하기 좋은 점을 갖추고 있었기 때문이다. 이러한 사실을 이해할 수 있는 문헌으로써 그들의 학문과 사상적 교유의 글은 하나의 서간으로 만들어져 『현승편』 또는 『삼현수간』이라는 이름으로 전한다. 이를 주도한

. . . .

16) "子曰 君子博學於文 約之以禮 亦可以弗畔矣夫" (『論語』, 「雍也」).

17) "又有玄繩集一編 所與李成二先生往復書也 谿谷張公維嘗論之曰 栗谷之言 眞率坦夷 牛溪之言 溫恭懇到 而龜峯則意象峻潔 自待甚重 其言辨矣 其學博 矣 又曰 觀此議論 此老胸中 殊不草草 此不但可知其詩文 而亦可以知其爲人 矣" (『龜峯先生集』 卷之十 附錄 墓碣文[宋時烈撰]).

인물이 바로 송익필인데 이이와 성혼이 죽고 나자 그들과 주고받았던 서간을 모아 아들 송취대宋就大에게 일러 이를 완성케 하였다. 구봉 송익필은 구봉산 아래, 우계 성혼은 향양리 그리고 율곡 이이는 율곡리, 즉 지금의 파주 인근에 거주하면서 당대의 희로애락을 함께한 셈이다. 그들이 친하게 교유할 수 있었던 이유를 정치적 입장과 학문적 동기에서 찾을 수도 있지만 한편으론 지리적 여건이 큰 몫을 차지한 것이라 할 수 있다.

당시에 그들이 주고받은 편지는 정치·경제·예의·문물에 관한 핍진한 모습을 보여준다. 이처럼 문인들은 편지를 '마음속 정회情懷를 털어놓아 만남을 대신하는 것'18)이라 일렀다. 그래서 편지를 쓸 때 두 벌을 써서, 한 통은 상대방에게 보내고 다른 한 통은 자신이 보관하였다. 이러한 삶은 동시대를 살면서 직접적 교유뿐만 아니라 오랜 기간 서로의 사유체계를 공유하며 넓혀가는 삶의 일환이라 할 수 있다. 따라서 이들 문인들의 삶을 살펴보는 일은 과거 지식인들이 도학적 사유를 바탕으로 학문과 교양의 함양을 어떻게 이뤄 나갔는지 알아보는 좋은 계기가 될 것이다.

이 때문에 『삼현수간』19)에 실린 그들의 구체적 사건과 사례는 도학적 사유가 삼현의 담론 속에 구체화된 진덕수업의 과정임을 짐작할 수 있다. 여기서는 삼현의 일상사 중에서 독서와 유의儒醫에 관한 내용에 주목하였다. 16세기 지식인이었던 파주삼현의 독서인과 유의로서의 삶을 살펴보는 일은 당대의 소통방식뿐만 아니라 지식인으로서의 핍진逼眞한 삶을 이해하는 단초가 될 것이다.

. . . .

18) 강혜선, 『한시러브레터』, 북멘토, 2015, p.8.
19) 김창경, 「『삼현수간』을 통해서 본 구봉·우계·율곡의 도의지교와 학문지교」, 『유학연구』 제27집, 충남대학교 유학연구소, 2012, pp.39~89.

다음에서는 송익필, 성혼, 이이, 정철 네 사람의 출생배경, 학문연원, 집필과 환로생활, 그리고 마지막 삶 등을 살펴본다. 이들의 삶은 각각 다르겠지만 서로 성장 발전하는 바탕이 되는 교우관계를 이루었기 때문에 네 사람을 함께 다룰 필요가 있다.

송익필, 성혼, 정철은 서울에서 태어났으나 이이는 강릉 북평촌 오죽헌 외가에서 출생했다. 이이는 여섯 살 때 강릉 외가에서 서울로 돌아와 어머니 신사임당申師任堂(1504~1551)에게 글을 배웠다. 다소 차이가 있긴 하지만 부친에게서 글을 배운 성혼과 유사하다. 송익필은 4남1녀 중 3남이었고 성혼은 1남1녀 중 맏이였으며 이이는 셋째 아들, 정철은 막내였다. 이를 통해 네 사람이 교우관계를 형성할 때 각자의 역할을 짐작할 수 있다.

성혼은 조광조의 맥을 이은 명문가의 도학자 아버지를 둔 경우에 해당한다. 정철은 조선조 왕실과 인척 관계이다. 네 사람의 삶은 조금씩 다르게 나타나는데 유년기, 청년기, 장년기 순으로 살펴본다. 그래서 궁궐을 출입하며 동년배인 경원대군, 명종明宗과 친하게 지낸다. 정철은 9살 때 을사사화로 큰형이 죽는 화를 당하고 유배를 떠나는 아버지 정유침鄭惟沈(1493~1570)을 따라 전전한다. 이후 그의 아버지가 귀양에서 풀려난 1551년 무렵 담양 창평으로 이주한다. 그곳에서 학문에 몰두하며 과거급제까지 10여년을 보내는데 여기서 정철은 송순宋純(1493~1582), 임억령林億齡(1496~1568), 김인후金麟厚(1510~1560), 기대승奇大升(1527~1572) 같은 학자들의 가르침을 받는다. 한편 이이는 한동안 벼슬하지 못한 가문인지라 한미하였지만 사임당의 가르침에 힘입어 13세에 진사進士 초시初試에 합격한다. 그러나 그는 16세에 어머니를 여의고 삼년상 치른 뒤 다음해 금강산 산사에 들어가 불교와 노장사상을 접한다. 1년 후 환속하여 자경문自警文을 통해 자신의 삶의 목표를 성인이 되는 길로 설정한다. 그는 19세에 성혼과 도의지교를 맺는다.

이들의 비교적 순탄한 삶과 다르게 구봉 송익필은 아버지 송사련宋祀連 (1496~1575)이 안당安瑭(1460~1521)을 무고誣告한 사건[20]이 밝혀져 노비로 전락한다.

이처럼 이들은 서로 학문적 배경과 가정환경이 다름에도 불구하고 신분에 구애받지 않고 교유를 한다. 편지를 주고받으며 자신의 미진한 부분을 서로 완성하는데 여기에는 이들이 도의道義에 바탕을 둔 교유를 하였기 때문에 가능한 일임을 알 수 있다. 한편, 네 사람의 청년시절은 유년기보다 더욱 도의적인 삶을 통해 닮아감을 알 수 있다.

먼저 이이는 23세 되던 해 봄에 강릉을 방문하는 길에 예안의 도산으로 이황을 방문하여 평소에 지녔던 의문점을 질의한다. 이해 겨울, 이이는 별시에 응시하여 「천도책天道策」으로 장원급제한다. 이 책문策問을 보면 이이가 이미 음양이기陰陽理氣에 관한 기본적인 관점과 인식을 정립한 것을 알 수 있다.

다음으로 송익필은 27세 되던 해에 후대에 예학으로 명성을 얻는 김장생金長生(1548~1631)을 제자로 받아들인다. 이 때 사자四子, 즉 안자顔子, 증자曾子, 자사자子思子, 맹자孟子를 중심으로 한 『사서四書』와 『근사록近思錄』을 교재로 하여 자율적으로 사색하여 익히는 방식을 취하여 가르친다. 그는 성혼과 교유하면서 주로 성리학 이론 등에 관한 질문을 받는다. 정철은 27세에 과거에 장원급제하는데 이는 동갑내기 이이보다 두 해 앞선 일이다. 송익필은 27세 때 사단칠정의 중절中節과 부중절不中節의 문제에 관하여 이이와 다른 견해를 가진 성혼으로부터

· · · · · · · · · ·

20) 신사무옥辛巳誣獄을 말한다. 이는 1521년(중종 16) 송사련宋祀連과 정상鄭鏛이 모의하여 안처겸安處謙 등이 무리를 모아 변란을 일으키고자 음모를 꾸미고 있다고 무고하여 일어난 옥사이다. 이 때문에 안씨 일족이 처형되고 그 공으로 송사련은 30년간 권세를 누린다. 하지만 무고가 밝혀짐에 따라 그의 아들 송익필과 송한필 등은 노비로 전락하는 신세가 된다.

질문을 받는다. 이이는 29세에 진사시와 명경시에 합격하여 호조좌랑에 임명된다. 그 후 이이는 여러 관직을 거쳐 육조의 판서 직책을 역임한다.

정철은 함경도 암행어사를 지낸 뒤 32세 때 이이와 함께 사가독서를 한다. 이때의 사가독서의 경험을 토대로 이이는 34세에 『동호문답東湖問答』을 저술한다. 송익필이 35세 때는 성혼과 지선至善과 중中에 관하여 질문 답변을 주고받는다. 성혼은 38세에 이이와 '이기사단칠정理氣四端七情', '인심도심人心道心'에 관한 문제를 토론하기 시작하여 6년간 지속한다. 이것을 우율논변牛栗論辨이라 부른다. 또 송익필과는 서신을 통해 서모지례庶母之禮에 관한 토론을 주고받는데 이이는 이들과 『격몽요결擊蒙要訣』의 내용이 담고 있는 타당성에 관해서도 질정質正받는다. 이이는 38세 때 동인과 서인의 구분을 떠나 붕당을 제거하고 널리 인재를 등용할 것을 주장하기도 한다. 네 사람의 장년 시절은 학문적 성장과 정치적 영향관계가 드러난다.

이이는 40세에 『성학집요聖學輯要』를 완성하여 왕에게 올려 군주가 성인이 되는 방법을 제시한다. 정철은 그의 나이 마흔에 송익필과 상례와 제례에 관하여 질문과 답을 한다. 송익필은 43세에 제사 지낼 때 서모의 자리를 정하는 문제와 관련하여 이이와 서신을 교환한다. 그가 44세 때는 이이의 『격몽요결』의 내용에 대하여 논변한다. 이러한 과정 중에서도 철학사상과 관련하여 송익필은 사단칠정설, '인심도심설', 그리고 이기론 및 태극설 등을 제기한다. 그는 특히 제자인 김장생과 '인심도심'에 관하여 토론한다. 이이는 송익필, 성혼의 자문을 받으며 42세에 『격몽요결』을 완성한다. 그리고 44세 때에 이들과 『소학집주』를 완성하는 데까지 이른다. 정치적으로 이이는 당시 정치현실에 대하여 문제의식을 가지고 장문의 소를 올려 시폐를 개혁하고자 하는 노력을 개진한다. 그러나 이이는 이조판서에 임명된 3개월 후 49세 정월

16일에 서울 대사동에서 생을 마친다.

정철은 50세에 담양 창평昌平에서 「사미인곡思美人曲」, 「속미인곡續美人曲」, 「성산별곡星山別曲」등의 가사작품을 완성하였고 시조와 한시 등을 지으며 살았다. 정철은 건저의建儲議 문제로 선조에게 파직당하고 명천으로 유배 갔다가 진주와 강계로 이배를 하였다. 임란 중에 다시 발탁되어 선조를 의주까지 호송하는 일을 담당하기도 하였다. 기축옥사를 계기로 동인의 모함을 받아 사직하였다. 만년에 강화도 송촌에 잠깐 기거하다가 58세의 파란만장한 삶을 마감하였다. 이듬해 경기도 고양군 신원에 장사를 지냈다가 효종 때에 충북 진천으로 이장했다.

송익필은 53세에 안당의 가문에서 소송을 제기함에 따라 노비의 신분이 되었으며, 안씨 가문의 보복을 피하여 이산해李山海(1539~1609)와 정철의 주선으로 피신처를 마련하여 그곳에서 몸을 숨겼다. 정철은 54세 무렵 우의정이 되어 정여립 모반 사건을 다루면서 동인의 인사를 숙청하는 기축옥사를 주도하였다. 송익필은 58세 무렵 평안도 희천으로 유배되었다. 송익필은 63세 이후에 『가례주설』을 지었으며, 66세 되던 1599년 6월에 마양촌에서 생애를 마쳤다.

이상 살펴본 바와 같이 네 사람 모두 학문적 자질은 타고났다. 이미 10대에 문명을 떨친 송익필과 별시에 장원한 정철, 그리고 식년시에 장원급제한 이이, 여기에 조광조의 학맥을 이은 성수침의 아들 성혼은 그 자질이 우수하여 서로가 의기투합하기 좋은 조건을 갖췄다. 그들은 20대가 되면서부터 서로 교유하기 시작하여 학문적인 면뿐만 아니라 사적인 자신의 생활에 이르기까지 세세하게 편지를 주고받으며 소통했다. 송익필과 성혼은 과거에 합격할 역량을 갖추었지만 이를 포기하고 후학양성을 하면서 수기修己에 치중한 반면 정철과 이이는 출사하여 정계에서 치인治人의 도를 실천한다. 그렇기 때문에 이들은 서로의 모습을 통해서 장단점을 상호 보완할 수 있었다. 또한 서로를 존중하여 송운장宋雲長, 성호원成浩原, 이숙헌叔獻, 정계함鄭季函 등의 자字로 부르면서 외우畏友하였다. 그들은 각자의 장점을 드러냈는데 이는 각각 예학은 송익필, 도학은 성혼, 철학은 이이, 문학은 정철로 대별됨을 알 수 있다. 이이와 성혼, 그리고 정철은 그들 사후 정권의 향배에 따라 삭탈관작削奪官爵과 회복이 거듭되는 부침이 있게 된다. 그러나 100여 년이 지나서는 대부분 안정되어 그들의 학문과 덕행에 따라 송익필은 문경文敬, 성혼은 문간文簡, 이이는 문성文成, 정철은 문청文淸의 시호를 받으며 그들의 학문과 덕성을 인정받게 된다.

조선조 16세기에 펼쳐진 이들의 아름다운 교유는 남송시대의 회암 주희, 남헌 장식, 동래 여조겸, 양명 왕수인의 도의지교에 비견할 만하다.[21] 성혼을 비롯한 이들은 각각 다른 생애를 살면서도 도의에 바탕을 둔 사상적 교유와 인간관계를 지속한 셈이다. 그들이 언제부터 만났는지에 대한 구체적인 언급은 없으나 20세 무렵부터 시작된 것으로 보인다. 이후 그들은 이이가 죽기까지 30여년, 그 후 성혼이 죽을 때까지 교유를 지속하였다. 이들은 각각의 부족한 부분을 완성해 가며 도학자로서 학문을 체계화한 것이다. 또한 서로 다른 생애를 살았지만, 서로서로에게 인격적인 감화를 주고받으며 학문적 성과를 이루기까지 끊임없이 교유가 이뤄졌다. 이이는 송익필의 가문과 개인적인 운명의 불운함에 상관하지 않고 오직 그의 학문적인 자질을 깊이 신뢰함으로써 교유를 지속하였다. 성혼은 송익필의 탁월한 학문적 역량을 인정하고 이이와 견해가 다른 문제가 생길 때면 송익필에게 질문하곤 하였다. 이이와 성혼의 대립의견이 생기는 지점에는 송익필이 중간에서 중재자 역할을 한 셈이다. 이처럼 이들은 각자 다른 삶을 살면서도 자신에게 필요한

· · · · · · · · · · ·

21) 김창경, 「『삼현수간』을 통해서 본 구봉·우계·율곡의 도의지교와 학문지교」, 『유학연구』 제27집, 충남대학교 유학연구소, 2012, p.64 참조.

부분이 있다고 생각되는 경우에는 기탄없이 벗에게 묻고 답하며 자신의 부족한 부분을 채워 나갔다. 이는 덕을 진전시키고 공부를 하는 과정이라 할 수 있다.

『주역周易』「건괘乾卦 문언전文言傳」에 '진덕수업進德修業'에 관하여 "군자는 덕에 나아가고 업을 닦아야 하나니 충성되고 미더움이 덕에 나아가는 방법이고, 말을 닦고 그 정성을 세움이 업에 거하는 방법이다."22)라고 하였다. 곧 덕에 나아가 마음을 닦아 성실함으로써 채우고 언행일치言行一致가 될 수 있도록 밖으로 행실을 바르게 하는 것이라고 가르치고 있다. 여기서 덕에 나아간다는 말은 덕 있는 사람에게 나아가 질정質正한다는 의미다. 따라서 성혼은 세 벗과 교유하며 서간을 주고받는 과정을 진덕수업의 실천으로 여긴 것이라 볼 수 있다.

명대明代의 소준蘇浚(1542~1599)은 『계명우기鷄鳴偶記』에서 친구를 네 가지로 나누었다.

> "도와 의를 서로 연마하고, 과실을 서로 관찰하는 친구는 외우畏友이다. 완급을 함께 하고, 생사가 달린 것을 서로 의탁依託할 수 있는 친구는 밀우密友이다. 달콤한 말은 꿀처럼 하고 놀며 어울려 다니는 벗은 일우昵友이다. 이롭다 싶으면 서로 빼앗고, 걱정거리다 싶으면 서로 떠넘기는 사람은 적우賊友이다."23)

이 네 유형의 친구를 익우益友와 손우損友로 나누어 보자. 도의道義를 격려하고, 과실이 있으면 서로 충고하고 돕는 '외우畏友'와 생사를 의탁할 수 있는 밀우密友는 익우益友인 셈이다. 반면에 달콤한 말은 꿀처럼

. . . .

22) "君子進德修業 忠信所以進德也 修辭立其誠 所以居業也"(『周易』,「文言傳」).
23) "道義相砥 過失相觀 畏友也 緩急可共 死生可托 密友也 甘言如飴 游戱征逐 昵友也 利則相攘 患則相傾 賊友也"(『鷄鳴偶記』).

하고 놀며 어울려 다니는 '일우昵友'와 이롭다 싶으면 서로 빼앗고, 걱정 거리다 싶으면 서로 떠넘기는 '적우賊友'는 '손우損友'에 해당한다.

　성혼과 송익필, 이이, 그리고 정철은 서로 학문적 교유를 하면서 상대를 대할 때는 예로써 하였다. 이는 『논어論語』 「옹야雍也」편에 "군자가 글을 널리 배우고 예로써 그것을 요약한다면 도에 어긋나지 않는다."[24] 라고 한 '박문약례博文約禮'의 실천적 자세이다. 따라서 이들의 사귐은 군자의 사귐이니 '박문약례'의 생활철학을 실천한 것이라 볼 수 있다.

　이상에서 성혼의 학문적 배경은 은일隱逸로 평생을 진덕수업進德修業 에 힘쓴 성문成門의 가학과 청송聽松의 훈도, 그리고 송익필, 이이, 정철 과의 교유交遊를 통해 확충擴充해 나간 결과임이 밝혀졌다. 따라서 성혼 은 자신의 벗을 익우인 외우, 밀우로 여긴 것이라 할 수 있다.

　그렇다면 다음에서 진덕수업進德修業의 실상實相과 범주範疇가 어떻 게 전개되는지 그의 세계관과 삶을 통해 살펴보자.

2. 세계관世界觀과 삶

　조선 중기의 선비는 도학을 실천하고자 하였다. 특히 성혼은 조광조-성수침의 도학을 계승하여 학문적 실천과 도덕적 인격 완성에 노력한 다. 이때 그 정신적 바탕이 되는 것이 바로 성리학적 세계관이다. 성리 학적 세계관이란 정치에 나가서는 임금에게 몸을 바쳐 충성하고 백성 에게는 혜택을 베푸는 원리인 치군택민致君澤民하는 삶의 정신자세다. 한편 물러나 은거하는 삶을 살 때는 달과 구름을 벗 삼아 자연 속의 삶을 즐거워하는 조월경운釣月耕雲의 자세를 지닌다. 따라서 역할에 따 라 그 출처관이 다르게 보이는 것 같지만 이는 둘이면서 하나인 관계이

---

24) "子曰 君子博學於文 約之以禮 亦可以弗畔矣夫"(『論語』, 「雍也」).

다. 이것은 바로 양심良心을 그대로 간직하여, 타고난 본성을 키워 나가는 존심양성存心養性하는 일이라 할 수 있다.25) 따라서 이러한 성리학적 세계관과 출처관은 성혼 시학의 콘텍스트와 정신적 바탕이 된다.

1) 강학講學과 수양修養의 자세

다음은 성혼의 강학과 수양의 자세를 엿볼 수 있는 문장이다.

> 선생의 학문은 대체로 가정에서 얻었다. 선생은 인륜을 근본으로 삼고 충신忠信, 독경篤敬, 반궁反躬, 절기切己의 덕을 진전시키고 학문을 닦는 큰 방법으로 삼았다. 평생에 스승으로 섬기고 벗으로 사귄 이는 퇴계退溪 이선생李先生과 율곡栗谷 이선생李先生이다. 선생은 항상 말씀하기를, "퇴계 이 선생은 참으로 주자朱子 법문法門의 종지宗旨를 얻었다."라고 하여, 비록 몸이 병들고 사는 곳이 멀어 직접 모시고 섬기지는 못하였으나 종신토록 변함없이 존모尊慕하여 그 문하門下 출신인 것 같았다. 일찍이 퇴계 선생이 서울에 오신 계제에 찾아가 배알하였으며, 언제나 선생의 글을 얻으면 옷깃을 여미고 공경히 반복하여 읽지 않은 적이 없었다. 손이 닿는 대로 글을 초록抄錄하여 권질卷帙을 이루었다. 그리고 율곡 이 선생과는 약관弱冠 시절에 도의지교道義之交를 맺고 성현의 떳떳한 교훈으로 스스로를 다스렸으며, 경적經籍을 토론하고 의리를 강마講磨하며 절차탁마切磋琢磨해서 붕우 간에 도움을 주고받은 것이 가장 많았다. 선생은 언제나 말씀하기를, "율곡은 나의 벗이 아니고 바로 나의 스승이다." 하였으며, 기일忌日을 만나면 반드시 그를 위하여 소식素食을 하곤 하였다.
>
> -가장家狀. 26)

. . . .

25) "盡其心者知其性 知其性則知天矣 存其心養其性 所以事天也"(『孟子』,「盡心章句下」).
26) 『牛溪年譜補遺』,「제1권」德行.

이 가장家狀을 통해 알 수 있는 것은 다음과 같다. 첫째, 성혼의 학문 연원이다. 성혼은 가학의 훈도를 통해 학문이 이뤄졌음을 앞에서 이미 살펴본 바와 같다. 둘째, 진덕수업의 학문방법이다. 성혼은 인륜을 근본으로 삼고 충신忠信, 독경篤敬, 반궁反躬, 절기切己를 그 대체로 삼은 것이다. 셋째, 사숙私淑의 대상과 지기知己를 보여준다. 성혼은 이황을 사숙하였고, 이이와 지기였음을 알 수 있다. 특히 그는 이황에 대해서는 주자朱子의 종지宗旨를 얻은 것으로 여긴다. 때문에 스스로가 병이 있는 몸이고 거리가 먼 데도 불구하고 죽을 때까지 높이고 사모한다. 또 이황의 글을 반복 숙독하며 초록까지 하여 권과 질을 이룰 정도이다. 이는 그가 이황을 닮고 싶어 얼마나 노력한 것인지를 자세히 알 수 있는 대목이다. 다음의 시에서도 퇴계선생에 대한 흠모가 나타난다.

己巳春暮月	기사년 늦봄 어느 날
退溪浩然歸	퇴계선생께서 호연히 내려가셨다네
京城少宗仰	서울에는 우러를 분 적어지고
士子失所依	선비들은 의지할 곳 잃었어라
大老也無福	대로도 복이 없으시니
皇天時運衰	천운이 쇠미한 때를 당하셨네
山中空竊歎	산중에서 부질없이 홀로 탄식하며
中夜涕漣洏	한밤중 눈물만 줄줄 흘리노라

<문퇴계선생기관귀산聞退溪先生棄官歸山>27)

이 시는 기사년己巳年(1569)에 이황이 도산으로 돌아갈 무렵 지은 작품이다. 성혼은 기사년(1568)에 당대 유학의 종장으로 불리던 이황李滉을 찾아가 그와 직접 만난다. 그는 삼 십 초반에 퇴계를 만난 후 더욱 그를 사표師表로 여겨 존숭한다. 그러나 이황이 벼슬을 버리고

. . . .

27) 『牛溪集』, 「卷之一 詩」.

고향으로 돌아가자 이를 슬퍼하여 시로써 그를 전송한 것이다.[28] 당시 선비들은 송강 정철의 시[29]에서도 알 수 있듯 퇴계의 낙향을 아쉬워한다. 당시 정철은 성혼에게 학문의 방법을 묻기도 하였는데[30] 두 사람은 삼십 초반의 혈기방강血氣方剛한 때였다.

퇴계는 대로大老라는 표현을 통해 보듯 당대에 연장자로서 학문과 덕행이 높은 인물이었다. 성혼은 이런 국가원로가 그만 낙향한다는 소식을 듣게 되어 상심한 것이라 할 수 있다. 그는 퇴계가 도학군자의 모습을 보이며 바른 군주를 만들어가는 모습을 바랐던 셈이다. 하지만 퇴계가 벼슬을 그만 두고 귀향한다니 그 소식을 들은 성혼은 자신의 이상과 기대가 무너져 슬픔을 가눌 길 없다. 따라서 이 시는 성혼이 도학적 지향과 사표의 상을 제시하여 자신의 결의를 담담하게 제시한 비감이 배어난다.

이 시는 『우계집』 수록시 전체에서 첫 번째 시이다. 도학자는 시문을 위주로 하지 않는다 하더라도 서른 이전의 시를 그의 문집에 남기지 않은 경우는 드물다. 따라서 이 시를 첫 수로 둔 이유는 성혼의 의도가 담긴 것으로 볼 수 있는데 여기서 그가 지향하는 삶과 사표의 상을 퇴계에 두고 있다는 반증이다. 이는 도학자의 은일지향과 내성외왕에 대한 스승 상의 소멸과 동시에 그가 갈구하고 지향하고자 하는 은일자적 도학자의 삶이 교차되어 융화된 작품이라 하겠다.

성혼은 도의지교를 맺은 이이와는 성현의 가르침을 바탕으로 자신을 다스린다. 또 경적經籍과 의리를 토론하고 강마하며 절차탁마切磋琢磨한

<hr>

28) "己巳春暮月 退溪浩然歸 京城少宗仰 士子失所依 大老也無福 皇天時運衰 山中
空竊嘆 中夜涕漣洏"(『牛溪先生集』 卷之一 詩 「聞退溪先生棄官歸山己巳」).

29) 『松江原集』,「卷之一 詩」, <別退陶先生> "追到廣陵上 仙舟已杳冥 秋風滿江
思 斜日獨登亭".

30) 『松江鄭澈年譜』

다. 하지만 이이를 벗이라기보다는 스승으로 대우하고 기일忌日에 소식素食까지 한다. 이 점에서 볼 때 성혼은 당나라 한유韓愈(768~824)가 「사설師說」에서 언급한 "나는 도를 스승 삼는다吾師道也."[31]라고 한 자세를 가졌다고 볼 수 있다.

사림은 선초부터 형성된 훈구공신 세력들의 정치권력과 경제권 장악의 폐해에 대해 문제를 제기하였다. 이들은 주로 지방 세력으로 성장하였는데, '성리학'을 실천철학인 도학의 형이상학적 이론 틀로 제시한다.[32] 또한 성리학의 의리실천적인 명분을 고려하여 포은 정몽주, 야은 길재, 강호 김숙자, 점필재 김종직, 한훤당 김굉필, 정암 조광조로 이어지는 도학적 학통을 형성한다.

이처럼 16세기는 조광조 이후 성리학의 이념이 학문과 덕행의 실천을 바탕으로 한 도학이 대두된 시기였다. 이 도학은 형이상학과 심성론, 그리고 수양론에 대해 논변하는 과정을 통하여 형성된다. 내적으로는 수기를 바탕으로 하고 외적으로는 의리실천을 강조한다. 여기서 사대부가 등장하는데 사대부는 사士로서의 학문 지향과 대부大夫로서의 정치 지향이 담긴 말이다. 따라서 도학은 사대부의 실천적 지식인으로서 성리학의 사유체계와 독서인으로서의 삶이 결합되어 완성된다. 이러한 성리학적 이념을 실현하기 위해 도학자들은 실천적 덕목이 잘 제시된 경전을 탐구하는데 이는 『소학小學』, 『근사록近思錄』, 『심경心經』, 『주자가례朱子家禮』의 보급과 학습에서 알 수 있다. 노수신, 이황, 조식, 김인후, 기대승, 송익필, 성혼, 이이 등이 이를 실천한 대표적인 조선조 학자들이다. 그들은 진덕수업과 내성외왕을 주장한다. 또한 『중용』 27장에

· · · · · · · · · · ·

31) 韓愈, 「師說」.
32) 이이·성혼·송익필 저, 허남진·엄연석 공역, 『국역 삼현수간』, 도서출판 열림원, 2001, p.10.

서 말한 성인의 도를 언급한다.

크도다. 성인의 도여! 양양하게 만물을 발육케 하니 높고 큼이 하늘
에까지 닿았도다. 아아 크도다. 예의는 삼백이요, 위의가 삼천이로
다. 그 사람을 기다린 뒤에야 행하여진다. 그러므로 "진실로 지극한
덕이 아니면 지극한 도는 이루어지지 않는다."라고 하였다. 그러므
로 군자는 덕성을 높이고 묻고 배우는 길을 가는 것이니, 넓고 큼에
이르되, 정미함도 다하여, 지극히 높고 밝아서 중용의 길을 가며,
옛것을 익히고 새것을 알며, 돈후함으로써 예를 높인다. 그렇기 때문
에 윗자리에 있어도 교만하지 않으며, 아랫자리가 되어도 배반하지
않는다. 나라에 도가 있을 때에는 그 말은 일으킬만하고, 나라에 도
가 없을 때에는 그의 침묵은 용납될만하다. 시경에 "이미 밝고 또
어짊으로써 그 몸을 보전하도다."라고 하였으니, 그것은 이것을 말
한 것이다.33)

『중용』 27장에는 유교의 수양방법으로 "덕성을 높이고 묻고 배우는
길尊德性, 道問學"이라고 하여 군자가 지향할 길을 제시한다. 이 길을
가기 위해서는 중용의 도를 실천해야 하는데 중용을 실천하는 이가
군자이고, 이러한 군자의 경지에 오르도록 끊임없이 노력하는 이가
도학자인 셈이다. 도학자가 목표로 하는 것은 내성외왕內聖外王 즉, 안
으로는 성인이고 밖으로는 왕의 덕을 갖춘 사람이라야 한다. 이를 위해
부단히 덕성을 기르고 학문을 수련해야 할 것이다. 따라서 군자는 존덕
성, 도문학의 덕목을 실천하여 진정한 도학자의 길을 걷게 된다. 결국

••••••••••

33) "大哉 聖人之道 洋洋乎發育萬物 峻極于天 優優大哉 禮儀三百 威儀三千 待其
人而後行 故 曰苟不至德 至道不凝焉 故 君子 尊德性而道問學 致廣大而盡精
微 極高明而道中庸 溫故而知新 敦厚以崇禮 是故 居上不驕 爲下不倍 國有道
其言 足以興 國無道 其默 足以容 詩曰旣明且哲 以保其身, 其此之謂與."(『中
庸』, 「27章」).

도학자는 중용의 도를 실천하며 예를 높이고 명철보신하는 존재라 할
수 있다.

여기서 성혼의 도학적 사유의 배경을 살펴볼 필요가 있다. 이를 위해
삼현의 도학적 사유의 바탕을 유가적 수양방법인 존덕성과 도문학의
두 측면에서 고찰한다. 우선 존덕성은 가학의 영향관계에서 파악할
수 있고, 도문학은 삼현이 나눈 이기논변과 예학질정을 통해 이해할
수 있다. 그렇다면 성혼은 도학자의 삶을 어떻게 구현할까?

(1) 가학家學의 영향과 교유에서 기인한 존덕성尊德性

가학은 집안 대대로 내려오는 학문을 말하는데, 여기에는 학문뿐만
아니라 선한 본성을 지키고자하는 덕성이 포함된다. 여기서 제시하는
교유는 송익필, 이이, 정철과 교유하면서 주고받은 상호 영향관계이다.
이 가학과 교유는 성혼 생애에 미친 최고의 영향 요인이라 할 수 있다.

먼저 가학의 영향을 살펴보자. 성혼은 죽기 십여 년 전에 묘지墓誌[34]
를 썼다. 여기에서 가문의 내력來歷을 간략히 소개하고 자신의 성품과
학문에 대한 자세를 가감加減없이 진술하게 표현하였다. 묘지 내용을
보면 성혼은 아버지의 과정過庭에서 훈도를 받으며 자랐고 독서讀書와
격물궁리格物窮理의 자세로 진리를 탐구했다는 점과 겸양謙讓의 태도를
지녔음을 알 수 있다. 그러나 한편으론 자신의 성품을 경박輕薄하여
착실하지 못하며, 침착하고 굳세며 독실한데에 이르지 못했다고 자평
한다.[35] 타인과의 교유에 있어서는 남의 과실을 자주 지적하여 그들이

- - - - - - - - - -

34) "成其姓 渾其名 浩原其字 昌寧其本貫也 其父曰聽松先生諱某 其母曰坡平尹
氏 其祖曰思庵公諱某 其曾祖曰贈判書諱某也 其外祖曰判官諱某也 渾年弱冠
得羸疾 漸毀昏弱 以終其身 少受學于家庭 每聞古人脩身爲學 慨然有歆慕之意
欲讀書窮理玩索微旨 而竟不能得 欲操持涵養以免過惡 而終無所執守 以疾自
廢 志不少就 悲夫"(『牛溪先生集』,「卷之六 雜著」, 自書誌 丁亥七月).

꺼리고 싫어하였다고 밝히고 있다. 이를 통해 볼 때 그는 자신의 단점조차도 진솔하게 드러내는 성품이라는 것을 알 수 있다. 또 "은거하여 자신을 지키고, 성현 되기를 기약한다隱居自守, 聖賢自期"는 성문의 학풍을 지녔다.36) 이처럼 성혼이 가학의 영향을 받았다는 점은 다음의 사실에서도 알 수 있다.

> 성혼의 학문은 가정에서 얻어 연원淵源이 매우 바릅니다. 인품이 장중莊重하고 순수純粹하여 겉과 속이 한결같았으며, 출처出處와 어묵語默을 모두 성현을 본받아 덕기德器가 성취되어 우뚝이 사림士林의 영수領袖가 되었으니, 바로 상서로운 기린과 봉황이 당세에 의표儀表가 되는 것과 같았습니다.
>
> -시남市南 유계兪棨의 임인년 소-37)

위 글에서 나타난 내용을 통해 보면 가학의 영향과 성혼의 인품을 짐작할만하다. 출처와 어묵이 성현을 본으로 삼았기 때문에 덕 있는 기국을 갖추었다고 본 것이다. 이처럼 그가 사림의 영수가 될 수 있었던 것은 바로 뛰어난 자신의 역량에 가풍의 영향이 더해진 결과라 할 수 있다.

성수침과 성혼의 효행은 이미 알려졌다. 그렇다면 성문준의 효행은 어떻게 나타나는지 살펴보자.

· · · · · · · · · ·

35) "資性輕淺 不能著實 每以沈毅篤行爲美德 而亦不能自近 至於氣質之滓外物之漏 則有不可勝言者 又頗指摘人過失 以此人多忌憚之 (중략) 墓前立小石刻五字 石後略書鄕里世系死葬之日及子孫名而刻之"(『牛溪先生集』, 「卷之六雜著」, 自書誌 丁亥七月).

36) 한국국학진흥원 국학연구실 편, 『한국유학사상대계 Ⅲ 철학사상편 하』, 한국국학진흥원, 2005, p.35.

37) 『牛溪年譜補遺』, 「第1卷」.

송강松江이 서쪽으로 유배 가던 날 우계가 임진臨津 나루에 나와 작별하였는데 창랑공滄浪公이 따라왔다. 송강은 우계에게 이르기를, "공론公論이 공의 영윤令胤이 공보다 낫다고 말한다." 하니, 우계는 빙그레 웃으며 말씀하기를, "효도하고 우애하는 행실은 내가 미칠 수 없다." 하였다.

「창랑행장滄浪行狀」−38)

창랑은 성문준의 호를 가리킨다. 송강 정철은 여러 사람이 성혼보다 그의 아들 성문준을 칭찬한다고 하였다. 그러자 성혼도 "효도하고 우애하는 행실은 내가 미칠 수 없다."라고 아들의 행실까지 거론하며 칭찬한다. 그는 다른 덕목보다 효행의 실천적 덕목이 뛰어난 아들의 행위를 우선시 한 것이다. 이는 성문成門의 효행하는 덕성이 아들 대에까지도 미치고 있음을 보여 주는 대목이다.

다음은 성문준이 아버지 우계의 시운에 차운하여 쓴 것이다.

竹色侵陶逕	대나무 빛은 도연명의 삼경三徑을 덮고
山光滿謝窓	산 빛은 사령운謝靈運 창窓에 가득한데
箇中誰作伴	그중에 누가 짝이 되는지
風月恰成雙	바람과 달이 사이좋은 짝이네.
倚樹藏矮屋	기운 나무는 낮은 지붕을 덮는데
臨溪拓小窓	시냇가 바라보려 들창문 열치고
閑情素琴一	한가로운 마음으로 소금素琴을 켜니
知己白鷗雙	알아주는 이 갈매기 한 쌍.

<복차가군운伏次家君韻>39)

이 시는 오언율시로 이루어진 전고를 사용한 작품이다. 기구에서

38) 『우계연보보유』, 「제1권 答問」.
39) 『滄浪先生詩集』, 「卷之一 詩」.

'도경陶逕'은 도잠陶潛의 집에 난 작은 길 즉 삼경을 의미한다. 이는 은자들이 지낸 곳으로 도연명이 집에 작은 길을 내고 벗들과 교유하였다고 한다. 그리고 '사창謝窓'은 사령운謝靈運(385~433)의 창窓을 의미한다. 도연명은 "인간 생활의 본질을 추구한 진실성"이 느껴지는 전원시인인데 반하여 사령운은 "산수의 아름다움만을 향락하려 한 귀족취향의 진실성이 결여"된 산수시인이다.[40] 이들은 모두 전원과 산수에 대해 청담한 기풍을 가진다. 따라서 작자는 이러한 도연명과 사령운의 기풍을 담은 것이다. 결구의 '소금素琴'은 곧 줄이 없는 거문고 즉 무현금無絃琴을 의미한다. 이는 "도잠陶潛이 음성音聲은 알지 못하지만 소금素琴 한 장張을 가지고 있었다. 그러나 여기엔 줄이 없어 연주를 할 수 없었다. 그래서 늘 술과 함께 지내며 기쁜 일이 있으면 문득 어루만지고 희롱하며 놀다 그 뜻을 붙였다."[41]라고 한데서 유래한다. 이 시는 자연과 벗하며 사는 처지이지만 도연명과 사령운처럼 은거생활을 하고 있어 담담한 도학자의 기풍이 성혼과 닮았다.

이번엔 성혼이 그와 교유한 인물들에게서 어떠한 영향을 받았는지 살펴보자. 송익필과 이이는 그들이 교유를 시작한 이십대부터 죽기까지 영향을 주고받는다. 이들이 교유할 수 있었던 배경은 지역적으로 가깝고 학문 추구가 도학에 바탕을 두어 추구하는 바가 다르지 않았기 때문이다. 이들은 약관의 나이까지 각기 다른 환경에서 성장한다. 송익필은 어릴 적부터 타고난 자질이 뛰어나 문장을 지어 이름을 알린다. 그래서 그를 조선중기 팔문장가八文章家[42]중 한 사람이라 일컫는다. 그

. . . .
40) 김학주, 『개정 중국문학사』, 신아사, 2007, p.159.
41) 『晉書』, 「卷94 陶潛列傳」.
42) 구봉龜峯 송익필宋翼弼(1534~1599), 청천淸川 하응림河應臨(1536~1567), 옥봉玉峯 백광훈白光勳(1537~1582), 중호重湖 윤탁연尹卓然(1538~1594), 아계鵝溪 이산해李山海(1539~1609), 고죽孤竹 최경창崔慶昌(1539~1583), 간이簡易 최립崔岦

는 조모가 비첩인 까닭에 과거를 통해 출사하지 못한다.

한편 성혼은 그가 10세 되던 해 부친을 따라 파산의 쇠내〔우계牛溪〕 근처로 은거한다. 그는 그 곳에서 부친의 훈도를 받아 경사經史에 통달하고 생원과 진사 초시에 합격한다. 하지만 복시에는 응시하지 않고 포기하고 학문과 덕행을 닦는데 몰입한다. 이후 가까운 고을에 사는 부친의 동문 휴암 백인걸에게 찾아가 『상서尚書』를 배운다.

이이는 6세에 강릉에서 서울로 돌아와 사임당에게 글을 배운다. 13세에 진사초시에 합격하여 주위를 놀라게 한다. 16세에 어머니를 여의고 어머니에 대한 행장行狀을 짓는다. 삼년상을 치른 다음해 이이는 금강산 산사에 들어가 불교와 노장사상을 접했으나 1년 후 환속한다. 이때 자경문自警文을 지어 자신의 삶의 목표를 성인聖人에 둔다. 이렇게 이들은 각기 성장 배경이 다르지만 20대부터 교유하면서 서로 택선擇善한다.

신분의 한계로 과거로 출사하기 어렵게 된 송익필은 제자를 양성하는 길을 택한다. 이때『사서』와『근사록』을 중심으로 사색하여 익히는 방식을 취한다. 당시에 김장생은 송익필의 문하에 출입하면서 이이, 성혼에게도 수학한다. 성혼은 20세에 이이와 도의지교를 맺고 이후 송익필과는 신분에 구애받지 않고 학문과 교유를 통해 자신의 미진한 부분을 완성해 간다. 이이는 과거科擧에서「천도책天道策」으로 장원급제하는데, 이「천도책」에서 음양이기陰陽理氣에 관한 관점과 인식을 정립한다. 가문에 대한 책임이 막중했던 그는 벼슬에 연연한다는 말까지 들으면서 스스로의 힘으로 가문유지에 애썼다. 한편 송익필은 벗과 성리학 및 예학에 대해 토론한다. 이이와는 중절부중절中節不中節·중中과 지선至善의 문제·제사시 서모지례庶母之禮에 대해 논하고 정철과는 상제례喪祭禮에 관하여 문답한다. 이 때 사단칠정, 인심도심, 이기 및

....

(1539~1612), 고담孤潭 이순인李純仁(1543~1592).

태극설에 관한 논변이 이루어진다. 이러한 과정에서 송익필은 이들과의 교유를 통해 예학禮學의 이론적 체계와 내용을 바탕으로 사계 김장생에게 영향을 준 것이다.

이이는 호조좌랑 임명을 시작으로 병조판서와 이조판서 등을 역임한다. 그는 성혼과 이기사단칠정理氣四端七情, '인심도심'에 관한 토론과 송익필과 서모지례庶母之禮에 관하여 논변을 통해 도학적 사유의 초석을 닦는다. 그는『동호문답』과『성학집요』를 저술한다. 또한 송익필과 성혼의 질정質正하는 과정을 통해『격몽요결擊蒙要訣』과『소학집주小學集註』를 완성한다. 이이는 동인과 서인으로 나뉘어 서로의 이익을 주장하는 동서 분당을 우려한 나머지 이를 조정하고자 노력하였으나 성과를 얻지 못한다. 그러다가 임진왜란이 일어나기 8년 전에 생을 마치게 된다. 그의 사후 남은 벗들의 만년은 순탄치가 않다. 송익필은 그의 아버지 송사련이 안당 가문에게 행한 일로 노비의 신분이 되고, 58세 때에는 평안도 희천으로 유배를 떠난다. 이러한 불우한 처지에도 불구하고 송익필은 63세 이후『가례주설』을 완성하기도 한다. 한편 성혼은 이이 사후 정계에 진출하여 서인의 영수가 된다. 이때 선조 임금에게 자신의 정치적 견해가 드러난 시무책時務策을 몇 편 올린다. 47세에 올린「신사봉사辛巳封事」와 56세에「경인봉사庚寅封事」, 58세 임진년에「편의시무便宜時務」9조, 60세에 올린「편의시무」14조가 그것이다. 이를 올려 고금의 치란治亂의 성패와 인재 등용의 중요성 및 인정仁政을 역설한다.

이들은 출생순서와 다른 순서로 삶을 마감한다. 이이는 이조판서에 임명된 3개월 후 1584년 정월 16일에 서울 대사동에서 49세의 짧은 삶을 마친다. 반면 성혼은 병약했음에도 불구하고 심신수련으로 1598년 6월 6일 향양리 파산서실에서 64세의 생애를 마감한다. 그리고 송익필은 1599년 6월에 마양촌에서 66세를 일기로 셋 중에 오랜 산 셈이다.

이들 가운데 이이와 성혼은 동국십팔선정東國十八先正에 해당하고 송익필은 예학에 뛰어난 인물로 남는다. 이들 세 사람은 학문과 일상의 교유를 통해 후일 송익필은 예학자, 이이는 경세가, 성혼은 도학자로서 평가되었으니 이는 각자의 학문과 덕행에 맞는 자리에 잘 배정된 것이라 볼 수 있다.

앞에서 언급한 것처럼 장유가 세 사람에 대하여 한 인물평은 간략하고 명쾌하였다. 이러한 평은 세 사람의 성격을 제대로 보여준 것이라 해도 무방하다. 그는 이이에 대해 진솔, 진정, 평탄하다 하였다. 또한 성혼을 온화, 공손, 간절하다고 보았으며, 송익필의 준결, 중후, 박학한 점을 높게 평가하였다. 이들 파주삼현은 살펴본 바와 같이 시대적으로는 비슷한 시기에 태어났어도 성장배경이 달라 생애 또한 차이가 나타난다. 그럼에도 이들을 공통으로 묶을 수 있는 부분이 있으니 바로 도의道義에 바탕을 둔 학문과 사상적 교유였다. 이들은 각각의 부족한 부분을 상대방의 장점을 통해 자신의 부족한 부분을 채워가면서 도학자로서 학문과 덕행을 완성한 것이다. 파주삼현은 서로서로에게 인격적인 감화를 주고받았으며 학문적 성과를 이루기까지 부단히 교유하였다.

이처럼 성혼은 가학의 배경과 벗과 교유를 통해 강학講學과 수양修養의 학문하는 자세를 갖추었다. 이것은 그의 삶에 지속적으로 영향을 미치는 원동력임을 알 수 있다.

(2) 이기논변理氣論辨과 예학질정禮學質正을 통한 도문학道問學

송대 이학理學에서 제시한 '이기理氣' 개념은 사물의 본체와 현상을 설명해 주는 틀이다. 본래 성리학자들은 우주론에서 이기理氣를 인성이 지니는 도덕성의 궁극적인 근거의 의미로 설명하였다. 이것은 '이理'와 '기氣'가 인간의 도덕실천 규범의 궁극적 본체와 그것의 현실적 실현의 관점에서 언급된 의미이다. 성리학에서 이기理氣는 우주자연의 변화법칙變化法則을 포괄하는 본체와 그 현상을 의미하지만, 도덕법칙과 규범의 궁극적 근거라는 가치의 본체로 파악되기도 한다.

조선 중기에는 우주론과 심성론을 중심으로 하는 이론적 측면을 강조한 반면 정암 조광조 이후 실천적 지향을 강조하는 도학이 등장한다. 도학은 이기론, 심성론에 수양론이 이론적 바탕이 된다. 이에 근거한 예학은 도학의 실천 이론이 된다. 이는 『주자가례朱子家禮』의 영향인데, 당시 학자들 사이에 관심이 고조되었고, 서경덕, 김인후, 조식, 이황 등은 『주자가례』를 연구하기도 하였다. 김인후가 저술한 『가례고오家禮考誤』와 이황의 문인 조진趙振(1543~1625)이 『퇴계상제례문답退溪喪祭禮問答』을 펴낸 것도 이때의 일이다.

여기서 이론적 바탕이 되는 이기론은 당대의 중요한 논점으로 부각되었는데, 이미 이황과 기대승 사이에 논변이 이뤄졌고, 성혼과 이이 사이에서도 왕복서한을 통해 1572년부터 6년간 9차례 논변을 하였다. 여기서 사단칠정, 인심도심설에 관한 논변이 존재론과 심성론 또는 수양론과 결부되어 나타난다.

주로 이기논변은 성혼이 묻고 이이가 답하는 경우가 많았다.

> 우계의 의견은 퇴계의 입언 형식이 마음에 들지는 않지만 '호발설互發說'은 옳다고 본다. 왜냐하면 '인심도심설'도 '양변설'이고, 이에 대한 주자의 해설, 즉 '혹생혹원설'도 '양변설'이기 때문이다. 다만 그가 생각한 양변설은 퇴계 호발설처럼 원래부터 마음에서 각기 작용하는 (호발) 것이 아니고, 마음이 발할 때 주리-주기로 나눌 수 있다는 것이다. 그리고 이때 나눌 수 있다는 것은 사람들이 마음의 작용 후의 현상을 보고 그 중한 것을 지적하여 각각 주리-주기로 말한다는 것이다. 43)

• • • • • • • • • •
43) 이동희, 『조선조 주자학의 철학적 사유와 쟁점(속편)』, 성균관대학교 출판부,

결국 성혼은 이이가 주자의 '혹생혹원'과 퇴계의 '사칠리기호발'에 대한 설명이 미흡하다고 여긴 것이며, 비판적으로 퇴계의 설을 긍정한 것으로 본다.

수양론은 존심양성存心養性, 즉 마음을 올바르게 간직하고 성품을 배양함으로써 성인聖人을 실현하는데 있다. 그래서 수양론의 이상으로서 성학聖學이라 부른다. 여기서 등장하는 것이 예론이다. 예학에 관한 질정이 송익필, 성혼, 이이 사이에서 이뤄진다. 예학은 성리학의 형이상학적 본체론과 심성론에 관한 논변이 쟁점이다. 이이와 성혼은 성리학의 형이상학과 심성론에 치중하여 논의를 하였다. 특히 이이는 『격몽요결』에 「제의초祭儀抄」를 지었는데 그는 형식과 규칙보다 그 예를 행하는 사람의 마음가짐을 우선시한다. 이는 제사에 관한 그의 견해에서도 잘 드러난다.

> 제사는 사랑하고 공경하여 정성스러운 마음을 다하는 것을 위주로 하여, 가난하면 형편에 따라 행하며, 병이 있으면 힘이 되는 대로 하지만 재력이 미치면 스스로 의례에 맞게 행해야 한다. 44)

이이는 제사 지낼 때 정성스러운 마음을 위주로 할 일이지 형편에 어긋나게 할 수는 없다고 역설한다. 가난하면 형편에 맞추고 병이 나면 힘닿는 데까지 하라는 것이다. 그는 예의와 도덕적 교화에 앞서 삶의 안정과 넉넉한 여건이 갖춰진 뒤라야 왕도정치도 가능하다45)고 본 인물이다. 따라서 춥고 배고픈 백성에게 억지 예를 행하게 할 수 없다46)는

. . . .

2010, p.145.
44) 『율곡전서』, 「권27-14 제례장」.
45) 『맹자』, 「양혜왕 상」.
46) 『선조수정실록』, 「권8-19」, 7년 2월조.

생각을 고수한다. 또 예의범절이 갖춰지면 의義와 지智도 함께 할 수 있다고 본 셈이다.[47]

이기논변은 주로 성혼과 이이 사이에 오갔으며, 두 사람과 송익필 사이는 예설에 관한 논변이 이루어졌다. 이러한 사실에서 그들 사이에서 각각 도학적 사유체계가 긴밀히 공조하고 있음을 알 수 있다. 이들이 추구하는 도학적 사유의 지향은『중용』27장에서 제시한 존덕성, 도문학하여 내성외왕의 도를 실천하는 군자가 되고자 하는 것이다. 여기서 도학적 사유는 성리학의 이기지설과 수양론의 의리가 체용과 본말 구조로 이루어져 있어 내외와 표리관계를 이룬다. 도학의 사유체계에서 이기론이 인간의 내면세계에 대해 인식하고 실현하는 바탕이라면, 수양론은 출처出處의 자세와 의리를 밝히는 것이 된다. 의리와 이해가 충돌할 때 그 선택과 결단이 요구되는데 여기서 이러한 이론적 바탕이 되는 것을 예학이라 할 수 있다. 결국 도학은 예학이 실현되는 예교이자 예치이며, 군주가 백성을 보호하고 돌보아 살리는 도리인 것이다. 따라서 군주는 인욕人慾을 막고 천리天理를 보존하여 내성외왕을 근본조건으로 하는 군자의 덕목을 갖추어야 한다. 이들은 이처럼 도학의 바탕을 도학담론을 주고받은 과정 속에서 완성해 갔다.

이상을 요약해 보면 삼현은 존덕성, 도문학의 삶을 통해 도학적 사유의 바탕을 이루었다. 송익필은 신분적 한계와 부친의 악영향에도 불구하고 선한 본성을 보존하여 예학에 힘썼고 이이는 가난한 가정환경을 극복하면서 선한 덕성을 기르며 벗과 도문학을 통하여 학문의 성장을 기했다. 이처럼 성혼은 가학과 교우간의 영향을 받으며, 선한 덕성을 존숭하는 존덕성과 학문을 통해 덕성을 배양하는 도문학을 실현할 수 있었다. 이는 진덕수업의 지평을 확충하는 바탕이 될 것이다.

· · · · · · · · · ·

47)『율곡전서』,「권14-6 극기복례설」.

(3) 진덕수업進德修業의 지평地平 확충擴充

『주역』에 나타난 진덕수업은 덕 있는 데로 나아가 학문을 닦는다는 말이다. 삼현은 이를 실천하기 위해 노력하였는데, 이러한 과정이 『삼현수간』에 잘 드러난다. 『삼현수간』은 송익필, 성혼, 이이가 1560년부터 시작하여 1593년까지 개인사, 학문, 인사에 관한 내용을 주고받은 편지이기 때문에 30여 년간 그들의 학문적 성과와 교유의 과정이 상세하게 담겨있다. 이 편지에는 이이와 성혼이 성리를 논쟁한 편지, 예의 문제에 있어 이견이 있는 지점을 논한 글, 각자의 수양에 관한 의견, 이이가 지은 『소학집주小學集註』, 『격몽요결擊蒙要訣』, 『순언醇言』[48]에 대해 보완할 점을 지적하며 서로 논의한 과정 등이 기록되어 있다. 이 기록을 통해 삼현의 교유와 그들의 일상사 중에서 독서인과 유의로서의 삶을 확인할 수 있다는 점에 의미가 있다.

이번 장에서 도학자로서 진덕수업을 위해 노력하는 독서인의 생활과 건강한 신체를 보존하려고 애쓰는 유의儒醫로서의 삶을 살펴본다. 이는 성혼이 진덕수업의 지평을 넓히고 채워가는 과정을 이해하는 길이 된다.

우리는 조선 전기 지식인 중에서 중국 송대의 주희와 그의 교우들의 삶에 비견할만한 파주삼현의 교유관계와 도학적 사유체계와 일용생활의 도학군자의 면모를 알 수 있었다. 편지첩인 『삼현수간』속에서 구봉 송익필, 우계 성혼, 율곡 이이는 서로를 끊임없이 독려하고 책선하며 도의를 강마하였다. 파주삼현은 편지글을 통해 그들의 학문적 교유와

....

48) 임재완(2001)은 그의 역서 각주133)에서 "물어보는 말, 율곡의 의심나는 점을 묶어서 정리한 것"으로 '순언詢言'이라 보았다. 그러나 필자는 이를 율곡이 노자 『도덕경道德經』에서 뽑은 글에 주석을 단 『순언醇言』으로 본다. 관련편지의 "抑無乃朱晦庵參同契遺意耶 重爲世道興歎 屈異而欲同之 失老子本旨"(『세 분 선생님의 편지글』, 「亨22 寄叔獻」pp.56~57)에서 노자의 본지를 잃었다고 밝혔기 때문이다. 따라서 율곡이 노자의 도덕경에서 가려 뽑아 주석한 『순언醇言』으로 볼 수 있다.

도학의 실천에 힘을 쏟았다. 이는 바로 가까운 지리적 여건과 비슷한 연배, 학문에 대한 진지한 탐구정신과 책선하는 자세 덕분이었다.

성혼의 도학적 사유 배경은 존덕성尊德性과 도문학道問學이 그 바탕을 이루었다. 가학의 영향을 받아 존덕성, 즉 선한 본성을 지켜내고 이기논변과 예학질정을 통해 학문을 완성해 나가는 도문학하는 삶이 드러난 셈이다. 또 이들은 폭넓고 치밀한 독서를 통해 독서인의 생활을 유지하고 자신의 건강과 벗의 병까지 세심하게 살피는 유의儒醫로서의 삶을 통해 진덕수업의 지평을 확충한다. 더불어 스승과 제자, 그리고 지인과 벗끼리 주고받은 시문과 간찰을 통해 교양을 쌓아 나간다. 이러한 교유는 학적, 인적 교유가 시작되고 나서 죽을 때까지 계속되는 도학자의 삶이라 해도 과언이 아니다. 따라서 그들이 남겨 놓은 시문과 간찰을 들여다보는 일은 삼현의 도학적 사유를 바탕으로 학문적 성취와 교양정신의 함양체찰涵養體察 과정에서 오고 간 도학담론을 조감하는 작업이라 할 수 있다.

2) 독서인讀書人으로서의 삶

도학자는 수기치인의 자세를 견지하는데, 수기자세로서 사士의 모습과 치인지도로써 대부大夫의 삶을 지향하며 살아간다. 그들은 이를 실천하기 위해 부단한 노력을 기울이는데, 이때 없어서는 안 될 것이 바로 사상과 문화의 배경이 되는 독서讀書다. 이는 호학군자好學君子의 모습이라 하겠다. 따라서 그들이 사士로서 읽은 서책은 당대 사회에서 지대한 영향력을 미치는 매개체일 수밖에 없다.

성혼은 독서를 학문방법의 최우선으로 삼는다. 이를 위해 점진해의漸進解義, 숙독정사熟讀精思, 허심虛心, 체찰體察, 평기平氣의 독서방법을 제시한다.49) 또한 배우는 자들이 실천해야할 자세를 「서실의書室儀」에 제시하여 이를 실천하도록 강조한다. 성혼은 독서를 통해서 인격 완성과 도학의 완성을 구현하려 한 것이다. 그러나 이러한 방법은 선현들이 제시한 것과 유사하나 구체적인 내용에 있어서 「서실의」에 제시하여 그 실천방법을 보여준 점은 제자를 사랑한 그의 방식이라 하겠다. 당시 조선 중기를 지배한 도학의 실천이론서라 할 만한 책은『소학小學』,『심경心經』,『근사록近思錄』이다. 왜냐하면 조선조 학자들은 이 책을 중심으로 심성도야와 궁리실천에 주력하였기 때문이다. 그런데 이 책뿐만 아니라『삼현수간』에는『논어論語』,『활인심活人心』,『주자어록朱子語錄』,『예답문별록禮答問別錄』,『온공의溫公儀』,『치인심방治人心方』,『가례제찬도家禮祭饌圖』,『가례家禮』,『맹자공손추孟子公孫丑』,『춘추春秋』,『은아전銀娥傳』,『예잡록禮雜錄』,『참동계參同契』,『순언諄言』[50],『예기곡례하禮記曲禮下』,『격몽요결擊蒙要訣』,『의례경전儀禮經傳』,『태극도설太極圖說』,『주역周易』,「위천명학술사爲闡明學術事」,『사서집주四書集註』등의 책이름이 등장한다.[51] 이처럼 다양한 서적은 그들이 사상과 감정을

· · · · · · · · · ·

49) "순서에 따라 점진적으로 그 뜻을 완전히 파악해 나아가는 점진해의漸進解義, 반복하여 익숙하게 읽고 정밀하게 생각하여 암송해 나아가는 숙독정사熟讀精思, 사사로운 편견이나 자기의 주견 없이 글을 대하는 허심虛心, 실제의 체험과 자기 성찰을 통하여 터득해 나아가는 체찰體察, 바른 몸가짐과 평온하고 공경스런 마음으로 글을 대하는 평기平氣의 독서방법"(김오봉,「牛溪 成渾의 독서론에 관한 연구」,『서지학연구』Vol.14 No.-, 서지학회, 1997, pp.123~160 재인용).

50) 임재완은「형亨22 기숙헌寄叔獻」에서 원문자체의 초서 그대로 탈초하여 "순언諄言"이라 하였다. 그러나 이 부분은 구봉이 편지를 쓰는 과정에서, 또는 소장본으로 옮겨 적는 과정에서 나타난 오기일 것이다. 내용상 "순언醇言"으로 봐야한다.(율곡·우계·구봉 지음, 임재완 옮김,『세 분 선생님의 편지글(원제목 :『三賢手簡)』, 호암미술관, 2001, p.57.).

51) 이를 다시 나누어 본다면 경서經書는『논어』,『맹자』,『주역』,『사서집주』,『소학』이 있다. 그리고 예서禮書에는『예답문별록』,『가례제찬도』,『가례』,『예잡록』,『예기 곡례하』,『의례경전』이 언급된다. 한편 성리서는「태극도설」과『심경』이 있으며, 사서史書로는『춘추』가 있고, 자서子書에 해당할만한 서

공유하고 이해하는 틀이다. 또한 몇몇 책은 이들이 함께 참여하여 만들었다. 주로 이이가 집필하고 성혼과 송익필이 수정 및 보완하는 과정을 거친다. 이렇게 세 사람의 사상과 의견을 반영하여 완성한 책은 저술 및 교환뿐만 아니라 집필과정에서 서로 사상과 감정이 융화되어 반영된 결과물이자 교유의 집적물인 셈이다. 그 대표적인 책이 바로 『격몽요결』인데 다음에서 구체적으로 살펴보자.

『격몽요결』의 「독서장讀書章」에서는 배우는 사람의 독서이유, 독서자세, 독서순서, 독서할 때 주의할 사항 등이 일목요연하게 제시된다. 여기서 이들이 중시한 독서의 입장을 유추해 볼 수 있다. 이들은 『격몽요결』에서

> 배우는 자는 언제나 이런 마음을 가지고 다른 사물에게 이김을 당하지 않게 해야 한다. 그리하여 반드시 이치를 궁리하여 착한 것을 밝힌 뒤에라야 마땅히 행해야 할 도리가 뚜렷하게 앞에 있는 것 같아서 진보할 수 있는 것이다. 그러므로 도에 들어가려면 먼저 이치를 궁리하고, 이치를 궁리하려면 먼저 글을 읽어야 한다. 왜냐하면 성현들께서 마음을 쓴 자취와 선을 본받고 악을 경계해야 할 것이 모두 글속에 있기 때문이다. 52)

· · · · · · · · · · ·

적은 『주자어록朱子語錄』이 등장한다. 의서로는 『활인심』, 『치인심방』과 기타 서적으로 『참동계』, 『순언』, 『온공의』가 있다. 그중에 자신의 학문을 담은 책으로는 이이의 『격몽요결』이 있으며, 이이 『소학집주』에 발문을 쓴 성혼의 「소학집주발」, 그리고 당시 행실이 바른 은아銀娥의 행적을 바탕으로 성혼이 쓴 소설 『은아전』은 송익필이 수정을 보아 완성한다. 이러한 부분은 『삼현수간』에 나타난 도학적 교유의 일면이라 할 수 있다.
52) "學者常存此心 不被事物所勝 而必須窮理明善然後 當行之道 曉然在前 可以進步 故入道莫先於窮理 窮理莫先乎讀書 以聖賢用心之迹 及善惡之可效可戒者 皆在於書故也."(『擊蒙要訣』, 「讀書章第四」).

이는 이이가 『격몽요결』에서 독서의 이유를 밝힌 부분이다. 그는 책을 읽을 때 이치를 궁구하여 선을 밝혀야 도를 실천할 수 있다고 보았다. 이들이 책의 편찬에 참여한 사실로 본다면 여기에서 삼현이 독서할 때 어떤 점에 주안점을 두었는지 그 이유가 잘 나타난다. 이는 앞서 언급한 덕성을 기르는 법이며 이치를 궁구할 때 선한 덕성이 자리하고 있어야 하는 이유인 것이다.

또한 독서자세로서

> 무릇 글을 읽는 사람은 반드시 단정하게 손을 모아 무릎을 꿇고 앉아서 공경하는 마음으로 책을 대하여 마음을 오로지 하고 뜻을 다하여 자세히 생각하고 무젖게 한다. (함영이란 익숙하게 읽고 깊이 생각함을 이른다.) 의미와 뜻을 깊이 이해하고 구절마다 반드시 자기가 실천할 방법을 구해야 한다. 만약 입으로만 읽고 마음으론 본받지 않고 몸으로 실행하지 않으면 책은 책대로 있고 나는 나대로 일 것이니, 무슨 유익함이 있겠는가?[53]

여기에서는 책을 대하는 공경하는 마음가짐과 자세를 밝히고 있다. 특히 강조한 점은 체득하여 실천할 방법을 구하는 독서라는 것이다. 이 때 주의사항도 당부하고 있는데, 이는 도학자가 지향해야할 자세라할 수 있다.

> 무릇 글을 읽는 것은 반드시 한 가지 책을 자세히 읽어서 의미를 모두 깨달아 꿰뚫어 통달하여 의심이 없는 뒤에야 비로소 다른 책을 읽을 것이고, 많이 읽기를 탐내고 이것저것을 얻기 위해 몹시 바쁘게

· · · · · · · · · ·

53) "凡讀書者 必端拱危坐 敬對方冊 專心致志 精思涵泳 (涵泳者 熟讀深思之謂) 深解義趣 而每句 必求踐履之方 若口讀而心不體, 身不行 則書自書, 我自我 何益之有."(『擊蒙要訣』,「讀書章第四」).

섭렵해서는 안 된다. 54)

　무릇 책이란 숙독완미熟讀玩味한 뒤에 다른 책을 읽어야지 이 책 저책을 마구잡이로 읽는 탐독을 경계하여 섭렵涉獵하는 자세를 갖지 말라고 지적한다. 여기에서도 책을 읽고 논변하는 입장이 잘 제시된 셈이다.

> 오서와 오경을 골고루 자세히 읽어서 이회理會하기를 그만두지 말아서 의리가 날로 밝아지게 해야 한다. 그렇게 한 뒤에 송나라의 선정先正들이 지은 책, 예컨대 『근사록』, 『가례』, 『심경』, 『이정전서』, 『주자대전』, 『어류』 등의 글과 그 밖의 성리의 학설도 마땅히 틈틈이 정독해서 의리가 항상 내 마음속에 젖어들어 한 시라도 끊어짐이 없도록 해야 한다. 남는 힘이 있으면 또한 역사책을 읽어서 고금에 통하고 일의 변하는 이치에 통달해서 식견을 길러야 한다. 만약 이단이나 잡류 같은 바르지 못한 글은 잠깐 사이라도 펼쳐 보아서는 안 된다. 55)

　이 글에 앞서 이이는 『격몽요결』에서 독서의 순서로 『소학小學』을 읽고 나서, 『대학大學』, 『혹문或問』, 『논어論語』, 『맹자孟子』, 『중용中庸』, 『시경詩經』, 『예경禮經』, 『서경書經』, 『역경易經』, 『춘추春秋』의 오경五經과 오서五書를 읽고, 송나라 선현들의 책을 읽어야 한다고 역설하였다. 그런 뒤 위에서 제시한 것처럼 그는 식견의 신장을 위해 역사책 읽기를 권유하며, 특히 이단異端이나 잡류의 책은 경각이라도 펼쳐보지 말도록

· · · · · · · · · · ·

54) "凡讀書 必熟讀一冊 盡曉義趣 貫通無疑然後 乃改讀他書 不可貪多務得 忙迫涉獵也."(『擊蒙要訣』, 「讀書章第四」).

55) "五書五經 循環熟讀 理會不已 使義理日明 而宋之先正所著之書 如近思錄, 家禮, 心經, 二程全書, 朱子大全, 語類 及他性理之說 宜間間精讀 使義理常常浸灌吾心 無時間斷 而餘力 亦讀史書 通古今, 達事變 以長識見 若異端雜類不正之書 則不可頃刻披閱也."(『擊蒙要訣』, 「讀書章第四」).

권유하고 있다. 이는 아동들에게 권한 학습 안내서이기 때문에 강한 어조로 말하고 있지만 사실은 이들 도학자들에게도 도가나 불가에 심취하지 말라는 당부라 할 수 있다.

『삼현수간』「형亨22 기숙헌寄叔獻」에서 송익필은 이이가 편찬한『순언』과 『소학』에 대해 조목조목 지적한다.

> 형이 새로 편찬한『순언』한 질을 보았는데 재기를 부린 듯합니다. 형을 위해서도 의아스럽게 여깁니다. 아니면『참동계』를 이어서 저술한 주회암의 뜻이 있는 것인가요? 거듭 세도를 위해서도 안타깝습니다. 기이한 것을 굴복시키고자 하면서 도리어 같이 되고자 하면 노자의 본뜻을 상실합니다. 그리고 오도吾道에 있어서도 구차하게 같이 된다는 혐의가 있습니다. 주석은 또 견강부회하였습니다. 형께서 끊어진 맥을 잇기를 기약했다면 날짜가 부족한 것은 당연합니다. 그런데 글 장난을 하시니 우리들이 형께 바라던 것이 아닙니다. 또 장서가 집안의 오래된 서적에 대해 호원이 직접 가서 보라고 하신 듯합니다. 이것이 예전에 장난삼아 한 말이더라도 정색을 하고서 남에게 대하는 태도는 아닌듯합니다. 56)

송익필이 이이의『순언』에 대해 언급한 부분으로 책의 내용과 지적할만한 내용을 말하고 있다. 이는 이이가 노자의 사상을 언급하면서 유자儒者의 자세에서 벗어나 주석註釋에서 견강부회牽强附會한 면과 지나친 재기才器를 나무란 것이다. 글을 쓰는 태도에 있어 이이가 성혼이 안내한 장서가藏書家의 책을 참조하지 않은 지점까지 밝힌 셈이다. 여기

• • • • • • • • • •

56) "兄新編諄言一帙 似爲才氣所使 爲兄致疑焉 抑無乃朱晦庵參同契遺意耶 重爲世道興歎 屈異而欲同之 失老子本旨 而於吾道 亦有苟同之嫌 註又牽合 兄以繼絶爲期 宜日不暇及 而弄文墨於餘地 非吾所望於兄也 又籍家間舊書 欲試浩原 是雖前日之戲 恐非待人以誠也."(율곡·우계·구봉 지음, 임재완 옮김, 『세분 선생님의 편지글(원제목 : 三賢手簡)』, 호암미술관, 2001, pp.56-57.).

에서 송익필의 치밀한 학문적 자세와 의외로 이이의 꼼꼼하지 않고 범범泛泛한 면을 엿볼 수 있다.

　이어 같은 편지에서 송익필은 이이가 『소학』 「계고稽古」의 '삼간불청三諫不聽'대목에 대해 단 주석이 미진함을 지적한다.57) 또 『격몽요결』 간행 소식을 듣고 '속례俗禮'부분에 대한 불만스런 점도 언급한다.58) 그는 여기에 이이가 쓴 『소학』, 즉 『소학집주小學輯註』의 간행에 신중하기를 당부한다. 또한 그는 평소 율곡이 의문시하던 '이천은 명도의 자식에게 종통을 돌리지 않았다'는 부분에 대해서도 문헌검토 후 이를 적시하여 자세히 설명한다.59)

· · · · · · · · · ·

57)　"又兄所輯註小學 亦多未盡處 如子之事親 三諫不聽則號泣而隨之 兄註以隨行 某以微言 斷其不然 稽古微子曰 子三諫不聽則隨而號之 人臣三諫不聽則其義可以去矣 隨之只不去之云也 行字恐非本義 又曲禮全文云 爲人臣之禮 三諫而不聽則逃之 子之事親也 三諫而不聽則號泣而隨之 本文之意又如是 如此處多 俟相見講磨 然後印行爲妙."(율곡·우계·구봉 지음, 임재완 옮김, 『세 분 선생님의 편지글』, 호암미술관, 2001, p.57).

58)　"聞兄許印擊蒙要訣 要訣中俗禮處 某常多不滿之意 未知兄其加删正耶 不然則只可爲一家子弟之覽 恐不可爲通行之定禮也 小學之印 更須十分商議 無如擊蒙之易 千萬幸甚."(율곡·우계·구봉 지음, 임재완 옮김, 『세 분 선생님의 편지글』, 호암미술관, 2001, p.57).

59)　"兄常疑伊川之不歸宗於明道之子 某今看家禮云 今無立嫡之法 子各得以爲後 長子少子不異 又朱子歎自漢及今 宗法之廢 又儀禮經傳 宋石祖仁之祖父中立亡。叔父從簡成服而繼亡。祖仁請已乃嫡孫。欲承祖父重服。以此觀之 雖有嫡孫而庶子得爲父後 宗法之廢久矣 時制旣如是 伊川家恐未能擅改也 家禮之宗法 朱子亦以愛禮存羊爲說 則雖載家禮 而其不得行 亦可知矣 尊兄以爲如何 家禮中庶子不得爲長子三年不必然也之文 久未曉得 今因伊川事竝知之 噫 一有實見 他疑亦釋 一朝見理苟有其實 想條分縷析 自無難事 而病廢一床 近死猶昏 復何有望 小學註 已表己見 送在浩原 跋從當成上 又游酢書明道行狀後云 劇州從事旣孤而遭祖母喪 身爲嫡孫 未果承重 先生推典告之 天下始習爲常云 則明道旣行古法 而伊川家不行之 亦不能無疑焉 豈非程大中因國法 遺命伊川使主之耶."(율곡·우계·구봉 지음, 임재완 옮김, 『세 분 선생님의 편지글』, 호암미술관, 2001, p.57).

이에 대해 이이는 송익필에게 다음과 같은 답장을 보낸다.

> 『소학』은 지금 한창 교정較正 중이므로 보내지 못합니다. 부본副本도
> 없는 것이 안타깝습니다. 별록別錄 가운데 '맛있는 음식은 얻는 대로
> 다 먹는다.'고 하였는데 우스운 일입니다. 60)

이때는 아마 율곡이 죽기 1년 전(1583년)의 모습으로 볼 수 있다.
『소학집주』의 발행이 1584년이니, 교정이 진행 중이던 시기는 그 전으
로 봐야하기 때문이다. 이이는 성혼에게 『소학집주小學輯註』의 발문跋
文을 요청하였는데 그 발문에 이르기를 "이 책을 읽는 자들은 그 뜻을
이해함을 어렵게 여길 것이 아니라 그 일을 익히는 데 전일專一할 것이
요, 말을 늘어놓는 것을 귀중히 여길 것이 아니라 깊이 체득하고 힘써
실행"61)할 것을 강조하였다. 그렇게 되면 "함양이 순수하고 익숙해지
며 근본이 깊고 두텁다[涵養純熟 根基深厚]"는 것을 알게 된다고 하였다.
이는 성혼이 일상생활의 실천덕목을 도道로 보고 이의 실천을 강조한
셈이다. 한편 송익필에게는 책의 교정을 부탁하였다. 당시에 책 만드는
일은 지난至難하고도 재정적인 소모가 많은 과정이었다. 그래서 이이는
재정이 부족해 부본副本을 마련하지도 않고 원본으로 교정한 다음에
송익필에게 보내는 안타까운 처지를 토로한다. 여기서 삼현은 『소학집
주小學輯註』의 작업에 열과 성을 기울였다. 이는 당시 도학자들이 중시
하는 도학적 사유를 바탕으로 한 이론서였기 때문이다. 송나라 주희가
감수하고 그의 제자 유청지劉淸之(1134~1190)가 저술한 『소학』은 당시

· · · · · · · · · ·
60) 율곡·우계·구봉 지음, 임재완 옮김, 『세 분 선생님의 편지글』, 호암미술관,
     2001, p.93.
61) "然則讀是書者 不難於解其義 而專於習其事 不貴於說話鋪排 而主於深體力
     行"(『牛溪集』, 「卷之六 雜著」, 小學輯註跋).

그 의미를 알기가 어려운 지점이 많았다. 그래서 이이는 제가諸家의 설을 참조하여 조선의 실정에서 제자들에게 도움이 될『소학집주』 작업을 시도한 것이다. '별록'은 『예답문별록禮答問別錄』을 의미하는 것으로 보인다. 따라서 이들 세 사람의 합작인『소학집주』는 실로 도학의 지평을 공고히 하며 이들의 정성과 도학정신이 반영된 작품이라 할만하다.

다음은 성혼이『논어』를 읽다가 의논議論하는 장면이다.

> 『논어論語』 안연顏淵의 민신지설民信之說은 신어상信於上(윗사람에게 신뢰를 받는다)과 신기상信其上(윗사람을 신뢰한다) 두 가지로 질문을 올렸습니다. 그런데 주신 가르침은 신기상信其上으로 마침내 결론을 지었으니 역시 대주大註의 신어상信於上의 의미가 아닌 듯합니다. 신어상信於上은 윗사람에게 신뢰를 받으면 이반離叛을 하지 않는다는 것입니다. 거듭 상세히 연구하여 가르쳐 주시기를 간절히 바랍니다.[62]

성혼은 송익필에게『논어論語』「안연편顏淵篇」에 대해 질문하였다. 성혼이 처음 물었을 때 이미 송익필이 답하였으나, 다시 의문이 일어 반문한 것이다. '민신지설'은 안연편에 등장하는 "자공子貢이 정사에 대해 묻자 공자께서 말씀하셨다. 먹을 것을 충분하게 하고 군사를 충분하게 함에, 백성이 믿게 하나니라子貢問政 子曰 足食 足兵 民信之矣"를 말한다. 여기서 성혼은 '민신지民信之'의 의미가 '신어상信於上' 즉 윗사람에게 미더움인지, '신기상信其上' 즉 그 윗사람을 신뢰함인지 명확치

----

62) "論語民信之說 以信於上信其上二端奉稟 而來旨終歸於信其上說 亦非大註信
    於上之義也 信於上者 有信於上 不離叛也 再加詳訂而示之 至祝."(율곡·우계
    ·구봉 지음, 임재완 옮김,『세 분 선생님의 편지글(원제목 : 三賢手簡)』, 호암
    미술관, 2001, p.30).

않다고 본 것이다. 그는 송익필이 보낸 답서에 '신기상'으로 보아야 한다는 내용을 보고도 다시 주자주朱子註를 통해 '윗사람에게 신뢰를 받으면'의 '신어상'의 의미로 보아야 하지 않겠느냐고 반문한다. 그러나 주자는 이 대목에서 "백성들이 나를 믿으면 이반하지 아니한다民信於我不離叛也"라고 하여 치자가 백성들에게 신뢰를 얻어야 한다고 보았다.

이러한 편지 내용을 통해서 파주삼현이 편지를 매개로 궁금하거나 의문시되는 내용을 질정해 나갔다는 것을 알 수 있다. 이는 『논어』에서 밝힌 "도가 있는 사람에게 나아가 바로 잡는다."[63]라는 호학군자好學君子의 모습이며 도학자의 일면이다. 따라서 이들 파주삼현은 단순히 책을 읽기만 하는 차원에서 더 나아가 서로의 생각이 옳은지 그른지를 서로 문답하여 그들의 사상적 배경과 학문적 성장의 기틀을 마련한 것을 알 수 있다.

다음은 성혼이 송익필에게 보낸 편지이다.

> 도굴지사道窟之事는 주신 글을 통해 알았습니다. 하지만 기일이 너무 아득해 사람들의 계획이 멀어질까 걱정됩니다. 고인을 살펴볼 것 같으면 비록 대현大賢의 자질이 있다 하더라도 사우師友들의 도움이 없을 수가 없습니다. 하물며 볼품없는 후학들에 있어서랴? 저는 고칠 수 없는 질병에 하루 내내 멍청하게 지내고, 곤궁하고 외로운 가운데서 외부와 소식을 끊고 지내는 것이 나날이 심합니다. 간혹 한 시대의 뛰어난 사람과 만나면, 의기가 솟구치는 듯이 뜻을 세우고자 하는 마음이 있고 여러 날은 기운이 나는 것을 조금씩 느낍니다. 하지만 어찌 이것이 내가 할 일이겠습니까? 학문을 연구하는 유익함은 언급할 필요조차 없고, 근원적인 공적을 돕고 세우는 것이 더욱 중요합니다. 형께서는 고명高明하고 남보다 뛰어나 독자적으로 남의

----

63) "子曰 君子食無求飽 居無求安 敏於事而愼於言 就有道而正焉 可謂好學也已."(『論語』,「學而」).

도움을 받지 않는 곳까지 도달했습니다. 그러나 도체道體는 편벽되기 쉽고 사람의 견해는 무진장합니다. 어찌 다른 사람의 도움을 받지 않을 수가 있습니까? 근래 숙헌叔獻과 이런 뜻으로 대화를 나누니 그도 놀라는 듯하였습니다. 만약 도굴道窟에 집이 완성되면 형께서는 문패를 내 걸고 불자拂子를 쥐고서 후배들과 교유를 할 터이니 교학상장教學相長의 유익함은 속일 수가 없습니다. 아득히 깊숙한 산에 들어가 사슴들이 뛰노는 오지奧地에서 자취를 숨기고 사는 사람과는 득실得失에 큰 차이가 있습니다. 64)

위 글에서 도학자의 삶을 유추해 볼 수 있다. 『논어』에서 공자가 "마을이 인후한 곳이 아름다우니 인후한 마을에 살지 않으면 어찌 지혜롭다 하겠는가?『論語』 里仁篇 1章, 子曰 里仁爲美. 擇不處仁, 焉得知"라고 말한 것처럼 성혼은 송익필에게 파산의 '웅담熊膽'이라는 곳에 집을 지을 때 이 점을 고려하도록 하였다. 거처의 중요성은 『대학』에서 언급한 꾀꼬리도 제 머물 곳을 잘 찾아서 사는데 사람으로서 새만 못해서야 되겠는가라는 대목65)에서도 잘 드러난다. 또 고루과문孤陋寡聞하지 않도록 후배들과도 교유하여 교학상장教學相長하도록 당부한다. 이는 논어에서 말한 "자기가 서고자 한다면 남을 서게 하고, 자기가 이루고자 한다면 남을 이루게 하라『論語』 雍也篇 28章, 己欲立而立人 己欲達而達人"는 정신을 실천한 것이다. 이처럼 성혼은 아무리 뛰어난 송익필이라 할지라도 사우의 도움 없이 산간벽지에 홀로 산다면 도를 이룰 수 없으며, 끊임없이 사람과 더불어 사는 자세로 살 때 비로소 도를 이룰 수 있다며 책선責善하고 있다.

• • • • • • • • • •

64) 율곡·우계·구봉 지음, 임재완 옮김, 『세 분 선생님의 편지글(원제목 : 三賢手簡)』, 호암미술관, 2001, p.23.

65) "詩云 緡蠻 黃鳥 止于丘隅 子曰於止 知其所止 可以人 而不如鳥乎."(『大學』).

이전에 보내주신 수필 서한을 읽고 나서 도를 실천하는 생활이 청한하고 화평하시다는 것을 알게 되어 흡족하면서도 그리운 마음을 억누를 수 없습니다. 그리고 장문의 서신을 통하여 열어 이끌어 주신 반복되는 수많은 말은 그 문장의 취지가 분명하게 통하고 의미는 정확하고 명료합니다. 삼가 읽어보니 어리석은 사람을 깨우쳐 주는 가르침이 있는 것 같습니다. 이 뿐만이 아니라 공께서는 내가 잘못에 빠져들지 않을까 불쌍히 여겨 정성껏 가르쳐 주시면서도 오히려 말이 극진하지 못할까 염려하시면서, 수고롭게 노력하는 것을 마다 않는 것이 이와 같이 지극합니다. 그러니 사람을 가르치는데 싫증내지 않는 성대한 마음과 애처롭게 여겨 상대하는 성실한 마음이 이보다 더 탄복스럽고 공경스러울 수 없으며 간절하게 마음에 절실합니다.[66]

요컨대 삼현은 각각 주제별 논점이 있는 편지를 주고받는다. 이이와 성혼은 주로 이기담론을 하며, 성혼과 송익필은 예학에 관한 의견을 주고받은 것이다. 또 송익필과 이이는 도학담론이 주제였다. 이렇게 그들은 일상사 소식을 편지로 주고받으며 책선과 교유의 지평을 넓혀 간 셈이다. 따라서 그들은 각각 자신의 관심사와 학문적 완성에 나아가는 진덕수업進德修業의 과정을 서신의 왕래를 통해 부족한 부분을 확충해 나갔음을 알 수 있다.

다음은 이이가 송익필에게 보낸 편지의 내용인데 유자儒者가 하는 일에 대해 이야기하고 있다.

옛 사람도 천민天民으로 자처하면서 반드시 사도斯道가 크게 행해지는 것을 본 연후에 나오는 사람도 있고, 또한 세도世道를 점차 구제하면서 자신을 단속하는 사람도 있습니다. 갑자기 하은주夏殷周의 정치

66) 이이·성혼·송익필 지음, 허남진·엄연석 공역, 『국역 삼현수간』, 서울대학교 인문학연구소, 2001, p.44.

를 나열하여 건의해서 시행하지 못하면 곧 거두어 버려야 하니 오늘날에 시행할 뜻은 아닌 듯합니다. 호원은 계속해서 물러나기를 요구하는데 고집이 너무 센 것 같습니다. 대체로 수많은 백성들은 물새는 배에 있는 것과 같습니다. 그러니 그들을 구제할 책임은 참으로 우리들에게 있습니다. 이것이 마음에 절실하여 차마 떠나지 못하는 것입니다.[67)]

송익필은 이이가 대제학에 임명될 무렵 "고귀한 것은 유자이니 행동거지 하나하나에 반드시 도로서 하고 아주 사소한 것이라도 이익을 도모하거나 공을 세우겠다는 생각을 말라"고 하여 대제학으로서 지녀야 할 자세를 충고한다.[68)] 그러나 이러한 내용의 편지를 받은 이이는 송익필이 제시한 삼대의 정치를 주장하는 것이 시대의 변화에 맞지 않는 어려움이 있다고 지적하고 있다. 또한 이이는 성혼이 벼슬자리에서 물러나려고 하는 것은 고집 센 처사라며, 자신은 백성들의 구제책임을 지고 있기에 차마 떠나지 못하고 있음을 하소연한다. 여기서 정치에 대한 서로의 입장과 이상이 드러난다. 이이는 현실적이고 참여적인데 반하여 송익필은 이상적이며 성혼은 정치 참여의지가 소극적이라는 것을 알 수 있다. 그럼에도 불구하고 이러한 사실을 가감 없이 터놓고 이야기할 수 있는 것은 간담상조肝膽相照하는 도의적 사귐이 바탕이 되었기 때문이다. 이는 결국 그들이 어떻게 살았는지 보여준 사례가 되며 그들이 바라는 정치적 지향을 이해할 수 있는 지점이라 할 수 있다.

· · · · · · · · · ·

67) "古人有以天民自處 必見斯道之大行 然後乃出者 亦有漸救世道 納約自牖者 若遽以三代之政 羅列建請 而不得施則輒引去 恐非今日之時義也 浩原一向求退 亦恐太執 大抵億萬蒼生 在漏船上 而匡救之責 實在吾輩 此所以惓惓不忍去者也."(율곡·우계·구봉 지음, 임재완 옮김,『세 분 선생님의 편지글(원제목 : 三賢手簡)』, 호암미술관, 2001, p.80).

68) 율곡·우계·구봉 지음, 임재완 옮김,『세 분 선생님의 편지글(원제목 : 三賢手簡)』, 호암미술관, 2001, p.75.

3) 유의儒醫로서의 삶

성혼의 삶은 독서인으로서 뿐만 아니라 유의儒醫의 삶도 나타난다. 유의란 유학의 도리에 밝으면서 병을 다스릴 수 있는 의사의 역할도 겸하는 존재라는 말이다.[69] 삼현은 독서하며 궁리하는 나머지 병이 자주 들어 쇠약해지기 일쑤였다. 이때 삼현은 건강한 신체를 유지하기 위해서『활인심活人心』[70]의 처방을 따라 섭생攝生과 복약服藥을 병행하는 일이 다반사茶飯事였다.『삼현수간』에는 식食·약재藥材로 쓰는 물목物目이 거론된다. 송화지이松花之餌, 토사자兔絲子, 청위형방淸胃荊防, 천진환天眞丸, 청어靑魚, 육종용肉蓯蓉, 장포獐脯, 우포牛脯, 어편魚片, 참소參蘇, 보중익기탕補中益氣湯, 오미자五味子, 미곡米菽, 문어文魚, 해진海珍 등이 그것이다. 나열한 약재와 약명 및 식품을 통해서는 어떤 질병에 사용하는 약방문인지 쉽게 유추하기 어렵다. 먼저 약재를 보내주는 대목을 살펴보자.

> 근래『본초本草』를 보니, 거둔 꽃은 오래 가기가 어렵다는 말이 있습니다. 아마 참된 본성을 조금씩 잃어버려 그런 것 같습니다. 여러 해에 걸쳐 복용하였으니 그 성질을 익히 알고 있습니다. 가르침을 주시기를 바랍니다. 토사자兔絲子 세 되를 보냅니다. 한 되 반은 새로

• • • • • • • • • •

69) 이에 대해서 의원이면서 유교의 도리에 통달한 의유醫儒로 보기도 하나 이 책에서는 유의로 다룬다. 이는 강조하는 것이 다른 데서 나타난 표현이기 때문이다.

70) 『활인심』은 중국의 주권朱權(1378~1448)이 의학과 선도仙道의 핵심 내용을 모아 상·하권으로 만든 양생서다. 그는 명태조 주원장朱元璋의 열일곱째 아들로 도가에 심취해 도인술導引術을 하였다. 16세기 퇴계 이황李滉(1501~1570)은 『활인심방活人心方』을 번역하고 자신의 생각과 건강, 장수의 비결을 담아『양생술活人心方』을 내었다. 아마도 당시에 유행한 도인법과 養生術임을 짐작할 만하다. 따라서 송익필이 우계에게 보내준 의서는 이 책을 말한다고 할 수 있다.

딴 것이고, 그 나머지는 작은 포대에 넣었는데 지난해에 수확한 것입니다. 수확한 대로 잘 보관하였으니 손상은 없습니다. 시험 삼아 복용하시기를 바랍니다. 71)

성혼은 송익필에게 토사자를 보냈다. 이 토사자의 효능은 주로 간과 신장을 보호하는데, 특히 눈을 밝게 해주며, 신장 기능을 강화하는 약재이다. 서신에서 여러 해에 걸쳐 복용했다는 사실을 통해 볼 때 성혼과 송익필은 비슷한 병으로 고생한 것으로 보인다. 그들은 약재 하나 보내줄 때도 약성을 참조하기 위해『본초강목本草綱目』을 제시하여 이를 권장하고 있다. 또 기묘년(1579) 12월 12일자에는 폐의 병 치료에 좋은 육종용은 서울로 보낸 사람이 도착하는 대로 보내 드리겠다72)고 하였다. 성혼은 송익필의 병이 더 중해질까 염려하는 마음에서 미리 편지로 안심시킨 것이다. 이는 따뜻한 벗의 마음 씀씀이를 보여주는 장면이며 조선중기 도학자들의 핍진한 삶의 일면이라 할 수 있다.

또 다른 사례를 보자.

이전에『활인심』과 치통을 낫게 하는 방법을 가르쳐 주셨는데 감사함을 무어라 말할 수 없습니다. 형께서 저에게 주신 깊은 은혜는 깊이 마음에 새겨 두었습니다. 청위淸胃와 형방荊防 두 약방문은 가서 빌어다 직접 만들고 싶습니다. 성약成藥이라면 형이 계신 곳도 부족할 것이니 나누기를 바라지 않습니다.『활인심』한 책은 한참 읽고는 있으나 요점을 깨치지 못해 저의 집에 두었습니다. 사람을 시켜서 보내도록 하겠습니다. 나무라지 마십시오. 73)

· · · · · · · · · ·
71) 율곡·우계·구봉 지음, 임재완 옮김,『세 분 선생님의 편지글』, 호암미술관, 2001, pp.22~23.
72) 율곡·우계·구봉 지음, 임재완 옮김,『세 분 선생님의 편지글』, 호암미술관, 2001, p.43.
73) 율곡·우계·구봉 지음, 임재완 옮김,『세 분 선생님의 편지글』, 호암미술관,

위는 성혼이 송익필에게서 빌린『활인심』과 약방문에 대해 감사하는 편지의 내용이다. 정축년(1577) 12월 27일에 보낸 것으로, 그의 나이 43세의 일이다. 여기서 청위는 청위산淸胃散을 가리키는데, 위열이 있어 위 아랫니가 아프고 뇌까지 땅기면서 얼굴이 달아오를 때 처방하는 약이다. 성혼이 치통을 앓고 있기 때문에 송익필의 약방문을 빌려 쓰고 싶어 간절히 바란 것이다. 또 형방은 형방산荊防散, 형방패독산荊防敗毒散, 형방사독산荊防邪毒散 등으로 이루어졌는데, 주로 형개荊芥와 방풍防風을 함께 사용하는 처방이다. 형개는 긴장완화와 혈액순환 개선에 좋으며 땀이 나게 하여 근육과 피부의 풍風을 막아 준다. 성혼은 체질이 약하여 늘 병에 시달려 왔는데, 송익필의 약방문에 대한 이야기를 들은 후 달려가 구하고 싶은 심정을 밝힌 셈이다. 그러나 성혼은 이미 만들어진 약이 구봉에게 있다하더라도 자기가 직접 만드는 법을 배우고 싶어 한다. 또 한편으로는 상대방도 고려하는 자세를 보인다. 당시는 허준許浚(1539~1615)의『동의보감東醫寶鑑(1610년)』이 완성되기 전이므로 위의 내용을 통해 송익필과 성혼, 그리고 이이가 갖춘 의학적 지식과 탐구 자세가 대단히 높았다고 본다. 특히 송익필은 이미 유의儒醫로서 약을 조제할 능력과 의서를 익숙히 다루고 있음을 짐작할 수 있다.

지금까지 독서인의 생활과 유의로서의 삶을 살펴보았다. 다음은 이러한 삶을 잘 설명할 수 있는 송익필의 글이다.

여러 고을에 있는 지학자·은일자·유행자·유재자는 수령이나 각 면 단위로 하여금 소소한 일이라도 반드시 기록하여 감사에게 보고하고 감사의 조치를 기다린다. 지학은 도학에 뜻을 둔 사람이다. 은일은 재주와 덕을 갖고 있으면서도 밖으로 드러내지 않은 사람이다. 유행은 효자·순손·열녀·효부가 우애하고 충신함이다. 유재는 기이한

· · · · · · · · · ·
2001, p.30.

계책과 원대한 책략을 품고, 문장에 뛰어나고 활 쏘고 말 타는데 뛰어난 사람이다.[74]

이는 『삼현수간』에서 송익필이 학자에 대해 자신의 견해를 밝힌 부분으로 그는 배움에 뜻을 둔 지학자志學者를 추천해야 한다고 역설하였다. 그가 말한 추천대상은 지학志學·은일隱逸·유행有行·유재有才이다. 따라서 송익필이 중시한 인물의 순서를 짐작할 수 있는데 이들 중 첫째에 해당하는 추천 인물이 바로 도학에 뜻을 둔 지학자인 것이다. 둘째는 재주와 덕을 갖추고 드러내지 않는 자이고 셋째는 우애하고 충신한 인물이 그 다음이다. 넷째는 계책과 책략을 실천할 만한 자질을 가진 사람이다. 이는 송익필이 자신을 포함한 삼현의 인물을 도학의 대상에 포함한 것이다. 결국 감사에게 추천할 만한 인물은 바로 그들과 같은 지학자라야 최고 인물임을 밝힌 것이라 할 수 있다. 물론 이들은 이러한 삶을 그들의 삶 속에서 구현하고자 애쓴 셈이니 네 가지를 모두 겸비한 인물들임에 틀림없다. 따라서 이들 삼현은 도학자로서 지학·은일·유행·유재를 갖추는데 반드시 필요한 독서인讀書人과 유의儒醫로서의 삶을 실천하였다고 볼 수 있다.

3. 사제師弟 간의 교학상장敎學相長과 의리義理의 처세관

이 절節에서는 성혼의 스승과 문도를 살펴본다. 이를 통해 사제 간의 교학상장과 의리의 처세관을 이해하고자 한다. 먼저 『예기』에서 말한 교학상장敎學相長의 의미를 살펴보자.

· · · · · · · · · ·

74) "列邑之志學者隱逸及有行者有才者 各其守令各面 雖小必錄 卽報監司 以待監司之處置 志學 志于道學也 隱逸 抱才德不出也 有行 孝子順孫烈女孝婦友愛忠信也 有才 畜奇謀遠略能文章善射御也."(율곡·우계·구봉 지음, 임재완 옮김, 『세 분 선생님의 편지글(원제목 : 三賢手簡)』, 호암미술관, 2001, p.105.)

옥은 쪼아야 그릇이 되고, 사람은 배워야 도를 안다. 이런 까닭으로
옛날 왕은 나라를 세워 백성들에게 임금 노릇을 함에 가르침과 배움
을 우선으로 여겼다. 비록 좋은 안주라도 먹지 않으면 그 맛을 모르
고, 비록 지극한 도가 있더라도 배워야 그 좋음을 안다. 이런 까닭으
로 배운 뒤에 부족함을 알고 가르친 뒤라야 막힘을 안다. 부족함을
안 뒤에 스스로 반성할 수 있고, 막힘을 안 뒤에 스스로 힘쓸 수
있으니, 그러므로 말하기를 "가르치는 일과 배움이 서로 성장하게
한다."라고 한 것이다. 75)

위 글은 가르침과 배움이 서로를 증진시키는 일이라는 것을 역설하
고 있다. 사람은 배워야 도를 알 수 있고 또 먹어보아야 그 맛을 알며
지극한 도를 배워야 좋은 줄 안다. 반면 배우지 않으면 부족함을 알지
못하고 가르쳐보지 않으면 막힘이라는 것을 모른다. 그래서 부족함을
모르는 사람은 반성하지도 않고, 막히지 않은 사람은 스스로 힘쓰지
않는다. 따라서 가르침과 배움을 함께 해야 성장할 수 있다는 것을
알 수 있다. 이렇듯 스승과 제자는 서로 돕는 존재가 되어야 하니 서로
배우고 묻는 것을 소홀히 하지 말아야함도 이면에 제시된 셈이다.
　성혼의 스승은 청송 성수침과 휴암休菴 백인걸白仁傑(1497~1579)이
다. 당시 청송과 휴암은 정암의 문하생으로 벗이자 정암의 학맥을 이어
받은 인물들이었다. 이는 휴암이라는 호를 통해서 정암과의 사승관계
를 유추해 볼 수 있다. 그래서 청송이 아들을 휴암 문하에 보낸 셈이다.
성혼은 한 때 휴암 문하에서 『상서尙書』를 배웠으니 이를 통해 볼 때
그가 묵암默庵이라 자호한 것은 정암-휴암-묵암의 사승관계를 계승하
고자 한 것임을 알 수 있다. 또 성혼의 제자들은 주로 아버지 청송

- - - - - - - - - - -

75) "玉不琢 不成器 人不學 不知道 是故古之王者建國君民 教學爲先 雖有嘉肴 弗
　食不知其旨也 雖有至道 弗學不知其善也 是故學然後知不足 教然後知困 知不
　足 然後能自反也 知困 然後能自强也 故曰教學相長也"(『禮記』,「學記」).

성수침에서 연원한 인물들이다. 이러한 내용은 『유학연원록』에 자세하다.[76] 즉 청송 성수침을 연원한 우계 성혼의 문인은 55인에 이른다.

. . . .

76) 牛溪成渾門人 聽松淵源 55人을 거론하면 다음과 같다. "金集 字 士剛 號 愼獨齋 光山人 沙溪長生子 官參贊判中樞府事 謚文敬 從祀文廟, 鄭曄 字 曤晦 號 守夢 官左參贊 見宋龜峯門, 李貴 字 玉汝 號 黙軒 延平人 官至兵曹判書 贈領議政 謚忠定, 黃愼 字 思叔 號 秋浦 昌原人 生戊午 文科 官戶曹判書 謚文敏, 吳允謙 字 汝益 號 秋灘 海州人 中司馬登第 官至領議政 謚忠貞, 金尙容 字 景擇 號 仙源 安東人 官至右議政 謚文忠, 鄭起溟 號 華谷 松江子, 金權 字 而仲 號 拙灘 淸風人 參奉懸子 官戶判 贈領議政 謚忠簡 享松林書院, 閔仁伯 字 伯春 號 苔景 驪州人 副正思權子 文科 官中樞府事 謚858靖, 趙守倫 守景止 號 風玉軒 豊壤人 官縣監 贈兵曹參判, 宋英耇 字 仁叟 號 瓢翁 鎭川人 文科 官至兵判, 崔起南 字 與叔 號 晩谷 全州人 官至永興大都護府使 贈領議政, 安邦俊 字 士彦 號 隱峯 又牛山 逸參議 謚文康, 姜沆 字 太初 號 睡隱 晉州人 文科 官佐郞, 李壽俊 字 泰徵 號 志範齋 全義人 節度使濟臣子 官至牧使, 李命俊 字 昌期 壽俊弟 號 潛窩 全義人 官至兵曹參判, 李春英 字 實之 號 體素齋 全州人 文科 官僉正, 趙存性 字 守初 號 龍湖 文科 官知敦 謚昭敏, 申應榘 字 子方 號 晩退軒 高靈人 官至工曹判書, 鄭宗溟 迎日人 松江二子 文科 官舍人, 成文濬 字 仲深 號 滄浪 先生子 官永同縣監, 李郁 字 質夫 號 八溪 全州人 官郡守, 沈宗敏 字 士訥 淸灣 靑松人 官郡守, 金德齡 號 景樹 甲午起義 丙午被禍 贈兵判 謚忠壯, 梁山璹 字 會元 官佐郞 丁酉晉州殉節 贈左承旨, 金應會 字 時極 號 淸溪 壬辰倡義 以孝行旌門, 宋淵 字 子深 號 芘庵 瑞山人 持平大立子 官郡守, 曺健 字 士剛 號 白墅 昌寧人 官左承旨, 尹煌 號 八松 坡平人 文科 全州府使 贈領議政 謚文正, 尹烇 字 靜村 號 後村 坡平人 贈吏曹判書 謚忠憲, 李時白 字 敦時 號 釣岩 延安人 官至領相 謚忠翼, 李㮨 字 文伯 號 松郊 官大司憲, 金興宇 字 善慶 淸州人 軍資判 官㮨子, 尹昕 字 時晦 號 陶齋 海平人 領相斗壽二子 生甲子 官至知中樞府事, 尹暉 字 靜春 號 長洲 海平人 官至判書 贈領議政, 尹暄 字 汝野 號 白沙 海平人 官至觀察使, 魚夢麟 字 瑞仲 官敎官 郡守雲海子, 兪大逸 字 大逸 號 塘隱(?) 杞溪人 左相泓子 同知中樞敦領府使, 洪茂績 字 勉叔 號 白石 南陽人 官至刑曹判書, 邊慶胤 字 子錄 號 紫霞 黃州人 文科 官校正 贈參議 享鳳岩祠, 呂祐吉 字 德夫 號 春江 咸陽人 官至兵曹參判, 崔澤, 洪實 字 汝時 號 月峯 官原州牧使 贈領議政 封豊寧君, 具橃 字 子虛, 金玄度 字 弘之 號 認齋 官牧使, 韓嶠 字 子仰 號 東潭 淸州人 官參判, 金偉男 字 子始 號 藥山 文科 官通禮, 沈宗直 字 子敬 號 竹西 蔭正言, 申敬一 字 功甫 號 化堂 先生孫婿 官至成均館大司成, 沈宗忱

여기서 성혼은 아버지 성수침에 훈도를 받았기 때문에 그 역시 청송연원 문인에 해당한다. 성혼의 문인門人으로는 김장생의 아들 김집, 송익필의 문인이기도 한 정엽과 이귀, 황신, 오윤겸, 김상용 등이 있다. 또한 정철의 두 아들 정기명과 정종명이 있으며 김권, 민인백 등이 있다. 대부분 관료와 문인들로서 한 가지 특기할 만한 사실은 그의 문인 중에 의병활동을 하다가 전사한 절의가 있는 제자들이 많이 배출되었다는 점이다.77) 특히 조헌趙憲, 김덕령金德齡, 양산숙梁山璹, 김응회金應會가 임진란에 활약한 인물들이다. 이들은 성혼 문하에서 잠시 배우고 문답을 하였던 터라 그의 영향을 받은 제자라고 볼 수 있다.

이러한 제자들 중에서 조헌은 성혼과 남다른 인연이 있다. 조헌은 이이의 문하에 출입하기도 하면서 성혼을 스승으로 모셨다. 이는 조헌이 파주로 봉직하러 오면서 시작된 일이다. 이 당시 성혼과 조헌의 관계를 보여주는 시가 『우계집』에 전한다.

撑挂三綱匹似誰	삼강을 지탱한 큰 공 그 누가 짝하랴
萬死當前志不移	만 번 죽음 앞에서도 마음 변치 않았네
白刃如麻蹈平地	시퍼런 칼날 무수히 많아도 평지처럼 밟으니
賊奴猶欲姓名知	왜적들도 오히려 그의 성명 알고자 하였네

<도조여식헌차이대중해수운悼趙汝式憲次李大仲海壽韻>78)

• • • • • • • • • •

字 士誠 靑松人 司憲監察錦子 官府使, 柳拱辰, 趙毅道 字 士剛 僉正, 趙鎰 字 子重 號 鷔潭 蔭令 毅道子, 梁弘澍 字 大霖 號 西溪 南原人 官吏參 初師南溟 壬辰扈駕"(金炳浩, 『儒學淵源錄 全』, 易經硏究院, 1980, pp.105-109 引用).

77) 이들 의병의 활약상은 입전의 대상이 되었다. 이는 "의병으로 활약하다가 억울한 죽음을 당한 김덕령을 입전한 이민서李敏敍의 <김장군전金將軍傳>"과 나라를 위해 몸을 바친 선비를 입전한 것으로 "2차 진주성 싸움에서 분투하다가 남강에 투신한 양산숙을 입전한 김조순金祖淳의 <양산숙전梁山璹傳>"(장경남, 『임진왜란의 문학적 형상화』, 아세아문화사, 2000, pp.288~290 참조)등을 통해 알 수 있다.

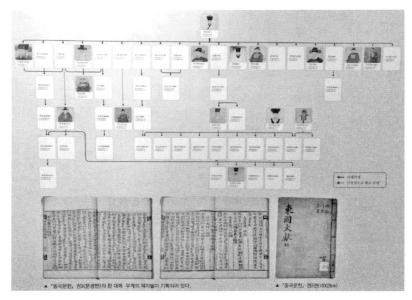

▲ 우계 성혼의 학맥도

조헌[79)은 임진란이 발생하자 의병을 일으켜 금산에서 영규 및 700여 명의 의사義士들과 더불어 일본군에 맞서 싸우다 장렬히 전사한다. 성 혼은 그 소식을 듣고서 이해수李海壽(1536~1599)의 시에 차운하여 조헌 을 애도한 것이다. 기구와 승구[80)에서는 조헌의 인물됨을 묘사하여

· · · · · · · · · ·

78) 『牛溪先生集』, 「卷之一 詩」.

79) 조헌趙憲(1544~1592)은 자가 여식汝式, 호는 중봉重峯이다. 본관은 배천白川으 로 토정土亭 이지함李之菡과 율곡 이이, 우계 성혼을 사사하였다. 홍문관정자弘 文館正字로 있으면서 왕의 불공佛供이 옳지 않음을 극간하였다. 율곡과 우계가 모함을 당하자 도끼를 들고 대궐에 들어가 억울함을 하소연한 적도 있다. 임진왜란이 일어나자 의병장이 되어 왜적을 토벌하고 7백 의사義士들과 금산 錦山에서 장렬히 전사하였다. 고경명高敬命, 김천일金千鎰, 곽재우郭再祐와 함께 임진사충신壬辰四忠臣으로 추앙되었다. 시호는 문렬文烈이며 문묘文廟에 종사 從祀되었다.

삼강을 중시여긴 인물임을 밝힌다. 전란으로 삼강의 질서가 무너진 혼란한 세상에 조헌은 가만히 두고 볼 수 없어 분연히 일어나 맞서 싸웠다. 전구의 시퍼런 칼날은 왜적의 총칼을 상징하여 죽음조차 두려워하지 않은 그의 절의에 대한 평가다. 여기서 조헌이 칼날을 평지처럼 밟는 자세는 대장부의 용맹함을 은유적 표현으로 제시한 셈이다. 『맹자』「등문공」에서 "천하의 넓은 집에 거처하고 천하의 바른 자리에 서서 천하의 큰 도를 행한다. 뜻을 얻으면(관직에 나아가서는) 백성과 함께 그 길을 가고 그렇지 못하면 홀로 그 길을 간다. 부귀로도 나를 흔들 수 없고 빈천으로도 나를 굴복시킬 수 없으니 이런 사람을 일러 대장부"[81]라고 하였다. 결구에서 왜적들조차 그의 절의에 감복하고 있음을 은연중에 보여준다. 이처럼 강인한 조헌도 존경하는 인물이 있었다. 조헌은 성혼에 대해 "법도를 삼가 지키고 학문하는 순서가 매우 엄격해서 일상생활의 언행이 모두 본받을 만하므로 문하에 있는 자로서 비록 재주가 둔한 사람이라도 반드시 소득이 있게 하신 분은 우계 선생"[82]이라고 스승에 대해 고평高評하였다. 또 이번에는

"동방東方의 남자로서 욕심의 함정에서 스스로 초탈한 자가 이지함李之菡, 성혼成渾 외에 다시 몇 사람이 있겠습니까. 신토이 이 세상에서

· · · · · · · · · ·

80) 한국고전번역원DB의 성백효 역에 따르면 어떤 본에는 둘째 구句부터 다음과 같이 되어 있다. "진실로 빈천은 옮길 수 없기 때문이었네. 충간忠諫하던 날에 한번 죽을 각오 이미 하였는데, 충성을 이루고서야 세상에서는 비로소 알았네.[端由貧賤不能移 已拼一死忠言日 直到忠成世始知]"라고 하였다. 이는 전사傳寫하는 과정에서 전사자의 오류로 시구에 차이가 생긴 것이라 할 수 있다. 향후 『우계집』 정본 작업이 필요하리라 본다.

81) "居天下之廣居 立天下之正位 行天下之大道 得志 與民由之 不得志 獨行其道 富貴不能淫 貧賤不能移 威武不能屈 此之謂大丈夫"(『孟子』, 「滕文公下」).

82) 『牛溪集』, 「牛溪年譜補遺」 제1권, 德行條.

사사師事한 자가 세 분인데 이지함, 성혼, 이이李珥입니다. 이상의 세 사람은 학문을 성취한 것이 비록 똑같지 않으나, 마음을 깨끗이 하고 욕심을 적게 하며 지극한 행실이 세상의 모범이 된 점에서는 똑같습니다. 신은 그 만분의 일이라도 따르려고 하나 할 수가 없었습니다."[83]

라고 하여 조헌은 이지함, 이이와 더불어 성혼을 참 스승으로 대하고 있음을 알 수 있다. 이들은 도학의 절의정신節義精神을 강조한 인물들로서 이들을 만난 후 조헌도 도학을 겸비한 인물이 된다. 이는 실천적 도학정신을 강조한 성혼의 학문정신에서 기인한 것으로 봐야한다. 조헌은 스승의 절의정신節義精神을 그대로 드러낸 제자라 할 만하다. 따라서 이 작품은 도학자가 순국한 제자의 슬픔을 형상화하여 한편으론 애도하고 다른 한편으론 대장부의 절의와 기개를 높이 평한 시라 할수 있다.

또한 성혼의 아들 성문준도 그의 문하에서 글을 배운 제자라 할 수 있다. 이는 성수침-성혼-성문준으로 이어지는 성문가학의 연장선상의 일이다. 한편 팔송八松 윤황尹煌(1571~1639)은 성혼의 사위이면서 제자이며 훗날 소론 세력의 명재 윤증에게는 조부에 해당하는 인물이다. 사위가 성혼의 학맥을 가장 크게 꽃피운 셈이다. 뒷날 윤증은 이이 계열의 노론 세력인 송시열과 정치적 견해의 차이로 다른 길을 걷게 된다. 여기서 소론의 시발인 윤증은 그 학문적 차이가 바로 성혼에서 연원한 것이었음을 짐작할 수 있다.

성혼 사제간師弟間 교학상장과 의리의 처세관을 살펴보았는데, 그의 스승 휴암 백인걸은 정암의 학맥을 전승하였다. 또한 이를 바탕으로

. . . .

83) 『牛溪集』, 「牛溪年譜補遺」 제1권, 德行條-<『重峯集』의 병술년(1586, 선조19) 疏>.

그들의 시학 정신과 자세를 면면히 전수하고 있음을 알 수 있다.

지금까지 살펴 본 제3장 우계 시학의 콘텍스트와 정신적 바탕을 요약하면 다음과 같다.

첫째, 가학의 계승과 교유의 영향에서는 성수침이 성혼에게 전한 훈도는 가학을 통한 가르침이었으며 신독과 염퇴라는 수양관이 크게 작용함을 알 수 있었다. 성수침이 남긴 시에는 은거한 선비의 은일지락이 담겨있었다. 이러한 자세는 성혼의 시에서도 함께 나타나면서 다른 지향을 드러내기도 하였다. 성수침은 비자발적인 소극적 의미의 은거를 하였다고 볼 수 있지만 성혼은 자발적인 적극적 의미의 용사행장을 한 셈이다. 이는 가학을 전수받으면서도 새로운 탈출구를 제시하고자 하는 지향이 담긴 것으로 볼 수 있다. 또한 성혼은 자신의 아들 성문준에게 부자자효父慈子孝의 정을 보여주었다. 그는 자식이 학문과 덕성을 겸비한 인물이 되기를 바라는 도학자이자 아버지로서 자식사랑을 실천한 것이다. 따라서 성혼 시학의 배경에 가학이 차지하는 비중은 크다고 할 수 있다. 교우관계와 박문약례의 생활철학에서는 성혼은 이이, 송익필, 정철과 교유를 통해 진덕수업의 지평을 확충하였다. 이러한 교유는 학적, 인적 교유가 시작되고 나서 죽을 때까지 계속되는 도학자의 삶이었다. 성혼과 교유한 이들은 시우詩友로서 영향력影響力이 각각 다른 양상樣相으로 나타났다. 송익필은 예의지교禮義之交를 통해 예의禮義를 서로 강마講磨하고 과실을 관찰하는 벗이었다. 이이는 젊어서 도의지교道義之交를 맺고 완급과 생사를 함께 의탁할 수 있는 밀우密友이자 책선責善하는 벗이었다. 정철은 지란지교芝蘭之交를 소망하며 평생 고락苦樂을 함께 한 벗이었다. 따라서 성혼은 가학의 영향 및 부친의 훈도薰陶와 벗과의 교유를 통해 진덕수업進德修業하며 이우보인以友輔仁하는 시학詩學의 정신적 바탕을 마련하였음을 알 수 있다.

둘째, 세계관과 삶에서는 가학의 영향과 교유에서 기인한 존덕성,

이기논변과 예학질정을 통한 도문학, 진덕수업의 지평확충이라는 측면에서 살펴보았다. 이이와 주고받은 인심도심에 관한 이기논변과 송익필과 서신을 통해 질정한 예학에 관한 부분은 그의 성리학적 세계관의 바탕이 되었다. 이는 진덕수업의 지평을 확충하는 과정이었다. 성혼은 선한 덕성을 존숭하는 존덕성과 벗과의 교유를 통해서 익힌 학문을 바탕으로 덕성을 배양하는 도문학을 실현할 수 있었다. 이는 성혼의 성리학적 세계관과 출처관임을 알 수 있었다. 이를 토대로 독서인으로서의 삶과 유의로서의 삶을 살 수 있었다. 이들은 폭넓고 치밀한 독서를 통해 독서인의 삶을 유지하였다. 또한 자신의 건강뿐만 아니라 벗의 병까지 살피는 유의儒醫로서의 모습도 보여주었다. 이를 바탕으로 성혼은 도학자道學者의 삶을 펼쳐 나간 것이다.

셋째, 사제 간의 교학상장과 의리의 처세관에서는 스승 휴암 백인걸과 제자 조헌, 김덕령에게 전승된 절의정신을 살펴보았다. 이들은 성혼을 중심으로 의리정신과 사승관계를 계승 발전시킬 수 있었다. 이것이 임란당시 의병장을 배출하는 원동력이 되었다. 성혼이 정암의 학맥을 이어 받은 휴암 백인걸의 문하에서 『상서尙書』를 배운 것을 통해 볼 때 그는 정암-휴암-묵암의 사승관계를 완성한 인물이라 할 수 있다. 그의 문도는 아버지 청송과 연원한 인물이 대부분인데 이는 『유학연원록』에 자세하게 전하고 있다. 이러한 성수침을 연원한 우계 성혼의 문인은 김집, 정엽(송익필 문인이기도 함), 이귀, 황신, 오윤겸, 김상용, 정기명과 정종명(정철의 두 아들), 김권, 민인백 등 55인의 관료와 문사들로 구성되어 있다. 여기서 한 가지 특기할 만한 사실은 그의 문인 중에 의병활동을 하다가 전사한 절의가 있는 제자들이 배출되었는데 조헌, 김덕령, 양산숙, 김응회가 대표적이었다. 또한 아들 성문준도 그의 문하에서 글을 배움으로써 성수침-성혼-성문준으로 이어지는 성문가학을 잇고 있다. 더욱이 팔송 윤황尹煌은 성혼의 사위이면서 제자로서 훗날 소론 세력의 명재 윤증에게는 조부에 해당하는 인물이었다. 뒷날 윤증은 이이 계열의 노론 세력 송시열과 다른 길을 걸어 소론의 영수가 되는데 이는 바로 성혼에서 연원한 유래가 있었기 때문인 것으로 짐작할 수 있다. 성혼의 스승과 문도는 스승과 제자 사이에 교학상장을 통하여 의리의 처세관을 그들의 정신 속에 면면히 전수하고 있음을 알 수 있다.

따라서 성혼 시학의 콘텍스트와 정신적 바탕은 풍격의 아름다움을 이해하는 토대이자 도학적 사유를 바탕으로 학문적 성취와 실천적 함양체찰涵養體察 과정에서 오고 간 도학시를 조감할 수 있는 배경이었다. 그렇다고 본다면 이러한 함양체찰의 학문적 성과가 드러난 성혼의 시 문학의 텍스트와 풍격의 아름다움은 어떻게 드러나는지 고찰해 보아야 할 것이다.

성혼成渾 시문학의 텍스트와 풍격의 아름다움

  이 장에서는 성혼 시의 작품 갈래를 나누고 그 작품의 소재에 따라 구현된 의경, 시작품의 주제의식과 표현양상을 살펴보고 이를 바탕으로 하여 우계 시문학의 텍스트와 풍격의 아름다움을 규명하고자 한다.

  한시에서 의경意境의 의意는 작자의 주관적인 사상과 감정을 뜻하고 경境은 객관적인 사물이나 대상을 의미한다. 여기서 의와 경이 융합되면서 생성된 의미 또는 형상이 의경인 것이다. 때문에 한시에서 의와 경을 함께 논의할 필요가 있다. 의경은 묘사가 뛰어나고 상상력의 지평을 확대시켜주며 구체적 형상을 넘어 넓은 예술적 세계로 인도하는 역할을 한다. 따라서 이러한 의경은 작자의 풍격에 따라 달리 구현되기 마련이다.

  풍격風格이란 "작가의 개성과 인격의 내용과 형식상에 있어서의 일종의 종합적인 표현"[1]이라 할 수 있다. 이 풍격은 풍風이외에도 체體, 격格, 품品 등의 용어로 쓰기도 한다. 따라서 풍격은 작가와 작품 간의 관계를 보여주며 이러한 풍격이 작품에 대한 창작과 작가의 미적향수가 어우러져 미의식美意識으로 나타난다. 이처럼 미의식은 작품에 대한

. . . .

  1) 팽철호, 『중국고전문학 풍격론』, 사람과 책, 2001, p.82.

미적향수와 예술창작의 결합으로 표출된다. 미의식을 이루는 요소는 다양하기 때문에 쉽게 분별하기가 어려운 것이 사실이다. 그래서 미의 본질을 파악하기 위해서는 감각感覺, 표상表象, 연합聯合, 상상想像, 사고 思考, 의지意志, 감정感情 등의 결합상태를 이해해야만 한다.

한시미학에서도 이러한 의경과 풍격은 문학 작품 및 작가 의식 속에 투영되어 드러나기 마련이다. 다음에서 성혼 시문학에 나타난 텍스트와 풍격의 아름다움을 고찰하고자 의경, 풍격, 미적 본질 순으로 살펴본다.

1. 시적詩的 대상對象에 따른 의경意境

각각의 시적 대상에 따른 의경을 살펴보기 위해 경境의 종류와 의미 를 중국문헌에서 의미를 고찰한 후 성혼의 시를 검토하고자 한다.

당대唐代의 『시격詩格』에서 경境을 세 가지로 제시하고 있는데 물경 物境, 정경情境, 의경意境이 그것이다. 먼저 물경物境은 산수 자연의 모습 을 묘사하는 것을 의미한다. 이것은 경계境界와 형상形象이 얼마나 분명 하게 묘사되는지 알 수 있는 지점이다. 특히 자연시自然詩에서 강조할 수 있는 부분이다. 다음으로 정경情景은 "뜻 속에서 펼쳐져 몸 안에 깃들게" 되는 것을 의미한다. 이는 시가詩歌 예술의 형상들이 체인體認 되는 진실한 부분이다. 이런 뒤에야 시상을 내달려 그 감정을 깊이 얻을 수 있는 것이다. 마지막으로 의경意境은 "뜻에서 그것을 펼치고 마음속으로 그것을 생각하면 그 참됨을 얻을 수 있다"라고 하였듯이, 이는 주로 시가예술의 형상들이 표현하는 내적인 감수나 체득, 인식의 문제에 해당하는 표현이다. 중당中唐 대에 가서는 경을 결합한 의경설意 境說을 논의하는 방식으로 발전하였다. 이는 독특한 예술적 형상을 갖 추기를 요구한 이론으로 상당한 진전이 있었다. 특히 만당晩唐 대의 사공도司空圖(837~908)는 의경을 결합시키면서 시가의 풍격론風格論에 이르기까지 발전시켰다.

한편 송대宋代에는 시인들이 자신의 생활에서 일어난 사회·자연·개인 문제등을 소재로 하여 시로 읊었다. 이들은 성리학의 영향 아래서 평담平淡한 경향의 시풍을 보인다. 이에 송시에는 철학적 작품, 신변 등을 다룬 작품, 산문적, 설리적인 작품도 나타난다. 따라서 이들 시에는 다양한 소재를 바탕으로 더 많은 함축과 정확한 의미를 추구하였고 심지어 통속적인 표현까지도 시어로써 활용하는 경향이 나타났다.2) 경계는 유아지경有我之境과 무아지경無我之境으로 나누며, 자연과 자신, 즉 신여물회身與物會, 물아일체物我一體의 혼융적渾融的경지를 최고의 경지로 보았다. 따라서 의경은 시인의 주관적 사상, 감정과 개성, 그리고 사회적 존재로서의 시대 심미의식까지도 포괄하는 명제이고 의경설은 문학 비평의 핵심 논제로 부각되어 왔다. 이러한 사실은 청대淸代 주요 시론가詩論家와 청말淸末 왕국유王國維(1877~1927)에 이르기까지 다양한 논리 전개와 함께 발전한 데서 알 수 있다.3)

이러한 역사적 배경과 함께 의경은 도학자들이 그들의 사상과 감정을 담아내는 틀이 된 것이다. 이것은 바로 성리학적 세계관을 토대로 "자연 속에서 보편적인 조화의 세계를 발견"4)하고자 했기 때문이다.

지금까지의 이론을 토대로 성혼 시의 소재에 나타난 의경을 고찰한다. 이 책에서 다룰 성혼 시는 89제題의 작품인데 표에서 시를 제題, 연도, 형식, 운통, 운자, 소재 순으로 검토하였다. 이는 앞에서 언급한 바와 같이 원집 62제, 속집 18제, 습유 8제, 연구시聯句詩 1제를 포함한

. . . .

2) 김학주, 『개정 중국문학사』, 신아사, 2007, p.281.
3) 주훈초 외 지음, 중국학연구회 고대문학분과 역, 『중국문학비평사』, 이론과실천, 1992.
4) 엄경희·유정선, 「자연시의 전통과 개념」, 『한국시의 미학적 패러다임과 시학적 전통』, 소명출판, 2004, p.307.

89제이다.

성혼의 시는 주로 7언 절구가 많고 다음으로 5언 절구의 순으로 나타난다. 그는 절구를 자주 사용하여 '아정雅正'하다는 평가를 받았다. 이는 그가 도학적 자세에 바탕을 두고 이를 주제로 형상화 한 때문이다. 또한 그가 받은 시호 문간文簡에서 문文은 도덕에 대한 견문이 넓은 것을 뜻하고 간簡은 한결같은 덕을 간직하고 게으르지 않다는 의미를 띠어 도학적 성향이 나타남을 알 수 있다. 따라서 성혼의 시에 대해 '아정'하다는 평과 함께 시호를 '문간'이라 한 것에서 시문학의 텍스트와 풍격의 아름다움을 짐작할 수 있다. 그렇다면 그의 시문학의 내용을 구체적으로 살펴보자.

[표 4-1] 成渾 詩 分類

	題	年度	形式	韻統	韻字	素材
1	聞退溪先生棄官歸山	己巳(1569)	5율	微	歸,依,衰,洄	退溪
2	次鄭松江澈韻		5절	青	淸,醒	松江
3	題兒子所抄詩卷	庚午(1570)	5절	尤	句,口	兒
4	月夜獨吟		7절	侵	深,心,林	月夜
5	與友人遊雲溪寺 一首		5율	尤	幽,流,裘,秋	紺嶽山靑鶴洞雲溪寺
6	與友人遊雲溪寺 二首		7절	齊	西,凄	紺嶽山靑鶴洞雲溪寺
7	遊天磨山		7절	東	中,通	天磨山
8	鄭松江母夫人挽章	癸酉(1573)	5-10	入聲	實,血,及,說,泣	鄭松江母夫人
9	自京日暮 冒雪還坡山		5절	侵	深,林	坡山
10	贈僧僧自鄭典翰澈喪廬來因以此贈之		5절	陽	陽,涼,喪	鄭澈 執喪
11	次栗谷韻		5율	灰	開,廻,灰,來	栗谷
12	題安氏野亭		7절	陽	涼,茫	野亭
13	村人送酒栗谷		7절	陽	陽,香	栗谷,酒,菊花
14	溪邊小酌		5절	灰	來,盃	溪,酒
15	偶吟		7절	陽	王,陽	葵

	題	年度	形式	韻統	韻字	素材
16	與栗谷坐溪邊		5율	微	磯,機,微,歸	栗谷,高樹,川流,魚鳥
17	漫成		7절	陽	郞,陽	栗谷, 楓崖
18	次人韻		5절	微	稀,幾,畿,違	爐, 明月
19	還山		5율	眞	臣,人,春,新,嚬	芹,蕘
20	秋日偶吟		7절	侵	林,深,心	宋玉
21	書先考題僧軸詩後		5절	支	時,詩	山人,僧
22	還山		7절	微	扉,依,歸	黃花
23	述懷		7절	微	衣,微,違	書
24	次郭宜直希溫韻		7절	微	歸,飛,非	嶽寺
25	出城日。感懷有作		7절	蒸	增,興	雪,鍾鼓
26	次李公著誠中見贈韻		7절	灰	來,回,盃	盃
27	挽沈方叔義謙		7절	眞	眞,人,春	沈義謙
28	次安生邵韻		7율	微,知	希,扉,機,輝,知	山,月
29	梳罷偶題	癸未(1583)	7율	庚,靑	生,成,楹,靈	靑山,綠水
30	挽栗谷	甲申(1584)春	5-18	魚	書,廬,躇,如,畲,罕,歔,虛,初	栗谷
31	還坡山	甲申(1584)	7절	眞	身,新,人	坡山
32	南洲晚步	甲申(1584)	7절	庚	平,生,名	南洲
33	次栗谷韻	丁亥(1587)	5-6	入聲	室,伐,忽	新葉
34	書示吳允謙黃愼兩生	丁亥(1587)八月	7절	眞	身,晨,人	微蟲
35	書示吳允謙黃愼兩生	丁亥(1587)八月	7절	眞	身,晨,人	候蟲,秋風,落月
36	聞鶯		7절	庚	明,聲,輕	鸎,袂衣
37	贈安應休天瑞		7절	東	中,翁,叢	山鳥,花叢
38	秋日訪安應休山居		5절	齊	齊,棲	黃㹠,紅甜
39	還山道中詠石將軍		7절	文	軍,君,雲	石將軍
40	山居卽事	戊子(1588)春	7절	歌	阿,多	花
41	挽思菴朴相公淳	己丑(1589)	7절	侵	深,尋,心	朴淳
42	溪上春日		7절	刪	山,間,閑	春風
43	遊紺嶽山	庚寅(1590)秋	7절	東,冬	中,紅,松	翠微峯
44	寄金剛寺讀書諸生 幷小序	庚寅(1590)十一月	7절	靑,梗	經,永,省	金剛寺 諸生

	題	年度	形式	韻統	韻字	素材
45	題柳氏溪亭		5절	眞	新,人	柳氏溪亭
46	五月七日登巖泉寺	壬辰(1592)	7절	東	中,躬,窮	巖泉寺
47	安峽後浦流寓	壬辰(1592)夏	7절	刪	山,間,閑	安峽後浦
48	有僧持詩軸來謁軸中有栗谷詩	癸巳(1593)	7절	支	悲,踟	老僧
49	贈神光寺僧	癸巳(1593)秋	7절	刪	山,閑,還	神光寺 僧
50	悼趙汝式憲次李大仲海壽韻		7절	支	誰,移,知	趙憲
51	石潭次李大仲韻		7절	支	祠,詞	石潭書院, 隱屛祠
52	次尹生耆獻韻送別還京		7절	支	期,師	石潭書院
53	次尹生耆獻韻		7절	侵	尋,臨,心	栗谷古宅
54	次神光寺詩軸韻	甲午(1594)春	5-4			神光寺詩軸
55	留別諸君	甲午(1594)九月	5절	尤	頭,流	別諸君
56	次宋雲長翼弼贈別韻	甲午(1594)九月	7절	尤	籌,羞,舟	西江之別
57	次宋雲長翼弼贈別韻	甲午(1594)九月	7절	侵	音,心,禁	西江之別
58	初寓角山感懷(拾遺-呻病得惡句書奉龜老)	甲午(1594)九月	7절	東	中,豐	丹闕
59	初寓角山感懷	甲午(1594)九月	7절	東	空,通,東	孤村
60	贈朴守慶		5절	元	言,源	朴守慶
61	贈朴守慶		5절	尤	流,頭	卜居
62	峒隱李公義健號來問疾	戊戌(1598)五月	7절	魚,齊	虛,溪	牛溪
63續	酬鄭季涵澈	辛酉(1561)春	7절	眞	身,句,人	鄭澈
64續	書先考題僧軸詩末	甲戌(1574)五月	7절	眞	新,春,人	僧侶詩軸

	題	年度	形式	韻統	韻字	素材
65續	敬次先考韻題僧軸	丙子(1576)夏	7절	庚	庚,淸,生	先考韻
66續	酬李夢應濟臣	己卯(1579)	5-10	仄聲	堅,發,綠,得,惑	被褐翁
67續	贈李夢應		7절	眞	仁,春,人	李夢應
68續	贈安景容昶	甲申(1584)秋	7율	庚	平,生,名,生,名	安昶
69續	哭栗谷墓見其墳庵僧軸有詩書其下		5절	眞	新,神	栗谷墓
70續	寄崔時中雲遇香浦書室	丙戌(1586)七月	7절	元	村,元,孫	香浦書室
71續	贈全命碩		7율	灰東	灰回來,風,翁	酒
72續	田園漫興	庚寅(1590)冬	7절	刪	間,山,般	田園
73續	酬安習之敏學		5율	灰	隈,哀,堆,廻	安敏學
74續	寓石潭	癸巳(1593)冬	5율	東	翁,蓬,中,風,豐	石潭
75續	贈鄭子愼之升		7절	豪	豪,滔,高	豪
76續	贈李景魯希參		5배	支微眞	垂,非,詩,扉,親,眞,塵,濱	蒼松,明月
77續	和石潭精舍諸賢		7율	眞	仁,親,新,眞,循	石潭精舍諸賢
78續	酬尹生耆獻		7절	虞	儒,徒,途	尹耆獻
79續	酬鄭君敬碏	甲午(1594)秋	5절	尤	頭,流	鄭碏
80續	和李大仲海壽		7절	灰	灰,開	菊花
81拾	別許判官伯起震童南歸		7절	入聲陌	夕,客	梅花, 楚客
82拾	別許判官伯起震童南歸		5절	上聲紙	使,里	吳州月
83拾	累在秋府 牛溪次韻		7율	寒	竿,安,難,冠,間	夏侯, 由
84拾	贈安景容昶		7절	支	時,宜,時	林亭
85拾	紺岳卽事		7절	東	東,紅,松	紺岳翠微峯下寺
86拾	孤松癸巳冬寓石潭時	癸巳(1593)冬	7절	支	期,時,疑	孤松
87拾	次人韻		7율	先	天,邊,泉,鞭,然	林泉

	題	年度	形式	韻統	韻字	素材
88拾	寄韓瑩中璀 ○乙未答韓書末所題	乙未(1595)	7절	眞	民,春,人	鄕里
89	遊南嶽		5율 聯句詩	尤	遊,幽,秋,牛	南嶽

시에 나타난 소재는 다양한데 이를 유형별로 제시하면 다음과 같다. 이는 인물人物, 자연自然, 유가儒家, 불가佛家, 주효酒肴, 화훼花卉, 누정樓亭, 복거卜居, 의복衣服, 기물器物, 이별離別, 고孤, 분묘墳墓 등으로 그 유형이 다양하게 나타난다. 이를 각각 소재별 유형에 따라 분류해서 그 상세한 특징을 살펴보자.

성혼의 시를 살펴보면 인물을 소재로 한 경우가 가장 많은 비중을 차지하고 있다. 여기서 인물 소재를 그대로 나열해 보면 그 인물들과 교유 관계가 드러날 것이다. 이들은 유由(자로子路), 박수경朴守慶, 박순朴淳, 선고先考, 송강松江, 송옥宋玉, 심의겸沈義謙, 아兒, 안민학安敏學, 안창安昶, 윤기헌尹耆獻, 율곡栗谷, 이몽응李夢應, 정송강모부인鄭松江母夫人, 정작鄭碏, 정철鄭澈, 조헌趙憲, 초객楚客, 퇴계退溪, 풍애楓崖, 피갈옹被褐翁, 하후夏侯, 호豪 등이다. 여기서 그와 교유한 인물 중에 율곡과 송강이 자주 등장한 것으로 보아 그의 삶 속에 깊이 자리를 차지하고 있다는 것을 알 수 있다. 또한 그가 지향하는 삶의 표상이 퇴계이며 그와 교유한 제자와 그가 읽은 유가儒家 문헌, 즉 경전經傳에 등장한 인물들이 주요 소재였음을 알 수 있다.

자연을 소재로 한 경우는 시내[溪], 고수高樹, 남악南嶽, 남주南洲, 낙월落月, 녹수綠水, 임천林泉, 명월明月, 미충微蟲, 산산, 산조山鳥, 눈[雪], 신엽新葉, 안협후포安峽後浦, 꾀꼬리[鸎], 어조魚鳥, 오주월吳州月, 우계牛溪, 달[月], 월야月夜, 전원田園, 창송蒼松, 천류川流, 천마산天磨山, 청산靑山, 추풍秋風, 춘풍春風, 취미봉翠微峯, 파산坡山, 홍감紅酣, 꽃[花], 황눈黃

嫩, 황화黃花, 후충候蟲 등이다. 주로 산수와 동식물이 등장하는데 다양한 소재보다는 성혼이 거주한 파산坡山 지역을 중심으로 인근 도처에 존재하는 대상물을 소재로 하였음을 알 수 있다. 소재를 통해 인의仁義를 내포하는 요소를 찾는다면 주로 지혜로운 물의 이미지와 영구불변의 산, 그리고 따뜻한 봄과 맑고 청신한 녹색과 청색을 색감의 소재로 들고 있어 자신의 도학적 삶의 밝은 측면이 드러난다. 이는 그가 병약하고 힘든 상황이면서 산림에 처해 있으면서도 밝고 긍정적인 소재를 시에 반영하여 형상화하고 있다는 것을 보여준다.

유가儒家를 소재로 한 경우는 책[書], 석담石潭, 석담서원石潭書院, 은병사隱屛祠, 석담정사제현石潭精舍諸賢, 향리鄕里, 향포서실香浦書室 등이 있다. 반면에 불가를 소재로 한 경우는 감악산청학동운계사紺嶽山靑鶴洞雲溪寺, 감악취미봉하사紺岳翠微峯下寺, 금강사제생金剛寺諸生, 노승老僧, 산인山人, 승僧, 승려시축僧侶詩軸, 신광사승神光寺僧, 신광사시축神光寺詩軸, 악사嶽寺, 암천사巖泉寺 등이 있다. 유가의 소재지는 주로 이이와 교유한 지점이 드러나며 불가 소재에 있어서는 파산 향양리 인근의 절과 임란 당시 피란 중 거주하였던 절이 중심을 이루고 있다. 따라서 유가와 불가의 소재에서는 그의 학문적 지향이 드러나는데 도학자로서 유가적인 삶을 살지만 그 가운데에 승속을 초월하여 불가와도 교유하였음을 알 수 있다.

기타를 소재로 한 경우는 주효酒肴, 화훼花卉, 누정樓亭, 복거卜居, 의복衣服, 기물器物, 이별처離別處, 고孤, 분묘墳墓를 들 수 있다. 여기에는 주酒, 배盃, 국화菊花, 해바라기[葵葵], 미나리[芹芹], 냉이[薺薺], 매화梅花, 화총花叢. 국화菊花, 단궐丹闕, 유씨계정柳氏溪亭, 야정野亭, 임정복거林亭卜居, 율곡고택栗谷古宅, 석장군石將軍, 종고鍾鼓, 화로[노爐], 겹의별제군袷衣別諸君, 강서지별西江之別, 고송孤松, 고촌孤村, 율곡묘栗谷墓 등이 나타난다.

도학자의 삶은 일상생활 속에서 영위하는 동정어묵이 주를 이룬다. 그렇다고 볼 때 성혼은 이 동정어묵을 제대로 시에 반영한 셈이다. 왜냐하면 위에 제시한 것처럼 다양한 소재로 반영하고 있으며 술, 조수 초목 등을 등장시켜 자신의 삶과 관련된 장소들을 그의 시에 배치하였기 때문이다.

따라서 성혼의 시에 나타난 소재는 인물人物, 자연自然, 유가儒家, 불가佛家, 주효酒肴, 화훼花卉, 누정樓亭, 복거卜居, 의복衣服, 기물器物, 이별처離別處, 고孤, 분묘墳墓 등으로 다양하다.

시에 나타나는 특징을 살펴보면 증답시와 차운시가 주를 이룬 가운데 만시는 편수가 적게 나타났다. 그리고 교유시가 즉물시와 자연시보다 많다는 점이 드러났다. 성혼의 시는 허구의 인물이 아니라 실생활의 면과 그의 삶속에서 교유하고 증답한 사제와 벗, 문도들을 대상으로 형상화 한 것들이다. 이를 통해 볼 때 성혼 시는 도학자의 일상적인 삶 속에서 문학적으로 형상화한 시이기 때문에 증답시, 차운시, 교유시가 가장 큰 비중을 차지한 것을 알 수 있다.

다음은 앞에서 제시한 성혼 시의 소재에 맞추어 인물과 자연으로 나누어 인물을 소재로 한 증답시, 차운시, 만시 등의 교유시에 형상화된 의경을 살펴본다. 이어서 자연을 소재로 한 즉물시, 자연시에 형상화된 의경을 고찰해 나간다.

1) 인물人物에 형상화된 의경

성혼 시는 앞서 살펴본 바와 같이 도학시의 특질을 지니고 있다. 여기서는 우선 인물을 소재로 한 시에 형상화된 의경을 고찰한다. 인물에 관한 시는 증답시, 차운시, 만시 등의 교유시가 그 대상이다.

증답시贈答詩는 증시贈詩와 답시答詩를 아울러 이르는 말이다. 증시에는 증贈, 기寄, 서書라는 말이 붙고, 답시에는 답答, 화和, 수酬라는 시제로 나타난다. 그래서 증답시는 앞서 언급한 기寄○○, 서書○○, 증시贈詩, 화시和詩, 창화唱和, 수시酬詩, 수창酬唱, 답시答詩 등을 포함해 함께 다루어야 한다. 왜냐하면 증답시는 당시의 지식인들이 사교적 문예로써 주고받은 점도 있지만 그들의 내면적 삶이 잘 드러나는 교유의 소통수단이기 때문이다. 범선균이 중국시대 위魏나라의 시인이자 조조曹操(155~220)의 아들인 조식曹植(192~232)의 증답시에 관한 연구에서 "반드시 특정한 개인에게 주는 것으로서 작자와 주는 대상의 신변에 관한 내용으로 엮어지는 것"5)이라고 밝힌데서 알 수 있다. 이는 증답시가 작자와 주위 인물간의 상관성에 주안점을 두고 살펴보아야 작자의 감정을 이해할 수 있다는 것을 알려준다.

이처럼 조선조에 증답시 교유는 사대부의 시문에 나타나는 일반적인 양상이다. 특히 교유간交友間, 사제간師弟間의 증답이 주를 이룬다. 심지어 이념적 차이에도 불구하고 승속간僧俗間의 교유도 나타난다. 그들에게 증답시는 삶의 지평과 군자가 되는 덕목을 기르는 매개체인 것이다. 따라서 당시 지식인들은 증답시 교유를 통해서 그들의 의식을 드러내고 행동거지를 단속하는 도학자의 삶을 지향하였다. 이러한 경향은 성혼의 경우에도 마찬가지이다.

그렇다면 성혼의 증답시에서 그의 도학적 성향이 어떻게 나타나는지 살펴보자. 먼저 증시贈詩로는 「증이몽응贈李夢應」, 「증안경용창贈安景容昶」, 「증전명석贈全命碩」, 「증정자신지승贈鄭子慎之升」, 「증이경로희참贈李景魯希參」, 「증승승자정전한철상려래인이차증지贈僧僧自鄭典翰澈喪廬來因以此贈之」, 「증신광사승계사추贈神光寺僧癸巳秋」, 「증안응휴천서贈安應休天瑞」, 「증박수경이수병소서贈朴守慶二首幷小序」의 10수가 있다. 답시

• • • • • • • • • •

5) 범선균, 「조식의 증답시」, 『중국문학』 제4집, 한국중어어문학회, 1977, pp. 57~71.

答詩에는 「증이몽응제신酬李夢應濟臣」, 「수정계함철酬鄭季涵澈」, 「수안
습지민학酬安習之敏學」, 「수윤생기헌酬尹生耆獻」, 「수정군경적酬鄭君敬磧」,
「화석담정사제현和石潭精舍諸賢」, 「화이대중해수和李大仲海壽」 등의 7수
가 있다. 이 증시와 답시를 포함한 시는 모두 17수이다. 성혼과 증답한
인물은 벗, 스님, 문도에 이르기까지 다양하다. 구체적으로는 벗에 해당
하는 정작鄭碏(1533~1603), 청강淸江 이제신李濟臣(1536~1583), 정철鄭澈
(1536~1593), 안민학安敏學(1542~1601), 대중大仲 이해수李海壽(1536~
1598), 안천서安天瑞, 박수경朴守慶이 있다. 또한 문도에 해당하는 인물
로 석천石泉 안창安昶(1552~?), 전명석全命碩, 윤기헌尹耆獻(1548~?), 총
계당叢桂堂 정지승鄭之升, 이희삼李希參이 있다. 기타 인물로는 이름을
알 수 없는 스님, 신광사 승려 및 석담정사의 율곡제자栗谷弟子들이 포
함된다. 이제신과 주고받은 시가 함께 전하며, 박수경에게 보낸 증시는
두 수에 이른다. 이처럼 성혼은 주로 유자儒者들과 증답하였고, 불자佛
者와도 교유하고 있어 사상적으로도 포용정신이 있음을 알 수 있다.

한편 성혼의 정신은 그와 교유한 인물들의 차운시에도 잘 나타난다.
『우계집』에 수록된 차운시는 <차정송강철운次鄭松江澈韻>, <차율곡운
次栗谷韻>, <차인운次人韻>, <차곽의직희온운次郭宜直希溫韻>, <차이공저
성중견증운次李公著誠中見贈韻>, <차안생소운次安生邵韻>, <차율곡운정
해次栗谷韻丁亥>, <차윤생기헌운송별환경次尹生耆獻韻送別還京>, <차윤생
기헌운次尹生耆獻韻>, <차신광사시축운次神光寺詩軸韻>, <차송운장익필
증별운次宋雲長翼弼贈別韻 이수二首>, <석담차이대중운石潭次李大仲韻>, <도
조여식헌차이대중해수운悼趙汝式憲次李大仲海壽韻>, <경차선고운제승축
병자하敬次先考韻題僧軸丙子夏>, <누재추부우계차운累在秋府牛溪次韻>, <차
인운次人韻> 등이 있다. 이 시에 등장하는 이들은 그와 매우 가까운
인물들이다. 그렇다면 인물을 소재로 한 시에 형상화된 의경을 권학,
은일, 별리, 교유의 측면에서 구체적으로 살펴본다.

(1) 권학勸學을 소재로 한 경우

직접적인 도학시 외에도 도학적 성향의 시를 살펴보기 위해서는 도학자의 삶과 결부된 그들의 일상생활 속의 교유를 고찰하여야 한다. 여기서 도학자의 삶은 일상생활 속에서 사용되는 당연한 도리의 연속선상에 놓여있다. 증답시는 이러한 도학자의 삶에서 직접 교유의 사실을 보여준 것이다. 여기서 드러나는 도학적 성향은 『논어』 「헌문편」에서 공자와 자로의 문답에서 그들이 지향하는 방향을 이해할 수 있다.

> 자로가 군자에 대해 물으니 공자께서 말씀하셨다. "경敬으로써 자기를 닦아야 한다." "그렇게만 하면 됩니까?" "자기를 닦아서 다른 사람을 편안하게 할 수 있어야 한다." "그렇게만 하면 됩니까?" "자기를 닦아서 백성을 편안하게 해주어야 하니. 자기를 닦아서 백성을 편안하게 하는 것은 요순堯舜도 오히려 병통으로 여기셨다."[6]

공자는 자로에게 군자의 수기修己하는 방법을 가르쳐 준다. 그 방법은 개인과 사회, 국가로 확장하면서 경敬, 안인安人, 안백성安百姓의 실천이다. 자기가 남에게 공경을 받고, 다른 사람을 편안하게 해주며, 백성을 편안하게 할 줄 아는 사람이라야 바로 군자라 할 수 있는 것이다. 따라서 도학자는 내성외왕을 지향하는 자로서 수기방법修己方法을 실천해야 하고, 이러한 군자를 지향하기 때문에 도학시에 이러한 지향이 드러나는 것은 당연하다. 그렇다면 성혼의 증답시 가운데 도학적 성향이 어떻게 전개되어 나타나는지 살펴보자.

方寸何曾有不平　　가슴 속에 어찌 불평하는 마음 있었으랴
淸貧隨分樂吾生　　분수 따라 청빈하고 나의 삶 즐거운데

. . . .

6) "子路問君子 子曰 修己以敬 曰如斯而已乎 曰修己以安人 曰如斯而已乎 曰修己以安百姓 修己以安百姓 堯舜 其猶病諸"(『論語』, 「憲問篇」).

若要留得佳名在	만약 명성을 세상에 남기려고 한다면
何異風塵故逐名	풍진에 명예를 좇는 것과 무엇이 다르랴
濁世營營未易平	탁한 세상 분주하게 마음까지 바쁘니
太煩呵叱笑莊生	너무 번거롭다 꾸짖은 장생이 우습구나
只應爲己眞功積	다만 자신을 위한 참다운 공부 쌓을 뿐
何必當仁苟避名	인을 당하여 구차히 이름을 피하겠는가

<증안경용창贈安景容昶>7)

이 시는 갑신년(1584) 가을에 성혼이 안창安昶(1552~?)에게 준 것으로 도학자가 지향할 자세와 포부가 드러난 작품이다. 성혼은 안창에게 편지를 주면서 학자로서 청빈한 삶과 안분지족하는 자세를 지향할 것을 강조하였다. 성혼은 특히 '인仁'을 추구하는 데에 있어서는 애써도 된다고 거듭 강조한다. 이러한 일들은 참다운 공부를 하는데 반드시 필요한 일이라는 뜻이다. 경련頸聯에서 제시한 '장생莊生'은 전국시대 사상가 장주莊周(?~?), 즉 장자莊子에 대한 표현이다. 다음 문장을 통해 그가 가진 처세관을 엿볼 수 있다.

"내가 들으니, 초나라에는 신령스런 거북이 있는데 죽은 지 이미 삼천 년이 됩니다. 임금은 이를 비단으로 싸서 상자에 넣어 묘당 위에 그것을 보관한다 합니다. 만약 이 거북이라면 차라리 죽어서 뼈만 남아 존귀하게 되겠습니까? 차라리 살아서 진흙 속에 꼬리를 끌고 다니겠습니까?" 두 대부가 대답했다. "살아서 진흙 속에 꼬리를 끌고 다니겠지요." 장자가 말했다. "돌아가시오. 나는 진흙 속에 꼬리를 끌며 살겠습니다."8)

. . . .

7) 『牛溪先生續集』,「卷之一 詩」.

8) "吾聞楚有神龜 死已三千歲矣 王以巾笥 而藏之廟堂之上 此龜者, 寧其死爲留骨而貴乎 寧其生而曳尾於塗中乎 二大夫曰 寧生而曳尾塗中 莊子曰 往矣 吾將曳尾於塗中"(『莊子』,「第十七篇 秋水」).

이처럼 장자는 『장자莊子』 「추수秋水」에서 그가 정치에 나가지 않는 이유를 자유로운 거북이가 예미도중曳尾途中하는 심정에 비유한다. 이 같은 사례는 『장자』 「열어구列禦寇」에서 제물로 쓰일 소에 비유하여 초빙을 물리친 경우9)에서도 알 수 있다.

결국 장자의 말처럼 성혼도 관직에 오르면 그렇게 될 수밖에 없는 처지를 예화로써 대변한 셈이다. 그가 한사코 정계에 진출하기를 거부한 이유가 진정한 도학을 하는 데 있다는 것을 알 수 있다. 그래서 그는 안경용에게도 인仁을 얻는 것은 애써도 괜찮지만 명예名譽를 탐하지는 말라고 당부한다. 이는 『맹자』에서 언급한 천작天爵에 해당하는 인의충신仁義忠信, 인작人爵에 해당하는 공경대부公卿大夫 중에서 천작이 더 중요하다는 것10)과 의미가 상통한다. 이는 인의충신에 힘써야지 공경대부가 되려고 일부러 애쓰지는 말라는 것이다. 그래서 미련尾聯에서 인仁을 행하는 일은 물러섬이 없어야 한다고 천명한다. 이 시를 통해서 성혼은 도학자가 평생 실천해야 할 삶의 지향점을 명시한 셈이다. 특히 안경용에게 헛된 이름과 분수에 어긋나는 삶을 경계할 것이며 인작에 힘써 위기지학爲己之學하도록 당부하고 있는 것으로 볼 수 있다.

다음은 다른 사람의 시운에 차운한 것이다.

風雪擁山爐	북풍한설의 산중에서 화롯불 끼고 앉아
孤吟相識稀	외로이 시 읊으니 아는 사람 적어라
浮名妨靜意	뜬 이름은 마음을 고요하게 함에 해롭고
末路少沈幾	말로에는 기미幾微에 침잠하는 일 드물다

9) 『莊子』, 「第三十二 列禦寇」, "或聘於莊子 莊子應其使曰 子見夫犧牛乎 衣以文繡 食以芻菽 及其牽而入於大廟 雖欲爲孤犢 其可得乎".

10) 孟子曰 "有天爵者 有人爵者 仁義忠信 樂善不倦 此天爵也 公卿大夫 此人爵也 古之人 修其天爵 而人爵從之 今之人 修其天爵 以要人爵 既得人爵 而棄其天爵 則惑之甚者也 終亦必亡而已矣(『孟子』, 「告子章上」)."

明月疎林岸	밝은 달은 숲 언덕에 성글고
柴門白石磯	사립문에는 흰 돌의 낚시터 있다오
於焉有幽趣	이곳에 그윽한 취미 가득하니
百歲願無違	백년토록 이 소원 이루기 바라노라

<차인운次人韻>[11]

이 시는 '미微'운으로 차운한 것이다. 계절적 배경은 '북풍한설'과 '화롯불'을 통해서 볼 때 엄동설한嚴冬雪寒의 겨울이다. '뜬 이름'은 마음을 고요하게 하는 것을 방해하는 요소이다. 여기서 '뜬 이름'은 명성이 실제보다 지나칠 때 생기는 것으로『맹자』「이루」에 보이는 '성문과정聲聞過情'에서 경계한 의미와 상통한다.

> 서자徐子가 물었다. "중니께서 자주 물의 덕을 칭송하시어 '물이여! 물이여!'하셨는데, 물에서 무엇을 취하신 것입니까?" 맹자가 답하였다. "근원이 있는 샘물은 졸졸 솟아나와 밤낮으로 그치지 아니하여, 파인 구덩이를 채운 뒤에 앞으로 나아가서 사해四海에 이른다. 근원이 있는 것은 이와 같으므로 그 점을 취하신 것이다. 진실로 근원이 없으면 7~8월에 빗물이 모이면 밭도랑이 모두 물로 가득해지나 그 마르는 것은 서서 기다릴 수 있는 것이다. 그러므로 명성이 실제보다 지나치는 것을 군자는 부끄러워하는 것이다."[12]

위는 서자徐子와 맹자孟子의 문답내용이다. 맹자는 공자가 물의 덕성을 칭찬한 이유와 그에 대한 답변을 하였다. 여기서 학문하는 것은 끊임없이 흐르는 물처럼 근원이 있어서 과정을 채우고 난 뒤에라야

. . . .

11) 『牛溪先生集』,「卷之一 詩」.
12) "徐子曰 仲尼亟稱於水 曰 水哉 水哉 何取於水也 孟子曰 原泉混混 不舍晝夜 盈科而後進 放乎四海 有本者如是 是之取爾 苟爲無本 七八月之間雨集 溝澮 皆盈 其涸也 可立而待也 故聲聞過情 君子恥之"(『孟子』,「離婁」).

크게 된다는 의미이다. 그렇지 않고 근원이 없이 잠깐 사이에 도랑에 가득 찼던 물은 쉽게 마른다는 것이다. 그래서 군자는 단계를 건너뛰거나 명실상부하지 못한 자신을 부끄러워한다. 이것은 자신의 허명이 세상에 알려질까 두려워하는 내적수양의 자세를 보여주는 태도다. 따라서 위의 시 작품은 도학자로서 학문하는 자세와 내적 수양의 자세를 보여준 차운시라 할 수 있다.

潛心管榻坐忘歸　　관녕管寧처럼 잠심하여 돌아갈 줄 모르는데13)
嶽寺窮冬雪正飛　　감악사에는 겨울 깊어 눈발이 날리누나
舊學今朝回白首　　오늘 아침 옛날 배우던 일 백수에 회상하니
悠悠四十九年非　　사십구 년 동안 잘못한 것 너무나 많구나
<차곽의직희온운次郭宜直希溫韻>14)

위는 의직宜直 곽효온郭希溫의 시운에 차운한 것이다. 시제에 "곽의직이 파산坡山의 절정絶頂에서 독서하므로 감동하여 그의 시운에 차운"한 것이라고 밝혔다. 기구의 '관녕管寧'은 자字가 유안幼安인데, 위나라 조조曹操가 집권할 때 난을 피해 요동遼東에 가서 살았던 인물이다. 그는 늘 조모皂帽를 쓰고 목탑木榻에 앉아서 50년 동안 시서詩書를 강습했다고 한다. 이때 그의 무릎이 상에 자주 닿은 곳이 닳아 뚫어졌다는 것이다.15)

이는 성혼도 관녕처럼 독서에 잠심하고 있다는 표현이다. 결구의 '사십구 년'은 춘추시대 위衛나라의 어진 대부인 거원蘧瑗과 관련된 고사인데 여기서 거원은 거백옥蘧伯玉을 말한다. 그는 『논어』「위령공」편에서 "나라에 도가 있으면 나오고 도가 없으면 물러난다."는 평을 받은

----

13) "潛心이 어떤 본에는 功深으로 되어 있다."(『牛溪先生集』,「卷之一 詩」)
14) 『牛溪先生集』,「卷之一 詩」.
15) 『三國志 魏書』,「魏書卷 11 管寧傳」.

인물이다. 또한『회남자淮南子』「원도훈原道訓」에 거원은 자신의 나이 50세가 되어서 49세까지 잘못 살았다는 것을 깨닫는다. 따라서 이 작품은 성혼이 자신의 나이 쉰 무렵에 거백옥의 말을 인용하여 회고한 것으로 도학자의 독서 자세와 성찰을 담은 시라 할 수 있다.

藜藿足充飢	명아주와 콩잎도 굶주린 배 채울 만한데
淸風來斗室	시원한 바람 작은 방에 불어온다
愛此新葉嫩	새로 자란 연한 잎 사랑스러워
庭前草勿伐	뜰 앞에 자라는 풀 베지 않노라
靜言願無違	고요히 이 소원 이루기를 원하니
戰兢防眇忽	전전긍긍하여 잠시의 방심도 삼가리라

<차율곡운次栗谷韻>[16]

이 시는 율곡의 시운에 차운한 시로써 6구로 이루어진 것으로 율곡 사후 3년이 지난 정해년(1587)의 일을 보여준다. '명아주'와 '콩잎'은 소박한 음식으로 청빈淸貧한 삶을 상징한다. '청풍'은 시원한 바람이면서 가슴에 담긴 맑은 뜻을 의미한다. 자연과 함께 하는 도학자의 마음이 시에 담겨있다. 이는 특히 전고가 있는 3~4구에 잘 드러난다. 북송의 주돈이周敦頤(1017~1073)는 호가 염계濂溪로서 도학자이다. 그는 자신이 살던 곳의 창 앞에 풀이 무성히 자라도 베지 않았다고 한다. 어떤 사람이 그 까닭을 물으니 풀도 살려는 뜻이 자신이 살고자하는 뜻과 같다고 본 자신의 의사意思와 마찬가지라고 하였다. 그렇기 때문에 베지 않은 것으로 풀과 같은 사물을 통해서도 천지생물지심天地生物之心을 이해한 것이다. 따라서 성혼은 자신이 거처한 공간에서도 자연의 질서를 이해하였다고 볼 수 있다. 이 때문에 새로 자란 연한 잎도 사랑

- - - - - - - - - -

16) 『牛溪先生集』,「卷之一 詩」.

스럽게 느낀다. 이는 한창 자라는 나무나 풀을 꺾지 않는다는 방장부절方長不折의 정신을 보여준다. 그래서 이 시는 격물궁리의 공부가 어디에 있는지 알 수 있으며 작은 것 하나라도 소홀하지 않도록 전전긍긍하는 도학자의 자세를 담아낸 것이라 하겠다.

다음의 시는 정지승에게 준 시이다.

不坐詩窮氣自豪	시궁詩窮하지 않아도 기개 절로 호방하여
興來拈筆水滔滔	흥 일자 붓 잡고 도도한 물처럼 글 쓰네
無由咀破凌雲句	능운의 시구를 지어서 음미하면서도
參得仙山地位高	신선의 높은 지위에 오를 수 없네

<증정자신지승贈鄭子愼之升>[17]

이 시는 성혼이 자신子愼 정지승鄭之升에게 준 것이다. 첫 구절 '부좌시궁不坐詩窮'은 정지승이 좋은 시를 지으려고 굳이 궁하게 살지는 않았다는 말이다. 여기서 시궁詩窮은 구양수歐陽脩(1007~1072)가 "시는 곤궁해진 다음에야 비로소 공교해진다詩窮而後工說"라고 한 데서 유래한 말이다. 시인은 그가 처한 현실이 어렵고 궁할수록 더 좋은 시를 낳게 된다는 비유인 것이다. 하지만 "능운의 시구를 지을 길 없"다는 것은 문장을 자유롭게 짓는 단계에는 이르지 못함을 밝힌 셈이다. 여기서 '능운凌雲'은 『사기』「사마상여열전」에 등장하는 「능운부凌雲賦」에서 유래한다.[18] 이는 문장文章 구사능력驅使能力과 재기才器가 비범한 것을

. . . .

17) 『牛溪先生集』, 「卷之一 詩」.
18) 사마상여司馬相如(B.C.179~B.C.117)는 일찍이 한무제漢武帝(B.C.156~B.C.87)를 위해 「대인부大人賦」를 바쳤다. 여기서 대인은 천자를 비유한 말이다. 능운부凌雲賦라는 말은 "상여가 「대인부」를 바치니, 천자가 매우 기뻐하였다. 둥실 구름위로 올라간 것 같은 기분이고, 천지 사이를 자유로이 노니는 것 같은 뜻이 있다고 하였다."(『史記』, 「卷117 司馬相如列傳」)라고 한데서 유래한다.

비유한 말이다. 소서小序에 "정자신이 깊은 산중에 집을 짓고는 거문고를 타며 책을 읽었다. 그리하여 외물을 추구하지 않을 수 있었다. 이 때문에 그 뜻이 호방하고 초일하며 그 격조가 깨끗하고 웅장하여 측량할 수 없으므로 내 지극히 공경하고 감탄한 나머지 졸구拙句를 써서 주는 바이다."19)라고 하였다. 이는 물외한인物外閒人의 정지승의 삶이 마치 신선 생활과 같음을 보여준 것이다. 정지승의 높고 뛰어난 호일豪逸함과 웅혼한 자세에 대해 성혼이 은일지사隱逸之士로서 찬미하였다. 여기서 성혼은 자신도 도학자로서 호일豪逸과 웅혼雄渾함을 선망하며 자신의 시를 겸손히 읊조린 것이다.

昔年東魯有眞儒　　옛날 동로에 참다운 학자가 있었으니
君是升堂舊學徒　　그대야말로 당에 오른 옛 학도라오
孤介風標難再得　　고고한 의표 두 번 다시 얻기 어려우니
莫敎悠泛止中途　　한가로이 세월을 보내어 중도에 그치지 마오
　　　　　　　　　　　　　　　　　<수윤생기헌酬尹生耆獻>20)

　위는 성혼이 윤기헌尹耆獻(1548~?)에게 수응酬應한 시이다. 윤기헌은 이이의 문인으로 자字는 원옹元翁이고 호가 장빈자長貧子로서 호조판서를 지낸 윤자신尹自新(1529~1601)의 아들이다. 시제를 통해 볼 때 원옹元翁, 즉 윤기헌이 성혼에게 자주 시를 부친 사실을 알 수 있다. 그러나 성혼은 답을 못해주다가 성인도 다른 사람의 노래를 듣고 나서 화답가를 부르는 공손함이 있다는 것을 깨닫는다. 그래서 이 시는 성혼이 잘못을 깨닫고, 벗의 문인이 보내준 아름다운 시운에 화답한 것이다.21)

· · · · · · · · · ·

19) "鄭子愼結廬萬山之中 彈琴讀書 足以無求於外 是以 其志豪而逸 其調淸而壯 有不可窺斑者 敬歎之極 書拙句而還之"(『牛溪先生集』, 「卷之一 詩」.)
20) 『牛溪先生續集』, 「卷之一 詩」.
21) "每承元翁遠寄淸詩 以渾不能詩 無所和答 一日 忽思與人歌而善 必使復之 而

기구에서 동로東魯는 동쪽 노나라란 뜻으로 공자의 학문자세를 본받은 우리나라를 가리킨다. 이는 윤기헌을 동로의 학자 중에 당에 오를만한 인재라 칭한 것으로 공자의 학문을 잇기 바라는 염원을 담은 것이다. "당에 오른"에서 당堂은 서당의 마루나 대청을 가리킨다. 학문이 일정한 경지에 올라야 스승의 근처에 앉을 수 있다는 말의 비유다. 즉 학문의 경지가 일정 수준에 도달해야 당에 오를 수 있으며 문하생들도 그를 높이 대우할만한 존재가 되는 것이다. 이는 『논어』에서 "유由는 당에는 올라갔으나 아직 방에는 들어가지 못했다."[22]라고 공자가 평한 데서 알 수 있다. 여기서 제자의 순서를 따진다면 방房에 들어가 스승과 함께하는 존재가 고제자高弟子라 할 만하고, 다음이 당堂에 오른 제자, 그리고 당하堂下에 있는 제자가 가장 아래인 셈이다. 성혼은 이이 문인 중에서 윤기헌을 성리학에 밝고 문명文名이 있어 고제자高弟子라 칭하였다. 또한 고고한 결의를 가지고 있고 풍채와 거동이 좋으니 부디 학문에 심취하여 대성하기를 당부한다. 따라서 이 시는 벗의 제자에 대한 성혼의 애틋한 마음이 잘 표현된 뿐만 아니라 자신도 학문에 최선을 다하고 한시도 그만두지 않겠다는 의지를 표명한 것으로 볼 수 있다.

只愁客味擾閑身	나그네 생활 한가로운 신세를 흔들 걱정하여
長願歸家未一旬	집에 돌아가길 바라다 열흘이 못 되었는데
如今却坐青山裏	이제는 문득 청산 속에 한가로이 앉아서
還向城中憶故人	도리어 성안 옛 친구 생각 한다오

<수정계함철酬鄭季涵澈>[23]

• • • • • • • • • • •

後和之 矍然而作曰 聖人之於報禮 其恭如此 其何敢忽慢而已哉 於是掇拾蕪拙
步武瓊韻 以布愧謝之忱云."(『牛溪先生續集』, 「卷之一 詩」).

22) "由也 升堂矣 未入於室也"(『論語』, 「先進」).

23) 『牛溪先生續集』, 「卷之一 詩」.

성혼이 신유년(1561) 봄날 정철에게 쓴 답시다. 계함季涵은 정철鄭澈의 자字이다. 정철은 1551년 그의 아버지가 귀양살이에서 풀려난 해에 할아버지 산소가 있는 담양潭陽의 창평昌平으로 이주하였다. 그곳에서 과거 급제할 때까지 10여년을 살았다. 이 시를 통해 짐작할 수 있는 사실은 성혼은 정철을 만나러 도성에 다녀왔다는 것이다. 이 무렵 정철은 스물여섯의 젊은 나이로 진사시에 장원으로 합격하였다. 따라서 이 시는 정철이 1562년에 별시문과別試文科에서 장원하기 한 해 전에 쓴 것이다. 성혼은 병으로 고생하던 차에 오랜만에 출타하였는데 열흘이 못되어 돌아왔다. 돌아와서 청산 속에 있는 처지이나 도리어 성 안의 벗을 그리워한다. 그는 정철과 짧은 만남과 이별을 하고 돌아왔다. 그러다 한가한 가운데 그리움이 커져 다시 성 안의 벗과 만남 장면을 추억한 것이다. 이 시는 벗을 만나고 온 기쁨과 다시 보고픈 그리움이 교차된 정경情景을 읊은 노래이다.

(2) 은일隱逸을 소재로 한 경우
다음은 『우계집습유牛溪集拾遺』에 실린 안창에게 보낸 증시다.

步出林亭薄暮時	땅거미 질 때 걸어 숲속 정자를 나서니
水光山色總相宜	물빛과 산색이 모두 서로 어울리네
莫遣風雨催詩興	비바람이 시흥을 재촉하게 하지 말게
已辨忘言無一時	무슨 말로 표현해야 할지 이미 잊었네

<증안경용창贈安景容昶>

이는 안창에게 준 칠언절구로 시간적 배경은 하루 중 저녁 무렵이다. 이때 물빛과 산색은 자연 경물 그대로다. 어둑할 때 숲 속 정자에서 나와 바라보는 빛은 서로 구분하기 어려운 지점이다. 여기서 자연과 하나 되는 화자 자신을 발견한다. 이때 비바람은 시흥을 재촉하고 화자

는 흥겨운 심정으로 이를 갈무리한다. 할 말은 많지만 무슨 말로 표현할지 잊었다는 것이다. 빠르게 변하는 시간과 물 빛, 산 빛에 화자의 마음도 함께 기운이 동하는 심회를 잘 드러내었다. 이 시에서 기구와 결구는 같은 운자를 써서 조응하고 있다. 결구에 나오는 "이변망언"은 도연명이 읊은 오언율시 「음주飮酒」24) 시에서 용사한 것이다. 이것은 자연 경물을 통해 은일의 즐거움이 나타난 셈이다. 따라서 이 작품은 시간의 추이에 따라 변화하는 자연 경물에서 느낀 작자의 심회를 도연명의 은일지락에 비유하여 담담한 필치로 그려낸 시다.

每年今日會春臺	매년 이날이면 탕춘대蕩春臺에 모여
藏義門前帶月回	장의문 앞에서 달빛 구경하며 돌아왔네
佳節自來人事去	가절은 절로 오나 사람은 가버렸으니
菊花何處向誰開	국화는 어느 곳에 누구를 향하여 피었을까

<화이대중해수和李大仲海壽>25)

이 시는 성혼이 중추가절에 대중大仲 이해수李海壽(1536~1598)에게 화답한 것이다. 이해수는 영의정을 지낸 전의全義 이씨 약봉藥峰 이탁李鐸(1509~1576)의 자제로서 호는 약포藥圃, 경재敬齋이다. 그가 명문가의 자제라는 사실을 알 수 있다. 이해수와 그의 친구들은 매년 탕춘대蕩春臺에 모여 장의문앞에서 달구경하였던 것으로 보인다. 성혼은 가절에 이 시절을 회상한다. 봄은 초목이 돋아나므로 아름다운 세상을 비유한 말이다. 그러나 가을이 되었다는 것은 삶이 점차 청춘에서 노년으로 쇠락해감을 의미한다. 인간이 유한한 존재임을 나타낸 것이다. 초당初唐의 시인 유희이劉希夷(652~680)가 읊은 "해마다 꽃은 그대로이나 해

- - - - - - - - - - -

24) "结庐在人境 而無车马喧 问君何能尔 心远地自偏 采菊东篱下 悠然见南山 山氣日夕佳 飞鸟相與还 此中有真意 欲辨已忘言" (陶淵明, 「飮酒」其五).
25) 『牛溪先生續集』, 「卷之一 詩」.

마다 사람은 같지 않더라_{年年歲歲花相似 歲歲年年人不同}"라고 한 것과 마찬가지다. 그래서 가절은 어김없이 오지만 그 때 만난 인사들은 가고 없다는 뜻이다. 여기서 오상고절_{傲霜孤節}, 즉 은일과 절조의 상징인 국화를 들어 충신의 절개 있는 삶에 비유하였다. 국화는 사군자 중의 하나로 "봄바람에 피지 않고 가을 서리에 피니 추위를 능멸하는 높은 절개는 꽃 중의 숨은 선비_{不發春風 發於秋霜 凌寒高節 花中隱士}"에 해당한다. 성혼의 시는 시대 순으로 선집_{選集}한 것인데, 이 시는 권1의 끝부분에 위치한다. 이해수는 1591년 정철의 광해를 세자로 책봉하자는 논의 즉 건저_{建儲}를 찬성하였다가 이에 연루되어 함경북도 종성에 유배된다. 이후 임진왜란이 발발하자 1년여 만에 풀려난다. 이때 이해수는 의주까지 호종하며 대사간, 대사성, 부제학을 지낸다. 따라서 이 시를 지은 시기는 이해수가 임란 호종을 끝내고 돌아와 1594년 대사성을 거쳐 부제학에 이르러 벗과 재회할 무렵이다. 여기에 화답한 성혼은 군주를 위해 충성을 바치다가 내쳐지고 다시 등용되어 호종하던 벗의 모습을 능한고절_{凌寒高節}에 해당하는 국화에 비유한 것이다. 따라서 이 시는 시간의 무상함과 공간의 유한함을 비교하고, 중양절 국화를 함께 감상할 벗의 부재를 슬퍼한 작품이다.

<blockquote>
海國春生早　　　바닷가라 봄이 일찍 이르니
山扉水滿溪　　　산중의 사립문밖 시냇물이 가득하다
花朝行犖确　　　꽃 피는 아침 자갈길 걸으면서
雲衲共提携　　　운납과 함께 손잡고 가노라
　　　　　　　　　　　　　　　<차신광사시축운次神光寺詩軸韻>
</blockquote>

위 시는 신광사_{神光寺} 시축의 운에 차운하였다. 갑오년(1594)은 임진왜란이 일어난 지 두 해 째다. 신광사는 황해도 북숭산_{北嵩山}에 있던 절인데 그 해 봄 성혼이 바다가 보이는 신광사로 피란을 갔을 때 이

시를 지은 것으로 보인다. 때는 이른 봄인데 산중 사립문 밖에 시냇물이 가득하다. 이는 눈이 녹아 계절이 바뀜을 암시한다. 전란의 괴로움 속에서 봄은 희망을 상징한다. 따라서 승구는 봄이 와서 시냇물이 흐르듯 이제 전란에서 벗어나고픈 심정을 담았다. 전구에서도 마찬가지로 꽃 피는 아침을 맞으니 희망이 샘솟는다. 운납雲衲과 손잡고 간다는 표현에서 새로운 희망을 제시하고 있다. 이는 유가와 불가의 제휴를 통해 어려움을 극복하고자 하는 의지를 담담히 표현한 것으로 전란 중에도 동요하지 않는 학자의 맑은 정신자세를 보여준다.

路出西門不勝悲　　서문을 지나오니 슬픈 마음 견딜 수 없어[26]
客來弔古傍遺祠　　나그네 고인을 조문하고 사당 곁에 섰노라
淸溪木落山樊靜　　맑은 시내에 잎 떨어지고 산중의 집 조용한데
風景依俙五曲詞　　깨끗한 풍경 오곡의 가사와 흡사하네
<석담차이대중운石潭次李大仲韻>[27]

　해주 석담石潭에서 대중 이해수의 시운에 차운한 것이다. 이 시의 소서小序에 주자와 이이를 소개하였다.

　　옛날 주자朱子의 무이산武夷山 은병정사隱屛精舍는 시냇가 다섯째 굽
　　이에 있었는데, 도가십절棹歌十絶이 있었다. 석담서원 역시 다섯째

. . . .

26) 석담에 갈 때에 해주海州의 서문을 지나왔으므로 양담羊曇의 고사故事를 인용한
　　것이다. 양담의 고사는 다음과 같다. 양담은 진晉나라의 명재상인 사안謝安의
　　생질로 평소 사안의 사랑을 받았는데, 뒤에 사안이 별세하자 수년 동안 슬픔에
　　잠겨 음악을 듣지 않고 사안이 있던 서주西州의 길을 다니지 않았다. 그러다가
　　한번은 술에 취하여 자신도 모르는 사이에 서주의 성문에 이르니, 좌우 측근들
　　이, "이곳은 서주의 성문입니다." 하였다. 이에 양담은 슬픈 감회를 이기지
　　못하여 말채찍으로 문을 두드리고 통곡한 다음 돌아왔다. 여기서는 마침 해주海
　　州의 서문西門이 서주의 성문과 이름이 같으므로 그의 고사를 써서 율곡의
　　죽음을 애도한 것이다.
27) 『牛溪先生集』, 「卷之一 詩」.

굽이에 있었으므로 율곡 선생이 은병사隱屛祠라고 편액扁額하고 주자
의 위패位牌를 모시고 제사하여 우러르는 뜻을 붙였다. 율곡이 별세
한 뒤에는 율곡을 이 사당에 배향配享하였다. 28)

　　소서에서 이이의 해주 석담정사와 주자의 무이산 은병정사를 대비하
여 소개하고 있다. 4구에서 말한 '오곡五曲'은 주희의 「무이구곡가武夷
九曲歌」 중 오곡을 은병정사라고 한데서 유래한 말이다.29) 이는 이이가
주희를 지향하며 공부한 곳이라는 의미를 담아 성혼이 자신의 벗임을
은근히 자부自負한 셈이다. 주희에게는 동래東萊 여조겸呂祖謙(1137~
1181)과 남헌南軒 장식張栻(1133~1180)이라는 벗이 있다. 주희는 다른
벗들과 성향이 다소 다른 상산象山 육구연陸九淵(1139~1193)과도 교유
를 한다. 여조겸은 부유한 명문가 출신이고 장식은 도덕적 실천을 강조
하고 가학을 전수받은 인물이다. 이는 성혼과 그의 벗들과 주자의 벗을
비유하여 본다면 이이가 주희에 가까운 성향이고, 송익필은 장식에
비견할만하다. 그리고 정철은 여조겸에 가깝다. 한편 성혼은 이이와
학문적 견해와 지향은 다소 차이가 있지만 도학적 교유를 끊지 않았던
것으로 볼 수 있기 때문에 육구연에 비유하는 것이 낫다. 훗날 이이
계열의 서인은 그들의 맥을 이은 송시열에 의해 노론계열로 이어지고
서인에서 분파를 한 소론 세력은 명재 윤증에게서 비롯된다. 이때 형성
된 소론의 시발점이 바로 성혼의 학맥에서 이어져 나간다. 성혼의 사위
가 윤황이고 윤황의 손자가 윤증에 이르기까지 학문적 사승관계가 이
어진 것으로 볼 수 있기 때문이다. 이에 주자와 맥을 달리한 육왕학파를

----

28) "昔朱子武夷山隱屛精舍。在溪水第五曲。而有棹歌十絶。石潭書院亦在五曲。故
　　栗谷先生扁以隱屛。而祠朱子以寓景仰之意。栗谷下世後亦配享於其中"(『牛溪
　　先生集』, 「卷之一 詩」).
29) "五曲山高雲氣深 長時煙雨暗平林 林間有客無人識 欸乃聲中萬古心" (朱熹,
　　「武夷九曲歌」 五曲).

이뤘던 육구연과 성혼의 입장이 비교적 비슷하다고 봐야한다. 따라서 성혼은 이이를 주자, 자신을 육구연, 그리고 송익필을 장식, 정철을 여조겸으로 이해하고 교유하였다고 볼 수 있다. 왜냐하면 그들의 문집과 그들이 행한 학문적 교유 양상과『삼현수간』에 전하는 모습을 통해서 잘 드러나기 때문이다.

　이 시는 성혼이 벗의 정신과 자취가 남은 곳에 방문하여 이이의 제자들과 담론을 하며 주고받은 것이다. 그는 도학적 사유를 바탕으로 공부하는 이들과 교유하면서 벗이 생각나 슬픈 감회가 일었다. 이때 시로써 형상화한 것으로 이이에게 조문하고 난 뒤의 정서가 잘 드러난다. 이는 도학자로서 그 벗에 대한 예를 다하는 심정이 극대화되어 나타난 것이며 벗의 제자 이대중의 시에 차운한 도학시라 할 수 있다.

坐觀雪岳十年輕	앉아서 설악산을 구경한지 이미 십 년
初下遊方道氣淸	처음으로 세상에 내려오니 도기가 깨끗하네
重渡牛溪尋舊意	다시 우계를 건너 옛 뜻을 찾으니
不堪孤露說餘生	부모 여읜 여생 말로 다할 수 없구려

<경차선고운제승축敬次先考韻題僧軸>[30]

　이 시는 병자년(1576) 여름에 돌아가신 아버지 성수침의 시운에 삼가 차운하여 승려의 시축에 쓴 것이다. 시축은 자신의 시를 적는 것이 흔하지만 다른 분들의 시도 받아서 모아 놓은 경우도 있다. 성혼은 승려가 소지한 시축에서 아버지 시운을 본 반가움에 차운하여 시를 썼다. 결구에서 말한 '고로孤露'는 어려서 부모를 여의어 보호받지 못한 신세다. 성혼은 부친과 친하게 지내던 승려가 10년 만에 설악산에서 내려오자 그를 기렸다. 여기서 '구의舊意'는 부친과 교유하던 옛 정을

<hr>

30)『牛溪先生集』,「卷之一 詩」.

의미한다. 따라서 이 시는 부친의 인연으로 맺어진 승속을 초월한 만남을 통해 자신의 속마음을 내보인 시다. 이 시에서는 전체에 회고懷古의 애상감哀傷感이 잔잔하게 흐른다고 할 수 있다.

至人心跡本同天　　지인至人의 마음 본래 하늘과 같은데
小智區區滯一邊　　작은 지혜 구구하게 한쪽에 막혀있네
謾說軒裳爲桎梏　　높은 벼슬 질곡이라 부질없이 말하지만
誰知城市卽林泉　　성시가 바로 임천임을 그 누가 알까
舟逢急水難回棹　　배는 급한 물살 만나면 노를 돌리기 어렵고
馬在長塗合受鞭　　말은 먼 길을 달리려면 채찍을 맞아야한다
誠敬固非容易做　　정성과 공경 참으로 용이하게 할 수 없으니
誦君佳句問其然　　그대의 아름다운 시구 외며 그러한가 묻노라
　　　　　　　　　　　　　　　　　　　<차인운次人韻>31)

　이 시는 벼슬이 높은 이의 시를 차운한 것이다. 『습유拾遺』시에 전하는 것으로 볼 때 그 시상과 전개방식에 다소 가구佳句의 흔적이 있다. 성혼의 시는 천의무봉天衣無縫처럼 인위의 흔적이 없는 시문이 많은 것이 특징이다.

　첫 구에서 '지인至人'은 덕이 극치에 이른 사람이다. 이는 벼슬이 높고 자기 뜻대로 정사를 하지 못한 심정을 터놓고 말할 수 있는 사이일 때 사용이 가능하다. 이에 관직에서 멀어져 멀리 떠나는 벗을 가리킨다고 보인다. 왜냐하면 이 시가 이별할 때 서로 주고받은 것임을 알 수 있기 때문이다. 따라서 이 인물에 해당하는 이는 송강 정철이 제격이다. 정철은 만년에 강화江華의 송정촌松亭村에 우거하다 1593년 58세로 생을 마감한다. 이 시는 하평성下平聲 선자先字 운통韻統으로 압운하여 천天, 변邊, 천泉, 편鞭, 연然의 운을 사용하였다. 5구에서 배의 흐름과

· · · · · · · · · ·
31) 『牛溪先生集』, 「拾遺 詩」.

말을 빌려 그동안의 관직 생활의 험난함이 자신의 잘못이 아니라 외부 환경의 영향이 컸음을 환기시킨다. 따라서 이 작품은 성혼이 관직에서 물러나 은거하게 된 정철의 심정을 이해하고 친구와 이별하는 아쉬운 심정을 담담하게 읊은 시다.

이상에서는 성혼의 증답시에 나타난 전개양상을 통해 도학적 성향의 특징을 고찰하였다. 그의 증답시는 도학시의 한 갈래로 볼 수 있는데, 이는 벗과 은일지락, 그리고 유불의 접화接化의 과정에서 이뤄진 것이었다. 이처럼 성혼의 증답시는 도학자의 상현尙賢 정신을 바탕으로 교유하였으며, 기거동정起居動靜의 체인體認을 형상화한 것임을 알 수 있다.

(3) 별리別離를 소재로 한 경우

'별리'를 소재로 한 경우는 생시의 이별과 만시의 사별이 이에 해당된다. 만시는 그 대상이 특정되어 있으며 작자와 인연이 깊은 경우가 많다. 이에 만시는 망자에 대한 찬사와 애도가 주를 이루는 경우가 대부분이다. 반면 생시에 이별할 때 주고받은 시는 주로 벗 사이에서 이뤄진다. 성혼의 시에서도 이러한 경향은 마찬가지다. 다음에서 살펴볼 시들은 성혼이 지인과의 생시의 이별한 경우와 사별死別했을 때 지은 것으로 그의 감정이 형상화되어 잘 드러난다.

성혼은 만시挽詩 네 수를 썼다. 이는 정송강鄭松江의 모친에 대한 만장 <鄭松江母夫人挽章>, 갑신년(1584) 봄에 쓴 율곡에 대한 만사 <挽栗谷>, 심의겸沈義謙에 대한 만사 <挽沈方叔義謙>, 사암思菴 박순朴淳에 대한 만사 <挽思菴朴相公淳> 등으로 그가 지인을 대하는 품성이 반영되어 나타난다.

먼저 살펴볼 시는 조광조가 송재부인 의성김씨를 애도한 것으로 그의 시적 경향을 따른 성혼 만시의 경향을 유추할 만한 작품이다.

闢戶承顔日	문을 열고 얼굴을 뵙던 날
深知梱範純	규방의 법도가 순수함을 알았네
華門稱配德	화려한 가문 배필의 덕
風什詠宜人	시 지어 의인宜人을 노래했네
恰佇春暉永	흡사 봄날 긴 햇볕
俄驚婺曜淪	갑자기 빛이 사라져 놀랐네
林鶯啼有血	숲속 꾀꼬리는 피눈물을 흘리고
庭鶴弔爲賓	뜰의 학도 빈객을 위로하네
孤姪偏傾淚	외로운 조카 가슴 미어지게 울고
慈闈最愴神	어머니도 가장 슬픈 마음이라
共堂情愛密	공당에는 정과 사랑이 가득하고
分饋記存頻	분궤는 기록했던 자리가 여기저기
湖海猶傷別	세상사람 오히려 이별을 상심하거든
幽明遽隔塵	이승 저승해도 이승만 하겠는가

<송재부인의성김씨만松齋夫人義城金氏輓>[32]

　　정암 조광조의 시는 많지 않다. 그 중에서 만시는 위의 시가 대표적이다. 이 시는 14구로 이루어져 있는데 내용상 세 부분으로 나누어 볼 수 있다. 송재부인의 출현과 사별, 그리고 현실부정이 그것이다. 1-4구까지는 송재부인과의 만남과 그녀가 집안에 얼마나 어울리는 존재였는지를 외적으로 밝혀 주고 있다. 5-10구까지는 그의 갑작스런 죽음에 대한 애도가 꾀꼬리와 학에서부터 조카, 어머니에 이르기까지 모두에게 나타난다. 6구에서 '무요婺曜'는 무성으로 이십팔수二十八宿에 해당한다. 이는 현무칠수玄武七宿 중 세 번째 별자리 여수女宿이다. 11구-14구까지는 그녀가 떠난 뒤에도 자취가 공당과 분궤에 남아 있다고 믿어 현실의 슬픈 감정을 애써 부정하는 것이다. 이는 그 슬픔을 극대화하기 위한 순차적 배치로 망자의 오랜 삶을 지켜본 이라야 가능한 만시이다.

. . . .

32) 『靜菴先生續集』, 「卷之一 拾遺」.

조광조는 송재부인의 일상사적인 삶이 사라진 현실 속에서도 떠나보내기 싫은 심정을 집기와 인물을 통해 형상화하여 읊조리고 있다. 결국 떠나보내기 싫은 심정은 이승과 저승의 비교를 통해 알 수 있다. 따라서 이 시는 만시임에도 불구하고 생시처럼 느끼는 감성을 형상화하였다.

다음으로 성혼이 송강의 어머니를 위해 쓴 만장挽章을 살펴보자.

慈顔如春風	인자한 얼굴 봄바람과 같으셨는데
不見桃李實	도리의 결실을 보지 못하셨다
賢子孝無窮	어진 아들 효성 무궁하여
泣盡終天血	종천의 피눈물 울어 다하였다
固知曾閔心	참으로 알겠네 증삼과 민손의 마음을
欲孝有不及	효도하고자 하나 미칠 수 없음에랴
吾生抱永感	우리네 삶 부모 잃은 슬픔 안고서
此意那忍說	이토록 슬픈 맘 어이 차마 말하리오
再拜寫薤章	재배하고 만장을 써서 올리니
情動空掩泣	감정이 북받쳐 부질없이 눈물만 흐른다

<정송강모부인만장鄭松江母夫人挽章>[33]

이 시는 성혼과 정철의 교유에 앞서 벗의 어머니와의 감정이 묻어난다. 이 시를 쓴 시기는 성혼의 나이 서른아홉 무렵인데 정철이 38세에 모친 문화류씨文化柳氏의 상을 당한 데서 알 수 있다. 여기서 성혼은 이미 그의 부모상뿐만 아니라 장자상長子喪까지 치른 뒤라 벗의 애통한 마음을 이해하고도 남는다.[34] 정철의 효성을 증삼曾參과 민손閔損에게

....

33) 『牛溪集』,「卷之一 詩」.
34) 참고로 송강, 우계, 율곡, 구봉의 상례喪禮를 시간 순으로 살펴보면 다음과 같다. 율곡은 모친상이 신해년(1551), 부친상이 신유년辛酉年(1561)이다. 성혼은 부친상이 신유년(1561), 모친상이 갑자년(1564), 장자상이 신미년(1571)에 있다. 그리고 정철은 부친상이 경오년(1570), 모친상이 계유년(1573)에 있었고

비유하여 더 모시고 싶어도 그럴 수 없는 처지를 절절하게 읊고 있다. 자신도 이미 부모를 잃은 터라 이를 '종천의 피눈물'로 아픔을 형상화한 셈이다. 이와 더불어 '영감永感'이라 표현하여 부모 잃은 애통함을 극대화하였다. 마지막 구의 '감정이 북받쳐 부질없이 눈물만 흐른다'고 한 것은 자신도 주체할 수 없는 심정임을 잘 드러낸 표현이다. 여기서 두 사람은 평소에 서로 그 부모와도 친분이 돈독한 사이였음을 짐작할 수 있다. 때문에 자신의 부모처럼 여겨 애절한 감정을 드러낼 수 있는 것이다. 이 작품은 성혼이 낮고 비감悲感어린 어조語調로 친구 어머니의 죽음을 애도哀悼한 것으로써 두 사람의 친밀親密한 관계를 보여준 시라 할 수 있다. 이 작품에는 상례喪禮를 하는 두 사람의 모습이 은연중 드러난다. 성혼과 정철의 도학적 사유가 바탕이 되어 친구의 어머니와 자신의 어머니를 동일시하므로 그 슬픔이 극대화 된다. 이는 교유자와 망자, 망자와 그 자식 간의 유대와 공감이 바탕이 되어 나타난 시로써 도학시의 정수라 할 수 있다.

살펴본 조광조의 만시와 성혼의 만시는 그 애상감이 생시의 느낌을 가지고 망자의 부재를 인정하지 않으려는 애이불상哀而不傷의 정서를 담아냈다. 이로써 당대 도학자의 만시의 일면을 엿볼 수 있다.

다음은 성혼이 박순을 기린 만시다.

世外雲山深復深　　세상 밖의 운산 깊고도 깊은데
溪邊草屋已難尋　　시냇가에 초가집 이미 찾기 어렵다
拜鵑窩上三更月　　배견와 위에 삼경의 달
應照先生一片心　　응당 선생의 일편단심 비추리라
<만사암박상공순挽思菴朴相公淳>

· · · · · · · · · · ·

송익필은 부친상이 을해년(1575)에 있었다.

성혼은 박순(1523~1589)을 위해 만사를 지었다. 사암思菴은 박순의 자이다. 허균은 박순을 애도한 만시 중에서 성혼의 이 작품이 가장 으뜸이라고 평하였다. '배견와拜鵑窩'는 박순이 영평永平의 산속에 마련한 그의 서재書齋 이름이다. 연배 차이가 있음에 불구하고 박순은 성혼과 사상적 교유를 한 사이다. 삼경의 달이 선생의 일편단심一片丹心을 비춘다는 표현에서 볼 수 있듯이 유구한 자연과 유한한 인간의 삶을 대조하였다. 이 시는 한 인물에 대한 만시를 통해서 그 절의節義가 오래 갈 수 있다고 형상화하였다. 이는 성혼 시에 나타난 만시의 특징 중의 하나라 볼 수 있다. 여기서 이 작품은 벗과 이별의 슬픈 감성을 마치 생시에 잠깐 놀고 가던 때로 회상하고 있다. 이는 벗과의 사별을 애도하고 그의 부재를 상심하는 감성적 필치로 그려낸 시다.

다음 시는 율곡에 대한 만시이다.

無官豈不好	벼슬 없는 것이 어찌 좋지 않으랴
身閑且讀書	몸이 한가롭고 또 책을 읽을 수 있다네
山野豈不寬	산과 들이 어찌 넓지 않으랴
居然着吾廬	한가로이 내 집에 살 수 있다네
云胡去復來	어이하여 서울을 오가느라
末路仍躊躇	말년의 길 주저하였나
志士亦少成	지사도 성공하기 어려우니
天心竟何如	하늘의 마음 끝내 어떠한가
大道終晦蝕	대도가 마침내 어두워지니
生民失菑畬	생민들 농토를 잃은 듯하네
無機是獨智	기심機心 없음이 뛰어난 지혜이니
用巧還紛挐	공교로운 생각은 도리어 시끄럽기만 하다오
有恨不可窮	가슴에 서린 한 다 말할 수 없으니
有歌何太歔	나의 노랫소리 어이 이처럼 슬픈가
方知有生苦	인생살이 참으로 괴로우니

樂哉歸太虛	하늘로 돌아감이 즐거운 것 비로소 알겠네
會須泉下逢	모름지기 구천九泉 아래에서 만나
千秋長遂初	우리들의 뜻 천추에 길이 이루리라

<만율곡挽栗谷>35)

성혼은 이이와 20대부터 교유하여 율곡이 49세에 생을 마칠 때까지
30여 년 동안 지음知音이었다. 그는 갑신년(1584) 봄에 마음과 뜻이 통
하는 벗을 떠나보낸 상심을 만시로 형상화했다. 시 속에 묻어나는 비통
함이 행간에 절절하게 묻어난다. 7구에서 '지사도 성공하기 어려우니'
라고 한 것은 송나라 왕안석王安石(1021~1086)과 관련된 표현이다. 이는
왕안석의 시 중에 "지사도 때를 만나지 못하면 성공하기 어렵고 중간
정도의 재주를 가진 사람은 세상을 따라 공명을 이루네."36)라고 한
데서 유래한다. 여기서 왕안석은 당송팔대가의 한 사람으로 문장가이
자 정치가였다. 그가 주장한 신법은 구법파에 대항하여 주장한 것으로
청묘법靑苗法 등을 내세웠다. 그의 자는 개보介甫이고 호는 반산半山인
데 학문과 지식이 높아 송나라 신종황제神宗皇帝 때 재상이 되어 신법을
단행하였고 뒷날 형국공荊國公에 봉해진다. 조선에서는 왕안석을 좋게
여기지 않은 도학자들도 있었지만 개혁을 바라는 입장에서는 긍정적으
로 바라보기도 하였다. 이처럼 성혼도 지사志士인 이이가 주장한 법이
시행되지 못한 채 죽게 되자 이를 개탄한 것이다. 이는 마치 왕안석의

· · · · · · · · · ·

35) 유가有歌에서 유有자가 아我자로 된 본도 있다.
36) "지사는 어느 때나 성공한 이 적건만/ 중재는 세상 따라 공명을 성취하네/
병분의 제자들은 무엇하는 사람이뇨/당 태종唐太宗에게 태평성대 만들어 주었
구려(志士無時少有成 中才隨世就功名 幷汾諸子何爲者 坐使文皇致太平)"(『宋
子大全』,「第212卷 語錄」) 여기서 병분의 제자는 당나라 초기에 병주幷州와
분주汾州 사이에서 배출된 문장가들이 주로 문중자文中子의 문하생인데서 유
래한 말이다.

진취적이고 개혁적인 신법이 제대로 시행되지 못한 점과 이이가 주장하다가 이뤄지지 못한 법들이 서로 공감되기 때문이다. 성혼은 이이가 살아남아서 그 개혁들을 적용하고 세상을 떠나기를 바란 셈이다. 따라서 이 시는 성혼이 이이의 죽음을 애도하며 벗의 부재에 대한 서글픔을 증감하고 그의 정치적 역량을 안타까워하면서 저승에서도 그들의 바람이 이뤄지기를 희구한 것이라 할 수 있다.

去留浮世定誰眞　　뜬 세상에 떠나가고 남는 것 무엇이 참일런가
逆旅相逢是故人　　객사에서 서로 만나면 이것이 친구라오
今日倚門歌一曲　　오늘날 문에 기대어 한 곡조 노래하며
送君歸臥舊山春　　봄철에 고향 산으로 돌아가는 그대 전송하네
<만심방숙의겸挽沈方叔義謙>[37]

위 시는 성혼이 심의겸沈義謙(1535~1587)의 죽음을 조상한 칠언절구 상평성上平聲 진眞 운으로 지은 만시에 해당한다. 성혼은 심의겸과는 동갑이다. 이런 심의겸조차 이이가 떠난 지 3년 만에 세상을 떠난 것이다. 심의겸은 신진사류 김효원金孝元(1542~1590)과 전랑銓郎 문제로 대립하여 동서분당을 가져오게 한 인물이다. 그는 명종의 왕비 인순왕후仁順王后의 동생이며 이황의 문인이었다. 『국조시산國朝詩刪』에는 이 시의 제목이 「만청양군挽靑陽君」으로 나온다. 기구에서 "거류去留"가 "환유宦遊"로 되어 있고 전구에서 "의문倚門"은 "조연祖筵"으로 되어있다. 또한 결구에서 "구舊"가 "고故"로 표기되었다. 이는 문집 간행시에 반영된 것과 『국조시산』의 차이를 보여준 것으로 그 원본여부를 파악하기가 힘든 내용이다.

기구는 생사관을 존재에 대한 의문으로 시작한다. 뜬구름 같은 세상

37) 『牛溪先生集』, 「卷之一 詩」.

에서 인간의 참모습은 산 것이냐 죽은 것이냐고 하여 『장자莊子』에서 나타난 호접몽蝴蝶夢의 고사와 같은 물음을 제기한 것이다. 승구는 친구와 인연을 나타낸다. 나그네 길 같은 인생길에서 잠깐 만나 친구가 되었던 인연을 말하고 있다. 장구한 자연의 순환 속에서 이뤄지는 것으로 본다면 인생의 모습은 잠깐 머물렀다 가는 나그네와 같다. 따라서 삶과 죽음 가운데 어느 것이 참모습인지 알 수 없는 것처럼 친구도 잠깐 만난 인연일 뿐이라는 것이다. 전구와 결구는 망자를 떠나보내는 데 문에 기대어 심의겸의 상여를 바라보고 읊은 장면이다. 나그네처럼 세상여행을 왔다가 떠나는 벗이 봄날 고향의 뒷산에 묻히게 된다. 여기서 벗의 마지막 장면을 위해 곡하는 대목에서 그 슬픔이 극대화 된다. 허균은 『학산초담』에서 "이른바 길게 읊는 가락의 서글픔이 통곡보다 더하다는 게 바로 이것이 아닌가?"[38]라고 하면서 성혼의 만시를 상찬하였다. 성혼이 지은 만시는 애통한 마음보다 잠깐 이 세상에 다녀간 사람이 눈에 보이지 않는 듯 생시生時의 사람에게 보내는 것처럼 쓴 것이 특징이다. 그래서 망자가 부재不在하나 존재하는 것처럼 현실을 부정하는 감정이 누적되어 차츰 상실감으로 이어진다. 따라서 이 작품은 망자에 대한 슬픔을 인생 소풍 다녀간 친구 배웅하듯 담담하게 펼쳐낸 시이다.

扶危須用濟時籌　　　위기에 세상 구제책이 있어야 하는데
邪說營營有足羞　　　간사한 말만 늘어놓으니 참으로 부끄럽다
終荷寬恩江海去　　　너그러운 은혜로 끝내 강해로 떠나오니
白鷗波上愧漁舟　　　백구가 부침浮沈하는 고깃배에 부끄럽다

舊京寥落喜跫音　　　쓸쓸한 옛 서울 반가이 찾아 주니

. . . .
38) "所謂長歌之哀 甚於慟哭者耶."(『학산초담』).

一笑欣然契此心　　　　한번 흔쾌히 웃으며 이 마음 터놓았다
蓬島相期拾瑤草　　　　봉래도蓬萊島에서 요초 캐자하였으니
藥成丹鼎有誰禁　　　　단정의 단약丹藥을 그 누가 금할까
　　　　　　　　　　　　<차송운장익필증별운次宋雲長翼弼贈別韻。이수二首>

이 시를 지은 갑오년 9월은 1594년으로 임진왜란 3년째가 되는 해이
다. 소서小序에 성혼과 송익필이 작별하던 당시의 정황이 그려져 있다.

　　　소서를 아울러 쓰다 ○ 갑오년 9월 서강西江에서 작별할 때에 도보로
　　　십 리를 걸어와 멀리 교외郊外에서 전송하니, 이 지극한 마음 감사하
　　　여 어떻게 보답해야 할지 모르겠소. 더구나 소매 속에서 주옥같은
　　　시를 꺼내 주었는데, 뜻이 깊고 진중하므로 보배처럼 여기고 세 번
　　　외우며 끝없이 가상히 여깁니다. 감히 졸렬한 시구를 엮어서 고상한
　　　시운에 따라 화답하는 뜻을 다소 펴니, 누추하여 제대로 시가 되지
　　　못함은 부끄러워할 겨를이 없습니다. 39)

　　성혼과 송익필 두 사람은 서강西江까지 십리 길을 도보로 함께 와
서강에서 작별하였다. 그동안 나눈 이야기도 모자라 아쉬운 마음을
시에 담은 것이다. 성혼은 송익필이 건네준 시에 "보배처럼 여기고
세 번 외우며" 화답하는 시를 썼다. 서로 작별할 때에 아쉬움이 큰
탓인지 한 수로 모자라 벗의 시운에 차운하여 두 수를 지었다. 게다가
자신의 시가 화답하는 시로써 부끄러운 수준이라는 겸양도 잊지 않는
다. 이는 벗이면서도 지극한 정성으로 상대방을 높이는 방식이다. 여기
서 담박淡泊한 군자의 사귐을 엿볼 수 있다.
　　첫수에서 승구의 이야기는 주본奏本 때문에 그렇게 말한 것이다. 주

. . . .

39) "幷小序 甲午九月 西江之別 徒步十里 遠送郊原 感此至懷 何以爲報 況蒙袖裏
　　瓊琚 寄意深重 珍誦三復 拜嘉無斁 敢綴蕪拙 步武高韻 少申和答之義 陋不成
　　詩 有不暇愧".

본은 조선이 명 황제에게 올린 자문咨文이다. 임진왜란 중에 조선의
지원군으로 파견 온 명나라의 장수들이 왜倭와 화친을 주장한다. 이에
성혼과 류성룡柳成龍(1542~1607)은 그 의견을 받아들여 왜와 화친하도
록 선조에게 의견을 피력한다. 이에 선조가 노하여 '간사한 말로써 세상
을 미혹시킨다.'는 전교傳敎를 내린다. 위 작품은 이러한 배경아래 아마
도 송익필과 속마음을 터놓고 대화한 뒤 헤어지며 쓴 시라 하겠다.

둘째 수는 전고로써 시문을 전개해 나간다. 봉래도는 전설상 동해東
海에 있다는 바다 섬이다. 이는 삼신산三神山의 하나다. 요초瑤草는 그
삼신산에 있다는 불로초를 의미한다. 여기서 요초를 캐자고 한 것은
두보杜甫가 이백李白을 그리워하며 쓴 시에서 유래한 표현이다.[40] 단정
丹鼎은 단약丹藥을 굽는 솥이며 단약은 불로장생에 쓰이는 단사丹砂라
할 수 있다. 이것으로 연단술煉丹術을 통해 선약仙藥을 만드는 것이다.
성혼은 송익필이 어려울 때 말로만 도왔지 큰 도움을 주지 못했음을
알 수 있다. 그러나 이를 서운케 생각지 않고 다시 찾아준 벗에 대한
고마운 마음을 작별할 때 전한 것이다.

따라서 두 수의 시는 벗끼리 서로의 마음을 이해하는 정담情談이자
신선과 신선술에 관심을 가지고 현실세계를 떠나 그 세계에 살고자
하는 송익필의 마음에 화답한 시다. 이를 통해 정사에 휘둘리지 않고
초연하게 살고 싶은 심정을 은근히 드러내고 있다. 미안한 마음과 고마
운 마음을 한데로 묶어 전한 시라 할 수 있다.

(4) 교유交遊를 소재로 한 경우

이번에 살펴볼 내용은 성혼의 교유시다. 성혼은 성수침의 훈도를

---

40) "野人對腥羶 蔬食常不飽 豈無靑精飯 使我顏色好 苦乏大藥資 山林跡如掃 李
候金閨彦 脫身事遊討 亦有梁宋遊 方期拾瑤草"(杜甫,「贈李白」).

바탕으로 벗들과 교유하였다. 교유 대상은 학자, 관료, 문도, 승려에 이르기까지 그 범위가 넓다. 그러나 넓은 교유범위에 비해서 그만큼의 양을 모두 시로 남겨 두진 못하고 있다. 따라서 『우계집』에 수록된 시를 중심으로 살펴볼 수밖에 없는 것이 그의 교유시 고찰의 한계라 할 수 있다.

앞에서도 언급한 바와 같이 성혼이 교유시를 주고받은 벗으로는 송익필, 이이, 정철뿐만 아니라 이제신李濟臣, 안천서安天瑞, 박수경朴守慶, 안민학安敏學, 정작鄭碏, 이해수李海壽 등이 있다. 한편 문도에 해당하는 이들은 윤기헌尹耆獻, 석천石泉 안창安昶, 전명석全命碩, 총계당叢桂堂 정지승鄭之升, 이희삼李希參과 석담정사의 율곡제자栗谷弟子들이 있으며, 이들과 강론하고 교유하였다. 그는 도학자로서 삶의 자세를 유지하고 이를 끊임없이 추구하였다. 또한 무명의 스님과 신광사 스님 등 승속僧俗의 구별 없이 교유하기도 하였다. 이러한 교유는 도학의 완성을 추구한 삶의 일환이라 할 수 있다. 그의 교유시의 목록은 다음과 같다. 그 제목은 <여율곡좌계변與栗谷坐溪邊>, <추일방안응휴산거秋日訪安應休山居>, <유승지시축내알축중유율곡시有僧持詩軸來謁軸中有栗谷詩>, <동은이공의건별호내문질이시위결峒隱李公義健別號來問疾以詩爲訣>, <곡율곡묘견기분암승축유시서기하哭栗谷墓見其墳庵僧軸有詩書其下>, <기금강사독서제생寄金剛寺讀書諸生>, <기최시중운우향포서실寄崔時中雲遇香浦書室>, <유천마산遊天磨山>, <촌인송주율곡村人送酒栗谷>, <유감악산遊紺嶽山>, <여우인유운계사與友人遊雲溪寺。이수二首>, <유별제군留別諸君> 등으로 나타난다.

교유관계에 대해서 『논어』의 「학이學而」와 「계씨季氏」에서 제시한 어진 벗 사귈 것과 '익자삼우益者三友'와 '손자삼우損者三友'의 언급은 시사示唆하는 바가 크다.41) 이처럼 벗에 관하여 공자가 자주 언급한 것은 친구 사귐이 중요하기 때문이다. 성혼의 교유시는 이이, 송익필,

정철이 주를 이루는 가운데 그의 문도 및 승려와 나눈 몇 수의 시도 포함된다. 여기서 교유시의 양상을 크게 네 가지로 나누어 볼 수 있다. 예의지교의 구봉 송익필, 도의지교의 율곡 이이, 지란지교의 송강 정철, 군자지교의 승속 및 제자가 그것이다. 그렇다면 먼저 성혼은 세 벗(구봉·율곡·송강)과 어떠한 교유관계를 맺고 있는지 그들이 함께 참여하여 쓴 연구시聯句詩를 통해 살펴보자.

衣草人三四　　　의초衣草를 입은 사람 서너 명이
於塵世外遊 龜峯　어수선한 세상 밖에서 노니네.
洞深花意懶　　　골이 깊으니 꽃의 뜻이 게으르고
山疊水聲幽 栗谷　산 첩첩 물소리 그윽하네.
斷嶽杯中畫　　　깎아지른 멧부리는 잔 가운데 그림이요
長風袖裏秋 松江　긴 바람은 소매 속의 가을이로세.
白雲巖下起　　　흰 구름 바위 밑에서 일고
歸路駕靑牛 牛溪　돌아가는 길엔 푸른 소를 타야지.

<유남악遊南嶽 연구聯句>42)

이처럼 서로 번갈아가며 쓴 연구시聯句詩는 네 사람의 돈독敦篤한 우정과 정신세계가 한 곳에 융화融化된 것을 잘 보여준다.43) 왜냐하면

· · · · · · · · · ·

41) "有朋自遠方來 不亦樂乎"(『論語』, 「學而」) ; "益者三友 損者三友 友直 友諒 友多聞 益矣 友便辟 友善柔友便佞 損矣"(『論語』, 「季氏」); "子曰 益者三樂 損者三樂 樂節禮樂 樂道人之善 樂多賢友 益矣"(『論語』, 「季氏」); "樂驕樂 樂佚遊 樂宴樂 損矣" (『論語』, 「季氏」).

42) 『松江別集』, 「卷之一 詩 五言律詩」;『龜峯先生集』, 「卷之二 五言律詩」, 一百三十九首.

43) 이 시는 『송강별집松江別集』에는 연구시聯句詩로, 『구봉선생집』에는 구봉의 작시로 각각 전한다. 신응시辛應時의 『백록유고白麓遺稿』 습유拾遺에는 「대은 암연구大隱巖聯句」 "衣草人三四 於塵世外遊 鵞溪 洞深花意懶 山疊水聲幽 白麓 斷嶽盃中畫 長風裡裡秋 龜峯 白雲巖下起 歸路駕靑牛 霽峯"가 수록되어

이러한 연구시는 그 바탕에 서로간의 지식과 덕행이 일정수준에 이르고 서로의 마음을 이해理解하는 사이라야 쓸 수 있기 때문이다. 또한 아름답고 멋진 풍광風光에다 정답고 그리운 이들의 감정이 집약된 장소라야 그들의 정경情景을 한데 담을 수 있어서다. 이 때문에 "시품詩品은 작가作家의 수양修養과 자질資質을 반영反映하는 것이니 진실眞實하고 정직正直한 성품性品과 심오深奧한 학문學文 그리고 나라와 백성에 대한 지극至極한 사랑이 그 폐부肺腑로부터 나온다."44)라고 할 수 있다.

　오언율시로 이루어진 이 시는 네 사람이 가을에 남악南嶽, 즉 지리산智異山을 유람遊覽하면서 느낀 흥취興趣를 번갈아가며 수창酬唱한 작품이다. 먼저 구봉 송익필은 초의草衣 입은 서너 명이 탈속脫俗의 경지에 접어들었다고 하여 시끄러운 세속과 단절斷絶된 자연의 세계를 보여준다. 다음으로 율곡 이이가 이를 받아 깊은 골에 꽃피려는 의도가 늦어지고 첩첩산중疊疊山中의 그윽한 물소리를 자신의 수양修養에 비유하여 수준水準을 은연중에 드러낸다. 그 다음으로 송강 정철은 깎아지른 산봉우리의 우뚝함을 설명하며 술잔에 비친 풍경風景이 그림처럼 아름다움을 묘사描寫하였다. 같은 구에 등장하는 '장풍長風'은 멀리서 불어오는 강한 바람을 나타낸다. 이는 씩씩하고 기운찬 자신들의 모습을 비유

. . . .

　　전하는데, 이 연구시에 참여한 인물이 각각 아계鵝溪 이산해李山海(1539~1609), 백록白麓 신응시辛應時(1532~1585), 구봉龜峯 송익필宋翼弼(1534~1599), 제봉霽峯 고경명高敬命(1533~1592)으로 나타난다. 박은숙은『고경명시연구高敬命詩硏究』(p.159)에서 이들 네 사람의 시로 다루고 있다. 그러나 최근에 우계 성혼의 친필 시첩 <묵암선생유묵黙庵先生遺墨>이 발견되었고 이 시첩에 실린 "白雲巖下起 歸路駕靑牛 牛溪" 미련尾聯 부분이 우계의 진첩眞帖임이 밝혀졌다. 따라서 필자는 본문의 시를 구봉, 율곡, 송강, 우계 네 사람의 연구시로 다룬다.

44)　趙憲 原著, 卞亨錫 譯註,『完譯 重峯詩 譯註』, (사)중봉조헌선생기념사업회, 2004, p.354.

적으로 표현한 것이다. 끝으로 우계 성혼은 앞의 세 사람의 감정感情을 하나로 비끄러매어 "흰 구름이 바위 밑에서 일어난다."라고 하였다. 원래 구름은 산위에서 오르는 것이 보통普通이다. 여기서 구름이 "일어난다."라고 한 것은 희망의 상징적 표현이다. 또 마지막 구에서 "청우靑牛"를 타고 간다고 제시하였다. 이는 느리지만 우직愚直하게 제 갈 길을 가고자 하는 도학자道學者의 의지를 보여준다. 이때 '청우'는 선학적禪學的 의미의 깨끗한 벗을 사귀는 마음자세를 의미한다고도 볼 수 있다. 하지만 '청우淸友'의 의미로 보아 네 벗으로 이해할 수 있다. 따라서 이 시는 각자各自의 포부抱負와 이상理想이 남악南嶽이라는 자연경물自然景物의 완상玩賞을 통해 드러난다. 이때 자신들의 학문적 성취成就에 맞추어 앞으로 지향志向해야 할 삶의 자세姿勢를 보여준 것이다. 여기서 말하는 학문적 성취란, 지식의 습득만을 말하는 것이 아니라 덕행德行의 연마硏磨까지 포함된다. 뒷 날 이러한 교유덕분에 이이라는 지음이 죽고 나서도 성혼의 학문적 성장은 지속되었고 이를 토대로 그들과 시문을 통하여 문예미를 이뤄나갈 수 있었던 것이다.

예의지교禮義之交 : 구봉龜峰 송익필宋翼弼

성혼은 친구와 교유交遊를 통해서 학문學問과 덕행德行의 수양修養에 유·무형有·無形의 영향影響을 주고받는다. 특히 송익필은 그에게 있어 여러모로 지대한 영향을 미친 벗이다. 이를 송익필의 인물평과 교유시를 통해 살펴보자.

> 공(송익필)의 재주와 학문은 남음이 있었으나 덕행과 도량은 부족하였다. 두 선생(우계 성혼과 율곡 이이)과 함께 말할 때에도 압도하고 절충하려는 의사가 있었으니, 이 사람의 말이 올바르게 여기지 않은 까닭이다. 45)

이는 송익필에 대한 후대의 인물평人物評이다. 송익필의 재주와 학문이 덕행과 도량보다 나은 점을 말하였다. 이를 통해서 당시 사회가 재주와 학문뿐만 아니라 덕행도 함께 중요시했다는 사실을 알 수 있다.

반면 송시열이 찬撰한 묘갈문墓碣文에 보면 조헌이 내린 긍정적인 평과 더불어 고청孤靑 서기徐起(1523~1591)의 평, 녹문鹿門 홍경신洪慶臣(1557~1623)의 사례를 들어 송익필의 덕행을 높게 평가하고 있다.[46] 이처럼 그의 인물됨에 대한 상반된 견해에도 불구하고 성혼과 이이는 거리낌 없이 교유하였다. 이들은 송익필의 깊은 학문과 분명한 행동, 방정方正한 말을 높이 산 것이다. 공자는 "세 사람이 같이 길을 가면 그 중에 반드시 나의 스승 될 만한 사람이 있다. 그들의 착한 점을 선택選擇해서 따르고 나쁜 점은 살펴서 스스로 고쳐야 한다."[47]라고 하였다. 이 말은 친구를 거울삼아 자신의 행동거지를 살피고, 선은 취하고 악은 버려서, "글로써 벗을 모으고, 벗으로써 자기의 부족한 인을 메운다."는 '이문회우以文會友'와 '이우보인以友輔仁'의 자세인 것이다.

송익필이 성혼에게 보낸 시는 여섯 수가 있다.[48] 그가 임란壬亂 중에 쓴 「회우계懷牛溪」와 성혼 사후에 쓴 「억우계憶牛溪」는 벗을 그리는

• • • • • • • • • •

45) "大槩龜峯之才學有餘而德器不足 與兩先生言 亦多有壓倒折衷底意思 此人言之所以不韙者"(『魯西遺稿』,「권7 上季兄(癸巳)」).

46) "重峯以爲到老劬書 學邃經明 行方言直 足蓋父愆 故成李兩賢 皆作畏友 且其敎誨 善於開發 使人感奮有立云 而至願納其官級 以雪其冤 李土亭之菡 則曰 玄黃方寸間 鄒魯亶非逈 象村申公欽則曰 天稟甚高 文章亦妙 澤堂李公植則曰 天資透悟 剖析精微 徐孤靑起謂其學者曰 爾輩欲知諸葛孔明乎 惟見宋龜峯 可也 仍曰吾以爲諸葛似龜峯也 洪參議慶臣 每諫其兄寧原君可臣曰 兄何爲與宋某友乎 吾見宋某 必辱之 寧原笑曰 爾果辱宋某乎 必不能也 其後見先生至 不覺降階迎拜曰 非我拜也 膝自屈也"(『龜峯集』,「권10 墓碣文」<宋時烈 撰>).

47) "三人行 必有我師焉 擇其善者而從之 其不善者而改之"(『論語』,「述而」).

48) 「中秋月 寄牛溪」,「懷牛溪」,「累在秋府」,「寄牛溪」,「憶牛溪」,「偶得寄牛溪」이 그것이다.

마음이 잘 드러난다. 그리움과 우정의 깊이가 생시에나 사후에도 이어졌음을 알 수 있다. 그가 옥중에서 중추월에 성혼에게 부친 시 「누재추부累在秋府」에는 성혼이 차운次韻한 시가 함께 있다. 그리고 「우득기우계偶得寄牛溪」는 송익필이 우연히 시심詩心이 일어 성혼에게 보낸 것을 말한다. 각각의 시의 내용을 살펴보자.

爲雲爲雨任紛紛　　구름 됐다 비 됐다 제멋대로 어지럽고
富貴繁華換主頻　　부귀 번창 화려함도 주인 자주 바뀌지만
獨有中秋天上月　　중추절 하늘에 뜬 둥근 달만은
年年依舊屬閑人　　해마다 예전대로 한인閑人에 속하였네.

<중추월中秋月 기우계寄牛溪>⁴⁹⁾

이 시의 1구는 두보杜甫(712~770)의 「빈교행貧交行」에서 가져온 것으로 보인다.[50] 번다한 세상사에도 변치 않는 우정을 읊은 것으로 송익필은 한가위에 달을 보면서 성혼을 떠올렸다. 그는 중추월仲秋月을 제재題材로 삼아 인간의 부귀영화가 무상하여 주인이 자주 바뀌는 것과 달은 항상 예전대로 돌아오는 것을 대비시킨다. 관습적 상징으로 볼 때 달은 장구하게 변하지 않는 경물이다. 이를 통해 "환주빈"과 "천상월"을 대조하여 표현하였다. 결구에서 말하는 한인은 우계한인牛溪閑人에서 유래한 표현으로 결국 진정한 달의 주인은 성혼이라고 인정한 셈이다. 따라서 이는 비유譬喩를 통해 세상의 영달榮達에 욕심 없이 한가롭게 지내는 벗을 그리워하는 정을 잘 나타낸 시라 할 수 있다.

不上蓬萊峯第一　　봉래산 제일봉에 오르지를 못하면

----

49) 『龜峯先生集』, 「卷之一」.

50) "翻手作雲覆手雨 紛紛輕薄何須數 君不見管鮑貧時交 此道今人棄如土" (杜甫, 「貧交行」).

當時猶未許尋眞	당시엔 오히려 '참됨을 찾았다' 않았네.
萬里相看天外月	만 리에서 하늘 밖의 달을 바라보면서
百年長憶夢中人	한평생을 꿈속에서 사람 길이 생각하도다.

<회우계懷牛溪>[51]

　　송익필은 성혼을 그리워하며 "태평했던 시절에는 우계옹과 더불어 첫째가는 일을 하기로 기약期約했었는데, 지금에는 병란兵亂으로 서로 그리워하면서도 보지 못하니 슬프다."[52]라고 하였다. 여기서 알 수 있는 사실은 태평太平했던 시절에 유학儒學을 '제일등사第一等事'로 여기며 함께 공부하기로 한 것이다. 하지만 임진왜란壬辰倭亂의 병화兵火로 인해 서로 헤어져 만나지 못하고 이별의 현실과 그리운 심정을 갖게 된다. 송익필은 성혼의 도학정신을 달에 비유하여 형상화하고 또 이를 통해 벗에 대한 그리운 심정과 정신자세를 잘 드러냈다. 따라서 이 작품은 서로 권학상장勸學相長을 희구하고 벗을 그리워하는 서글픈 마음을 녹여낸 시다.

安土誰知是太平	고향땅에 편히 삶이 태평한 일인 줄 뉘 알리
白頭多病滯邊城	흰 머리에 병 많은 몸이 변성에 머물렀구려.
胸中大計終歸謬	가슴속의 큰 계책이 끝내 잘못되었으니
天下男兒不復生	천하에 남아는 다시 나지 못하리라.
花欲開時方有色	꽃은 막 피려 할 때 바야흐로 빛깔이 나고
水成潭處却無聲	물은 못을 이루고 나면 도리어 소리가 없다네.
千山雨過琴書濕	천산에 비 지나니 거문고와 서책은 눅눅해도
依舊晴空月獨明	예전처럼 갠 하늘엔 달만 밝구려.

<기우계寄牛溪>[53]

* * * * * * * * * * *

51) 『龜峯先生集』, 「卷之一」.
52) "太平時 與牛溪翁相期以第一等事 今日兵亂 相憶不見 悲哉"(『龜峯先生集』, 「卷之一」).

송익필이 성혼에게 부친 시다. 시의 배경54)은 당시 선조宣祖가 몽진
蒙塵할 때 임진강臨津江을 건넜는데 이 무렵 성혼은 근처에 살고 있었으
나 몽진행차를 몰라서 분문奔問하지 못했다. 그 이유로 정적政敵의 공격
을 받은 것이다. 그래서 송익이 벗으로서 위기에 처한 친구의 마음을
위로하고자 보낸 시라 할 수 있다. 왜냐하면 불문곡직不問曲直 성토聲討
하면 앞으로는 성혼 같은 천하의 남아가 다시 나지 못하리라 여긴 때문
이다. 특히 경련頸聯은 성혼의 역정歷程을 자연에 비유하여 그의 깊은
인품을 형상화하였다. 미련에서는 세상과 자연을 대비하였다. 난리를
치른 세상에 그 영향은 남아 있으나 맑게 갠 하늘에 홀로 밝게 비치는
달처럼 청명淸明한 시대를 바라는 마음을 담았다.

萬物從來備一身	만물은 종래 한 몸에 갖추어져 있으니
山家功業莫云貧	산가山家의 공업에서 가난하다 하지 말게.
經綸久斷塵間夢	경륜이 속세 꿈엔 오래 전에 끊기었고
詩酒長留象外春	시와 술로 형상 밖의 봄을 길이 잡아두노라.
氣有閉開獜異馬	기운은 개폐 있어 기린은 말과 다르나
理無深淺舜同人	이치는 천심淺深없어 순임금도 범인과 같네.
祥雲疾雨皆由我	상서로운 구름과 소나기 모두 내게 연유하니
更覺天心下覆均	천심은 고루 덮어준다는 것을 다시 깨닫겠네.

<우득기우계偶得寄牛溪>55)

송익필이 성혼과 철학적인 내용을 두고 토론을 한 시이다. 여기서
송익필은 현재 자신의 불우한 처지를 초탈한 경지에 이르렀다는 자득

· · · · · · · · · ·

53) 『龜峯先生集』, 「卷之二」.
54) 『龜峯先生集』, 「卷之二」. 詩序에 "우계는 젊어서부터 후중한 명성이 있었는데,
    난리가 난 뒤에 행재소에 달려갔으나 건명한 것이 없었으니 당시 일의 형세가
    그러한 것("牛溪少有重名 亂後赴行在 無所建明 時勢然也")이라고 하였다.
55) 『龜峯先生集』, 「卷之二. 七言律詩」, 一百首.

自得의 묘妙를 보여준다. 이 시에서는 보편적인 원리와 구체적이고 개별적인 원리 사이에 상관성이 나타난다. 이는 수련首聯 첫 구에서는 『맹자孟子』「진심장盡心章」 "萬物皆備於我"를 용사하였다. 여기에는 철학적인 내용을 함의하고 있는데 주희朱熹(1130~1200)의 '이일분수설理一分殊說'56) 즉 성리학에서 말하는 개별 사물을 초월한 이理인 태극太極과 개별 사물에 내재한 이理인 성性의 동일성을 담지擔持하고 있는 개념이다. 미련에서는 하늘과 땅이 골고루 만물을 기른다는 천지부육天地覆育의 원리原理가 드러난다. 따라서 이 시는 철리哲理를 자득한 묘미를 벗과 함께 하고 경지를 자락하며 읊은 것이다.

다음은 송익필이 성혼 사후에 쓴 시이다. "우계가 병이 들었을 때 글을 보냈는데 그가 죽은 뒤에 구봉이 받아 보게 되었다病時有書 死後得見"고 밝히고 있기 때문이다.

一封書到淚漣漣	한 통의 서찰 받고 눈물 줄줄 흐르니
病裏情言死後傳	병중의 다정한 말이 죽은 뒤에 전해서네.
浩氣平生爭白日	호연지기는 평소에 밝은 태양과 다퉜는데
斯文此夕閉黃泉	유학은 이 날 저녁 황천에 닫히었네.
荷傾玉露三更月	삼경의 달빛 아래 연잎에 이슬이 맺혔고
門掩秋江萬里天	만리 먼 하늘 가을 강에 문이 닫혔네.
風物却隨人事變	풍물은 도리어 인사 따라 변하지만
神交溟漠只依然	신교가 가물거려 그저 그립기만 하네.

<억우계憶牛溪>57)

• • • • • • • • • • •

56) 주자는 이일분수설理一分殊說을 주장하였다. 이는 이理는 본래 하나인데 구체적인 사물 속에 내재해 있는 이理가 서로 다르다는 것이다. 원래 이理는 하나이지만 기가 다양하게 나타나기 때문에 이로 인해서 이理도 다양하게 보인다는 것을 말한다. (한국사상연구회, 『조선유학의 자연철학』, 예문서원, 1998, p.273.)

57) 『龜峯先生集』, 「卷之二」.

함련頷聯에서 제시한 사문斯文은 성혼을 지칭한다. 송익필은 벗의 기상이 태양에 견줄 만하다고 하여 친구를 잃은 애석함을 극대화하였다. 그래서 유학이 황천에 잠긴 것과 같다고 한 것이다. 그러나 송익필은 '신교神交'라 하여 죽은 벗과 정신적 교유를 지속하겠다는 의지를 드러낸다. 이는 송익필이 성혼을 살아서 뿐만 아니라 사후에도 존숭하고 그리워한 마음을 담은 것이라 할 수 있다.

▲ 문간공 우계 성혼 선생 묘소

한편 성혼이 송익필에게 보낸 안부편지의 내용을 보면58) 둘의 친근

· · · · · · · · · · ·

58) "安峽山川 可居云否 鄙人拙計 每思人生强半 餘日幾許 唯當汲汲定居 數間茅屋 一架書冊 醯飫其中 粗窺一斑道理 是爲至切至重事 豈合奔走道路 求田問舍 費了殘生 雖使淸溪白石環繞門前 何益於身心道德"(『牛溪先生集』,「卷之四 簡牘一」).

한 마음이 대화 속에서 드러난다. 토지를 구하고 집을 사느라 남은 인생을 허비하는 삶을 사는 이들을 이해할 수 없다고 한다. 여기서 성혼은 편안하게 살 집을 마련하느니 차라리 수기치인修己治人하는 도를 배우며 진덕수업進德修業에 매진하겠다는 포부를 밝힌다. 이는 성혼이 송익필에 대해서 예학禮學과 의리義理를 논할 수 있을 뿐만 아니라 속마음까지도 터놓을 수 있는 벗으로 여겼음을 알 수 있다.

이상을 통해서 볼 때 송익필과 성혼은 서로의 심정을 누구보다 이해하려 애쓴 인물임을 알 수 있다. 심지어 성혼은 송익필을 옥중에서도 예학禮學에 대한 태도態度를 가질 수 있는 인물로 보았고 외우畏友로 대하였다. 한편 송익필은 성혼을 진정한 유학자儒學者로 인정하며 죽어서도 교유를 하고 싶은 신교神交라 칭하였다. 더 나아가 두 사람은 자신의 솔직率直한 심정을 서로 토로吐露하며 감성感性을 나누는 인간미 넘치는 이우보인以友輔仁하는 벗이었다.

도의지교道義之交 : 율곡栗谷 이이李珥

명대明代의 양명陽明 왕수인王守仁(1472~1529)은 양명학을 주창한 인물이다. 조선조 도학자들이 양명에게 비판적인 견해를 갖기도 하지만 왕수인은 "책선責善" 즉 "친구 사이에 옳은 일을 하도록 서로 권하는 일"에 대해 다음과 같이 밝히고 있다.

> "책선責善은 친구간의 도리이다. 그래서 충고하여 잘 인도하되 충애하는 마음을 다하고 완곡한 표현을 써야 한다. 그리하여 저 사람으로 하여금 내 말을 들어 따를 수 있게 하고 스스로 판단하여 고칠 수 있게 해야 한다. 그래야만 감동하는 마음이 있게 하고 노여움은 사지 않게 할 수 있다. 그런 다음에 책선의 선善이 실현되는 것이다. 그렇지 않고 만약 먼저 그의 잘못을 폭로하여 심하게 헐뜯거나 꾸짖어서 그가 수용할 곳이 없게 해버리면 그 사람은 장차 부끄럽거나 분노하

거나 원망하는 마음이 폭발하고 말 것이다. 그렇게 되면 비록 자세를 낮추어 따르게 하고 싶어도 그럴 수 없는 상황이 되고 만다. 결과적으로 이는 그를 자극하여 악惡을 하도록 하는 행위가 된다."[59]

왕수인은 책선이야말로 붕우 간의 도리道理이니 책선을 위해서는 충애忠愛하는 마음과 완곡한 표현을 할 것, 또 스스로 판단하고 고칠 것을 강조한다. 만약 그렇지 못할 때에는 오히려 그를 자극하여 악을 하도록 하는 것이라는 경계警戒도 잊지 않는다.

草合山溪雨壞橋	풀이 산 계곡을 덮고 비가 다리를 무너뜨려
不知何處向消遙	어느 곳이 소요산 가는 방향인 줄 모르겠네.
相逢似是曾相識	만나보니 일찍이 서로 알던 이 같아
引入煙蘿共月宵	연라煙蘿로 끌어들여 달밤을 함께 지새우네.

<여우계공심소요산與牛溪共尋逍遙山>[60]

이 시의 배경은 이이와 성혼이 밖에서 처음 만나는 시기로 보인다. 두 사람은 소요산逍遙山에서 만났으나 일찍부터 서로 알고 있었던 사람처럼 친숙하게 느껴진다고 했다. "연라煙蘿"는 안개 끼고 푸른 담쟁이 덩굴을 말하는데, 주로 은자隱者나 구도자求道者들이 거처하는 공간을 의미한다. 이들은 이야기로 밤을 지새운다. 여기서 알 수 있듯이 두 사람은 시공간時空間을 공유하며 의기투합意氣投合하였으며 이날 이후 담담淡淡한 군자의 사귐처럼 평생의 도의지교道義之交를 맺는다. 이 작품은 성혼이 앞으로 이이와 함께 평생지기로 여기게 된 시공간적 배경

· · · · · · · · · ·

59) "責善 朋友之道 然須忠告而善道之 悉其忠愛 致其婉曲 使彼聞之而可從 繹之而可改 有所感而无所怒 乃爲善耳 若先暴白其過惡 痛毀极詆 使无所容 彼將發其愧恥憤恨之心 雖欲隱以相從 而勢有所不能 是激之而使爲惡矣"(『王文成公全書』, 「卷25 教條示龍場諸生」).

60) 『栗谷先生全書』, 「拾遺 卷之一」.

을 드러낸 시임을 알 수 있다.

다음 우계의 시에서도 위와 비슷한 정경이 나타난다.

小築塵囂外	작은 집 속세의 소란하고 번거로움 벗어나
湖山表裏開	호수와 산 안팎으로 열려 있네
軒臨平野大	처마는 너른 평야에 이르고
水入暮天廻	물은 저물녘 하늘에 돌아드네
村客初携手	마을의 손님과 처음만나 손잡고
高談夜撥灰	밤새도록 화롯불 헤치며 고담을 나눴네
神淸不可寐	정신은 맑아져 잠 못 이루는데
明月照人來	밝은 달 사람에게 비추어 오네

<차율곡운次栗谷韻>[61]

성혼이 율곡의 시운에 차운하였다. 우계가 사는 파산坡山의 집은 속
세의 소란하고 번거로움을 벗어나 있다. 그는 자신을 만나러 온 손님인
율곡과 화롯불을 사이에 두고 그동안 나누지 못한 이야기를 펼쳐내는
따뜻한 정경情景을 그렸다. 자연과 하나 되어 사는 우계와 그를 찾은
율곡은 오랜만에 만나서도 서로의 마음이 통하였고 밤새도록 고담高談
을 나누었다. 밝은 달이 사람을 비춰주어 더욱 더 청신淸新한 정취가
느껴진다. 서로 만나 시간적인 흐름이 지속持續되고, 공간적 배경의 초
점이 원경에서 근경으로 이동하다가 다시 원경으로 확대擴大되어 간다.
이처럼 둘 사이의 정도 멀리 떨어진 상황狀況에서 만남이 이뤄졌고
손을 맞잡고 이야기 나누며 더욱 가까워지는 원근遠近의 정경이 잘
펼쳐진다. 작은집에서 호수와 산 너른 평야로 펼쳐지다 하늘로 향하고,
다시 마을에 나타난 손님에 집중하고, 화롯불이 놓인 자리로 이동하여

61) 『牛溪先生集』, 「卷之一」).

하늘의 달빛으로 변화해 간다. 이는 두 사람의 우정이 시간의 흐름을 따라 깊이가 더해지는 모습이다. 따라서 이 시는 두 사람의 고고한 정신미를 볼 수 있는 수작秀作에 해당된다.

歲云暮矣雪滿山	한 해도 다 저물고 눈이 산에 가득한데
野逕細分喬林閒	들길은 가느다랗게 키 큰 숲 사이로 갈렸구나.
騎牛聳肩向何之	소를 타고 어깨 으쓱거리며 어디로 가는데
我懷美人牛溪灣	내 쇠내 굽이에 있는 미인을 그리워해서구나.
柴扉晚扣揖淸臞	저물녘 사립 열고 맑은 얼굴에 인사하니
小室擁褐依蒲團	작은 방에 갈포 걸치고 짚방석을 깔고 있네.
寥寥永夜坐無寐	고요한 긴 밤을 잠 안 자고 앉았으니
半壁靑熒燈影殘	벽에 걸린 등불만 깜박거리네.
因悲半生別離足	반평생에 이별의 슬픔 많았으니
更念千山行路難	다시금 천산에 험한 길을 생각케 되네.
談餘輾轉曉鷄鳴	이야기 끝에 뒤척이다가 새벽닭이 울어
擧目滿窓霜月寒	눈 들어 보니 온 창문엔 서리 달만 차갑구나.

<설중기우방호원서별雪中騎牛訪浩原敍別>62)

율곡이 우계를 미인美人이라 칭하며 그를 만나고픈 심정에 소를 타고 어깨를 으쓱거리며 눈 오는 숲길을 바삐 재촉한 형상形象이다. 율곡은 우계를 보고 떠나려고 직접 찾아가서 새벽닭이 울 때까지 밤을 지새워 이야기한다. 친구와 고담준론高談峻論과 경세제민經世濟民의 도道를 나누기엔 하룻밤으로는 너무도 짧다. 하지만 그들은 함께 하기만 하여도 좋은 친구 사이다. 마지막 구절 "상월한霜月寒"에서 알 수 있듯이 율곡은 우계의 출사出仕가 여의치 않음을 알았다. 하지만 서리가 내리는 차가운 밤의 달에 비유하여 자신이 지켜보리라는 자탄自嘆의 심회를

••••••••••
62) 『栗谷先生全書』, 「卷之二」.

240 성혼成渾 시의 도학적 성향과 풍격미

보인다.

天意定應扶社稷	하늘의 뜻이 정녕 사직을 붙들 의향이라면
謝安寧免濟蒼生	사안이 어찌 창생의 구제를 면하려 했겠나
白駒何處維空谷	흰 망아지 어느 빈 골짝에 매었는고
西望津關古木平	서쪽으로 진관 바라보니 고목만 가지런하다
盛際千年會	융성한 군신君臣의 만남 천 년만의 기회인데
憂時一病身	시대를 근심하는 한 병든 몸이네
願回巖穴老	원컨대 암혈에 숨은 늙은이를 바꾸어
終作匪躬臣	마침내 비궁의 신하 되게 했으면…

<호원퇴귀우진관작시상시차운환기浩原退歸寓津關作詩相示次韻還寄

이수二首>[63]

우계가 진관에 우거寓居하면서 율곡에게 시를 지어 보내왔기에 율곡이 그 시에 차운하여 보낸 2수이다. 첫 번째 수 승구承句에서 율곡은 우계를 진晉나라의 승상 사안謝安에 비유하여 천하창생을 구제하고자 한다. 율곡은 우계가 출사出仕하지 않자, 전구轉句에서『시경詩經』「소아小雅」백구白駒편 "皎皎白駒 在彼空谷"을 들어 현자賢者의 물러감을 만류하였다. 이는 출사를 권면勸勉한 것이다.

두 번째 수에서 율곡은 우계가 나라 위해 충성할 사람이라 하여 '비궁신匪躬臣'이라 일컫는다.『주역周易』건괘蹇卦에 "왕의 신하가 충성을 다함은 자신 때문이 아니다."[64]라고 하였다. 여기서 율곡은 우계가 출사하지 않고 물러나는 태도에 대해 책선責善하며 탄식歎息하고 있다.

이와는 달리 우계에게 보낸 34행의 장구시長句詩[65]에 율곡의 처지가

. . . .

63)『栗谷先生全書』, 「卷之二」.
64) "王臣蹇蹇 匪躬之故"(『周易』, 「蹇卦」).

잘 드러난다. 선조는 상중임에도 율곡을 대사간大司諫으로 임명한다. 이에 율곡은 선조 문병問病과 사은謝恩을 겸하러 가던 참이었다. 그러나 서울에 머무른 지 한 달이 되도록 면대面對하지 못하자 배로 되돌아 온다. 그 때 감회가 일어 시를 써서 우계에게 부친 것이다. 여기서 율곡은 당시의 입장을 『맹자孟子』 '오월거려五月居廬66)로 용사用事하였다. 이는 등문공藤文公이 신중하게 그의 부친인 등정공藤定公의 치상治喪을 한 것처럼 율곡도 선조가 잘 치상하기를 바란 것으로 볼 수 있다.

病中省人事	병 때문에 인사를 생략하고
灑埽淸幽室	골방을 깨끗이 청소하였네.
小鑪對焚香	작은 화로를 대하여 향을 피우며
明窓坐終日	환한 창가에 온종일 앉았다가
意到輒開卷	생각이 나면 책을 펴보고
倦來還掩帙	싫증나면 도로 덮어버린다오
計往積尤悔	지난 일 헤아리면 허물과 뉘우침 뿐
追來庶無失	앞으론 그런 잘못 없도록 하려 하네

• • • • • • • • • •

65) "蹇劣非世器 棲棲竟何爲 築室海山阿 巖泉結幽期 天書下衡門 欲出蹶明時 三韓泣喪妣 五月滕文悲 趨朝慰在疚 謝恩拜彤墀 重瞳隔咫尺 五雲深難窺 逡巡出金門 悵然雙涕垂 蕭條囊橐空 只有病相隨 留邸一月罷 乃賦歸歟詩 出郭理歸棹 我行何遲遲 親朋餞江閣 執爵各有辭 仁智見雖異 惓惓情非私 親朋多勸余留 滄波望無極 一葦泝何之 中流發孤嘯 有心誰我知 却憐沙上鷗 閑眠百無思 鄒孟非吾豫 斯人吾所師 永言寄同病 微子吾從誰"(『栗谷先生全書』,「卷之二 詩 下」<承命召以大諫 珥赴徵 將以慰上在疚 兼得謝恩而歸 留京一月 竟未得面對 乘舟西下 感懷有作 書寄浩原>).

66) "滕定公薨 世子謂然友曰 昔者孟子嘗與我言於宋 於心終不忘 今也不幸至於大故 吾欲使子問於孟子 然後行事 (中略) 然友復之鄒 問孟子 孟子曰 然, 不可以他求者也 孔子曰 君薨 聽於冢宰 歠粥 面深墨 卽位而哭 百官有司 莫敢不哀 先之也 上有好者 下必有甚焉者矣 君子之德 風也 小人之德 草也 草上之風必偃 在世子 然友反命 世子曰 然, 是誠在我 五月居廬 未有命戒 百官族人 可謂曰知 及至葬 四方來觀之 顔色之戚 哭泣之哀 吊者大悅"(『孟子』,「滕文公上」).

惺惺保此念　　　정신을 번쩍 차려 이 생각을 간직하면
喧寂當如一　　　어수선하거나 조용하거나 응당 한결 같으리
感發遂成詩　　　감회가 우러나 마침내 시가 되기에
因之寄同疾　　　같은 병 앓는 이에게 부친다오.
<감한질조우밀실유감기호원感寒疾調于密室有感寄浩原
정축丁丑>67)

　　율곡은 자신이 감기感氣를 앓으면서 우계의 병약病弱한 처지를 이해
한다. 비단 몸만 아픈 것이 아니라 마음의 상처傷處까지도 서로 공감共
感하고 있는 셈이다. 또 지난 잘못을 없도록 하겠다는 의지를 드러낸다.
여기서 율곡은 '그동안 우계가 자신에게 했던 책선을 용납容納하겠다'
고 말한다. 결국 율곡도 우계와 인간미 넘치는 내밀內密한 우정友情을
교감交感하였음을 알 수 있다.

　　苦雨連旬阻對牀　　　굳은 비 연달아 열흘 내려 대좌도 못하고서
　　臨岐別意更堪傷　　　작별하게 되니 마음은 더욱 서글프네.
　　離羣自此多尤悔　　　벗을 떠난 이제부터 허물도 많을 테니
　　警語時時寄首陽　　　경계의 말 이따금 수양으로 보내 주오.
<장향수양기별호원將向首陽寄別浩原　무인戊寅>68)

　　율곡이 무인년(1578)에 수양首陽, 즉 해주로 떠나면서 우계와 만나려
했으나 장마 때문에 가지 못하는 안타까움을 노래하였다. 율곡은 우계
를 떠나면 자신을 바로잡아 줄 수 있는 말을 해줄 벗이 곁에 없어서
허물이 많아지리라 여긴다. 그래서 율곡은 책선하는 벗 우계에게 경계
의 말을 이따금 수양으로 보내주길 부탁한다. 이는 석별惜別의 감정感情

• • • • • • • • • •

67) 『栗谷先生全書』, 「卷之二 詩下」.
68) 『栗谷先生全書』, 「卷之二 詩下」.

이 잘 드러난 시이다.

知音已去朱絃絶　　지음은 이미 떠나고 붉은 줄 끊겼는데
山月孤來溪水悲　　산 달 만 외로이 비추고 시냇물 구슬피 흐르네
偶與老僧尋舊話　　우연히 노승을 만나 옛 추억을 더듬으니
天涯垂淚獨躊跚　　하늘 끝 멀리 눈물 떨구며 홀로 머뭇거리네
　　　　<유승지시축내알축중유율곡시有僧持詩軸來謁軸中有栗谷詩>[69]

　　계사년(1593)은 전란 중의 시기이다. 당시 우계는 석담서원石潭書院
에서 우거했다. 그러면서 그곳의 제생諸生들과 율곡과의 일화를 소개하
며 시를 주고받았다. 율곡이 1584년에 세상을 떠나고 벌써 10년 성상星
霜이 지날 무렵이다. 승려가 시축을 가지고 와서 보여 주었는데 그중에
율곡의 시가 있었다. 우계는 30여년 정을 나누던 벗의 시축을 보자
감회가 일어난 것이다.
　　기구에서 '지음'은 옛날 백아伯牙와 종자기鍾子期의 고사[70]에서 유래
한다. 이는 자신의 마음까지 알아주는 벗을 의미하는데 여기서는 율곡
을 가리킨다. 우계는 포부나 경륜을 율곡과 함께 터놓았고, 율곡은 그를
이해했다. 그러나 그 벗은 이 세상에 없다. 따라서 우계는 거문고의
붉은 줄을 끊은 것처럼 아픈 마음에 탄식歎息이 절로 난 것이다. 유독
붉은 줄이라 한 것은 자신의 단심丹心의 상징적 표현이라 할 수 있다.
그때 산 위에 홀로 떠 있는 저 달과 무심無心히 흐르는 저 냇물은 율곡과
함께 하던 그 달이요, 그 냇물이다. 외로이 비추고 있는 저 달은 벗
율곡이고 구슬피 흐르는 저 냇물은 자신을 형상화한 셈이다. 이후 노승

· · · · · · · · · · ·
69) 『牛溪先生集』, 「卷之一」).
70) "伯牙鼓琴 鍾子期聽之 知在太山 則巍巍 志在流水 則曰湯湯 子期死 伯牙絶鉉
　　痛世無知音者"(『列子』, 「湯問」).

244 성혼成渾 시의 도학적 성향과 풍격미

老僧과 나눈 추억담追憶談은 그들의 옛일을 회상回想케 하고 고개 들어 하늘 끝 바라보고 눈물지으며 머뭇거리는 심사가 드러난다. 이 작품은 현재에서 과거회상, 다시 현재로 돌아오는 시간적 추이와 시점이 근경-원경-근경-원경으로 이어지는 원근법을 써서 비감어린 정조의 애통哀慟함이 잘 드러난 시다.

　이상을 통해서 볼 때 우계와 율곡은 기회가 되면 만나서 대화를 나누었고, 만나면 밤을 지새우며 도의지교道義之交를 나눈 책선하는 벗이었다. 이렇게 두 사람은 서로의 마음까지 이해한 내밀內密한 우정을 나누었고, 서로가 부모의 생사生死에도 함께 한 밀우密友이자 지음知音이라 할 수 있다.

지란지교芝蘭之交 : 송강松江 정철鄭澈

　『예기禮記』의 「학기學記」에서 친구를 통해 "서로 바라보며 선하게 되는 것"[71]에 대해 언급하고 있다. 이는 서로 배우는 덕의 가르침의 원칙原則과 방법方法을 제시한 것이다. 우계와 송강의 교유관계는 이러한 예例에 해당된다고 볼 수 있다.

> 禁掖何年捧玉音　　대궐 안 어느 해에 임금의 음성을 받들었던가
> 白頭三宿小臣心　　늙은 몸 사흘을 묵은 소신小臣의 마음
> 平生欲止陶公酒　　평생을 끊고 싶은 도연명陶淵明의 술이지만
> 每到愁時淺淺斟　　수심이 올 적에는 조금씩 따라 마신다네.
> <기시우계寄示牛溪>[72]

　송강은 조정朝廷에서 선조의 명에 따라 일하는 신하臣下의 입장을

----

71) "相觀而善之謂摩"(『禮記』, 「學記」).
72) 『松江原集』, 「卷之一 詩 七言絶句」.

"사흘을 묵은 소신의 마음"이라 일컬으며 우계에게 하소연한다. "삼숙三宿"73)은 선조의 마음에 붙들린 송강 자신의 마음을 의미한다. 그래서 잊고 싶어도 잊지 못한 군주에 대한 신하의 자세를 보여준 것이다. 공자가 노魯나라를 떠날 때 머뭇거린 고사에서 이를 알 수 있다. 3구는 송강이 도공陶公처럼 마시는 술을 끊고자 했다. 그러나 송강은 선조로부터 정사政事를 인정받지 못해 옥중獄中에 갇히게 될 신세였다. 그래서 수심愁心이 일면 끊고 싶은 술이지만 서글픈 심사를 달래려 조금씩 따라서 마신다고 하였다. 그래서 그는 우계야말로 이러한 자신을 이해할 수 있다고 보아 속마음을 터놓은 것이다. 송강은 이토록 자신의 속마음까지 보여줄 수 있는 벗인 우계와 고락苦樂을 함께할 것이라 여긴 셈이다.

苦調難諧衆楚音　　괴론 곡조 여러 초음과 어울리기 어려우니
病夫於世已無心　　병든 몸 세상엔 이미 마음이 없네.
遙知湖外松林下　　멀리서도 알겠지 호외湖外의 송림 아래서
歲暮寒醪滿意斟　　세모歲暮라 찬 막걸리 마음껏 마시는 뜻을.
<기시우계寄示牛溪>74)

'고조苦調'는 두 가지로 해석될 수 있다. 첫째는 슬픔에 젖어 내는 처량한 소리, 둘째는 귀에 거슬리는 충고이다. 여기서는 이 두 가지 의미를 내포하는 중의적重義的인 표현이다. 송강은 자신의 목소리가

. . . .

73) "삼숙三宿은 잠을 세 번 잔다는 뜻인데, 『사십이장경四十二章經』의 뽕나무 밑에서 3일 밤을 자면서 도道를 닦은 승려가 그 곳을 잊지 못하여 그리움이 생겼다는 구절에서 유래한 말이다. 한 곳에서 3일을 지내면 그 곳을 잊지 못하여 그리워하는 마음이 생긴다는 의미" (세종대왕기념사업회 한국고전용어사전 편찬위원회, 『한국고전용어사전』, 세종대왕기념사업회, 2001).
74) 『松江續集』, 「卷之一 詩 七言絶句」.

여러 초음楚音과 어울리기 어려움을 자평하는데, 이는 자신의 말이 임금의 귀에 거슬리고 그 주변 신하들조차 듣지 않게 된다는 뜻이다. '초음楚音'은 일제중초一齊衆楚의 의미로『맹자孟子』에서 초나라 세자가 제나라 말을 배우는 고사故事에서 유래한다.[75] 송강 자신은 임금에게 제나라 말을 가르치려 하였다. 그러나 나머지 사람들이 모두 초나라 말을 하는 바람에 임금도 제나라 말을 배우지 못한다는 것이니, 정치적으로 자신이 고립孤立되었다. 이 때문에 마음에 병이 생기고, 세상일에 무관심하게 되어 자신의 처지를 자탄自歎하고 만다. '요지遙知'는 주어가 우계이니 3,4구의 술을 마시는 주체는 송강이다. 송강은 이제 호외湖外의 송림松林아래서 연말에 찬 막걸리를 마음껏 마시며 은거하고 있다. 여기서 송강은 임금에게서 멀어진 자신을 우계에게 탄식하며 공감共感을 구한 셈이다. 이는 송강이 임금에게 버림받은 자신의 속마음을 적어 보내며 은일隱逸하며 걱정 없이 사는 우계에게 서글픈 심회心懷를 드러낸 시라 할 수 있다.

한편 송강과 우계의 돈독한 정은 시뿐만 아니라 시조에서도 드러난다.

> 재너머 성권농 집에 술 익단 말 어제 듣고
> 누운 소 발로 박차 언치 놓아 지즐 타고
> 아해야 네 권농 계시냐 정좌수 왔다 하여라

송강은 만년에 정사를 그만두고 강화江華의 송정촌松亭村에 우거寓居한다. 초장에서 등장한 '권농'은 농사를 권하는 업무를 담당하는 유사有司이다. 종장의 '좌수'는 '지방 향청의 우두머리'를 일컫는다. 따라서

. . . .

75) "孟子謂戴不勝曰 子欲子之王之善與 我明告子 有楚大夫於此 欲其子之齊語也 則使齊人傅諸 使楚人傅諸 曰使齊人傅之 曰一齊人傅之 衆楚人咻之 雖日撻而求其齊也 不可得矣 引而置之莊嶽之間數年 雖日撻而求其楚 亦不可得矣"(『孟子』,「滕文公下」).

'성권농'은 성혼을 가리키고 '좌수'는 바로 정철을 일컫는 셈이다. 여기에서 송강은 우계의 "집에 술 익단" 전갈을 듣고 한 걸음에 달려간다. '재너머'라고 표현한 것은 송강이 거주하던 강화와 우계가 거주하던 파주의 우계 향양리는 심리적으로 가까움을 비유한 표현이다. 우계가 술 좋아하는 송강의 마음을 달래 주려고 술자리 초대하니 그 심리적인 반가움이야말로 한달음에 갈만한 거리다. 술은 둘 사이에 하시何時라도 불러 마실 수 있는 우정의 매개물인 것이다. 그래서 안장도 얹지 않은 채 깔개만 눌러 타고 간다고 하였다. 이처럼 친구의 부름에 시간을 다투어 가고 싶은 심정을 중장에서 잘 나타내고 있다. 종장의 '네 권농 계시냐'는 송강이 벗의 집에 자주 행차하였음을 짐작할 수 있게 한다. '아해야'라는 호칭에서 친근함을 느낄 수 있는데, 이는 우계의 집안사람 중에서 자신을 자주 마중한 어린 인물인 것이다. 술이라면 마다않는 그였지만 친구를 보고 싶은 심정이 더 큼을 '정좌수 왔다 하여라'라고 한 표현에서 이미 당도한 뒤 우계가 들을 수 있을 정도로 호기로운 모습으로 외치는 듯하다. 우계도 '아해'가 고하기 전에 버선발로 뛰어나와 맞을 장면은 불을 보듯 명백하다. 중장과 종장사이에서 비약과 생략을 통해서 공간적 이동이 급격히 이뤄진 셈이다. 짧은 시조에서 친구를 무척이나 보고 싶은 심정을 술이라는 매개를 통해 공간적 거리를 생략하고 비약적인 시간적 전개 상황은 이를 잘 말해주고 있다. 송강의 소탈한 성격과 자유분방하고 인간미 넘치며, 노소간에 거리낌 없는 자세가 함께 드러난다. 따라서 위 시조는 두 도학자의 사귐을 통해 둘 사이의 공간적, 시간적, 심리적 거리를 생략과 비약으로 가깝게 처리하였다. 이는 농촌의 풍류와 인간적인 멋을 잘 보여준 절창이라 할 수 있는 작품이다.

梁園紫竹杖   양원梁園에서 얻은 자죽장紫竹杖을

寄與牛溪翁   우계옹牛溪翁에게 부치노라
持此向何處   이것 가지고 어디로 가는가 하면
坡山雲水中   파산이라 저 물 구름 서린 속으로.

<자죽장송우계紫竹杖送牛溪>76)

송강은 담양의 창평현昌平縣에 거처할 무렵에 양원梁園에서 얻은 자
죽장을 우계에게 보낸다. 양원은 이백의 <양원음梁園吟>에도 등장하고
한나라 시기 양효왕梁孝王이 세운 죽원竹園의 의미도 있지만 여기서는
양산보梁山甫(1503~1557)의 정원을 일컫는데 바로 담양의 소쇄원瀟灑園
이다.77) 당시 송강은 좌의정에서 실각을 당했던 때였다. 그곳은 장인의
고향이기도 하며 어릴 적 문사들과 교유하던 장소이기도 하다. 그가
정계를 은퇴하고 가장 가까운 벗을 찾을 때 우계가 먼저 떠올라 자신이
보내준 자죽장紫竹杖을 반길 것이라 여긴 것이다. 대나무는 소나무, 매
화와 더불어 군자의 절개를 상징한다. 따라서 송강은 늙어서도 잊지
말아야 할 곧은 자세와 절개의 상징물로써 대나무를 보낸 셈이다. 또
만나서 함께 죽장을 짚고 산책하고 싶은 살가운 벗의 정서情緖를 보여
준다. 더불어 이 시는 송강이 우계의 자유로운 삶에 대한 선망羨望을
담았다. 그의 마음을 잘 알아주는 벗에게 하소연하는 심정은 다음의
사례에서도 잘 드러난다.

율곡 사후, 송강이 우계에게 보낸 편지78)를 보면 그들의 관계를 엿볼

<hr />

76) 『松江原集』, 「卷之一 詩 五言絶句」.

77) 소쇄원은 정암 조광조의 제자로서 은일을 자처自處하던 소쇄처사瀟灑處士 양
산보梁山甫(1503~1557)가 지은 정원이다. 당시에 하서 김인후를 비롯하여 소
인묵객騷人墨客들이 왕래往來하며 시문詩文을 주고받은 장소였다. 이 소쇄원을
줄여 양원梁園이라 부른 셈이다.

78) "三更 護栗翁柩 至弘濟院哭送 滿身寒戰 下車飮酒三杯 到家 輒薾然將盡 今始
擡首 喫飯三四匙 切欲就語 而無奴馬 奈何 終日伏枕 寸腸如裂"(『松江續集』

수 있다. 송강은 삼경三更에 일어나 율곡의 영구靈柩를 호송護送했다. 당시 우계는 선조의 부름을 받아 입조하였기 때문에 함께 호송하지 못했다. 송강은 절친切親의 마지막을 함께 하고 난 허탈감虛脫感과 추위를 술 석 잔으로 달래려 했지만 그러지 못하고 집에 돌아와 탈진脫盡한다. 몇 숟갈 요기療飢를 하고 나서야 겨우 정신精神을 차린다. 이를 통해서 볼 때 믿고 의지依支하던 벗의 부재不在로 송강의 상심傷心이 무척 컸음을 알 수 있다. 우계라도 만나서 애통哀慟한 마음을 나누고 싶지만 그러지도 못한다. 그래서 송강은 종일終日 엎드려 지내는 단장斷腸의 슬픔을 편지로 절절하게 읊고 있다. 여기서 송강은 우계에게 율곡의 죽음에 대한 비통한 심정을 토로하였다.

이상으로 우계와 송강의 마음을 터놓고 사귀는 감성을 살폈다. 이것은 그들의 소망所望과 인간미가 물씬 풍기는 생사고락生死苦樂을 함께 하고자 하는 삶의 자세에서 비롯되었다. 이는 그들의 따뜻한 우정友情이 시 속에 형상화되어 나타난 의경이라 할 수 있다.

군자지교君子之交: 승속僧俗 및 제자弟子

이번에는 승속 및 제자와 교유관계를 살펴본다. 성혼의 교유는 유자儒者에 그치는 것만이 아니라 승려와도 친분을 유지하였다. 이는 청송 성수침으로부터 연원한 것이다. 또한 제자와의 교유도 자신의 제자뿐만 아니라 율곡의 제자들과도 좋은 관계를 유지한다. 따라서 성혼의 교유관계는 부친과 벗을 통해 연원이 있는 삶으로 볼 수 있다. 그는 신분과 연령 등을 초월하여 교유하였으며 이때 군자지교를 그 덕목으로 하였다 할 만하다. 따라서 그의 승속 및 문도들과의 교유시를 통해 군자의 사귐을 이해할 수 있다. 이처럼 승속의 사귐은 세 수에서 드러나

• • • • • • • • • • •
卷之二 書. 與牛溪書 甲申).

는데 <유승지시축내알축중유율곡시有僧持詩軸來謁軸中有栗谷詩>는 이미 앞에서 살펴보았고 나머지 두 수는 <곡율곡묘견기분암승축유시서기하哭栗谷墓見其墳庵僧軸有詩書其下>, <여우인유운계사與友人遊雲溪寺。 이수二首>가 전한다.

빛에 화답하여 속세의 티끌에 같이한다는 뜻으로 화광동진和光同塵이 있다. 이는 지혜로운 자가 자신의 지혜를 감추고, 그의 지혜와 덕, 그리고 재주를 숨기어 속세의 티끌과 하나 됨을 말한다. 불가에서는 부처가 인간계에 나타나 중생을 구제할 때 그 본래의 면목을 감추고 행동하는데 이를 화광동진이라 할 수 있다. 한편 성혼은 도학자로서 유자儒者에 해당하지만 그렇다고 해서 불가의 승려僧侶를 함부로 대하지 않으며 다름을 인식하고 그들과 상면한다. 이는 유자의 지혜로서 진정으로 아는 사람은 그 앎에 대하여 함부로 말하지 않는 자세를 갖추었다 할 만하다. 또 귀로 듣고, 눈으로 보며, 입으로 말하고, 코로 맡는 일 등에 대해서 언급하지 않는다. 그러므로 도를 아는 사람은 도를 말하지 않는 셈이다.

> 아는 사람은 말하지 않고 말하는 사람은 알지 못한다. 그 이목구비를 막고 그 문을 닫아서 날카로운 기운을 꺾으며 혼란함을 풀고 '지혜의 빛을 누그러뜨리며[화기광和其光]', '속세의 티끌과 함께 하니[동기진同其塵]' 이것을 현동玄同이라고 말한다. 그러므로 친하지도 않고 소원하지도 않는다. 이롭지도 않으며 해롭지도 않다. 귀하지도 않으며 천하지도 않다. 그러므로 천하에 귀한 것이 된다.[79]

이는 『노자』에서 말한 "도道는 언제나 함이 없으면서 함이 없는 것이

. . . .

79) "知者不言 言者不知 塞其兌 閉其門 挫其銳 解其紛 和其光 同其塵 是謂玄同 故不可得而親 不可得而疏 不可得而利 不可得而害 不可得而貴 不可得而賤 故爲天下貴" (『노자』 56장).

아니다"라고 하는 것과 같다. '화광동진和光同塵'과 같은 의미가 '현동玄同'이다. 현동은 너와 나의 구별을 하지 않는 하나인 것이다. 또한 재능과 지혜를 감추고 속인과 함께 어울린다. 그래서 현동은 이해득실과 귀천과 친소를 나누는 사이가 되므로 귀한 상태가 된다. 따라서 화광동진은 『노자老子』에서 유래한 말이지만 유자儒者의 고아高雅한 삶에도 비유할 수 있는 것이다. 청송 성수침은 파산, 즉 오늘날 파주에서 은거 자수隱居自守하며 자락自樂하는 삶을 지속하였다. 이러한 과정에서 승속을 구별하지 않는 교유를 한 셈이다. 성혼도 그런 아버지의 영향과 자신의 고아한 품격을 바탕으로 화광동진의 자세로써 승속의 구별이 없는 사귐을 유지할 수 있었던 것이다.[80]

風雨近重陽	중양절 가까운데 비바람 몰아치니
山齋曉氣涼	산중의 집에 새벽 기운 시원하네
逢僧問安穩	승려를 만나 안부를 물으니
小連善居喪	소련처럼 집상執喪을 잘한다네

<증승승자정전한철상려래贈僧僧自鄭典翰澈喪廬來。
인이차증지因以此贈之>[81]

위 시는 홍문관 정삼품正三品의 전한典翰 정철이 모친상을 당했을

· · · · · · · · · ·

80) 옛날에 우연히 한 노승老僧을 만났는데, 그가 말하기를, "내가 용문사龍門寺에 있을 때에 우계 선생과 여러 날을 함께 지냈으므로 선생의 기거起居를 익숙히 보았다." 하였다. 내가 "선생께서는 이른 아침부터 밤늦도록 무슨 일을 하시던가?" 하고 물었더니, 대답하기를, "새벽에 일어나서는 반드시 세수하고 빗질한 다음 의관衣冠을 단정하게 하고 손을 모으고 바르게 앉아 계셨고, 점심 무렵이 되면 다시 세수하고 빗질하고 앉아 계셨다. 때로 서책을 펴 보다가 만일 생각할 부분이 있으면 책을 덮고 바른 자세로 묵묵히 앉아 계시니, 바라보면 엄숙하여 공경심을 일으키지 않는 자가 없었다." 하였다. (『牛溪集』, 「牛溪年譜補遺」제1권, 德行-玄孫 至善의 기록).

81) 『牛溪先生集』, 「卷之一 詩」.

때 일이다. 그곳의 상려喪廬로부터 소식을 가져온 온 승려에게 성혼이 증답한 시로 정철이 집상執喪을 잘했다는 것을 듣고 반가운 마음에 승려 편에 준 것이다. 정철은 그의 나이 35세에는 부친을, 38세에는 모친을 여윈다. 성혼이 39세에 「정송강모부인만장鄭松江母夫人挽章」82)을 써서 송강의 모친을 애도한 것으로 4월에 돌아가신 정철의 어머니에 대해 5개월이 지나 증답시를 쓴 것으로 볼 수 있다. 시구에 음력 9월 9일 중양절重陽節이 등장하는 것으로 볼 때 송강의 모친상이 있던 때와 비교하면 그만큼의 시간이 흐른 뒤이다. 상수학적으로 볼 때 중양절은 양기가 가장 극성한 절기다. 그러나 비바람이 몰아쳐 기운이 차가운 궂은 날씨에도 불구하고 승려가 따뜻한 소식을 전해온다. 이에 성혼은 자신의 벗 정철이 작은 아들로서 집상하는데, 소련小連83)처럼 예법에 맞게 잘 치렀다며 찬사한다. 왜냐하면 효자는 집상을 하다가 몸을 상하는 일이 더러 있기 때문이다. 그러나 정철이 그런 일 없이 상례를 잘 마치자 성혼이 벗에 대해 염려가 사라지며 안도安堵한다. 결국 이 시는 성혼이 궂은 날씨에 달려와 소식을 전해준 승려에게 고마움을 담았고 벗이 상례에 맞추어 일을 잘 처리한 미더움을 상찬한 것이다.

| 一筇雲衲下秋山 | 운납이 지팡이 하나로 가을산 내려오니 |
| 亂世無如出世閑 | 난세엔 세상 벗어난 한가함만 못하네 |

· · · · · · · · · · ·

82) 『牛溪先生集』卷之一 詩.「鄭松江母夫人挽章」"慈顔如春風 不見桃李實 賢子孝無窮 泣盡終天血 固知曾閔心 欲孝有不及 吾生抱永感 此意那忍說 再拜寫薤章 情動空掩泣".

83) 소련小連은 동이인東夷人이다. 형 대련大連과 함께 부모상을 잘 치른 효자에 해당한다.『예기禮記』,「단궁상檀弓上」에, "소련과 대련이 집상을 잘하여 부모가 죽은 뒤 3일 동안 게을리 하지 않았고 3개월 동안 빈소에서 게을리 하지 않았으며 기년朞年 동안 슬퍼하고 3년 동안 근심하였으니, 동이의 사람이다." 라고 한데서 유래한다.

寒磎落葉迷行逕　차가운 시내에 낙엽이 쌓여 길 희미하기에
唯趁疎鍾自往還　오직 성긴 종소리 따라 절로 오고 간다네
<증신광사승계사추贈神光寺僧癸巳秋>[84]

위는 계사년 가을 성혼이 신광사神光寺[85]의 승려에게 준 시詩이다. 이 시의 배경은 1592년 임진년 4월부터 다음 해인 1593년 계사년 가을까지이다. 임진왜란이 한창인 시기인 것이다. 당시 성혼은 황해도 해주 석담 근처로 피란避亂 중이었다. 그가 피난처이자 요양처로 삼은 곳이 파산 우계에서 아주 멀지 않은 신광사였다.

기구의 '운납雲衲'은 주로 정처 없이 이곳저곳 떠돌아다니는 운수승雲水僧이나 행각승行脚僧을 말한다. 승려가 입은 옷이 구름처럼 펄럭인다 하여 붙여진 이름이다. 임진왜란 발발 후 1년 6개월 남짓 지난 시절이라 전운戰雲이 아직 감도는 시기지만 그 과정에서 스님의 행각만은 자유로운 상황이다. 전란 중 선연鮮然하게 조응照應해낸 평화로운 장면인 셈이다. 결구의 '성긴 종소리'는 도학자의 맑은 정신과 승속의 평화로움이 어울리는 지점이다. 심란한 상황에서도 승속의 고아한 삶이 종소리를 통해 교융이 이뤄져 맑은 감성으로 승화된 것으로 볼 수 있기 때문이다.

이 시는 성혼이 아버지 때부터 관계가 지속된 승려들을 대하면서 그들의 거처 공간에서도 평화로움을 느끼는 맑은 정신세계를 보여준 작품이다. 바쁜 전란의 세상과 한가한 승속의 삶이 대비되어 드러난다.

• • • • • • • • • •

84) 『牛溪先生集』, 「卷之一 詩」.
85) 황해도 해주에 있는 절이다. 이 절은 원元 순제順帝가 제위에 오르기 전 귀양 갈 때 이곳을 지나게 되었는데, 그 후 부처의 도움으로 제위에 오르게 되었다고 한다. 그래서 순제는 그 은혜를 갚기 위해 신광사에 많은 재물을 내렸다고 한다.

여기서 성혼은 화광동진和光同塵, 현동玄同의 모습과 이를 발견한 우아
優雅한 도학자의 모습을 시로 형상화한 것이다.

성혼의 고아한 모습은 이이의 문도들과의 교유에서도 나타난다.

世亂流離入里仁　　난세에 떠돌다가 좋은 마을에 들어오니
一邦賢俊喜相親　　온 나라의 현자와 준걸들 반갑게 대하네
滿山風雪寒齋夜　　온 산에 눈보라 치는 차가운 밤 서재에서
論學方知意味新　　학문을 논하니 새로운 의미 비로소 알겠네

切磋到底能言志　　절차탁마하여야 뜻을 말할 수 있는 법
輸寫心肝語益眞　　마음속의 회포 털어놓아 말이 더욱 참되네
治疾旣知能去藥　　병통 치료에 약재 쓰지 않음을 알았으니
從來舊習勿因循　　종래의 옛 습관 부디 따르지 마오
<화석담정사제현和石潭精舍諸賢>[86]

이 작품은 석담정사石潭精舍에 기거하는 율곡의 제자들에게 화답한
시이다. 이 시에는 소서小序가 함께 부기附記되어 있다.

나는 존선생尊先生을 30년 동안 스승으로 여기고 벗으로 사귀어 왔는
데, 병든 몸으로 선생보다 오래 살아 난리를 만나 이리저리 유리하다
가 이곳에 와서 강학하던 곳을 보니, 유적이 매몰되어 거의 찾을
수가 없었소. 다행히 문하의 제현들이 책을 읽고 진리를 탐구하여
장차 자신을 위하고 실제에 힘쓰는 학문에 종사하려 하니, 유풍여운
遺風餘韻이 아직도 남아 있다고 말할 만하였소. 그러나 반드시 학문에
종사하여 날마다 학업을 계속하여야 하니, 이른바 '마음이 청명淸明
하고 전일專一하며 침잠沈潛하고 완색玩索하여 실제로 체행體行한다'
는 공부를 단 하루도 해이하게 하지 말고 부지런히 힘쓰고 힘써서

86) 『牛溪先生續集』, 「卷之一 詩」.

죽을 때까지 하여야 할 것이오. 그런데 이것은 진실로 제현들이 뜻을 세우고 나아가서 얼마나 견고하게 쌓아 가는가의 여하에 달려 있을 뿐이오. 아, 선善한 말을 듣고 감발感發하는 한때의 의기意氣가 얼마나 오랫동안 유지될 수 있겠소. 이익과 녹을 탐하고 도의를 탐하지 않으며 귀한 사람이 되려 하고 좋은 사람이 되려 하지 않는 것은 풍속과 습관이 밤낮으로 앞에서 해치기 때문이니, 뜻을 세우지 못하고 학문을 이루지 못하는 것은 모두 이 때문이오. 주부자朱夫子는 "병통이 생겨난 곳을 찾아 곧바로 제거하고자 하는 마음이 곧 이것을 제거할 수 있는 좋은 약이다."라고 하였으니, 주부자의 가르침에 대해 어찌 깊이 생각하지 않을 수 있겠소.87)

여기서 성혼은 자신의 벗 이이를 존선생尊先生이라 부른다. 이는 스무 살 때 도의지교道義之交를 맺었지만 이이를 늘 스승같이 여기고 학문을 주고받은 사이라는 의미다. 여기에서 성혼은 학문을 스승으로 삼는 정신자세를 중시한 셈이다. 따라서 그가 율곡과 연배가 비슷해서 교유한 것이 아니라 도의로 사귄 사이라는 것을 알 수 있다. 석담정사는 이이가 제자들과 학문을 강학하던 곳이다. 성혼은 이이가 죽은 뒤에 그곳을 방문하여 이곳 문도들에게 절차탁마切磋琢磨의 학문자세와 몸으로 익히는 체행體行의 덕성 함양을 당부하였다. 또 그가 본받아야할 사표로 제시한 것은 주자의 학문하는 태도였다. 이는 주자야말로 그 학문의 표상이 되는 존재라 여겼고 이를 공부할 때 마음을 다스리는

• • • • • • • • • • •

87) "渾師友尊先生三十年 癃病後死 國亂流離 來見講學之所 遺跡蕪沒 幾不可尋矣 幸而登門諸賢 讀書窮理 將從事於爲己務實之學 可謂流風餘韻猶有存者 雖然 必有所事 日有其業 所謂淸明而專一 潛玩而實體者 不可一日弛其用力之功而偍焉萋萋 死而後已 則誠在諸賢決意而往 堅苦積累之如何耳 嗚呼 聞善感發一時意氣 能得幾時 至如貪利祿而不貪道義 要作貴人而不要作好人者 風聲氣習 日夜洩之於前 志之不立 學之不成 皆由於此 究見病痛起處 卽此欲去之心 便是能去之藥也 盡於朱夫子之訓 而三致意焉"

약과 같다고 보았다. 그가 지향하는 학문의 자세가 주자와 이이에 다르지 않다는 것을 은연중에 드러낸 것이다. 성혼은 이이의 제자들과도 다정다감하게 함께 강론하며 답시를 써서 주었다. 이상을 통해 볼 때 위는 고아한 성품과 화광동진의 자세를 지닌 진정한 도학자의 제자 사랑하는 마음이 잘 나타난다.

다음 시는 선고先考 즉 성수침이 써 준 승려의 시축詩軸 끝에 성혼이 갑술년(1574) 5월에 쓴 것이다.

一讀遺篇感慨新　유편을 한 번 읽어보니 감개가 새로운데
如今屈指十五春　이제 손꼽아 헤어보니 십오 년이 되었구려
餘生抱病孤村裏　남은 인생 외로운 마을에서 병을 앓고 있으니
來往山僧是舊人　오고 가는 산사의 승려만이 구면이라오
　　　　　　　　　　<서선고제승축시말書先考題僧軸詩末>

성혼은 승려를 통해서 아버지의 시제를 접하게 된다. 아버지께서 남긴 시를 읽는 순간 생시의 감정이 울컥하여 지은 것이다. 선친이 돌아가신 해가 1561년이니 시문을 접하기 까지 15여년이 흐른 뒤였다. 그럼에도 불구하고 선연히 남아 있는 아버지의 정은 그의 가슴에 깊이 새겨져 있어 서글프게 한다. 그런데 아들로서 그 도리를 다하지 못하고 자신의 건강조차 지키지 못한 불효한 마음을 달래고자 하였다. 세월은 변하였지만 그래도 '산승山僧'만은 옛 사람임을 들었다. 따라서 이 작품은 승속을 초월한 지기를 만나 자신의 마음에 공감한 그에게 속마음을 담담히 토로한 시다.

世態隨人轉　세태는 사람을 따라 바뀌고
憂端老更新　시름은 늙을수록 더욱 새로워라
那知作後死　어찌 알았으랴 이 몸이 뒤늦게 죽어

披讀一傷神　　　　　시축을 펴 보고 한 번 서글퍼 하게 될 줄
　　　　　　　　　　　<곡율곡묘견기분암승축유시서기하
　　　　　　　　　　　哭栗谷墓見其墳庵僧軸有詩書其下>[88]

　　위 시는 성혼이 율곡 묘에 가서 곡을 하고 물러나 「분암승시축墳菴僧
詩軸」을 읽고 그 아래에 지은 것이다. 이이 사후 1년 정도 지날 무렵이니
1585년의 일이다. 1년여를 문상하지도 못하고 집에서 전전하던 우계가
그믐날 찾아가서 곡한 것이다. 이때 본 시축 밑에 자신의 감정을 한
수의 시로 읊었다. 지천명의 나이에 찾은 벗의 무덤엔 이미 묵은 풀이
자라고 있어 무상함을 더해준다. 이를 말없이 어루만지며 한 수 시를
읊었을 그의 마음은 필설로 형용키 어려웠을 테지만 시축을 보자 생시
의 감정이 되살아나 서글픔이 북받쳐 오른다. 당시의 세태는 동인과
서인으로 갈라진 붕당과 조정의 일들이 혼잡한 형국인 만큼 우계의
입장에서는 처연하게 누워만 있는 율곡이 한없이 부러웠다. 결국 성혼
은 자신이 이이보다 오래 살아 시름만 많아지고 그 아픔을 감내해야
하는 외로운 처지를 한탄하고, 이러한 상황을 모르고 잠든 율곡을 보며
애상적인 어조로 절제해오던 감정이 동요하고 있음을 토로한 것이다.
이 시는 인정물태의 변화상을 따르지 못하는 자신의 감정과 풀만 무성
하게 자란 무덤 속에서 편하게 잠든 벗의 모습을 통해 감정의 교차를
대비시켜 정경교융을 이룬 작품이다.
　　한편 송익필은 율곡의 묘소에 찾아가지도 못하게 된 자신의 안타까
운 입장을 피력한다. "신천新阡의 율곡 산소에 가 곡哭이라도 하려고
물가에서 두 어 밤을 머물렀는데 자식 놈의 외조부 병이 위중하다는
소식을 들으니 다른 일에 신경 쓸 여가가 없었습니다. 안타깝고 안타깝

──────────
88) 율곡·우계·구봉 지음, 임재완 옮김, 『세 분 선생님의 편지글』, 호암미술관,
　　2001, p.101.

습니다."[89]라며 자신이 처한 상황과 심정을 성혼에게 하소연한데서
알 수 있다.

이상 성혼의 시에서 승속을 초월한 교유는 승려와 자신의 제자 및
율곡의 제자와도 이어지고 있음을 알 수 있다. 여기서는 도학자의 자세,
학문과 독서에 힘쓰는 중요성, 선고의 시축에 답한 시 등을 다루었다.
따라서 성혼 시에 드러난 교유의 양상은 유불선에 대한 차별이 없는
교유였으며 담백한 군자지교의 일상이자 도학군자의 모습이었다.

2) 자연自然에 형상화된 의경

이 항項에서 살펴볼 내용은 즉물시即物詩와 자연시自然詩에 형상화된
의경이다. 성혼은 도학적 사유의 심화과정에서 자신이 본 사물과 자연
을 형상화하였다. 이러한 경향을 반영한 시가 바로 즉물시와 자연시다.

성혼이 쓴 즉물시는 <자경일모모설환파산自京日暮冒雪還坡山>, <제안
씨야정題安氏野亭>, <계변소작溪邊小酌>, <우음偶吟> 등이 있다.

雲暗江天黑	구름이 짙으니 강 하늘 캄캄하고
風多暮雪深	바람이 많으니 저녁 눈이 수북하네
遙知衡宇在	멀리서 헤아리니 오두막집에
歸逕入疎林	돌아가는 길 숲 속에 있으리라

<자경일모모설환파산自京日暮冒雪還坡山>[90]

서울에서 해 저물 무렵 눈을 맞으며 파산坡山으로 돌아오는 길에

• • • • • • • • • • •

89) "擬哭栗谷新阡 信宿溪上 聞迷子外祖病重 未暇他事 歎恨歎恨."(율곡·우계·
    구봉 지음, 임재완 옮김,『세 분 선생님의 편지글(원제목 : 三賢手簡)』, 호암미
    술관, 2001, p.103).
90) 『牛溪集』,「卷之一 詩」.

쓴 시다. 자연에서 느낀 정경을 통해 자신의 심사를 드러내고 있다. 여기서 '구름'은 간신奸臣을 상징하고 '강 하늘'은 신하의 말을 따라 일 처리하는 군주를 의미한다고 볼 수 있다. 이러한 경우는 이백의 「등금릉봉황대登金陵鳳凰臺」91)에서도 잘 드러나는데 '부운浮雲'은 소인배요 '해[日]'는 군주를 상징하기 때문이다. 이처럼 '부운'은 송옥宋玉의 「구변九辯」에서 유래하여 군주의 성총을 흐리는 소인배를 가리킨다.92) 성혼은 선조를 만나려고 도성으로 갔다가 며칠이 지나도록 만나지 못하고 돌아오게 된다. 여기서 선조를 못 만난 것은 군주가 자신을 홀대한 것이 아니라 소인배들이 전달을 막았을 수 있다는 것을 은연중 드러낸 표현이다. 그래서 돌아올 때의 심정을 검은 구름과 강 하늘로 비유하여 읊은 것이다. 단지 멀리 보이는 사물을 통해서 자신의 심회를 드러내되 우회적으로 표현한 셈이다. 오두막집은 우계牛溪 가에 있는 자신의 집을 나타낸다. '형우衡宇'는 '이에 내 오두막집을 바라보며, 곧바로 기쁘고 반가운 마음으로 달려가네乃瞻衡宇 載欣載奔'라는 도잠陶潛(365~427)의 「귀거래사歸去來辭」에서 유래한다. '돌아가는 길'은 다시 정상적인 심사를 찾아 어서 빨리 돌아가고자 하는 회귀처回歸處를 말한다. 이는 인작人爵을 탐하려고 했던 자신의 마음에서 천작天爵을 닦고자하는 진실한 마음으로 안정되는 상황이다. 따라서 이 시는 사물이나 현상에 의탁하여 사상과 감정을 전하는 '탁물우의託物寓意'의 기법으로 자신의 회귀처를 정한 미감이 드러난 시라 할 수 있다.

●●●●●●●●●●●

91) "鳳凰臺上鳳凰遊 鳳去臺空江自流 吳宮花草埋幽徑 晉代衣冠成古丘 三山半落青天外 二水中分白鷺洲 總爲浮雲能蔽日 長安不見使人愁" (李白, 「登金陵鳳凰臺」).

92) "何氾濫之浮雲兮 兮癰蔽此明月 卒癰蔽此浮雲兮 下暗漠而無光" (宋玉, 「九辯」八).

孤煙落日淡滄浪　　　석양에 연기 피어오르고 물결은 잔잔한데
極目淸秋野色涼　　　맑은 가을 멀리 바라보니 들빛이 청량하네
坐俯一軒收拾盡　　　한 정자에 앉으면 온갖 경치 다 시야에 드는데
雲山無際水茫茫　　　구름 낀 산은 끝없고 물은 아득히 펼쳐 있네
　　　　　　　　　　　　　<제안씨야정題安氏野亭>93)

　　안씨安氏의 야정野亭에 제題한 시이다. 성혼은 주로 세 사람의 안씨와
교유한 것을 알 수 있다. 그들은 박순의 문인 풍애楓厓 안민학安敏學
(1542-1601)과 이이의 문인 안천서安天瑞, 석천石泉 안창安昶(1552~?)이
다. 벼슬과 삶의 수준으로 볼 때 이 시는 안민학의 야정에 가서 읊은
것으로 추측해 볼 수 있다. 그는 이이의 추천으로 희릉참봉이 되기도
하였고 사헌부 감찰을 하다 전주 별서에 우거한 적도 있다. 그리고
임란 당시 소모사가 되어 군량미와 군수물자를 모아 북상하던 중 병이
났던 적이 있는 인물인 셈이다. 위 시는 한적한 은자의 집을 묘사하였는
데 구름 낀 산과 아득한 물은 한적한 분위기를 드러낸다. 이는 "누정은
주변의 경물을 모으고 집약"94)한 누정의 의미를 보여준 셈이다. 시선은
원경에서 점차 근경으로 옮겨간다. 기구와 승구에서는 맑은 가을 저녁
이라는 시간적 배경을 알려주고 이후 시선이 화자가 머문 누정이라는
공간에 박힌다. 마지막 결구에서는 한 눈으로 다 바라볼 수 없이 넓고
큰 일망무제一望無際의 상쾌한 맛이 드러난다. 따라서 이 작품은 은거하
는 벗의 누정을 묘사하면서 화자의 호연浩然한 감성을 잘 드러낸 시다.

溪流鳴玉處　　　시냇물 흘러 옥소리 울리는데
夜雨泛花來　　　밤비에 떨어진 꽃잎 떠내려 오네

- - - - - - - - - -
93) 『牛溪集』, 「卷之一 詩」.
94) 김성룡, 『한국문학사상사 1』, 이회문화사, 2004, p.320.

芳草春風意　　고운 풀 위의 봄바람 부는 뜻
薰然入酒盃　　훈훈하게 술잔 속에 들어오누나
<계변소작溪邊小酌>[95]

성혼은 시냇가에서 작은 술자리를 벌였다. 그가 살던 곳 우계牛溪
근처일 것이다. 시냇물이 옥 소리를 내는 것은 시냇가 물이 불어나서다.
이는 밤비 덕분이다. 봄에 내린 비는 만물에 이로운 비가 되는데 이때
꽃다운 풀도 봄바람에 더욱 짙게 된다. 바람 따라 불어오는 훈풍은
어느덧 술잔 속에 담긴다. 이상은 봄을 즐기는 상춘과 그 주변의 풍정風
情이다. 주흥이 넘쳐흐르는 모습을 봄바람과 술잔 속에 담아 낸 모양이
인위적이지 않고 자연스럽다. 따라서 이 시는 춘풍에서 술, 그리고 마음
으로 감정이 이입되는 상춘하는 군자의 모습을 펼쳐내어 물아의 경지
를 읊은 작품이라 할 수 있다.

窮秋山日下西林　　늦은 가을 서산의 해 숲 속으로 사라지니
落葉蕭蕭行逕深　　낙엽이 쌓여 가는 길을 덮고 있네
身世未應同宋玉　　이내 신세 송옥과 같지 않은데
如何慘慄感人心　　어이하여 이 쓸쓸한 마음 남들을 감동시킬까
<추일우음秋日偶吟>[96]

위는 제목처럼 가을에 우연히 읊은 칠언율시다. 시간적으로는 밤길
을 걸으며 낙엽을 밟으니 지난날의 일들이 생각난다. 전구轉句의 송옥宋
玉(B.C.290~B.C.222)은 전국戰國시대 초楚나라 사람이며 굴원屈原의 제
자에 해당하는 인물이다. 그는 굴원이 충간忠諫하다가 조정에서 추방당
한 것을 안타깝게 여겨 「구변九辯」을 지어 자신의 뜻을 밝혔다. 또한

95) 『牛溪集』, 「卷之一 詩」.
96) 『牛溪集』, 「卷之一 詩」.

「초혼招魂」등의 초사楚辭를 짓기도 하였다. 성혼은 굴원을 위해 자신의 뜻을 밝힌 송옥에 비교하여 그만 못하다고 자조적인 탄식을 하였다. 끝 구절에서는 다른 사람의 마음을 감동시킬 방법을 찾는다. 벗이 곤경에 처하였지만 구원해주지 못한 심사를 낙엽으로 감흥을 일으켜 그 분위기에 젖는다. 따라서 이 시는 단순히 가을날 저녁에 우연히 읊은 시로만 보기는 어렵다. 작자가 고독한 자신의 마음과 하소연하고 싶은 의지를 보이고 있기 때문이다. 따라서 송옥처럼 하지 못한 안타까운 심정을 돌이켜 이내 그처럼 되기를 희구한 시다.

다음 시는 성혼이 가을에 산에서 거처하는 안응휴安應休를 방문하고 쓴 것이다. 응휴는 안천서安天瑞의 자字이다.

黃嫩香宜晚	노란 꽃 느즈막이 피어서 좋고
紅酣錦已齊	빨갛게 물들어 비단 가지런히 펼친 듯
敲門來野客	문을 두드리고 찾아온 들 손님
酩酊欲鷄棲	술에 취하여 해가 저물도록 누워 있네

<추일방안응휴산거秋日訪安應休山居>[97]

이 시의 계절적 배경은 늦가을이며 국화와 단풍이 아름다울 때이다. 2구와 3구의 '황눈黃嫩'과 '홍감紅酣'은 색상의 대비를 통해 시각적으로 표현한 어휘다. 국화는 사군자 중에서 절의의 상징이다. 늦가을 서리에도 아랑곳하지 않는 오상고절傲霜孤節의 기품을 간직해서 그렇다. 단풍은 이와는 달리 쉽사리 변하기 때문에 자연의 변화와 질서에 순응하는 모습이 담겨있다. 강인한 생명력을 지닌 국화와 여린 단풍을 대비시켜 대자연과 인간의 힘을 보여준다. '야객野客'은 벼슬하지 않고 사는 신분으로 온 손님, 즉 성혼을 가리킨다. 성혼은 이렇게 좋은 날 벗 안응휴를

----

97) 『牛溪集』, 「卷之一 詩」.

찾아 나섰다가 국화주를 마셨는지 이미 술에 취하여 시간 가는 줄 모른다. 4구의 '욕계서欲雞棲'는 두보의 '기마욕계서騎馬欲雞棲'에서 용사하였다.98) 아마도 두 사람은 속마음을 터놓고 마시다가 닭이 홰에 오르는지도 모를 터다. 여기서 자신과 함께 하는 벗도 이미 만취상태임을 짐작케 한다. 이는 "술은 지기를 만나면 천 잔도 적다酒逢知己千鍾少"는 표현에서도 알 수 있듯이 두 사람은 서로 술을 권하다가 이미 명정酩酊 상태에 이른 셈이다. 둘은 자신의 허물까지도 덮어줄 수 있는 벗으로 여긴 것이 분명하다. 마음의 긴장을 내려놓고 속마음까지 허통許通하는 벗에게는 자신의 부끄러운 모습까지도 보여줄 수 있는 것이다. 따라서 위 시는 시간 가는 줄 모를 정도로 흉금을 터놓고 가을을 함께 즐긴 벗의 우정友情이 잘 형상화 된 작품이라 할 수 있다.

2. 주제의식主題意識과 표현양상表現樣相

이 장에서는 성혼 시의 주제의식과 표현양상을 살펴본다. 이를 살펴보는 이유는 "작품의 창작의 현장에서 그러한 세계관이나 인생관은 문학관으로 직결"99)되기 때문이다.

성혼의 의식을 형성한 것은 그를 둘러싼 내외적 경험들로서 그의 세계관과 출처 및 수양에 대한 자세가 드러나기 마련이다. 그의 의식은 성리학적 세계관과 출처관, 그리고 부친의 훈도와 신독·염퇴의 수양관, 사제의 교학상장을 통한 의리의 처세관, 교우관계와 박문약례의 생활철학 속에서 주고받은 경험의 총합인 셈이다. 따라서 성혼의 한시

· · · · · · · · · ·

98) 晝刻傳呼淺 春旗簇仗齊 退朝花底散 歸院柳邊迷 樓雪融城濕 宮雲去殿低 避人焚諫草 騎馬欲雞棲 (杜甫, 「晩出左掖」).

99) 신경림·이은봉·조규익, 『송강문학연구논총』, 국학자료원, 1993, p.591.

작품에서 드러난 주제의식은 그의 세계관과 인생관의 반영이며 이는 그 표현양상에 따라 구체화되어 나타남을 알 수 있다.

성혼의 시 작품은 내적으로는 수기지향의 은일지락에 관한 시, 외적으로는 치인지향의 용사행장과 관련된 시, 그리고 치군택민과 우환의식이 담긴 것으로 구분할 수 있다. 성혼 시가 도학시라고 하지만 모두 전고와 용사를 사용하였다고 보기는 어렵다. 그 안에는 정과 경이 담긴 시들도 있을 것이기 때문이다. 따라서 성혼의 시를 살펴볼 때 주제를 담고 있는 시 중에서 내적 수기지향의 은일지락에 관한 시는 정경이 도학적인 면이 가미되고, 외적 치인지향의 용사행장에 관한 시들에는 도학의 측면이 강조된다. 한편 치군택민과 우환의식은 도학이 강화되어 표출된다.

먼저 내적 수기지향의 은일지락에 대해 고찰한 다음에 외적 치인지향의 용사행장, 치군택민과 우환의식에 대해 살펴본다. 이는 성혼이 은일만 지향한 인물이 아니라 도가 펼쳐질 세상이면 언제든지 나아가 치인하고자 하는 외적지향이 나타난다고 보기 때문이다. 이의 구체적인 양상이 치군택민과 우환의식인 것이다. 따라서 그의 시에 나타난 내외의 수기치인의 지향을 살펴보는 것은 도학자의 내외적 삶을 통하여 도학시의 구현 양상을 규명하는 일이 된다.

1) 수기지향修己志向과 은일지락隱逸之樂

은일지사隱逸之士는 이름을 세상에 드러내지 않은 채 바름을 잃지 않고 독서가의 자세를 지니고 사는 선비다. 이때 그의 삶은 아무런 속박이 없이 즐기는 자적自適의 상태가 된다. 성혼은 그의 일기에서 산림에 처한 입장을 다음과 같이 밝히고 있다.

일기책의 끝에 쓰기를 "현자賢者가 산림山林에 거처하면서 스스로 수립하여 저 세상을 잊을 수 있는 어떤 것이 있는지 모르겠다. 반드시 종사하는 것이 있을 것이고, 반드시 얻는 것이 있을 것이고, 반드시 지켜 편안히 여기는 것이 있을 것이고, 반드시 남들은 알지 못하는 가슴속의 즐거움이 있을 것이다." 하였다. 100)

이는 그가 산림에 처해 있으면서 흥중에는 늘 자락하는 즐거움이 있음을 설명한 내용이다. 이는 이처럼 종사하는 것이 있고 얻는 것이 있으며 지켜 편안히 여기는 것이 있을 때 저도 모르게 즐거움이 있다는 것이다.

栗谷憂時辭舊隱　　율곡은 세상 걱정에 옛 은거하던 곳 하직하고
楓崖爲養作齋郎　　풍애는 부모 봉양 위해 재랑이 되었다오
惟有牛溪老居士　　오직 우계의 늙은 거사만이
雪邊茅屋臥朝陽　　눈 내린 초가집 아침 햇살에 누워 있다네

<만성漫成>101)

벗은 가고 없지만 자신은 남아서 안분지족安分知足하는 삶을 산다는 의미로 부질없이 지은 것이다. 승구에서 풍애楓崖는 안민학安敏學의 호인데 그의 자字는 습지習之이고 본관이 광주廣州이다. 둘째 구에 나타난 '위선爲善'은 선을 행하는 일로 부모 봉양을 말한다. 풍애는 부모 봉양을 위하여 명종 16년(1561)에 낭郎에 해당하는 원릉참봉元陵參奉에 나아갔다가 사퇴하였다. 이후 희릉참봉禧陵參奉, 사직서참봉社稷署參奉을 두루 지낸다. 안민학은 이이의 문인이라 학문에 정진 하면서 작은 벼슬에도 만족하며 살 수 있었다. 성혼은 이러한 모습을 곁에서 담담히 지켜보며

• • • • • • • • • •

100) 『우계연보보유』, 「제1권 덕행」.
101) 『牛溪集』, 「卷之一 詩」.

염퇴의 자세로 일관하던 은일지사의 삶을 그에게서 발견한 것이다. 성혼은 세 사람의 삶을 돌아보면서 담담하게 회상한다. 자신도 마찬가지로 추위에 아랑곳하지 않고 아침 햇살을 받으며 자족한 셈이다. 따라서 이 시는 스스로 택한 은거의 삶이기에 그 곳에서 자락自樂하는 학자로서의 고고한 자부自負를 드러낸 작품으로 봐야한다.

吳市門前事	오시의 문 앞에 있었던 일
猶傳淺俗言	아직 천박한 세속의 말 전해 오네
還如載妻子	훨씬 낫겠지 처자를 모두 태우고서
去入武陵源	무릉의 도원으로 떠나가는 것이
山外漁舟在	산 밖에는 고깃배 있는데
桃花逐水流	복숭아꽃 물결 따라 흘러오네
問津吾欲往	나루터 물어 나도 찾아가리니
遮莫掉君頭	그대가 싫다 머리 젓지 말게

<증박수경이수병소서贈朴守慶二首幷小序>[102]

성혼은 박수경朴守慶에게 두 수를 써서 주었다. 소서小序에는 "정유년 (1597) 봄 2월에 도로道路에 전하는 말들이 매우 황급하였다. 박군朴君이 시냇가 나에게 들러 이미 강동江東과 삼등三登의 사이에 살 만한 곳을 정하였다고 하였다. 내가 그를 부러워하여 마침내 단구短句를 써서 주고, 후일 다시 서로 만나기를 바란다."라고 하였다.[103] 이 시는 전고를 사용하였다.

수련의 '오시吳市'는 전한前漢의 은사隱士 매복梅福의 고사에서 유래한

· · · · · · · · · ·

102) 『牛溪先生集』, 「卷之一 詩」.

103) "丁酉春二月 道路傳說皇皇 朴君過余溪上 聞其已卜居江東三登之間 余羨之 遂書短句以贈 庶幾他日復相見也"(『牛溪先生集』, 「卷之一 詩」).

다. 매복이 살던 당시에 왕망王莽(B.C. 45~23)은 한漢나라를 뒤엎고 신新
나라를 세워 전횡을 일삼았다. 이때 매복은 왕망의 전횡을 불쾌하게
여겨 회계會稽에 은둔한다. 이때 자신의 이름까지 바꾸고 오시吳市의
성문을 지키는 병졸이 된 것이다. 따라서 첫 수는 박수경이 현실을
떠나 은거한 것을 높게 평가한 시다. 둘째 수에서 '문진問津'은 『논어』
「미자」편에서 "장저長沮와 걸닉桀溺이 밭갈이하는데 공자께서 지나시
다가 자로로 하여금 나루터를 묻게 하셨다."[104]라는 데서 나온 말이다.
이는 "학문이나 처세의 방도를 가리키는 말이지만 신라 말이나 고려의
가난한 시인들은 벼슬길로 나아갈 바가 없다는 의미로 이 말을 사용"[105]
했다. 성혼은 박수경을 부러워한다. 난리에 시끄러운 속세를 떠나 승경
勝景에 터 잡은 박수경의 거처가 무릉도원 같다고 여긴 것이다. 따라서
이 시에서 성혼은 현세에 당장은 미치지 못하더라도 박수경의 은일지락
을 선망하며 자신도 그처럼 살고 싶은 뜻을 드러냈다.

書生歲暮抱遺經	세모에 서생들이 경전을 읽고 있으니
靜榻那堪霜夜永	고요한 자리에 차갑고 긴 밤 어떻게 견디는가
西山啖薺是何人	서산에 게로기 먹음은 이 어떤 사람인가
歎息於焉發深省	이에 탄식하며 깊이 반성하노라

<기금강사독서제생寄金剛寺讀書諸生>[106]

이 작품은 성혼이 금강사金剛寺에서 독서하는 제생諸生들에게 쓴 시
다. 경인년庚寅年인 1590년 11월에 큰 비온 뒤 시냇물을 건너가지 못해
안부를 알지 못하자 이 시를 써서 부친 것이다. 소서小序가 상세하다.

104) "長沮桀溺 耦而耕 孔子過之 使子路 問津焉"(『論語』, 「微子」).
105) 이종묵, 『우리의 한시를 읽다』, 돌베개, 2009, p.89.
106) 『牛溪集』, 「卷之一 詩」.

소서小序를 아울러 쓰다. ○ 경인년 11월 큰비로 시냇물이 불어나 도보徒步로 건널 수가 없었다. 이 때문에 여러 친구들과 며칠 동안 떨어져 있으니, 참으로 매우 염려스럽다. 요즈음 열심히 독서하고 있는 제군들의 형편은 어떠한가. 내 시구가 매우 누추하여 본래 줄 수가 없으나, 다만 각기 화답하여 내가 제군들의 뜻을 볼 수 있게 해 주기를 원한다. 서산西山 선생 채계통蔡季通이 서산의 절정絶頂에 올라가 책을 읽을 적에 굶주림을 참느라 게로기를 캐어 먹곤 하였다. 게로기는 산나물인데 그 뿌리가 사삼沙參〔더덕〕과 비슷하다. 이는 식량이 떨어졌기 때문에 게로기를 캐 먹으면서 독서한 것이었다. 제 군들은 밥이 충분할 뿐만 아니라 또 장차 산사山寺에서 고기를 먹을 것이니, 옛사람이 굶주리고 곤궁한 것과는 매우 다르다. 또 어찌하여 책을 읽지 않을 수 있겠는가. 107)

위 시를 쓴 배경은 음력 동짓달이다. 그 때에 마침 큰비가 왔다. 겨울 에 어울리지 않게 많은 비가 온 셈이다. 이로 볼 때 당대 기후가 온화하 였음을 짐작할 수 있다. 원래 성혼은 이이를 스승으로 여겼으나 이이는 성혼을 벗으로 대하였다. 이는 주자와 채원정 사이에서도 마찬가지다. 유산西山선생 계통季通은 채원정蔡元定(1135~1198)의 자字이다.108) 채원 정은 당초에 주자朱子의 문인임을 자처하였다. 그런데 주자가 벗으로 대하자 채원정은 그의 곁에서 학문과 저술활동을 도왔다. 또한 채원정 은 자신의 둘째아들 채침을 주자의 문하에 들게 하였다. 채침蔡沈

. . . .

107) "幷小序○庚寅十一月 大雨溪漲 不可徒涉 與諸賢隔絶數日 良用深念 比日讀 書勤苦 諸況何似 惡句甚陋 本不可以相贈 但願各垂和答 使我得以觀諸君之 志也 書生歲暮抱遺經 靜榻那堪霜夜永 西山唊薺是何人 嘆息於焉發深省 西 山先生蔡季通 登西山絶頂讀書 忍飢唊薺 薺者山菜 其根似沙參 蓋以糧乏 故 唊薺以讀書耳 諸君非但食有餘 又將肉食於山寺 則與古人飢困遠矣 又何爲 而不讀書哉". (『牛溪集』, 「卷之一 詩」).

108) 채원정은 일찍이 복건성福建省 건양현建陽縣 서북에 있는 서산西山에 은거隱居 하며 저술과 강학활동에 힘썼는데 배우는 자들이 그를 서산 선생이라 불렀다.

(1167~1230)은 주자를 스승으로 모시며 뒷날 『서전書傳』의 서문序文, 『상서尚書』에 주를 달았던 인물이다.[109] 그는 아버지 채원정이 죽은 뒤 구봉九峰에 은거하면서 스승 주희의 가르침을 따른 것이다. 이후 10여 년 만에 영종寧宗 가정嘉定 2년(1206)에 『서집전書集傳』을 완성했다.

성혼은 금강사에 있는 제자들에게 강학을 돕는 입장에 서서 그들의 안위를 걱정하며 학문에 매진할 것을 당부한다. 이때 채원정도 굶주림을 당할 때조차 독서에 힘썼다는 전고典故를 들어 학문에 매진할 것을 독려한다. 이는 주변 환경조차 도와주니 다른 생각 말고 독서에 매진하라는 권학시勸學詩이며 수기修己의 중요성을 강조한 것이다.

한편 은일자적의 삶에서 한 단계 더 나아간다면, 이는 초매超邁의 경지라 하겠다. 따라서 은일자적의 초매의 단계에서 바른 도리를 실천하며 살아가는 선비를 아유雅儒라 일컬을 만하다. 다음 『육도삼략六韜三略』중에서 그들의 삶을 살펴보자.

> 무릇 성인과 군자는 성쇠의 근원을 분명히 알고, 성패의 실마리를 통찰하며, 치란治亂의 기미를 살피고, 거취의 절도를 잘 알고 있다. 비록 궁할지라도 망하는 나라의 자리를 받는 일이 없고, 아무리 빈곤할지라도 어지러운 나라의 녹을 먹지 않는다. 이름을 감추고 도를 품은 사람은 때가 이르러서 움직이면 신하로서 최고의 자리에 오른다. 군주의 덕이 자기의 뜻과 맞으면 매우 뛰어난 공을 세우게 된다. 그러므로 그 도가 높으며 명성이 후대에 드날리는 것이다. [110]

이 글은 『육도삼략』의 「하략下略」에 나오는 말이다. 군자임을 자처

· · · · · · · · · · ·

109) 채침은 그의 아버지 채원정처럼 평생 벼슬하지 않고 은거하였다. 저서에 『홍범황극洪範皇極』과 『채구봉서법蔡九峰筮法』 등이 있다.

110) "夫聖人君子 明盛衰之源 通成敗之端 審治亂之機 知去就之節 雖窮不處亡國之位 雖貧不食亂邦之祿 潛名抱道者 時至而動 則極人臣之位 德合於己 則建殊絶之功 故其道高而名揚於後世"(『六韜三略』,「下略」).

하는 은일지사의 삶이 어떠해야 하는지를 극명하게 잘 보여준 문장이다. 군자는 궁하고 빈곤하더라도 그 때문에 관작과 녹을 받지는 않는다. 또한 버리고 취함이 분명해야 하며, 때가 이르지 않으면 함부로 나가지 않아야 함도 밝히고 있다. 군자는 군주의 덕과 자기의 뜻이 같은 경우에 주군으로 모시고 함께 할 수 있다. 결국 이러한 덕과 뜻이 맞을 때라야 군자는 도덕과 명성을 남길 수 있는 것이다. 따라서 이러한 군자가 은일지사이며 아유雅儒라 할 수 있는 것이다. 다음의 시에 은일지사의 삶이 드러난다.

一區耕鑿水雲中	물 맑고 구름 낀 한 곳에서 밭 갈고 우물 파니
萬事無心白髮翁	세상일에 무심한 백발의 늙은이라오
睡起數聲山鳥語	몇 마리 산새 소리에 잠을 깨고는
杖藜閑步遶花叢	지팡이 짚고 산보하며 꽃구경 한다네

<증안응휴천서贈安應休天瑞>111)

이 시는 안천서에게 동자東字 운통韻統으로 써 준 칠언절구다. 기구와 승구는 "흙덩이를 치면서 노래 부르기를 해 뜨면 일어나서 해 지면 쉬고, 우물 파서 마시며 밭 갈아 먹으니, 임금의 덕이 나와 무슨 관계가 있느냐?"112)라고 한 「격양가擊壤歌」의 내용과 비슷하다. 이 격양가는 태평성대太平聖代에 불러진 노래이다. 시에서는 당대가 중국 고대 요임금 시절처럼 태평함을 보여준다. 전구와 결구는 안천서의 삶으로 시선을 옮긴다. 화자는 한 곳에 은거하며 세속의 일을 떠난 공간에서 자락自樂하는 벗의 삶을 읊고 있다. 자신도 그와 마찬가지로 은일자적하고

· · · · · · · · · ·
111) 『牛溪先生集』, 「卷之一 詩」.
112) "擊壤而歌曰 日出而作 日入而息 鑿井而飲 耕田而食 帝力何有於我哉"(『十八史略』「帝堯陶唐氏」).

있다고 여긴 것이다. 이는 산새 소리에 잠깨어 일어나 청려장青藜杖 짚고 산보하며 꽃을 완상玩賞하는 삶의 모습에서 알 수 있다. 이 시는 청각과 시각을 통해 은일자적하며 사는 벗의 맑은 정신세계를 형상화한 작품이다.

이 시에 대한 평이 『국조시산』과 『소화시평』에 함께 나타난다. 허균許筠은 『국조시산國朝詩刪』에서 "초탈하고 뛰어나 미칠 수가 없다超邁不可及."라고 평하였고 홍만종洪萬宗은 『소화시평』에서 다음과 같이 길게 평하였다.

> "문장과 이학은 그 경지에 이르면 한 몸이다. 세상 사람들은 이것을 알지 못하고 두 가지 사물로 보고 있으니 잘못이다. 당나라로 말하면 한창려韓昌黎가 문으로 도를 깨우쳤다. 『치재집』에서 "점필재 김종직은 문장을 통하여 도를 깨우쳤다"라고 했고, 『석담유사』에서 "퇴계 이황도 문장을 통해서 도를 깨우쳤다"라고 했다. 내가 성우계의 「증승贈僧」시를 보니 (시 생략) 매우 시문을 짓는 사람의 체제와 격을 갖추었다."113)

홍만종은 문장과 이학의 경지를 따로 보는 점을 지적하고, 문장을 통해 도를 이룬 이는 한유韓愈, 김종직金宗直, 이황李滉, 성혼成渾이라고 보았다. 그러나 여기서는 도道를 우위에 둔 입장에서 다르게 해석한 경우도 있다.114) 시의 제목도 『우계집』의 「증안응휴천서贈安應休天瑞」

· · · · · · · · · ·

113) "文章理學 造其閫域 一體也 世人不知 便做看兩件物 非也 以唐言之 昌黎因文悟道 恥齋集云 佔畢齋因文悟道 石潭遺史云退溪亦因文悟道 余觀成牛溪贈僧詩曰 極有詞人體格"(洪萬宗, 『小華詩評』).

114) 『우계연보보유牛溪年譜補遺』에서는 "성우계가 어떤 사람에게 준 시에 이르기를 …… 하였는데, 시인의 체제體制와 격조가 매우 높으니, 이는 이른바 '글을 통해 도道를 깨달았다.'는 것일 것이다詩評. 살펴보건대, '글을 통해 도道를 깨달았다'는 것은 뒤집어 말한 것으로, '도를 통해 시詩를 깨달았다'는 뜻이

라는 제목과 다르게 나타난다. 『국조시산國朝詩刪』에서는 시의 제목이 「증감파산인안천서贈紺坡山人安天瑞」로 되어 있고, 결구의 "杖藜閑步遶花叢"에서 '한보요閑步遶'가 '서보요徐步繞'로 나타난다. 그러나 『소화시평』에서는 이 시의 제목을 '증승贈僧'으로 보고 있고, 결구의 '한閑'이 '서徐'로 되어 있어 주목된다. 내용상으로는 큰 차이가 없지만, 『우계집』에서는 '증안응휴천서贈安應休天瑞'라고 되어 있어 『국조시산』의 제목이 『소화시평』보다 원시 제목에 가깝다고 본다.

이 작품은 성혼이 은일자적하는 안응휴의 삶을 찬미讚美하며 자신이 지향하는 삶을 밝히고 있다. 이는 은일자적하며 사는 도학자이자 아유雅儒로서 삶을 지속하고자 하는 의지의 표현인 셈이다. 이런 점과 달리 성혼은 다음 간찰에서 벗을 위로하는 마음과 따뜻한 정을 보여주기도 한다.

> 작별한 뒤로 사무치게 그리웠는데 뜻밖에 자제를 만나 수찰을 받아서 보내신 내용을 자세히 살펴보니, 자신도 모르게 슬픈 마음 간절합니다. 반드시 굶어 죽게 되리란 것을 알지만 구제할 힘이 없으니, 나의 심정이 어떻겠습니까. 나도 며칠 전부터 병이 더욱 심해져 형세가 오랫동안 버티기 어려우니, 반드시 길거리에서 죽고 말 것입니다. 병들어 죽으나 굶어 죽으나 매한가지이니, 지하에서나 서로 만나 오랫동안 함께 지내기를 바랄 뿐입니다. 편지에 말씀한 여러 내용은 모두 나의 힘으로 미칠 수 있는 것이 아니니, 어쩌겠습니까. 정승께는 감히 글을 띄워 요청할 수가 없으니, 이는 지위가 높기 때문입니다. 숙헌이나 계함과는 같지 않으니, 어찌 감히 편지로 우러러 청할 수가 있겠습니까. 다만 백미 두 되와 보리쌀 다섯 되를 보내는데, 이것을 가지고 어찌 죽음을 구제할 수 있겠습니까만 나의 성심을

· · · · · · · · · · ·

다."(원주용, 『조선시대 한시읽기上』, 한국학술정보(주), 2010, pp.376~377 재인용).

표시할 뿐입니다. 나는 내일 출발하여 마전에서 잘 것이니, 이후로는 소식이 아득할 것입니다. 동쪽을 바라보면서 눈물을 흘리며 떠나니, 굽어 살펴 주기 바랍니다. 편지에 피난하고 싶지 않다고 말씀하였는데 좋은 계책이 아닌 듯합니다. 내 경우는 벼슬이 체직되지 않았고 또 중한 죄를 지고 있어서 감히 국난을 당했다고 조정에 가서 죽지도 못하고, 또한 감히 편리한 대로 도망하여 수풀 사이에서 살기를 구할 수도 없습니다. 그러므로 파산을 지키다가 죽어서 고향 땅에 뼈를 묻고 싶을 뿐입니다. 형과 같은 분은 아무리 먼 곳인들 가지 못하겠습니까. 보여 주신 상소문의 초고를 삼가 한 번 읽어 보니, 모두 오늘날 시급한 계책이요 쓸 만한 말씀이나 시행될 수가 없으니, 선비 된 자는 다만 초야에서 말없이 목숨이 다하기를 기다릴 뿐입니다. 다시 무엇을 말하겠습니까. -병신년(1596, 선조29) 12월-

삼가 상소문을 보니, 내용이 좋지 않은 것은 아니나 글이 명백하지 못합니다. 자책하는 말도 아무 일을 가지고 자책하고 아무 마음을 가지고 고쳤다고 해야 할 터인데 이러한 말이 하나도 없습니다. 민간에서 여섯 등급으로 나누어 쌀을 거두는 것도 큰 소요를 일으킬 듯하니, 근본으로 돌이키지 못하여 민심이 감동하지 않으면 한갓 지나치게 세금만 거두는 것을 원망하고 비방하는 결과를 낳고 말 뿐입니다. 말을 하여도 유익함이 없고 한갓 사람들에게 비난만 받을 것이니, 하지 않는 것만 못합니다. 115)

· · · · · · · · · ·

115) "別來懸懸 忽見令子 承拜手札 備審示意 不覺惻然之深 知其必至於餓死 而無力以相救 我懷如何 渾亦數日來尤瘁 勢將難久 必死於道路矣 病死與餓死一也 唯有地下是鎭長相隨處耳 示喩諸說 皆非吾力所及 奈何奈何 政丞前不敢發狀關請 以其地夐故耳 非如叔獻季涵 則何敢以書仰請耶 只將白米兩升麥米五升送似 此何足以救死 然只表吾心而已 渾明發宿痲田 此後音信茫然東望隕涕而去 伏惟下照 示喩不欲避亂者 恐非得計 如渾者 職名未褫 而又負重罪 旣不敢奔赴國難 歸死朝廷 又不敢任便逃遁 草間求活 故欲守死坡山 委骨故土而已 如兄則山南水北 何處不可往耶 見示疏草 謹一讀之 今日非無可急之策可用之言 而莫見施行 爲士者但當枯死丘壑 待盡無言而已 復何說哉 丙申十二月 竊觀疏意非不善 而文字不明白 自責之說 亦當曰 以某事自責 以

두 통의 간찰은 성혼이 전란으로 서로 만나지 못한 심정을 위로하고 안응휴를 구휼하고자 보냈음을 알 수 있다. 또 안응휴가 상소문의 내용을 고치도록 당부하고 독려한 것으로 보인다. 앞에서 제시한 시는 구휼미와 함께 부친 간찰 속에 있는 것으로 이는 간찰에서 백미와 보리쌀을 모두 합쳐 일곱 되의 구휼미를 보낸 점과 상소문의 글이 아름답지 못하다고 지적한 내용에서 알 수 있다.

一棹滄溟遠	노 하나로 먼 바다 향해서
歸心白盡頭	돌아가고픈 마음에 백발이 되었다오
知音逢古玉	나를 알아주는 고옥을 만나보니
荊璞泣同流	형산荊山의 박옥璞玉과 같아 눈물 흘리네

<수정군경작酬鄭君敬碏>116)

이는 성혼이 정작鄭碏(1533~1603)에게 답한 시이다. 정작은 조선 중기의 문신으로 그의 호는 고옥古玉이며 자가 군경君敬이다. 이 시의 배경은 갑오년(1594, 선조27) 가을의 일인데 임진란의 화마에 강산이 폐허가 된 즈음이다. 벗과 헤어지던 심정이 절절하게 드러난다. 이는 외로운 신세와 세월이 지나도 귀향하지 못한 속내가 노 저어 떠나가는 백발로 형상화되어 나타난 데서 알 수 있다. 이러한 전란의 와중에 성혼은 자기를 알아주는 벗, 고옥 정작을 만났으니 그 기쁨이 이루 말할 수 없다. 마지막 구의 박옥은 쪼거나 갈지 않은 천연 그대로의 옥이다. 이는 『한비자韓非子』「화씨和氏」고사117)에서 유래한다. 원래 화씨벽은

⋯⋯⋯⋯⋯⋯

某心自改 而皆無其言 六等民間受米 亦恐大擾 蓋根本未回 民心未感 則徒爲怨誹暴斂之歸而已 大抵言亦無益 徒取人譏 不如不爲耳."(『牛溪先生續集』卷之五 簡牘, 「與安應休天瑞」).

116) 『牛溪先生續集』, 「卷之一 詩」.

117) 화씨벽 고사는 변화卞和가 옥을 얻어 여왕厲王과 무왕武王에게 바쳤으나 돌로 판정 받아 좌 우 발목이 잘리는 형벌을 당하였다. 이후 문왕文王이 화씨가

초산楚山에서 얻은 것이다. 자신의 처지가 원래 다듬어지지 못해 버림받은 신세인 박옥의 처지로 비유된다. 이 작품은 벗의 이름인 고옥에서 벽옥 고사를 용사하였다. 따라서 이 작품은 화씨和氏처럼 언젠가 자신을 알아주는 군주나 지기를 만나고 싶은 성혼이 아유雅儒로서의 심회를 드러낸 시이다.

2) 치인지향治人志向과 용사행장用舍行藏

이 항에서 살펴 볼 외적 치인지향과 용사행장은 도학자로서의 능동적 삶이 드러나는 부분이다. 여기서는 수기의 삶을 지향하는 수동적 자세에서 능동적 도학자의 모습으로 변모해 가는 과정을 다루고자 한다. 은일지사는 '겸선천하兼善天下 독선기신獨善其身'을 자신의 지향으로 여겨 학문과 덕행을 실천하려고 애쓴다. 이는『맹자孟子』「진심상盡心上」에 나오는 표현으로 "옛 사람들은 뜻을 이루면 그 은택이 백성들에게 베풀어졌고 뜻을 이루지 못하면 자기 몸을 닦아서 세상에 드러내었다. 궁핍한 상황에 처하게 되면 자기 홀로 선을 행하고 출세하게 되면 선을 천하 사람들과 함께 했던 것이다"118)라고 한 데서 알 수 있다. 또한 두보杜甫의 시「영회이수詠懷二首」에서 "영달하지 못하면 내

- - - - - - - - - - -

삼일 밤낮을 우는 이유를 물어 그가 정사貞士를 몰라주고 더불어 벽옥을 알아주지 못해서라고 알게 된다. 옥공玉工에게 다듬게 하여 천하의 보옥寶玉을 얻으니, 이것이 '화씨벽和氏璧'이라는 것이다.(楚人和氏得玉璞楚山中 奉而獻之厲王 厲王使玉人相之 玉人曰石也 王以和爲誑 而刖其左足 及厲王薨 武王卽位 和又奉其璞而獻之武王 武王使玉人相之 又曰石也 王又以和爲誑 而刖其右足 武王薨 文王卽位 和乃抱其璞而哭於楚山之下 三日三夜 淚盡而繼之以血 王聞之 使人問其故 曰 天下之刖者多矣 子奚哭之悲也 和曰 吾非悲刖也 悲夫寶玉而題之以石 貞士而名之以誑 此吾所以悲也 王乃使玉人理其璞而得寶焉 遂名曰和氏之璧-『韓非子』,「和氏篇」).

118) "古之人 得志澤加於民 不得志修身見於世 窮則獨善其身 達則兼善天下"(『孟子』,「盡心上」).

한 몸을 선하게 하고, 뜻을 얻었으면 해야 할 바 겸선천하를 행할지니라."119)라고 한 곳에서도 잘 드러난다. 용사행장用舍行藏은 용행사장用行舍藏이라고도 하는데, 이것은 『논어』「술이」에서 "등용을 받으면 도를 행하고 버려지면 도를 감추는 것은, 오직 나와 너만 할 수 있을 것이다."120)라고 한 데서 유래한 표현이다. 또 『논어』「태백편」에 "천하에 도가 있으면 나타나고 도가 없으면 숨는다. 나라에 도가 있는데 가난하고 천함은 부끄러운 일이고 나라에 도가 없는데 부하고 귀함은 부끄러운 일이다."121)라고 한 데서도 용사행장의 의미를 알 수 있다. 여기에는 "등용되면 도를 행하고, 버려지면 도를 감춘다."122)라는 군자의 자세가 담겨있다. 결국 군자는 "나라에 도가 있으면 벼슬하고 나라에 도가 없으면 거두어 속에 감출 수 있다."123)는 것이다. 따라서 군자는 그 출처出處와 진퇴進退를 함이 때에 맞추어 분명하게 처신을 해야 한다. 이처럼 용사행장을 하는 군자를 바로 도학자라 할 수 있는 데, 이는 치인지향의 자세가 담지擔持된 표현이라 할 수 있다.

다음은 성혼의 용사행장의 자세가 드러난 시이다.

克肖天心性此仁	천심을 배워 이 인을 본성으로 삼고
滿腔都是好生春	빈 속 가득 살리는 마음 채우게
壁間愧視如傷字	벽에 써 붙인 여상의 글자에 부끄러이 보고
推恕須從不忍人	서恕를 미루어 차마 못하는 마음 가지게.

<증이몽응贈李夢應>124)

∙ ∙ ∙ ∙ ∙ ∙ ∙ ∙ ∙ ∙ ∙

119) "未達善一身 得志行所爲"(杜甫 「詠懷二首」).

120) "用之則行 舍之則藏 唯我與爾 有是夫"(『論語』, 「述而」).

121) "天下有道則見 無道則隱 邦有道 貧且賤焉恥也 邦無道 富且貴焉恥也"(『論語』, 「泰伯」).

122) "用之則行 舍之則藏"(『論語』, 「述而」).

123) "邦有道則仕 邦無道則 可卷而懷之"(『論語』, 「衛靈公」).

이 시에서 성혼은 청강淸江 이제신에게 시를 주면서 그의 성격의 강직함을 거론하면서 명철보신할 줄 아는 지혜도 갖추라고 간곡히 바란다.

　우선 성혼은 이제신에게 천심天心과 호생好生의 덕德을 거론하였다. 또 여상如傷[125]과 추서推恕, 불인인지심不忍人之心을 들어 전개해 나가고 있다. 호생의 덕은 『서경書經』「대우모大禹謨」에 "무고한 사람을 죽이기보다는 차라리 법대로 하지 않는다는 비난을 택하시니, 제왕의 호생지덕이 백성들의 마음에 스며들어 관리들을 거스르지 않아도 된 것입니다"[126]라고 한 데서 유래한다. 그래서 호생지덕은 살아있는 만물을 살리는 마음인 셈이다. 따라서 위정자는 호생지덕의 성품을 지녀야 한다. 어진 마음이 바탕이 되어야 다른 사람도 사랑할 수 있기 때문이다. 성혼은 이제신이 이러한 마음이 부족하다고 여겨 호생지심을 갖기를 권면한 것이다. 또한 추기급인推己及人하는 자세와 충서忠恕까지 언급한다. 이것은 자기를 용서하는 마음으로 남을 용서하고 남을 꾸짖는 마음을 미루어 나에게 미치는 것이다. 이는 그가 이제신에게 간곡하게 이러한 마음자세를 지니도록 기원한 셈이다. 성혼이 이제신과 주고받은 간찰 중에 북송北宋의 범중엄范仲淹(989~1052)과 같은 재상이 되기를 바란 경우도 있다. 우선 『악양루기岳陽樓記』를 통해 인물됨을 살펴보자.

　　조정의 높은 곳에 거하면 그 백성들을 걱정하고, 강호의 먼 곳에
　　있으면 그 임금을 걱정하니, 이는 나아가도 또한 걱정하고 물러나도

· · · · · · · · · ·

124) 『牛溪先生續集』,「卷之一　詩」.
125) '여상如傷'은 백성들을 혹시라도 다칠세라 걱정하여 잘 보살핀다는 뜻으로, 『맹자孟子』,「이루하離婁下」에 "문왕은 백성들을 다친 이 보듯이 하였고 도를 바라보면서도 아직 보지 못한 것처럼 하였다.[文王視民如傷 望道而未之見]" 에서 유래하였다.
126) "與其殺不辜 寧失不經 好生之德 洽於民心 玆用不犯于有司"(『書經』,「大禹謨」).

또한 걱정하는 것이니, 그렇다면 어느 때에 즐거울 것인가 그 사람은 반드시 말할 것이니, '천하의 근심을 먼저 걱정하고, 천하의 즐거움을 뒤에 즐거워 할 것이다'127)

범중엄은 충군애민忠君愛民의 마음을 지닌 위정자이다. 그는 위정자의 도리에서 백성과 임금을 우선하였고 뒤에 자신을 돌보았음을 알 수 있다. 남송의 주희도 북송의 범중엄을 유사 이래 최고의 인물이라 칭찬하였다. 여기서 그의 인물됨이 짐작된다. 이처럼 성혼은 이제신李濟臣도 범중엄의 공명정대公明正大한 위정자의 자세로 살도록 시로써 당부한 것이다. 성혼의 이러한 마음은 도학의 실천적 자세에서 비롯된다. 그래서 이 작품은 도가 펼쳐지는 세상에 등용되어 자신의 도를 펼치고자 하는 지향이 드러난 도학시라 할 수 있다.

殘年人事冷於灰　　늘그막의 세상살이 꺼진 재보다도 쓸쓸하니
嘆息思君日幾回　　탄식하며 그대 그리워함 하루에도 몇 번인가
午睡初醒童子語　　낮잠에서 막 깨어나니 동자들 말하기를
西隣送酒雨中來　　서쪽 이웃에서 빗속에 술을 보내왔다 하네

紛紛世事林梢雨　　분분한 세상일은 나무 끝의 비와 같고
薄薄人情柳絮風　　야박한 인정은 바람에 날리는 버들개지라오
高臥林泉看兒戲　　임천에 높이 누워 아이들 노는 것 구경하니
隔溪何處笑衰翁　　시내 너머 어디선가 노쇠한 사람 비웃겠지
<증전명석贈全命碩>128)

이 시는 성혼이 전명석全命碩에게 준 것으로 첫수는 회운灰韻으로

<hr />

127) "居廟堂之高 則憂其民 處江湖之遠 則憂其君 是進亦憂 退亦憂 然則何時而樂耶 其必曰先天下之憂而憂 後天下之樂而樂歟"(范仲淹,「岳陽樓記」)
128) 『牛溪先生續集』,「卷之一 詩」.

쓴 시이고 둘 째 수는 동운東韻으로 된 칠언시이다. 회灰는 희망 없는 삶에 대한 의미의 표현이고 동東은 봄과 청색을 상징하는 긍정적인 이미지를 담고 있어 운韻을 통해 자신의 마음자세를 다잡은 것으로 보인다.

먼저 첫수에서 남은 인생살이가 꺼진 재보다 쓸쓸하다하니 이보다 덧없는 삶이 얼마나 되겠느냐며 탄식한다. 그런데 서쪽 이웃에서 빗속에 술을 보내왔다. 이런 반가운 소식을 동자를 통해 듣게 된다. 가장 가깝던 벗을 잃고 실의에 빠져 있는데, 다른 벗의 소식조차 궁금하던 차에 그가 보내준 술을 받은 기쁨은 배가 되는 것이다. 비애가 희망으로 바뀌었다. 정적인 상태에서 동적인 장면으로 시상이 전개된 양상이다. 따라서 이 시는 쓸쓸한 심회에서 술을 받고 희망의 상태로 전환된다. 여기서 정서적 국면이 일제히 바뀐다. 이는 술을 통해 벗의 안부를 확인하고 그의 정을 추체험하는 계기가 되기 때문이다. 도학자의 한적한 삶 속에서 고요한 감성이 이제 생동감을 얻게 된 셈이다. 이러한 반가움 속에 이어지는 정이 지극하다.

한편 둘째 수는 유유자적한 자신의 삶을 담박淡泊하고 평이平易한 어조로 펼쳐내고 있다. 우선 첫 구에서 분분한 세상일은 나무 끝의 비와 같다고 지적한다. 이는 자그마한 일 중의 하나로 여긴 것이다. 또 당시의 야박한 인정人情과 물태物態도 지적하였다. 이는 마치 버들개지에서 바람에 날리는 솜 같다며 정이 얕고 속됨을 탄식한 것이다. 그러나 이에 휩쓸리지 않는 은자의 여유를 드러내 보인다. 이런 일이 다 부질없는데다 죽림에 누워 아이들 자라는 모습을 보고 자락하고 있기 때문이다. 결구에서는 이를 시샘하는 저 무리들의 구구한 이야기들을 다 뒤로하고 즐기겠다는 심사가 나타난다. 초탈한 은일지사의 강개함을 엿볼 수 있다. 따라서 이 시는 고아高雅한 도학자로서 용사행장用舍行藏하고자 하는 신념을 형상화한 점이 돋보인 작품이라 하겠다.

相人共望稚圭來   상주相州사람들 함께 치규가 오기를 바라니
晝錦高軒幾日回   주금당의 높은 정자에 언제나 돌아오나[129]
重到寒泉應有日   다시 한천에 이를 날이 있을 것이니
可能無意野翁盃   촌늙은이와 술잔 나눌 생각이 없는가
                          <차이공저성중견증운次李公著誠中見贈韻>[130]

이 시는 성혼의 시 중에서도 짧은 칠언절구임에도 불구하고 많은
전고를 사용한 작품이다. 먼저 이성중李誠中(1539~1593)은 자가 공저公
著인데 그가 부쳐 준 시운에 성혼이 차운하였다. 이성중의 선영先塋이
파산坡山이라 성혼이 살던 곳과 시내를 사이에 두고 있어 매우 가까웠
다. 기구에서 치규稚圭는 북송北宋의 명재상으로 위국공魏國公에 봉해진
한기韓琦(1008~1075)로 상주相州 출신이다. 그는 북송 인종仁宗 때에 정
승을 그만두고 무강군절도사武康軍節度使로 상주자사相州刺史를 겸하였
다. 이후 고향으로 돌아온 다음 주금당晝錦堂을 상주 관아 뒤에 지었다.
주금晝錦은 비단옷을 입고 대낮에 다닌다는 뜻으로 부귀영달富貴榮達하
여 고향에 돌아옴을 이른다. 이에 구양수歐陽脩(1007~1072)는 「상주주
금당기相州晝錦堂記」를 지어 찬양하였다. 이는 곧 고향 사람들이 한기처
럼 공명을 이루고 돌아오기를 기다리는데 언제나 고향의 정자로 돌아
가겠느냐고 물은 것이다. 전구轉句에서 "다시 한천에서 만날 날"에서
한천寒泉은 하북성河北省 복양현濮陽縣 남쪽에 있었다는 샘물 이름이다.
그러나 여기서는 효자가 돌아가신 어버이를 그리워하여 다시 성묘하러
옴을 이른다. 『시경詩經』 「패풍邶風」 「개풍凱風」에 "이에 한천이 있으니
준읍浚邑의 아래에 있도다. 아들 일곱 명이 있으면서 어머니가 노고하
게 한단 말인가."[131]라고 하였다. 여기서 어머니는 바람이 나서 자주

129) '幾日'이 어떤 本에는 '未幾'로 되어 있다.
130) 『牛溪先生集』, 「卷之一 詩」.

외출을 한다. 이때 아들들은 일곱 명이나 되지만 제대로 어머니를 봉양하지 못해 자책한다. 이는 '한천'만도 못한 존재라 여긴 때문이다. 효자의 삶은 부모님을 봉양하는 것만이 아니라 그의 뜻을 헤아리는 것까지 포함된다. 이후로 '한천'은 어버이를 그리워하는 말로 쓰였다.

湖海三年別	호해에 삼 년 동안 헤어져 있으니
悲歡淚欲垂	슬프고 기쁨에 눈물 흐르려 하네
爲生貧又病	생활은 가난하고 또 병들고
身世罪兼非	신세는 죄를 짓고 또 잘못을 저질렀노라
遠挹同心契	멀리 동심의 교분을 생각하고
欽承大雅詩	대아의 시를 공경히 받았네
長吟喜不寐	길게 시 읊으며 기쁨에 잠 못 이루니
山月入松扉	산에 뜬 달이 소나무 사립문에 들어오네
世外身閒地	세상 밖 한가로운 곳에 살고 있어
雲山獨可親	구름 낀 산 홀로 친할 수 있다오
蒼松爲節苦	푸른 소나무는 굳은 절개를 나타내고
明月此心眞	밝은 달은 이 마음의 참됨이라오
晚計存三逕	말년의 계책은 세 오솔길에 있고
餘生寄一塵	남은 인생 한 티끌처럼 살겠노라
如今稍自得	지금처럼 제법 자득을 이루었다면
何必渭川濱	하필 위천에서 낚시할 것이 있었겠는가.

<증이경로희삼贈李景魯希參>132)

성혼은 이희삼에게 시 두 수를 지어 보냈다. 이 작품은 지支운, 미微운, 진眞운의 통운通韻이 된 오언시다. 이이가 쓴 행장 내용을 보면 "선

131) "爰有寒泉 在浚之下 有子七人 母氏勞苦"(『詩經』, 「邶風」, 「凱風」).
132) 『牛溪先生集』, 「卷之一 詩」.

생은 1남 1녀를 두었는데 아들은 이희삼으로 현감縣監 신申 아무개의 딸에게 장가들어 모모某某를 낳았고, 딸은 사인士人 조람趙?에게 출가하여 모某를 낳았다."라고 하였다. 이는 이이가 이희삼의 아버지 이몽규李夢奎(1510~1563)에 대해 쓴 행장行狀의 일부다. 이를 쓴 것[133]으로 볼 때 이희삼과 가까운 사이라는 것을 알 수 있다. 또한 그의 이름에서 노나라 증자, 즉 증삼曾參을 희구하였음을 짐작케 한다. 이희삼은 『노재집魯齋集』에 「차송강운次松江韻」, 「증송강贈松江」, 「회율곡懷栗谷」 등 시 115수와 제문祭文 1편 「제심방숙문祭沈方叔文」을 남겼다. 또 성혼이 이이, 이희삼과 술자리를 함께한 사례가 『우계집牛溪集』「우계연보보유牛溪年譜補遺」, 정홍명鄭弘溟(1582~1650)의 「기옹만필畸翁漫筆」에 전한다.

> 율곡과 우계와 우리 선친께서 함께 진사進士 이희삼李希參의 집에 모
> 였었는데, 주인집에서 술자리를 베풀면서 명창名唱을 자리에 끼게
> 하였다. 술잔을 돌리고 노래를 하려 하는데 우계가 갑자기 자리에서
> 일어나니, 좌상座上에서는 감히 아무도 만류하는 자가 없었다. 선생
> 은 평소 음탕한 음악을 듣지 않는 것을 법으로 삼았다 한다.[134]

이는 정홍명이 그의 부친 정철과 벗들이 함께 회식한 것을 기록한 내용이다. 이글을 통해서 성혼, 이이, 정철, 이희삼은 서로 허물없이 자리를 함께 하는 사이였음을 알게 해준다. 특히 성혼은 그 몸가짐이 엄정嚴正하여 음란한 음악에는 자리를 박차고 일어난 성품임을 알 수

• • • • • • • • • •

133) 이광좌가 이몽규에게 청직을 추증할 것을 주청한 대목에서도 율곡이 행장을 쓴 사실이 드러난다. "戊申 大臣 備局諸宰入對 右議政李光佐 請飭吏曹 愼擇 京外官 飭刑曹 漢城府堂上 嚴束郎吏 俾勿循情作奸 監司董率守令 使委曲保 民 視如己事 又言 故名賢李夢奎 仁宗昇遐後 作詩自廢 先正臣李珥 著行狀 稱美 故相臣金堉 撰名臣錄 以儒生立傳 只夢奎一人 宜令該曹 贈以宰列淸 職"(『景宗實錄』 景宗 四年(1724年) 四月 五日條).

134) 『牛溪集』, 「牛溪年譜補遺」, 「제1권」, 德行.

있다.

위 시 두 수 중에서 첫째 수는 전란으로 성혼과 이희삼이 삼 년 동안 헤어져 있는 슬픔과 시를 받아본 기쁨이 교차하여 나타난다. 전구에서 말하는 동심계同心契는 그들이 맺은 당시 향약을 의미한다. 같은 구에서 등장하는 「대아大雅」는 원래 『시경』을 구성하는 시체詩體이다. 이는 사시四詩인 국풍國風, 대아大雅, 소아小雅, 송頌 중의 하나를 말한다. 그러나 여기서 대아大雅는 그 시가 훌륭하다는 비유이다. 이 시에서는 까맣게 소식조차 모르다가 시까지 함께 받은 기쁜 감회로 인해 잠 못 이루는 것이 드러난다. 이 때 산에 뜬 달이 소나무 사립문에 들어온다. 이는 시를 읽고 또 읽느라 시간가는 줄 모르는 모습을 형상화한 것이다. 달을 통해 벗과의 공간적 거리가 사라지고 공감의 결이 이뤄진 감회를 담담하게 마무리하고 있어 그 절제미가 돋보인다.

둘째 수에는 용사用事가 나타난다. 태공망太公望 여상呂尙(B.C. 1156~ B.C.1017)의 고사를 인용한 것이다. 여상은 은나라 주왕의 정치에 환멸을 느껴 황하黃河의 상류 위수渭水 가에서 소일거리로 낚시질한다. 이때 강태공姜太公이라 불렸는데 주나라 문왕이 주왕을 몰아내고 현자를 초빙할 때 위수 가에서 그를 등용한다. 여상은 이후 새로운 통치술로 보필하여 현자로서 정치적 업적을 남겨 제나라의 봉토를 받아 그곳의 시조가 된다. 성혼은 이희삼을 이러한 강태공에게 비유하고 있다. 한편 자신은 강태공처럼 될 의도가 없었으며 도연명처럼 안빈낙도安貧樂道 하겠다는 처세관을 드러낸다.

3) 치군택민致君澤民과 우환의식憂患意識

성혼은 그의 시 속에 치인지도를 완수하고자 치군택민의 의지와 우환의식을 담아내고 있다. 치군택민致君澤民이란 임금을 보필하며 신하로서할 수 있는 도리를 다하고 백성들에게 은택을 누리게 한다는 말이다.

이는 신하가 군주와 백성들에 대해 가지는 마음의 자세인 것이다.

장영백은 『주역』의 괘卦를 통해 우환의식의 개념과 단계를 밝혔다. 그는 "우환의식은 고난·곤경에 처해서 걱정하고 염려하는 마음의 깨달음"이고 "불망위구不忘危懼→수덕방환修德防患→돈인능애敦仁能愛"의 단계로 나타난다고 제시하였다.135) 따라서 우환의식은 『주역』의 괘136)에서 유래한 것이며 위구危懼를 잊지 않는 것에서 시작하여 덕德을 닦아 근심을 막고 인을 돈독하게 행함으로써 만물을 양육하는 자세가 외적으로 발현될 때 쓰인다.

성혼 시에도 이처럼 치군택민과 우환의식이 반영되어 나타난다.

百病書生守一鄕　　병 많은 서생이 한 시골을 지키고 있으니
愧無才學獻吾王　　임금께 바칠 만한 재주와 학식 없어 부끄럽네
三徵未遂君臣契　　세 번 불러도 군신의 계契 이루지 못하니
空有葵心戀太陽　　부질없이 해바라기처럼 태양을 그리워한다오
　　　　　　　　　　　　　　　　　　<우음偶吟>137)

병 많은 서생은 화자, 즉 성혼 자신을 가리킨다. 그런데 임금께 바칠 만한 재주가 없어 부끄러워한다. 학덕을 두루 갖추었으면서 벼슬에 나가지 않기 때문이다. 임금이 부를 만한 신하를 징신徵臣이라 한다. 이는 그냥 벼슬 않고 초야에 묻혀 사는 처사處士나 추천을 받아 관직에

• • • • • • • • • •

135) 장영백, 「고대 중국인의 '우환의식' 연구」, 『중국어문학논집』 25, 중국어문학연구회, 2003, p.533.

136) 장영백이 제시한 『주역』의 괘는 다음과 같다. 그는 64괘 중 수덕과 공업이 드러난 괘를 중심으로 살폈는데 "이괘履卦·겸괘謙卦·복괘復卦·항괘恒卦·손괘損卦·익괘益卦·곤괘困卦·정괘井卦·손괘巽卦"〔장영백, 「고대 중국인의 '우환의식' 연구」, 『중국어문학논집』 25, 중국어문학연구회, 2003, p.532.〕라고 하였다.

137) 『牛溪集』, 「卷之一 詩」.

오를 만한 인물인 은일隱逸보다 더 격이 높은 신하에게 붙일 수 있다. 따라서 징사徵士로서 임금에게 불리게 된 성혼은 자신을 가리켜 징신徵臣이라 한 것이다. 이에 대비되는 구사具士 또는 구신具臣은 제대로 역할을 하지 못하고 인원수만 채우려 구색을 갖춘 인물을 가리킬 때 쓴다. 이 시에서 결구에 해바라기처럼 태양을 바라는 일이 부질없다고 하였다. 이는 임금을 위해 일하고 싶은 심정을 우회적으로 표현한 것이다. 이 작품에서 우계는 치군致君과 우환의식을 반영하고 있다.

海城秋晚送君歸　　가을 깊은 바닷가에서 그대를 전송하니
一別重逢未有期　　한번 작별하면 다시 만날 기약 없네
流落孤臣淚沾臆　　떠도는 외로운 신하 눈물로 가슴을 적시니
南天目極望京師　　남쪽으로 서울 하늘을 끝없이 바라보노라

<차운생기헌운次尹生耆獻韻。송별환경送別還京>[138]

윤기헌尹耆獻의 시운에 차운하여 서울로 돌아가는 그를 송별한 시다. 이 때 성혼은 해주 석담서원에서 우거할 때다. 석담서원은 율곡의 제자들이 있는 곳인데 그는 이곳에 가끔 들러서 우거하곤 하였다. 이 시는 가을 날 쓸쓸히 떠나는 기헌을 걱정하며 정처 없이 다니는 자신의 신세를 돌아보았다. 결국 생각나는 것은 임금뿐이다. 군주는 의주로 몽진蒙塵하여 도성이 비어있는 상황이다. 유리遊離한 신하로서 하루빨리 임금을 도성으로 모셔 오고자 하는 비통悲痛한 심정을 드러냈다. 따라서 이 작품은 그의 치군과 이에 대한 우환의식을 담은 시詩라 하겠다.
　다음 시도 윤기헌의 시운에 차운한 것이다.

舊迹都迷不可尋　　옛 자취 모두 없어져 찾을 수 없는데

· · · · · · · · · ·

138) "첨沾자가 어떤 본에는 횡橫자로 되어 있다."(『牛溪先生集』, 「卷之一 詩」).

我來山際獨登臨	나 홀로 산자락에 올라와있네
孤煙落日依俙處	석양에 저녁연기 피어오르는 아련한 곳에
誰識當年救世心	당년에 세상 구제하려던 그 마음 누가 알까

<차운생기헌운次尹生耆獻韻>

　성혼이 석담에 우거할 때 윤기헌의 시운에 차운하여 쓴 것으로 석담
정사 옆에는 율곡의 고택故宅이 있었다. 이 시는 벗을 그리워하는 마음
이 드러난다. 옛 자취 알 수 없는 곳임에도 산에 홀로 올라가니 저
멀리 벗이 살던 곳이 보인다. 그러나 그 벗은 가고 없다. 유구한 자연물
에 유한한 존재인 벗을 대비하여 벗의 부재에 대한 안타까운 현실을
읊고 있다. 결구에 군주를 걱정하는 마음과 훌륭한 신하의 출현을 갈망
하는 의지가 결합되어 나타났다. 이 작품은 치군택민의 우환의식을
표출한 것으로서 백성에게 은택을 베풀 존재를 바란 시라 할 수 있다.

滿衣零露濕	찬이슬 내려 옷이 모두 젖었는데
獨立暮山隈	저녁 산모퉁이에 홀로 서 있노라
謬喜開三逕	부질없이 세 오솔길 열어 기뻐했지만
那堪詠八哀	차마 팔애시를 읊을 수 있겠는가
夜溪聲自度	시냇물 소리는 밤에 절로 들려오고
秋樹葉先堆	가을이라 나뭇잎이 먼저 쌓이누나
千里書來日	천 리 먼 곳에서 편지가 오니
愁腸已九廻	시름겨운 간장 이미 아홉 굽이라오

<수안습지민학酬安習之敏學>139)

　이 시는 풍애楓崖 안민학安敏學에게 수창酬唱한 것으로 벗의 죽음에
대해 애도하는 마음을 읊었다. 안민학은 성혼에게 책선하던 벗이다.

• • • • • • • • • •

139) 『牛溪先生續集』,「卷之一 詩」.

이러한 사실은 일기 초본의 글에서도 드러난다.[140] 이 무렵 이이는 49세의 젊은 나이로 세상을 떠났다. 성혼은 이이와 평생 도의지교를 맺었는데 갑자기 벗의 죽음을 접하니 그 애통함이 컸다. 이때 성혼은 안민학에게 벗의 죽음에 대한 슬픈 마음과 안민학을 만난 반가움을 용사用事를 통해 드러낸 것이다. 시에서 세 오솔길은 성혼, 이이, 안민학이 함께 보낸 공간으로 추억을 회상하는 매개물이다. 이곳은 은자隱者의 공간이며 도학자道學者의 교유공간이었던 것이다. 이는 '장후삼경蔣詡三逕'에서 유래한 것인데 장후蔣詡는 전한前漢시대 두릉인杜陵人으로 연주자사를 지낸 청렴강직한 인물이다. 당시 왕망王莽(B.C. 45~A.D.23)은 한漢 왕조를 폐하고 신新나라를 세운 후 장후를 부른다. 그러나 장후는 한나라 신하로서 나가는 것이 도의에 맞지 않는다고 여겨 병을 핑계대고 은거하다 죽는다. 이때 장후는 그가 살던 집에 대나무 숲 사이 길을 세 개 만들어 두고 양중羊仲·구중裘仲 만을 찾아다니며 놀았던 것이다. '삼경三逕'은 진晉나라 도연명陶淵明의 「귀거래사歸去來辭」에서는 '삼경三徑'이라고도 하였다. 도연명이 집에 돌아와 은거할 자리를 찾은 감회를 "세 오솔길은 황폐해졌으나 소나무와 국화는 그대로 남아

· · · · · · · · · ·

140) 정축년(1577, 선조10) 9월에 안습지安習之가 나를 경계하여 말하기를, "후생後生을 대할 때에 말씀을 너무 번거롭게 많이 하시며 후생들이 생각하지 못하는 부분에 대해서도 말씀을 많이 하시니, 이와 같이 하면 한갓 빈말이 될 뿐입니다."라고 하였다. 나는 절하고 이 말을 받아들이며 나의 병통에 딱 들어맞는 절실한 말이라고 여겼다. 이것은 바로 주자朱子가 말한 "가볍게 자신을 드러내어 외인外人들의 변론을 야기하고, 지나치게 수응酬應을 많이 해서 내면으로 향하는 공부를 분산시킨다."라는 것이다. 이는 자신의 실제 공부가 없기 때문에 자신도 모르게 이와 같이 들뜨고 경솔한 행동을 하는 것이다. 사람을 대할 때에는 말을 많이 하는 것이 가장 큰 병통이다. 말을 적게 하는 것이 병을 조섭하는 데에 가장 좋으니, 어찌 몸과 마음에 모두 유익하지 않겠는가. 내 이것을 써서 경계로 삼는 바이다. -일기 초본草本 (『牛溪集』, 「牛溪年譜補遺」, 「제1권」, 德行).

있다.三徑就荒 松菊猶存"라고 읊은 데서 알 수 있다. 성혼은 이들처럼 자신도 이이, 안민학과 함께 교유한 공간을 추억하며 이를 삼경, 즉 세 오솔길로 제시한 것이다.

한편 시에서 말한 '팔애시'는 두보杜甫가 여덟 사람의 벗들을 애도한 시이다. 그들은 명장 왕사례王思禮, 이광필李光弼과 엄무嚴武, 여양왕汝陽王, 이진李璡, 이옹李邕, 소원명蘇源明, 정건鄭虔, 장구령張九齡등이다. 이들은 당대에 죽은 현신들인 명장과 두보와 평소 교분이 있는 다섯 명, 그리고 현자 1인을 의미한다.141) 두보가 이들에 대해 읊은 것처럼 성혼은 '삼경三逕'을 용사하여 우정을 읊었고, '팔애八哀'를 용사하였다. 이로써 이이의 애사哀事와 안민학과 재회한 희사喜事의 희비의 감정을 대비시켜 형상화하였다. 따라서 우계는 이처럼 시문에 용사를 통해 치군택민과 우환의식을 간접적으로 드러내고 있음을 알 수 있다.

3. 풍격風格과 미적美的 본질本質

본 절節에서는 성혼 시의 풍격風格과 미적 본질을 검토한다. 이를 위해 먼저 풍격의 의미를 간략히 살펴본 후 미적 본질의 개념을 고찰한다. 이는 풍격의 의미 속에서 작자의 미적 본질이 드러난다고 보기 때문이다.

먼저 풍격이란 중국의 주영지朱榮智가 『문장여문장창작관계연구文章

· · · · · · · · · ·

141) "당시에 전란이 아직 끝나지 않았기 때문에 먼저 왕사례王思禮와 이광필李光弼 2명의 명장을 언급하였고, 이어서 옛 일을 탄식하였다는 것이 가리키는 것은 엄무嚴武 · 이진李璡 · 이옹李邕 · 소원명蘇源明 · 정건鄭虔 등 다섯 사람과의 평소의 교분을 말하는 것 같다. 그리고 장구령張九齡으로 시를 마무리하면서 현자를 그리워하는 정서를 드러내는 것이다."(정호준, 「팔애시초탐八哀詩初探」, 『중국연구』 52권0호, 한국외국어대학교 중국연구소, 2011, pp.157~193에서 재인용).

與文章創作關係硏究』에서 언급한 "작가의 개성과 인격의 내용과 형식상에 있어서의 일종의 종합적인 표현"[142]이라 할 수 있다. 이때 풍격은 체體, 격格, 품品, 풍風 등의 용어로 쓰기도 한다. 따라서 풍격은 작가와 작품 간의 관계를 설명하는 말로 이해할 수 있다. 그런데 풍격의 종류는 시대에 따라 연구자에 따라 다양하게 전개된다. 유협劉勰(465~521)은 『문심조룡文心雕龍』「체성體性」에서 작가의 선천적인 재성, 기질에 후천적인 '학문', '습성'을 더하여 네 가지 요인이 풍격 결정요소라 보았다. 이를 바탕으로 유협은 풍격을 '팔체八體'[143]로 구분하였다. 당대唐代에는 시 창작의 발전에 맞추어 그 특징적인 면을 고찰하였다. 여기서 왕창령王昌齡(698~756)은 『시격詩格』에서 다섯 가지 취향趣向[144]을 제시하였다. 또한 교연皎然은 『시식詩式』에서 변체辨體 19자(字)로 문장의 특징을 분석하여 열아홉 가지 풍격[145]으로 나누었다. 그러나 이러한 풍격이론은 사공도司空圖(837~908)의 『시품詩品』에서 제시한 내용이 가장 체계적이다. 그는 각 시품마다 4언 12구씩으로 이루어진 이십사시품二十四詩品[146]을 들고 있다.

이처럼 중국에서는 다양하게 시품을 해석하고 있다. 우리 한시의 경우도 풍격의 전개양상이 시대에 따라 차이를 보이기는 마찬가지다.

· · · · · · · · · · ·

142) 팽철호, 『중국고전문학 풍격론』, 「사람과 책」, 2001, p.82.
143) 전아典雅, 원오遠奧, 정약精約, 현부顯附, 번욕繁縟, 장려壯麗, 신기新奇, 경미輕靡.
144) 고격高格, 고아古雅, 한일閑逸, 유심幽深, 신선神仙.
145) 고高, 일逸, 정貞, 충忠, 절節, 지志, 기氣, 정情, 사思, 덕德, 계誡, 한閑, 달達, 비悲, 원怨, 의意, 력力, 정精, 원遠.
146) 웅혼雄渾, 충담沖澹, 섬농纖穠, 침착沈着, 고고高古, 전아典雅, 세련洗練, 경건勁健, 기려綺麗, 자연自然, 호방豪放, 함축含蓄, 정신精神, 진밀縝密, 소야疎野, 청기淸奇, 위곡委曲, 실경實境, 비개悲慨, 형용形容, 초예超詣, 표일飄逸, 광달曠達, 유동流動(주훈초周勳初 외 저, 중국학연구회 고대문학분과 역, 『중국문학비평사』, 이론과 실천, 1992, p.151).

고려 중기에는 기氣를 강조하는 문풍이 일어났고 이와 더불어 호방한 풍격이 중시되었다. 그러나 고려 말기에 이르러 성리학이 도입되자 이러한 문풍이 약해지고 평담한 풍격이 새롭게 등장하였다.[147] 이상의 풍격은 작가의 고유한 풍격이 가미되고 작품에 대한 창작과 미적향수가 생길 때 미학과 미의식으로 나타난다.

주지하다시피 미학美學의 개념을 이야기할 때 자연미와 예술미, 성격, 조건, 법칙을 거론한다. 이는 각각의 상호관계에 관해 연구하는 학문을 미학이라 말한 것이다. 그런데 미학은 분과별로 조금씩 다른 의미로 이해된다.

서구에서는 독일의 A. 바움가르텐이 미학을 언급하였다. 이후 심리학과 철학에서 그 의미를 해석하는데 있어 과정과 체험으로 나누어 보았다. 심리학에서는 미적 태도에 있어서의 의식과정을 중요시 하였고, 철학에서는 미적 가치에 관한 직접적 체험을 중요하게 여겼다. 이처럼 미학의 개념은 분과별로 미묘한 의미차이를 보인 것이 사실이다.

이 책에서 다룰 미의식은 작품에 대한 미적향수와 예술창작의 두 방식으로 표출된 미학이 바탕이 되어 나타난다. 따라서 미의식은 작품 감상자의 수동적 태도에서 오는 미적향수, 능동적 행위에서 오는 예술창작이 있는 것이다. 그러나 미의식은 분별하기 쉽지 않은 이유가 있다. 이는 미의식을 이루는 요소가 다양하기 때문이다. 따라서 미학의 본질을 파악하기 위해서는 미의식을 이루는 다양한 요소를 파악해야 한다. 그 요소는 감각感覺, 표상表象, 연합聯合, 상상想像, 사고思考, 의지意志, 감정感情 등으로 이루어져 있다. 여기서 이들의 결합상태를 이해하는 일은 제대로 된 미의식을 파악하는 첩경捷徑인 셈이다.

한시미학에서도 이러한 미의식은 문학 작품 속에 투영되어 나타날

• • • • • • • • • •

147) 최광범, 『고려말 한시의 풍격과 문예미』, 한국학술정보, 2005, pp.20~45.

뿐만 아니라 작자의 글이나 신념에서 드러나기도 한다. 특히 동양미학의 정수가 담긴 문학작품이 바로 한시이기 때문에 이러한 경향은 더욱 강하다고 볼 수 있다. 따라서 작자가 진리나 삶에 대하여 느낀 생각이나 간결한 표현인 경구警句조차도 간과하지 말아야 한다. 당대의 문인들은 어떻게든 자신의 신념을 담아 글 속에 함축적으로 제시하고 있기 때문이다. 성혼도 마찬가지로 자신의 신념을 글 속에 담았다. 특히 성혼은 자신이 지향해야 할 학문 덕행의 수양방법을 그의 일기에 경구로 남겨두었는데 그 내용은 다음과 같다.

> 일기책의 끝에 '돈후주신평실정정敦厚周愼平實定靜'의 8자를 두 줄로 쓰고 분주分註하기를 "돈독敦篤하면서도 중후重厚하고 주밀周密하면서도 근신謹愼하며, 평담平淡하면서도 진실眞實하고 응정凝定하면서도 안정安靜하여야 한다."148)

조선의 학자들은 자신의 행적을 글로 남기곤 하였다. 이때 일기는 가장 내밀한 작자의 의지와 사고思考와 감정 등을 담은 자료이다. 성혼도 마찬가지로 자신의 일기에 학문지향에 대한 신념을 밝혔다. '돈후주신평실정정敦厚周愼平實定靜'의 여덟 자와 이에 대한 뜻을 두 줄로 나누어 주석해 놓은 것이다. 여기서 성혼의 내적자세와 외적지향을 엿볼 수 있다. 이는 스스로 다짐한 것이라 그 구체적인 내용을 주註를 통해 드러낸 것으로 볼 수 있다. 따라서 이 여덟 자는 성혼의 시문에 드러나는 풍격이라 할 수 있으며 미적 본질을 이루는 바탕이 될 수 있다.149)

· · · · · · · · · ·

148) "日記冊末 雙書 敦厚周愼平實定靜 八字 分註曰 敦篤而重厚 周密而謹愼 平淡而眞實 凝定而安靜"(『牛溪年譜補遺』,「제1권」, 德行).

149) 일반적으로 문예에 나타난 미는 미학, 미의식, 미적특질, 미적본질, 문예미 등 다양한 용어로 거론된다. 그러나 이에 대한 개념은 명확하지 않다. 그런데 이 책에서 밝히는 미는 미학, 미의식 등의 용어와는 약간 변별되거나 양자가

이를 바탕으로 다음에서 성혼의 시에 나타난 풍격과 미적 본질을 구체적으로 살펴보자.

1) 돈독敦篤·중후重厚의 풍격과 돈후미敦厚美

'돈후敦厚'는 돈독하면서도 중후하다는 말이다. 이는 『논어』 '박학이독지博學而篤志'와 '군자중후君子厚重'에서 따 온 표현으로 볼 수 있다. 즉 "배우기를 넓게 하고 뜻을 돈독히 하며 절실하게 물어 가까이 생각하면 인이 그 안에 있다"[150]는 대목과 "군자가 후중하지 않으면 위엄이 있지 아니하고 배워도 견고하지 않다."[151]라고 한데서 유래한다. 이는 군자의 학문하는 방법과 몸가짐을 아울러 이르는 말이다. 성혼은 이를 풍격의 첫머리에 배치하였다. 그 이유는 도학자로서 실천적 삶을 지향하기를 바라는 마음이 컸기 때문이다. 따라서 군자가 배우기를 넓게 하고 뜻을 돈독하게 한 후 후중함을 갖춘다면 그 뜻이 더욱 견고해진다는 의미다. 이는 배움이 아무리 넓다 해도 그 뜻이 독실하지 못하면

• • • • • • • • • • •

함께 어우러지는 지점에 놓이는 개념이다. 주지하다시피 서양 미학에서 제시된 미적 범주의 유형은 넷으로 나뉘는데, 우아미, 비장미, 숭고미, 골계미가 그것들이다. 이 경우 미적 범주의 기준은 서양미학에서 제시된 것으로 주체와 객체의 대립이라는 가치에 두고 있다는 점이 문제다. 동양의 문예에 나타난 아름다움은 이 네 가지로만 규정지을 수 없다. 그렇다고 일부 학자들처럼 사공도의 『이십사시품』이나 기타 시격, 풍격서를 토대로 이를 특정한 인물의 시의 미에 대입하는 것도 옳지 않다. 논란의 소지가 없지 않지만, 이 책에서는 우계의 사상과 정신의 집적물을 토대로 풍격미를 살피고자 하는 것이다. 즉 그의 작품에 나타난 시의 아름다움을 이 책에서는 풍격미로 제시하였다. 여기서 굳이 서양미학의 범주로 우계 시의 아름다움을 재단한다면 우아미에 해당할 것이다.

150) "子夏曰 博學而篤志 切問而近思 仁在其中矣" (『論語』, 「子張」).
151) "君子不重則不威 學則不固 主忠信 無友不如己者 過則勿憚改" (『論語』, 「學而」).

결국 이룸이 작다는 것을 경계한 말이다.

占得幽居香浦村　　향포촌에서 호젓한 집을 구해서
槿籬茅屋似桃源　　무궁화 울타리의 초가집 도원과도 같구나
讀書聲裏花陰轉　　책 읽는 소리 속에 꽃그늘 돌아가는데
閑把遺經教子孫　　한가로이 경전을 펴 자손들 가르치네
　　　　　　　　　　<기최시중운우향포서실寄崔時中雲遇香浦書室>[152)]

성혼은 향포서실香浦書室의 최운우崔雲遇(1532~1605)에게 이 시를 부
쳤다. 이 시는 도학자의 삶을 보여준다. 때는 병술년(1586) 7월이다.
최운우의 자는 시중時中이고 호는 향호香湖이다. 그의 호를 딴 문집이
전한다.[153)]

　　율곡과 '사칠이기설四七理氣說'을 논하며 글을 주고받던 유명한 성리
　　학자 우계 성혼(1535~1598년)은 "산을 등진 강릉은 바다를 향해 옷
　　깃처럼 감싸고, 마치 사람이 공손히 절을 하는 듯하며 큰 바다가
　　밖을 감아 돌아 강산이 매우 아름답다"고 했다. 또 "풍속이 순후하고
　　살기가 좋아 마을에 70세에서 100세에 이르는 노인이 수 백 명이고
　　효자와 절부의 정려문이 마을에서 바라다볼 정도로 많았으며, 책을
　　읽어 학자가 된 자가 500명이나 된다."고 했다. 강릉 12향현 가운데
　　한 분인 향호 최운우(1532~1605)는 1586년 목청전참봉 시절 도의
　　지교로 사귀던 성혼을 찾아가 하룻밤을 머무르며 정담을 나눴다. 그
　　뒤 성혼은 그의 문집에서 "강릉 신리 양양 접경에 살고 있는 최운우는
　　집 곁에 향포香浦(지금의 향호)가 있는데 산이 에워싸고 백사장과
　　낙락장송이 우거져 별유천지이니 참으로 선경이 따로 없는 곳이라

. . . .
152) 『牛溪先生續集』,「卷之一 詩」.
153) 『향호집香湖集』은 최운우의 13대 손이 1905년에 편집한 문집으로 2권 1책으
　　　로 구성되어 있다.(디지털강릉문화대전『향호집』-한국향토문화전자대전, 한
　　　국학중앙연구원).

하면서 깨끗하고 아늑한 정취는 자못 경포호보다 낫다"고 했다. 최운우는 이곳에 향호정을 짓고 학문에 힘썼다. 성혼도 '향호정' 시에서 "속세와 격리된 아늑한 향호 촌, 무궁화 핀 초가집 선경과도 같네"라고 읊었다. 향호는 천년 묵은 향나무가 홍수에 떠 내려와 호수에 잠겨 있다고 하여 붙여진 이름이다. 나라 혹은 그 고을에 경사스러운 일이 있으면 이 침향沈香에서 서광이 비친다고 하는 상서로운 호수다. 154)

이것은 강원일보의 기사 중 일부이다. 이 기사를 통해 성혼과 최운우는 1586년 한 번 만나 하룻밤 정담을 나누었고 이후 이들은 서로를 외우畏友로 여겼음을 알 수 있다. 최운우가 복거한 곳은 강릉 신리 양양 접경 근처였다. 이곳은 풍속이 인후한 마을임을 짐작할 수 있다. 군자는 인후한 마을에 복거하기 마련이다. 이는 『논어』에 "공자께서 말씀하시기를 마을이 인후한 것이 아름다우니 가려서 인후한 곳에 살지 않는다면 어찌 지혜롭다 하겠는가?"155)라는 말에서 알 수 있다. 최운우는 인후한 마을에 살고 싶어 하는 군자의 자세를 삶 속에 실천하고자 향호정을 짓고 살아간 셈이다. 성혼은 이렇게 사는 최운우를 통해 도학자의 지향을 엿보았고 이곳을 '도원경'이라 여겼다.

溪上圍高樹	높다란 나무 시냇가 두르니
淸陰散釣磯	시원한 그늘 낚시터에 흩어지네
川流元不息	흐르는 냇물은 본디 쉬지 않고
魚鳥自忘機	물고기와 갈매기는 절로 기심機心을 잊네
草際風光嫩	풀 사이론 바람 빛이 곱고
苔邊野逕微	이끼 낀 냇가 들길이 희미하네

· · · · · · · · · ·

154) 정항교, 「군자들 즐겨 찾던 향호정香湖亭 복원하자」, 『강원일보』, 2009. 11.25, p.6.

155) "子曰 里仁爲美 擇不處仁 焉得知"(『論語』, 「里仁」).

閑人書在手   한가로운 사람 손에 책을 편 채
相對淡忘歸   담담히 마주하며 돌아갈 줄 모르네
                          <여율곡좌계변與栗谷坐溪邊>156)

이 시는 성혼이 이이와 함께 했던 시간을 그려 낸 것이다. 이를 위해 나무, 시냇가, 낚시터, 냇물, 물고기, 갈매기, 풀, 바람, 이끼, 들길과 같은 자연물을 등장시켰다. 3구 '천류원불식'은 군자의 실천적 자세를 일컫는 말이다. 『논어』에서 "공자께서 냇가에서 말씀하셨다. 가는 것이 이와 같구나! 내가 흘러 쉬지 않는 도다. 밤낮으로 쉬지 않구나!"157)라고 한 것처럼 학문하는 자세를 일컫는다. 이는 도학자가 흐르는 물처럼 쉬지 않고 학문에 매진한다는 의미의 자강불식自彊不息의 이유가 된다.

성혼은 자연과 가까운 지점을 물고기와 갈매기조차 기심機心을 잃는다고 했다. 인간과 자연이 하나 되는 물아일체物我一體의 접점接點을 표현하기 위해서다. 여기서 '기심機心'은 기회를 엿보는 마음으로 사물을 해쳐 자신의 이익을 차지하려는 것을 이른다. 인간이 생명을 해하려는 마음이 있다고 느낀다면 그 생명체는 결코 다가서지 않을 것이다. 들길이 희미하다는 것은 인적人跡이 드문 공간이란 뜻이다. 둘이서 호젓한 공간에 앉아서 이야기를 나누던 장면場面을 넌지시 보여주고 있다.

또 화자는 '사이[제際]'의 경지를 터득하였다. 물고기와 갈매기도 인간과 직접 닿지 않을 만큼의 사이를 둔다. 여기서 풀 사이로 살랑이며 부는 바람을 느낀다. 자신이 터득擄得한 바람의 운화작용運化作用을 적절하게 바람 빛이 곱다고 했다. 성혼은 이이와 책선의 도로써 평생을 함께 하였다. 이의 바탕에는 군자지교君子之交가 전제가 되어야 한다.

· · · · · · · · · ·

156) 『牛溪集』, 「卷之一 詩」.
157) "子在川上 曰 逝者如斯夫 不舍晝夜"(『論語』, 「子罕」).

군자의 사귐은 담담하기가 물과 같다고 하듯이 두 사람은 서로 마주하며 독서讀書하다 시간가는 줄 모른다. 이 작품은 원경에서 근경으로 화자의 시점視點이 이동하며 점차 시간의 흐름이 진행進行된다. 이에 따라 자연의 묘미妙味를 터득한 기심 없는 시인이 '사이[제際]'의 미학을 담담淡淡한 어조語調로 읊조린다.

이이는 성혼에게 출사出仕를 권한다. 선조가 성혼의 사람됨을 묻자 이이가 그에 대해 완곡하게 평한 적이 있다.[158] 다음은 그보다 진일보한 평가를 하며 선조에게 성혼을 추천한 내용이다.

> 재주란 한 가지가 아닙니다. 국가를 다스릴 책무를 혼자 맡을 만한 이도 있고, 선을 좋아하여 여러 인재들을 등용시키는 이도 있습니다. 성혼의 재주가 만일 천하를 다스릴 만하다고 한다면 과한 말씀입니다만 그 사람됨이 선을 좋아하니, 선을 좋아하는 사람은 천하를 맡아 다스려도 충분한 것입니다. 이 어찌 등용할 만한 재주가 아니겠습니까?[159]

이이는 선조 임금께 성혼을 평가하기를 "선을 좋아하는 사람은 천하를 맡아 다스려도 충분하다."라고 아뢴다. 이는 성혼이 홀로 정사를 맡을 정도는 아니지만 그의 덕성이 선하여 여러 인재를 등용시킬 수 있다고 보았기 때문이다. 이이의 말은 『맹자』「진심장盡心章」에서 '겸선천하兼善天下', '독선기신獨善其身'이라고 한 것과 같다. 정치에 나아가 벼슬하면 천하 사람을 모두 착하게 만들고 궁하게 살 때는 자기 한

----

158) "成渾何如人也 珥對曰 此人 臣所熟知 是成守琛之子也 早承家庭之訓 不聞駁雜之說 資質醇厚 可以爲善 謂之勉於學問則可也 不可謂之學成德立也"(『栗谷全書』「經筵日記」,「卷之29」, 萬曆二年甲戌).

159) "才亦非一般 有可獨任經綸之責者 有好善而能用羣才者 成渾之才 若謂之能經綸天下則過矣 其爲人也好善 好善優於天下 此豈非可用之才乎"(『栗谷全書』「經筵日記」卷之30, 萬曆八年庚辰).

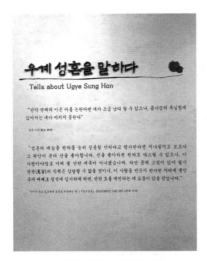

▲ 우계에 대한 율곡의 평가

몸 착하게 지내면 된다는 의미다. 따라서 이이는 성혼을 이와 같은 인물로 보았던 것이다. 그는 친구를 포폄褒貶하되 되도록 사리에 맞게 인물평을 했다.

또 이이는 휴암 백인걸의 사위이자 의령현감을 지낸 이윤조李胤祖160)에 대한 만사輓詞161)에서 남의 자식을 맡길만한 이가 성혼이며, 성혼이야말로 임금이 초빙招聘하여 정사를 함께 할 수 있는 신하인 '징군徵君'이라 한다. 이는 이이가 성혼을 신뢰信賴하며 벗의 덕성이 얼마나 돈후한 지 잘 보여준 사례이다. 이처럼 성혼은 독실한 도학자의 기품과 중후한 인품을 인정받은 것이다. 따라서 위 시는 돈독하고 중후한 풍격이 느껴지는 돈후한 미美가 담겨 있는 작품이라 할 수 있다.

• • • • • • • • • •

160) 조선 선조宣祖 때의 종친. 본관은 전주全州로, 의령감義寧監에 봉해짐. 이이李珥가 그를 위해 지은 만사挽詞가 《율곡전서栗谷全書》에 전한다. 휴암 백인걸은 2남 5녀를 두었는데 그의 아들은 현령 백유항白惟恒, 승지 백유함白惟咸이고 그의 사위는 주부 조감趙堪, 안수기安守基, 진사 신세영辛世英, 의령현감 이윤조李胤祖, 현감 임색任穡이다. 여기서 조감은 1남 1녀를 두었는데 그의 아들 의도毅道는 첨정僉正, 사위가 현감 성문준成文濬이다. 때문에 성혼의 아들 성문준은 백인걸의 외손녀사위에 해당한다. 이상을 통해 성혼과 이윤조의 관계는 사돈지간의 인척임을 알 수 있다.

161) "悄悄夜無眠 潛憂故人疾 故人已觀化 神魂暗來別 空齋睇乍交 髣髴瞻顔色 問答語未了 惕然忽驚魄 輾轉候天明 俄傳消息惡 嗟我解簪組 初歸柔梓域 鬱鬱坡山陽 斯人期卜築 一慟事已矣 寂寞連甲約 石交成徵君 孤兒此可託 含悲寫薤露 目斷平蕪綠"(『栗谷先生全書』 卷之二 詩下<義寧監 胤祖 挽>).

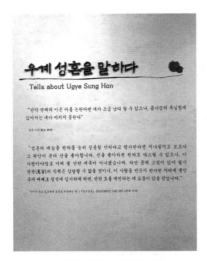

2) 주밀周密·근신謹愼의 풍격과 주신미周愼美

'주신周愼'은 주밀과 근신을 의미한다. 주밀은 주도면밀周到綿密하다는 말로 주의注意가 두루 미쳐 세밀하고 빈틈이 없음을 일컫는다. 여기서 '주'와 '신'을 나누어 보자. '주周'는『논어論語』「위정爲政」에 "군자는 두루 통하면서도 편파적이지 않으며, 소인은 편파적이며 두루 통하지 않는다."162)라는 말로 이해할 수 있다.『사서집주』에 이에 대한 해설이 자세하다.163) 또한 '신愼'은『대학』에서 아래와 같이 제시하고 있다.

> 도라는 것은 잠시라도 떨어질 수 없는 것이며, 떨어질 수 있다면 그것은 도가 아니다. 그러므로 군자는 그 보이지 않는 곳에서도 경계하고 삼가야 하며, 들리지 않는 곳에서도 두려워해야 한다. 숨은 것처럼 잘 드러나는 것이 없고 미세한 것처럼 잘 보이는 것이 없다. 그러므로 군자는 그 홀로 있음을 삼간다. 164)

군자의 행실을 '신독愼獨' 한마디로 설명하고 있다. 따라서 성혼이

• • • • • • • • • •

162) "子曰 君子周而不比 小人比而不周"(『論語』,「爲政」).

163) ○'주周'는 널리 두루 미치는 것이고, '비比'는 편을 지어 모이는 것이니, 모두 남과 친하여 사이가 두텁다는 뜻이다. 다만 두루 친한 것은 공이고 끼리끼리 친한 것은 사일 따름이다. ○군자와 소인이 같지 않은 것은 음양, 낮밤이 서로 상반되는 것과 마찬가지다. 그 다른 까닭은 공과 사 사이의 실낱같은 차이에 있을 따름이다. 그러므로 성인께서 '주周'와 '비比' '화和'와 '동同' '교驕'와 '태泰'를 항상 대비해서 말씀 하신 것은 배우는 자로 하여금 양자의 구분을 살펴서 그 취하고 버리는 기미(미묘한 단서)를 헤아리게 하고자 하심이다.(○周 普遍也 比 偏黨也 皆與人親厚之意 但周公 而比私爾 ○君子小人 所爲不同 如陰陽晝夜 每每相反 然究其所以分 則在公私之際毫釐之差耳 故 聖人於周比和同驕泰之屬 常對擧而互言之 欲學者察乎兩間 而審其取舍之幾 也.『論語』,「爲政」).

164) "道也者 不可須臾離也 可離 非道也 是故 君子 戒愼乎其所不睹 恐懼乎其所 不聞 莫見乎隱 莫顯乎微 故 君子愼其獨也."(『대학』).

주창한 근신勤愼의 의미는 행실을 함부로 하지 않고 도에서 잠시도 떠나지 않는 바로 군자의 모습인 셈이다.

行年四十九	나이가 어언 마흔아홉이 되니
白髮滿頭生	흰 머리털 온 머리에 생기누나
猶喜吾能老	잘 늙어감이 오히려 기쁘지만
還慙學未成	학문이 이루어지지 못함 도로 부끄러워라
靑山入四座	푸른 산 빛은 사방 자리에 들어오고
綠水繞前楹	푸른 물은 앞 기둥을 돌고 흘러가네
聊可安閒地	애오라지 편안하고 한가로운 곳에서
優游養性靈	유유히 성품과 마음 수양하리라

<소파우제梳罷偶題>165)

계미년(1583)은 성혼이 49세인 해다. 그는 오십이 되기 전에 머리를 빗고 이때 우연히 일어난 감회를 시로 형상화했다. 선비가 세수하고 머리를 빗은 뒤 의관을 정제하는 일은 일상에 해당한다. 그런데 유독 이 날 그 일상을 벗어난 듯 새로운 느낌이 일어난 셈이다. 수련首聯에서 '행년사십구'는 거백옥遽伯玉(고사에서 유래한다.166) 잘못이 많은 나이

··········

165) 『牛溪先生集』,「卷之一 詩」.

166) 앞서 살펴본 것처럼 1구의 '행년사십구'는 춘추시대 위衛나라 대부 거원遽瑗, 즉 거백옥遽伯玉고사에서 유래한다.『회남자淮南子』,「원도훈原道訓」에서 거백옥은 50세에 49세까지 한 행실을 돌아보니 잘못 살았음을 깨달았다는 것이다. 한편 『장자莊子』,「즉양편則陽篇」에서는 연령에 대해 다르게 보았다. "거백옥은 60세를 살면서 60번이나 변화했다. 일찍이 언제나 처음에는 옳다고 여겼다가도 마침내는 틀렸다고 말하지 않은 적이 없었다. 그러니 지금 옳다고 여기는 것도 지난 59년 사이에 있어서는 잘못이라고 여겼던 것인지도 모른다."(遽伯玉 行年六十而六十化 未嘗不始於是之而卒出之以非也 未知今之所謂是之 非五十九非也).라고 한 점에서 이를 알 수 있다. 이는 결국 나이 들어 이전의 삶을 돌아볼 때 뉘우칠 일이 있다는 표현으로 이해할 수

를 회상할 때 자주 쓰는 표현으로 이는 『논어』에서 "공자께서 말씀하셨다. 내게 몇 년을 더해서 오십까지 역易을 배울 수 있다면 큰 잘못이 없을 것이다."[167]라고 한 데서도 드러난다. 성혼은 수기치인의 자세를 지향한 것이다. 지천명知天命은 오십인데 오십이 되기 전까지 누구나 잘못이 있기 마련이다. 따라서 군자는 늘 근신謹愼하며 잘못이 없는 삶을 살도록 끊임없이 자신을 주밀周密하게 움직이고 행동하나에도 매사에 조심하는 것이다. 3~4구는 주자의 칠언절구 「권학시勸學詩」[168]에서 용사하였다. 이는 나이가 드는 것을 기뻐하는 한편 학문적 성취를 이루지 못함을 부끄러워한 표현이다. 그러나 이내 청산靑山과 녹수綠水를 대비시켜 만고에 푸르른 이 대자연처럼 자신도 학문에 대한 열정을 놓지 않고자 하는 의지와 성품을 이루고자 하는 소망을 담아낸다. 군자란 모름지기 행실이 도에서 떠나지 않아야 한다는 모습을 보여주고 있다. 이 시는 도학자의 넉넉한 품성과 수양의 자세를 읊은 것으로 주밀하고 근신하는 풍격風格이 담겨 있다.

年逾四十心初定	사십이 넘어서야 마음이 비로소 안정되었으니
素位猶存死亦安	소위素位를 간직하니 죽어도 편안하네.
義奧羲經論未易	뜻이 깊은 주역周易은 논하기 쉽지 않고
仁深湯網解何難	인仁한 탕망湯網은 풀려나기 어려우랴.
一生身服古人禮	일생 동안 몸소 고인 예법 행했거늘
三日頭無君子冠	사흘이나 머리에는 군자 관을 쓸 수 없었네.
落盡春花山下宅	봄꽃이 다 떨어진 산 밑에 있는 집
曉天歸夢水雲間	새벽에 가고픈 꿈은 물과 구름 사이였네.

• • • • • • • • • •

있는 것이다.

167) "子曰 加我數年, 五十以學易, 可以無大過矣" (『論語』, 「述而」).
168) "少年易老學難成 一寸光陰不可輕 未覺池塘春草夢 階前梧葉已秋聲" (朱熹, 『勸學詩』).

閱世身登百尺竿　　　세상을 겪다 보니 백척간두에 올라
目觀尖物已能安　　　뾰족한 일 보아도 마음 편안하리라.
明夷隨處稱停熟　　　명이明夷는 곳에 따라 공정하게 익으니
義理何言運用難　　　의리義理 어찌 운용하기 어렵다고 말하랴.
斷斷夏侯猶授學　　　정성스런 하후승夏侯勝은 오히려 수학했고
肫肫由也又纓冠　　　성실한 중유仲由도 또 갓끈을 매었노라.
丁寧一誦古人事　　　정녕코 옛 사람의 일을 한번 외우고
泣向吾兄伯仲間　　　오형吾兄과 백중 간의 일이라 눈물짓노라.
牛溪次韻　　　　　　우계가 차운하다

<누재추부累在秋府>[169]

　　첫째 수는 구봉 송익필이 추부秋府, 즉 형조刑曹에 갇혔을 때 우계
성혼에게 보낸 시이다. 기구의 소위素位는『중용中庸』14장에서 용사하
였다.[170] 이것은 송익필이 자신의 위치에 따라 만족한 삶을 살 수 있었
다는 점을 의미한다. 부귀하면 부귀한대로, 빈천하면 빈천한 대로, 스스
로를 바르게 하면 그 처지에 따라 편하게 살 수 있다고 자부한 표현이
다. 이는 송익필 자신이 처한 상황에 편하게 살 수 있는 군자라 여긴
때문이다. 그의 예학은『가례주설家禮註說』과『예문답禮問答』에 잘 나
타나는데 그는 '예'가 지니는 보편적 원리를 보다 강조하는 입장에 있
었다. 그러면서도 그는 예가 실현될 때의 시의時宜 또는 중정中正도 중
요시한다.[171] 송익필은 성리학의 명분에 따라 '예禮'를 행하고 이에 맞

----

169)『龜峯先生集』,「卷之二 七言律詩」, 一百首.

170) "君子 素其位而行 不願乎其外 素富貴 行乎富貴 素貧賤 行乎貧賤 素夷狄
行乎夷狄 素患難 行乎患難君子 無入而不自得焉 在上位 不陵下 在下位 不
援上 正己而不求於人 則無怨 上不怨天 下不尤人 故君子 居易以俟命 小人
行險以徼幸"(『中庸』14章).

171) 도민재,「조선전기 예학사상 연구」, 성균관대학교 박사학위논문, 1998, pp.
138~144.

을 때 비로소 명분을 지킨 것으로 보았다. 따라서 위 시는 송익필의 명분론적 입장을 잘 대변한 것으로 인작人爵을 바라지 않고 하늘이 부여한 대로 살았으니 죽어도 편안하다고 하여 담담淡淡한 심정을 보여 준다. 여기서 그는 은나라 탕湯 임금의 고사를 들고 있다. 사냥에서 짐승을 몰 때 짐승들이 도망갈 수 있게 그물을 친 고사를 들어 당시 선조宣祖의 은혜에 빗대어 자신에게도 미치기를 바라는 마음을 담았다. 하지만 추부에 있어 행례行禮조차 할 수 없는 처지이니 귀향歸鄉이라도 이뤄지기 바란 셈이다.[172] 결구에서는 그가 지향하는 삶의 최종적인 목표를 드러낸다.

둘째 수는 성혼이 송익필의 시를 차운次韻한 것이다.[173] 그는 송익필의 수감생활收監生活하는 처지處地를 『주역周易』의 지화명이괘地火明夷卦로 대변한다. 이는 밝은 것이 상처를 입어 어두운 상황에 처한 것을 의미한다. 전구轉句는 하후승夏侯勝과 중유仲由의 고사를 용사하였다. 하후승은 『상서尙書』에 밝은 학자로서 황패黃霸와 함께 감옥에 갇혀 중형을 받을 처지에 있었다. 황패가 하후승에게 상서를 배우려 하자, 하후승이 "머지않아 죽을 것인데 배워서 무엇을 하겠냐?"고 나무란다. 그러나 황패는 "아침에 도를 들으면 저녁에 죽어도 좋다"는 『논어論語』의 구절을 외우면서 하후승에게 배우기를 요청한다. 이에 하후승은 그 말에 감동하여 겨울이 두 번이나 지나가도록 가르쳐 준다. 마침내 두 사람은 모두 풀려나게 된다는 것이 하후승의 고사이다.[174] 한편

· · · · · · · · · ·

172) 위 두 편의 시 분석은 필자(2014)의 「牛溪 成渾 交遊詩 硏究- 龜峰, 栗谷, 松江을 중심으로」, pp.351-352에서 재인용 하였고 필요한 경우 내용과 해석을 덧붙였다.

173) 율곡·우계·구봉 지음, 임재완 옮김, 『세 분 선생님의 편지글』, 호암미술관, 2001, p.107. 이 시는 『龜峯先生集』, 「卷之二 七言律詩」, 一百首에도 전한다. 필자는 한국고전번역원역을 따랐다.

중유의 고사는 다음과 같다. 중유는 위衛나라 공회孔悝의 읍재邑宰가 된다. 그가 괴외蒯聵의 난리 중에 죽을 때 갓끈이 떨어지자, 군자는 죽어도 갓은 벗지 않는 것이라며 갓을 고쳐 매고서 죽는다君子死 冠不免 結纓而死[175]. 이처럼 중유는 죽는 순간까지 군자의 자세를 잃지 않은 것이다. 이 두 가지 경우는 최후까지 권학勸學과 군자유君子儒의 자세를 담지擔持하고 있는 것으로 송익필이 처한 상황에서 한 일과 서로 비슷 하다고 할 수 있다. 결구結句에서 성혼은 두보杜甫의 칠언율시 「촉상蜀 相」[176]에서 제갈량諸葛亮(184~234)의 충절을 추모한 것처럼 송익필의 삶과 비유하였다. 그는 벗이 도학자道學者의 자세를 견지하니 추부秋府 에 갇혔어도 바름을 잃지 않으면 사필귀정事必歸正이 된다고 하였다. 여기서 성혼의 주밀周密한 모습을 엿볼 수 있다. 그는 벗이 영어囹圄의 신세라 운신이 가볍지 않기 때문에 근신謹愼하여 고사 속의 현신賢臣들 처럼 되기를 당부한 셈이다. 따라서 이 작품은 성혼이 역경을 헤쳐 나가는 벗 송익필을 향해 하후승과 중유의 권학 사례와 제갈량의 충절 에 비유하여 그 처지를 위로慰勞한 시라 할 수 있다.

3) 평담平淡·진실眞實의 풍격과 평실미平實美

성혼이 언급한 '평실平實'은 평담平淡·진실眞實을 의미하는 것이다. 평담은 충담과 비슷한 함의를 지니는데 부드럽고 박실朴實한 표현 가운 데 고상하고 여유로운 의경을 드러내는 풍격이다.[177] 그렇다면 성혼이 제시한 평담은 어떤 것인지 그의 <가장家狀>을 통해 살펴보자.

· · · · · · · · · ·

174) 『漢書』 75권 「睦兩夏候京翼李傳第四」 참조.
175) 『春秋左氏傳』 哀公 15年.
176) "丞相祠堂何處尋 錦官城外柏森森 映階碧草自春色 隔葉黃鸝空好音 三顧頻繁 天下計 兩朝開濟老臣心 出師未捷身先死 長使英雄淚滿襟" (杜甫, 「蜀相」).
177) 최광범, 『고려말 한시의 풍격과 문예미』, 한국학술정보, 2005, p.41.

선생은 후생들을 대할 때에 성의誠意가 간곡하고 지극하였다. 그리하여 학문에 뜻이 있는 자를 보면 그 사람의 재주의 높고 낮음에 따라 지도하되 반드시 「주문지결朱門旨訣」에 의거하여 형이하학적인 인사人事를 배우는 것을 위주로 하고 사우師友 간에 강론하는 것으로 보익輔益하게 하였다. 그리고 말씀은 평담平淡하고 진실하며 질서 정연하게 순서가 있어 어진 자와 어리석은 자가 모두 유익함을 얻었으며, 감히 고원하고 기이하며 현묘玄妙한 의논을 하여 후생들을 그르치지 않았다.[178]

위는 성혼이 후생들을 대할 때의 자세와 말하는 태도를 설명한 표현이다. 성혼은 말을 할 때 어진 자와 어리석은 자도 유익할 수 있도록 평담하고 진실하게 하였다. 이때 말하는 자세는 차분하고 다정한 맛이 있어야 한다. 이로써 그의 평실平實한 미美를 알 수 있는데 그의 시에서도 이러한 성향은 나타난다.

草根風露冷侵身	풀뿌리 먹고 노숙하니 냉기가 몸에 스미는데
勤苦聲聲夜向晨	풀벌레 밤새도록 울어 새벽에 이르네
感爾微蟲能盡性	하찮은 저 미물도 본성을 다하는데
白頭重愧最靈人	가장 영특한 인간 백두에 더욱 부끄럽네
萬事空餘百病身	세상만사 이루지 못하고 온갖 병을 앓는 몸
候蟲聲裏坐侵晨	풀벌레 소리 속에 앉아 새벽에 이르렀네
秋風情境依然在	가을바람에 처량한 신세 옛날과 똑같은데
落月無端照舊人	지는 달 무단히 옛 벗에게 비추누나

<서시오윤겸황신양생書示吳允謙黃愼兩生。이수二首>[179]

· · · · · · · · · ·

178) "先生接引後生 誠意懇至 見其有志於學者 則輒隨其人才品高下 而指導之 必依朱門旨訣 以下學人事爲主 以師友講論輔益之 其說平淡愨實 循循有序 賢愚俱獲其益 未嘗敢爲高奇玄妙之論 以誤後生也"(『牛溪年譜補遺』,「卷之一 德行」家狀).

179) 『牛溪先生集』,「卷之一 詩」.

오윤겸吳允謙과 황신黃愼 두 문하생에게 각각 시를 써서 주었다. 위 시는 『명심보감』「정기편」에서 말한 "생각과 정서가 안정된 평온한 마음가짐으로 사물을 응대할 수만 있다면 비록 글을 읽지 않았다 하더라도 덕이 있는 군자라 할 만하다."[180]라고 한 것과 맥락이 통한다. 왜냐하면 기-승-전의 시구에서 시간의 흐름에 따라 자연과 사물이 조응하여 '각득기소各得其所'의 중요성을 말하기 때문이다. '각득기소'는 사물事物은 타고난 저마다의 본성에 맞추어 자신이 맡은 바의 일을 이룬다는 것이다. 이 시에는 관물觀物과 성찰省察의 시학이 담겨 있다. 위 시의 병서幷序에 이르기를

○ 병서幷序 ○ 정해년 8월. 십 년 전에 율곡栗谷이 나를 찾아와 함께 시냇가 집에서 유숙하였는데, 이때는 중추仲秋라서 창 밖에 온갖 풀벌레들이 울어 대어 수백 마리씩 떼를 지어 잠도 쉬지 않고 다투어 울었다. 새벽이 되자, 그 울음소리가 더욱 높아져 스스로 제 낙樂을 즐겨 수고로운 줄도 몰랐다. 나는 감탄하기를, "저 미물微物도 오히려 그 직분을 다함이 이와 같구나." 하였다. 이에 율곡이 또다시 감탄하여 말씀하기를, "지각知覺이 많은 인간은 이해利害를 잘 알아 이로운 것을 택하고 편안한 곳에 나아가므로 게을러져 날로 야박해지니, 이 때문에 사람은 본성本性을 다하지 못한다. 그러나 미물들은 천기天機가 스스로 움직여 굳이 닦지 않고도 천직天職을 다하는 것이다." 하였다. 나는 그의 초월超越한 견해를 좋아하여 일찍이 잊은 적이 없었다. 오늘 새벽에 감회가 일어 잠을 이루지 못하는데, 풀벌레 소리가 사방에서 일어나 완연히 예전의 가을과 똑같았다. 스스로 생각건대 잔약한 나는 아직 죽지 않았는데 율곡은 이미 고인故人이 되었다. 어리석고 못난 나는 처음의 뜻을 이루지 못하고 날로 더욱 어둡고 누추해지니, 매우 미물에게 부끄럽다. 옛날 주부자朱夫子가 운당포簀蕩鋪에서 유숙할 적에 벽 위의 시에, "휘황한 영지는 일 년에 세 번

180) "定心應物 雖不讀書 可以爲有德君子" (『明心寶鑑』,「正己篇」).

빼어나네. 나 홀로 무슨 일로 뜻이 있으나 이루지 못하는가."라고
한 것을 보고는 깊이 스스로 감탄하여 시를 써 놓고 떠나갔었다.
그 시에, "정정한 백 년 얼마를 사는가. 영지는 세 번 피었는데 무엇
을 하려는가. 금단은 일 년이 다 가도록 소식 없으니, 부질없이 운당
의 벽 위에 있는 시 보고 탄식하네."라고 하였다. 아, 나는 오늘날
옛사람에게 감회가 있고 풀벌레 소리에도 부끄러움이 있으니, 느낌
을 어찌 다 말할 수 있겠는가. 인하여 졸렬한 시구詩句를 써서 받들어
두 현자賢者에게 화답해 줄 것을 요구하듯이 하였으니, 한편으로는
뜻을 말하는 방법을 요청한 것이요, 한편으로는 서로 개발開發하는
뜻을 바라서이다. 이것이 비록 한가로운 말이긴 하나, 잘 배우는 자
가 물건을 관찰하여 자기 몸을 살피고 가까이에서 취하여 스스로
기른다면, 반드시 감동하여 분발하는 공부에 도움이 없지 않을 것이
다.181)

　　병서의 내용을 보면 이이는 1577년 한가위에 성혼을 찾았다. 병서를
쓰던 때는 1587년 정해년丁亥年인데 그보다 10년 전을 회상하였으므로
그들의 나이 사십 초반 무렵이다. 이때에 맞은 한가위는 둘 사이에
깊은 대화를 만들어 주었다. 천기天機는 천부적으로 타고난 기지機智나
성품을 이른다. 이이는 풀벌레가 우는 소리를 듣고 "미물들은 천기天機

· · · · · · · · · · ·

181)　"幷序 丁亥八月 十年前栗谷訪余 同宿溪廬 時當中秋 窓外蚉聲喞喞 十百爲
　　　羣 爭鳴而競吟 無暫時停息 及到曉鍾 其聲盆盛 有自樂其樂而不知其勤苦者
　　　余嘆曰 微物尙能盡其職分至於此哉 栗谷又嘆曰 知覺多者 深於利害 擇利而
　　　就安 怠惰而日偸 所以人不能盡性 而天機自動 不假修爲 盡其天職 乃出於微
　　　物也 余喜其超詣之見 未嘗忘也 今夜侵晨 感懷無寐 虫吟四起 宛然昔年之秋
　　　自念殘生未死 而栗谷已爲古人 余之貿貿 此志未就 日益昧陋 則其有愧於微
　　　物深矣 昔朱夫子宿篔簹鋪 見壁上詩煌煌靈芝 一年三秀 子獨何爲 有志未就
　　　深自感嘆 題詩而去 詩云 鼎鼎百年能幾時 靈芝三秀欲何爲 金耳歲晩無消息
　　　空嘆篔簹壁上詩 嗚呼 余於今日其有感於古人 而有愧於虫聲 可勝言耶 因書
　　　拙句 奉似兩賢求和 一以請言志之方 一以希相發之意焉 此雖閑說 善學者觀
　　　物而察己 近取而自養 則未必無助於感厲之功也"

가 스스로 움직여 굳이 닦지 않고도 천직天職을 다하는 것"이라고 하였다. 이는 지각이 있는 사람들은 풀벌레와 달리 이해관계에 따라 움직이므로 그 본성을 잃는 것을 탄식한 것이다. 그 대화를 잊지 않고 있다가 성혼은 문득 10년이 지난 지금에 제자들에게 자신의 감회를 토로한다. 벗이 떠난 3년 후에 벗의 이야기를 회상하면서 그때처럼 한가위에 풀벌레 소리를 들으니 만감이 교차한 셈이다. '운당포篔簹鋪'는 중국의 양주洋洲 운당곡篔簹谷을 가리키는데 운당은 껍질이 얇고 마디가 길며 줄기가 긴 대나무다. 대나무는 군자의 절개를 상징하는 물건이다. '정정鼎鼎'은 세월이 빨리 흘러감을 이른다. 성혼은 주자가 운당포에서 쓴 시를 회상하고, 이이를 떠올리며, 또 자신과 자신의 앞에 마주한 두 제자들을 보니 "뜻이 있으나 이루지 못하는" 심사를 글로 남기고 있다. 제자들에게 하고 싶은 말은 "한편으로는 뜻을 말하는 방법을 요청한 것이요, 한편으로는 서로 개발開發하는 뜻을 바라서"라고 하였다. 또 당부하기를 "잘 배우는 자가 물건을 관찰하여 자기 몸을 살피고 가까이에서 취하여 스스로 기른다면, 반드시 감동하여 분발하는 공부에 도움이 없지 않을 것"이라고 하여 제자들의 분발을 바랐다. 위 시에서 달은 도학자의 관조적 태도를 보여주는 매개물이며 이를 통해 벗과 교통하는 추억의 시공간적 존재인 것이다. 한편 주자-이이-성혼-오윤겸, 황신으로 이어지는 도학의 계보를 잇고자 하는 노력의 일환을 보여주기 때문에 도학자로서 도통을 이어주는 상징물임을 알 수 있다. 이는 고요히 마음을 잠심하고 들을 때 들을 수 있는 풀벌레들의 기심機心이며 천지자연의 이법理法을 전해 받은 이들의 마음이 지속되는 지점이라고 하겠다. 따라서 이 작품은 성혼이 평담平淡하고 진실眞實한 어조로 자신의 내력을 밝히고 제자들에게 도학을 전수한 시라 할 수 있다.

一讀規箴忽反身   한번 규잠을 읽고 문득 이 몸을 반성하니

十年憂歎倍今晨　　십년 근심과 탄식이 오늘 새벽에 갑절이네
不是全然無意者　　아주 뜻이 없는 자가 아니거늘
如何長作舊時人　　어떻게 오래도록 옛 사람이 될 수 있으리오
　　　　　　　　　<차우계선생운次牛溪先生韻>182)

　　이 시는 추탄楸灘 오윤겸吳允謙이 그의 스승인 성혼의 시에 차운한 도학적 성향의 작품이다. 여기서 말하는 '규잠規箴'은 스승이 준 시를 의미한다. 이 시는 추탄이 23세부터 우계 문하에 출입한지 5년 쯤 지날 즈음에 쓴 것으로 당시 추탄의 나이는 28세 무렵이다. 따라서 이 시는 추탄이 스승의 은혜에 감사하여 차운시를 올린 것이라 할 수 있다. 2구에서 추탄은 늘 공부에 분발할 것을 10년 동안 근심 걱정하여 오던 차에 스승의 독려하는 시를 받고 그 감회가 남달라 이와 같이 읊었다. 이는 우계 문하에 들기 전 18세 무렵부터 가져온 생각임을 짐작할 만하다. 3~4구에서는 자신의 미래에 대한 지향을 드러낸다. 이는 늘 뜻을 지니고 있었기 때문에 옛사람에 오래 머물러 있지는 않으리라는 의지를 표명한데서 알 수 있다. 따라서 이 시는 스승의 경계시에 답한 제자의 화답시로 학문적 자세와 분발을 다짐한 것이다.
　　다음은 추포秋浦 황신黃愼의 시이다.

二十年來誤此身　　이십 년 그릇되게 살아 온 이 몸
半生虛度幾昏晨　　반생의 많은 날을 얼마나 헛되이 보냈는가
今宵蟲語偏多感　　오늘밤 풀벌레 소리 유난히 느껴지는데
爲有遺箴解起人　　주신 잠계 풀어 보니 사람을 일으키네.
　　　　　　　　<경차우계선생하시운敬次牛溪先生下示韻>183)

• • • • • • • • • • •

182) 『楸灘集』, 「卷之一 詩 七言絶句」. 이 시는 성백효 역을 따랐다.
183) 『秋浦集』, 「卷之一 七言絶句」.

이 시는 1587년 가을에 지은 작품이다. 이때 추포 황신은 27세였다. 그는 추탄 오윤겸과 함께 성혼의 문하에서 이름을 떨쳤다. 이들은 '탄충 갈절殫忠竭節'184)등으로 알려진 인물이다. 그도 역시 스승이 경계로 삼 도록 써준 시에 차운하였다. 기구와 승구에서 추포는 자신의 삶을 돌아 보고 헛되이 살아 온 날을 회개하고 있다. 스승이 지난날 율곡과의 일화를 들려주자 이에 감동하여 깨달은 바가 커서 쓴 셈이다. 추포는 스승의 시에 감사하여 삶의 성찰과 경각심을 시로 나타내었다. 따라서 이 작품은 제자로서 스승의 경계를 받아들여 권학勸學에 대한 다짐을 보여준 시라 하겠다.

다음에서 송강의 시에 차운한 우계의 시를 살펴보자.

彼美松江水	저 아름다운 송강의 물
秋來徹底淸	가을 되니 바닥까지 맑구나
湯盤供日沐	탕반에 날마다 목욕물 대니
方寸有餘醒	마음 씻어내어 깨어 있기를

<차정송강철운次鄭松江澈韻>185)

송강은 우계를 방문하기 위해 백리 먼 길을 마다하지 않았다. 이 때 우계는 송강의 시에 차운하여 자신의 소회를 밝혔다. 그는 송강수와 우계수를 비교하여 송강수가 더 맑고 우계수는 늘 그렇지 못함을 들어 겸양을 드러낸다. 이때 우계는 자신의 바람을 담아 송강이 외물外物의 혼탁混濁함에 조금도 끼지 않기를 축원祝願한다.186) 3구의 '탕반湯盤'은

· · · · · · · · · ·

184) 박우훈, 「秋浦 黃愼의 삶과 문학」, 『한문학논집』 12권 0호, 근역한문학회, 1994, p.361 재인용.

185) 『牛溪集』, 「卷之一 詩」.

186) "敬次瓊韻 以申願言之懷 勿以蕪拙而棄之幸甚 牛溪之水與松江之水同一淸 也 亦何待於遠挹一勺 以分餘淸 弟懼牛溪之水無常淸 亦無常濁 豈敢自恃其

은나라 탕왕이 목욕할 때 쓰던 욕조다. 『대학』에 "진실로 어느 날 새로
워졌으면 나날이 새롭게 하고 또 새롭게 하여야 한다苟日新 日日新 又日
新"187)라고 한 데서 유래한다. 이는 깨끗하고 시원한 물, 즉 송강이
은나라의 탕임금처럼 자신을 수양修養하여 어느 날 새로운 모습으로
변화하기를 바라는 동시에 더욱더 날로 새로워지기를 바랐음을 알 수
있다. 이는 시제를 소개한 대목에서도 잘 나타나고 있다.188) 우계는

· · · · · · · · · ·

清 而不加澄之之功 則亦願松江淸泠之水 與湯盤而日新 無使外物之淆 少有
滓於其間也 至祝至祝"(『牛溪集』, 「卷之一 詩」).

187) 『大學章句』, 「傳二章」.

188) "옥 같은 시운에 공경히 차운하여 말하고 싶은 소회所懷를 펴니, 졸렬하다
하여 버리지 않으시면 매우 다행이겠습니다. 우계牛溪의 물도 송강松江의 물
처럼 똑같이 맑으니, 또한 어찌 멀리 한 잔을 떠와서 남은 맑음을 나누어
줄 필요가 있겠습니까. 그러나 우계의 물은 항상 맑지도 않고 또한 항상
흐리지도 않으니, 어찌 감히 스스로 이 맑음을 믿고서 맑히는 공부를 더하지
않을 수 있겠습니까. 그리고 또한 송강의 깨끗하고 시원한 물이 탕반湯盤과
함께 날로 새로워져서 외물外物의 혼탁함이 그 사이에 조금도 끼지 않기를
바라니, 이것을 지극히 축원하고 지극히 축원합니다. 백 리 먼 길을 말에
멍에 메어 멀리 궁벽한 골짝에 찾아 주시니, 은혜롭게 사랑해 주시는 수고로
움과 보살펴 주시는 소중한 뜻은 어리석고 비루鄙陋한 소생小生이 감히 받들
어 받을 수 있는 바가 아닙니다. 이미 만나 말을 나누니 더욱 기쁘고 위로되
며, 이틀 밤을 묵으면서 간곡히 말씀하여 가르쳐 주시니 마음이 감동되어
감사함을 어찌 다 말할 수 있겠습니까. 저는 인간 세상에 홀로 있어 외로운
그림자뿐이요 짝이 없으므로 항상 외로운 생각이 들어 만년의 벗을 찾고자
하는 마음이 간절하였는데, 이러한 후의厚意를 입으니 더욱 강개慷慨한 마음
이 일어나 어떻게 보답해야 할지 모르겠습니다. 그러나 낮은 선비라서 외면
外面에 힘써 본말本末을 모르므로 언제나 자신의 잘못은 버려두고 남을 걱정
하며 스스로 다스리는 것을 소홀히 하고 남을 논평하는 것만을 힘쓰니, 옛사
람이 이른바, 남의 논평은 잘하나 자신을 살피는 데에는 소홀하다는 말에
더욱 부끄럽습니다. 그러나 구구한 마음에 충성을 다함은 깊지 않다고 이를
수 없습니다. 작별할 때에 제가 말씀드린 바, '천리天理와 인욕人欲은 양립兩
立할 수 없으니, 전일專一한 마음으로 의리義理를 독실히 좋아하여 마음속에
흡족하게 한다면 저것들은 굳이 공격하지 않아도 저절로 사라진다.'고 한

송강과 맑고 깨끗한 교유를 하고자 한다. 따라서 위 작품은 화자가 평담平淡한 어조로 벗의 인품이 갖춰지기를 표현한 시라 할 수 있다.

4) 응정凝定·안정安靜의 풍격과 정정미定靜美

'정정定靜'은 응정凝定·안정安靜을 말한다. 여기서 응정은 "음陰과 양陽을 체體·용用으로 말하는 경우에는 마음속에 응정凝定·염장斂藏하는 것이 의義요 밖으로 유동流動·발달發達하는 것이 인仁"[189]이라고 할 수 있다. 이로써 볼 때 응정은 겉으로 드러나 보이는 인仁에 내재하고 있는 마음속 자세이다. 따라서 응정은 마음속에 의가 모인 집의集義의 상태가 된다.

다음 시에는 마음속에 의를 모아 세상 외물에 집착하지 않으려는 도학자의 자세가 드러난다.

麤疎爲飯紙爲衣   거친 쌀로 밥을 짓고 종이로 옷을 지어
白首山中世慮微   백수로 산중에 사니 세상 생각 적어지네
賴有窓前書一架   다행히 창문 앞 서가에 책이 가득하니
古人心事願無違   옛사람의 심사와 다르지 않기를 바라노라
<술회述懷>[190]

기구에서는 청빈한 삶속에서 은거지락隱居之樂하는 군자의 모습을 형상화하였다. 성혼은 평소 종이옷을 만들어 추위를 막곤 하였다. 이는 실제 성혼의 청빈한 모습이다. 승구에서 나이가 들어 외물에 관심이

• • • • • • • • • •

것을 더욱 체찰體察하고 체험하여 그 맛을 알아 접속接續하시기를 더욱 바라는 바입니다."(『우계집』 한국고전종합DB인용).
189) 금장태, 『退溪學派와 理철학의 전개』, 서울대학교출판부, 2000, p.78.
190) 『牛溪先生續集』, 「卷之一 詩」.

적어지는 나이를 '백수白首'라 하였다. 보통 지천명知天命이 되면 자신이 할 수 있는 일과 할 수 없는 일을 구분할 줄 알게 되어 세상일에 대한 염려가 사라지기 때문이다. 세상 생각은 바깥세상의 정치소식을 일컫는다. 그런데 이런 만족을 독서가로서의 삶이 대체한다는 것이다. "지극한 즐거움은 독서만한 것이 없다.至樂莫如讀書"라고 하는 표현에서 알 수 있듯이 서가에 가득한 책을 보며 흡족해 한다는 말이다. 군자는 청빈한 삶에 독서인으로서의 삶이 충만해야 진정한 안빈낙도와 은거지락을 누린다. 그래서 고인의 심사와 다르지 않기를 바라며 배움이 넉넉해질 때까지 마음속 의義를 모아 응정의 상태가 된다. 따라서 이 시는 세상외물에 관심 갖지 않고 독서인의 삶 속에서 지락을 누리며 고요함 속에서 편안한 '정정定靜'의 미감을 보여준 것이라 할 수 있다.

山中少塵事	산중이라 진세의 일 적으니
我來專一壑	내가 한 골짝을 독차지하였네
況當長養節	더구나 만물이 자라나는 시절이라
春風野外發	봄바람 들판 너머에서 불어오네
谷口桃花紅	골짝 어귀에는 복사꽃 붉게 피었고
磯邊芳草綠	낚시터 가에는 방초가 푸르누나
散策久伊猶	산책하며 오랫동안 한가롭게 거니니
於焉稍自得	어느덧 차츰 자득한다오
誰知被褐翁	누가 알랴 삼베옷 입은 늙은이가
己辨胸中惑	이미 가슴속의 의혹 깨우쳤음을

<수이몽응제신酬李夢應濟臣>[191]

이 시는 성혼이 이제신에게 답한 것으로, 기묘년(1579, 선조12)의 일이다. 시의 배경은 1571년으로 거슬러 올라간다. 이 해에 이제신이

• • • • • • • • • • •

191) 『牛溪先生續集』, 「卷之一 詩」.

울산군수로 나간다. 이 때 이제신은 아전들의 탐학과 폭정을 근절하고 민심을 얻는 데 힘쓴다. 이는 이제신의 목민관으로서 충실한 모습을 엿볼 수 있는 대목이다. 그러나 그가 1578년 진주목사가 된 후 상황이 다르게 전개된다. 그곳에서 베푼 선정과 공을 토호들이 모함한 탓에 병부兵符를 잃고 벼슬까지 사임하는 데까지 이른 것이다. 급기야 1581년 강계부사로 등용되기 전까지 2~3년을 향리에서 지낸다. 그래서 이제신이 먼저 자신의 딱한 처지를 빗대어 성혼에게 시를 지어 보낸 것이다.192) 이 시를 받은 성혼은 벗의 처지를 위안하며 자신의 입장을 대변하여 답한다. 이 시는 5언시로 운자를 학壑, 발發, 녹綠, 득得, 혹惑의 측성자를 사용하여 이제신의 강직한 삶에 대해 공감하는 입장을 표명하고 있다. 벼슬이 없으면 또 어떤가? 5~8구에서는 한가함과 자득自得의 묘妙가 시 속에 나타난다. 산중에 살아 바깥 세상사에 관심을 갖지 않고 살면서 가슴속의 의혹을 깨우칠 수 있다고 하여 동참하는 여유를 가지도록 은근히 타이른다. 따라서 이 시는 은일의 삶 속에서 의취意趣를 발견하여 자적自適하는 맛을 벗에게 권면한 작품으로 안정安靖의 풍격이 드러남을 알 수 있다.

· · · · · · · · ·

192) "星廣天難測 광활한 하늘 헤아리기 어렵나니 / 山啼地失寧 산도 울고 땅조차 편치 못하네 / 古今無此日 고금에 오늘 같은 날 없었으니 / 畢竟是何禎 끝내는 복이 될 일 아니리요 / 夤造多卿相 재상의 직에 덕 높은 원로 많으나 / 憂勤獨聖明 성명聖明만이 노심초사하시네 / 諸公當蹇蹇 여러 공들은 응당 충직하여 / 豈可更茹貞 마음 속 忠貞 바꾸어선 안 되리." (『淸江集』卷之一 詩 五言律詩 <贈李大諫叔獻 鄭執義季涵 兩庚伯曁牛溪>.)

CHAPTER 05

조선전기 도학시와 성혼成渾 시의 문학사적 의의

　이 장에서는 조선전기 도학시道學詩와 성혼 시의 문학사적 의의를 밝히고자 한다. 먼저 한시사漢詩史를 일별한 후 조선조 도학시인과 성혼 시의 특징을 살펴볼 것이다. 이는 통시사적으로 그의 사승 관계를 잇고 있는 조선 후기 소론계少論系 인물들과 관련성을 규명하는 일이기도 하다.

　한문은 동아시아에서 공동문어로서의 역할을 하였고 신라에서 조선까지 우리의 고유한 정서와 사상을 담아낸 그릇이었다. 이것은 아시아 제국諸國에서 문학적 소산의 바탕이 되었다. 이는 상당기간 우리 문학 창작의 바탕이 되었으며 우리의 사상과 감정을 나타내는 시와 문장을 쓸 때 한문은 그 유용한 도구였던 셈이다. 특히 시는 "성정의 토로를 통하여 인간성을 계발"[1]하고 이를 통해 풍교風敎의 기능을 담당하기도 한 문학이라 할 수 있다. 따라서 한시는 우리의 역사 속에서 오랜 세월 당대의 문인들이 사상과 감정을 오롯하게 함축적으로 담아낸 문학인 셈이다. 다음에서 시대별 한문학의 흐름을 살펴보자.

　신라시대 최치원崔致遠(857~?)은 중국 당나라에 유학하여 시詩와 문

----

1) 손종흠·안대회, 『한국한문고전강독』, 한국방송통신대학교출판부, 2012, p.2.

장文章으로 당대에 문명을 떨쳐 우리의 문학적 자부심을 보여주었다. 설총薛聰(655~?)은 한문의 소양을 지닌 인물로 이두문자를 집대성하였다. 이들은 한문으로 된 시문을 작성하여 자신의 감정과 사상을 시속에 형상화하여 당대의 시대상을 반영하기도 한 것이다. 한편 한문의 소양을 지닌 신라 문인들은 고려조에 등용되기도 하였다.

고려는 광종光宗대에 이르러 과거제를 시행하였는데 한문으로 글을 짓고 시험과목으로 채택함으로써 한문학이 발전하게 된다. 이때의 대표적인 문인들로는 이인로李仁老·임춘林椿·오세재吳世才 등의 죽고칠현竹高七賢[2]이 있다. 또한 이규보李奎報·진화陳澕·김극기金克己 같은 문인들은 자신의 한문학을 꽃피운 인물들이다.

송대의 이학理學, 정주학程朱學이라 부르기도 한 성리학은 고려 말 충렬왕 때 안향安珦과 백이정白頤正에 의해서 도입된다. 이후 최자崔滋·이제현李齊賢·이색李穡·이숭인李崇仁·정몽주鄭夢周 등이 이를 계승 발전시켜 나간다. 당시 우리의 한시는 '문이관도'나 '문이재도'와 같은 문학 관념을 문자에 드러내는 데까지 이르지는 않았다.

조선 전기의 문학은 고려 후기의 문학적 맥락에 가까운데 이는 고려 말의 신진사대부들이 새로이 문학 담당층으로 대두되어 사대부 문학을 형성하였기 때문이다.[3] 이들은 정도전鄭道傳·권근權近·변계량卞季良 등으로 조선을 개국하는데 일조한 인물들로서 당대에 정치적·문학적 영향력을 발휘한다.

세종대世宗代에는 집현전의 문인들이 문장文章을 잘 하였고, 세조대

----

2) 죽고칠현은 죽림칠현竹林七賢을 모방한 고려 명종明宗부터 신종神宗 대의 인물들이다. 이들은 이인로李仁老·오세재吳世才·임춘林椿·조통趙通·황보항皇甫抗·함순咸淳·이담지李湛之로 강좌칠현江左七賢, 해좌칠현海左七賢이라 부르기도 한다.

3) 정양·구사회, 『한국리얼리즘 漢詩의 이해』, 새문사, 1998, p.43.

에는 사육신과 생육신이 그 문장을 이었다. 생육신 중의 한 사람인 김시습金時習은 이 시기의 대표적 인물이고 이후 서거정徐居正·김수온 金守溫·강희맹姜希孟·남곤南袞·성현成俔 등이 문장가의 자리를 차지한다.

성종成宗·명종대明宗代에는 문인들이 대거 등장하였는데 박은朴誾·이행李荇·정사룡鄭士龍·노수신盧守愼·황정욱黃廷彧·박상朴祥·김종직金宗直이 그들이다. 특히 이들 중 정사룡, 노수신, 황정욱이 시문에 뛰어나 조선전기의 대표적인 관각삼걸館閣三傑로 이름이 높았다. 황정견黃庭堅, 진사도陳師道 등은 해동강서시파海東江西詩派에 속한 인물이다.

또한 '동방오현東方五賢'이라 불린 정암 조광조, 일두 정여창, 점필재 김종직, 회재 이언적, 퇴계 이황이 출현하였다. 특히 정암 조광조를 위시한 이들은 '성리학'을 실천철학인 도학의 형이상학적 이론 틀로 제시하였다. 이들은 도학자로서 학문과 덕행의 실천궁행實踐躬行을 강조하였다. 그들이 내세운 것은 지치주의至治主義가 실현되는 도의道義 국가 건설이다. 이들은 이른바 도학정치를 실시하고자 한 것이다. 또한 도학자들은 자신들의 계보가 강화되도록 학문적 사승관계를 유지하며 결속을 강화하였다. 이러한 과정에서 도학자들은 서로 교유를 지속하며 사상과 감정을 시문에 담아 주고받은 것이다.

이들 도학자들은 그들의 시에 대해 다음과 같은 평을 받았다. 김종직의 시는 '시중유화詩中有畵'지만 그 문文이 고려조만 못하다. 서경덕의 시는 그 뜻이 보존되어 아껴 볼만하다. 이언적의 시는 저절로 성정性情에서 나와 기품과 자질이 고명高明하니 애쓰지 않아도 된다. 조식의 시는 그 시운詩韻이 호기롭고 씩씩할 뿐 아니라 자부함도 얕지 않다. 이황은 이학理學뿐 아니라 문장 또한 탁월하며 시를 통해서 그 기상을 엿볼 수 있다. 김인후는 허균으로부터 고광高曠하고 이수夷粹하다는 평을 받았는데 이는 뜻이 높고 탁트인데다 온화하고 순수하다는 의미이다. 그의 시 역시 그 인품과 같고 침착하며 높고 위대하다는 것이다.

남용익南龍翼이 『호곡시화壺谷詩話』에서 한 시평은 위의 시격에 대한 의미를 부여할만하다.[4] 김종직에 대해서 경걸勁傑, 이황에게는 순정純靜하다는 평을 한 것이다. 특히 퇴계는 조광조 이후 대표적인 인물로 작시作詩의 불가피성을 역설하였다. 퇴계의 시가관詩歌觀에 대해 조규익曹圭益은 "서정성은 희생되는 한이 있더라도 온유돈후溫柔敦厚 즉 겸허謙虛·염퇴斂退·온후溫厚·근출언근出言·수방심收放心의 시도를 구현해야 한다고 본 것은 치밀한 퇴계의 도학자적 통찰이자 사명감의 표출"[5]이라고 보았다. 이처럼 조선조 도학자들은 온유돈후의 시가관을 가지고 스승과 제자, 그리고 지인과 벗끼리 주고받은 시와 간찰을 통해 문학세계를 꽃피웠다. 따라서 도학시란 도학자가 유학 사상을 설파할 목적 하에 이를 주제로 쓴 시라고 볼 수 있다. 여기서 도학자들은 경물시 뿐만 아니라 인사人事와 우주宇宙에 내재한 이치를 탐구하기 위해 격물치지格物致知하면서 활연관통豁然貫通 후에 느끼는 감정을 시로 읊기도 했다. 이때 그들 시에 나타난 미학적 본질은 감각感覺, 표상表象, 연합聯合, 상상想像, 사고思考, 의지意志, 감정感情 등이 융합되어 드러났다. 따라서 이러한 미학적 본질들이 결합되어 풍격을 이루며 이를 바탕으로 형상화 된 시가 바로 도학시라 할 수 있다.

조선 선조 대에는 많은 문인이 등장한 시기이다. 특히 "소식蘇軾의 시풍이 주류"[6]를 이룬 이 시기에 송시宋詩 경향의 시파의 흐름을 크게 바꾸어 놓은 삼당시인三唐詩人이 출현하였는데 백광훈白光勳·최경창崔

· · · · · · · · · · ·

4) 이병한, 『한시비평의 체례연구』, 통문관, 1974, p.148.

5) 曹圭益, 「退溪의 詩歌觀 小攷 : <陶山十二曲跋>·<書漁父歌後>·<與趙士敬書>·<與鄭子精> 등을 중심으로」, 『退溪學研究』 2, 단국대학교 퇴계학연구소, 1988, p.41.

6) 조규익 외, 『한국문학개론』, 새문사, 2015, p.463.

慶昌·이달李達이 이에 해당한다. 권필權韠(1569~1612)과 최립崔岦(1539~1612)은 자신들의 독특한 시문을 완성하였다. 또한 조선중기의 한문사대가漢文四大家에 해당하는 월상계택月象谿澤, 즉 이정구李廷龜(1564~1635), 신흠申欽(1566~1628), 장유張維(1587~1638), 이식李植(1584~1647)이 문장가로서 이름을 떨친 시기이기도 하다. 여기에 차천로車天輅(1556~1615), 이수광李睟光(1563~1628), 김상헌金尙憲(1570~1652)이 활약한 가운데 유몽인柳夢寅(1559~1623)·허균許筠(1569~1618) 같은 시와 문학에 재능이 뛰어난 인물도 배출되었다. 이안눌李安訥(1571~1637)의 동악시단東岳詩壇과 천류賤流 및 황진이黃眞伊, 이옥봉李玉峰, 허초희許楚姬 등 여류시인 등이 활약하여 목릉성세穆陵盛世를 이루었다.[7]

한편 정암 조광조의 도학의 맥은 청송 성수침과 휴암 백인걸에게 전해졌다. 이는 다시 휴암 백인걸의 문하에서 학문을 전수 받은 우계 성혼에게 전해진다.

성혼은 명문가의 후예이며 도학자의 아들로 태어났지만 어려서부터 병약하여 출사가 어려웠다. 그가 어릴 때부터 가풍의 영향을 받아 문장보다 덕행德行을 강조한 때문에 그는 과거를 통한 입신양명을 바라지 않고 파산에서 은거자수隱居自守한 것이다. 따라서 우계의 詩에는 은일을 흠모하고 도연명陶淵明을 지향하는 모습이 드러난다. 성혼은 주변 사물과 인물을 통해 자신의 정서를 드러내었다. 이때 그가 오랫동안 보고 듣고 느낀 일상의 경물을 소재로 삼았고 교유한 인물을 시문에 등장시킨 것이다. 비록 문식文飾에 힘쓰지 않았다 할지라도 무실務實에 힘써 그의 시를 담담하게 형상화한 것은 도학자들의 시와 변별되는 부분이라 하겠다. 특히 그가 율곡, 구봉 및 송강과 교유하며 쓴 시들은 이우보인以友輔仁하고 이문회우以文會友하는 도학적 성향의 것들이라

----

7) 민병수, 『한국한문학개론』, 태학사, 1997.

할 수 있다. 결국 성혼의 시는 경물에 대한 소중한 감정이 녹아들어 있고 그의 인품人品이 시 속에 반영되어 풍격으로 나타났다. 이를 남용익은 『호곡시화』에서 우계에 대해 '아정雅正'하다고 평한 것이다.[8]

그렇다면 시문학사에서 성혼의 도학시가 갖는 문학사적 의의는 무엇인가? 그의 시는 통시적으로 볼 때 가학으로 전승된 은일지향의 도학적 성향의 시를 계승한 면이 있다. 공시적으로는 그와 교유한 사제 및 문도들과 다양한 소재를 도학시로 형상화하여 도학적 성향의 시에 대한 지평을 확대하였다고 볼 수 있다. 다음에서 성혼 시의 문학사적 의의를 구체적으로 요약할 수 있다.

첫째, 성혼의 시는 가학과 도학, 교유의 결합으로 나타난 것이다.

우선 가학의 측면에서 살펴보면 창녕 성문成門에서 전승된 절의節義 정신이 있다. 또한 무실務實에 힘쓰는 학문적 경향이 강하였다. 더욱이 성수침의 훈도에 따라 은일지락의 경향을 띤 도학시를 계승하여 그의 시에 형상화하였다. 한편 그는 아버지의 은일지향에서 진일보한 용사행장用舍行藏의 치군택민致君澤民의식을 지향하는 시학적 태도를 보여주었다. 이는 자발적이며 적극적인 은거의 측면이라 할 수 있어 성혼 시가 갖는 특징 중의 하나라 할 수 있다.

도학의 측면에서는 성혼은 송대 주자의 성리학에서 실천과 궁행을 강조한 정암 조광조의 도학의 정맥을 계승하였다. 정암 조광조-청송 성수침-휴암 백인걸로 이어진 도학의 맥을 이었기 때문이다. 그의 시는 작자作者와 가까운 대상對象의 신변身邊에 관한 것이 보통普通이다. 이러한 점은 성혼이 조광조의 담담한 어조의 만시를 그대로 담아냈다는 것에서 알 수 있다.

교유의 측면에서는 주지하다시피 우계, 율곡, 구봉, 즉 조선 파주삼현

....

8) 이병한, 『한시비평의 체례연구』, 통문관, 1974, p.148.

坡州三賢의 교유를 통해 『삼현수간三賢手簡』을 남기기도 하였다. 이들이 교유하며 결집할 수 있었던 요인은 가문의 좋고 나쁨을 떠나서 도학에 뜻을 둔데서 비롯되었다. 그러나 이들의 시세계는 각자의 개성을 담고 있으며 활동 또한 자신들의 장점에 따라 펼쳐졌다.

송익필은 그의 아버지가 안당의 아들 안처겸이 역모를 했다는 고변으로 집안이 흥했다가 이후 무고가 밝혀져 몰락하여 전국을 유랑하며 세상의 인정물태人情物態를 체험하였다. 그렇지만 그는 예로써 자신을 단속하고 벗들과 서로 시문을 주고받으며 교유하였고 결국 도량度量이 남보다 뛰어나 청초清楚한 꽃을 완상玩賞하는 것 같을 뿐만 아니라 이학理學에도 이르렀다는 평을 얻었다.

이이는 타고난 자질을 바탕으로 학문을 수학하여 조정에 나아가 뜻을 펼쳤다. 그는 정치적으로 구봉과 우계, 송강의 지지를 받으며 서인세력의 구심점을 형성하였다. 그가 『소학집주』, 『격몽요결』을 저술할 수 있었던 배경도 이들과의 교유 덕분이었다. 그의 시세계는 주로 자연물을 통한 시정詩情의 표출과 충군애민의 우환의식을 반영한 것들이 많았고 철석鐵石같은 마음으로 청신清新하고 완려婉麗한 시를 지었다는 평을 받았다.

한편 성혼은 도학의 정맥을 계승한 인물이나 그의 사회적 신분과 그가 향유한 문학세계가 다른 이들과 조금 다른 점이 있다. 그것은 정치적으로는 구봉, 율곡, 송강 등과 도의지교를 맺어 서인의 입장을 받아들였지만, 학문적인 이기론의 입장에서는 동인의 퇴계 이황을 존경하고 사숙했다는 점이다. 그래서 율곡과의 의리 논변에서도 퇴계의 설을 지지하는 한편 자신의 성리학적 사유체계를 독자적으로 확립하여 중화中和의 조화를 추구하고자 했던 것이다. 이는 그가 문학의 지향을 도학적 정신의 구현에 두고 있으면서도 학문과 덕행의 실천지향적인 삶을 지속하려 한 이유이기도 하다. 그의 시문학은 존덕성, 도문학의 사유와 진덕수업에 이르고자 하는 도학의 실천의지를 담아내었다.

둘째, 성혼 시는 삼당시三唐詩와 강서시파江西詩派의 영향 아래서 16세기 도학시의 진면목을 보여주었다. 그의 시는 송시의 교훈성과 당시의 예술성이 조화를 이루어 나타났으며 도학적 면모와 인격적 완성은 이러한 시학을 이루는 배경이 되었다. 이는 삼당시의 영향에도 불구하고 강서시파의 염락풍아濂洛風雅 시풍을 유지한 채 도학자로서 은일지향의 시학관에서 진일보한 용사행장의 치인지향을 드러내 그 만의 독특한 풍격과 미의식이 반영되어 도학시로 나타난 것임을 알 수 있다.

성혼은 특히 자신의 고유한 개성과 인격의 내용을 일기에 담아 자신의 학문지향에 대한 신념을 여덟 자로 표현하였다. '돈후주신평실정정敦厚周愼平實定靜'이 그것인데 이는 그의 풍격을 이루는 미적 본질인 셈이다. 성혼 시의 미적 본질은 작가의 개성과 인격이 시의 내용과 형식상에 종합적으로 나타났다. 작가의 고유한 미적 가치와 이를 토대로 한 미적향수는 작품에 투영되어 성혼의 시에는 돈후, 주신, 평실, 정정의 아름다움이 드러났다. 이는 "돈독敦篤하면서도 중후重厚하고 주밀周密하면서도 근신謹愼하며, 평담平淡하면서도 진실眞實하고 응정凝定하면서도 안정安靜"한 것으로 설명된다. 이처럼 성혼의 풍격과 그의 시에 나타난 미적 본질은 그의 내면에 잠장되어 흘러서 학문과 덕행을 강조하는 실천적 유학자로서 도학시 맥의 가교架橋 역할을 담당할 수 있게 한 요인이 되었다. 따라서 성혼 시는 학문지향의 덕목을 구현한 것으로 도학자의 삶이 시로써 형상화된 것임을 알 수 있다.

셋째, 성혼의 시는 훗날 소론계 시에 나타난 학문적, 사상적 바탕이 되었다. 그의 도학은 아들 창랑滄浪 성문준成文濬과 사위 팔송八松 윤황尹煌에 이어 윤황의 아들 노서魯西 윤선거尹宣擧(1610~1669)로 이어진다. 이는 다시 윤선거의 아들 명재明齋 윤증尹拯(1629~1714)으로 계승된다.

소론과 노론은 이데올로기와 세계관의 충돌로 서인에서 분파되었다. 이때 명분과 이상을 강조하며 배타적인 대외정책을 고수한 송시열의 노론보다는 수용과 조화를 중요시하며 실천궁행을 강조한 소론이 윤증에서 이뤄짐은 바로 그 외증조부 성혼의 영향을 받은 것이다. 이로써 소론은 주자사상의 묵수墨守보다는 사상적으로 실천과 덕행을 강조하는 무실務實을 수용하는 입장과 개방적인 자세를 취할 수 있었다. 추포 황신과 추탄 오윤겸, 지천 최명길 같은 이들이 이러한 성향의 소론계 인물이라 할 수 있다. 따라서 소론은 바로 율곡과 사상적으로 이기논변을 통해 자신의 입장을 밝혔던 우계에서부터 그 단초가 시작된 것임을 이해할 수 있다.

한편 소론계 시의 영향관계에 대해 구사회具仕會는 그의 논문에서 송만재宋晚載(1788~1852)의 한시 작품이 소론계의 시와 연결되는 지점을 밝혔다.9) 조선후기에 나타난 연희시 전승계보의 특질이 "신위로부터 송만재, 윤달선, 이유원, 이건창으로 이어지는 판소리 관련 연희시 작자들이 모두 소론계 인물"10)이라고 한데서 알 수 있다. 또한 그는 이들 소론계의 문인들이 중시한 것은 "자연스럽고 진솔한 감정"11)이라고 보았다. 이것은 소론계의 비조로서 성혼이 강조한 도학자의 무실務實이 반영된 셈이다. 즉 학문과 덕행을 강조한 도학자의 삶과 교유를 소재로 인위적인 문사보다는 자연스러운 정서를 읊었기 때문에 가능한 것이다. 따라서 성혼은 윤증의 외증조부로서 소론의 도학과 시맥에

· · · · · · · · · ·

9) 구사회, 「새로 나온 송만재의 <관우희>와 한시 작품들」, 『열상고전연구』 36, 열상고전연구회, 2012, pp.143~178.

10) 구사회, 「조선후기의 연희시와 전승 계보 −19세기 소론계 문인을 중심으로−」, 『판소리연구』 36, 판소리학회, 2013, pp.93~117.

11) 구사회, 「조선후기의 연희시와 전승 계보 −19세기 소론계 문인을 중심으로−」, 『판소리연구』 36, 판소리학회, 2013, p.112.

지대한 영향을 준 인물이라 할 수 있다. 여기서 소론 학맥이 용출되는 연원淵源이 성혼임을 알 수 있는 것이다. 그는 노론계의 우암 송시열과 소론계의 명재 윤증의 분기점에서 소론 사상과 학문의 비조鼻祖였던 셈이다.

이상으로 성혼 시의 문학사적 의의를 고찰하였다. 종합해 보면 조광조의 도학적 절의정신은 청송 성수침과 휴암 백인걸의 문하로 이어졌고 이를 계승한 성혼은 아버지의 훈도를 받으며 가학의 영향을 토대로 초기에는 은거자수隱居自守하였으나 성년 이후에는 이이, 송익필, 정철을 만나면서 자발적이고 적극적인 치인지향의 자세로 은거를 하였다. 여기서 성혼은 벗들의 영향을 받아 율곡에게서 의義를, 구봉에게는 예禮를, 송강에게는 맑고 곧은 기상이 담긴 문文을 취하였다. 그는 이들에게 감화되어 자신의 정신적·시학적 바탕을 완성한 것이다. 따라서 성혼의 시는 청송의 염퇴恬退, 벗의 장점과 인성, 사제의 절의를 담은 도학을 시로써 형상화 한 것임을 알 수 있다. 이 외에도 성혼의 시에는 통창通敞하는 승속의 교유정신과 평화에 대한 갈망이 담겨있다. 또한 그의 삶과 시문학은 후대의 선비정신을 고양하는데 그 시격이 바탕이 될 수 있음을 보여 주었다. 결국 성혼의 시는 "삶의 진실과 문학적 표현 사이의 상관관계"[12]를 제대로 보여 준 셈이다. 이로써 성혼의 문학에 담긴 도학적 성향과 사상의 선후에 대한 사승관계, 조선중기의 도학의 정맥을 잇고 도학시의 전형적인 전아미典雅美를 보여준 도학자였음을 규명하였다.

성혼 시는 다양한 시적 전개 속에 자발적인 은거를 지향한 용사행장의 도학시와 소론계 시의 연원이 되었다는 점에서 중요한 문학사적 의의를 갖는다. 그럼에도 불구하고 우계 성혼은 시사詩史에서 그의 위

. . . .

12) 조규익, 『조선조 시문집 序·발의 연구』, 숭실대학교 출판부, 1988, p.194.

상위相에 걸맞지 않게 저평가 되어 있다. 이에 이 책이 그의 시적 위상을
바로 잡는 계기가 되리라 기대한다.

16세기는 조광조 이후 성리학의 이념이 학문과 덕행의 실천을 바탕으로 한 도학이 정립되던 시기이다. 도학은 도덕적 근거와 인격 수양의 수양론으로 내적으로는 수기를 바탕으로 하고 외적으로는 의리실천을 강조하였다. 이러한 도학의 명칭에는 이론적으로 성리학의 사유와 독서인으로서의 삶이 담긴 사대부라는 말에서 실천적 지식인의 의미가 담겨있어 사대부라는 말은 학문의 지향점과 정치 지향이 드러났다. 따라서 이 시기의 사대부는 수기修己를 하는 사士로써 수양 공부와, 치인治人하는 대부大夫가 되는 문사철文史哲을 바탕으로 시서화詩書畵를 통해 그들의 마음을 주고받아 그들의 학문, 사상과 감정을 교유하였다. 특히 서간書簡이나 시로 그들은 인사人事와 우주宇宙에 내재한 이치를 탐구하기 위해 격물치지格物致知하면서 느끼는 감정을 시로 읊기도 하였다. 이처럼 도학자들은 수기치인修己治人의 자세로서 학문學問과 덕행德行에 힘쓰며 시로서 자신의 뜻과 감정을 교유한 것을 알 수 있다.

도학시는 조선조 도학자가 성리학적 사유를 바탕으로 하여 그들이 인사만물과의 감촉에서 얻은 정취를 주제로 형상화한 것인데 이는 지식의 온축蘊蓄을 통해 작가의 정신에 도달해야 온전한 이해가 가능한 문학이다. 이러한 이유로 연구자들은 도학시를 역대 시화詩話나 시선집

詩選集, 그리고 한시사漢詩史에서 비중 있게 다루지 않았다. 그 결과, 조선조 도학자와 도학시의 범주를 제대로 설정하지 못하고 도학시의 내용적 범주範疇를 한정한 결과가 나타나기도 했다. 그럼에도 불구하고 도학시에 대한 연구는 꾸준히 이뤄지고 있는데 이는 도학자들이 지은 시가 적지 않기 때문이다. 한편 이들의 시가 문학적인 기준으로 볼 때 완성도完成度 면면面에서 작품성作品性이 낮다는 견해는 일견 타당해 보인다. 하지만 도학시는 당풍의 예술성藝術性과 송풍의 교훈성敎訓性을 함께 가지고 있으며 조선조 도학자들의 일상생활과 관련한 소재를 바탕으로 문학적으로 형상화한 결과물이라는 점을 이해할 때 도학시의 작품성이 낮다는 견해는 수정될 필요가 있다. 이 책에서는 먼저 도학시에 대한 입장을 긍정적인 방향으로 제시하고자 하였다. 다음은 앞에서 언급한 내용을 장별로 정리한 것이다.

제 2 장에서는 조선조 도학시의 의미범주와 전개 양상을 고찰하였다. 조선조 도학시는 이학理學보다 의미적 범주가 넓은 도학道學을 사상적 배경으로 하여 당풍의 예술성과 송풍의 교훈성이 조화調和되어 전개되는 양상이 나타났다.

첫째, 도학시의 의미범주를 고찰한 결과 그 외연적 의미에서는 도학자가 쓴 도학시 자체임을 알 수 있다. 그러나 내포적 의미를 살펴보면 그 결이 다양하게 도출되어 나타났다.

둘째, 도학시의 갈래에서는 소재와 창작 상황에 바탕을 둔 도학적인 시와 심성수양에 바탕을 둔 도학시로 나뉘었다. 먼저 소재와 창작 상황에 바탕을 둔 도학적인 시로는 증답·차운·만시가 있다. 또 전고와 용사에 기반한 도학시로는 즉물·자연시가 그 대상이었다. 다음으로는 심성수양에 바탕을 둔 도학시는 존덕성, 도문학의 진덕수업에 중점을 둔 주제와 겸선천하, 독선기신의 용사행장이 주제로 나타남을 알 수 있었다.

셋째, 도학시의 전개양상을 살펴보았는데 먼저 도학시의 개념을 다음과 같이 정의할 수 있다. 도학시란 도학자들이 격물치지의 자세로 우주의 본체本體를 대하는 자세와 사물을 어떻게 인식認識하는지와 또 이를 바탕으로 심성心性을 수양하는 데에 미쳐 시로써 형상화한 것을 말한다. 우리문학사에서 한시는 흥취를 중요시하는 당풍과 도를 바탕으로 용사와 전고가 많이 나타나는 송풍으로 전개展開되었는데, 당시의 시학 풍조風潮의 수용양상에 따라 그 비중이 달라졌다.

당풍은 기본적으로 시인의 흥취興趣를 중요시하는데, 시의 대상과 합일을 추구하거나 감정이입感情移入을 통해서 제시되었다. 시로써 뜻을 말하기 때문에 시인의 성정性情에서 우러나오는 것이다. 그래서 당풍은 시인의 마음속에서 발양發揚된 흥취 위주로 작시를 한다. 그러나 정감의 표출과 경물의 묘사가 대등하지 못할 때는 당풍으로 보기 어렵다. 또 당풍은 말 속에 깊은 의미를 담아서 긴 여운을 주는 것이 특징이다. 그래서 당풍의 한시는 정경情景의 교융交融을 추구하며 경물景物의 핍진逼眞한 묘사描寫를 통해 시인의 정감이 투영된다. 이를 통해 독자의 마음을 흥기興起시킨다. 또한 당풍의 시는 율조律調가 부드러워 송독誦讀하기 좋다. 따라서 당풍의 한시는 정제整齊된 운율미韻律美와 수묵화 같은 회화미繪畫美를 지녀 시중유화詩中有畫라는 평을 받기 때문에 예술성이 높다고 할 수 있다. 그러나 조선조 당풍은 한계점이 있는데, 원작과 유사한 분위기를 띠고 더불어 복고적인 경향이 나타났다. 또 의경意境 자체의 변화가 크지 않고 규모規模도 작으며, 제재題材의 폭이 한정되어 있어 그 범주가 좁다고 하겠다.

한편 송풍은 강서시파江西詩派의 영향을 받아 도를 근본으로 한 문文으로써 시를 짓기 때문에 시에 용사用事가 많고 전고典故의 사용이 빈번頻繁하고 난삽難澁한 어휘와 신기新奇를 추구하는 경향이 있다. 여기서 전고와 용사를 쓰기 때문에 정감을 직설적直說的이고 사변적思辨的으로 표출하고 발산해 내는데 용이하다는 장점이 있다. 반면에 지나친 시적 기교 및 수식을 숭상하여 시의 독해나 분석이 어렵다는 평을 듣기도 한다. 그렇지만 송풍의 시는 이성적 논리가 강화되어 다양한 제재를 심도 있게 다룰 수 있어서 일상생활日常生活과 가까운 면도 잘 드러낼 수 있다. 따라서 송풍은 설리적說理的인 요소와 교훈성教訓性이 담겨있고 또한 시적 자아가 대상과의 일정한 거리를 유지하면서 대상을 객관화할 수 있는 경향의 시로써 도학시적인 요소를 담고 있다고 할 수 있다.

문헌에서 도학시인으로 자주 언급된 인물을 조사한 결과 고려말부터 조선중기에 해당하는 다음의 인물들이 도학시인에 해당한다고 볼 수 있었다. 고려조의 인물로는 이제현李齊賢, 이숭인李崇仁, 이색李穡, 정몽주鄭夢周가 있고, 조선조 인물로는 김종직金宗直, 정여창鄭汝昌, 서경덕徐敬德, 이언적李彦迪, 조식曺植, 이황李滉, 김인후金麟厚, 송익필宋翼弼, 성혼成渾, 이이李珥가 그들이다. 그런데 이들 중 이제현李齊賢, 이숭인李崇仁, 이색李穡, 서경덕徐敬德, 조식曺植, 송익필宋翼弼을 제외하고는 동국십팔선정東國十八先正에 해당하는 도학자들이 대부분 도학시를 쓴 인물로 거론되었다. 이처럼 도학시를 쓴 도학자의 계보는 김종직을 위시하여 정여창, 서경덕, 이언적, 조식, 이황, 김인후, 송익필, 성혼, 이이였고 이들이 인물과 자연에 대해 도학적 사유를 바탕으로 쓴 시가 도학시로 전개되어 나타났다. 따라서 도학시는 이들이 일상생활의 다양한 소재를 바탕으로 심성수양과 학문도야의 도학적 사유를 주제主題로 형상화한 것이고 도학시의 계보는 조선조에서 지행知行을 겸비한 도학자들의 시라고 할 수 있다.

도학은 고려 말 성리학이 전래된 이후 나타나기 시작하였고, 도학시는 조선조 한시사에서 중요한 흐름을 차지하고 있다. 여기서 '도-도학-도학시'의 의미적意味的 연변과 정신적 바탕을 유불선의 측면에서 그 의미를 고찰한 결과 다음과 같은 결론을 도출할 수 있었다. 유학儒學에서 말하는 도는 일상생활日常生活과 관련한 당연한 도까지 포함包含하는 개념이다. 그리고 도학은 앎을 바탕으로 실천의 덕목을 가진 지행知行을 아울러 이르는 말이다. 따라서 도학시道學詩는 도학자가 부단하게 지知를 탐구하고 행行을 실천한 정신문화精神文化가 집적集積된 산물産物이라 할 수 있다. 그리고 도학자의 계보는 문묘에 배향配享된 이들이 주를 이루었는데 이들이 자신의 사상과 감정을 담아 나타낸 시를 도학시로 볼 수 있었다. 여기서 그들의 시가 당풍이냐 송풍이냐의 여부는 범주설정에 있어서 큰 문제가 되지 않음을 알 수 있었다. 이러한 배경 아래서 성혼은 자신의 성정性情을 도야陶冶하고 본성本性을 바르게 가꾸어 나가는 존덕성尊德性 도문학道問學을 시로써 완성한 것이다. 이는 수기修己를 통해 치인治人의 도를 실천하는 도학자의 삶이었다.

제 3 장에서는 성혼 시학의 콘텍스트와 정신적 바탕을 고찰하였다.

첫째, 가학의 계승과 교유의 영향에서는 가학의 영향과 부친의 훈도와 신독·염퇴의 수양관, 교우관계와 박문약례의 생활철학이라는 측면에서 살펴보았다. 부친[성수침成守琛]의 훈도薰陶와 신독愼獨·염퇴恬退의 수양관에서는 성문成門의 가학과 그 형성배경을 밝혔다. 청송 성수침의 은거는 신독과 염퇴 자체의 소극적 의미의 탈정치이자 은둔 지향의 삶이었다. 반면 성혼의 은거는 도가 펼쳐지는 세상에서는 나가서 정치를 할 수 있다는 용사행장의 반영이었다. 이는 적극적인 의미의 은거 자세로써 아버지의 훈도를 바탕으로 하였으나 진일보한 치인지향의 염원이 담긴 은일지락을 추구한 것이었다. 성혼은 가학을 전수받으면서도 새로운 탈출구를 제시하고자 하는 삶을 지향했던 것이다. 한편 성혼은 아들 성문준에게 부자자효父慈子孝의 정이 담긴 시를 남기기도 하였다. 이로써 그는 도학자로서 아버지에게는 용사행장의 은거 정신을 배웠고 아들에게는 학문과 덕성을 겸비하도록 자애를 실천하였다.

따라서 성혼은 가학의 영향과 부친의 훈도, 벗과의 교유를 통해 진덕수업進德修業하며 이우보인以友輔仁하는 시학의 콘텍스트와 정신적 바탕을 마련한 것으로 볼 수 있다.

둘째, 세계관과 삶에 있어서는 강학講學과 수양修養의 자세, 독서인으로서의 삶, 유의로서의 삶으로 나누어 세 측면에서 고찰하였다. 특히 성혼에게 있어서 벗은 영향력이 큰 존재이며 이들을 통해 강학講學과 수양修養의 자세가 잘 드러났다. 이이와 주고받은 인심도심에 관한 이기논변과 송익필과 서신을 통해 질정한 예학에 관한 부분은 그의 성리학적 세계관의 바탕이 되었다. 이는 진덕수업의 지평을 확충하는 과정이었다. 이들은 폭넓고 치밀한 독서를 통해 독서인의 생활을 유지하였고 자신의 건강뿐만 아니라 벗의 병까지 세심하게 살폈다. 이러한 교유는 학적, 인적 교유가 시작되고 나서 죽을 때까지 계속되는 도학자적 삶의 일환이었다. 이들은 시우詩友뿐만 아니라 각각 다른 강학講學 양상樣相을 통해 영향력影響力을 주고받았다. 성혼은 송익필과는 주로 서간을 통해 강마講磨하여 예의지교禮義之交를 이루었고, 과실을 서로 관찰하였다. 이이와는 완급과 생사를 함께 의탁할 수 있는 밀우密友이자 책선責善하는 벗으로서 19세부터 도의지교道義之交를 맺었다. 정철과는 평생 고락苦樂을 함께 나누며 지란지교芝蘭之交를 바랐다. 이를 토대로 성혼은 도학자道學者로서의 삶을 펼쳐 나갈 수 있었다. 그는 선한 덕성을 존숭하는 존덕성과 벗과의 교유를 통해서 익힌 학문을 바탕으로 덕성을 배양하는 도문학을 실현할 수 있었다. 특히 이이, 송익필, 정철과 교유를 통해 독서인讀書人과 유의儒醫로서의 삶을 이뤄 나갔다. 이들은 송대의 주자가 교유했던 벗들과 마찬가지로 성혼의 학문과 인격을 완성케 도와준 인물들로 조선 중기 사현四賢이라 이를 만하였다. 따라서 성혼은 부친, 사제간, 교우간의 시문과 간찰을 통해 도학적 사유를 바탕으로 학문적 성취와 교양정신의 함양체찰涵養體察을 이루어 도학시를 완성할 수 있었다.

셋째, 사제 간의 교학상장 教學相長과 의리의 처세관 부분에서는 스승과 벗의 영향 관계를 살펴보았다. 성혼은 의리정신을 조헌과 김덕령에게 전수하여 임란당시 의병장을 배출하였다. 그는 정암의 학맥을 이어 받은 휴암休菴 백인걸白仁傑(1497~1579) 문하에서 상서尚書를 배웠다. 이를 통해 정암 조광조-휴암 백인걸-묵암 성혼으로 이어지는 사승관계를 계승하였

▲ 청송 성선생 묘갈명

다. 그의 문도는 아버지 청송에서 연원한 것으로 이는 『유학연원록』에 자세하게 전하고 있다.

청송 성수침에서 연원한 우계의 문인은 55명으로 이들 김집, 정엽(송익필 문인이기도 함), 이귀, 황신, 오윤겸, 김상용, 정기명과 정종명(정철의 두 아들), 김권, 민인백 등은 당대를 대표할 만한 문사들이었다. 대부분 관료와 문사를 이룬 이들로서 성혼의 문인 중에 의병이 다수 배출되었다는 점이다. 이들 중 의병활동을 하다가 전사한 절의가 있는 제자들로는 조헌趙憲, 김덕령金德齡, 양산숙梁山璹, 김응회金應會가 있다. 또한 아들 성문준도 그의 문하에서 글을 배웠는데 이는 성수침-성혼-성문준으로 이어지는 가학의 전승이었다. 특히 팔송 윤황尹煌은 성혼의 사위이면서 제자로서 훗날 소론의 명재 윤증에게는 조부에 해당하는 인물이다. 사실상 성혼의 학맥을 가장 크게 꽃피운 제자는 바로 사위였

던 셈이다. 이처럼 성혼의 스승과 문도는 사제간師弟間 교학상장과 의리의 처세관을 그들의 정신 속에 면면히 전수하였다. 따라서 윤증의 소론계로 계승되는 시발점은 바로 성혼에서 비롯되었고 이 때문에 그를 소론의 비조鼻祖라 할 수 있는 것이다.

제 4 장에서는 성혼 시문학의 텍스트와 풍격의 아름다움을 고찰하였다. 여기서 시적 대상에 따른 의경과 주제의식과 표현양상을 규명하였다. 이들 작품에서 나타난 시의 풍격과 미적 본질은 다음과 같다.

첫째, 시적 대상에 따른 의경에서는 인물과 자연으로 달리 나타났다. 인물에 관한 증답시, 차운시, 만시와 교유시에 형상화된 의경은 성혼의 주변 인물의 일상생활이 그 소재가 되어 나타났다. 또한 즉물시, 자연시에 형상화된 의경은 자신이 거처한 생활공간이 대부분이었다.

둘째, 주제의식과 표현양상에서는 미학의 바탕이 되는 주제의식이 작품에 구현되었다. 그 주제는 수기지향과 은일지락, 치인지향과 용사행장, 치군택민과 우환의식이 드러났다.

셋째, 풍격과 미적 본질에서는 작가의 개성과 인격의 내용이 함께 나타났다. 성혼의 고유한 미적가치와 이를 토대로 한 미적향수는 감각感覺, 표상表象, 연합聯合, 상상想像, 사고思考, 의지意志, 감정感情 등이 반영된 일기를 통해 작가의 미의식이 반영되어 작품에 나타났다.

성혼의 학문지향에 대한 신념은 여덟 자의 '돈후주신평실정정敦厚周愼平實定靜'로 표현되었다. 여기서 '돈후주신평실정정'은 그의 시의 풍격의 바탕이었다. 이는 "돈독敦篤하면서도 중후重厚하고, 주밀周密하면서도 근신謹愼하며, 평담平淡하면서도 진실眞實하고, 응정擬定하면서도 안정安靜된 풍격"을 말한다. 따라서 여기에 드러난 돈후미敦厚美, 주신미周愼美, 평실미平實美, 정정미定靜美 등은 그의 시 작품들에 담긴 풍격미라 할 수 있다.

제 5 장에서는 조선전기 도학시와 성혼 시의 문학사적 의의를 살펴보

았다. 정암 조광조, 점필재 김종직, 회재 이언적, 퇴계 이황, 일두 정여창은 도학을 강화하였고 제자들이 이를 계승 발전시켰다. 이들 도학자들은 스승과 제자, 그리고 지인과 벗끼리 주고받은 시와 간찰을 통해 교양을 쌓았다. 이들은 '성리학'을 실천철학인 도학의 형이상학적 이론 틀로 제시하였고 실천적 덕목을 강조하였다. 이는 도학의 바탕인 도학적 사유가 송대 성리학에서 한 걸음 더 나아가 지행을 실천적 덕목으로 삼았기 때문이다.

이러한 시기에 활동한 성혼도 도학자로 추숭되었다. 성혼 시가 갖는 문학사적 의의는 바로 정암 조광조-청송 성수침 및 휴암 백인걸-묵암 성혼-창랑 성문준 및 팔송 윤황-이후 명재 윤증으로 이어지는 소론계 도학시 맥의 가교 역할을 담당하였다는 점이다. 따라서 성혼의 시는 기호학파 유학의 본산인 파주에서 조선전기 도학사상의 오륜정신을 체득한 도학문학의 정수라 할 수 있으며 소론계 시맥을 계승 발전시키는 구심적인 역할을 하였다고 볼 수 있다.

이상 성혼의 삶으로부터 우러나온 시들을 분석하여 조선조 한시의 역사에서 그의 시가 차지하는 위상을 알아보았고 그의 시의 도학적 성향과 풍격미를 종합하여 정리하면 다음과 같다.

조선전기 학자 우계牛溪 성혼成渾(1535~1598)은 동국십팔선정東國十八先正에 속한 조선의 대표적인 성리학자性理學者이며 한 때 경세가經世家로서 일생을 보낸 선비이다. 그는 학문과 덕행이 뛰어난 도학자로서 삶을 일관하였으며 그의 사우와 문도는 조선중기 학문과 덕행을 갖춘 이들이었다. 성혼은 자를 호원浩原, 호를 우계牛溪 또는 묵암默庵으로 썼다. 우계라는 호는 주로 그가 살았던 파주의 쇠내에서 본뜬 것이고 묵암은 사승관계에서 비롯된 것이다. 따라서 성혼은 정암-휴암-묵암으로 이어지는 사승관계를 밝히고자 의도적으로 명명했다고 볼 수 있다.

성혼이 교유交遊한 벗으로는 모두가 진덕수업進德修業한 도학자道學

者로서 구봉龜峯 송익필宋翼弼, 율곡栗谷 이이李珥, 송강松江 정철鄭澈이 대표적이다. 그의 제자로는 중봉 조헌趙憲, 충장공 김덕령金德齡, 추탄 오윤겸吳允謙, 추포 황신黃愼, 창랑 성문준成文濬, 팔송 윤황尹煌, 수은 강항姜沆, 조암 이시백李時白 등이 있다. 그는 이들 교우, 사제 부자, 간의 교유를 시로써 형상화 하였다. 그는 이이와 학문적 견해와 지향에서 차이가 있었는데, 이는 훗날 서인이 이이 계열의 노론과 우계 계열의 소론으로 나뉘는 단초였다. 여기서 성혼을 소론의 비조로 볼 때, 이이는 노론의 비조가 되는 셈이다. 따라서 이들 조선 파주삼현과 송강 정철까지 그 성향을 분석해 중국의 송대 성리학자들과 비유해보면 율곡은 주자, 우계는 육구연, 그리고 구봉은 장식, 송강은 여조겸에 해당하는 인물들이라 할 수 있다.

성혼이 남긴 시 작품은 단순히 음풍농월의 소산이 아니라, 인간의 본질을 추구하고 올바른 삶의 길을 추구하는 과정에서 산출된 것들이었다. 따라서 그의 시들은 도학적 사유와 관물태도, 학문과 덕행의 추구가 시에 반영되어 수기치인지학을 염원한 도학자의 진덕수업과 독서인으로서의 삶과 유의로서의 삶이 형상화된 무실務實의 정수精髓였다.

성혼 시의 풍격風格은 작가의 개성과 인격의 내용이 종합적으로 다양하게 표출되었는데 이는 '돈후주신평실정정敦厚周愼平實定靜'의 풍격과 미적 본질로 나타났다. 그의 고유한 미적가치를 토대로 한 미적향수는 돈후미敦厚美, 주신미周愼美, 평실미平實美, 정정미定靜美인데, 성혼의 시 작품에 투영되어 나타났다.

이러한 풍격과 미학적 본질을 바탕으로 하여 성혼은 정암 조광조-청송 성수침, 휴암 백인걸-묵암 성혼-창랑 성문준, 팔송 윤황-이후 소론으로 이어져 가는, 학문과 덕행을 강조하는 실천적 유학자로서 도학시맥의 가교架橋 역할을 담당하였다. 따라서 성혼의 시는 청송의 염퇴, 벗의 인성, 사제의 절의를 담은 도학을 시로써 형상화 한 것으로 그의 시에는 통창通敞하는 승속의 교유정신과 평화에 대한 갈망이 담겨있다. 또한 그의 삶과 시문학은 도학의 정신을 고양하는 바탕이 될 수 있음을 알려 주었다.

도학시는 다양한 소재를 바탕으로 성리학적 사유와 실천이 담긴 주제로 나타내기 때문에 도학시 작품의 양은 조선조 한시에서 차지하는 비중이 적지 않으리라 생각된다. 이를 재검토하여 그 도학시의 위상位相을 바로잡는다면 그 문학사적文學史的 의의意義는 충분하다고 본다. 다만 이 책의 논의의 한계 상 그 검토 대상이 성혼 시에 한정하여 다룰 수밖에 없었다. 추후 성수침-성혼-성문준 3대에 걸쳐 그들의 도학시와 이들 시에 나타난 미학을 바탕으로 명재 윤증으로 이어지는 소론계 한시까지 검토하여 연구하기로 기약한다.

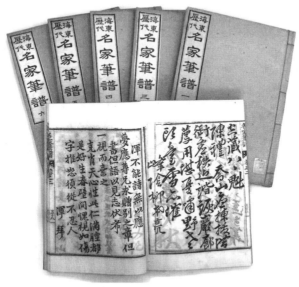

▲ 명가필보

참고문헌

1. 資料

龜隱 編, 『花源樂譜』, 刊寫者未詳, 1897.

奇大升, 『高峯集』, 韓國文集叢刊 40, 民族文化推進會, 1990.

金萬重 著, 洪寅杓 譯註, 『西浦漫筆』, 一志社, 1987.

金天澤 著, 吳漢根 編, 『青丘永言』, 朝鮮珍書刊行會, 1948.

南龍翼, 『箕雅』, 延世大學校 學術情報院 所藏本.

民族文化推進會 編, 『國譯 國朝寶鑑』, 民族文化推進會, 1995.

班固 撰, 凌稚隆 輯校, 『漢書』, 成均館大學校 尊經閣 所藏本.

白仁傑, 『休菴集』, 檀國大學校 栗谷記念圖書館 所藏本.

司馬遷, 『史記』, 景仁文化社, 刊寫年未詳.

徐居正, 『東人詩話』, 保景文化社, 1984.

徐師曾, 『文體明辨』, 旿晟社, 1984.

徐師曾, 『詩體明辨』, 旿晟社, 1985.

薛居正 等撰, 『晉書』, 中華書局, 1995.

成文濬, 『滄浪集』, 韓國文集叢刊 64, 民族文化推進會, 1988.

成守琛, 『聽松集』, 韓國文集叢刊 26, 民族文化推進會, 1988.

成俔 著, 南晚星 譯, 『慵齋叢話』, 大洋書籍, 1982.

成渾 編, 『朱門旨訣』, 竹谷精舍, 1923.

成渾, 『牛溪 龜峯兩先生文集』, 雅盛文化社, 1976.

成渾, 『牛溪先生文集』 1, 景仁文化社, 1987.

成渾, 『牛溪先生文集』 2, 景仁文化社, 1987.

成渾, 『牛溪集』, 韓國文集叢刊 43, 民族文化推進會, 1988.

成渾, 『韓國歷代文集叢書 v.119, 牛溪先生文集』, 景仁文化社, 1973.

世昌書館 編, 『懸吐武經六韜三略孫武子直解』, 世昌書館, 1951.

蘇浚, 『鷄鳴偶記』.

宋時烈, 『宋子大全』, 韓國文集叢刊 108~116, 民族文化推進會, 1989.

宋翼弼, 『龜峯集』, 韓國文集叢刊 42, 民族文化推進會, 1990.

安鼎福, 『順菴集』, 韓國文集叢刊 229~230, 民族文化推進會, 1999.

魚叔權, 『稗官雜記』, 東方文化書局, 1971.

列禦寇 著, 張湛 注, 『列子』, 浙江書局, 1876.

吳允謙, 『楸灘集』, 韓國文集叢刊 64, 民族文化推進會, 1988.

王守仁, 『王文成公全書』, 商務印書館, 發行年不明.

禹性傳, 『癸甲日錄』, 湖巖亭, 1986.

柳夢寅, 『於于集』, 韓國文集叢刊 63, 民族文化推進會, 1988.

尹宣擧, 『魯西遺稿』, 韓國文集叢刊 120, 民族文化推進會, 1988.

李德懋, 『靑莊館全書』, 韓國文集叢刊 257~259, 民族文化推進會, 2000.

李睟光, 『芝峯類說』, 景仁文化社, 1970.

李珥, 『栗谷全書』, 韓國文集叢刊 44~45, 民族文化推進會, 1988.

李玄逸, 『葛庵集』, 韓國文集叢刊 127, 民族文化推進會, 1994.

張維, 『谿谷集』, 韓國文集叢刊 92, 民族文化推進會, 1996.

張載 著, 武澄 輯, 『張子全書』, 鳳郡祠, 1843.

莊周 著, 郭象 注, 『莊子』, 浙江書局, 1876.

鄭澈, 『松江集』, 韓國文集叢刊 46, 民族文化推進會, 1989.

曹伸・李聞政 著, 李佑成 編, 『諛聞鎖錄』, 亞細亞文化社, 1990.

趙鍾業 編, 『韓國詩話叢編 3-畸翁漫筆』, 太學社, 1986.

趙憲, 『重峯集』, 韓國文集叢刊 54, 民族文化推進會, 1990.

周敦頤 撰, 『周子通書』, 臺灣中華書局, 1979.

朱熹, 『中庸或問』, 學民文化社, 1995.

曾先之 原著, 張基槿 講述, 『新完譯 十八史略 上』, 明文堂, 2003.

陳壽 撰, 裴松之 注, 『三國志 魏書』, 中華書局, 1992.

秋適 著, 秋世文 編, 『明心寶鑑』, 정림사, 2001.

韓國學文獻硏究所 編, 『牛溪門徒 : 坡山及門諸賢集』, 亞細亞文化社, 1982.

韓國學文獻硏究所 編, 『聽松牛溪集(附滄浪集)』, 亞細亞文化社, 1980.

韓國學文獻硏究所 編, 『韓國漢詩選集』, 亞細亞文化社, 1980.

韓非 撰, 『韓非子』, 臺灣中華書局, 1982.

許筠 著, 趙鍾業 編, 『鶴山樵談』, 太學社, 1996.

黃堅 著, 成百曉 譯, 『古文眞寶 前集』, 傳統文化硏究會, 2001.

黃堅 著, 成百曉 譯, 『古文眞寶 後集』, 傳統文化硏究會, 1994.

黃玹, 『梅泉集』, 韓國文集叢刊 348, 民族文化推進會, 2010.

『論語』, 學民文化社, 1990.

『大學·中庸』, 學民文化社, 1996.

『東歌選』, 서울대학교 奎章閣 韓國學硏究院 所藏本.

『孟子』, 學民文化社, 1996.

『書經』, 學民文化社, 1996.

『小學』, 學民文化社, 1990.

『詩經』, 學民文化社, 1990.

『禮記』, 學民文化社, 1990.

『周易』, 學民文化社, 1998.

『春秋左氏傳』, 學民文化社, 2000.

2. 學位論文

金昌慶, 「龜峰 宋翼弼의 道學思想 硏究」, 忠南大學校 大學院 박사학위논
        문, 2011.

김민석, 「隱峯 安邦俊의 史家的 意識」, 경상대학교 교육대학원 석사학위논
        문, 2009.

김세봉, 「17世紀 湖西山林勢力 硏究 : 山人勢力을 중심으로」, 檀國大學校
        박사학위논문, 1995.

김윤경, 「16-17세기 韓國 陽明學 成立過程의 工夫論 硏究 : 洪仁祐·盧守愼
        ·崔鳴吉·鄭齊斗를 중심으로」, 성균관대학교 박사학위논문, 2011.

김은아, 「李春英의 漢詩 研究」, 경상대학교 석사학위논문, 2002.

남연숙, 「駱坡 李慶胤(1545~1611) 山水人物畵 研究」, 고려대학교 석사학
위논문, 2009.

도민재, 「조선전기 예학사상 연구」, 성균관대학교 박사학위논문, 1998.

박균섭, 「牛溪 成渾의 敎育思想 研究」, 成均館大學校 大學院 박사학위논
문, 1998.

박세인, 「睡隱 姜沆의 시문학 연구 : 內傷의 표출 양상과 치유적 형상을
중심으로」, 전남대학교 대학원 박사학위논문, 2009.

서정문, 「朝鮮中期의 文集編刊과 門派形成」, 國民大學校 大學院 박사학위
논문, 2007.

徐惠珍, 「牛溪 成渾의 理氣說 研究 : 主理와 主氣設 折衷論의 開祖로서」,
圓光大學校 大學院 석사학위논문, 1994.

성교진, 「우계의 철학사상」, 건국대학교 대학원 박사학위논문, 1983.

성효정, 「우계 성혼의 생애와 문집의 편찬간행 및 내용분석」, 성균관대학
교 석사학위논문, 2009.

송혁수, 「龜峯 宋翼弼의 詩文學 研究」, 朝鮮大學校 敎育大學院 석사학위
논문, 1998.

양기정, 「『禮記類編』의 編刊과 毁板·火書에 관한 연구」, 성균관대학교
석사학위논문, 2011.

윤명선, 「崔錫鼎의 生涯와 學問」, 全南大學校 석사학위논문, 1996.

윤성진, 「牛溪 成渾의 生涯와 思想」, 釜山大學校 大學院 석사학위논문,
1997.

윤은주, 「茶山의 鈔書之法 研究 : 書簡文을 중심으로」, 경일대학교 산업대
학원 석사학위논문, 2010.

이건희, 「삼현수간과 함께하는 역사적 장소 탐방 학습 방안 연구 : '16세기
조선시대 선비들의 삶 상상하기'를 주제로」, 경인교육대학교 교육
전문대학원 석사학위논문, 2015.

이성희, 「조선시대 중인층의 독서론에 관한 연구」, 천안대학교 문헌정보대
학원 석사학위논문, 2005.

이영택,「牛溪 成渾의 倫理思想 硏究」, 강원대학교 석사학위논문, 1999.

이원희,「우계와 율곡의 인성론 연구」, 대구효성가톨릭대학교 석사학위논
　　　문, 1996.

장도규,「조선 오현의 도학시 연구」, 단국대학교 박사학위논문, 1999.

정경아,「牛溪 成渾의 學文과 敎育活動」, 전남대학교 교육대학원 석사학위
　　　논문, 2002.

鄭仁善,「澤堂 李植의 학문성향과 南冥學 비판」, 慶尙大學校 敎育大學院
　　　석사학위논문, 2005.

정화영,「성혼의 실학사상과 교육철학」, 경상대학교 석사학위논문, 2002.

조선미,「우계성리학에 나타난 교육이론 연구」, 한국교원대학교 석사학위
　　　논문, 1994.

조창규,「조선전기의 염락시풍 한시 연구」, 경성대학교 박사학위논문,
　　　2011.

주용성,「重峯 趙憲의 實踐哲學 硏究」, 성균관대학교 일반대학원 석사학위
　　　논문, 2009.

허권실,「牛溪와 栗谷의 四端·七情과 人心·道心에 관한 硏究」, 군산대학
　　　교 박사학위논문, 2012.

3. 學術論文

강구율,「趙靜庵 漢詩 硏究」,『동방한문학』 8권, 동방한문학회, 1992.

구본현,「성혼의 시세계」,『한국한시작가연구』, 한국한시학회, 2001.

具仕會,「새로 나온 송만재의 <관우희>와 한시 작품들」,『열상고전연구』
　　　36, 열상고전연구회, 2012.

＿＿＿,「조선후기의 연희시와 전승계보-19세기 소론계 문인을 중심으로-
　　　」,『판소리연구』 제36권, 판소리학회, 2013.

＿＿＿,「河西 金麟厚의 文學思想」,『한국문학연구』 제12권, 동국대학교
　　　한국문학연구소, 1989.

김경탁,「이기영(理氣詠)-율곡선생이 우계에게 보내는 시-」,『철학』 2집,

한국철학회, 1957.

김기림, 「박세채의 <증산염락풍아>에 대한 고찰」, 『동양고전연구』, 동양
고전학회, 1996.

김기현, 「우계의 사단칠정설에 대한 재조명」, 『우계학보』 제19호, 우계문
화재단, 2000.

_____, 「우계 성리학의 정립을 향한 예비적 고찰」, 『우계학보』 제21호,
우계문화재단, 2002.

김낙진, 「우계 성혼의 의리사상」, 『우계문화재단 단행본』 Vol.2009 No.1,
우계문화재단, 2009.

_____, 「牛溪 成渾의 義理思想」, 『牛溪學報』 19집, 우계문화재단, 2000.

김문준, 「牛溪 成渾의 『爲學之方』의 工夫法」, 『牛溪學報』 27집, 우계문화
재단, 2008.

김봉희, 「구봉 송익필 시의 연구」, 『한문학논집』 18집, 2000.

김영숙, 「퇴계시에 나타난 도학적 성격과 형상」, 『퇴계학논집』 5호, 영남
퇴계학연구원, 2009.

김오봉, 「牛溪 成渾의 독서론에 관한 연구」, 『서지학연구』 Vol.14, 서지학
회, 1997.

金祐瑩, 「우계 성혼의 퇴율절충론의 철학적 함의 : 리기일발설(理氣一發
說)의 존재론적 해석」, 『유학연구』 31, 충남대학교 유학연구소,
2014.

_____, 「牛溪 成渾의 退栗折衷論의 철학적 함의 : 理氣一發說의 존재론적
해석」, 『우계학보』 33, 우계문화재단, 2015.

김윤정, 「霞谷 鄭齊斗의 宗法시행과 禮論」, 『인천학연구』 9집, 2008.

김은경, 「朝鮮時代 讀書 方法論 硏究」, 『漢文古典硏究』 13집, 2006.

김익수, 「성우계의 학문관」, 『우계학보』 제9집, 우계문화재단, 1993.

김정자, 「우계의 낙서」, 『어문논집』 7집, 민족어문학회, 1963.

김창경, 「龜峰 宋翼弼의 性理學에 대한 철학적 검토」, 『韓國思想과 文化』
54집, 2010.

_____, 「삼현수간을 통해서 본 구봉·우계·율곡의 도의지교와 학문교유」,

『유학연구』 27, 충남대학교 유학연구소, 2012.

김충열, 「牛·栗四七論辯評議」, 『성우계사상연구논총』, 우계문화재단, 1991.

林泰勝, 「朝鮮中期性理學에 나타난 晦庵 "持敬"觀의 전개과정과 그 효용적 의미」, 『東洋哲學硏究』 19집, 1998.

리기용, 「牛·栗성리학에서 본 사단칠정론」, 『우계학보』 제25호, 우계문화재단, 2006.

박경신, 「율곡 이이의 교유시 고」, 『한문고전연구』 12, 한국한문고전학회, 2006.

박균섭, 「우계의 성리학과 학문의 경향」, 『우계학보』 제3집, 우계문화재단, 1991.

_____, 「우계 문도 연구-임진왜란과 그 대응을 통해 본 유교지식인의 초상-」, 『우계학보』 제23호, 우계문화재단, 2004.

_____, 「우계 성혼의 이상적 인간상에 관한 견해 고찰」, 『牛溪學報』 24호, 우계문화재단, 2005.

_____, 「牛溪門徒와 倭亂.胡亂」, 『한국교육사학』 23집 No.1, 2001.

_____, 「우계사상의 실학적 성격-農書와 醫書에 대한 이해 양상을 중심으로-」, 『우계학보』 제20호, 우계문화재단, 2001.

_____, 「우계서실의 문도교육에 관한 교육사적 고찰」, 『우계학보』 제22호, 우계문화재단, 2003.

_____, 「우계의 교수법 연구」, 『한국교육사학』 22집, 한국교육사학회, 2000.

_____, 「우계의 교육론-불편한 사회, 지난한 교육-」, 『우계학보』 제26호, 우계문화재단, 2007.

_____, 「우계의 성인·군자론과 평생학습의 과제」, 『한국교육 KEDI』, 한국교육개발원, 1999.

_____, 「우계의 이상사회론과 교육」, 『우계학보』 제19호, 우계문화재단, 2000.

_____, 「우계의 주자서 이해와 문도교육의 표준」, 『교육사학연구』 10집,

서울대 교육사학회, 2000.

_____, 「우계의 주자서 이해와 적용에 관한 교육사적 고찰」, 『우계학보』
제21호, 우계문화재단, 2002.

_____, 「우계철학의 교육학적 해석」, 『교육학연구』제38집4권, 한국교육
학회, 2000.

_____, 「隱屛精舍 연구-율곡과 우계의 교육활동을 중심으로-」, 『우계학
보』 제25호, 우계문화재단, 2007.

朴丙鍊, 「南冥學派 盛衰過程의 政治社會的 特性과 士林의 動向」, 『南冥學
硏究』, Vol.16 No.-, 2003.

박우훈, 「秋浦 黃愼의 삶과 문학」, 『한문학논집』 12권 0호, 근역한문학회,
1994.

朴鎭煥, 「牛溪 成渾의 詩世界」, 『牛溪學報』 2, 우계문화재단, 1990.

백태명, 「우계 성혼 문학의 배경」, 『牛溪學報』 4, 우계문화재단, 1991.

범선균, 「조식의 증답시」, 『중국문학』제4집, 한국중국어문학회, 1977.

서수용, 「牛溪 退溪 兩 先生 關係 一考」, 『牛溪學報』 Vol.23 No.-, 2004.

徐惠珍, 「牛溪 成渾의 理氣說 硏究」, 『牛溪學報』 Vol.11 No.-, 1994.

설석규, 「16세기 士林의 世界觀 分化와 成渾의 現實 對應 자세」, 『牛溪學
報』 Vol.24 No.-, 우계문화재단, 2005.

_____, 「16세기 사림의 세계관 분화와 成渾의 현실대응」, 『우계문화재단
단행본』 Vol.2009 No.1, 우계문화재단, 2009.

_____, 「우율학과 기호사림의 동향」, 『국학연구』 Vol.7 No.-, 2005.

_____, 「정주학 전래와 여말 한문학」, 『동방학지』 36-37, 연세대학교 국
학연구원, 2005.

_____, 「조선시대 유교목판 제작 배경과 그 의미」, 『국학연구』 6, 한국국
학진흥원, 2005.

설성경, 「우계 성혼의 시가 연구」, 『牛溪學報』 3, 우계문화재단, 1991

成校珍, 「牛溪 成渾의 理氣人道論, 『현대사상연구』 Vol.6 No.-, 1995.

_____, 「牛溪 成渾의 主理主氣纏發一途或主說에 關한 硏究」, 『牛溪學報』
Vol.29 No.-, 우계문화재단, 2011.

_____, 「청송의 유일사상」, 『연구논문집』 34, 대구효성가톨릭대학교, 1987.

성교진·장재천, 「한국사상과 인성교육 : 牛溪 成渾의 書室儀와 교육정신」, 『韓國의 靑少年文化』 Vol.10 No.-, 2007.

성기옥, 「국문학 연구의 과제와 전망-범위와 장르문제를 중심으로」, 『이화어문논집』 12, 이화여대 이화어문학회, 1992.

성기조, 「牛溪詩 評說」, 『성우계사상연구논총』, 우계문화재단, 1988.

성기택, 「日本統治時代 初等敎科書에 紹介된 性理學者 三賢」, 『牛溪學報』, Vol.20 No.-, 우계문화재단, 2001.

성기훈, 「先賢들의 行蹟表記에 對한 小考」, 『牛溪學報』 Vol.22 No.-, 우계문화재단, 2003.

孫仁銖, 「牛溪 成渾의 敎育思想」, 『우계문화재단 단행본』 Vol.1991 No.1, 우계문화재단, 1991.

송준호, 「신독재 시의 특질 고구」, 『사계 신독재 사상 학술발표논집』, 1996.

_____, 「염락풍 시의 성격-거울로서의 본질과 기능」, 『한중철학』 4, 한중철학회, 1998,

_____, 「염락풍 시의 한 전형성-거울로서의 한강 정구의 시」, 『연세교육과학』 45집, 1997.

안병학, 「조선 중기 당시풍과 시론의 전개 양상」, 『한국한문학연구』 1, 고려대학교 민족문화연구원 학국문학연구소, 2000.

安銀洙, 「成渾과 李珥의 理氣論」, 우계문화재단 단행본, Vol.2009 No.1, 우계문화재단, 2009.

_____, 「成渾의 理氣一發說」, 우계문화재단 학술대회, Vol.1998 No.1, 우계문화재단, 1998.

_____, 「成渾의 理氣一發說」, 『牛溪學報』 18, 우계문화재단, 1999.

양광석, 「古文家와 道學家의 文學觀 : 文以貫道와 文以載道를 중심으로」, 『유교사상문화연구』 22, 한국유교학회, 2005.

양대연, 「우계선생의 시에 대한 고찰」, 『성우계사상연구논총』, 우계문화재단, 1991.

양훈식, 「牛溪 成渾의 交遊詩 硏究-龜峰,栗谷,松江을 중심으로」, 『어문연구』 제161호 , 한국어문교육연구회, 2014.

_____, 「파주삼현의 편지에 나타난 도학담론」, 『어문논집』 62집, 중앙어문학회, 2015.

_____, 「우계 증답시에 나타난 도학적 성향 연구」, 『온지논총』 44집, 온지학회, 2015.

_____, 「조선조 도학시의 전개양상 연구」, 『문화와 융합』 37권1호, 한국문화융합학회, 2015.

우계문화재단, 「文簡公 牛溪 成渾 先生 祠堂竣工」, 『우계문화재단 학술대회』 Vol. No.1, 1987.

우계문화재단, 「우계 성혼 연구자료 목록」, 우계문화재단 단행본, Vol.2009 No.1, 2009.

원용문, 「우계 성혼론, 漢文學論集」, Vol.12 No.-, 1994.

_____, 「우계성혼론」, 『한문학논집』 12, 근역한문학회, 1994.

劉明鍾, 「牛溪 成渾의 「朱門旨訣」」, 牛溪學報, Vol.1 No.-, 1990.

_____, 「折衷派의 鼻祖 牛溪의 成渾의 理氣哲學과 그 展開」, 우계문화재단 단행본, Vol. No.1, 1991.

_____, 「折衷派의 鼻祖 牛溪의 成渾의 理氣哲學과 그 展開」, 牛溪學報, Vol.4 No.-, 1991.

유연석, 「牛溪 후학의 栗谷 性理學 이해와 비판 -朴世采,趙聖期,林泳을 중심으로-」, 율곡사상연구 Vol.23 No.-, 2011.

윤정분, 「도봉서원과 조선후기 '정신문화공동체'」, 『인문과학연구』 Vol.13 No.-, 2010.

이동환, 「牧隱에게서의 道學思想의 文學的 闡發」, <한국문학연구> 3, 고려대학교 민족문화연구원 한국문학연구소, 2002.

_____, 「韓國美學思想의 探究(Ⅰ) -古朝鮮~三國初期」, 『민족문화연구』 30권 0호, 고려대학교 민족문화연구원, 1997.

_____, 「韓國美學思想의 探究(Ⅱ) -三國중기~통일신라중기(1) -山水風流」, 『민족문화연구』 30권 0호, 고려대학교 민족문화연구원, 1997.

이동희, 「牛溪 成渾의 性理說과 조선 후기 '折衷波'」, 『牛溪學報』 Vol.22 No.-, 2003.

_____, 「牛溪 成渾의 性理說과 조선 후기 '折衷派'」, 『東洋哲學研』 No.-, 2004.

_____, 「우계 성혼의 성리설과 조선후기 '절충파'」, 『우계문화재단 단행본』, Vol.2009 No.1, 2009.

_____, 「율곡학과 퇴계학의 리기론 (栗谷學和退溪學的理氣論)」, 『율곡사상연구』 Vol.12 No.-, 2006.

_____, 「조선조 실학자들은 성리논쟁을 해결하였는가?」, 『한국학논집』 Vol.37 No.-, 2008.

_____, 「조선조 주자학의 철학적 아포리아」, 『동양철학』 Vol.32, 2009.

이병혁, 「정주학 전래와 여말 한문학」, 『동방학지』 36-37, 연세대학교 국학연구원, 1983.

이영경, 「栗谷의 『醇言』에 나타난 儒家·道家的 倫理觀의 갈등과 포섭문제」, 『철학논총』 36, 새한철학회, 2004.

이영호, 「哲理詩의 범주와 미의식에 관한 시론」, 『동방한문학』 33권0호, 동방한문학회, 2007.

李章熙, 「牛溪 成渾에 關한 史的 考察」, 『論文集』 11, 1988.

이종묵, 「고전시가에서 용사와 점화의 미적 특질」, 『한국시가연구』 3권 0호, 한국시가학회, 1998, pp.323~345.

_____, 「漢詩 作法의 言語學的 接近 試論 -三唐詩人 漢詩를 중심으로-」, 『국문학연구』 1, 국문학회, 1997, pp.29~56.

_____, 「16-17세기 漢詩史 연구 - 詩風의 변화 양상을 중심으로」, 『정신문화연구』 제23권 3호, 한국학중앙연구원, 2000, pp.79~103.

_____, 「조선 전기 한시의 당풍에 대하여」, 『한국한문학연구』 18, 한국한문학회, 1995.

_____, 「朝鮮 中期의 漢詩 選集」, 『정신문화연구』 Vol.20 No.3, 한국학중앙연구원, 1997, pp.69~89.

_____, 「退溪와 星湖의 詩學」, 『국학연구』 23, 한국국학진흥원, 2013,

pp.71~106.

_____, 「韓國 漢詩와 哲學 - 朝鮮 中期 理學派의 觀物論과 修養論을 중심으로-」,『韓國漢詩研究』Vol.1 No.-, 한국한시학회, 1993, pp.59~81.

이종성, 「우계 성혼의 도학적 삶과 학문연원」,『牛溪學報』28, 우계문화재단, 2009.

이진향·이재근, 「淸風溪 경관에 관한 연구」,『한국전통조경학회지』Vol.29 No.1, 2011.

李炳性, 「牛溪 成渾의 理重視的 性理說 一攷」,『포은학연구』Vol.5 No.-, 우계문화재단, 2010.

_____, 「우계 성혼의 本源涵養的 유학사상 일 고찰」,『우계문화재단 단행본』No.1, 우계문화재단, 2009.

_____, 「牛溪 成渾의 本院涵養的 儒學思想 一攷察」,『牛溪學報』Vol.22 No.-, 우계문화재단, 2003.

_____, 「牛溪 成渾의 理重視的 性理說 一攷」,『牛溪學報』Vol.29 No.-, 우계문화재단, 2011.

_____, 「牛溪學派의 학맥과 학풍」,『儒學研究』Vol.25 No.-, 충남대학교 유학연구소, 2011.

_____, 「한국철학 : 우계 성혼의 이중시적 실천유학 사상에 관한 고찰」,『韓國思想과 文化』Vol.25 No.-, 한국사상문화학회, 2004.

임준성, 「우계 성혼의 '상우'지향」,『인문학연구』42, 조선대학교 인문학연구소, 2011.

_____, 「牛溪 成渾의 交遊詩 研究」,『牛溪學報』Vol.29 No.-, 우계문화재단, 2011.

_____, 「우계 성혼의 시세계 -遊山과 僧侶交遊를 중심으로」,『한국고시가문화연구(구고시가연구)』33권0호, 한국고시가문화학회(구 한국고시가문학회), 2014.

임준철, 「조선중기 송도문인 시에 나타난 심미경향의 특질 -현실인식과의 관계를 중심으로-」,『국어국문학』122, 국어국문학회, 1998.

장영백, 「고대 중국인의 '우환의식' 연구」,『중국어문학논집』25, 중국어문학연구회, 2003.

장윤수,「우계 성혼의 사상적 연원과 현실·실천 지향적 삶」,『우계문화재단 단행본』, Vol.2009 No.1, 우계문화재단, 2009.

_____,「우계 성혼의 사상적 연원과 현실·실천 지향적 삶」,『牛溪學報』23, 우계문화재단, 2004.

정상균,「牛溪 先生의 詩 世界 硏究」,『牛溪學報』18. 우계문화재단, 1999.

_____,「우계 성혼 한시 국역(全)」,『牛溪學報』19, 우계문화재단, 2000.

_____,「우계의 시 세계 연구」,『우계문화재단 단행본』No.1, 우계문화재단, 2009.

정상균·鄭雲采·尹用男,「牛溪 先生의 詩 世界 硏究」,『우계문화재단 학술대회』No.1, 우계문화재단, 1998.

정요일,「문이재도론의 이해」,『한국한문학연구』6, 한국한문학회, 1982, p.24.

정호준,「八哀詩 初探」,『중국연구』52권0호, 한국외국어대학교 중국연구소, 2011.

曹圭益,「歌曲唱詞의 美意識的 本質 試論-唱詞와 詞의 美的 有機性을 중심으로-」,『정신문화연구』15(1), 한국학중앙연구원, 1992.

_____,「文藝美와 氣 -崔滋의 論理를 중심으로-」,『어문연구』26, 충남대학교 문리과대학 어문연구회, 1995.

_____,「조선조 도의가맥의 일단(一)」,『東方學』3, 한서대학교 동양고전연구소, 1997.

_____,「昌南詩社·同泛契 硏究」,『열상고전연구』6, 열상고전연구회, 1993.

_____,「退溪의 詩歌觀 小攷 : <陶山十二曲跋>·<書漁父歌後>·<與趙士敬書>·<與鄭子精> 등을 중심으로」,『退溪學硏究』2, 단국대학교 퇴계학연구소, 1988.

진상원,「朝鮮中期 道學의 正統系譜 成立과 文廟從祀」,『한국사연구』128, 한국사연구회, 2005.

최근묵,「明齋 尹拯의 學問淵源과 그 學脈」,『儒學硏究』Vol.15 No.-, 2007.

최신호, 「聽松·牛溪의 生涯와 詩世界-隱顯觀의 側面에서」, 『성심어문논집』 9, 성심여대, 1986.

최영성, 「魯西 尹宣擧의 삶과 학문 - '悔過自新'과 '喚醒實心'을 중심으로」, 『儒學硏究』 Vol.18 No.-, 충남대학교 유학연구소, 2008.

_____, 「韓國儒學史에서 成渾의 位相과 牛溪學派의 影響」, 『牛溪學報』 Vol.27, 우계문화재단, 2008.

_____, 「南溪 樸世采의 예학과 사회 정치 개혁 -變通, 蕩平論을 중심으로-」, 『율곡사상연구』 Vol.21 No.-, (사)율곡연구원, 2010.

최영진·안유경, 「牛溪 成渾 性理說의 構造的 理解」, 『牛溪學報』 Vol.27 No.-, 우계문화재단, 2008.

최은주, 「朝鮮後期 『濂洛風雅』의 수용양상과 그 의미」, 『大東漢文學』 26, 대동한문학회, 2007.

최일범, 「『東儒學案』의 學派 分類에 관한 考察」, 『유교사상문화연구』 21, 한국유교학회, 2004.

한의숭, 「성혼과 송익필의 「銀娥傳」서술 양상과 그 의미」, 『민족문학사연구』 25, 민족문학사학회·민족문학사연구소, 2004

홍학희, 「삼현수간을 통해 본 이이와 성혼의 교유」, 『동양고전연구』 27, 동양고전학회, 2007.

_____, 「한국 도학시 연구에 있어서의 몇 가지 문제」, 『한국고전연구』 10, 한국고전연구학회, 2004.

황의동, 「魯西 尹宣擧의 務實思想」, 『儒學硏究』 Vol.18 No.-, 충남대학교 유학연구소, 2008.

_____, 「沙溪 金長生 사상의 연원에 대한 검토」, 『哲學硏究』 Vol.95 No.-, 대한철학회, 2005.

_____, 「牛溪 교육사상의 특성」, 『哲學論叢』 Vol.26 No.-, 새한철학회, 2001.

_____, 「牛溪 成渾의 敎育思想」, 『牛溪學報』 Vol.20 No.-, 우계문화재단, 2001.

_____, 「牛溪學의 傳承과 그 學風」, 『汎韓哲學』 28. 범한철학회, 2003.

_____, 「창령 성씨 유학자들의 학문과 사상」, 『동서철학연구』 Vol.50
    No.-, 한국동서철학회, 2008.

4. 單行本

E. 슈타이거 저, 이유영·오현일 공역, 『詩學의 根本槪念』, 삼중당, 1978.
M.H.Abrams 저, 최동호·권택영 편역, 『문학비평용어사전』, 새문사, 1985.
강대욱, 『발길에 세월을 묻고』, 경인, 1995.
강혜선, 『한시러브레터』, 북멘토, 2015.
금장태, 『한국유교의 이해』, 민족문화사, 1989.
_____, 『退溪學派와 理철학의 전개』, 서울대학교출판부, 2000.
김갑기, 『한시로 읽는 우리 문학사』, 새문사, 2007.
김경미, 『박제가의 시문학 연구』, 태학사, 2007.
金炳浩, 『儒學淵源錄 全』, 易經硏究院, 1980.
김상홍, 『한국한시론과 실학파문학』, 韓國人文科學院, 1998.
김석배, 『韓國歷代名人筆蹟, 景仁文化社』, 1975.
김성룡, 『한국문학사상사 1』, 이회문화사, 2004.
김수민, 『明隱集』, 保景文化社, 1987.
김순동, 『韓國故事大典 : 全』, 回想社, 1965.
김인호, 『중국 漢詩의 이해』, 신아사, 2015.
김창경, 『구봉 송익필의 도학사상』, 책미래, 2014.
김충렬 외, 『성우계사상연구논총』, 우계문화재단, 1991.
김학주, 『개정 중국문학사』, 신아사, 2007.
_____, 『중국문학사』, 신아사, 1989.
남상호, 『How로 본 중국철학사』, 서광사, 2015.
류희춘, 『韓國의 思想大全集』, 同和出版社, 1985.
민병수, 『한국한문학개론』, 태학사, 1996.
_____, 『韓國漢詩代表作評說』, 태학사, 2000.
_____, 『韓國漢詩史』, 太學社, 1996.

박상만,『韓國歷代敎育名家列傳』, 명문당, 1971.

_____,『한국의 교육자상』, 교육관, 1983.

박완식,『중용』, 여강출판사, 2005.

_____,『한문문체의 이해』, 전주대학교출판부, 2001.

朴銀淑,『16세기 호남 한시 연구』, 도서출판 월인, 2004.

_____,『高敬命 詩 硏究』, 集文堂, 1999.

박재홍,『(박재홍 에세이집)한장굴 고모 이야기』, 새로운사람들, 2010.

백승덕,『休庵先生實記』, 休庵白仁傑先生紀念事業會, 1981.

변이중,『望菴集』, 望菴 邊以中先生 紀念事業會, 1996.

변종현,『고려조 한시 연구』, 태학사, 1994.

봉재종,『海東師第綠』, 해동, 2007.

서울대학교 규장각,『大東詩選』, 서울大學校奎章閣, 2001.

서울특별시사편찬위원회,『서울지명사전』, 서울특별시사편찬위원회, 2009.

성교진,『(補遺篇)韓國儒學思想論文選集44 朝鮮前期 4』, 불함문화사,
        1996.

_____,『成牛溪의 性理思想』, 以文出版社, 1993.

_____,『成牛溪의 哲學思想과 儒學思想』, 以文出版社, 1986.

_____,『韓國思想論文選集89, 成渾・宋翼弼』, 불함문화사, 1999.

성기옥 외,『한국시의 미학적 패러다임과 시학적 전통』, 소명출판, 2004.

성수침,『聽松先生集』, 亞細亞文化社, 1979.

성혼 저, 성백효 역,『(국역)우계집』 1, 민족문화추진회, 2000.

_____, 성백효 역,『(국역)우계집』 2, 민족문화추진회, 2001.

_____, 성백효 역,『(국역)우계집』 3, 민족문화추진회, 2002.

_____, 이성민 편,『(국역)우계집』 4, 민족문화추진회, 2003.

_____, 민족문화추진회 옮김,『(신편 국역) 우계 성혼 문집』 1-5, 한국학
        술정보, 2006.

세종대왕기념사업회 편,『국역 국조인물고』 16, 사단법인 세종대왕기념
        사업회, 2003.

세종대왕기념사업회 한국고전용어사전 편찬위원회,『한국고전용어사전』,

세종대왕기념사업회, 2001.

소재영,『壬辰倭亂 史料叢書 : 文學』, 아세아문화사, 2000.

손인수,『韓國敎育思想家 評傳』 1, 文音社, 1992.

_____,『한국교육의 뿌리』, 培英社, 1995.

_____,『寒暄堂·栗谷·牛溪의 敎育思想』, 培英社, 1989.

손종흠·안대회,『한국한문고전강독』, 한국방송통신대학교출판부, 2012.

송영정 편저,『송시 근체시 백수』, 신아사, 2015.

송익필,『세 분 선생님의 편지글』, 호암미술관, 2001.

송재소,『한시미학과 역사적 진실』, 창작과 비평사, 2001.

신경림·이은봉·조규익,『松江文學研究論叢』, 국학자료원, 1993.

신동준,『무경십서』, 역사의 아침, 2012.

신두환,『한국 한시 미학비평 강의 : 허균의 성수시화(惺叟詩話)』, 보고
　　　　사, 2015.

신봉승,『(조선 선비의 거울) 문묘 18현 : 사약으로 죽어 천 년을 산다』,
　　　　청아, 2010.

심경호,『간찰, 선비의 마음을 읽다』, 한얼미디어, 2006.

안대회,『궁극의 시학』, 문학동네, 2013.

_____,『조선후기시화사』, 소명출판, 2000.

정약용 저, 양홍렬 역,『다산시문집』 제4권, 한국고전번역원, 1994.

역경연구원,『儒學淵源錄』, 景仁文化社, 1980.

열린문화사,『韓國儒學思想論文選集』, 열린문화사, 2001.

오석원,『牛溪 成渾과 朝鮮儒學』, 牛溪文化財團, 2011.

_____,『한국 도학파의 의리사상』, 성균관대학교출판부, 2005.

오종일,『율곡학과 한국유학』, 예문서원, 2007.

우계문화재단,『成牛溪思想研究論叢』, 牛溪文化財團, 1988.

_____,『牛溪 成渾의 學問과 思想』, 이화, 2009.

_____,『牛溪思想과 現代社會』, 牛溪文化財團, 1992.

원용문,『古典文學論解』, 白山出版社, 1993.

_____,『문학의 해석과 방법』, 이회, 1997.

원주용,『조선시대 한시읽기(上)』, 한국학술정보(주), 2010.

유명종,『退溪와 栗谷의 哲學』, 동아대학교출판부, 1993.

유의경 저, 김장환 역,『世說新語(中)』, 살림출판사, 1997.

유탁일,『한국문헌학연구』, 아세아문화사, 1990.

유협, 최동호 역편,『문심조룡』, 민음사, 1994.

유희춘,『柳希春高敬明成渾』, 同和出版公社, 1977.

율곡·우계·구봉 지음, 임재완 옮김,『세 분 선생님의 편지글(원제목 : 三賢
　　　　手簡)』, 호암미술관, 2001.

李家源,『朝鮮文學史』上·中·下, 태학사, 1995.

_____,『退溪學及其系譜的硏究』, 退溪學硏究院, 1989.

_____,『한국한문학사』, 보성문화사, 2005.

이규경 저, 한국학문헌연구소편,『詩家點燈』, 아세아문화사, 1981.

이긍익,『燃藜室記述』1-12, 민족문화추진회, 1982.

이동희,『조선조 주자학의 철학적 사유와 쟁점(속편)』, 성균관대학교출판
　　　　부, 2010.

이병주 등,『韓國漢文學史』, 반도출판사, 1991.

이병한,『중국 고전 시학의 이해』, 문학과지성사, 1993.

_____,『漢詩批評의 體例硏究』, 통문관, 1974.

李炳赫,『高麗末 性理學 受容기의 漢詩 硏究』, 태학사, 1989.

_____,『고려말 성리학의 수용과 한시』, 태학사, 2003.

_____,『麗末鮮初 漢文學의 再照明』, 태학사, 2003

이상미,『학이 되어 다시 오리』, 박이정, 2006.

이애희,『명재 윤증의 학문연원과 가학』, 예문서원, 2006.

이용범,『(인생의 참스승) 선비』, 바움, 2004.

이우성,『圃彙朝鮮實紀海左掌考』, 亞細亞文化社, 1986.

이이,『栗谷牛溪兩先生年譜附錄』, 松潭書院, 1665.

이이·성혼·송익필 저, 허남진·엄연석 공역,『국역 삼현수간』, 도서출판
　　　　열림원, 2001.

이익,『星湖僿說』上·下, 慶熙出版社, 1967.

이장희, 『近世朝鮮史論攷』, 아세아문화사, 2000.

이종건, 『조선 시대 한시 비평』, 제이앤씨, 2007.

이종묵, 『우리 한시를 읽다』, 돌베개, 2009.

_____, 『한국 한시의 전통과 문예미』, 태학사, 2002.

_____, 『한시마중』, 태학사, 2012.

_____, 『海東江西詩派硏究』, 태학사, 1995.

이종술, 『栗谷·牛溪 往復書 硏究』, 한국사상연구원 부설 수덕문화사, 1997.

이종은·정민, 『韓國歷代詩話類編』, 아세아문화사, 1988.

李珍守, 『韓國書道二千年』, 巨道産業社, 1982.

_____, 『韓國歷代 名賢 憂國烈士 遺墨全帖 : 韓國 書道二千年』, 東成美術 出版社, 1981.

이해섭, 『朝鮮朝 詩·歌詞選集 : 潭陽·昌平關聯詩文』, 담양향토문화연구 회, 1996.

이황 저, 이윤희 역, 『활인심방』, 예문서원, 2006.

이희대, 『退溪門人錄』, 太陽社, 1983.

임준철, 『내 무덤으로 가는 이 길』, 문학동네, 2014.

_____, 『전형과 변주 : 조선시대 한문학의 계보적 연구』, 글항아리, 2013.

_____, 『조선중기 한시 의상연구』, 일지사, 2010.

장경남, 『임진왜란의 문학적 형상화』, 아세아문화사, 2000.

장지연, 『조선유교연원』, 명문당, 2009.

_____, 『대동시선 上』, 아세아문화사, 2008.

_____, 『대동시선 下』, 아세아문화사, 2008.

전규태 편, 『한국고전문학대계-時調集』, 명문당, 1991.

錢鍾書 저, 李鴻鎭 역, 『宋詩選註』, 역락, 2010.

전형대·정요일·최웅·정대림, 『韓國古典詩學史』, 홍성사, 1979.

鄭堯一, 『韓文學批評論』, 集文堂, 1990.

정민, 『한시미학산책』, 휴머니스트, 2010.

정범진 외 옮김, 『사기열전 하』, 까치, 1995.

정양·구사회,『한국리얼리즘 漢詩의 이해』, 새문사, 1998.

정존택,『국역 송강집』, 송강유적보존회, 1988.

조관희 역해,『莊子』, 청아출판사, 1988.

조규익,『고전시가의 변이와 지속』, 학고방, 2008.

_____,『朝鮮朝 詩文集 序·跋의 硏究』, 숭실대학교 출판부, 1988.

조규익 외,『한국문학개론』, 새문사, 2015.

조기영,『하서 김인후의 시문학 연구』, 아세아문화사, 1994.

조동일,『한국문학사사상시론』, 지식산업사, 2002.

_____,『제4판 한국문학통사』1-5, 지식산업사, 2005.

조두현,『한국한시선』, 큰손, 1982.

_____,『한국한시선』, 한국자유교육협회, 1973.

조영호,『15세기 관료문인의 한시연구』, 한국학술정보(주), 2005.

조융희,『조선중기 한시비평론』, 한국문화사, 2003.

조종업,『韓國詩話叢編』, 태학사, 1999.

趙憲 原著, 卞亨錫 譯註,『完譯 重峯詩 譯註』, (사)중봉조헌선생기념사업
　　　회, 2004.

周勳初 외 지음, 중국학연구회 고대문학분과 역,『중국문학비평사』, 이론
　　　과실천, 1992.

천즈어, 임준철 옮김,『중국시가의 이미지』, 한길사, 2013.

최광범,『고려말 한시의 풍격과 문예미』, 한국학술정보, 2005.

최원태,『韓國書道二千年』, 修書院, 1986.

충남대학교,『東洋哲學과 現代社會』, 이화, 2003.

파산세고간행위원회,『坡山世稿』, 亞細亞文化社, 1980.

팽철호,『중국고전문학 풍격론』, 사람과 책, 2001.

한국문학평론가협회,『문학비평용어사전』, 국학자료원, 2006.

한국사상연구회,『조선유학의 자연철학』, 예문서원, 1998.

한국인물유학사편찬위원회,『한국인물유학사』2, 한길사, 1996.

한국정신문화연구원,『국역 율곡전서(Ⅰ)』, 조은문화사, 1996.

한국철학사연구회,『한국철학사상사』, 심산출판사, 2010.

_____,『韓國儒學思想論文選集 22 退栗前後의 名儒 (2)』, 불
　　함문화사, 1993.
한국국학진흥원 국학연구실 편,『한국유학사상대계 Ⅲ철학사상편 하』, 한
　　국국학진흥원, 2005.
한국학중앙연구원 편,『율곡학연구총서 자료편 1』, 사단법인 율곡학회,
　　2007.
현상윤,『풀어 옮긴 조선유학사』, 현음사, 2003.
홍만종 저, 안대회 역주,『對校譯註 小華詩評』, 국학자료원, 1995.
홍명하,『沂川集』1, 沂川集發刊會, 1973.
홍정표,『水谷書院誌 : 全』, 水谷書院, 2001.
황의동,『기호유학 연구』, 서광사, 2009.
_____,『우계학파 연구』, 서광사, 2005.
_____,『율곡 이이 : 성리학과 실학을 겸비한 실천적 지성』, 살림, 2007.

기타

Lee Peter H, *ANTHOLOGY OF KOREAN LITERATURE*, University of
　　Hawaii, 1982.
정항교,「군자들 즐겨 찾던 향호정香湖亭 복원하자」,『강원일보』, 2009.
　　11.25, p.6.
韓國古典飜譯院-http://www.itkc.or.kr.

[成渾 詩 分類]

번호	題	年度	形式	韻統	韻字	素材
1	聞退溪先生棄官歸山	己巳(1569)	5율	微	歸,依,衰,洏	退溪
2	次鄭松江澈韻		5절	靑	淸,醒	松江
3	題兒子所抄詩卷	庚午(1570)	5절	尤	句,口	兒
4	月夜獨吟		7절	侵	深,心,林	月夜
5	與友人遊雲溪寺 一首		5율	尤	幽,流,裘,秋	紺嶽山靑鶴洞雲溪寺
6	與友人遊雲溪寺 二首		7절	齊	西,凄	紺嶽山靑鶴洞雲溪寺
7	遊天磨山		7절	東	中,通	天磨山
8	鄭松江母夫人挽章	癸酉(1573)	5排10句	入聲	實,血,及,說,泣	鄭松江母夫人
9	自京日暮 冒雪還坡山		5절	侵	深,林	坡山
10	贈僧僧自鄭典翰澈喪廬來 因以此贈之		5절	陽	陽,涼,喪	鄭澈 執喪
11	次栗谷韻		5율	灰	開,廻,灰,來	栗谷
12	題安氏野亭		7절	陽	涼,茫	野亭
13	村人送酒栗谷		7절	陽	陽,香	栗谷,酒,菊花
14	溪邊小酌		5절	灰	來,盃	溪,酒
15	偶吟		7절	陽	王,陽	葵
16	與栗谷坐溪邊		5율	微	磯,機,微,歸	栗谷,高樹,川流,魚鳥
17	漫成		7절	陽	郞,陽	栗谷, 楓崖
18	次人韻		5절	微	稀,幾,畿,違	爐, 明月
19	還山		5율	眞	臣,人,春,新,顟	芹,薺
20	秋日偶吟		7절	侵	林,深,心	宋玉
21	書先考題僧軸詩後		5절	支	時,詩	山人,僧
22	還山		7절	微	扉,依,歸	黃花
23	述懷		7절	微	衣,微,違	書

번호	題	年度	形式	韻統	韻字	素材
24	次郭宜直希溫韻		7절	微	歸,飛,非	嶽寺
25	出城日。感懷有作		7절	蒸	增,興	雪,鍾鼓
26	次李公著誠中見贈韻		7절	灰	來,回,盃	盃
27	挽沈方叔義謙		7절	眞	眞,人,春	沈義謙
28	次安生邵韻		7율	微,知	希,扉,機,輝,知	山,月
29	梳罷偶題	癸未(1583)	7율	庚,靑	生,成,楹,靈	靑山,綠水
30	挽栗谷	甲申(1584)春	5排18句	魚	書,廬,躇,如,畬,罕,獻,虛,初	栗谷
31	還坡山	甲申(1584)	7절	眞	身,新,人	坡山
32	南洲晚步	甲申(1584)	7절	庚	平,生,名	南洲
33	次栗谷韻	丁亥(1587)	5-6	入聲	室,伐,忽	新葉
34	書示吳允謙黃愼兩生	丁亥(1587)八月	7절	眞	身,晨,人	微蟲
35	書示吳允謙黃愼兩生	丁亥(1587)八月	7절	眞	身,晨,人	候蟲,秋風,落月
36	聞鶯		7절	庚	明,聲,輕	鸎,袂衣
37	贈安應休天瑞		7절	東	中,翁,叢	山鳥,花叢
38	秋日訪安應休山居		5절	齊	齊,棲	黃嫩,紅酣
39	還山道中詠石將軍		7절	文	軍,君,雲	石將軍
40	山居卽事	戊子(1588)春	7절	歌	阿,多	花
41	挽思菴朴相公淳	己丑(1589)	7절	侵	深,尋,心	朴淳
42	溪上春日		7절	刪	山,間,閑	春風
43	遊紺嶽山	庚寅(1590)秋	7절	東,冬	中,紅,松	翠微峯
44	寄金剛寺讀書諸生幷小序	庚寅(1590)十一月	7절	靑,梗	經,永,省	金剛寺 諸生
45	題柳氏溪亭		5절	眞	新,人	柳氏溪亭
46	五月七日登嚴泉寺	壬辰(1592)	7절	東	中,躬,窮	嚴泉寺
47	安峽後浦流寓	壬辰(1592)夏	7절	刪	山,間,閑	安峽後浦
48	有僧持詩軸來謁軸中有栗谷詩	癸巳(1593)	7절	支	悲,跏	老僧
49	贈神光寺僧	癸巳(1593)秋	7절	刪	山,閑,還	神光寺 僧

번호	題	年度	形式	韻統	韻字	素材
50	悼趙汝式憲 次李大仲海壽韻		7절	支	誰,移,知	趙憲
51	石潭次李大仲韻		7절	支	祠,詞	石潭書院, 隱屏祠
52	次尹生耆獻韻 送別還京		7절	支	期,師	石潭書院
53	次尹生耆獻韻		7절	侵	尋,臨,心	栗谷古宅
54	次神光寺詩軸韻	甲午(1594) 春	5-4		溪,携	神光寺詩軸
55	留別諸君	甲午(1594) 九月	5절	尤	頭,流	別諸君
56	次宋雲長翼弼贈別韻	甲午(1594) 九月	7절	尤	籌,羞,舟	西江之別
57	次宋雲長翼弼贈別韻	甲午(1594) 九月	7절	侵	音,心,禁	西江之別
58	初寅角山感懷 (拾遺-呻病得惡句書 奉龜老)	甲午(1594) 九月	7절	東	中,豐	丹闕
59	初寅角山感懷	甲午(1594) 九月	7절	東	空,通,東	孤村
60	贈朴守慶		5절	元	言,源	朴守慶
61	贈朴守慶		5절	尤	流,頭	卜居
62	峒隱李公義健別號 來問疾	戊戌(1598) 五月	7절	魚,齊	虛,溪	牛溪
63 續	酬鄭季涵澈	辛酉(1561) 春	7절	眞	身,旬,人	鄭澈
64 續	書先考題僧軸詩末	甲戌(1574) 五月	7절	眞	新,春,人	僧侶詩軸
65 續	敬次先考韻題僧軸	丙子(1576) 夏	7절	庚	庚,淸,生	先考韻
66 續	酬李夢應濟臣	己卯(1579)	5-10	仄聲	堅,發,綠,得,惑	被褐翁
67 續	贈李夢應		7절	眞	仁,春,人	李夢應
68 續	贈安景容昶	甲申(1584) 秋	7율	庚	平,生,名,生,名	安昶
69 續	哭栗谷墓見其墳庵僧 軸有詩書其下		5절	眞	新,神	栗谷墓

번호	題	年度	形式	韻統	韻字	素材
70 續	寄崔時中雲遇香浦書室	丙戌(1586)七月	7절	元	村,元,孫	香浦書室
71 續	贈全命碩		7율	灰東	灰回來,風,翁	酒
72 續	田園漫興	庚寅(1590)冬	7절	刪	間,山,般	田園
73 續	酬安習之敏學		5율	灰	限,哀,堆,廻	安敏學
74 續	寓石潭	癸巳(1593)冬	5율	東	翁,蓬,中,風,豐	石潭
75 續	贈鄭子愼之升		7절	豪	豪,滔,高	豪
76 續	贈李景魯希參		5배	支微眞	垂,非,詩,扉,親,眞,塵,濱	蒼松,明月
77 續	和石潭精舍諸賢		7율	眞	仁,親,新,眞,循	石潭精舍諸賢
78 續	酬尹生耆獻		7절	虞	儒,徒,途	尹耆獻
79 續	酬鄭君敬碏	甲午(1594)秋	5절	尤	頭,流	鄭碏
80 續	和李大仲海壽		7절	灰	灰,開	菊花
81 拾	別許判官伯起震童南歸		7절	入聲陌	夕,客	梅花, 楚客
82 拾	別許判官伯起震童南歸		5절	上聲紙	使,里	吳州月
83 拾	累在秋府 牛溪次韻		7율	寒	竿,安,難,冠,間	夏侯, 由
84 拾	贈安景容昶		7절	支	時,宜,時	林亭
85 拾	紺岳卽事		7절	東	東,紅,松	紺岳翠微峯下寺
86 拾	孤松癸巳冬寓石潭時	癸巳(1593)冬	7절	支	期,時,疑	孤松
87 拾	次人韻		7율	先	天,邊,泉,鞭,然	林泉
88 拾	寄韓塋中璀○乙未答韓書末所題	乙未(1595)	7절	眞	民,春,人	鄕里

번호	題	年度	形式	韻統	韻字	素材
89	遊南嶽		5言 聯句詩	尤	遊,幽,秋,牛	南嶽

[成渾 詩 素材別 分類]

類型	素材
人物	由, 朴守慶, 朴淳, 先考, 松江, 宋玉, 沈義謙, 兒, 安敏學, 安昶, 尹耆獻, 栗谷, 李夢應, 鄭松江母夫人, 鄭碏, 鄭澈, 趙憲, 楚客, 退溪, 楓崖, 被褐翁, 夏侯, 豪
自然	溪, 高樹, 南嶽, 南洲, 落月, 綠水, 林泉, 明月, 微蟲, 山, 山鳥, 雪, 新葉, 安峽後浦, 鴬, 魚鳥, 吳州月, 牛溪, 月, 月夜, 田園, 蒼松, 川流, 天磨山, 青山, 秋風, 春風, 翠微峯, 坡山, 坡山, 紅醅, 花, 黃嫩, 黃花, 候蟲
儒家	書, 石潭, 石潭書院, 隱屏祠, 石潭精舍諸賢, 鄕里, 香浦書室
佛家	紺嶽山靑鶴洞雲溪寺, 紺岳翠微峯下寺, 金剛寺 諸生, 老僧, 山人,僧, 僧侶詩軸, 神光寺 僧, 神光寺詩軸, 嶽寺, 巖泉寺
酒肴	酒, 盃
花卉	菊花, 葵, 芹, 薺, 梅花, 花叢
樓亭	丹闕, 柳氏溪亭, 野亭, 林亭
卜居	卜居, 栗谷古宅
衣服 器物	石將軍, 鍾鼓, 爐, 裌衣
離別	別諸君, 西江之別
孤	孤松, 孤村
墳墓	栗谷墓

찾아보기

자

• 저자 소개 •

양훈식梁勳植

1971년 전남 강진 출생. 한국방송통신대학교 법학과 학사. 성균관대
학교 유학대학원 동아시아사상·문화학과 문학석사. 숭실대학교 대
학원 국어국문학과 문학박사.

한국한문교사 중앙연수원 훈장 특급과정 수료. 한국고전번역원 부
설 고전번역교육원 연수과정 졸업. 국사편찬위원회 국내사료 고급
과정(한문초서전공) 졸업. 중앙대, 한국방송통신대학교 및 숭실대
강사를 거쳐 현재 선문대학교 국어국문학과 BK21+사업팀 연구교수.
저서로는『(박순호본) 한양가 연구』(공저),『최현의『조천일록』세
밀히 읽기』(공저)가 있고, 역서로는『대한제국기 프랑스공사 김만수
의 세계여행기』(공역),『역주 조천일록』(공역)이 있음. 논문으로는
「우계와 구봉의 도학적 성향의 시에 나타난 미학」(2019), 「최현『조
천일록』에 나타난 누정문화와 미학적 체현 양상」(2020)외 다수의
논문을 등재함. 현재 우계 성혼 선생과 창랑 성문준 및 팔송 윤황으
로 이어지는 인사들에 관심을 가지고 이들의 상관성을 밝히고자
연구 중.

숭실대학교 한국문학과예술연구소 학술총서 61

성혼成渾 시의 도학적
성향과 풍격미

초판 인쇄 2020년 11월 2일
초판 발행 2020년 11월 12일

지 은 이 | 양훈식
펴 낸 이 | 하운근
펴 낸 곳 | 學古房

주   소 | 경기도 고양시 덕양구 통일로 140 삼송테크노밸리 A동 B224
전   화 | (02)353-9908 편집부(02)356-9903
팩   스 | (02)6959-8234
홈페이지 | http://hakgobang.co.kr/
전자우편 | hakgobang@naver.com, hakgobang@chol.com
등록번호 | 제311-1994-000001호

ISBN 979-11-6586-113-1 94810
        978-89-6071-160-0 (세트)

값 : 22,000원

이 도서의 국립중앙도서관 출판예정도서목록(CIP)은 서지정보유통지원시스템 홈페이지
(http://seoji.nl.go.kr)와 국가자료공동목록시스템(http://www.nl.go.kr/kolisnet)에서 이용
하실 수 있습니다. (CIP제어번호 : CIP2020046457)

■ 파본은 교환해 드립니다.